EDGAR WALLACE

Die Gräfin von Ascot

Das Geheimnis der Stecknadel

Der viereckige Smaragd

Buch

Die Gräfin von Ascot

Julian Lesters Geldgier ist allen bekannt. Er träumt von Millionen und wirbt um die Gräfin von Ascot. Doch plötzlich mehren sich die Einbrüche in der Ascot-Villa und die Gräfin engagiert den Detektiv John Morlay als Beschützer. Der sieht sich vor eine äußerst schwierige Aufgabe gestellt ...

Das Geheimnis der Stecknadel

Als der Reporter Rex Lander hört, daß sein Onkel Jesse Trashmere verreist, weiß er, daß der Alte nur sein Haus, aber auf keinen Fall London verlassen wird. Dieser Wellington Brown ist einfach ein unangenehmer Besucher, und seinetwegen läßt Trashmere sich verleugnen. Aber dann findet man ihn doch in seinem Haus – ermordet ...

Der viereckige Smaragd

Ein Unbekannter hatte Anthony Druze aus kurzer Entfernung erschossen. Der Tote hielt in seiner linken Hand einen großen, viereckigen Smaragd in Platinfassung. „Äußerst merkwürdig", meinte Chefinspektor Coldwell. Denn der Smaragd gehörte Lady Ratham. Coldwell steht vor einem rätselhaften Fall.

Autor

Geboren wurde Edgar Wallace 1875 als unehelicher Sohn eines Schauspielers. Er wuchs in armen Verhältnissen auf, blieb ohne Schulabschluss und hielt sich mit Gelegenheitsjobs wie Milchhändler, Maurergehilfe oder Zeitungsverkäufer über Wasser. Schließlich begann er kleine Artikel für die Zeitung zu schreiben. Mit Erfolg: Er arbeitete sich hoch bis zum Chefredakteur. Später lebte er als freier Schriftsteller und schrieb Sachbücher, Lyrik und Theaterstücke, 1904 schließlich seinen ersten Krimi (»Die vier Gerechten«) – das Debüt einer beispiellosen Karriere. Edgar Wallace verfasste 175 Romane, 24 Theaterstücke, eine große Anzahl von Kurzgeschichten, Essays, Zeitungs- und Zeitschriftenartikeln und Drehbüchern. Die Filme, die nach seinen Vorlagen gedreht wurden, sind kaum zu zählen. Edgar Wallace verstarb hoch verschuldet 1932 in Hollywood.

Von Edgar Wallace außerdem bei Goldmann lieferbar:

Der Hexer. Roman (5292) · Der Zinker. Roman (5372) · Der Frosch mit der Maske/Das Gasthaus an der Themse/Der grüne Bogenschütze. Drei Romane in einem Band (5538/55503) · Der Hexer/Die blaue Hand/Das Geheimnis der gelben Narzissen. Drei Romane in einem Band (55502) · Der schwarze Abt/Die seltsame Gräfin/Die toten Augen von London. Drei Romane in einem Band (55504) · Die gelbe Schlange/Der Engel des Schreckens/Bei den 3 Eichen. Drei Romane in einem Band (55505) · Die Tür mit den sieben Schlössern/Die Bande des Schreckens/Der Doppelgänger. Drei Romane in einem Band (55506) · Das geheimnisvolle Haus/Der Safe mit dem Rätselschloß/Die Abenteuerin. Drei Romane in einem Band (55507) · Der unheimliche Mönch/Die gebogene Kerze/Die drei Gerechten. Drei Romane in einem Band (55508) · Das indische Tuch/Geheimagent Nr. 6/Der Diamantenfluß. Drei Romane in einem Band (55510)

EDGAR WALLACE

DIE GRÄFIN VON ASCOT

DAS GEHEIMNIS DER STECKNADEL

DER VIERECKIGE SMARAGD

Drei Romane in einem Band

PORTOBELLO

Die Originalausgabe von »Die Gräfin von Ascot« erschien unter dem Titel »The Lady of Ascot«, die Originalausgabe von »Das Geheimnis der Stecknadel« erschien unter dem Titel »The Clue of the New Pin« und die Originalausgabe von »Der viereckige Smaragd« erschien unter dem Titel »The Square Emerald«.

Umwelthinweis:
Alle bedruckten Materialien dieses Taschenbuches
sind chlorfrei und umweltschonend.

Portobello Taschenbücher erscheinen im Goldmann Verlag,
einem Unternehmen der Verlagsgruppe Random House GmbH.

Einmalige Sonderausgabe Februar 2007

Umschlaggestaltung: Design Team München
Umschlagfoto: Corbis
Druck: GGP Media GmbH, Pößneck
NG · Herstellung: we
Printed in Germany
ISBN 978-3-442-55509-3
www.portobello-verlag.de

10 9 8 7 6 5 4 3 2 1

EDGAR
WALLACE

DIE GRÄFIN VON ASCOT

Roman

Aus dem Englischen
von Ravi Ravendro

1

Zu den Untugenden John Morlays gehörte vor allem Neugierde. Deshalb blieb er natürlich eines Morgens auch vor dem Gartentor einer kleinen Villa in Ascot stehen. In dem schmukken, aber nicht allzu großen Haus wurde eifrig gearbeitet, und das erregte seine Aufmerksamkeit. Er sah durch eine Öffnung in der gradlinigen Hecke, wie Arbeiter eben einen Schrank hineintrugen. Weiter hinten bemerkte er einen frischgemähten Rasenplatz mit einem Bassin, und jenseits erhob sich das Wohngebäude aus roten Ziegeln. Breite weiße Sandsteinquadern bildeten die Fensterumrahmungen des zierlich wirkenden Hauses. Es lag ziemlich versteckt, so daß es wohl nur Leute wie John Morlay entdecken konnten, die Zeit und Lust hatten, planlos in der Gegend umherzustreifen. Es lag auch nicht an einer richtigen Straße, sondern an einem Weg, der sich in den Wiesen verlor. In der Nähe von Ascot gibt es eine ganze Anzahl ähnlicher Landsitze.

Allem Anschein nach zog hier ein neuer Mieter ein – vielleicht hatte das kleine Grundstück sogar seinen Besitzer gewechselt. John folgte den Arbeitern, die mühsam schwere Möbelstücke den Kiesweg entlangschleppten. Der Weg war erst vor kurzem gesäubert worden, und das kleine Bassin, in dem sonst Wasserlilien gestanden haben mochten, war vollkommen ausgeräumt und mit klarem Wasser gefüllt. Ein Gärtner stand auf dem Rasen, lehnte sich auf den Griff seines kleinen Rasenmähers und wischte sich über die Stirn. Er grüßte John mit einer gewissen Ehrerbietung, wie es Dienstboten Fremden gegenüber tun, von denen sie nicht recht wissen, ob sie Freunde ihrer neuen Arbeitgeber sind oder nichts auf dem Grundstück zu suchen haben.

»Sieben Millionen Kaulquappen waren in dem Teich«, erklärte er großartig und etwas zusammenhanglos.

»Ich habe nur sechs Millionen gezählt«, erwiderte John vergnügt, und der Mann sah ihn verdutzt an. »Nun gut, wir wollen uns die Sache fünfzig zu fünfzig teilen. Ich will zugeben, daß es sechseinhalb waren.«

»Als ich herkam, stand das Gras so hoch«, versuchte der

Gärtner es aufs neue und deutete mit der Hand eine Höhe zwischen Hüfte und Knie an.

»Das ist noch gar nichts. In meinem Garten steht es so hoch, daß ich mich darin verirren kann. Ziehen hier eigentlich neue Mieter ein?«

»Ach, die?« Der Gärtner wies mit dem Daumen nach der offenen Haustür. »Nein, die haben es gekauft. Die alte Lady Coulson hat viele Jahre hier gelebt. Sie hat immer grüne Hüte auf den Pferderennen von Ascot getragen. Sicher können Sie sich noch auf sie besinnen?«

John hatte das Gefühl, daß er mindestens ein nachdenkliches Gesicht machen müßte. »Nein«, sagte er, nachdem er sich besonnen hatte. »Wie viele grüne Hüte trug sie denn?«

Der Gärtner sah ihn argwöhnisch von der Seite an und sagte langsam: »Eine Gräfin hat sie jetzt.«

»Die Hüte? Ach so, Sie meinen die Besitzung!«

»Eine junge Gräfin. Ich habe sie noch nicht gesehen. Sie kommt direkt vom College hierher. Ein Zimmermädchen und eine Köchin sind schon engagiert, auch eine Aufwartefrau – ich komme nur ab und zu her.«

»Wie meinen Sie das?« fragte John interessiert.

»Ich bin nur für zwei Tage in der Woche angestellt.« Er schüttelte den Kopf. »Das sollen die mir aber erst mal vormachen, hier in zwei Tagen mit allem fertig zu werden! Wenn der Garten richtig in Ordnung kommen soll, muß ein Mann die ganze Zeit hier arbeiten. Hier gibt es kein Gewächshaus – überhaupt gar nichts. Was soll denn im Winter werden? Da müssen die Pflanzen doch herausgenommen werden.«

Der Gärtner machte sich wieder mit seiner Grasschneidemaschine zu schaffen.

John Morlay ging zur Haustür und schaute in die Diele. Der Fußboden war mit einem Läufer ausgelegt, und es roch nach neuer Farbe. Ein Elektriker in weißem Arbeitskittel ließ einen Draht fallen, um den Fremden genauer zu betrachten. Morlay wandte sich um und ging langsam um das Haus herum. Es war wirklich ein herrlicher kleiner Besitz, der sich für eine junge Gräfin besonders eignete. John überlegte, welche von den vielen Gräfinnen, die er kannte, wohl die glückliche Eigentümerin wäre.

Als er sich umdrehte, entdeckte er noch einen anderen Mann im Garten. Der Fremde war groß, breitschultrig, nicht mehr jung und trug schäbige Kleider. Sein Gesicht hatte eine ungesunde Farbe, und der abstoßende Eindruck seiner Züge wurde noch durch den unwirschen, verbitterten Blick erhöht, mit dem der Mann das Haus musterte. Etwas Scheues lag in seinem Wesen, als ob er fürchtete, von dem Grundstück gewiesen zu werden. Aber dann faßte er Mut und kam langsam auf John Morlay zu.

»Können Sie mir hier eine Stelle oder Arbeit geben?«

Die barsche Stimme paßte zu dem unfreundlichen Wesen.

John Morlay betrachtete den Mann neugierig, der einen alten Soldatentornister auf dem Rücken trug. Die Schuhe waren etwas zu groß und an den Seiten aufgeplatzt, die Hosen unten ausgefranst. Das Hemd stand am Hals offen, so daß man die sonnverbrannte Brust sehen konnte. John wußte nach der äußeren Erscheinung des Fremden sofort, mit wem er es zu tun hatte.

»Ich habe leider keine Arbeit für Sie, mein Sohn. Wie lange sind Sie denn schon wieder heraus?«

Der Mann blinzelte ihn an und verzog das unrasierte Gesicht ärgerlich. »Wie?«

»Wie lange Sie schon wieder heraus sind?«

Der Fremde sah in den Garten, auf das Haus, auf den Himmel, überallhin, nur nicht auf John.

»Ich weiß nicht, was Sie meinen.«

»Seit wann sind Sie aus dem Gefängnis entlassen?«

»Seit sechs Monaten«, lautete die trotzige Antwort. »Sie sind wohl von der Polente?«

»In gewisser Weise – ja«, erwiderte John mit einem leichten Lächeln. »Warum haben Sie denn gesessen?«

Der Mann sah ihn fest an.

»Das geht nur mich etwas an. Sie können mir nichts anhaben, ich brauche mich nirgends zu melden. Ich bin nicht auf Bewährung entlassen, ich habe meine ganze Strafe abgesessen.« Seine Stimme wurde immer rauher und lauter. »Jeden Tag und jede Stunde. Ich habe keinen Strafnachlaß bekommen; wie einen Hund haben sie mich behandelt – und das habe ich ihnen heimgezahlt. Ich lasse mich nicht unterkriegen, so bin ich!«

Zwei Transportarbeiter kamen an ihnen vorbei. Einer trug ein Ölgemälde. Von Johns Standpunkt aus war es schwer, die dargestellte Person und den künstlerischen Wert zu unterscheiden; er sah nur, daß es sich um das Porträt einer jungen Dame in hellblauem Kleid handelte. Ihre Haare waren goldblond, und eine Vase stand neben ihr.

Der frühere Sträfling trat befangen von einem Fuß auf den anderen. Es war klar, daß er möglichst bald fort wollte. Aber die jahrelange Gewohnheit, von Vorgesetzten ausgefragt zu werden, hielt ihn zurück. Morlay erkannte dies, entließ ihn mit einem Auf Wiedersehen und schaute ihm dann nach, wie er mit steifen Schritten über den Rasen auf die Straße hinausging.

Nach einer Weile schlenderte Morlay zum Haus zurück, und nachdem er sich genügend umgesehen hatte, wandte er sich wieder an den Gärtner.

»Was ist es denn für eine Gräfin?«

Der Mann schüttelte den Kopf.

»Ich habe es nicht recht behalten. Es ist ein fremder Name – italienisch! Mit einem F fängt er an.«

»Danke für die Auskunft.«

John schlenderte durch das Gartentor hinaus. Am Ende der kurzen Straße stand das Lastauto, das die Möbel gebracht hatte, und er ging darauf zu. Als er dort ankam, hielt gerade ein anderes Auto an, und eine ziemlich behäbige Frau von mittleren Jahren stieg aus.

Vielleicht war sie die neue Haushälterin. Aber John fiel ein, daß der Gärtner nichts von einer solchen Angestellten erwähnt hatte. Er kümmerte sich auch nicht weiter um sie. Was gingen ihn die Dienstboten einer jungen italienischen Gräfin an?

Langsam ging er auf die Hauptstraße zu und hielt Ausschau nach seinem Bekannten, dem Kriminalinspektor Peas. Schließlich entdeckte er ihn in einiger Entfernung.

Die Gegend hier war romantisch, und auch diese junge italienische Gräfin umgab eine gewisse Romantik. Wahrscheinlich gehörte sie zu jenen Damen der vornehmen Welt, die sich hier nur während der Rennen blicken ließen. Zu dieser Zeit würde der kleine Landsitz dann fröhliche Partys sehen, aber nachher war wieder alles vorüber; Vorhänge wurden vorgezogen, die Türen abgeschlossen. Die junge Gräfin fuhr an die Riviera oder an den Lido, bis die Saison sie wieder zu ihrer idyllisch-schönen Besitzung zurückrief, die dann von neuem von den Handwerkern hergerichtet wurde. Peas, der John mit lebhaften Schritten entgegenkam, brachte diesen aus seiner Versunkenheit zur Wirklichkeit zurück.

Der Polizeibeamte war auf Ersuchen der lokalen Behörde

von Scotland Yard hierhergeschickt worden, um einen Einbruchdiebstahl aufzuklären, und hatte John Morlay eingeladen, ihn zu begleiten. Teils, weil er gern jemandem von seiner Tüchtigkeit erzählte, teils, weil John Morlay ein großes, elegantes Auto besaß, in dem er bequem seinen Bestimmungsort erreichen konnte.

In kurzer Zeit begann die Saison in Ascot, und es waren schon viele der angesehenen Familien hergekommen, darunter auch ein Graf, dessen junge Gattin sich sehr für Saphire interessierte. Sie besaß eine ganze Reihe von Schmuckstücken, die mit diesen Steinen besetzt waren: Ringe, Nadeln, Armbänder und andere Gegenstände. Sie nahm ihre Juwelen stets auf Reisen mit, obwohl dies ziemlich gefährlich war.

Als sie eines Abends eine Party gab, stellte ein Unbekannter eine Leiter an das Fenster ihres Schlafzimmers, brach den Safe auf, der rechts neben ihrem Bett stand, und raubte drei Kassetten mit kostbarem Schmuck. Der Einbrecher wäre unbemerkt entkommen, wenn ihn nicht das Zimmermädchen im Schlafzimmer überrascht hätte. Zuerst sah sie den Mann nicht, und obwohl sie ihn nachher bemerkte, konnte sie nicht viel über sein Aussehen berichten, da er einen schwarzen Seidenstrumpf über das Gesicht gezogen hatte. Sie wollte schon um Hilfe schreien, aber eine Hand legte sich wie eine Eisenklammer auf ihren Mund.

Sie las aufregende Kriminalgeschichten und wußte daher auswendig, wie es bei solchen Gelegenheiten herging. Infolgedessen fiel sie auch in Ohnmacht. »Der Mann würgte mich, bis ich die Besinnung verlor!« sagte sie aus.

Inspektor Peas verhörte sie. Er war ein hagerer Mann mit Sommersprossen und kaum vierzig Jahre alt. Er schien noch etwas zu jung für seinen Posten zu sein, denn das Mädchen ärgerte sich über seine Fragen und beklagte sich danach, daß er keine Manieren besäße und sie nicht über den Einbruch selbst befragt, sondern seine Zeit mit nutzlosen Erkundigungen nach ihren Privatverhältnissen vergeudet hätte. Zum Beispiel wollte er wissen, wer ihr Freund sei, welchen Beruf er habe, ob er in Ascot wohne und ob er sie schon einmal in dem Haus besucht habe.

»Das Mädchen hat einen absolut anständigen Charakter«, protestierte ihre Herrin ungnädig.

»Ich habe leider die Erfahrung gemacht, daß es kaum Menschen mit anständigem Charakter gibt«, erwiderte Peas gelangweilt. »Jedenfalls nehme ich das als Polizeibeamter zunächst an, bis das Gegenteil bewiesen ist.«

Er war gerade nicht in der besten Stimmung, als er Morlay traf.

»Es ist ein ganz gewöhnlicher Wald- und Wieseneinbruch, bei dem der Kerl eine Leiter benützt hat. Das Dienstmädchen ist ebenso dumm wie alle anderen. Die fängt gleich an zu heulen, wenn man sie fragt, ob sie einen Freund hat, mit dem sie öfter mal ausgeht. Wie soll man da vorwärtskommen? Solche Einbrüche werden doch meistens vorher richtig ausbaldowert. Wo haben Sie denn Ihr Auto?«

»In den königlichen Stallungen. Ich wollte es in einer gewöhnlichen Garage unterstellen, aber jemand hat Sie erkannt und mich gefragt: ›Ist Ihr Begleiter nicht der große Kriminalbeamte, Inspektor Peas? Wir können nicht zugeben, daß das Auto seines Freundes bei den Wagen gewöhnlicher Leute steht.‹«

»Lachen Sie, dann lacht die Welt mit Ihnen«, entgegnete Peas selbstzufrieden. »Wenn man meine Fähigkeiten bedenkt, ist es geradezu ein Verbrechen, daß man mich zur Aufklärung eines solchen Falles in die Provinz schickt.«

John Morlay wußte nicht recht, ob Peas alle diese Bemerkungen über seine Tüchtigkeit nur zum Scherz machte, oder ob er sie ernst meinte. Es gab nur zwei Möglichkeiten: entweder mochte man den Inspektor gern, oder man konnte ihn nicht ausstehen. In jedem Fall aber mußte man einen gewissen Humor besitzen, um den Mann ertragen zu können. Und John Morlay hatte diesen Humor.

»Der Fall liegt so einfach, daß ihn ein sechsjähriges Kind verstehen könnte«, sagte Peas verächtlich, während sie zu Morlays Wagen gingen, der in der Garage eines kleinen Hotels stand. »Er mag ja für die Polizeibeamten von Ascot seine Schwierigkeiten haben, aber nicht für einen Mann von meinem Ruf. Es handelt sich um dieselbe Bande, die schon seit Wochen hier in der Gegend die Landhäuser plündert. Es ist wohl nicht nötig, daß ich Ihnen die Sache näher erkläre, Mr. Morlay, denn Sie sind ja kein berufsmäßiger...«

»Übrigens sah ich in der Nachbarschaft einen früheren Sträfling«, unterbrach ihn John und berichtete dann über den Vorfall.

Peas hörte ihm zu und schüttelte den Kopf.

»Nein, den kenne ich nicht. Aber wer den Einbruch verübt

hat, war sicher kein alter Mann. Ich glaube übrigens, daß der Einbrecher, der die Saphire gestohlen hat, ganz allein arbeitet.«

Peas kannte Ascot sehr gut, wie er seinem Bekannten auf der Rückfahrt nach London erzählte; aber da er stets behauptete, alle Menschen und alle Orte sehr gut zu kennen, nahm ihn Morlay nicht ernst.

»Ich kenne die ganzen alteingesessenen Familien hier«, erklärte der Inspektor, »aber es sind auch viele neue Villen in der Gegend gebaut worden. Die Leute ziehen ein und ziehen aus. Die junge Gräfin Fioli zum Beispiel kenne ich noch nicht –«

»Gräfin Fioli!«

Der Wagen geriet einen Augenblick ins Schleudern, denn Mr. Morlays innere Erregung übertrug sich auf das Steuer.

»Ach, ich kenne sie – oberflächlich.«

»Trotzdem sollten Sie vernünftig fahren. Sie sind ja eine Gefahr für die öffentliche Sicherheit«, erwiderte Peas vorwurfsvoll. »Mir kann so etwas nicht passieren. Ich bleibe vollkommen ruhig und kaltblütig, wenn ich am Steuer sitze. Selbst wenn ein Kerl seitlich aus den Büschen springt und mir ein Schießeisen entgegenhält, zucke ich nicht mit der Wimper –«

»Hören Sie doch endlich auf, nur von sich selbst zu reden, Peas. Ist die Gräfin Fioli die Inhaberin der neuen Villa dort drüben?«

Der Inspektor nickte.

»Sie kommt direkt vom Internat – geht mitten im Jahr ab, eigentlich ein schlechtes Zeichen. Schulen und Pensionate lieben das nicht. Nächste Woche kommt sie hierher. Ihr Vormund oder ihre Erzieherin hat das Haus gekauft, das ist alles, was man weiß. Wieder eine neue Gelegenheit, die sich die Diebe nicht entgehen lassen werden. Es wird nicht lange dauern, bis dort eingebrochen wird, und dann nimmt man natürlich wieder die Intelligenz von Scotland Yard in Anspruch.«

»Damit meinen Sie doch sich selbst?«

»Wen denn sonst? Nennen Sie mir drei Männer in Europa, die meinen Verstand besitzen oder mir in bezug auf kriminalistische Fähigkeiten auch nur das Wasser reichen können«, erwiderte Peas selbstzufrieden.

2

Manchmal kamen argwöhnische Leute in Morlays Büro, und gewöhnlich hatten sie auch allen Grund, an der Redlichkeit ihrer Mitmenschen zu zweifeln. Sie wollten den Inhaber des Detektivinstituts beauftragen, diese verdächtigen Mitmenschen zu beobachten, damit belastendes Material für eine Anzeige beim Staatsanwalt herbeigeschafft werden konnte. Aber mitten in ihrer Erzählung unterbrach Mr. Morlay sie gewöhnlich mit einigen Worten des Bedauerns und erklärte, daß er ihr Ersuchen ablehnen müsse. Das geschah besonders, wenn es sich um mißtrauische Eheleute handelte.

John Morlay war allerdings tatsächlich Inhaber eines Detektivinstituts, aber er hatte sich spezialisiert und bearbeitete nur Handelsauskünfte. Er beobachtete auch Leute und ihre Tätigkeit, aber nur von zehn Uhr morgens bis sechs Uhr nachmittags, und in dieser Zeit sündigen die meisten Menschen am wenigsten. Er hatte mit Scheinkapitalisten zu tun, die Fabrikanten ruinieren, mit Schwindelgründungen, mit unehrlichen Kaufleuten, mit pflichtvergessenen Kassierern und anderen Angestellten. Seit fünfzig Jahren befaßte sich die Firma mit diesem einträglichen, aber wenig abwechslungsreichen Beruf.

John Morlay saß wieder in seinem Büro, von dem aus er den Hanover Square überschauen konnte, und hatte ganz vergessen, daß es so friedliche, stille Orte wie Ascot gab, wo eine geheimnisvolle junge Gräfin eine Besitzung wie Little Lodge hatte.

Selford, ein alter Angestellter, trat in das Privatbüro.

»Wollen Sie Mr. Lester sprechen?« fragte er.

Wenn John Morlay gesagt hätte, was er dachte, hätte er die Frage verneint, aber so verzog er nur das Gesicht.

»Lassen Sie ihn hereinkommen.«

John Morlay haßte den jungen Mann zwar nicht gerade, da Julian unter Umständen ganz amüsant und unterhaltend sein konnte, aber er zog doch andere Besucher vor. Julian trug etwas zu elegante Anzüge und juwelengeschmückte Manschettenknöpfe; sein Benehmen war reichlich affektiert. Die Perlnadel, mit der er den Schlips zusammenhielt, war etwas zu groß und auffällig. Morlay konnte auch nicht leiden, daß Julian seinen Hut stets so vorsichtig auf den Tisch legte, als ob dieser eine Kostbarkeit wäre. Er sah auf die Uhr, dann auf seinen Notizblock und stellte mit Befriedigung fest, daß er in einer Viertelstunde einen Besuch erwartete und dann Gelegenheit hatte, Julian zu verabschieden.

Lester trat herein und sah wie immer tadellos aus. Kein Stäubchen war auf seinem Jackett zu sehen. Er legte den Hut genauso hin, wie John Morlay es erwartet hatte, und zog dann seine hellen Glacéhandschuhe langsam aus. Die beiden waren vollständige Gegensätze: John Morlay schlank, hager, blauäugig und sonnengebräunt; Julian dagegen mehr der Typ eines hübschen Jungen, etwas ausdruckslose Züge, olivfarbene, glatte Haut und kleiner, modisch geschnittener schwarzer Schnurrbart.

»Nehmen Sie Platz«, sagte John. »Sie sehen vergnügt aus – wen haben Sie denn wieder um sein Geld gebracht?«

Julian zupfte an den Bügelfalten seiner Hose, bevor er sich niederließ, und bemerkte dann das Lächeln Morlays.

»Sie haben gut lachen, Sie sind ein reicher Mann. Ich dagegen bin ein armer Teufel, der zusehen muß, wie er seine Schneiderrechnungen bezahlt.«

Morlay zog eine Schublade des Schreibtisches auf, nahm einen silbernen Kasten heraus und bot seinem Besucher eine Zigarre an.

»Danke, nein, ich rauche niemals Zigarren. Aber vielleicht gestatten Sie, daß ich eine meiner eigenen Zigaretten rauche? Danke.«

Er zog ein Silberetui aus der Tasche, entnahm ihm eine Zigarettenspitze und paßte die Zigarette ein.

»Und wie kommt es, daß Sie in diese Gegend Londons verschlagen werden? Es ist doch ein großes Rennen heute nachmittag? Ascot steht vor der Tür, und sicher haben Sie ein Dutzend Einladungen erhalten?«

»Ihre Ironie ist an mir verschwendet«, entgegnete Julian und entfernte etwas Asche von seinem Knie. »Ich bin hergekommen, um geschäftlich mit Ihnen zu sprechen.«

»Zum Teufel, das ist ja interessant!« John hob erstaunt die Augenbrauen.

Julian nickte.

»Ich sage es Ihnen natürlich im Vertrauen, und selbstverständlich zahle ich für Ihre Bemühungen. Ich weiß zwar nicht, welche Preise Sie verlangen –«

»Ach, darüber brauchen Sie sich keine Sorgen zu machen. Aber ich möchte Ihnen vor allem erklären, daß ich keine Nachforschungen in Scheidungssachen anstelle und mich auch nicht mit Werkspionage beschäftige.«

Julian atmete tief ein, blies einen Rauchring nach dem anderen zur Decke und beobachtete, wie sie sich an dem weißen Plafond zerteilten.

»Ich bin Junggeselle und nehme mich gut in acht; ich finde das Leben auch ohne weiblichen Anhang schon kompliziert genug.«

Er rauchte eine Zeitlang schweigend.

»Kennen Sie eigentlich die Gräfin Marie Fioli?« fragte er dann plötzlich.

John sah ihn überrascht an.

»Ich habe von ihr gehört; noch vor ein paar Tagen sprach ich über sie. Aber ich habe sie noch nicht persönlich kennengelernt.«

Julian lächelte.

»Sie müssen tatsächlich ein Herz von Eis haben. Ich habe Sie doch kurz vor Weihnachten der jungen Dame vorgestellt, und zwar bei Rumpelmeyer.«

»Ach, dieses junge Mädchen? Aber die ist doch –«

»Sie ist achtzehn«, erklärte Julian geduldig, »und sie kommt diese Woche aus dem Internat, mitten im Jahr. Außergewöhnlich, aber in vieler Beziehung sehr angenehm. Meine verstorbene Mutter heiratete mit siebzehn, mein seliger Vater war nicht älter als achtzehn. Eheschließungen in jugendlichem Alter sind nichts Außergewöhnliches in unserer Familie.«

»Da war aber Ihr Vater sehr voreilig, und Sie sind der beste Beweis für meine Behauptung. Soll Marie Fioli mit achtzehn heiraten?«

Julian machte eine leichte Bewegung mit seiner Zigarette.

»Ich bin noch nicht definitiv entschlossen; es müssen erst noch einige dunkle Punkte aufgeklärt werden, aber sie ist wirklich ein charmantes Mädchen.«

»Ich kann mich jetzt auf sie besinnen«, entgegnete Morlay nachdenklich. »Sie ist sehr schön.« Plötzlich sah er auf. »Sie sind doch nicht etwa ihretwegen gekommen?«

Julian nickte.

»Ich bin arm, John, das habe ich Ihnen ja bereits gesagt. Ich habe ein Einkommen von dreihundert Pfund im Jahr und verdiene mir noch etwas dazu durch die Artikel, die ich für Zeitschriften schreibe. Ich habe keine Eltern mehr, die eine passende

Frau für mich aussuchen und – was noch wichtiger ist – auch die nötigen Nachforschungen über die junge Dame anstellen könnten.«

John lehnte sich in seinem Sessel zurück und lachte herausfordernd.

»Nach und nach begreife ich, was Sie von mir wollen. Ich soll also an Stelle Ihrer Eltern herausbringen, ob das Vermögen der jungen Dame so groß ist, daß es sich lohnt, ihr einen Antrag zu machen?«

Zu seinem größten Erstaunen schüttelte Julian Lester den Kopf.

»Auf die Höhe ihres Vermögens kommt es durchaus nicht an. Ich bin ganz sicher, daß sie wohlhabend ist, ich habe allen Grund, das anzunehmen. Selbst nach all den Abzügen bleibt genug übrig, daß eine junge Dame ihres Standes glänzend davon leben kann.«

»Nicht zu vergessen den jungen Mann, der sie heiratet«, erwiderte John sarkastisch. »Erklären Sie mir aber bitte, was Sie damit sagen wollen, daß ›genug übrigbleibt‹. Ist sie bestohlen worden?«

Julian erhob sich, ging zum Fenster und sah düster auf den Hanover Square hinunter.

»Ich weiß es nicht. Es ist alles so seltsam. Die alte Frau hat ihr einen kleinen Landsitz bei Ascot gekauft, der ungefähr fünftausend Pfund kostet. Natürlich habe ich die Kaufurkunde nicht gesehen und weiß daher auch nicht, ob das Grundstück auf den Namen von Marie oder auf den Namen der alten Frau eingetragen wurde.«

»Von welcher alten Frau sprechen Sie denn?«

Julian kehrte zu seinem Stuhl neben dem Schreibtisch zurück, drückte sorgfältig die Zigarette aus und legte die Zigarettenspitze wieder in das Etui, bevor er antwortete.

»Haben Sie eigentlich schon einmal etwas von einer Mrs. Carawood gehört?« Als John den Kopf schüttelte, fuhr er fort: »Das kann man auch nicht verlangen. Sie ist die Inhaberin eines Damenmodengeschäfts, das heißt, sie hat im ganzen vielleicht ein Dutzend Filialen in London.«

John nickte. Er besann sich jetzt auf die Firma.

»Vor neunzehn Jahren war Mrs. Carawood Kindermädchen bei der Gräfin Fioli, einer Witwe, die ein Haus und ein Grundstück in Bournemouth besaß. Die Fiolis sind eine altitalienische

Familie. Die Gräfin starb. Ich habe zwar nachgeforscht, konnte aber nicht feststellen, ob sie ein Testament hinterlassen hat. Ich habe nur so viel herausbringen können, daß Mrs. Carawood eine ziemlich reiche Frau wurde, nachdem man ihr die Erziehung des Kindes anvertraute. Vier Jahre später eröffnete sie ihr erstes Geschäft, und in kurzen Abständen folgten mehrere andere. Sie hat jetzt eine ganze Reihe von Läden in London, die alle ziemlich gut gehen und zusammen eine große Einnahmequelle bilden.«

»Und was hat das mit dem Kind zu tun?«

»Ich muß zugeben«, erwiderte Julian zögernd, »daß sie sehr viel für Marie getan hat. Sie schickte sie auf eine gute Vorbereitungsschule und später in eins der besten Internate Englands. Mit rührender Sorgfalt hat sie sich um das junge Mädchen gekümmert. Aber die Sache scheint doch einen Haken zu haben. Offenbar hat sie das Geld, das die Erbschaft meines armen, kleinen Mädchens ausmacht –«

»Offenbar?« unterbrach ihn John. »Es gibt viele Leute, die mit einem kleinen Vermögen angefangen haben und erfolgreiche Geschäftsleute geworden sind. Vor allem möchte ich eines klar wissen: Ist sie mit Ihnen verlobt? Ich meine die junge Gräfin Fioli, über die Sie soviel erzählt haben.«

Julian zögerte.

»Nein, das gerade nicht.«

»Warum soll denn Mrs. Carawood ihr Geld nicht auf ehrliche Weise verdient haben? Das tun doch viele Leute.«

»Von einer solchen Frau kann ich es kaum glauben«, erwiderte Julian entschieden. »Sie ist völlig ungebildet, kann gerade lesen und schreiben. Sie werden mich am besten verstehen, wenn ich Ihnen sage, daß sie auf ihre alten Tage noch unzählige von diesen billigen Schundheften verschlingt.«

Eine peinliche Pause entstand.

»Und was soll ich denn nun in Ihrem Interesse tun?« fragte John schließlich.

Julian fühlte sich etwas unbehaglich.

»Ich weiß nicht recht, wie ich es ausdrücken soll . . . Vor allem möchte ich genaue Angaben haben, jedenfalls bestimmtere, als ich sie mir beschaffen konnte. Zunächst über das Geld – dann, wie es investiert ist –«

»Nun, allem Anschein nach doch in den Geschäften von Mrs. Carawood«, entgegnete John trocken.

»Ich möchte hierüber aber genaue Auskunft haben; ich kann doch nicht eher heiraten, als bis ich sicher weiß, daß –«

»Daß sie genug Geld hat, um Sie zu unterhalten«, ergänzte John Morlay grob. »Es tut mir leid, daß Ihr Auftrag nicht zu den Obliegenheiten meines Geschäftes gehört.«

Julian zuckte die Schultern, erhob sich und nahm Hut und Handschuhe.

»Das fürchtete ich von Anfang an. Aber, bitte, verstehen Sie mich nicht falsch. Marie ist ein sehr hübsches, anständiges Mädchen, und selbst wenn sie so arm wäre wie – wie ich, dann würde das meine Zuneigung zu ihr nicht im geringsten beeinflussen. Nur wäre es nicht recht von mir, sie zu heiraten, wenn ich nicht den Lebensstandard aufrechterhalten könnte . . . Sie verstehen schon, was ich meine.«

»Ja, Sie sind rührend selbstlos – ich weiß es.«

John begleitete ihn zur Tür, und als er zurückkam, lächelte er. Es fiel ihm schwer, sich auf seine Arbeit zu konzentrieren. Immer wieder schweiften seine Blicke von den Dokumenten und Schriftstücken ab, die vor ihm auf dem Tisch lagen. Die Inhaberin eines Kleidergeschäfts, die einen schönen Landsitz in Ascot kaufen konnte, erregte natürlich sein Interesse und zugleich auch seinen Argwohn. Er nahm das Telefonbuch zur Hand und fand Mrs. Carawoods Namen unter der Adresse Penton Street Nr. 47, Pimlico. Allem Anschein nach war dies ihr Hauptquartier.

John hatte keine Verabredung für den Abend; am nächsten Morgen wollte er nach Marlow fahren. Als er sein Büro verließ und den Hanover Square überquerte, hatte er noch nicht die geringste Absicht, das Geschäft in der Penton Street zu besuchen, und er wußte selbst nicht, wie es kam, daß er plötzlich ein Taxi anrief und dem Chauffeur die Adresse von Mrs. Carawood in der Penton Street nannte.

Der Laden war kleiner, als John erwartet hatte, aber das Schaufenster zeigte eine sehr geschmackvolle Auslage. Als er eintrat, wurde er von einer Verkäuferin in einem einfachen schwarzen Kleid empfangen, die ihm gleich mitteilte, daß Mrs. Carawood nicht anwesend sei. »Wenn Sie in einer Privatangelegenheit kommen, rufe ich vielleicht besser Herman.«

Bevor er antworten konnte, war sie hinter einer Trennungswand verschwunden, und gleich darauf erschien ein großer, schlanker junger Mann, der eine grüne Arbeitsmütze trug. Er hatte rotblonde Locken und war nicht sehr sauber gekleidet. Auch die Stahlbrille trug nicht dazu bei, seine äußere Erscheinung zu heben.

»Wünschen Sie Mrs. Carawood zu sprechen? Es tut mir leid, sie ist nicht hier. Sie ist nach Cheltenham gefahren, um Mylady zu besuchen.«

Er sagte dies mit einem gewissen Stolz und warf sich dabei in die Brust. Den Titel betonte er besonders.

John Morlay hatte sich inzwischen in dem Geschäft umgesehen, das sehr gut ausgestattet war. Schönes Paneel bedeckte die Wände bis zur Decke; der Boden war mit Parkett ausgelegt. Die Damenkleider und -mäntel hingen in großen Schränken mit Spiegelscheiben. An der hinteren Seite war eine Trennungswand eingebaut, und Herman sah mehrmals dorthin. Zuerst glaubte John Morlay, der Mann hätte ihm etwas vorgelogen und Mrs. Carawood wäre doch zugegen.

»Vielleicht kommen Sie ins Büro«, sagte Herman und warf wieder einen Blick in den hinteren Teil des Ladens. Nun verstand John, daß der Angestellte sich nur überlegt hatte, ob er den fremden Herrn dorthin führen könnte.

Das Büro war ein verhältnismäßig kleiner Raum. Es standen ein großer Schreibtisch mit Stuhl darin und verschiedene Bücherregale. Die unteren Fächer enthielten die Geschäftsbücher und die Korrespondenz von Mrs. Carawood, während oben Dutzende von billigen Abenteuer- und Kriminalgeschichten lagen.

»Mrs. Carawood fährt jetzt sehr oft nach Cheltenham, bis Mylady nach Ascot zieht«, erklärte Herman. »Sie hat noch verschiedenes vorzubereiten.«

John lächelte.

»Unter Mylady verstehen Sie doch die Gräfin Fioli?«

Herman nickte eifrig.

»Sind Sie ein Freund von ihr?« fragte er dann.

»Das möchte ich nicht gerade behaupten, aber ich kenne die junge Dame oberflächlich.«

Herman strahlte.

»An Mylady kann man sehen, daß der alte Fenner unrecht hat.«

»Wer ist denn Mr. Fenner?«

John war erstaunt über die Herzlichkeit, mit der er hier empfangen wurde. Erst später erfuhr er, daß das Faktotum von

Mrs. Carawood hohe Achtung vor allen Leuten hatte, die Mylady kannten oder mit ihr verkehrten.

»Fenner ist ein Sozialdemokrat. Er kann sehr gut reden, hat Bildung und so weiter.«

»Spricht er denn schlecht von Mylady?« fragte Morlay, der sich heimlich amüsierte.

Herman schüttelte den Kopf.

»Nein, das tut er nicht! Das ist das einzige Gute an Mr. Fenner. An Königen, an Lords und an Grafen läßt er keinen guten Faden, aber über Mylady hat er noch nie etwas Schlechtes gesagt.«

John Morlay lenkte geschickt die Unterhaltung auf Mrs. Carawood und ihre Geschäfte und erfuhr, daß sie insgesamt acht Läden in der Stadt hatte, die alle gut gingen. An diesem Nachmittag war sie nach Cheltenham gefahren; Herman nannte die genaue Abfahrtszeit des Zuges.

»Mrs. Carawood liest wohl sehr viel«, erkundigte sich John, während er die Bücherregale betrachtete.

Herman lächelte verklärt.

»Sie hat jede Geschichte gelesen, die hier steht.« Zärtlich fuhr er mit der Hand über die Rücken der Bücher und Heftromane. »Und ich habe jede gehört!«

»Sie wollen wohl sagen, daß Sie auch alle diese Geschichten gelesen haben?«

»Nein, ich kann nicht lesen, auch nicht schreiben«, erklärte er einfach. »Aber wenn das Geschäft geschlossen ist, liest Mrs. Carawood mir vor.«

»Ist denn Mr. Fenner damit einverstanden?« fragte John Morlay lächelnd.

»Es kommt gar nicht darauf an, was er tut oder nicht tut. Er sagt, ich bekäme dadurch falsche Vorstellungen, aber das versteht er nicht.«

John Morlay war sehr erstaunt und nachdenklich, als er langsam zum Viktoria-Bahnhof ging. Und dann tat er etwas, was ihm selbst ganz unerklärlich war: Er nahm ein Taxi, fuhr zu seiner Wohnung zurück, packte einen Koffer und ließ sich dann zur Station Paddington bringen, wo er in den Zug nach Cheltenham stieg. Plötzlich hatte er das unwiderstehliche Verlangen, Mrs. Carawood kennenzulernen – vielleicht aber wünschte er noch mehr, Mylady wiederzusehen.

3

Mrs. Carawood ging durch den großen, grauen Steinbogen, der den Eingang zu dem bekannten und berühmten Mädchen-College in Cheltenham bildete, und wandte sich nach links, wo die Steintreppe lag.

Die einzelnen Klassen kamen aus den verschiedenen Wohngebäuden zum Haupthaus, lange Reihen junger Mädchen zu zweien und zweien, in dunkelblauen Röcken und weißen Blusen. Dazu trugen sie Krawatten in den Farben der Schule.

Der Portier eilte auf Mrs. Carawood zu, als er sie erkannte.

»Guten Morgen! Haben Sie Mylady schon gesehen?«

»Nein, Mr. Bell«, sagte die untersetzte Frau freundlich. »Ich kam gestern spät mit dem Abendzug. Geht es ihr gut?«

Ihre Stimme hatte einen gewissen Anklang an den Londoner Jargon. Dem Portier gefiel sie, wenn er das Äußere und die Manieren dieser Frau auch nicht gerade sehr fein fand. Jedenfalls war sie anders als die Eltern der jungen Damen, die hier erzogen wurden, und er fühlte sich mit ihr eigentlich gesellschaftlich auf einer Stufe.

»Es ging ihr sehr gut, als ich sie gestern sah. Wollen Sie sie heute nach Hause mitnehmen?«

Mrs. Carawood schüttelte den Kopf.

»Nein«, erwiderte sie kurz und ging dann weiter.

Am oberen Ende der Treppe wurde sie von einer der Lehrerinnen empfangen, die als Zeichen ihrer Würde eine Art Medaillon um den Hals trug. Diese geleitete sie durch eine große Tür in einen Saal, wo sie ihr einen Platz anwies. Sie befand sich oben auf der Galerie, die die große Halle auf drei Seiten umgab. Unten war auf der einen Seite ein Podium aufgeschlagen und mit schweren, blausamtenen Vorhängen drapiert. Auf dem Tisch standen ein silbernes Lesepult und eine Vase mit prachtvollen Blumen. Im Hintergrund präludierte eine Orgel. Die Mädchen der einzelnen Klassen nahmen ihre Plätze ein, bis der große Raum und die Galerien gefüllt waren.

Zuletzt erschienen die Schülerinnen des obersten Jahrgangs, die besondere Sitze hatten. Eins der Mädchen sprach mit einer älteren Dame und entfernte sich dann. Mrs. Carawoods Augen leuchteten auf, als sie bald darauf die schlanke Gestalt auf sich zukommen sah.

Es war Marie. Ihr Gesicht hatte sich vor Freude gerötet, und sie kam eilig auf Mrs. Carawood zu. Sie reichte der alten Frau die Hand und drückte einen Augenblick die Wange an die ihre.

Nun erschienen unten die Lehrerinnen. Eine trug das große Gebetbuch. Eine große, majestätisch aussehende Dame folgte ihr. Sie hatte ernste, würdevolle Züge, schaute aber etwas müde auf die Versammlung.

John Morlay saß auf der gegenüberliegenden Seite der Galerie und beobachtete Mrs. Carawood und Marie Fioli. Er war einer der ersten gewesen, die die Galerie des großen Saals betreten hatten, und wartete nun schon über eine Viertelstunde, während die vielen jungen Mädchen nach und nach den Raum füllten.

Jetzt fiel ihm ein, daß er Mrs. Carawood schon in Ascot gesehen hatte, als sie aus dem Auto stieg. Sie mußte etwa fünfzig Jahre alt sein, hatte eine dunkle Gesichtsfarbe und angenehme, freundliche Züge. Sie erinnerte John Morlay in gewisser Weise an eine Zigeunerin, denn sie hatte schwarze Haare, die noch nicht im mindesten ergraut waren. Und auf diese Entfernung hin konnte er auch nicht die kleinen Falten in ihrem Gesicht sehen, so daß es glatter und jugendlicher erschien, als es in Wirklichkeit war.

Aufs höchste erstaunt und interessiert betrachtete er Marie Fioli, als sie hereinkam. Er konnte sich zwar noch auf das schlanke junge Mädchen besinnen, das er vor einigen Monaten kennengelernt hatte, aber sie hatte sich inzwischen sehr verändert. Eine Frau konnte man sie noch nicht nennen, aber sie war unter keinen Umständen mehr ein Kind. John war geradezu begeistert von ihrem Aussehen. Als er sie das letztemal gesehen hatte, war sie jungenhaft schlank, etwas ungelenk und befangen gewesen. Aber nun bewegte sie sich harmonisch und natürlich, anmutig und formvollendet.

Es wurde eine kurze Andacht abgehalten, aber Morlay hörte die Worte der Direktorin nicht; er konnte den Blick nicht von Maries Gesicht abwenden. Und je länger er zu ihr hinüberblickte, um so verächtlicher und gemeiner erschien ihm die kaltblütige Art, mit der sich Julian Lester in den Besitz ihres Vermögens setzen wollte. Der Auftrag, den ihm der junge Mann erteilt hatte, war häßlich. John Morlay wollte nichts damit zu tun haben.

Als die Andacht vorüber war, traten Mrs. Carawood und Marie Fioli aus der Galerie in den Gang. Die alte Frau war immer in einer gewissen Hochstimmung, wenn sie bei der jungen Gräfin weilen durfte. Sie bemerkte den Fremden, der in ihrer Nähe stand und sie beobachtete. Es war ein großgewachsener, schlanker, hübscher Mann, der sie freundlich anlächelte.

»Ich habe doch die Ehre, Gräfin Fioli vor mir zu sehen?« fragte er höflich und hielt den Hut in der Hand.

Marie sah ihn einen Augenblick überrascht an, dann lachte sie leise.

»Ach, ich besinne mich auf Sie – Sie sind doch Mr. Morlay?«

Er war erstaunt, daß sie sich noch an ihn erinnerte.

»Mr. Lester hat Sie mir doch bei Rumpelmeyer vorgestellt.«

Allmählich glättete sich die Stirn der älteren Frau wieder, und John glaubte zu bemerken, daß sie erleichtert aufatmete. Sie gingen zusammen bis zum äußeren Schultor, wo das junge Mädchen unversehens Mrs. Carawood umarmte und küßte. Dann nickte sie John noch einmal lächelnd zu und verschwand im Haus.

Einige Sekunden schwiegen die beiden anderen. Mrs. Carawood schaute noch auf die Tür, in der Marie verschwunden war.

John staunte, daß diese Frau die junge Gräfin so sehr verehrte. Schon dieses kurze Zusammensein hatte sie in freudige Erregung gebracht.

»Sie haben Ihre kleine Freundin sicher sehr gern?« sagte er freundlich.

Sie schrak zusammen und wandte sich nach ihm um.

»Ja, ich habe sie gern«, erwiderte sie. »Es ist, als ob sie mein eigenes Kind wäre.«

»Ich habe gehört, daß sie die Schule bald verlassen wird?«

Sie nickte.

»Nächste Woche. Sie wird jetzt ihren eigenen Haushalt führen.«

Mrs. Carawood erklärte das mit einem gewissen Stolz.

»Ist sie nicht noch etwas sehr jung, um schon ihr eigenes Haus in Ascot zu halten? Oder geht sie vielleicht vorher noch nach Italien?«

Ihre Blicke trafen sich, und er sah, daß sie argwöhnisch wurde.

»Nein«, erklärte sie kurz. Aber als ob sie ihren scharfen Ton bedauerte, fügte sie gleich hinzu: »Ich weiß nicht, was ich mit ihr anfangen soll. Sie ist wirklich noch sehr jung.«

»Zu jung, um zu heiraten«, entgegnete Morlay.

Er hätte vor allem gern erfahren, ob sie die Annäherungsversuche dieses eleganten Taugenichts Lester begünstigte, und seine unausgesprochene Frage wurde beantwortet, als er in ihr düsteres Gesicht sah.

»Ja, noch viel zu jung«, wiederholte sie mit Nachdruck. »Außerdem hat Marie auch nicht den Wunsch, von mir fortzugehen.«

Er konnte nicht gut noch länger bleiben, zog höflich den Hut und entfernte sich. Sie sah ihm nach, bis er um die nächste Ecke bog, und wandte sich dann an den Portier.

»Wer war eigentlich der Herr, Mr. Bell?«

»Meinen Sie den Mann, mit dem Sie eben sprachen?«

Sie nickte.

»Das ist Mr. Morlay. Er kam vor zwei Jahren einmal hierher. Man hatte ihn gerufen, damit er einen Betrug aufdecken sollte. Er ist nämlich so eine Art Privatdetektiv ...«

Ihre Hand zitterte plötzlich, und ihr Gesicht wurde grau. Der Portier sprach noch weiter über Mr. Morlay, aber sie hörte seine Worte nicht.

Ein Privatdetektiv! Ihr Herz schlug wild, während ihre Lippen noch einmal leise das Wort formten. Ein Privatdetektiv!

4

John Morlay bog in die breite Hauptstraße ein, die zu beiden Seiten von hohen Bäumen umsäumt wurde. Ab und zu blieb er vor einem der hübschen Läden stehen, aber er sah nichts von den ausgestellten Gegenständen. Nur Maries Bild stand ihm immer vor Augen. Bisher hatte er sich um Frauen sehr wenig gekümmert und sich fast ausschließlich seinem Beruf und dem Sport gewidmet.

»Es war nicht richtig, daß ich hierherkam«, sagte er sich.

Während der Rückfahrt nach London dachte er über das Problem nach, das durch den Besuch Julian Lesters in sein Leben getreten war. Aufgrund seiner vielfachen Erfahrungen besaß er gute Menschenkenntnis und war deshalb fest davon überzeugt, daß Mrs. Carawood ein durchaus ehrlicher, aufrichtiger Charakter war.

Es war schon spät, als er in seiner Wohnung ankam. Er hatte im Zug zu Abend gegessen, schlüpfte nun in Hausjacke und

Pantoffeln und setzte sich mit einem Buch in einen Lehnsessel, um sich die Zeit bis zum Schlafengehen zu vertreiben.

Aber die Lektüre fesselte ihn nicht. Nach einigen vergeblichen Versuchen legte er den Band beiseite und begann über das Verhalten Mrs. Carawoods nachzudenken.

Plötzlich klingelte es an der Haustür, und nach einiger Zeit erschien sein Diener und meldete einen Besucher an, den John um diese Stunde am wenigsten zu sehen wünschte.

»Es tut mir leid, daß ich Sie störe, alter Freund«, sagte Julian, als er mit seinem stereotypen Lächeln ins Zimmer trat. Er trug einen Abendanzug. »Ich habe mit der Familie Weirs zu Abend gegessen. Ich rief Sie an, um Sie auch einzuladen, aber Sie waren nicht zu Hause. Geht die Uhr auf dem Kamin richtig? Dann ist es ja schon zehn.«

Er hatte den Frackmantel vorsichtig über die Lehne des Sofas gelegt und setzte sich nun in den bequemen Sessel.

»Ihr Diener erzählte mir, daß Sie nach Cheltenham gefahren seien. Außerordentlich liebenswürdig von Ihnen. Nach Ihrem Verhalten neulich im Büro dachte ich nicht, daß Sie bereit wären, den Fall zu übernehmen.«

»Darin haben Sie sich auch nicht getäuscht. Ich habe nicht die Absicht, Ihren Auftrag auszuführen.«

Lester runzelte die Stirn.

»Sie wollen mir nicht helfen?«

»Ich will Ihnen wenigstens eine Aufklärung geben«, sagte John langsam. »Mrs. Carawood ist meiner vollen Überzeugung nach eine durchaus ehrliche Frau. Wenn Marie Fioli überhaupt ein Vermögen besitzt, dann ist es vollkommen sicher in den Händen ihrer Erzieherin, genauso sicher, als ob es auf der Bank von England läge.«

Julian lächelte.

»Für einen Mann mit Ihrer großen Erfahrung –«

»Bei meiner Menschenkenntnis«, unterbrach ihn John, »fällt es mir leicht, einen Verbrecher zu durchschauen, ganz gleich, ob es sich um einen Mann oder um eine Frau handelt. Und ich sage Ihnen, ich habe die größte Achtung vor Mrs. Carawood.«

»Haben Sie sie eingehend nach allem gefragt?«

John füllte seine Shagpfeife und grinste.

»Selbstverständlich. Ich habe sie auf die Folterbank gespannt, und dann hat sie zugegeben, daß sie ehrlich ist! Meinen Sie, ich wäre so blöd, daß ich hinginge und sie geradewegs fragte? Daß ich sie traf, war ein Zufall – allerdings habe ich ihn herbeigeführt.«

»Haben Sie auch Marie gesehen?« fragte Julian eifrig.

»Ja.«

»Was halten Sie von ihr?«

»Meiner Meinung nach ist sie« – er zögerte einen Augenblick –, »sehr, sehr lieb. Außerdem bin ich davon überzeugt, daß sie für Sie viel zu jung ist.«

Auf Julian machten diese Worte wenig Eindruck. Er war es gewohnt, daß sich die Leute ihm gegenüber unfreundlich und abweisend verhielten.

»Möglich«, erwiderte er langsam. »Wenn wir alles mit der Goldwaage wiegen wollten, paßten die Leute überhaupt nicht zusammen, mein Lieber. Ich habe Sie wirklich nicht engagiert, um das zu entdecken.«

»Ich möchte vor allem zunächst klarstellen, daß Sie mich nicht engagiert haben. Es war eine Laune von mir, daß ich nach Cheltenham fuhr. Und ich wiederhole noch einmal, daß ich den Fall nicht übernehme.«

Julian seufzte.

»Dann muß ich zu einem anderen gehen«, sagte er mißmutig. »Sie behandeln mich wirklich nicht liebenswürdig, John. Man sagt, Sie seien so unendlich klug und gewandt und könnten mit Leichtigkeit die Geheimnisse anderer Leute herausbringen. Deshalb dachte ich, dieser Fall müßte für Sie interessant sein. Wenn es sich nur um die Höhe des Honorars handelt, das Sie dafür beanspruchen –«

»Nein, darauf kommt es nicht an. Es ist eine Prinzipienfrage. Erstens übernehme ich derartige Aufträge nicht. Zweitens spioniere ich junge Mädchen nicht aus, ebensowenig eine ehrbare Frau, die sich um die Erziehung einer ihr anvertrauten Person bemüht. Wenn Sie etwas wissen wollen, dann gehen Sie doch zu Mrs. Carawood und fragen sie.«

»Das tue ich nicht, denn sie lügt mich doch nur an. Außerdem würde ihr Argwohn erregt werden. Das ist der schlechteste Rat, den Sie mir geben können!«

»Glauben Sie?« erwiderte John ironisch und strich mit der Hand nachdenklich übers Kinn.

»Sie lehnen also die Bearbeitung des Falles definitiv ab?«

»Ja. Ich will nichts damit zu tun haben«, erklärte John energisch.

»Wenn Sie mehr mit Damen verkehrten, würde ich sagen, daß Sie sich in Marie verliebt haben«, meinte Julian und seufzte tief.

»Sie wissen doch, daß ich mir aus Frauen nicht viel mache«, entgegnete John kurz und öffnete dann die Tür, so daß Julian nichts übrigblieb, als fortzugehen.

5

Mrs. Carawood wurde Tag und Nacht von dem Gedanken gequält, daß Mr. John Morlay ein Privatdetektiv war. In ihrem kleinen Büro in der Penton Street dachte sie dauernd darüber nach. Diese Entdeckung hatte sie in panischen Schrecken gestürzt, und sie hatte sich von ihrem Entsetzen noch nicht wieder erholen können. Aber sie war jetzt wenigstens fähig, klar und vernünftig zu überlegen. Einen Entschluß hatte sie gefaßt: Sie mußte alles daransetzen, diesen jungen Mann auf ihre Seite zu ziehen. Er mußte ihr Freund werden, er durfte nicht eine unheimliche Drohung für sie bleiben. Aber wie sollte sie dieses Ziel erreichen?

Er mochte Marie gern. Einen kurzen Augenblick hatte sie gesehen, wie er das junge Mädchen voll aufrichtiger Bewunderung und Verehrung anschaute. Gefühlsmäßig wußte sie, daß er nur nach Cheltenham gekommen war, um Marie zu sehen. Wer hatte ihm den Auftrag dazu gegeben? Die Familie Fioli war nahezu ausgestorben; es gab keine Mitglieder des alten Adelsgeschlechts, die sich für das Mädchen interessieren konnten. Manchmal war dieser schreckliche Gedanke allerdings schon in ihr aufgetaucht.

Aber wenn andere Leute Privatdetektive bezahlen konnten, um die Geheimnisse um Marie zu lüften, konnte sie denn nicht auch derartige Leute engagieren, um sie zu hüten? Am Montag ging sie zu ihrem Rechtsanwalt und fragte ihn nach der Firma Morlay aus. Sie erfuhr, daß John bei seinen Geschäftsfreunden den besten Ruf genoß, und hielt es nun für ausgeschlossen, daß er eine Gefahr für sie bedeutete. Rasch entschied sie sich dafür, geradewegs in die Höhle des Löwen zu gehen.

John Morlay war aufs höchste erstaunt, als sie ihm gemeldet wurde. Er schob seine Arbeit zur Seite und erhob sich.

»Das ist aber ein unerwartetes Vergnügen, Mrs. Carawood«, begrüßte er sie freundlich.

Ihre Lippen und ihr Gaumen waren trocken, und es dauerte ein paar Sekunden, bis sie sprechen konnte.

»Ich komme in einer geschäftlichen Angelegenheit, Mr. Morlay«, erwiderte sie nervös.

»Es tut mir leid, das zu hören«, entgegnete er lächelnd, während er ihr einen Stuhl hinschob. »Alle Leute, die herkommen, haben ihre Sorgen, und sie kommen erst dann zu mir, wenn sie von anderen Leuten rücksichtslos beschwindelt worden sind.«

Sie schüttelte den Kopf.

»Ich bin nicht beschwindelt worden – und ich glaube auch nicht, daß mich so leicht jemand betrügen kann.«

Aus dieser Bemerkung schloß er, daß sie mit ihren geschäftlichen Erfolgen und ihrer Tüchtigkeit zufrieden sein konnte.

»Nein, ich wollte Sie wegen einer anderen Sache fragen –«

Sie machte eine Pause, und er sah sie erwartungsvoll an.

»Es handelt sich um Mylady.«

»Ach, Sie meinen die Gräfin Fioli?«

Sein Interesse stieg aufs höchste, als sie nickte.

»Sie ist doch nicht in irgendwelche Schwierigkeiten geraten?«

»Nein. Mylady versteht nichts von Geschäften. Es ist – es ist etwas anderes.« Nach einer kleinen Pause fuhr sie fort: »Wie Sie sicher wissen, bin ich die Sachverwalterin für Mylady und kümmere mich auch um ihr Wohl und ihre Erziehung. Als ihre Mutter starb, war Mylady nur ein paar Wochen alt. Die Gräfin übergab mir das Kind, und ich habe ihr versprochen, alles zu tun, was in meinen Kräften steht. Und seit dieser Zeit habe ich für Mylady gesorgt.«

»Sie sind wohl Witwe?«

»Ja, ich stehe allein; ich habe keinen Menschen, auf den ich mich verlassen kann. Nicht einmal meinem eigenen Rechtsanwalt kann ich sagen, was ich Ihnen mitteilen möchte, Mr. Morlay, und gerade in diesem Augenblick fühle ich so sehr, daß ich die Hilfe eines Mannes brauche.«

Sie machte wieder eine Pause. Als sie von zu Hause fortging, war ihr der Plan so überzeugend erschienen, aber nun fiel es ihr schwer, davon zu sprechen.

»Ich brauche jemanden, der die Interessen der jungen Gräfin wahrnimmt«, sagte sie schnell, »jemanden, an den ich mich wenden kann, wenn es Schwierigkeiten und Sorgen geben sollte. Und ich dachte, Sie könnten mir vielleicht helfen.«

Er war erstaunt über ihren Vorschlag, denn ein solches Angebot hatte er am letzten erwartet. Und er wollte auch nicht Beschützer und Schutzengel der Gräfin Fioli spielen.

»Ich weiß nicht recht, wie Sie das meinen, Mrs. Carawood.«

»Ach, Sie verstehen mich doch ganz gut«, sagte sie hartnäkkig. »Wenn andere Leute Sie engagieren können, um Nachforschungen über die Gräfin anzustellen –«

»Es hat mich niemand zu diesem Zweck engagiert«, unterbrach er sie. »Ich war nur neugierig, weil ich soviel von ihr gehört hatte.«

Sie wußte instinktiv, daß das nur zu einem Teil wahr sein konnte, und vermutete, daß ihm tatsächlich ein Angebot gemacht worden war, das er aber abgelehnt hatte.

»Ich habe mich wahrscheinlich nicht gut ausgedrückt, ich habe nicht die Bildung wie Sie«, erwiderte sie ein wenig hilflos. »Aber es ist doch schließlich nichts Besonderes, um was ich Sie bitte. Jeder Gentleman könnte das doch tun. Vielleicht handle ich nicht richtig, aber ich brauche einen Beschützer für das Mädchen. Mr. Morlay, ich kann Sie dafür bezahlen, ich bin nicht arm.«

John lehnte sich in seinem Sessel zurück und beobachtete sie.

»Ich glaube, ich verstehe Sie jetzt. Es ist Ihr Wunsch, daß ich in gewisser Weise auf die junge Gräfin aufpasse. Es ist nicht ungewöhnlich, daß reiche Leute Privatdetektive für solche Zwecke anstellen. Aber leider ist das nicht mein Fach.«

Er sah die Enttäuschung in ihrem Gesicht.

»Es wird mir aber ein Vergnügen sein, wenn ich eine derartige Tätigkeit ehrenhalber übernehmen darf«, fuhr er fort. »Das heißt, wenn Sie es gestatten und wenn es der jungen Dame selbst nicht unangenehm ist.«

»Sie wollen mir also helfen, aber keine Bezahlung dafür annehmen?« fragte sie eifrig.

»Sie haben mich vollkommen richtig verstanden.«

Er lächelte sie an, aber sie schüttelte den Kopf.

»Die Sache soll rein geschäftlich zwischen uns geregelt werden. Ich möchte nicht, daß Sie es umsonst tun, sonst würde ich das unangenehme Gefühl nicht los, daß –«

Sie zögerte und suchte nach den rechten Worten.

»Daß Sie mir verpflichtet sind?« ergänzte er nach einer kurzen Pause. »Aber was würde denn die Gräfin Fioli dazu sagen, wenn sie einen bezahlten Freund hätte?«

Der Gedanke war ihr noch nicht gekommen, und sie überlegte.

»Marie würde nichts dagegen haben«, erwiderte sie schließlich, »wenn ich es gern sehe. Wollen Sie es für mich tun?«

Es war eigentlich ein ziemlich phantastischer Plan. Bei ruhigem Nachdenken hätte er ihn wohl doch noch abgelehnt. Aber Mrs. Carawood bat so dringend und sah ihn so flehentlich an, daß er nicht ruhig nachdenken konnte.

»Ich will alles tun, was in meinen Kräften steht«, entgegnete er kurz. »Nun sagen Sie mir aber auch genau, welche Pflichten ich habe.« Das hatte sie sich vorher schon überlegt.

»Sie wird ein paar Monate in Ascot wohnen – ich habe dort ein Haus für sie gekauft. Selbstverständlich sollen Sie nicht dauernd in Ascot sein, und auch sie bleibt nicht für immer dort. Wenn sie aber in London ist, möchte ich Sie bitten, sie zu begleiten. Ich weiß nicht, was alles passieren wird, aber ich fühle« – sie drückte die Hand aufs Herz –, »daß Marie Schweres bevorsteht. Und ich möchte jemanden haben, auf den ich mich verlassen kann, der mir hilft, wenn Schwierigkeiten entstehen.«

Ein merkwürdiger Vorschlag. Er sollte ein junges Mädchen ausführen und ihren Beschützer spielen. Und dabei kannte er Marie Fioli doch nur ganz oberflächlich. John war über sich selbst erstaunt, daß er auf diesen sonderbaren Plan einging. Im Grund seines Herzens fand er sogar großen Gefallen an diesen Aussichten für die Zukunft.

Auf dem Rückweg wiederholte sich Mrs. Carawood noch einmal jedes Wort ihrer Unterhaltung mit Morlay. Es kamen ihr zwar leise Zweifel, aber im Augenblick war sie beruhigt, daß sie die Gefahr sofort erkannt und beseitigt hatte. Nun besaß sie einen Verbündeten statt eines Gegners, der ihr sehr gefährlich hätte werden können.

Als sie ihren Laden in der Penton Street erreichte, fand sie dort wie gewöhnlich Mr. Fenner vor, der in ein eifriges Gespräch mit Herman verwickelt war.

Mr. Fenner war ein Schreinermeister mit merkwürdigen, anarchistischen Anwandlungen, im übrigen aber ein kluger, tüchtiger Mann. Er sprach wie jemand, der gewohnt ist, als öffentlicher Redner aufzutreten. Meistens war sein Gesicht düster; er haßte den Adel und setzte sich für die Arbeiterklasse ein. Aber

Mrs. Carawood nahm ihn in der Beziehung nicht ganz ernst. Jeden Abend, wenn er mit der Arbeit fertig war und zufällig nicht auf einer Versammlung sprach, machte er einen Besuch in der Penton Street. Um eine Entschuldigung für seine Anwesenheit war er nie verlegen. Er hatte den Parkettboden gelegt und die Wände mit Paneel verkleidet, und er war so zuvorkommend, daß er eine Bezahlung für seine Arbeit ablehnte. Aber in diesem Punkt blieb Mrs. Carawood fest; sie ließ sich nichts schenken. Im Lauf der Auseinandersetzung kam es sogar so weit, daß sie ihn aufforderte, den Laden zu verlassen. Dann einigten sie sich aber doch.

»Guten Abend, Mrs. Carawood«, sagte Fenner. »Es ist schade, daß Sie nicht schon vorher hier waren, ich habe Herman gerade wieder einmal ein klares Bild der reichen Leute gezeichnet.«

»Es wäre besser, wenn Sie ihn in Ruhe ließen. Und machen Sie den Mund nicht so weit auf! Sie haben mir doch erst vorige Woche erzählt, daß Sie selbst sechshundert Pfund auf der Bank haben.«

»Das ist eine vollkommen irrige Auffassung, das ist kein Kapital, das sind Ersparnisse!« entgegnete Fenner ruhig.

Herman lachte laut auf.

Mr. Fenner sah den jungen Mann mitleidig an, sagte aber nichts.

6

John Morlay kam am nächsten Tag nach Büroschluß zu dem Laden in der Penton Street. Er wäre wieder fortgegangen, wenn er nicht einen Lichtschimmer durch eine Spalte in den Vorhängen gesehen hätte. Als er klingelte, wurde ihm sofort geöffnet, und in der ersten Überraschung legte Mrs. Carawood das Buch nicht beiseite, in dem sie eben noch gelesen hatte.

Die verächtliche Bemerkung Julian Lesters fiel ihm ein, und ein Blick auf den Titel bestätigte, daß sie einen gerade nicht sehr hohen literarischen Geschmack besaß. Als sie entdeckte, daß er auf das Buch sah, stellte sie es hastig zu den anderen Bänden ins Regal.

»Sie lesen wohl sehr viel, Mrs. Carawood?«

»Ja. Aber andere Bücher als Sie, Mr. Morlay.«

»Nun, ich bin aber vielleicht deshalb doch nicht klüger«, entgegnete er lächelnd. »Es gab auch bei mir eine Zeit, in der ich gern aufregende Romane las.«

»Ach, jetzt sind Sie zu alt dazu?« fragte sie so naiv, daß er beinahe laut aufgelacht hätte.

»Selbst wenn man älter wird, hat man noch einen Hang zum Abenteuer. Diese Geschichten faszinieren immer.«

Er war mit keiner besonderen Absicht gekommen. In Wirklichkeit hatte ihn eigentlich nur der Wunsch hergetrieben, mehr von Marie zu hören. Aber das wollte er sich selbst nicht eingestehen. Es fiel ihm schwer, die Sprache auf die junge Dame zu bringen, und sie kam ihm auch in keiner Weise entgegen. Herman verschwand in die Küche, kam bald darauf mit einem Tablett zurück und servierte Tee. Mrs. Carawood sagte entschuldigend, daß das ihr Lieblingsgetränk sei, das sie zu jeder Tageszeit genießen könne. John hatte dieselbe Schwäche. Schließlich blieb ihm nichts übrig, als direkt auf sein Ziel loszusteuern.

»Ich möchte Sie fragen, Mrs. Carawood, ob Sie sich schon Pläne über die Zukunft der Gräfin Fioli gemacht haben?«

Sie sah ihn besorgt an.

»Ich mache mir allerhand Gedanken darüber. Mylady müßte irgend etwas anfangen. Es ist nicht gut, wenn sie nichts zu tun hat. Sie kann sehr gut schreiben und hat einen vorzüglichen Stil; vielleicht könnte sie einen Roman verfassen?«

»Ich glaube, das ist nicht das Richtige«, entgegnete er lächelnd.

Sie wurde rot und nickte. Er ärgerte sich, daß er sie durch seine Worte verletzt hatte. Sie war ziemlich empfindlich, wenn es sich um ihre mangelnde Bildung handelte. Erst nach einiger Zeit hatte er sie wieder so weit beruhigt, daß sie über Marie mit ihm sprach. Aber dann erfuhr er viel von ihrer Kindheit und von ihrem außergewöhnlichen Verstand. Die Frau erzählte ihm, Marie sei als kleines Kind schon so schön gewesen, daß sich alle Leute nach ihr umgedreht hätten.

»Sie hatte einen Kinderwagen, der allein zwanzig Pfund kostete«, erklärte Mrs. Carawood stolz. »Innen war er ganz mit feinem Leder ausgeschlagen, natürlich rosa, wie es sich für ein Mädchen gehört . . .«

So sprach sie dauernd weiter, und John hörte ihr zu, ohne daß sein Interesse erlahmte. Im Gegenteil, er konnte nicht genug von Marie erfahren.

»Sind Sie verheiratet?« fragte sie plötzlich.

»Nein. Enttäuscht Sie das?«

Sie sah ihn offen an.

»Sie sind ein Gentleman – und ich habe volles Vertrauen zu Ihnen. Vielleicht können die Leute sagen, es sei ein großer Fehler, Marie der Gesellschaft eines jungen Mannes anzuvertrauen. Aber sie ist ja noch so jung, und Sie sind ein Gentleman.«

Ihre Worte hatten ihm plötzlich die Lage klargemacht, in der er sich befand. Bisher hatte er es vermieden, darüber nachzudenken.

»Mit anderen Worten, Mrs. Carawood, Sie wollen nicht haben, daß ich mich in die Gräfin Fioli verliebe?«

Er wollte die Frage im Scherz stellen, aber das gelang ihm nur halb.

»Nun gut«, fuhr er fort, »wenn das doch passieren sollte, verspreche ich Ihnen, mich zuerst an Sie zu wenden, Mrs. Carawood, bevor ich ihr ein Sterbenswörtchen davon sage.«

»Es ist ja auch nur zu erklärlich, daß sich die Leute in sie verlieben«, erwiderte sie und nickte. »Dagegen kann man nichts machen. Ich würde auch nichts dazu sagen; nur –«

»Ich verstehe Sie sehr gut, Sie haben eine große Verantwortung. Und wenn ich mich Hals über Kopf in sie verlieben sollte, werde ich doch nie vergessen, daß ich beruflich für Sie tätig bin.«

Mrs. Carawood seufzte tief. Das hatte sie ihm auch sagen wollen, als sie zu ihm gekommen war, aber sie hatte damals nicht den Mut gefunden, ihre Gedanken in Worte zu kleiden. Sie fürchtete, ihn damit zu beleidigen, und sie brauchte doch einen Freund in der Not.

John Morlay ging unruhig zu seiner Wohnung zurück. In wenigen Tagen hatte sich sein ganzes Leben geändert; er sah die Welt jetzt mit anderen Augen an. Das Schicksal hatte ihn gegen seinen Willen in eine sonderbare Lage gebracht, aber eigentlich war er gar nicht böse darüber.

7

Wehmütig dachte Marie daran, daß die Tage von Cheltenham nun hinter ihr lagen. Sie mußte sich zusammennehmen, um die Tränen zurückzuhalten, die sich ihr in die Augen drängen wollten, als sie im Zug saß. Sie fühlte sich niedergeschlagen, nicht wegen des Lebens, das sie zurückgelassen hatte, sondern weil sie Angst vor der Zukunft empfand.

Sie saß allein in der Ecke eines Abteils erster Klasse. Zeitungen und illustrierte Zeitschriften lagen neben ihr, aber sie hatte keine Lust, darin zu lesen.

Als der Zug in Gloucester einlief, nahm sie einen Brief aus ihrer Handtasche und las ihn halb lächelnd, halb stirnrunzelnd, denn der Brief hatte einen ganz merkwürdigen Inhalt. Auf John Morlay konnte sie sich sehr gut besinnen; die Züge dieses interessanten Mannes vergaß ein junges Mädchen nicht so leicht. Sie hatte öfter an ihn denken müssen, nachdem er ihr zum erstenmal vorgestellt worden war. Und dann war er vor ein paar Tagen nach Cheltenham gekommen. Sie hatte sich damals schon gewundert, was er dort zu tun hatte, aber der Brief gab ihr nun eine Erklärung:

›Meine liebe Contessa,
ich muß Ihnen eine große Neuigkeit mitteilen, wenn Mrs. Carawood sie Ihnen nicht schon erzählt hat. Mit großer Genugtuung, aber auch mit leiser Furcht, habe ich eine Anstellung als Schutzengel, Begleiter und offizieller Familienfreund erhalten.

Ich werde Sie bei Ihrer Ankunft in Paddington abholen und während Ihres Aufenthaltes in Ascot stets in Ihrer Nähe sein. Vielleicht ist Ihnen diese Aussicht ein wenig unangenehm, aber ich bin sicher ein Schutzengel, der sich nicht zu sehr aufdrängen wird. Hoffentlich langweile ich Sie nicht zu sehr. Ich bitte Sie, es mir ganz frei und offen zu sagen, wenn Sie mich nicht brauchen können. Ich werde Sie zu Gesellschaften begleiten, und wenn es notwendig ist, tanze ich auch mit Ihnen, falls die Herren fehlen. Aber das wird wohl nur selten vorkommen. Um diesen Verpflichtungen in jeder Beziehung gerecht werden zu können, übe ich heimlich in meinem Büro. Als Tanzpartnerin nehme ich meinen Stuhl. Also, stellen Sie sich vor, wie ich hinter verschlossenen Türen mit dem Stuhl im Arm die schönsten Bewegungen und Drehungen mache. Ich möchte die erschreckten und erstaunten Gesichter meiner Angestellten sehen, wenn sie mich durchs Schlüsselloch beobachten.

Ich muß Ihnen übrigens noch die schauerliche Mitteilung machen, daß ich ein Detektiv bin. Selbst wenn Sie etwas enttäuscht sein sollten, muß ich aber doch der Wahrheit die Ehre geben und Ihnen erklären, daß es nicht meine Pflicht ist, böse Leute zu verhaften. Ich befasse mich auch nicht mit Morden, Einbrüchen und Gewalttätigkeiten, sondern bin hauptsächlich ein Detektiv für Handelsauskünfte und rechne meistens große Geschäftsbücher nach. Im Grunde habe ich wenig mit dem berühmten Sherlock Holmes gemein.

Mrs. Carawood hält es für nötig, daß jemand auf Sie aufpaßt, und deshalb hat sie mich für diesen angenehmen Posten engagiert. Ich bin also in gewisser Weise ein Angestellter. Sie müssen mich daher John nennen, etwa so, als ob ich Ihr Diener wäre. Nennen Sie mich aber bitte nicht Mr. Morlay, denn ich bin kein Butler. Eines verspreche ich Ihnen: Ich werde nicht die Sünden Ihrer Vergangenheit ausspionieren, ich werde auch keine Proben Ihrer Fingerabdrücke nehmen und nicht den Versuch machen, Ihnen irgendwelche Verbrechen in die Schuhe zu schieben, die in der Vergangenheit passiert sind.

Mit dem Ausdruck meiner aufrichtigen Verehrung

John Morlay‹.

Marie hatte den Brief schon mehrmals durchgelesen und amüsierte sich auch jetzt wieder darüber. Zu diesem Zweck hatte er ihn ja auch geschrieben. Diese Mitteilung war ihr in keiner Weise unangenehm; sie wußte ja, daß Mrs. Carawood etwas nervös und ängstlich war, wenn es sich um sie handelte. Und John Morlay war im Grunde genommen ein wirklich netter junger Mann. Marie dachte sogar darüber nach, ob sie sich wohl in ihn verlieben würde. Solche Gedanken waren in ihrem Alter natürlich, und außerdem hatten ihre Freundinnen ihr oft von ihrer Sehnsucht nach romantischen Erlebnissen vorgeschwärmt.

Als der Zug im Bahnhof einlief, hielt der Wagen, in dem Marie saß, direkt vor John Morlay.

Es hatte geregnet, und er sah in dem Regenmantel, der bis über die Knie reichte, besonders stattlich und groß aus.

»Melde mich zur Stelle«, begrüßte er sie, nahm ihre Hand und drückte sie vorsichtig. »Ich bin mir noch nie in meinem Leben so wichtig vorgekommen. Und wenn ich offen sein soll«, fuhr er feierlich fort, obwohl sie ihn freudestrahlend anlachte, »habe ich mich nur dadurch dazu bringen können, meine Pflicht voll und ganz aufzunehmen, daß ich mir vorstellte, Sie wären ein großer Kasten voll Gold, den ich auf die Bank von England bringen muß, damit er unterwegs nicht von bösen Dieben gestohlen wird. Der Wagen zum Transport wartet«, fügte er mit einer würdevollen Handbewegung hinzu. Sie lachte nur noch mehr, so daß seine anfängliche Nervosität vollkommen schwand.

»Sie haben einen sehr schönen Anfang gemacht, Mr. Morlay – ach so, ich muß Sie ja John nennen.«

»Ja, sagen Sie John. Soll ich Sie sofort nach Pimlico bringen, oder wollen wir erst eine Tasse Tee zusammen trinken?«

»Wenn ich es mir überlege, ist eine Einladung zum Tee verlockend. Ich habe immer um elf Uhr morgens gefrühstückt. In unserer Schule war das eine strenge Regel.«

Er fuhr mit ihr zum Hyde Park, wo eben ein Erfrischungspavillon geöffnet wurde. Unter einem großen Baum ließen sie sich in bequemen Stühlen nieder und tranken Tee.

»Sie sind wohl mit Mrs. Carawood sehr befreundet?«

»Ja, wir sind wie Bruder und Schwester«, erklärte John feierlich.

»Aber Sie müssen mir wirklich richtig Auskunft geben. Ich glaube ja, daß sie Sie sehr gut kennt, sonst hätte sie mich niemals Ihrer Obhut anvertraut.«

»Ich denke, sie hat große Menschenkenntnis«, erwiderte er. »Im Ernst, Contessa –«

»Wollen Sie nun auch so gut sein, mich als Zimmermädchen zu betrachten und mich einfach Marie zu nennen?« fragte sie vergnügt. In der Schule hatte ich den Spitznamen Moggy, aber wir kennen uns noch nicht lange genug, daß Sie den schon verwenden dürften.«

Er schüttelte den Kopf.

»Gut, dann bleibt es bei Marie. Und ich heiße John.«

Morlay war über sich selbst erstaunt. Noch nie hatte er soviel Witze gemacht, niemals war er so aus sich herausgegangen. Er war doch ein gesetzter, ruhiger Geschäftsmann in mittleren Jahren, der sich eigentlich dementsprechend würdevoll benehmen mußte. Einige Zeit scherzte er noch mit ihr, dann wurde sie plötzlich ernst.

»Die Welt lag früher für mich so fern, aber jetzt ist alles

plötzlich Wirklichkeit geworden; es gibt so viele Dinge, vor denen ich mich fürchte. Ich kann es kaum begreifen – noch vor einer Woche habe ich einen Aufsatz über Wilhelm den Eroberer geschrieben, und jetzt sitze ich hier neben Ihnen im Hyde Park. Es ist alles so sonderbar, so phantastisch – und daß Sie an meiner Seite sitzen, ist das Seltsamste von allem –«

»Kennen Sie eigentlich Julian Lester?«

Sie warf ihm einen schnellen Blick zu.

»Ja. Warum fragen Sie danach? Selbstverständlich kenne ich ihn«, erwiderte sie fast vorwurfsvoll. »Er hat Sie mir doch vorgestellt. Er ist mit einer meiner Freundinnen entfernt verwandt, und ich finde ihn eigentlich ganz nett. Sie nicht auch?«

»Ja, er ist recht nett«, sagte John wenig begeistert. »Schreibt er Ihnen öfter?«

Hätte er auch nur einen Augenblick nachgedacht, so hätte er niemals gewagt, eine derartige Frage an sie zu richten. Ein erstaunter Blick aus ihren tiefblauen Augen traf ihn.

»Natürlich schreibt er mir«, entgegnete sie etwas kühl und warf den Kopf leicht zurück. »Sprechen Sie jetzt als Detektiv?«

»Ach, das war nur eine neugierige Frage. Ich habe mich um Dinge gekümmert, die mich nichts angehen«, erklärte er schnell, um den Fehler wiedergutzumachen. »Sehen Sie, Marie, ich muß doch wissen, wer Ihre Freunde sind und mit wem Sie che Ansprüche; gern las sie Abenteuerromane, wie überhaupt aus Versehen dem falschen Mann mit dem großen Gummiknüppel, den ich mir für Ihren Schutz angeschafft habe, auf den Kopf. Von morgen ab werde ich ihn wie ein Gewehr über der Schulter tragen, wenn ich mit Ihnen ausgehe.«

Die nächste Viertelstunde saß er neben ihr und schwieg. Sie plauderte über ihre Mitschülerinnen und ihre Lehrerinnen, über Kissenschlachten im Schlafsaal und all die kleinen Ereignisse, die jungen Mädchen wichtig erscheinen.

Nur widerwillig zahlte er schließlich die Rechnung und brachte Marie zum Wagen zurück. Je mehr sie sich der Wohnung in der Penton Street näherten, desto ruhiger und ernster wurde sie.

»Kennen Sie Nanny wirklich sehr gut?«

»Sie meinen Mrs. Carawood? Nein, das nicht. Ich traf sie das erstemal an dem Tag, als ich nach Cheltenham kam.«

Marie seufzte.

»Ach, sie ist so gut und lieb zu mir gewesen! Wissen Sie, Mr. –

John, manchmal kommt mir der Gedanke, daß ich gar nicht so reich bin, wie die Leute immer glauben.«

»Wie kommen Sie denn darauf?«

Sie schüttelte den Kopf.

»Ich weiß es nicht«, erwiderte sie unsicher. »Julian hat schon ein paarmal mit mir darüber gesprochen, das heißt, er hat es eigentlich nur angedeutet, daß ich entsetzlich reich sein soll. Aber ich weiß doch von all den Dingen gar nichts. Schließlich drang er darauf, daß ich Nanny fragen sollte, ob sie einen Teil meines Vermögens in Aktien angelegt habe – ich vergaß den besonderen Namen der Papiere. . .«

»Aber warum glauben Sie denn, daß Sie nicht reich sind?«

»Weil mir Nanny das sicher gesagt hätte«, entgegnete sie ruhig. »Ich habe manchmal das Gefühl, daß ich nicht einen Penny besitze und daß sie mich nur auf diese gute Schule geschickt hat, weil sie mich so gern hat.«

Ihre Stimme zitterte ein wenig, und John schwieg.

»Würde es Sie sehr schmerzen, wenn Sie arm wären?«

Sie schüttelte wieder den Kopf.

»Nur in einer Beziehung: Ich möchte etwas für sie tun. Sie hat so hart gearbeitet, und diese Villa in Ascot ist eine große Verschwendung. Wenn sie sich nicht um mich sorgen und mir ein so glänzendes Leben verschaffen wollte, könnte sie bestimmt ihre Kleiderläden zumachen und brauchte für den Rest ihres Lebens nicht mehr zu arbeiten.«

»Haben Sie ihr nicht schon einmal den Rat gegeben?«

»Doch einmal«, gab Marie zu. »Aber das hat sie sehr verletzt. Oh, ich glaube, es würde einen großen Unterschied für mich machen, wenn ich nicht so reich wäre.«

»Ja, da haben Sie recht«, sagte er so nachdenklich, daß sie ihn verwundert ansah.

Und sie hatte auch allen Grund dazu, denn John Morlay wurde zum erstenmal in seinem Leben rot.

8

Mrs. Carawood war ein Rätsel, selbst für die Leute, die geschäftlich mit ihr zu tun hatten. Der Laden in der Penton Street war durchaus nicht ihr bestes Geschäft, obwohl sie von dort aus ihre vielen Niederlassungen leitete. Sie hatte eine Filiale in der Nähe des Hanover Square, eine andere in der Upper Regent Street und einige in den großen Vorstädten Londons.

Zuerst hatte sie einen Handel mit gebrauchten Kleidern eröffnet, aber jetzt bestand nur noch in einem Geschäft eine Abteilung mit getragenen Mänteln. Sie hatte hauptsächlich berufstätige junge Mädchen zu Kundinnen, denen sie für billiges Geld die modernsten Modelle verschaffte. Bei ihr kostete die Ware natürlich nur ein Viertel des Preises, den die vornehmen Läden im Westen Londons forderten. Es kam keine Mode auf, die sie nicht auch sofort führte. Sie hatte sich auf diese Kundschaft spezialisiert, und ihr Geschäft warf verhältnismäßig viel ab. Nachdem sie dieses Gebiet einmal entdeckt hatte, blieb sie auch dabei und hütete sich, Experimente zu machen. Die Grossisten kannten sie als eine fleißige, tüchtige Frau; die Geschäftsführer in ihren verschiedenen Filialen wußten, daß sie in kürzester Zeit die Bücher revidieren und daß man ihr nichts vormachen konnte. Aber niemand kannte sie eigentlich genauer. Selbst die Leute, die sich noch darauf besinnen konnten, wie sie ihren ersten Laden aufmachte, und die ihre spätere erfolgreiche Laufbahn verfolgten, wußten nichts von ihrem Privatleben.

Sie wohnte über dem Geschäft in der Penton Street, aber bei ihren Einkünften hätte sie leicht eine größere und luxuriösere Wohnung haben können. Sie stellte nur verhältnismäßig einfache Ansprüche; gern las sie Abenteuerromane, wie überhaupt ein romantischer Zug durch ihr Leben ging. Stundenlang konnte sie an ihrem Schreibtisch sitzen und vor sich hinträumen. Und Herman, der sie sehr gut kannte, störte sie niemals dabei.

Für diesen hochaufgeschossenen jungen Mann war sie das größte kaufmännische Genie, das jemals gelebt hatte.

Jetzt, da Marie zurückgekommen war, hatte sie keine Zeit mehr zum Träumen. Alle ihre geschäftlichen Sorgen, selbst die neuen Herbstmoden, wurden unwichtig.

Sie mußte vor allem erklären, warum sie John Morlay engagiert hatte, aber das ging verhältnismäßig leicht.

»Eine gute Idee«, sagte Marie ernsthaft. »Ich glaube kaum, daß sich andere Leute soviel Mühe und Sorge um ihre Schutzbefohlenen machen.«

»Er ist ein Gentleman, und ich schenke ihm volles Vertrauen«, entgegnete Mrs. Carawood. »Es gibt mir ein gewisses Sicherheitsgefühl, daß ich ihn um Rat fragen kann, wenn...« Sie zögerte.

»Woran denkst du, Nanny? Glaubst du, daß Leute, die sich unsterblich in mich verlieben, mich entführen? Oder daß mich Banditen gefangennehmen, um nachher Lösegeld für mich zu fordern?«

Sie sah plötzlich den Ausdruck des Schreckens im Gesicht der Frau und änderte sofort ihren scherzhaften Ton.

»Niemand wird mir etwas tun, Nanny!«

»Nein«, entgegnete Mrs. Carawood kurz.

»Ich habe keinen bösen Feind oder einen längst verschollenen Onkel?«

Mrs. Carawood wurde dunkelrot.

»Nein, das nicht«, sagte sie laut. »Wer hat dir denn solche Gedanken in den Kopf gesetzt?«

»Niemand – ich mache nur einen Scherz. Ich habe auch gar nichts gegen Mr. Morlay. Er ist sehr nett, viel netter als Julian. Der ist zwar auch sehr liebenswürdig und freundlich, aber ich weiß nicht – irgend etwas fehlt ihm. In der Schule sagten wir, er hat nicht den richtigen Dreh. Es ist sehr beruhigend, wenn man einen Mann wie John Morlay in der Nähe hat. Er ist ein Mittelding zwischen Vater, Bruder und gutem Onkel.«

Eine längere Pause trat ein.

»Nanny, wie war denn eigentlich mein Vater?«

Mrs. Carawood fuhr zusammen. »Dein Vater, mein Liebling?« fragte sie heiser. »Warum fragst du denn danach?«

Marie lachte leise.

»Nun, das ist doch nicht unnatürlich. Hast du eigentlich ein Foto von ihm?«

Die ältere Frau schüttelte den Kopf.

»Nein. Ich habe ihn niemals gesehen. Er starb vor deiner Geburt, und bevor ich ins Haus deiner Mutter kam.«

Marie stützte sich auf die Stuhllehne und sah auf die sonnenbeschienene Straße hinaus.

»Wenn ich nur wüßte, wie er aussah«, sagte sie nachdenklich. »Merkwürdig, sich vorzustellen, daß er gar nicht Englisch sprechen konnte! Wohnte er eigentlich in Rom? Ich hoffe es. Ich habe schon versucht, mir einmal vorzustellen, wie er gelebt hat. Bestimmt besaß er eine sehr große, stattliche Villa, die im Innern kühl und dunkel war. Im Winter waren die Zimmer etwas feucht, und überall hingen alte Familienwappen.«

»Ja, sein Haus war wahrscheinlich größer als dein kleines Haus in Ascot.«

Mrs. Carawood war traurig, und Marie fühlte, daß sie ihre Sorgen unter einem Lächeln verbergen wollte. Nur selten hatte Marie Fioli bisher an ihre alte Familie gedacht. Im großen und ganzen war sie ein Kind ihrer Zeit und hatte nur moderne Interessen.

Mrs. Carawood holte die Grundrisse und Pläne der kleinen Villa hervor, ebenso eine Mappe, in der sich die Abbildungen der Möbel von Ascot befanden.

Marie wußte sehr wenig über Mrs. Carawood, die in ihrer Gegenwart niemals von geschäftlichen Dingen sprach. Ihr Schreibtisch in dem kleinen Büro war immer sehr gut aufgeräumt, und als Marie einmal nach Briefpapier suchte, entdeckte sie, daß alle Schubladen sorgfältig abgeschlossen waren. Nie hatte sie mit Marie über deren Vermögen gesprochen.

Marie bekam alles Geld, das sie brauchte. Mrs. Carawood zahlte jeden Monat eine beträchtliche Summe auf ein besonderes Bankkonto ein.

Sie hatte Marie sicher sehr gern. Nur ein einziges Mal wurde sie ärgerlich, und Marie dachte noch mit Schrecken an dieses Erlebnis.

Es war am Abend des gleichen Tages. Den ganzen Nachmittag hatte sie mit John Morlay Einkäufe gemacht und war dann zur Penton Street zurückgekehrt, um den Abend mit Mrs. Carawood zusammen zu verbringen. Herman, der auch im Haus schlief, war von seiner Herrin ins Kino geschickt worden, und so waren die beiden allein.

Mrs. Carawood war in Maries Zimmer gegangen, um die Koffer auszupacken und Maries Garderobe durchzusehen. Marie schrieb indessen unten im Erdgeschoß Briefe an ihre Freundinnen im College in Cheltenham. Plötzlich hörte sie, daß die Glocke an der Seitentür klingelte. Sie öffnete die Tür, obwohl Mrs. Carawood ihr besonders ans Herz gelegt hatte, dies nicht zu tun, sondern sie zu rufen.

In dem kleinen Flur brannte das Licht nicht, und nachdem

Marie vergeblich am Schalter gedreht hatte, öffnete sie die Tür.

Draußen stand ein Mann.

»Sind Sie es, Mrs. Carawood?« fragte er leise. »Heute abend hat er dies hinterlassen und gesagt, daß er morgen eine Antwort wünsche. Ich komme morgen früh um acht wieder.«

»Ich bin nicht Mrs. Carawood«, entgegnete Marie, »aber ich werde ihr die Bestellung ausrichten.«

Einen Augenblick stutzte er, aber dann beruhigte er sich.

»Schon gut. Geben Sie ihr das. Aber bestimmt, Miss, und erzählen Sie ihr auch genau, was ich Ihnen gesagt habe.«

Sie schloß die Tür und nahm den Brief ins Wohnzimmer mit. Die Schrift war sehr schlecht und zeigte, daß der Schreiber wenig Bildung besaß. Das Kuvert war an Mrs. Hoad adressiert, und in einer Ecke stand ›Dringend‹.

Mrs. Hoad? Der Mann mußte sich geirrt haben. Marie ging wieder zur Tür und sah die Straße entlang, aber er war spurlos verschwunden. Vielleicht konnte sie eine Adresse in dem Brief selbst finden? Unentschlossen betrachtete sie das Kuvert von außen. Als sie es aber gerade öffnen wollte, hörte sie Mrs. Carawood hinter sich und drehte sich um. Ihre Blicke begegneten sich.

»Was hat das zu bedeuten?« fragte Mrs. Carawood scharf.

Sie riß Marie den Brief aus der Hand, warf einen Blick auf die Adresse und steckte dann den Umschlag in ihre Tasche.

»Laß es dir niemals einfallen, Briefe aufzumachen, Marie – nie wieder!«

Ihre Stimme klang hart, fast drohend.

Ohne ein weiteres Wort wandte sich Mrs. Carawood um und verließ das Zimmer.

9

Inspektor Peas liebte es, Leute unerwartet zu besuchen. Gesellschaftlich war er nicht sehr auf der Höhe; er hielt nie Verabredungen ein, nicht einmal mit seinen Vorgesetzten, und wenn er zufällig in die Nähe eines Freundes kam, den er versprochen hatte zu besuchen, klingelte er einfach, auch wenn der Zeitpunkt denkbar ungeeignet war.

Eines Abends kam er auch zu John Morlay und fand seinen Bekannten damit beschäftigt, den Gothaer Adelskalender durchzusehen. Peas schaute verächtlich auf das kleine Buch, das ein vollkommenes Verzeichnis des ganzen Adels Europas enthält, legte den Hut auf den Boden und nahm Platz.

»Es hat doch keinen Zweck, das Ding zu lesen«, sagte er. »Wenn Sie wissen wollen, welcher Gaul das Rennen in Ascot macht, kann ich Ihnen einen Tip geben, der todsicher ist.«

Peas hatte eine Schwäche: Er schloß gern Rennwetten ab. Allerdings wußte er mit Pferden ziemlich gut Bescheid und verdiente sogar Geld damit, obgleich ihm das als Polizeibeamten eigentlich streng verboten war.

John schlug das Buch zu. Unaufgefordert nahm sich Peas eine Zigarette.

»Den Kerl hätten wir gestern abend beinahe gefaßt.«

»Wen meinen Sie denn?« fragte John und stopfte seine Pfeife.

»Ich meine den Einbrecher, dem die Zeitungen den Spitznamen ›Die einsame Hand‹ gegeben haben.«

»Ach, den! Es gibt aber sicherlich ein ganzes Dutzend solcher Leute, die keine Komplicen haben.«

Der Inspektor schüttelte den Kopf.

»Es gibt nur drei, die den Einbruch verübt haben könnten. Einer von ihnen sitzt im Gefängnis, ein anderer liegt im Krankenhaus – also bleibt nur noch der eine übrig. Wir haben alle anderen Möglichkeiten eliminiert.«

»Großartig ausgedrückt!« erwiderte John ironisch.

Peas blies vier Ringe hintereinander in die Luft.

»Es kann auch eine Frau sein. Da hätten die Zeitungen ja wieder etwas zu schreiben.«

»Warum glauben Sie denn, daß es eine Frau ist?« fragte John neugierig.

»Der Einbrecher wäre beinahe durch den Wachmann in der Bond Street gefangen worden. Der Wächter hatte sich versteckt und beobachtete ihn, und als er unerwartet zusprang und ihn fassen wollte, schrie der Kerl!«

»Es kommt auch vor, daß Männer schreien.«

Peas nickte.

»Das habe ich auch gesagt. Aber der Wachmann schwört, daß der Einbrecher nach Parfüm roch.«

»Auch Männer benützen Parfüm«, entgegnete John, und Peas mußte das wieder zugeben.

»Na, auf jeden Fall ist der Kerl entkommen – an einer Regenröhre ist er hinuntergeklettert. Zuerst glaubten sie, er wäre so rechtzeitig überrascht worden, daß er nichts hätte stehlen können, aber heute morgen entdeckte man, daß er eine Vitrine geöffnet und einen großen, viereckigen Saphir mitgenommen hat.«

»Damit wäre die Sache also erledigt«, sagte John.

Peas seufzte schwer.

»Die Leute wollen es nicht verstehen«, erklärte er. »Sie wissen, daß ich den Fall bearbeite, und da müßte ihnen doch ganz klar sein, daß ich den Dieb fasse, wenn überhaupt ein Mensch dazu imstande ist. Aber was tun sie? Große Artikel erscheinen in den Zeitungen: ›Was macht die Polizei?‹ Sie behaupten, wir schlafen in Scotland Yard, bringen lange Listen von Einbrüchen, die nicht aufgeklärt worden sind, und sagen, ein großer Prozentsatz von Verbrechen würde überhaupt nicht gesühnt ... Aber man muß andererseits doch auch folgendes bedenken: Wenn ein Mann heute in der Bond Street in einen Juwelierladen einbricht und man nichts mehr von ihm hört, wird er doch seine verbrecherischen Neigungen nicht mit einemmal los. Er begeht also weitere Diebstähle und wird vielleicht drei Monate später in Liverpool gefaßt. Dort packt ihn die Polizei, er wird verurteilt, und niemand weiß etwas davon.«

»Warum vermuten Sie eigentlich, daß es eine Frau war?« fragte John noch einmal.

Peas sah ihn nachdenklich an und spitzte die Lippen, als ob er pfeifen wolle.

»Kennen Sie Mrs. Carawood?« fragte er dann unerwartet.

John Morlay sah ihn groß an.

»Mrs. Carawood? Ja. Ich habe sogar schon beruflich mit ihr zu tun gehabt.«

Der Inspektor nickte.

»Sie ist eine ziemlich wohlhabende Frau. Man könnte sie sogar reich nennen.

John lachte.

»Sie meinen doch nicht etwa, daß sie den Einbruch verübt hat?«

Zu seinem Erstaunen stellte Peas das nicht in Abrede.

»Sie hat eine Menge Geld – mehr als sie aus ihrem alten Kleiderhandel beziehen kann. Sie muß also sonst noch ein Nebengeschäft haben, und ich möchte herausbringen, was das ist.«

»Was könnte das denn sein, wenn Sie sie von dem Einbruch freisprechen?« fragte John ironisch.

»Sie fährt zweimal im Jahr nach Antwerpen. Das ist etwas merkwürdig für eine Frau, die ein Kleidergeschäft betreibt. Auf der anderen Seite ist es nicht merkwürdig für jemanden, der Schmuckstücke verkaufen will.«

»Ach, das ist doch Unsinn«, unterbrach ihn John ärgerlich. »Ich weiß nicht, ob sie nach Antwerpen fährt oder nicht; aber wenn sie das tut, bin ich ganz sicher, daß sie guten Grund dazu hat.«

»Es ist nicht einmal ein Gedanke«, entgegnete Peas diplomatisch. »Es ist nur die vorsichtige Erwägung einer entfernten Möglichkeit. Haben Sie schon einmal überlegt, was ein Fragezeichen ist? Ein Angelhaken, den Sie auswerfen, um etwas zu fangen. Sehen Sie, das ist einer meiner eigenen Geistesblitze. Ich habe schon daran gedacht, einmal in den Zeitungen darüber zu schreiben.«

»Nun, die werden sich ja freuen«, erwiderte John spöttisch. Aber das focht Inspektor Peas nicht an.

»Ich bin ein Mann von großer Erfahrung. Ich bezweifle, ob es sonst noch jemanden in Scotland Yard gibt, der soviel über die inneren Zusammenhänge der Verbrechen weiß wie ich. Bei dem schlimmsten Fall, den ich einmal bearbeitete, handelte es sich um ein verschüchtertes Mädchen. Wenn man sie verhörte, war sie entsetzlich bescheiden und wurde fast bei jeder Antwort rot. Sie vergiftete ihren Bruder, und niemand konnte ihr etwas nachweisen. Später vergiftete sie ihren Mann und kam damit durch. Wenn ich damals gleich die Sache bearbeitet hätte, wäre es anders ausgegangen, aber unglücklicherweise wurde der Fall meinem Vorgesetzten übertragen, und so ist sie jetzt mit einem reichen Argentinier verheiratet und sitzt im Vorstand aller möglichen Wohltätigkeitsvereine – sehen Sie, so ist das Leben.«

»Wozu erzählen Sie mir solche Märchen?« fragte John ärgerlich.

Peas war inzwischen aufgestanden und betrachtete ein Bild.

»Das ist ein richtiges Ölgemälde, und wahrscheinlich handgemalt«, erklärte er. Denselben dummen Witz hatte er mindestens schon vierzigmal gemacht. Plötzlich wandte er sich um.

»Diese Mrs. Carawood hat eine ganze Anzahl von Geschäften in London. Soweit ich herausgebracht habe, lebt sie verhältnismäßig bescheiden. Bei ihr wohnt ein sehr ungebildeter junger Mann, den sie auf ihre Art und Weise adoptiert hat. Ich möchte nur wissen, was sie mit der Gräfin Fioli zu tun hat.«

»Was soll das heißen?« entgegnete John gereizt. »Sie ist die Pflegerin der jungen Dame; die alte Gräfin hat bei ihrem Tod das Kind der Obhut von Mrs. Carawood anvertraut.«

Wieder verzog Peas ungläubig die Lippen.

»Mich geht die Sache ja nichts an, aber es ist alles so merkwürdig und ungewöhnlich. Das junge Mädchen gefällt mir sehr gut, ich habe sie schon mehrmals gesehen. Ich war auch auf dem Bahnsteig in Paddington, als Sie sie abholten – sie hat eine Villa in Ascot, die ziemlich viel Geld kostet. Der Lebensunterhalt dort ist nicht billig.«

Er sprach nicht weiter über dieses Thema, sondern kam wieder auf den Einbrecher zurück.

»Im allgemeinen kümmern wir uns in Scotland Yard nicht um so einfache Einbrüche, aber natürlich achten wir auf das Auftauchen ungewöhnlicher Verbrecher in London, wenn wir sie nicht mit den bisher bekannten in Verbindung bringen können.

Die Polizei hat herausgefunden, daß sich die Verbrechen dieses neuen Mannes ziemlich gleichen. Seine Methoden sind ungewöhnlich. Er hat weder jemanden, der Schmiere steht, noch sonst einen Verbündeten, der ihm hilft. Und jedesmal benützt er einen Schlüssel, um die Geldschränke zu öffnen, wenn andere Leute ein Stemmeisen nehmen würden.«

»Haben Sie einen Anhaltspunkt?« fragte John, der sich für diese Sache weniger interessierte.

Peas nickte.

»Ja. Ich versuche auch damit weiterzukommen, aber ich habe mich wohl gehütet, meinen Vorgesetzten Bericht zu erstatten. Es besteht nämlich immer Gefahr, daß sich andere Leute das zunutze machen und nachher den Erfolg für sich in Anspruch nehmen.«

Peas warf sich in die Brust und lächelte. Es kam selten vor, daß er in so heiterer Stimmung war, und John sah ihn erstaunt an.

»Werden Sie übrigens auch an der Gesellschaft teilnehmen?«

»An welcher Gesellschaft?«

»An der Hauseinweihung in Ascot. Na, Sie werden auf jeden Fall eingeladen.«

»Woher wollen Sie denn das wissen?«

»Ich weiß alles«, erklärte Peas.

John war am nächsten Morgen eifrig tätig. Er hatte eine telefonische Unterredung mit Mrs. Carawood, die ihn bat, sie und Marie nach Ascot zu begleiten. Zu seiner Verwunderung erfuhr er, daß die Hauseinweihung tatsächlich beabsichtigt war und nicht nur in der Phantasie des Polizeiinspektors existierte. Am Sonnabend vor dem Rennen sollte sie stattfinden, und von da ab sollte Marie ihren eigenen Haushalt führen. Er verabredete sich mit ihr und begleitete sie am nächsten Morgen bei ihren Einkäufen. Die beiden kauften Porzellan, Gläser, Silberbestecke und alle möglichen anderen Haushaltsgegenstände.

Mrs. Carawood kam es nicht so sehr auf den Preis an. Sie handelte nicht, und er war erstaunt über die großen Summen, die sie bei dieser Gelegenheit ausgab.

Zu seinem größten Ärger tauchte auch Julian auf. Er erzählte, daß er bei seinem Verleger gewesen sei. John erinnerte sich nun auch dunkel, daß Julian ein Buch über irgendeine geheimnisvolle Angelegenheit schreiben wollte. Diese Absicht hatte der junge Mann schon, solange er ihn kannte.

Für John Morlay waren diese Einkäufe ziemlich langweilig, aber Julian fühlte sich hier in seinem Element. Er wußte mit allen Haushaltsdingen Bescheid, und der Einkauf schöner Gegenstände machte ihm große Freude. John Morlay trat immer mehr in den Hintergrund, und schließlich ärgerte er sich so sehr, daß er sich verabschiedete. Und er fühlte sich zurückgesetzt, als Marie nicht den geringsten Versuch machte, ihn zurückzuhalten.

Er aß in einem kleinen Klub in der Nähe der St. James's Street, und zufällig saß er bei Tisch gerade dem Verleger gegenüber, den Julian am Morgen aufgesucht hatte.

»Sagen Sie mir, hat denn dieser Lester heute morgen die Leute getroffen, von denen er soviel erzählte? Er hat mein Telefon eine ganze halbe Stunde lang benutzt. Schließlich hat er sich mit Ihrem Büro in Verbindung gesetzt. Der Mensch ist wirklich ziemlich aufdringlich.«

»Bin ganz Ihrer Ansicht«, erwiderte John. Dann fiel ihm das Buch ein, das Julian schreiben wollte.

»Sie werden ja sicher ein dickes Manuskript von ihm bekommen?«

Der Verleger lächelte. »Das ist noch nicht so ganz sicher. Bis jetzt hat er es noch gar nicht geschrieben. Er hat immer so viele Bedenken, daß er gar nicht vorwärtskommt. Schon seit Jahren sammelt er alle möglichen Daten und Einzelheiten. Er wird nicht ein Zehntel des Geldes zurückbekommen, das er dafür ausgelegt hat.«

»Was ist denn der Inhalt? Schreibt er vielleicht darüber, wie man sich kleiden und benehmen soll?«

»Ich möchte auch gern wissen, wovon es handelt. Zuerst wollte er eine Geschichte der englischen Flotte verfassen. Das letzte Mal, als ich mit ihm darüber sprach, beschränkte er sich nur auf unterirdische Gewölbe und Gefängnisse in den Adelssitzen. Dann äußerte er auch schon die Absicht, über unsere modernen Strafgefängnisse zu schreiben. Er hat mir das Buch schon vor vier Jahren versprochen – ich habe aber noch keine einzige Seite seines Manuskripts erhalten. Er tut immer so geheimnisvoll damit. Glücklicherweise verlangt er keinen Vorschuß. Schließlich braucht er das ja auch nicht.«

»Ich dachte, er wäre nicht sehr vermögend?« fragte John.

Zu seinem Erstaunen schüttelte der Verleger den Kopf.

»Er ist ziemlich reich, aber geizig. Ich bin fest davon überzeugt, daß er mich heute morgen nur deshalb besucht hat, weil er nichts für das Telefon ausgeben wollte. Übrigens war er vor zwei Monaten auch bei mir, gerade an dem Tag, als die amerikanischen Börsen zusammenbrachen. Daher weiß ich auch, daß er ziemlich wohlhabend sein muß. An dem Tag hat er gegen dreißigtausend Pfund verloren, und doch tut er so, als ob nichts geschehen wäre. Es scheint ihm nichts auszumachen, und das kann doch nur der Fall sein, wenn er ein großes Vermögen hat. Er ist nicht nur reich, er will auch immer noch reicher werden. Er will eine sehr wohlhabende junge Dame heiraten – heute morgen hat er eine Bemerkung darüber gemacht. Wissen Sie vielleicht, um wen es sich handelt?«

»Ich kenne eine solche junge Dame, aber ganz bestimmt wird er die nicht heiraten«, erklärte John grimmig.

Auch John Morlay bekam einen Beweis für Julians übertriebene Sparsamkeit, die man schon Geiz nennen konnte. Am nächsten Sonnabend kam Julian elegant gekleidet zu Morlay und bat, ihn im Wagen nach Ascot mitzunehmen. Julian machte aus seinem Herzen keine Mördergrube und erklärte unterwegs, warum er ihn um den Gefallen gebeten habe. Seinem Chauffeur zahlte er nur einen verhältnismäßig geringen Lohn, weil er ihm sonnabends und sonntags immer freigab. »Wenn er mich am

Wochenende nach Ascot fahren sollte, würde mich das fast zwei Pfund kosten, ganz abgesehen vom Benzin.«

»Sie sind ein ganz gemeingefährlicher Geizhals!«

»Regen Sie sich doch nicht auf, mein lieber Junge. Wenn Sie durchaus etwas zum Fenster hinauswerfen wollen, dann lesen Sie lieber Kieselsteine auf. Aber Sie sollten kein Geld wegwerfen, ein Pfund ist eben ein Pfund. Es kann Ihnen doch gleich sein, ob Sie mich im Auto mitnehmen oder nicht – kostet Sie ja keinen Cent mehr. Sie tun einem anderen damit einen Gefallen, das muß Ihnen doch eine innere Befriedigung geben. Wenn ich in kleinen Dingen nicht sparte, wäre ich auch nicht imstande, Ihnen ein großes Honorar anzubieten, falls ich Ihre Dienste in Anspruch nehme. Und ich könnte auch nicht den Stoff für mein Werk sammeln.«

»Ach, das Buch über die unterirdischen Gefängnisse?«

Julian lächelte.

»Sie haben mit meinem Verleger gesprochen. Auch ein Mann, der niemals den Mund halten kann. Nein, ich schreibe nicht über unterirdische Gefängnisse, aber es wird trotzdem sehr interessant werden. Der Verleger hat mir zwar gesagt, daß ich kein Geld damit verdiene, aber mein Name wird bekannt.«

»Nun, das können Sie leichter erreichen, wenn Sie irgendeinen aufsehenerregenden Mord begehen«, entgegnete John ironisch.

Julian schüttelte den Kopf. Er nahm die Bemerkung sogar ernst.

»Ich kenne niemanden so gut, daß ich ihn umbringen könnte.«

Sie mußten einige Zeit warten, bis die Schranken beim Eisenbahnübergang in Sunningdale geöffnet wurden.

»Es tut mir furchtbar leid, daß Sie meinen Auftrag nicht angenommen haben. Ich traue Ihnen nämlich vollkommen. Wahrscheinlich gibt es aber auch gar nichts Geheimnisvolles über Mrs. Carawood herauszubringen. Ich hoffe jedenfalls, daß es so ist.«

»Aber Sie vermuten doch, daß noch eine große Summe von dem Vermögen der jungen Gräfin Fioli übriggeblieben ist?«

Julian nickte, ohne sich im mindesten zu schämen.

»Sie dürfen deshalb aber nicht glauben, daß ich Marie nur des Geldes wegen heiraten will.«

»Sie werden sie überhaupt nicht heiraten, mein Freund«, erwiderte John kurz. »Erstens mag sie Sie nicht, und zweitens dulde ich es nicht. Es wäre besser, wenn Sie sich darum kümmerten, daß endlich das Manuskript zu Ihrem Buch fertig wird.«

Julian lächelte selbstzufrieden.

Das Haus in Ascot war wirklich nicht sehr groß. Die schöne Diele, mit weißer Holztäfelung verkleidet, war allerdings geräumig, aber Wohn- und Speisezimmer waren ziemlich klein.

Marie kam ihnen bis zur Haustür entgegen und führte John dann durch das ganze Gebäude. Sie war wie ein Kind, das sich über ein neues Spielzeug freut, fühlte sich als Hausherrin und zeigte ihm sogar Küche und Keller, Speisekammer, den elektrischen Kochherd, den neuen Kühlschrank und all die vielen modernen Einrichtungen, die die Hausarbeit erleichtern. Mrs. Carawood hatte kein Geld gespart. Schließlich führte sie ihn auch noch die Treppe hinauf und zeigte ihm ihr wunderbares Schlafzimmer mit angrenzendem Ankleideraum und Bad. Es war traumhaft schön.

»Ach, es ist herrlich!« rief sie. »Ich werde das ganze Jahr hierbleiben. Der Garten wird mit Blumen bepflanzt – es ist wundervoll!«

»Und was machen Sie sonst noch?« fragte John ruhig.

Sie sah ihn plötzlich ernst an, und er machte sich schon Vorwürfe, daß er ihre fröhliche Stimmung gestört hatte.

»Ich weiß es noch nicht – ich habe es mir auch schon überlegt, daß ich etwas tun muß. Heute morgen habe ich mit Nanny darüber gesprochen. Sie will nicht zulassen, daß ich das ganze Jahr hierbleibe, ich soll nur ein paar Monate in Ascot verbringen. Während der anderen Zeit soll ich Reisen ins Ausland machen. Aber ich muß doch etwas arbeiten, John! Ich werde mir eine Schreibmaschine kaufen und stenografieren lernen. Julian hat schon gesagt, daß er mir dann sein Manuskript diktiert. Er zahlt mir ein sehr anständiges Monatsgehalt.«

»Nun, das wird nicht so viel sein. Julian zahlt schlecht«, entgegnete John unfreundlich. »Hat Mrs. Carawood nicht einen anderen Plan?«

»Nein, sie mag nichts davon hören, daß ich etwas arbeite. Sie sagt immer, das sei ganz unnötig.«

Große Glastüren führten vom Schlafzimmer auf den Balkon. Die beiden traten hinaus und sahen den kleinen, gepflegten Garten unter sich und durch eine Öffnung zwischen den Bäumen eine weite Fläche fruchtbarer Felder. Dahinter erhob sich eine Kette von Hügeln, und darüber wölbte sich der strahlende Abendhimmel. Es war ruhig, still und friedlich. Der Wind trug einen Duft von Tannen und frischgeschnittenem Gras herüber.

»Sie dürfen sich nicht mit einem ruhigen Leben hier zufriedengeben«, sagte er nach einer langen Pause. »Schön, Sie stehen morgens in dieser schönen Umgebung auf, lesen die Zeitungen, spielen etwas Golf und Tennis, fahren dann zur Stadt, um Einkäufe zu machen, kommen zurück und legen sich schlafen. Wollen Sie sich damit zufriedengeben? Nein, Sie sind zu Besserem als einem so eintönigen Leben bestimmt.«

Sie seufzte und nickte dann.

»Ich habe mir verschiedenes überlegt –«

»Aber fangen Sie ja nicht an, sich in wohltätigen Vereinen oder dergleichen zu betätigen!«

»Aber was kann ich denn sonst tun?« fragte sie ungeduldig und vorwurfsvoll.

»Sie müssen arbeiten! Sagen Sie doch Mrs. Carawood, daß Sie ihr im Geschäft helfen wollen. Lernen Sie etwas über Kleider!«

»Das habe ich ihr ja auch schon gesagt, aber sie war ganz entsetzt, als sie das hörte. Es bleibt mir gar nichts anderes übrig, als zu heiraten ...« Sie warf ihm einen schnellen Blick zu. »Was sagen Sie dazu?«

In diesem Augenblick trat Mrs. Carawood mit Julian auf den Balkon, und dadurch wurde John der Antwort enthoben.

Julian paßte vorzüglich in diese Umgebung. Er war ein angenehmer Gesellschafter, konnte unterhaltend sein, wenn man es von ihm verlangte, aber er konnte auch schweigen, wenn es am Platz war. Er verstand es, Mrs. Carawood viel Angenehmes über den schönen Landsitz zu sagen, und ließ sich durch die Abendlandschaft in eine geradezu lyrische Stimmung bringen.

Früher hatte sich John Morlay niemals viel um Julian gekümmert. Er wußte eigentlich nur, daß sich der junge Mann sehr elegant kleidete und immer tadellos gebundene Krawatten trug. In Julians Gegenwart fühlte sich John immer etwas unbeholfen und schlecht angezogen. Für gewöhnlich lächelte er nur über diese übertriebene Betonung des Äußeren, aber heute fühlte er sich zum erstenmal in den Schatten gestellt.

Julian war wirklich ein ausgezeichneter Unterhalter; alles, was er sagte, klang interessant und paßte gut zu den Brillantknöpfen. Er kannte alle möglichen Leute, auch berühmte Schriftsteller und Maler, und wußte höchst intime Skandalgeschichten aus ihrem Privatleben.

John schwieg während des größten Teils der Mahlzeit, aber dann kam doch ein Gespräch mit Mrs. Carawood zustande. Sie selbst trug nicht viel zu der Unterhaltung bei; in dieser Umgebung schien sie mehr denn je durch ihren Mangel an Bildung und Umgangsformen bedrückt zu sein. John übernahm gern die Führung, und in kurzer Zeit hatte er sich in seine Rolle gefunden. Es gelang ihm sogar, Julian in den Schatten zu stellen, so daß selbst Marie ihm zuhörte.

Vor allem wollte er feststellen, ob Mrs. Carawood tatsächlich ab und zu nach Antwerpen reiste. Es war ja möglich, daß sich die Sache sehr einfach und harmlos aufklärte. Geschickt brachte er die Unterhaltung auf den Weltkrieg, auf Belgien, Brüssel und die Städte an der Küste.

»Kennen Sie auch Antwerpen, Mrs. Carawood?«

Sie sah ihn schnell an und zögerte ein wenig.

»Ja, ich bin schon dort gewesen.«

»Was, du warst in Antwerpen, Nanny?«

Marie schien das bisher nicht gewußt zu haben.

»Ja, mein Liebling, ich war dort – ich hatte geschäftlich in der Stadt zu tun. Es gibt dort eine Konfektionsfabrik, bei der ich viel einkaufe. Die Leute sind sehr geschickt im Kopieren französischer Modelle und die Preise günstig.«

»Merkwürdig, daß gerade in Antwerpen eine solche Firma existiert«, meinte Julian. »Ich habe noch nie gehört, daß gute Modemodelle aus Antwerpen kommen.«

»Wieso?« fragte Mrs. Carawood kühl. »Eines der besten Modelle der letzten Saison wurde von einem Fischer in Aberdeen entworfen.«

Die Unterhaltung wandte sich wieder anderen Dingen zu, und Julian gelang es aufs neue, Marie in ein angeregtes Gespräch zu verwickeln. Er neigte sich näher zu ihr, und sie schien recht vertraut mit ihm zu sein. Die Unterhaltung mit Mrs. Carawood wurde für John Morlay immer weniger interessant.

Plötzlich lehnte sich Marie über den Tisch.

»Nanny, kann Julian mir wohl ein Geschenk machen?«

»Ein Geburtstagsgeschenk«, sagte Julian bescheiden.

Mrs. Carawood schien nicht sehr erfreut zu sein, denn sie runzelte die Stirn.

»Es ist ja eigentlich nichts dagegen einzuwenden«, erwiderte sie jedoch, da ihr kaum etwas anderes übrigblieb.

Ihre Stimme klang ablehnend. John fühlte, daß die Frau Julian nicht leiden konnte; infolgedessen wuchs seine Zuneigung zu ihr.

»Es ist nur ein Ring – ein kleines Schmuckstück«, entschuldigte sich Julian. »Ich sah ihn neulich bei Crather in der Bond Street. Das Geschäft wurde übrigens bestohlen, es ist dort eingebrochen worden.«

»Maries Geburtstag liegt aber doch schon drei Monate zurück«, bemerkte Mrs. Carawood.

»In der Schule hätte sie den Ring doch nicht tragen können«, protestierte Julian.

Sie sah John an, als ob sie erwartete, daß er sich dazu äußern solle.

»Das mag stimmen«, gab sie dann zu. »Ich habe es nicht gern, wenn du Schmuck trägst . . ., aber das ist ja schließlich ein Geschenk, das dir jemand anders auch machen könnte.«

Sie zögerte und machte eine kleine Pause. »Ich meine, es bedeutet nichts –«

»Nein, es bedeutet durchaus nichts«, entgegnete Marie lachend und wandte sich wieder an Julian. »Also, ich gebe Ihnen die Erlaubnis. Sie können den Umfang meines Fingers messen. Ich habe eine gewisse Schwäche für Smaragde.« Sie streckte den Finger aus.

Julian seufzte.

»Der Ring, den ich Ihnen schenken wollte, hat gerade keinen so kostbaren Stein. Es ist ein italienischer Siegelring.«

»Aus poliertem Aberdeen-Granit«, sagte John hitzig. »Sie können ihn ruhig annehmen, Marie, es ist kein wertvolles Geschenk.«

Julian sah ihn verärgert an.

10

Bevor sie am Abend zur Stadt zurückkehrten, nahm Mrs. Carawood John beiseite und fragte ihn ein wenig ängstlich, was er an der Feier auszusetzen gehabt hätte, doch selbst wenn er keine Rücksicht auf sie nahm, konnte er eigentlich nur wenig beanstanden. Er sagte aber ganz offen, daß der Diener in der grauen

Livree mit den Silberverschnürungen etwas zu aufdringlich gewirkt hätte. Sie selbst gab das auch sofort zu.

Morlay ließ Julian nur widerstrebend in Ascot zurück. Er war sehr ungehalten über das Telegramm aus New York, das ihn zwang, nach London zurückzukehren. Er hatte zwar versprochen, am Sonntagmorgen wiederzukommen, aber die Arbeit, die er in seinem Büro vorfand, beschäftigte ihn bis zum Nachmittag, und als er damit fertig war, glaubte er, es wäre zu spät, um noch aufs Land zu fahren.

Einen Sonntag allein in London zu verbringen ist eine traurige Angelegenheit. Er rief daher Inspektor Peas an, der Dienst in Scotland Yard hatte, und auf dessen Aufforderung hin fuhr er zum Polizeipräsidium am Themseufer. Als er in das Büro trat, fand er den Inspektor in Hemdsärmeln an einem Tisch, auf dem viele Fotos ausgebreitet lagen. Die meisten stellten Männer dar, und jedes war mit einer großen Nummer versehen. Die Gesichtszüge der abgebildeten Leute wirkten abstoßend, auch waren sie in wenig günstigen Stellungen aufgenommen.

»Eine Galerie von Schönheiten, finden Sie nicht auch? Sämtliche Herrschaften sind Einbrecher, die mindestens schon einmal bestraft worden sind, manche aber viel öfter. Sehen Sie zum Beispiel den hier? Der ist direkt eine Berühmtheit – sechsmal wegen Einbruchs verurteilt, zur Zeit noch im Gefängnis.«

»Sie suchen wohl immer noch nach Ihrer ›Einsamen Hand‹?« Peas nickte.

»Ich halte natürlich die Augen offen. Einmal schaue ich nach dem Verbrecher aus, andererseits aber auch nach dem Hehler. Die Leute, die diesen Schmuck zu Geld machen wollen, müssen schon ziemlich viel Erfahrung darin haben, denn je kostbarer die Stücke sind, die sie stehlen, desto schwieriger ist es, sie unterzubringen.«

»Es müßte aber doch leicht für Sie sein, alle Hehler in London zu kennen.«

»Jeder große Hehler ist der Kriminalpolizei in Scotland Yard auch bekannt. Wir haben aber in allen Fällen zu wenig Beweismaterial, um die Leute zur Verurteilung zu bringen. Außerdem hat es auch einen gewissen Vorteil, wenn wir sie in Freiheit lassen. Einige von ihnen wissen sogar genau, daß wir über ihre wahre Tätigkeit informiert sind, aber sie halten sich für so schlau, daß sie glauben, wir könnten sie nicht fassen. Das ist natürlich ein Irrtum.«

John Morlay wußte wenig von der Art und Weise, wie die Polizei mit Verbrechern umging.

»Welche Leute kaufen denn gestohlene Schmucksachen auf? Sind es Händler?«

»Ein paar Juweliere sind darunter, einige haben sogar große Läden und einen ziemlich hohen Umsatz in ihrem offiziellen Geschäft. Ich kenne auch zwei Altkleiderhändler –«

John lachte laut auf.

»Mrs. Carawood ist also auch eine Hehlerin – ich meine, in Ihren Augen?«

»Nein, an die dachte ich im Augenblick nicht. Übrigens haben wir ihren letzten Besuch in Antwerpen genau untersucht. Sie fährt tatsächlich dorthin, um Kleider einzukaufen, hauptsächlich billige Seidenware. Wir haben eine Bestätigung vom Zollamt.«

Er schob die Fotos zusammen und machte ein Gummiband darum.

»Sie haben sie also nicht länger in Verdacht?«

»Doch, sie ist immer noch verdächtig. Und was das Wichtigste ist, ich bearbeite ihre Personalakten. Das ist ziemlich gefährlich für sie. Im Vertrauen kann ich Ihnen ja sagen, daß sie uns einiges zu raten aufgibt.«

Er sah auf die Uhr und drückte dann auf einen Klingelknopf.

»In zehn Minuten ist mein Dienst zu Ende. Wollen Sie einmal sehen, wie ein wirklicher Kriminalbeamter arbeitet? Wenn ich von einem wirklichen Kriminalbeamten spreche, meine ich natürlich einen Meister seines Fachs.«

»Mit anderen Worten – Sie meinen sich selbst.«

»Wen sonst?«

Bald darauf erschien ein Beamter und holte die Fotos, die Peas in einen Umschlag gesteckt hatte. Dann telefonierte der Inspektor noch mit einem gewissen Arty, der ihn ablösen sollte. Nachdem das alles erledigt war, zog Peas sein Jackett an und griff nach seinem Hut. Dann gingen die beiden in die warme Abendluft hinaus.

»Merkwürdig, daß Sie vorhin gerade von dieser Mrs. Carawood gesprochen haben«, sagte der Inspektor, als sie nach Westen wanderten. »Ich habe mich nämlich fest entschlossen, heute abend dieses kleine Geheimnis zu lüften. Ich glaube, der junge Mann in ihrem Laden kann mir einigen Aufschluß geben. Er scheint ehrlich zu sein. Auch dieser Fenner, der sehr oft hinkommt, ist wohl ein ganz brauchbarer, anständiger Mensch. Es ist doch merkwürdig, daß eine Frau, der eine junge Aristokratin nahesteht, keine Freunde in besseren Kreisen besitzt.«

»Wohin gehen Sie denn jetzt?« fragte John argwöhnisch.

»Zur Penton Street. Ich möchte mich mit Herman unterhalten.«

John schüttelte den Kopf.

»Ich werde Sie bis zur Tür des Ladens begleiten, aber ich will nicht Zeuge sein, wie ein richtiger Kriminalbeamter arbeitet. Wahrscheinlich könnte ich es nicht schweigend mitanhören, wenn Sie diesen Herman ausfragen. Er ist schließlich ein Angestellter meiner Auftraggeberin.«

»Viel werde ich wohl sowieso nicht aus ihm herausbringen. Aber vielleicht bekomme ich durch eine Unterredung mit ihm eine Anregung. Vielleicht macht er irgendeine brauchbare Andeutung. Er weiß natürlich bedeutend mehr über Mrs. Carawood, als er mir gesagt hat.«

»Haben Sie schon vorher mit ihm gesprochen?«

»Ja, mindestens ein halb dutzendmal.«

John Morlay war es ganz neu, daß Mrs. Carawood die Beamten von Scotland Yard derartig interessierte. Ab und zu hatte er ja einen Einblick in die Methoden der Polizei gehabt. Er wußte auch, daß es in Scotland Yard nichts Neues war, wenn sich die Beamten lange Zeit mit den Verhältnissen irgendwelcher Personen beschäftigten und alle möglichen Nachforschungen anstellten, die im Grunde auf nichts hinausliefen und keine greifbaren Resultate zeitigten, wenn sich herausstellte, daß die verdächtige Person vollkommen unschuldig war.

Die Dunkelheit brach herein, als sie zur Penton Street kamen. Die Straßen und Gassen lagen zu dieser späten Stunde vollkommen verlassen. Sie hielten dem Laden gegenüber an.

»Ich halte es für das beste, daß ich Sie allein lasse, wenn Sie Ihre Nachforschungen anstellen. Von Herman werden Sie ja wohl kaum irgendwelche Verbrechen erfahren. Im Gegenteil, es wird sich herausstellen, daß Mrs. Carawood vollkommen ehrlich ist.«

Peas war gerade im Begriff, zum Laden hinüberzugehen, als ein kleines Auto in die Straße einbog und vor der Seitentür des Geschäfts hielt. Mrs. Carawood stieg aus; John Morlay erkannte sie sofort. Allem Anschein nach war sie allein.

Als sie auf die Tür zuging, öffnete sich diese sofort und blieb eine Weile offenstehen. Nach einiger Zeit kam Herman heraus, schloß sie sorgfältig, stieg in den Wagen und fuhr fort.

»Heute abend können Sie sich also nicht mit Herman unterhalten«, sagte John.

Er war erstaunt über das plötzliche Auftauchen von Mrs. Carawood, denn er hatte sie doch in Ascot zurückgelassen, und soviel er wußte, hatte sie durchaus nicht die Absicht gehabt, zur Stadt zu fahren. Es war ihm außerdem vollkommen neu, daß sie selbst ein Auto besaß und fahren konnte. Vielleicht hatte sie den Wagen irgendwo in einer Garage in Ascot untergestellt. Nicht einmal Marie wußte davon.

»Ich gäbe viel darum, wenn ich wüßte, warum sie von Ascot nach London gekommen ist«, meinte der Inspektor nachdenklich.

»Es ist doch nichts Außergewöhnliches daran, wenn sie am Sonntagabend in die Stadt fährt«, erwiderte John.

Der Kriminalbeamte schüttelte den Kopf, sagte jedoch nichts mehr darüber, sondern sprach von anderen Dingen, besonders über die Häuser in der Umgebung. Bevor verschiedene Hausinhaber hier Mietwohnungen eingerichtet hatten, war dies einmal eine vornehme Straße gewesen. Peas wußte sehr gut in Pimlico Bescheid.

Es hatte nicht den Anschein, als ob Herman bald zurückkehren würde. Peas machte gerade eine Bemerkung darüber, als sie sahen, daß sich die Seitentür des Ladens wieder öffnete und eine Frau vorsichtig auf die Straße trat. Sie schaute sich ängstlich nach rechts und nach links um. Wahrscheinlich hatte sie die beiden Männer nicht bemerkt. Es war Vollmond; die Seite der Straße, an der der Laden lag, war hell erleuchtet, aber die andere lag in tiefem Schatten.

John sah verblüfft zu der Frau hinüber. Mrs. Carawood war gut gekleidet gewesen, als sie aus dem Auto stieg und den Laden betrat, aber jetzt glich sie nahezu einer Vogelscheuche. Selbst bei Mondlicht konnte er erkennen, daß sie in Lumpen gehüllt war. Sie trug einen altmodischen, abgetragenen Hut und ein ärmliches Kleid und verschwand bald mit raschen Schritten in einer Seitenstraße.

»Was halten Sie davon?« fragte Inspektor Peas düster. »Die ist ja die reinste Lumpenliese!«

John nickte.

»Sind Sie neugierig und wollen Sie mich begleiten? Oder soll ich allein gehen?«

»Ich komme mit!« sagte John und folgte dem Inspektor schnell über die Straße.

Sie konnten die Frau bald wieder vor sich sehen und holten allmählich auf. So vergingen etwa zehn Minuten. Als sie dann wieder in die Hauptstraße einbog, rief sie ein Taxi an. Die Tür schlug hinter ihr zu. Das Auto fuhr ab und war schon außer Sicht, als es Inspektor Peas endlich gelang, ein zweites Taxi aufzutreiben. Aber nach einiger Zeit hatten sie das Glück, den ersten Wagen wieder zu erreichen. Die Fahrt ging durch Piccadilly, durch die verlassene Innenstadt, dann über die Tower-Brücke in der Richtung nach Rotherhithe. Dort stieg Mrs. Carawood aus. Die beiden fuhren an ihrem Wagen vorbei, um kein Aufsehen zu erregen, und als Inspektor Peas durch das hintere Fenster schaute, sah er, daß sie in eine enge Gasse einbog. Er ließ sofort den Wagen halten, sprang heraus und folgte ihr. Gerade als sie an der Straßenbiegung ankamen, konnten sie noch sehen, daß sie in einem kleinen Haus verschwand.

Es war keine verkommene, aber doch eine ziemlich ärmliche Gegend. Die Häuser waren klein, und Morlay schloß daraus, daß hier viele Arbeiter wohnten. Als sie die Straße weiter hinaufgingen, stellten sie fest, daß die Frau in Haus Nr. 17 gegangen war.

Sie kehrten zur Hauptstraße zurück. Das Auto, in dem Mrs. Carawood angekommen war, hatte inzwischen gewendet und wartete nun in einiger Entfernung auf der anderen Seite der Straße. Dicht dahinter stand eine große, elegante Limousine, ein ungewöhnlicher Anblick in dieser Gegend. Peas ging darauf zu und betrachtete den Wagen.

»Wem gehört der Wagen?« fragte er.

»Sir George Horbin«, entgegnete der Chauffeur.

Das war der Name eines berühmten und bekannten Spezialarztes aus der Harley Street.

»Was macht Sir Horbin denn in dieser Gegend?«

»Er ist zu eimem schweren Fall gerufen worden«, erwiderte der Chauffeur gleichgültig.

Einen Augenblick später warf er seine Zigarette fort und öffnete die Tür. Ein untersetzter Mann näherte sich dem Wagen und stieg eilig ein.

»Nach Hause!« sagte er kurz, und der Chauffeur fuhr ab.

»Die Leute hier in Rotherhithe müssen ja viel Geld haben«, meinte Peas. Er sah sich um und dachte darüber nach, ob hier in der Nähe ein Hospital oder ein Krankenhaus lag. Aber das war nicht der Fall.

Als die beiden wieder auf die andere Seite der Straße gingen und an der Ecke der kleinen Gasse vorüberkamen, sahen sie, daß Mrs. Carawood das Haus Nr. 17 verließ. Sie blieb einen Augenblick stehen und sprach noch mit einem Mann, dann eilte sie zur Hauptstraße zurück. Die beiden folgten ihr wieder bis zur Penton Street und warteten, bis sie ins Haus gegangen war.

Zehn Minuten später erschien das kleine Auto wieder vor der Seitentür. Herman stieg aus, öffnete die Tür mit einem Schlüssel, und kurz darauf trat Mrs. Carawood, elegant gekleidet, aus dem Haus.

»Die Garage muß hier in der Nähe liegen«, sagte Peas. »Herman hat nur so lange dort gewartet, bis sie ihn anrief. Ich glaube kaum, daß er etwas von dieser Verkleidung weiß.«

Mrs. Carawood stieg wieder ein, und sie schauten dem Wagen nach, bis das rote Schlußlicht außer Sicht kam.

»Ich glaube, es hat keinen Zweck, daß ich heute abend noch mit Herman spreche«, meinte der Inspektor. »Aber eines kann ich Ihnen sagen – wenn ich dieses Geheimnis nicht aufklären kann, reiche ich meine Kündigung ein und fange an, Kriminalromane zu schreiben.«

Am Dienstagmorgen fuhr John nach Ascot, wo er zur Frühstückszeit ankam. An diesem Tag wurden die Rennen eröffnet, und John Morlay trug einen eleganten Cut und Zylinder, da Mrs. Carawood eine Loge auf den Tribünen gemietet hatte. John hielt sich für sehr gut angezogen, bis er die kleine Villa erreichte und dort Julian sah. Dann wußte er, daß er seinen Meister gefunden hatte.

»Sieht er nicht fabelhaft aus?« fragte Marie. »Ich habe ihn schon den ganzen Morgen bewundern können. Warum er sich bereits vor dem Frühstück angezogen hat, mag der Himmel wissen. Wir haben doch noch viel Zeit bis zum Beginn des Rennens.«

»Glänzend«, gab John zu, seine Stimme klang aber etwas ironisch.

Mr. Julian Lester fühlte sich jedoch dadurch in keiner Weise angegriffen oder verlegen.

Als die beiden allein waren, erzählte er John, wie herrlich es am Sonntag noch gewesen sei. Den vorigen Abend hatte er mit Marie zugebracht, und er glaubte, daß er sich mit ihr verständigt hätte.

»Verstehen Sie unter Verständigung etwa Verlobung?« fragte John, dem bei diesem Gedanken schwach wurde.

»Das gerade nicht. Ich wollte damit nur sagen, daß Marie und ich nahezu dieselbe Lebensauffassung haben.«

»Das kann ich aber durchaus nicht glauben.« John erinnerte sich plötzlich an das nächtliche Abenteuer. »Ist Mrs. Carawood in die Stadt gefahren?«

»Nein, sie hat nur ein paar Freunde in der Nachbarschaft besucht. Ich habe sie nicht danach gefragt, wie die Leute heißen. Ich habe immer den Eindruck, daß man sie besser in Ruhe läßt. Es wäre ja möglich, daß sie – geschäftlich zu tun hätte –«

Julian nahm John beim Arm und ging mit ihm quer über den gutgepflegten Rasenplatz.

»Ganz offen gesagt, John, die Situation mit Marie ist ein wenig heikel. Wissen Sie auch, daß das arme Kind nicht die geringste Ahnung davon hat, wie ihr Geld angelegt ist oder ob sie überhaupt ein Vermögen besitzt? Sie sagte mir sogar, sie hätte das Gefühl, daß sie nicht einen einzigen Shilling besäße und ganz von der Güte von Mrs. Carawood abhängig wäre.«

»Warum sind Sie eigentlich so scharf darauf, etwas über das Vermögen der Contessa Fioli zu erfahren?« fragte John geradezu. »Sie sind doch selbst reich.«

Julian Lester wandte sich ihm schnell zu.

»Wie kommen Sie denn darauf, daß ich reich sein soll? Wer hat Ihnen das gesagt? Ich bin nicht reich – im Gegenteil, ich möchte sagen, verhältnismäßig arm! Alle Leute, die glauben, daß ich Geld habe, irren sich.«

Seine Stimme klang vorwurfsvoll. Es schien fast, als ob er den Gedanken, Geld zu haben, als eine persönliche Beleidigung auffaßte.

»Sie sind ein sonderbarer Kerl«, erwiderte John. »Aber mir kann es ja gleich sein, ob Sie ein Millionär oder ein Bettler sind. Also, inwiefern hat Marie die gleiche Lebensauffassung wie Sie?«

»Sie müssen mich nicht derartig ausfragen, alter Junge. Wir haben jedenfalls in mancher Beziehung denselben Geschmack. Es ist direkt Seelenverwandtschaft.«

John lachte laut.

»Dabei gibt's doch nichts zu lachen!«

»Einmal reden Sie von Seelenverwandtschaft, und dann wollen Sie unter allen Umständen wissen, wie groß das Vermögen von Marie Fioli ist. Das reimt sich nicht zusammen. Wenn Ihnen die Sache aber so ernst ist, dann gehen Sie doch direkt zu Mrs. Carawood und fragen sie, wie sie das Vermögen ihrer Pflegebefohlenen verwaltet. Bei der Gelegenheit können Sie auch gleich erfahren, wieviel es ist, und sich dann ein Urteil darüber bilden, ob es sich lohnt, Ihren Plan weiterzuverfolgen.«

Julian seufzte.

»Das ist mehr oder weniger vulgär. Ich dachte immer, Sie wären ein Mann von Welt und würden mir in einer solchen Krise helfen.«

Für John wurde die Woche, die so gut begonnen hatte, ziemlich langweilig. Die Rennen in Ascot verliefen in diesem Jahr glänzend, die festlich gekleidete Menge bot ein anregendes Bild, und die Rennen selbst waren spannend, aber John wurde alles vergällt durch die Anwesenheit Lesters. Julian hatte Zutritt zur Königlichen Loge; er war der einzige von den vieren, der dieses Privileg genoß. Er kannte fast alle Leute, die irgendeine Rolle in der Gesellschaft spielten, und zeigte Marie die Berühmtheiten. Schließlich gelang es ihm sogar noch, auch für sie eine Einlaßkarte zur Königlichen Loge zu bekommen.

John Morlay selbst kannte kein Minderwertigkeitsgefühl. Dem gesellschaftlichen Leben hatte er bis jetzt kein Interesse abgewonnen, und es war ihm ziemlich gleichgültig, ob er die Rennen von der Tribüne aus sah, wo der Platz sechs Shilling kostete, oder von der reservierten Loge des Königlichen Rennklubs. Hätte er sich Mühe gegeben und darum nachgesucht, so hätte auch er Zutritt dort haben können. Er war während des Krieges zweimal dekoriert worden, und man hätte ihm sicher keine Schwierigkeiten gemacht. Julian hatte eine gewisse Routine darin, andere Leute fühlen zu lassen, daß sie nicht zur Gesellschaft gehörten. Er ließ keine Gelegenheit vorübergehen, in der Unterhaltung über vornehme Bekanntschaften zu sprechen, ja, er hatte sogar einmal die Dreistigkeit, anzudeuten, daß John ein Privatdetektiv sei, der zum Schutz Marie Fiolis engagiert worden sei.

Julian war ein dauerndes Problem für John. Er hatte viele

Bekannte und verkehrte in Industriekreisen genauso wie unter Parlamentsmitgliedern. In allen Sätteln war er gerecht und konnte fließend über Fragen der Wirtschaft und der Politik sprechen. John bekam geradezu Achtung vor ihm. Wenn der Mann ein Abenteurer war, setzte er sich jedenfalls mit großem Erfolg in Szene. Von einem gemeinsamen Bekannten wußte John, daß Julian ohne die geringsten Mittel begonnen hatte. Das Einkommen aus der Erbschaft seines Vaters war nur eine fromme Legende.

Julians Geldgier war seinen Freunden bekannt. Er träumte von Millionen und war so geizig, daß er sich scheute, selbst Bruchteile eines Schillings auszugeben.

Jede Beschäftigung, die viel Geld einbrachte, interessierte ihn. Er hatte versucht, zum Film zu gehen, aber er genügte den Anforderungen nicht. Dann hatte er ein Drehbuch geschrieben, aber niemand wollte es drehen.

»Ein merkwürdiger Kerl!« sagten seine Bekannten.

Maries Reichtum beeindruckte ihn offenbar so stark, daß es auf ihre Persönlichkeit gar nicht anzukommen schien. John amüsierte sich über die augenfällige Art, mit der er ihr den Hof machte. Am Donnerstagabend äußerte auch Marie ihre Meinung über Julian, die vollständig mit der Johns übereinstimmte.

»Julian ist nach London gefahren. Er hat mir ein Geschenk gemacht, aber ich soll es nicht vor morgen früh betrachten – wir tun nämlich so, als ob ich jetzt Geburtstag hätte.«

»Ein Geschenk? Ach, Sie meinen den Siegelring mit dem geschliffenen Granit?«

»Sie sollen sich nicht lustig darüber machen. Ich bin sicher, daß es ein schöner Ring ist – Julian hat einen ausgezeichneten Geschmack. Mrs. Carawood wünscht allerdings, daß ich ihn nicht annehme. Wenn ich ihn ins Feuer werfen würde, täte ich ihr sicher den größten Gefallen. Aber Julian ist wirklich erstaunlich. Er ist geizig, und er schämt sich kein bißchen deshalb. Dazu kommt, daß er sich so unheimlich für mein Vermögen interessiert. Er hat dauernd mit mir darüber gesprochen, bis mir schließlich die Sache zuviel wurde und ich drohte, zu Nanny zu gehen und eine genaue Aufstellung von ihr zu verlangen. Es muß schön sein, wenn man nur um seiner selbst willen geliebt wird.«

Sie mußten beide über die Äußerung lachen.

»Glauben Sie, daß er überhaupt imstande ist, einen anderen Menschen aufrichtig zu lieben?« fragte John.

»Ich bin sicher, wenn man mit ihm verheiratet wäre, würde er immer sehr nett und liebenswürdig sein. Er würde gute Dinners und hübsche Einladungen veranstalten; für gutes Essen und Trinken hat er viel übrig. Er würde auch sehr zuvorkommend sein und niemals davonlaufen, höchstens wenn er eine Dame findet, die doppelt soviel Geld hat. Und wenn ich tatsächlich so reich bin, wie er hofft, dann ist es ganz unmöglich, eine solche Dame zu finden.«

»Schätzen Sie ihn – haben Sie ihn gern?« fragte John unsicher.

»Julian? Ich muß sagen, in gewisser Weise bewundere ich ihn. Ich habe tatsächlich den Ring gesehen, den er mit schenken will. Er zeigte ihn mir, als wir die Bond Street entlanggingen und vor einem Schaufenster stehenblieben. Es ist ein Rubin mit schöner Goldfassung. Morgen darf ich das Geschenk erst auspacken. Wie ist es übrigens – haben die Juweliere viel durch den Einbruch verloren, von dem Sie mir erzählten?«

»Es waren nur ein paar auserlesene Stücke darunter – zum Beispiel ein länglicher Saphir, der von vier Diamantklammern gehalten wurde. Ich weiß es so genau, weil der Inhaber des Geschäfts zu meinen Kunden gehört.«

»Ach, sagen Sie mir doch, wie fühlt man sich eigentlich so als Detektiv?« fragte sie interessiert.

Er lachte.

»Sie würden sich langweilen, wenn Sie wüßten, wie monoton und ruhig mein Beruf ist. Ich muß Sie eines Tages einmal Inspektor Peas vorstellen, das ist ein richtiger! Der beste Mann, den es in Scotland Yard gibt – wenigstens hält er sich dafür.«

11

Mrs. Carawood schien sich über die Abreise Julians zu freuen und war beim Abendessen in heiterer Stimmung. Am Nachmittag hatte sie außerdem auf ein Pferd gesetzt und gewonnen.

»Wer hat dir denn den guten Rat gegeben?« fragte Marie erstaunt.

Mrs. Carawood lächelte.

»Fenner kam zu den Rennen. Er weiß auf allen Gebieten Bescheid, sogar von Pferden versteht er etwas!«

Am Abend gingen sie spät zu Bett. Es war fast ein Uhr, als John sein Licht ausschaltete und sich zur Ruhe legte. Während des Abends hatte sich der Himmel bewölkt, und es waren ab und zu Regenschauer niedergegangen. John hörte fernes Donnergrollen.

Er hatte einen leichten Schlaf, und als das Unwetter losbrach, wachte er beim ersten Donnerschlag auf. In unregelmäßigen Zwischenräumen erhellten Blitze das Zimmer. Er zog die Vorhänge zurück und schaute hinaus; der Regen fiel wolkenbruchartig. Ein blendendhelles Lichtband lief am Himmel entlang, und fast unmittelbar darauf folgte der Donner. Unwillkürlich zuckte er zurück. Es mußte in der Nähe eingeschlagen haben, denn der Donner war scharf wie ein Peitschenknall gewesen.

Er sah auf die Uhr: Viertel nach zwei. Trotz des offenen Fensters war die Luft im Zimmer drückend. Er öffnete die Glastür weit und hörte im selben Augenblick einen wilden Schrei – dann noch einen, und zwar aus der Richtung von Maries Zimmer. Einen Augenblick zögerte er, weil er nicht wußte, was er tun sollte. Wahrscheinlich war sie durch das Unwetter aufgeweckt worden und fürchtete sich. Dann trat er auf den Gang und hörte, wie eine Klinke niedergedrückt wurde. Die Tür zu Maries Zimmer flog auf.

»John . . .! Nanny . . .! Wer ist da?«

»Ich bin es«, erwiderte Morlay. »Ist etwas nicht in Ordnung – fürchten Sie sich?«

»Ja!« keuchte sie atemlos. »Aber nicht vor dem Gewitter –«

»Was ist denn geschehen, Liebling?« hörte man jetzt die Stimme von Mrs. Carawood.

»Es war jemand in meinem Zimmer . . .«

John schlüpfte schnell in seinen Morgenrock und eilte zu dem Zimmer des jungen Mädchens. Als er das Licht andrehte, sah er, wie bleich sie war.

Der Sturm tobte draußen mit unverminderter Stärke weiter, das Rauschen des Regens klang gewaltig, aber keiner der drei achtete darauf.

»Ich wachte plötzlich auf«, sagte Marie, noch ganz außer sich, »und sah, daß ein Mann in meinem Zimmer war . . . Er stand ganz nahe an meinem Frisiertisch. Wahrscheinlich ist er über den Balkon durch die offene Glastür hereingekommen. Ich schrie, plötzlich verschwand er.«

»Vermissen Sie etwas?«

Sie schüttelte den Kopf.

»Ich weiß es nicht«, erwiderte sie und versuchte zu lächeln. »Aber sicher habe ich den Schlaf dieser Nacht, meinen Frieden und meinen Glauben an Detektive eingebüßt!«

Er ging in ihr Zimmer; soviel er sehen konnte, war nichts angerührt worden. Die kostbaren Bürsten und Kämme in Goldfassung waren vollzählig vorhanden. Marie folgte ihm auf dem Fuß.

»Der Ring!« rief sie plötzlich. »Er ist fort.«

Sie sah unter den Frisiertisch und dahinter, aber das kleine rote Lederetui mit dem Geschenk Julians war verschwunden.

»Wo haben Sie ihn denn hingelegt?«

»Dorthin!« Sie zeigte auf die Ecke des Frisiertisches.

»Wissen Sie das auch ganz genau?«

Sie nickte.

»Ja, um halb zwei lag er noch hier auf der Ecke.«

»Aber wir haben uns doch kurz vor zwölf getrennt, Marie.«

Sie sah Mrs. Carawood an und senkte den Blick.

»Ja, aber ich habe mich nicht sofort hingelegt.«

Sie war ungewöhnlich ernst. Es mußte sie wohl noch ein anderes Ereignis mitgenommen haben. Noch im Augenblick vorher hatte sie gelacht und war zum Scherzen geneigt. John Morlay verstand sie nicht ganz.

»Würden Sie den Mann wiedererkennen?« fragte er.

Sie schüttelte den Kopf.

Er trat auf den Balkon hinaus und sah, daß eine Leiter ans Geländer gelehnt war. Mrs. Carawood folgte ihm und stieß die Leiter um, so daß sie der Länge nach auf den Rasen fiel.

»Sie müssen schon seit langer Zeit dieses Haus beobachtet haben. Die Leiter hängt sonst an der Hinterfront; die Einbrecher wußten also gut Bescheid.«

Der Vorfall machte auf Mrs. Carawood noch größeren Eindruck als auf Marie. Sie ließ sich aber wenig anmerken.

»Gehen wir nach unten und trinken eine Tasse heißen Kaffee. Das Gewitter geht auch allmählich vorüber«, meinte sie beruhigend.

Aber damit hatte sie nicht recht. Die Grundfesten des Hauses erzitterten noch unter den gewaltigen Donnerschlägen, als sie zusammen in dem Speisezimmer saßen und den Kaffee tranken, den Mrs. Carawood inzwischen zubereitet hatte.

Marie war ernst geworden. Sie saß am Tisch und schaute auf die polierte Fläche. Nervös faltete sie die Hände und runzelte die Stirn.

»Ich glaube, Julian wird sich sehr aufregen, wenn er das erfährt«, meinte Mrs. Carawood. »Obwohl der Ring sicher nicht viel gekostet hat.«

Marie seufzte und sah dann auf.

»Ich werde ihn zurückbekommen. Das ist ganz gewiß.«

»Ich würde mich darauf nicht zu sehr verlassen«, erwiderte John. »Es ist sehr schwer, gestohlene Stücke zurückzuerhalten. – Ich möchte wissen, ob der Einbrecher heute abend auch noch in einem anderen Haus war.«

»Und ich werde den Ring doch zurückbekommen.« Marie nickte und lächelte wieder. »Ich habe eine bestimmte Vorahnung. Ich glaube, wenn der Einbrecher den Ring sieht und die rührende Inschrift liest, steckt er das Kästchen in einen Briefumschlag und schickt es mir per Post wieder zu. Wenn wir heute von den Rennen zurückkommen, liegt es unten in der Diele.«

»Sie scheinen tatsächlich das zweite Gesicht zu haben«, entgegnete John.

»Es wäre nicht das erste Mal, daß ich etwas vorausgeahnt hätte.«

Trüb dämmerte der Morgen, als sie sich wieder zur Ruhe legten. John schlief fest und traumlos, bis er dadurch geweckt wurde, daß kleine Kieselsteine auf den Boden des Zimmers fielen. Als er aufwachte, traf gerade ein Stein die Fensterscheibe. Es gab ein Loch.

»Ach, das tut mir leid«, hörte er eine Stimme unten im Garten.

Es war Marie.

»Seit zehn Minuten beschäftige ich mich schon damit, Steine durch Ihr Fenster zu werfen. Kommen Sie doch herunter, hier gibt es etwas für Sie zu tun.«

Es dauerte zwanzig Minuten, bis er unten auf dem Rasen war. Die Sonne schien strahlend, der Himmel war klar und blau, und alle Anzeichen sprachen dafür, daß es ein herrlicher Tag werden würde.

»Kommen Sie doch mit mir in den Obstgarten.«

Auf der Hinterseite des Hauses waren mehrere Morgen Land mit Apfel-, Birn- und Pflaumenbäumen bepflanzt; auch köstliches Spalierobst, wie Pfirsiche und Aprikosen, wuchs dort.

»Der Gärtner sagt, wir pflanzen das bloß, damit es die Wespen auffressen.«

Sie legte den Arm in den seinen, und so gingen sie durch das hohe Gras zwischen den Bäumen.

»Ich möchte, daß Sie mir einen großen Gefallen tun, John.«

»Ihre Bitte ist bereits gewährt!«

»Vergessen Sie alles, was ich gestern abend über den Ring sagte – ich meine, daß ich ihn wiedererhalten würde. Übrigens ist heute nacht auch drüben in der Villa Mirfleet eingebrochen worden, drei Häuser von uns entfernt. Dort wurde ein kostbares Perlenhalsband gestohlen, die Einbrecher haben also nicht nur meinen Ring erbeutet.«

»Ist die Polizei benachrichtigt worden?«

»Die Polizei!« sagte sie verächtlich und sah ihn mit blitzenden Augen an. »Selbstverständlich! Seit sieben Uhr heute morgen wandert eine ganze Prozession von Kriminalbeamten und Polizisten in Zivil hier über den Rasen. Das frische Gras ist vollkommen niedergetreten. Ihr Freund, Inspektor Peas, war auch dabei.«

»Was, der war auch hier?«

»Während Sie in tiefem Schlummer lagen, habe ich längere Zeit mit ihm gesprochen«, entgegnete sie feierlich. »Ich habe ihm alle Einzelheiten erzählt, und alle Beamten haben eifrig in ihre Notizbücher geschrieben. Gerade während sie sich mit mir unterhielten, wurde der Einbruch in der Villa Mirfleet entdeckt, und dann sind sie alle verschwunden. Ich habe keinen von den Herren wiedergesehen.«

»Wer hat denn nach der Polizei geschickt?«

Sie zögerte.

»Ich weiß es nicht, ich glaube aber, es war Mrs. Carawood. Sie ist nicht zu Bett gegangen und war schon um fünf Uhr morgens wieder hier unten. Wahrscheinlich hat sie es einem Polizeibeamten in Ascot gesagt, und der hat es sofort seinem Vorgesetzten gemeldet. Auf jeden Fall glaube ich kaum, daß es mehr Polizeibeamte in Scotland Yard gibt, als heute morgen hier auf dem Grundstück waren.«

Sie wurde plötzlich ernst.

»Ich habe den Leuten nichts davon gesagt – ich meine davon,

daß ich annehme, den Ring wiederzuerhalten. Versprechen Sie mir auch, daß Sie es keinem andern sagen?«

Er mußte laut auflachen, als er das hörte.

»Aber warum denn? Das Schmuckstück kommt doch sowieso nicht von selbst zurück. Einbrecher sind nicht sentimental. Wenn der Mann, der den Ring gestohlen hat, auch nur einen Shilling dafür bekommen kann, verkauft er ihn. Und wenn Sie glauben, das Schmuckstück wiederzuerhalten, würde ich Ihnen raten, Julian nichts von dem Diebstahl zu erzählen!«

»Ich habe es ihm aber bereits gesagt«, entgegnete sie schnell. »Ich habe ihn angerufen. Er war außerordentlich liebenswürdig.«

»Haben Sie ihm auch gesagt, daß Sie glauben, das Schmuckstück zurückzubekommen?«

Sie schüttelte den Kopf.

»Sie sind doch ein merkwürdiges Mädchen.«

»Nicht wahr?«

Sie ließ seinen Arm los, trat einen Schritt von ihm zurück, legte die Hände auf den Rücken und betrachtete ihn ernst.

»Sie können mir auch noch einen anderen Gefallen tun«, sagte sie nach einer Weile. »Könnten Sie Mrs. Carawood überreden, daß sie den Dienstboten sagt, mich nicht mehr Mylady zu nennen? Ich weiß, sie hat es den beiden Mädchen beigebracht, so daß ihnen nichts anderes übrigbleibt, und ich möchte sie nicht verletzen. Aber vielleicht können Sie eine Andeutung machen. Sie werden schon irgendeine Ausrede finden. Sagen Sie, daß das in Ascot nicht Mode ist oder sonst etwas. Aber eines dürfen Sie nicht sagen: daß der italienische Adel nicht zur Führung dieses Titels berechtigt ist. Sie wird sonst wild und kämpft wie eine Löwin.«

»Haben Sie Julian eigentlich gern?«

»Nein. Wenn ich sage, daß ich ihn bewundere, meine ich damit etwas anderes. Man bewundert auch Gemälde, Blumen und andere schöne Dinge, ohne daß man eine persönliche Zuneigung zu ihnen hätte. Sie sind hübsch oder interessant, und dann bewundert man sie eben.«

»Schätzen Sie mich eigentlich?«

Er stellte die Frage geradezu, kam sich selbst aber dabei sehr töricht vor.

Sie nickte.

»Sie meinen, ob ich Sie bewundere? Nein, das tue ich nicht. Dazu sind Sie viel zu natürlich.«

»Gut, dann will ich noch eine andere Frage an Sie stellen. Was halten Sie von einer Verbindung zwischen Mai und Dezember?«

Sie lachte lange und herzlich.

»Nein, John, so dürfen Sie nicht fragen. Aber vielleicht habe ich eine Vorliebe für eine Heirat zwischen April und Juli. Sie sollten sich selbst nicht so alt machen! Das ist eine Schrulle, und es ist auch eitel, wenn Sie immer über Ihr würdiges Alter reden. So, nun wollen wir aber frühstücken.«

Er hätte diese Unterhaltung gern noch weiter fortgesetzt, aber Marie war wirklich hungrig und ließ sich nicht mehr zurückhalten.

Nach dem Frühstück ging er in den Ort, um Inspektor Peas aufzusuchen. Nach längerer Zeit fand er ihn auch in der Kantine der Polizeibaracke, die dem großen Tribünenstand auf der Rennbahn gegenüberlag. Dreihunderteinundsechzig Tage im Jahr liegt sie einsam und verlassen, aber während des viertägigen Rennens sind hier viele Polizeibeamte aus der ganzen Gegend zusammengezogen, um die Ordnung aufrechtzuerhalten und den Verkehr zu regeln.

Peas trank Bier und aß große Käsebrote dazu.

»Ich wollte eigentlich in der Offiziersmesse essen«, sagte er, »aber die einfachen Polizeibeamten sind ebenso gut für mich. Im Herzen bin ich demokratisch gesinnt. Jeder Polizeibeamte ist mein Kamerad, und sie achten mich deshalb auch besonders. Die Vorgesetzten, die sich immer über die anderen erhaben fühlen, sind bei der Mannschaft nicht beliebt.«

John ging einen Augenblick mit ihm auf den Hof hinaus.

Peas wußte nicht viel. Ein Einbruch hatte stattgefunden; ein Perlenhalsband war gestohlen worden, ebenso ein Ring.

»Es wundert mich nur, daß der Mann ausgerechnet in Mrs. Carawoods Haus eingestiegen ist. Diese Einbrecher unterrichten sich doch vorher meistens sehr genau darüber, was in den einzelnen Villen zu holen ist. Ich kann mir die Sache nur so erklären, daß er das Haus verwechselt hat, aber auch das ist nicht sehr wahrscheinlich.«

»Glauben Sie, daß derselbe Mann die beiden Einbrüche verübt hat?«

»Zweifellos. Wir fanden genau dieselben Fußspuren auf beiden Grundstücken. Die Erde ist ziemlich weich vom Regen, und der Mann hat Abdrücke in den Blumenbeeten hinterlassen, die vollkommen kiar und deutlich sind. Sein Fuß ist fast so klein wie ein Frauenfuß. Außerdem benützt er Baumwollhandschuhe bei der Arbeit. Er ließ einen davon am Fuß der Leiter zurück. Für die Untersuchung ist das leider gar kein Anhaltspunkt. Außerdem ist noch festgestellt worden, daß er in einem Auto hergekommen ist. Wir fanden die Spuren der Räder und Öl an der Stelle, wo er geparkt hat. Es hat sich auch ein Mann gemeldet, der den Wagen dort gesehen hat. Die Nummer hat er sich leider nicht gemerkt, und wenn wir sie auch hätten, würde sie für uns doch kaum von Wert sein, da es sich wahrscheinlich um einen gestohlenen Wagen handelte.«

Er sah John neugierig an.

»Ist Mrs. Carawood heute morgen wohlauf?«

»Ich habe sie noch nicht gesehen. Ich sagte schon – sie war fast die ganze Nacht auf und hat sich jetzt hingelegt.«

Peas nickte.

»Hat Sie Ihnen nichts über ihren Ausflug nach Rotherhithe gesagt? Aber Sie haben natürlich auch nicht danach gefragt.«

»Sie sagte nichts. Übrigens muß ich feststellen, daß Sie Mrs. Carawood wirklich nicht sehr gut leiden können.«

»Ich schätze sie mehr als alle anderen Frauen, die ich in der langen Zeit meiner Dienstjahre gesehen und kennengelernt habe«, lautete die erstaunliche Antwort. »Ich habe sogar eine gewisse Bewunderung für diese Dame.«

»Bezieht sich Ihre Bewunderung darauf, daß sie eine gute Staatsbürgerin ist oder eine Verbrecherin?« fragte John leichthin.

Mr. Peas antwortete nicht. Er hatte seine Geheimnisse. John fühlte, daß der Inspektor ein paarmal nahe daran gewesen war, sie ihm mitzuteilen. Peas war so veranlagt, daß er nicht ohne eine Zuhörermenge leben konnte, die ihm Beifall zollte. Es mußte ihm daher ungeheuer schwerfallen, ein Geheimnis für sich zu behalten, aber in diesem Fall tat er es doch.

John ging mit Marie zum Rennplatz und aß dort mit ihr zu Mittag. Den ganzen Nachmittag über sahen sie den Rennen zu, für die sich auch John mehr als sonst interessierte. Ein guter Freund hatte ihm die richtigen Tips gegeben.

Die kleine Unterhaltung mit Marie über den Einbruchsdiebstahl hatte er längst vergessen, als sie von den Rennen zurückkehrten und in die Halle traten. Mit einem Aufschrei eilte sie zu dem Seitentisch, auf dem ein Päckchen lag.

»Wann ist es angekommen?« fragte sie das Mädchen.

»Heute nachmittag.«

Sie riß das Papier ab und hielt ein kleines rotes Ledeṛetui in der Hand, das sie sofort öffnete.

Auf weißem Plüsch lag der schöne Ring mit dem Rubin.

»Nun, was sagen Sie jetzt?« rief sie John triumphierend zu.

»Ist das der Ring?« fragte er ungläubig.

»Ja, das ist das Geschenk Julians.«

Mrs. Carawood war inzwischen eingetreten und sah erstaunt das Schmuckstück an.

»Der Ring ist wieder da, und hier ist auch eine kleine Notiz. Ein Zettel . . .«

»Es ist schon so, wie ich dachte.«

Sie las die Worte vor, die auf dem schmutzigen Papier standen:

»Sehr verehrte Miss, es tut mir leid, daß ich Ihr Geschenk genommen habe.«

Marie betrachtete den Ring, indem sie ihn von einer Seite zur anderen drehte.

»Willst du das Schmuckstück nicht tragen, Liebling?« fragte Mrs. Carawood, als Marie den Ring ins Etui zurücklegte.

»Nein, Nanny«, entgegnete das junge Mädchen ruhig. »Die Farbe paßt nicht zu meinem Kleid, und ich werde wahrscheinlich auch niemals ein Kleid anziehen, das dazu paßt. Deshalb werde ich den Ring vermutlich niemals tragen.«

John nahm das Etui in die Hand und sah sich den Rubin an.

Seiner Schätzung nach war das Schmuckstück höchstens zwanzig bis fünfundzwanzig Pfund wert. Es war eine Nachbildung eines altvenezianischen Schmucks. Die Goldarbeit war besonders gut.

12

John Morlay kehrte am Abend in die Stadt zurück. Er war etwas verwirrt und verstand die Zusammenhänge nicht ganz.

Sonnabend und Sonntag waren arbeitsreiche Tage für ihn. Durch den langen Aufenthalt in Ascot war viel liegengeblieben, und er mußte sich beeilen, das Versäumte nachzuholen. Am

Montagmorgen saß er schon um acht Uhr an seinem Schreibtisch, als ihm Mrs. Carawood gemeldet wurde.

Er begrüßte sie wie eine alte Freundin und schob sofort den besten Sessel für sie zurecht. Als er jedoch mit ihr über die angenehmen Tage in Ascot sprechen wollte, erkannte er, daß sie nervös und unruhig war.

Plötzlich erhob sie sich wieder, trat an das Fenster und schaute auf den Platz hinaus. Ihre Aufmerksamkeit schien sich zwischen den Vorgängen draußen und im Zimmer zu teilen.

Allem Anschein nach fiel es ihr ziemlich schwer, zu sagen, warum sie gekommen war. John glaubte bestimmt, daß sie ihm etwas ganz Neues mitteilen würde.

»Es handelt sich wie gewöhnlich um Marie«, begann sie schließlich. »Ich mache mir im Augenblick sehr viel Sorgen um sie.«

»Meinen Sie wegen des Einbruchs?«

Sie schüttelte den Kopf.

»Nein. Das war eine dumme Sache, aber es kann jedem anderen ebenso gehen. Mr. Morlay, ich weiß, daß Sie sehr viel zu tun haben.«

»Das stimmt. Im Moment bin ich sehr beschäftigt«, gestand er ohne weiteres und zeigte auf die großen Stöße von Briefen, die er noch beantworten sollte.

»Können Sie – ich meine, kann ich Ihnen so viel Geld zahlen, daß es Ihnen möglich wird, Ihre ganze Zeit für Marie zu verwenden?«

Sekundenlang war er versucht, zu sagen, daß er alle Geschäfte beiseite lassen wollte, wenn er nur ihr helfen und beistehen könnte.

»Ich traue den Menschen nicht«, fuhr sie fort, »denn ich kenne sie gut. Aber auf Sie kann ich mich verlassen, das weiß ich. Sie haben Marie gern.«

Als sie das sagte, sah sie ihn durchdringend an.

»Ja«, entgegnete er ruhig. »Ich schätze sie sehr.«

Es kostete sie ungeheure Anstrengung, die nächste Frage zu stellen.

»Lieben Sie Marie – oder bilden Sie es sich nur ein?«

Er sah ihr offen ins Gesicht.

»Ich liebe sie, und ich bin alt genug, um meine Gefühle richtig beurteilen zu können.«

Sie atmete schnell.

»Sie liebt Sie auch. Ja, ich glaube, daß Marie Sie gern hat... das wäre auch ganz nach meinem Wunsch... aber man muß alles mögliche beachten. Ich habe die halbe Nacht nicht schlafen können und immer wieder darüber nachdenken müssen. Wenn sie nun überhaupt kein Geld hat – ich meine, wenn sie nicht einmal ein paar Pfund besitzt?«

»Das würde für mich keinen Unterschied machen.«

»Bedeutet Ihnen etwa auch der Titel nichts?«

Es lag etwas in dem Ton ihrer Stimme, worüber John Morlay lachen mußte.

»Aber meine liebe Mrs. Carawood, in England gibt es so viele Prinzessinnen und Herzoginnen! Es ist ja sehr schön, daß Marie eine Contessa ist, aber mir bedeutet es wirklich nicht viel. Es wäre mir ebenso lieb, wenn sie nur Miss Jones hieße.«

Sie seufzte schwer. »Ich glaube Ihnen.«

Trotzdem war sie in gewisser Weise enttäuscht, daß er den alten Grafentitel so wenig schätzte.

»Sie sind ein Gentleman, der mit Leuten aus aller Herren Länder zusammenkommt, und deshalb denken Sie anders als ich. Ich bin in der Beziehung vielleicht noch etwas altmodisch. Marie habe ich nicht gesagt, daß ich hierherkommen würde«, fügte sie dann hastig hinzu. »Und ich werde ihr auch nicht erzählen, was ich eben mit Ihnen besprochen habe. Aber wenn – wenn Sie derartig denken, und wenn sie damit einverstanden ist, dann habe ich auch nichts dagegen.«

Es kam ihm zum Bewußtsein, wie schwer es ihr fiel, das zu sagen, und er fragte sich, was sie wohl dazu getrieben haben mochte. Es war nicht der Einbruch in der Villa, auch nicht die Rücksicht auf Julian. Noch vor ein paar Tagen hatte sie ihm mit allem Nachdruck erklärt, daß Marie zu jung zum Heiraten sei, und nun wählte sie selbst einen Mann für sie aus.

John war merkwürdig erregt, und als er sprach, zitterte seine Stimme.

»Es wäre wunderbar, wenn Marie ebenso darüber dächte wie Sie. Geld spielt für mich nicht die geringste Rolle; ich habe selbst genug.«

»Ich weiß es, Mr. Morlay. Ich habe Erkundigungen über Sie eingezogen und bin über Ihre Familie unterrichtet. Ich könnte Ihnen genau sagen, wieviel Geld Sie besitzen und wieviel Sie in Aktien angelegt haben. Ich mußte das tun, um sicher zu sein, bevor ich Ihnen etwas sagte, und es gibt ja genug Auskunftsbüros in London. Sobald ich zu dem Entschluß kam, daß Marie bald heiraten müßte . . .« Sie hielt plötzlich inne.

»Bis wann soll sie denn heiraten?«

Mrs. Carawood seufzte wieder ungeduldig.

»Das kann ich noch nicht sagen, aber es wird wohl bald sein. Kennen Sie Polizeiinspektor Peas? Er ist ein Kriminalbeamter, der sich mit Verbrechen beschäftigt. Sie wissen schon, wie ich es meine, Mr. Morlay.« Sie war etwas verwirrt. »Er ist ein richtiger Kriminalist.«

»Ich kenne ihn sehr gut.«

»Er ist in mein Geschäft gekommen, hat sich dort nach mir erkundigt und meine Angestellten ausgefragt. Wissen Sie vielleicht, warum er das getan hat?«

John konnte ihr aufrichtig sagen, daß er keinen Grund dafür wüßte.

»Ich würde mir an Ihrer Stelle keine Sorgen deswegen machen, Mrs. Carawood. Die Polizei muß natürlich alle möglichen Nachforschungen anstellen. Die Leute wollen zum Beispiel wissen, warum Sie in letzter Zeit öfter nach Antwerpen reisten . . .«

Er hörte einen erschrockenen Laut und schaute auf. Sie stand am Fenster; ihr Gesicht war bleich, und sie atmete aufgeregt. Einen Augenblick glaubte er schon, sie würde ohnmächtig umsinken, und eilte zu ihr, um sie zu stützen. Aber sie machte eine abwehrende Bewegung.

»Was sagten Sie eben?« fragte sie heiser. »Warum ich nach Antwerpen reiste? Nun, das ist sehr einfach. Ich habe dort für mein Geschäft Einkäufe gemacht – das kann ich leicht beweisen. Die Polizei kann ja in mein Büro kommen – ich kann die Frachtbriefe vorlegen.«

»Was kommt es auch darauf an?«

Sie sank in einen Stuhl und sah ihn an. Ihre Hände zitterten. Er ging rasch in eine Ecke des Zimmers, goß ein Glas Wasser ein und reichte es ihr. Sie trank gierig und lächelte ihn dann dankbar an.

»Es ist wirklich nichts. Haben Sie etwas dagegen, wenn ich noch ein wenig hier in Ihrem Büro bleibe, um mich zu erholen? Und gibt es einen hinteren Ausgang?«

»Ja«, erwiderte er erstaunt.

»Vielleicht könnte einer Ihrer Angestellten mir ein Taxi besorgen und vor dem hinteren Eingang halten lassen. Ich werde nach

Hause fahren, möchte aber nicht die Vordertür benützen. Ich fühle mich noch so schwach, daß ich eventuell ohnmächtig werden könnte, und ich mag nicht die Aufmerksamkeit der Leute auf der Straße erregen. Wenn mir etwas passieren sollte, kann mich wenigstens niemand sehen.«

»Soll ich einen Arzt rufen?« fragte er ängstlich.

»Nein, die Ruhe im Auto ist die beste Arznei für mich.«

John beauftragte eine seiner Stenotypistinnen, ein Taxi zu rufen und die Dame nach Hause zu begleiten. Als er ins Büro zurückkehrte, stand Mrs. Carawood am offenen Fenster und sah auf den Platz hinunter. Allmählich hatte sie wieder etwas Farbe bekommen und fühlte sich offensichtlich wohler.

»Es tut mir leid, daß ich Ihnen soviel Unannehmlichkeiten mache, Mr. Morlay. Gelegentlich bekomme ich solche Schwächeanfälle – wann werden Sie Marie wieder treffen?«

»Vielleich morgen«, sagte er.

Sie nickte.

»Morgen kommt sie in die Stadt, dann können Sie sie zum Tee abholen. Ich weiß wirklich nicht genau, wie sie über Sie denkt, aber jedenfalls ist ihr Urteil über Sie nicht schlecht – das weiß ich. Sie ist zwar noch jung, hat aber bereits ein sehr selbständiges Urteil. In der Beziehung ist sie viel reifer als ihre Altersgenossinnen. – Wenn Sie Marie heiraten, wird sie Ihren Namen führen. In gewisser Weise tut mir das leid . . .«

»Ach, wegen des Titels?« John lächelte. »Nun, deshalb brauchen Sie sich keine Sorge zu machen. Sie wird, wenn sie mich heiratet, in absehbarer Zeit Lady Morlay werden. Ich habe einen Onkel, der nicht verheiratet ist, und bin der nächste Erbe, der nach seinem Tod den Titel eines Baronets führen darf.«

Das war eine Neuigkeit, die Mrs. Carawood von der Auskunftei nicht erfahren hatte. Sie strahlte und fragte ihn, welche gesellschaftliche Stellung die Frau eines Baronets hätte.

Durch diese Mitteilung war er bedeutend in ihrer Achtung gestiegen.

Während sie noch mit ihm sprach, kam einer der Angestellten und meldete, daß der Wagen vor der Tür stehe. Mrs. Carawood ging die Treppe hinunter. John sah ihr nach, als sie abfuhr, dann kehrte er langsam in sein Büro zurück. Er war sehr glücklich.

13

John Morlay aß verhältnismäßig früh zu Mittag; es war erst halb eins, als er auf den Hanover Square hinaustrat. Zuerst sah er den Mann nicht, der an der Ecke stand; erst als er an ihm vorüberkam, wurde ihm bewußt, daß er ihn früher schon getroffen haben mußte. Er drehte sich um und trat einen Schritt zurück.

»Hallo, mein Freund, hier sind Sie aber weit fort von Ascot! Sie sind doch derselbe, den ich vor einigen Wochen dort in einem Garten gesehen habe?«

Der frühere Sträfling sah angegriffen und elend aus.

»Wir leben hier in einem freien Land. Ich kann ebensogut hier sein wie in Ascot. Sie können mir nichts anhaben. Man kann mich nicht verhaften, weil ich mich hier herumtreibe ... Sie können mich ja zur Polizeiwache mitnehmen und mich dort durchsuchen lassen! Sie werden nichts in meinen Taschen finden, wenn Sie es nicht vorher hineinstecken!«

Er sprach trotzig und schnell, aber John wußte, daß sich nur Furcht dahinter verbarg. Der Mann hatte etwas von einem gehetzten Tier in seinem Wesen, und John Morlay fühlte Mitleid mit ihm.

»Ich habe nicht die Absicht, Sie verhaften zu lassen oder Sie zur Polizeiwache zu bringen. Ich will Ihnen auch gar keinen Vorwurf machen. Kann ich Ihnen vielleicht irgendwie helfen?«

»Wenn Sie mir Geld geben wollen, dann nicht. Ich habe genug. Sind Sie aus dem Haus dort gekommen?« Er zeigte auf die Tür.

»Ja.«

»Wohnen Sie dort?« fragte er argwöhnisch.

»Ich habe mein Büro dort. Auch verschiedene andere Firmen haben in dem Gebäude Räume gemietet. Außer mir noch ein Rechtsanwalt, ein Exporteur und Buchrevisoren. Aber warum fragen Sie danach?«

Der Mann feuchtete seine Lippen mit der Zunge an und sah sich ängstlich nach rechts und nach links um.

»Haben Sie nicht eine Frau in dem Haus gesehen? Sie muß etwas jünger sein als ich, hat eine dunkle Gesichtsfarbe und ist sehr gut gekleidet ...«

Der frühere Sträfling sah Morlay durchdringend an, als er diese Frage stellte.

John wußte, daß der Mann Mrs. Carawood meinte. Instinktiv hatte er das Gefühl, es abstreiten zu müssen.

»Nein. Sind Sie mit ihr befreundet?«

»Ich weiß es nicht ... Ich will Ihnen die Wahrheit sagen. Ich weiß nicht bestimmt, ob sie es ist, aber sie sieht ihr sehr ähnlich. So etwas ist mir noch nicht vorgekommen. Sie stand dort oben an dem Fenster.« Er zeigte auf das offene Fenster von Johns Büro. »Ich habe sie gesehen. Sie hat mich auch erkannt, denn sie ging gleich ins Zimmer zurück.«

Nun wußte John plötzlich, warum Mrs. Carawood so sehr erschrocken war. Nicht die Erwähnung Antwerpens hatte sie so aufgeregt. Sie mußte diesen Mann gesehen und erkannt haben.

»Ich sah, wie sie zur Haustür hineinging, und sagte mir: ›Die sieht genauso aus.‹ Und darum blieb ich hier und beobachtete das Haus. Als ich dann nach dem oberen Stockwerk schaute, entdeckte ich sie wieder.«

»Wenn es das Fenster dort oben war, kann ich Sie beruhigen. Das ist mein Büro, und die Dame, die dort stand, war die Herzogin von Crelbourne.«

»Was, eine Herzogin? Ich meine die Frau mit der dunklen Gesichtsfarbe.«

John nickte.

»Ja. Ich kenne sie schon seit Jahren.«

Der andere strich sich übers Kinn.

»Dann vergeude ich hier nur unnötig meine Zeit. Es ist merkwürdig – ich hätte schwören mögen, daß sie es war ...«

Er zuckte die Schultern, und ohne sich zu verabschieden, ging er fort.

Er hatte Geld, aber nicht im Überfluß; Geld, um sich das nötige Essen und den Lebensunterhalt zu verschaffen, aber für Kognak reichte es nicht, und danach lechzte er besonders. Er hätte ganz gut und bequem von dem Geld leben können, das er monatlich erhielt, aber das war nicht nach seinem Wunsch. Er stellte sich das Leben anders vor. Seitdem er aus dem Gefängnis gekommen war, sah er ein, daß sich die alten Methoden vollkommen geändert hatten. Es war nicht mehr so leicht wie früher, in ein Haus einzudringen und einfach ein paar Silbergegenstände zu stehlen. Die letzten drei Tage war er in London umhergewandert und hatte versucht, eine Gelegenheit zu leichten Diebstählen auszukundschaften, aber er merkte, daß sich eine neue Wissenschaft für Einbrüche entwickelt hatte. Selbst die Ganovensprache war nicht mehr dieselbe; viele Ausdrücke waren ihm fremd. Und es gab junge Leute, die eine besondere Taktik ausgearbeitet hatten, um in gute Wohnungen zu kommen. Unter irgendeinem Vorwand drangen sie ein, rafften an Pelzen, teuren Kleidungsstükken und sonstigen beweglichen Sachen zusammen, was in Reichweite war, und verschwanden dann so schnell wie möglich wieder. Die ganze Angelegenheit durfte höchstens eine Minute dauern. In seinen jungen Jahren hatte er klettern können, aber jetzt war ihm das unmöglich. Der Arzt hatte ihm gesagt, daß er jeden Augenblick damit rechnen müßte, einem Herzschlag zu erliegen. Deshalb trug der Mann auch eine für ihn kostbare Medizin in einem kleinen Fläschchen in der Tasche. Sie konnte ihm das Leben retten, wenn er einen Anfall bekam. Er war froh, daß er sie bis jetzt noch nicht nötig gehabt hatte.

Er haßte die Welt, aber am meisten die Frau, die er eben zu erkennen geglaubt hatte. Sollte das wirklich eine Herzogin gewesen sein? Sie sah doch so gewöhnlich aus. Allerdings war er noch nie einer Dame von so hohem Adel begegnet.

John ging zu seinem Klub und war während des Mittagessens sehr nachdenklich. Er hatte sich schon halb vorgenommen, zu dem Laden in der Penton Street zu gehen und mit Mrs. Carawood zu sprechen. Warum hatte sie sich vor diesem schäbigen früheren Sträfling gefürchtet? Welche Beziehungen bestanden zwischen ihr und ihm, daß sein Anblick sie so erschreckte?

Er wünschte, er hätte sich Inspektor Peas anvertrauen können, aber der war gefährlich. Man wußte niemals, wie weit man sich auf ihn verlassen konnte. Er gehörte zu diesen jungen, skrupellosen Beamten, denen kein Geheimnis heilig war, wenn sie dadurch beruflich vorwärtskamen.

Julian trat in den Speisesaal, als John gerade mit dem Essen fertig war. Mr. Lester war auch ein Mitglied des Klubs, kam aber nur selten her. Es ging ihm dort etwas zu bürgerlich zu. Die Mitglieder waren zwar wohlhabend, aber keine großzügigen Kapitalisten, die ihr Geld in gewagten Spekulationen anlegen wollten.

Die Speisekarte war außerordentlich preiswert, und wenn Julian nicht das Glück hatte, von jemandem eingeladen zu werden, erschien er hier.

Als er John erkannte, kam er mit langen Schritten quer durch den Saal auf ihn zu.

»Es ist doch schrecklich, daß die arme Marie solches Pech hatte!« sagte er. »Ausgerechnet sie muß von einem Einbrecher erschreckt werden! Kaum zu glauben, daß der Mann den Ring zurückgeschickt hat! Ich verstehe die heutigen Zeiten nicht mehr.«

»Ich bin kein Sachverständiger für kriminelle Angelegenheiten«, erwiderte John. »Und wenn Sie denken, Sie können sich hier mit mir lange und angenehm unterhalten, dann irren Sie sich sehr. Trocknen Sie Ihre Tränen mit der Serviette, denn ich gehe in ein paar Minuten fort.«

»Sie scheinen ja recht hochmütig zu sein«, erwiderte Julian leise.

Er schien in bester Stimmung zu sein, trug eine Nelke im Knopfloch und erzählte John strahlend, daß er am Nachmittag nach Wolverhampton zu fahren beabsichtigte, um Material für sein Buch zu sammeln.

»Ich möchte nur wissen, was Sie in dem Nest finden wollen«, entgegnete John erstaunt.

»Sie sind ziemlich unhöflich. Ich weiß gut genug, welches Material ich für mein Buch brauche. Dazu muß man eben Bildung und Geschmack haben.«

»Trotzdem ist mir immer noch nicht klar, welches Material Sie in Wolverhampton sammeln könnten. Ich habe nichts gegen den Ort, im Gegenteil, es wohnen ein paar gute Kunden von mir dort. Aber für Sie ist das wirklich ein merkwürdiger Platz. Was wollen Sie denn dort?«

Mr. Lester wich dieser Frage aus. Er wollte mit John über Marie sprechen, wurde jedoch nicht dazu ermutigt. Vor allem hätte er gern gewußt, welchen Eindruck sein Geschenk auf das junge Mädchen gemacht hatte.

»Es war eine Sensation«, entgegnete John ironisch. »Die Leute kamen aus der Königlichen Loge und standen stundenlang Schlange, um sich das Wunderding anzusehen. Ich hatte niemals geahnt, daß ein synthetischer Edelstein und ein bißchen Gold – zusammen kaum fünfzehn Pfund wert – solchen Eindruck machen könnten.«

»Erlauben Sie mal, der Ring hat fünfundzwanzig Pfund gekostet«, sagte Julian stolz. »Es ist außerdem absolut nicht fein, über einen anderen Menschen zu lachen, weil er nicht Geld genug hat, um kostbare Geschenke zu machen. Es ist nicht die Gabe an sich –«

»Es ist der Geist, in dem sie geschenkt wird«, unterbrach ihn John. »Aber warum machen Sie denn jetzt in Geistreicheleien?«

Mr. Julian Lester ließ sich nicht anmerken, daß ihn die Reden

Johns irgendwie ärgerten. Über dergleichen war er erhaben. Er fühlte sich John und der anderen Welt überlegen, und heute hatte er besonderen Erfolg gehabt. Es war ein guter Tag für ihn gewesen. Er hatte eine große Anzahl von Aktien in einem Augenblick kaufen können, in dem sie den niedrigsten Stand erreicht hatten, und in weniger als einer Woche würde ihm diese Kapitalanlage mindestens fünfzig Prozent Gewinn einbringen.

Er trug am Ende einer Goldkette ständig ein kleines Buch bei sich, in das er Tag für Tag die wachsende Summe seines Vermögens einschrieb. Auf dem Deckel war die Zahl 500 000 eingraviert. Das war seine Devise, sein Motto, das Wappenzeichen, das Ziel, auf das er lossteuerte. Der Gedanke an diese fünfhunderttausend Pfund beherrschte ihn vollkommen; danach richtete er alle seine Handlungen, ja sein ganzes Leben ein. Als er diese hohe Zahl eingravieren ließ, hatte er nicht einmal hundert Pfund auf der Bank. Manchmal waren die Summen, die er eintrug, verhältnismäßig hoch; manchmal gingen sie wieder herunter. Es war ein ewiges Steigen und Fallen, aber im allgemeinen bewegte sich die Kurve in aufsteigender Linie. Selbst den schwarzen Börsentag in Wall Street hatte er glücklich überstanden.

Julian hatte mit so gut wie nichts angefangen und sich vorgenommen, sich zurückzuziehen, wenn er ein Vermögen von einer halben Million zusammengebracht hatte. Bei seiner Veranlagung schien es nicht ausgeschlossen, daß er sein Ziel erreichte. Außerdem spielte er immer mit dem Gedanken, eine nicht zu intelligente reiche Erbin zu heiraten. Das war sein Lieblingstraum. Die Hoffnung, einmal eine Millionärstochter aus dem Wasser zu retten, hatte er allerdings schon lange aufgegeben. Früher, als er diesen Plan besonders schätzte, hatte er deshalb sogar Schwimmunterricht genommen.

So selbstzufrieden er sonst auch war, er hatte doch einen gewissen Sinn für Tatsachen und wußte sehr bald, wann er mit einem Plan nichts erreichen konnte. Das brachte ihn dann aber nicht etwa zur Verzweiflung; er nahm alle Schicksalsschläge mit philosophischer Ruhe hin.

Marie Fioli war in diesem Augenblick noch kein Fehlschlag für ihn, aber es stand doch ein sehr großes Fragezeichen hinter ihrem Vermögen. Und bevor diese Angelegenheit nicht auf die eine oder andere Weise geklärt war, konnte er sie nicht zum Abschluß bringen.

Julian nahm niemals ein zu großes Risiko auf sich, auch

machte er keine unnötigen Anstrengungen. Solange der Heiratsplan mit Marie aussichtsreich war, arbeitete er in dieser Richtung, und er war optimistisch genug, das Beste zu hoffen. Vielleicht konnte er durch diesen Plan die Höchstgrenze seiner Hoffnungen erreichen. Er war auch nicht darauf versessen, die Summe von fünfhunderttausend Pfund unbedingt bis auf den Shilling genau zu erreichen: Das war nur ein allgemeines Ziel. Ob es etwas mehr oder weniger wurde, war gleichgültig.

Niemand kannte Julian durch und durch. Und kaum jemand in England wußte etwas von der schönen kleinen Villa in der Nähe von Florenz, die er sich vor einem Jahr gekauft hatte. Dorthin wollte er sich zurückziehen.

Jetzt fuhr er mit seinem Notizbuch und einem teuren Fotoapparat nach Wolverhampton. Seine Aufnahmen entwickelte er selbst. Das große Werk, das er einmal schreiben wollte und das niemals veröffentlicht werden würde, sollte von der Schlosserkunst handeln. Er hatte dieses Fach mit größter Sorgfalt studiert; er hatte Gelegenheit, alle großen Fabriken in England, die sich in dieser Richtung betätigen, zu besuchen, und seine Spezialkenntnisse ermöglichten es ihm, mit den Ingenieuren und Direktoren auf vertraulichem Fuß zu verkehren. Dadurch erfuhr er Dinge, die so leicht kein anderer hörte. Als Schriftsteller, der sich für dieses Fach besonders interessierte, hatte er Zutritt zu den Fabrikarchiven und lernte die Geheimnisse aller modernen Schlösser kennen. Er fotografierte Schlüssel und Schlösser, und manchmal erlaubte man ihm sogar, Modelle davon zu machen. In der Beziehung war er jedoch nicht sehr gewissenhaft; er nahm auch Abdrücke ohne Genehmigung. Aber davon erfuhr dann niemand etwas.

So kam es, daß er sich nach einigen Jahren rühmte, jedes Schloß in den großen Banken öffnen zu können, einschließlich der allerneuesten Typen, die einbruchs-, feuer- und sonstwie sicher sein sollten.

Niemand hätte Julian zugetraut, daß er große Körperkräfte besaß, aber tatsächlich konnte er mit der Gewandtheit eines Affen an einer Dachröhre in die Höhe klettern. Auch besaß er Kenntnisse über Edelsteine, um die ihn die besten Juweliere in Hatton Garden beneidet hätten. Selbst auf große Entfernung hin konnte er den Wert des Rings, den eine Dame trug, abschätzen, und er sah auf den ersten Blick die Fehler einer Perlenkette, die selbst von Fachleuten als einwandfrei betrachtet wurde.

Ebenso wußte er, daß jede Perle eine gewisse Form hatte, die man wiedererkennen konnte, und daß sich selbst berühmte Perlenhalsbänder, die man auseinandernahm, von erfahrenen Fachleuten identifizieren ließen. Aus diesem Grund wollte er nichts mit Perlen zu tun haben. Er hatte die schwere Kunst gelernt, Diamanten zu teilen und in neue Formen umzuschleifen, so daß sogar die Frauen, die einen solchen Schmuck jahrelang getragen hatten, nicht fähig waren, die Steine wiederzuerkennen. Auch auf allen möglichen anderen Gebieten entwickelte Julian Lester große Fähigkeiten.

Die Ungewißheit über Maries Vermögen machte ihm viel Kopfzerbrechen. Diese Frage mußte möglichst schnell geklärt werden. Und sobald er zur Stadt zurückkam und die Fotos entwickelt hatte, machte er sich daran, diese Aufgabe zu lösen.

Er hatte eine Wohnung am Belford Square. Es war allerdings nur eine verhältnismäßig kleine Unterkunft; die Räume waren auch nur mit bescheidenem Luxus eingerichtet. Immerhin war sein Vater viel umhergereist; von ihm hatte Julian reich geschnitzte Schränke aus Japan und China, seidene Teppiche aus Isfahan, seltene Stickereien aus China, kostbare silber- und goldtauschierte Waffen geerbt. Die Sammlungen waren schon oft von Vorteil für ihn gewesen, wenn er Leute einladen mußte, die ihm bei seinen finanziellen Plänen behilflich sein sollten.

14

Die Uhren draußen schlugen eins, als Julian in das Haus trat. Er stieg die nur spärlich beleuchtete Treppe hinauf, blieb auf dem zweiten Podest stehen, nahm seinen Schlüssel heraus und öffnete die Wohnungstür. Er bewegte sich fast lautlos; nur als die Tür aufging, gab es ein leises Geräusch.

Aber dieses schwache Knarren genügte, um jemand zu warnen. Als Julian die Tür weit aufmachte, sah er für den Bruchteil einer Sekunde einen Lichtschimmer durch die halboffene Tür seines Schlafzimmers. Es war nur ein kurzer Augenblick, dann war es wieder vollständig dunkel.

Julian Lester hatte viele Fehler, aber Mangel an Mut konnte man ihm nicht vorwerfen. Er schloß die Wohnungstür leise und riegelte sie von innen ab. Dann wandte er sich nach links, trat in sein Arbeitszimmer und schaltete dort das Licht ein. Aus einer

Schublade nahm er eine Browning, ging in die Diele zurück und drehte dort das Licht an. Die Tür zum Schlafzimmer war geschlosssen, aber er wußte ganz genau, daß sie vorher offengestanden hatte. Kurz entschlossen riß er sie auf und schaltete auch hier das Licht ein.

»Hände hoch, mein Freund!«

Der Mann mit dem bleichen, ungesunden Gesicht taumelte zur Wand zurück. Er war geblendet durch das helle Licht; außerdem sah er, daß Julian die Schußwaffe gegen ihn hob. Aber er machte keinen Versuch, die Hände zu bewegen.

»Ich kann die Arme nicht hochheben«, sagte er heiser. »Ich habe einen bösen Herzfehler . . .«

Er sah alt, schrecklich alt aus und hatte von vielen Falten durchfurchte Züge, tiefliegende Augen, buschige, überhängende Brauen und graue Haare. Sein Gesicht zuckte nervös, als er in die Mündung der Waffe sah.

»Ich bin geschlagen! Ich werde mich ruhig verhalten. Wollen Sie mir nicht eine Chance geben? Ich bin nach einer Gefängnisstrafe auf Lebenszeit eben aus Dartmoor entlassen worden. Sie wollen doch einen alten Mann nicht wieder ins Zuchthaus zurückschicken?«

Seine Stimme klang weinerlich und bittend. Julian sah ihn verächtlich an. Die Kleider des Einbrechers waren abgetragen, die Schuhe schäbig. Alles an ihm stieß Julian ab.

»Wie sind Sie denn hier hereingekommen?« fragte er.

Das offene Fenster ließ diese Frage überflüssig erscheinen.

Der Mann hatte sofort eine Erklärung und Entschuldigung zur Hand, aber auf Julian machte das keinen großen Eindruck. Er hörte ihm mit eisiger Ruhe zu. Als erstklassiger Berufseinbrecher verachtete er diese Fehler eines Amateurs. Schließlich ließ er den Mann vor sich hergehen und brachte ihn in sein Arbeitszimmer. Als er die Wohnung oberflächlich durchsuchte, sah er, daß nichts fehlte. Wahrscheinlich waren sie beide zugleich in der Wohnung angekommen: der Einbrecher durch das Fenster, er selbst durch die Tür.

»Ich bin am Verhungern.«

»Wie heißen Sie? Es ist allerdings lächerlich, einen Mann wie Sie nach seinem Namen zu fragen.«

»Smith«, erwiderte der Mann und grinste.

Zuerst wollte Julian nach der Polizei schicken, aber er hatte noch nie eine solche Situation erlebt, und sie machte ihm eine gewisse Freude. Er ließ also den Mann in die kleine Küche gehen. Seine Aufwartefrau hatte ihm hier ein einfaches Abendbrot zurechtgemacht, und da Julian im Klub gegessen hatte, brauchte er es nicht.

»Setzen Sie sich und essen Sie!« sagte er.

Nach anfänglichem Zögern setzte sich der Mann hin. Am Verhungern schien er nicht gewesen zu sein, denn er aß sehr wenig, und Julian schloß daraus mit Recht, daß der Einbrecher gewohnheitsmäßig log.

Julian überlegte sich, was Morlay unter diesen Umständen wohl getan hätte. Natürlich hätte er sofort die Polizei benachrichtigt und den armen Teufel verhaften lassen. Julian hätte das jetzt auch noch tun können, aber dann fiel ihm etwas anderes ein.

»So, Sie sind also zu lebenslänglicher Zuchthausstrafe verurteilt worden? Das bedeutet in England zwanzig Jahre.«

Smith nickte.

»Welches Verbrechen haben Sie denn begangen?«

Der Mann warf Julian einen prüfenden Blick zu.

»Mord!« sagte er dann mit kaltblütiger Ruhe, so daß selbst Julian ein Schauer überlief. »Ich war gerade bei einem Einbruch und habe dabei einen Polizisten niedergeknallt. Das heißt, das war ein Zufall«, setzte er schnell hinzu, als er sah, welchen schlechten Eindruck das auf den anderen machte. »Dann hat eine Menge von gemeinen Lügnern gegen mich ausgesagt. Man hätte mich auch gehenkt, aber jemand hat eine Petition für mich eingereicht.«

»Das war es also«, erwiderte Julian. Er hatte nun einen Entschluß gefaßt.

»Kommen Sie mit, wenn Sie mit dem Essen fertig sind«, sagte er kurz.

Smith atmete erleichtert auf und sprang so schnell und behende auf, wie man es ihm bei seinem Alter kaum zugetraut hätte.

»Ich ...«, begann er, dann sah Julian plötzlich, daß sich die Züge des Mannes schmerzlich verzerrten. Seine ungesunde, bleiche Gesichtsfarbe wurde dunkelrot und ging an manchen Stellen in ein sonderbares Blau über. Nervös suchte er in seinen Taschen und holte schließlich eine kleine Medizinflasche hervor. Mit zitternden Händen entfernte er den Korken, setzte sie an die Lippen und trank, bevor er kraftlos in einem Stuhl zusammenbrach.

Julian sah den Mann bestürzt, fast furchtsam an und atmete auf, als Smith allmählich wieder zu sich kam.

»Es ist das Herz«, sagte Smith schnell. »Solche Anfälle habe ich zuweilen. Ich muß immer die Medizin bei mir tragen, sonst kratze ich ab.«

Er verschloß die Flasche wieder und steckte sie in die Westentasche.

»Ich möchte etwas für Sie tun«, sagte er dann. »Sie sind der erste, der freundlich zu mir gewesen ist.«

Julian wußte, daß das die gewöhnliche Redensart der alten Sträflinge war, mit der sie andere Leute freundlich zu stimmen hofften. Aber er war durch den Anfall so abgelenkt, daß er sich täuschen ließ und diese Versicherung mit Zufriedenheit hinnahm.

»Wenn Sie sich bekehren ließen und von jetzt ab ein anständiges Leben führten, gäbe es viele Leute, die Ihnen gern helfen würden.«

»Das sagen Sie so, aber es ist nicht der Fall. Hinter einem Sträfling sind immer alle her. Wenn Sie mir eine anständige, ruhige Arbeit geben könnten –«

Er sprach weiter, aber Julian hörte nicht zu. Plötzlich kam ihm ein Gedanke. Dieser Mann konnte ihm bei gewissen Gelegenheiten nützliche Dienste leisten und im schlimmsten Fall für ihn selbst als Sündenbock gelten.

»Wo wohnen Sie denn? Wie kann ich mich mit Ihnen in Verbindung setzen?«

Smith sagte ihm das gern, und Julian schrieb die Adresse auf die Rückseite einer seiner Visitenkarten.

»Hier sind zehn Shilling«, erklärte er dann und gab dem Mann das Geld. »Vielleicht habe ich einmal etwas für Sie zu tun. Besuchen Sie mich von Zeit zu Zeit hier – nein, es ist besser, ich schicke nach Ihnen, wenn ich Sie brauche.«

Er brachte den Mann zur Haustür und begleitete ihn auf die Straße.

Julian war mit sich und seinem Erfolg zufrieden. Er hatte ein gutes Werk getan; es hatte ihn nur zehn Shilling gekostet und ein wenig Essen. Als er sich zu Bett legte, fühlte er eine gewisse Unruhe, so daß er schließlich aufstand und die Schubladen im Arbeitszimmer genau untersuchte. Aber er konnte nur feststellen, daß der Einbrecher nichts genommen hatte. Zufrieden legte er sich wieder hin.

Am nächsten Vormittag hatte Julian mit Komiteesitzungen in einem wohltätigen Verein zu tun, und später ging er mit dem Sekretär der Gesellschaft zu Tisch.

Um drei Uhr hatte er eine Verabredung am Belford Square. Ein kleiner Herr mit scharfgeschnittenen Gesichtszügen ging vor Julians Haus auf und ab und wartete auf ihn. Lester begrüßte ihn mit einem Kopfnicken und führte ihn dann in seine Wohnung.

»Jawohl«, erwiderte der Mann und zog ein kleines Notizbuch aus der Tasche. »Ich war in dem Laden und habe mich mit dem jungen Herman angefreundet.«

Er berichtete über einige Einzelheiten, die jedoch keinen großen Wert hatten. Julian überließ nichts dem Zufall, er wollte unter allen Umständen sichergehen. Dieser Agent war bei einer guten Detektei angestellt, an die sich Julian gewandt hatte, nachdem John Morlay seinen Auftrag abgelehnt hatte.

»Das ist sehr gut. Halten Sie sich an den Jungen und sehen Sie, was Sie aus ihm herausbekommen können. Sie wissen, daß ich soviel wie möglich über Mrs. Carawood erfahren möchte. Wie sie ihr Geschäft angefangen hat, woher sie ihr Geld hat und so weiter. Abgesehen von dem Geld, das ich Ihrer Firma bezahle, werde ich Ihnen eine recht schöne Belohnung aussetzen, wenn Sie alles wunschgemäß herausbringen.«

»Sie können sich auf mich verlassen«, erwiderte Martin optimistisch. »Bevor eine Woche um ist, kann ich den Jungen um die Finger wickeln.«

»Das hoffe ich auch«, entgegnete Julian trocken. Er hatte seine eigenen Ansichten über Herman und wußte, daß dieser nicht so leicht zu behandeln war.

Dieser Martin konnte ebenso nützlich sein wie John, und nachdem Julian es sich genauer überlegte, kam er zu der Entscheidung, daß es schließlich für ihn gut war, wenn die Firma Morlay den Fall nicht weiter bearbeitete.

Es war elf Uhr morgens, als Mrs. Carawood einen Rundgang bei ihren Geschäften begann. Aus einiger Entfernung hinter dem Laden in der Penton Street kam vom Hof eine Stimme, die ein einfaches Lied sang, und auch das nicht einmal ganz richtig. Der Mann sägte, und zum Takt der Säge sang er. Von Zeit zu Zeit kam Herman auf den Hof und schüttelte den Kopf, aber der Gesang verstummte nicht.

»Warum machen Sie denn solchen Spektakel?« rief der junge Mann schließlich. »Die Säge knirscht doch schon genügend!«

»Ich bin erstaunt, daß Sie meinen Gesang nicht leiden können«, erwiderte Mr. Fenner freundlich, aber vorwurfsvoll.

Er machte eine Pause und wischte die Hände an der Schürze ab. »Ist Mrs. Carawood ausgegangen?«

Seine Stimme klang etwas betrübt. Er hatte an diesem Tag extra Urlaub von seiner Firma genommen, um im Laden Mrs. Carawoods eine Anzahl kleiner Reparaturen vorzunehmen, die meistens nicht notwendig waren.

»Sie ist zu den anderen Läden gegangen, um einmal nachzusehen, wie es dort steht«, entgegnete Herman und machte sich wieder eifrig daran, Schuhe zu putzen. »Sind Sie jetzt mit der Tür fertig?«

Fenner nickte.

»So ziemlich. Ich muß noch ein wenig nachputzen und dann die hellen Stellen mit Politur überstreichen.«

Er schaute nachdenklich auf Herman.

»Hören Sie mal zu, Freund.«

Herman drehte sich nach ihm um.

»Gibt es hier noch etwas anderes für mich zu tun? Ich habe den ganzen Tag frei, und ich möchte mich gern nützlich machen. Und wenn ich Mrs. Carawood frage, sagt sie immer, es gäbe nichts für mich zu tun.«

»Wenn Mrs. Carawood das sagt, wird es wahrscheinlich auch so sein. Wollen Sie sich eigentlich ganz bei uns einquartieren?«

»Werden Sie nicht ausfallend«, warnte ihn Fenner. »Kommen Sie mal her und sehen Sie sich die Tür an.«

Herman warf einen Blick in den Laden. Die Verkäuferin war zum Mittagessen fortgegangen.

»Ich kann den Laden nicht alleinlassen.«

»Es ist doch eine Klingel an der Tür.«

Mr. Fenner ließ sich nicht so leicht abweisen. Er brauchte vor allem eine Bestätigung seiner Tätigkeit. Und jetzt wollte er möglichst noch eine Tür aushängen und daran herumbasteln. Er mußte irgendeinen Vorwand haben, sich hier im Haus aufzuhalten, denn er fühlte sich nur hier wohl, in der Nähe der Frau mit dem dunklen Gesicht, die er seit langem verehrte.

Während Herman noch überlegte, ob er der Aufforderung Folge leisten sollte, öffnete sich die Tür, und ein Herr trat in den Laden.

15

Herman ging langsam in den Laden zurück.

»Hallo!« sagte er unfreundlich.

»Guten Morgen, Herman!«

»Ich habe Ihnen nicht die Erlaubnis gegeben, mich Herman zu nennen«, entgegnete der junge Mann und wurde rot. »Wollen Sie etwas kaufen? Dann kann ich Ihnen gleich von vornherein sagen, daß die Verkäuferin nicht hier ist.«

»Aber mein Lieber ...«, begann Mr. Martin.

»Ich will nicht, daß Sie mich ›mein Lieber‹ nennen«, erklärte Herman laut.

Er sah sich um. Fenner war verschwunden.

»Und versuchen Sie nur nicht, mir einen Safe aufzuschwatzen, um mein Geld darin einzuschließen, denn ich habe keins. Und fragen Sie mich auch nicht, ob Mrs. Carawood einen Safe kaufen will. Ich habe Ihnen schon gesagt, daß sie das nicht tut.«

Martin grinste übers ganze Gesicht.

»Aber gerade sie braucht doch sicher einen sehr guten und sehr starken Safe. Verstehen Sie denn nicht, daß es gefährlich ist, wenn sie ihr ganzes Geld in einem Kasten unter dem Bett aufbewahrt?«

»Davon habe ich nichts gesagt«, erwiderte Herman unwirsch und sah ihn wütend an. Einen Augenblick dachte Martin schon, daß der junge Mann ihn angreifen würde.

»Ich komme doch nur als Geschäftsmann her«, begann er wieder freundlich, um den anderen zu beruhigen und zu entwaffnen. »Ich wollte Mrs. Carawood doch nur einen Safe anbieten, damit sie ihre Wertsachen einschließen kann. Und ich liefere ihn zu außerordentlich günstigen Bedingungen.«

»Und ich sage Ihnen, daß sie keine Schränke zu außerordentlich günstigen Bedingungen braucht!« rief Herman heftig. »Sie verdient ihr Geld auf ehrliche Weise.«

Er ging zur Ladentür und machte sie weit auf.

»Sie kommen nur hierher, um zu spionieren und sich umzusehen. Sie wollen mich dazu bringen, alles auszuplaudern. Sie sind ein ganz gemeiner Schnüffler – so, jetzt habe ich es Ihnen gesagt, und wenn Sie nicht bald gehen, dann rufe ich die Polizei!«

»Ich wollte doch Mrs. Carawood sprechen.«

Herman zeigte majestätisch auf die Straße hinaus.

»Dann können Sie draußen warten.«

Es war erst zwei Tage her, daß der neue, von Mr. Julian Lester engagierte Privatdetektiv den Laden zum erstenmal aufgesucht hatte. Er hatte es so gerissen angestellt, daß sowohl Mrs. Carawood als auch ihre Verkäuferinnen zu der Zeit gerade ausgegangen waren, und durch seine schlauen Kniffe hatte er Herman dazu gebracht, ihm verschiedenes zu erzählen. Auf diese Weise hatte er mancherlei über das Geschäft erfahren. Er wußte, daß Mrs. Carawood ein Bankkonto besaß; er hatte sogar gehört, wie hoch dasselbe war. Und er wußte auch von dem schwarzen Kasten, den sie unter ihrem Bett verwahrte und dessen Schlüssel sie stets bei sich trug. Die letzten zwei Tage hatte sich Herman die größten Vorwürfe gemacht, daß er so viel verraten hatte, aber er hatte nicht gewagt, ihr das mitzuteilen. Er verehrte und liebte sie mehr als sein Leben, und seine Reue verwandelte sich nun in Zorn und Ärger gegen den Privatdetektiv. Herman packte eine Bürste mit langem Handgriff und ging damit auf ihn los; aber Martin wartete nicht, bis es zu Handgreiflichkeiten kam.

Er hatte verschiedene Einzelheiten Julian noch nicht mitgeteilt, aber jetzt brauchte er daraus kein Geheimnis mehr zu machen. Aus der kurzen Unterredung hatte er ersehen, daß er aus dieser Quelle keine weiteren Nachrichten schöpfen konnte. Er eilte deshalb nach Bedford Square, um Julian zu treffen, und er hatte auch Glück.

»Nun, was bringen Sie Neues?«

Etwas umständlich erzählte ihm der Privatdetektiv, was er erfahren hatte und was er vermutete.

»Sie hat nahezu zwanzigtausend Pfund auf der Bank und einen Umsatz von etwa tausend Pfund in der Woche. Ich nehme auch an, daß sie Anteilscheine und Aktien auf der Bank hat. Dokumente und Schriftstücke bewahrt sie bei sich auf.«

»Meinen Sie nicht, daß sie die in einem Tresor auf der Bank deponiert hat?«

»Nein, sie sind in dem schwarzen Holzkasten. Es war nicht leicht, aus diesem Herman etwas herauszubekommen, aber zufällig hat er es mir gegen seinen Willen gesagt. Ich ging als Vertreter in den Laden und wollte einen Geldschrank verkaufen. Dabei kam natürlich verschiedenes zur Sprache. Es ist ein ziemlich großer Kasten. Ich versuchte, ihn zu überreden, daß er ihn mir zeigte, aber so dumm war er nicht. Der Kasten hat zwei Schlösser, und sie trägt die Schlüssel an einer Kette um den Hals.

Die Schlafzimmertür ist immer verschlossen, und der Kasten wird nur selten geöffnet, höchstens einmal, wenn die Gräfin in die Stadt kommt.«

»Hat er Ihnen das gesagt?« fragte Julian schnell.

Der Mann zögerte. »Ausdrücklich hat er mir das nicht gesagt. Ich mußte vielmehr seine verschiedenen Äußerungen zusammenstellen und kombinieren. Eines möchte ich noch sagen: Ich glaube nicht, daß es vorteilhaft ist, wenn wir beide zusammen gesehen werden. Als wir gestern auf der Straße miteinander sprachen, sah ich, daß Mr. Morlay vorüberging, und ich bin fest davon überzeugt, daß er uns bemerkt hat.«

»Das halte ich auch für wahrscheinlich«, lächelte Julian. »Aber er weiß sowieso, daß ich Nachforschungen anstelle.«

Mr. Martin war neugierig; das gehörte zu seinem Beruf.

»Entschuldigen Sie, aber Sie haben mir noch wenig über Ihre Absichten mitgeteilt. Was wollen Sie eigentlich herausfinden? Meine Aufgabe würde mir bedeutend leichter fallen, wenn ich wüßte, worauf Sie hinaus wollen ...«

»Sie wünschen, daß ich Sie ganz ins Vertrauen ziehe?«

»Ich weiß nicht, was die Frau Ihrer Meinung nach getan haben soll. Bisher konnte ich nur entdecken, daß sie ihre Wertsachen in einem Holzkasten unter ihrem Bett verwahrt, und das ist doch dem Gesetz nach keine strafbare Handlung.«

»Nein, das nicht. Ich will Ihnen also vertraulich etwas mitteilen, Martin. Ich habe allen Grund zu der Annahme, daß diese Frau wichtige Tatsachen verheimlicht, die eine junge Dame betreffen – ich meine die Gräfin Marie Fioli. Diese junge Dame besitzt vermutlich ein großes Vermögen, weiß aber selbst nichts davon. Es ist jedoch unbedingt notwendig für mich, daß ich genau über ihre finanzielle Lage unterrichtet werde.«

Martin verstand nun.

»Das ist also der Kernpunkt der ganzen Sache. Aus gewissen Gründen kann ich es mir nicht leisten, Nachforschungen auf dem gewöhnlichen, langsamen Weg zu betreiben. Ich muß schnell zu einer Entscheidung kommen ...«

»Ich begreife. Sie wollen wissen, ob sich noch ein anderer um sie bewirbt, dem es nicht darauf ankommt, ob sie Vermögen besitzt oder nicht.«

Diese Bemerkung war an sich eine Taktlosigkeit, aber Julian fühlte sich dadurch nicht beleidigt. Er hatte zwar nicht gern mit Privatdetektiven zu tun, aber die Lage war kritisch, und er war deshalb bereit, für zuverlässige Nachrichten viel Geld auszugeben. Es konnte sich ja hier eine günstige Gelegenheit für ihn ergeben, wie sie sich in seinem ganzen Leben nicht wieder bieten würde. Abgesehen von seinen vielen Verfehlungen war er kein allzu schlechter, aber auch kein besonders guter Charakter.

Er liebte Marie so sehr, als es ihm seiner Veranlagung nach möglich war, und wenn er sie geheiratet hätte, wäre er sicher freundlich und liebevoll zu ihr gewesen und hätte ihre Interessen mit der größten Ehrlichkeit wahrgenommen.

Er schickte Martin fort und gab ihm eine kleine Summe als Anzahlung auf eine spätere Sonderbelohnung. Dann ging er in sein Schlafzimmer, brachte seine Frisur in Ordnung, knüpfte die Krawatte neu und betrachtete sich kritisch in dem großen Spiegel. Marie war in der Stadt, und er mußte vor allem den guten Eindruck, den er auf sie gemacht hatte, aufrechterhalten.

Auf dem Weg nach Pimlico dachte er darüber nach, ob er tatsächlich mit seiner Vermutung recht hatte, daß sich Morlay in das schöne Mädchen verliebt hatte. Er hielt es eigentlich kaum für möglich, daß sich Leute in altmodischer Weise ineinander verlieben konnten, und John war seiner Meinung nach kein Mann, der sich ohne weiteres in ein schönes Gesicht vergaffte. Das Vermögen Marie Fiolis bedeutete nichts für Morlay, davon war Julian fest überzeugt. John war sehr wohlhabend; er hatte ein großes Vermögen von seinem Vater geerbt und bezog außerdem glänzende Einnahmen aus seinem gutgehenden Geschäft.

Julian schob die Möglichkeit ohne weiteres beiseite. Als er den Laden in der Penton Street erreichte, fand er Herman, der noch ganz aufgeregt von der Auseinandersetzung mit Martin war. Aber Julian lächelte er freundlich zu.

»Nein, Mrs. Carawood ist nicht zu Hause.«

»Ist sie nach Ascot gefahren, um die Contessa Fioli abzuholen?«

»Nein, Mr. Morlay ist hingefahren, um Mylady herzubringen. Er ist mit ihr engagiert.«

»Was, er ist mit ihr engagiert? Meinen Sie Mr. John Morlay?«

Herman nickte heftig.

»Ja, ein sehr netter Herr.«

»Aber wie in aller Welt ist das möglich . . .«, begann Julian, dann schwieg er.

Sollte der Junge meinen, daß Marie mit Morlay verlobt war? John hatte doch den Eindruck gemacht, als ob er sich für das junge Mädchen überhaupt nicht interessierte! Er hatte von Marie wie von einem Kind gesprochen.

»Wollen Sie damit sagen, daß Mr. Morlay mit der Gräfin verlobt ist und sie heiraten will?«

Herman lachte.

»Nein, er ist doch engagiert, damit er auf sie aufpassen soll.«

Nun mußte Julian laut auflachen.

Wenn Herman auch nicht über Mrs. Carawood sprechen wollte, so erzählte er doch um so mehr von Contessa Fioli. In diesem Punkt konnte man ihn ausholen.

»Ob ich die Contessa Fioli kenne? Selbstverständlich kenne ich sie! Mrs. Carawood hat sie doch hier in diesem Haus erzogen, als ich noch ein Kind war. Damals war ich hier Laufbursche und mußte die kleinen Aufträge erledigen. Mrs. Carawood hatte in jener Zeit noch nicht all die verschiedenen Läden.«

Julian hätte gern gewußt, welche Pläne für Maries Leben hier in der Stadt bestanden, und fragte danach.

»Contessa Fioli wird eine eigene Wohnung haben, ebenso ein eigenes Mädchen und eigene Dienerschaft. Aber sie wird wohl auch häufig hierherkommen, wenn sie in der Stadt ist.«

»Ist sie eigentlich sehr reich?« fragte Julian gleichgültig.

Herman runzelte die Stirn.

»Das kann ich Ihnen nicht sagen. Aber ich würde es nicht verstehen, wenn eine Gräfin nicht reich wäre!«

In diesem Augenblick trat Mrs. Carawood in den Laden. Sie sah hübsch und jugendlich aus mit einem neuen Hut und einem dunkelgrünen Mantel, den sie aber sofort ablegte. Hier in dieser Umgebung erschien sie Julian natürlicher als auf dem Landsitz in Ascot. Sie war eine Frau aus dem Volk; um das festzustellen, brauchte er keine großen Nachforschungen vorzunehmen. Das konnte man deutlich erkennen und auch an ihrem Akzent hören. Sie sprach eine ziemlich unverfälschte Londoner Mundart.

»Guten Morgen, Mr. Lester«, sagte sie und sah ihn fragend an. »Sind Sie gekommen, um mit Marie wegen des Rings zu sprechen? Der wurde wieder zurückgeschickt.«

»Das weiß ich schon«, erwiderte Julian. »Ich wollte mit Marie nur so ein wenig plaudern.« Sie sah ihn argwöhnisch von der Seite an.

»Auch mit Ihnen wollte ich mich gern einmal unterhalten – über Marie. Ich habe mir die Sache heute morgen überlegt und sagte mir, daß es vielleicht am besten sei, Ihnen mitzuteilen, was ich für Contessa Fioli empfinde. Was wollen Sie nun mit der jungen Dame tun, nachdem sie die Schule verlassen hat?«

Sie sah ihn immer noch halb abweisend, halb zweifelnd an.

»Was ich mit ihr tun werde? Ich kann doch Mylady höchstens einen Rat geben! Sie ist nun erwachsen und kann machen, was sie will. Das sollte Ihnen doch klar sein. Es ist jetzt anders, nachdem sie eine junge Dame ist. Und junge Damen nehmen nicht gern den Rat ihrer alten Erzieherinnen an.«

»Aber wenn sie nun auf Ihren Rat hörte – was würden Sie ihr dann sagen?«

»Ich würde ihr den Rat geben, jemanden zu heiraten, den sie liebt, und nicht jemanden, der auf ihr Vermögen aus ist.«

Sie hatte ihm eine günstige Gelegenheit gegeben, die er nicht ungenützt vorübergehen lassen wollte.

»Aber wie können Leute hinter ihrem Vermögen her sein? Es weiß doch überhaupt niemand, ob sie Geld hat.«

»Ich weiß es.«

»Vielleicht sind es ein paar tausend Pfund«, sagte er aufs Geratewohl. »Aber das würde doch kaum einen Mitgiftjäger reizen.«

»Es ist gleich, ob sie viel oder wenig hat. Sie wird den rechten Mann heiraten«, erklärte Mrs. Carawood kategorisch. »Ich glaube, ich habe Ihnen das auch schon in Ascot gesagt, Mr. Lester. Der rechte Mann, der sie schätzt und liebt, will nicht genau wissen, wieviel Vermögen sie geerbt hat. Und jetzt habe ich keine Zeit mehr. Sie müssen mich entschuldigen ...«

Mit diesen Worten verabschiedete sie sich von Julian, der darüber nicht unzufrieden war.

16

Es war nicht leicht, mit Mrs. Carawood zu verhandeln. Sie nahm keine Geschenke oder Gefälligkeiten an; sie führte ihr Geschäft rücksichtslos und stand bei den Grossisten Londons in dem Ruf, gute kaufmännische Begabung zu besitzen.

»Ist Mr. Fenner gegangen?« fragte sie, als Julian verschwunden war.

»Nein, der ist noch unten im Hof und arbeitet an der Tür.«

»Um Gottes willen! Er hat ja soviel Zeit dazu gebraucht, daß er inzwischen ein Haus hätte bauen können!« erklärte Mrs. Carawood.

Nachdem Herman ihn gerufen hatte, erschien Mr. Fenner selbst auf der Bildfläche.

»Haben Sie die Tür repariert?«

»Jawohl, Mrs. Carawood, ich bin eben damit fertig geworden und habe sie wieder eingehängt.«

»Das ist gut.« Sie schloß eine Schublade ihres Schreibtisches auf und nahm eine kleine Kassette heraus. »Wieviel habe ich Ihnen für Ihre Mühe zu zahlen? Was berechnen Sie mir dafür?«

Mr. Fenner schloß die Augen.

»Sie meinen dafür, daß ich die Tür repariert habe?« fragte er beleidigt. »Ich habe doch nur sozusagen mit dem Pinsel ein wenig Politur nachgestrichen.«

»Aber Fenner, seien Sie doch vernünftig. Wenn Sie es nicht gemacht hätten, dann hätte ich doch einem andern den Auftrag geben und ihn bezahlen müssen. Und ich will meine Freunde nicht ausnützen. Sagen Sie es schnell, damit wir die Sache erledigt haben. Contessa Fioli kann jeden Augenblick kommen.«

»Wozu hat man denn Freunde?« deklamierte Mr. Fenner mit dem Pathos eines Volksredners. »Doch nur dazu, daß sie einem helfen sollen, wenn man in Not ist.«

Er zeigte mit der Hand auf die hölzerne Zwischenwand, hinter der Mrs. Carawood gewöhnlich saß.

»Halten Sie es nicht für besser, daß ich dort hinten einen kleinen Raum einrichte statt dieser halbhohen Trennungswand?«

Sie legte mit einem Seufzer die Feder beiseite.

»Fenner, glauben Sie denn, daß ich Sie umsonst für mich arbeiten lassen würde? Herman!«

Der junge Mann trat in den Laden.

»Mrs. Carawood hat Sie gerufen«, erklärte Fenner hilfsbereit.

»Mylady kommt heute zurück, Mr. Fenner«, entgegnete Herman nach einem Blick auf seine Chefin.

»Ach, ich wünschte, sie wäre nicht adlig. Diese schrecklichen Klassenunterschiede!« Als ihn ein mißbilligender Blick von Mrs. Carawood traf, fuhr er fort: »Die Menschen sind doch alle gleich geboren. War etwa Adam ein Lord oder Eva eine Herzogin?«

Nun wurde es Mrs. Carawood zuviel, und sie unterbrach ihn.

»Wenn Sie weiter solchen Unsinn reden, werfe ich Ihnen noch etwas an den Kopf, Fenner! Warum sollte denn die Gräfin Fioli ihren Titel aufgeben? Sie wurde doch damit geboren! Das wäre genauso, als ob ich von Ihnen verlangen würde, Sie sollten Ihre

Zunge nicht mehr gebrauchen. Auf jeden Fall ist Ihre Anwesenheit hier im Laden überflüssig, wenn Mylady herkommt.«

Fenner ließ sich dadurch nicht beeindrucken und gab Herman ein Zeichen. Der junge Mann verließ den Laden, weil er den Eindruck hatte, daß Mr. Fenner über Geldangelegenheiten reden wollte.

»Was fällt Ihnen ein, daß Sie Herman hinausschicken?«

»Es handelt sich um eine rein persönliche Angelegenheit«, sagt Fenner heiser und setzte sich. »Mrs. Carawood, schon seit zehn Jahren kenne ich Sie –«

Sie hob warnend die Hand, aber er sprach trotzdem weiter.

»Ich muß es einmal sagen. Zehn Jahre kenne ich Sie nun, und während dieser ganzen langen Zeit bin ich nicht ein einziges Mal betrunken gewesen. Habe ich mich nicht tadellos aufgeführt? Ich bin immer zuverlässig und treu gewesen. Ihr Geld will ich nicht. Geld widert mich an ... Übrigens habe ich auch selbst eine schöne Summe gespart.«

Sie erhob sich langsam und lächelte nachsichtig.

»Fenner, Sie sind kein schlechter Mensch, obwohl Sie viel zuviel reden. Aber beruhigen Sie sich, ich heirate nicht mehr.«

»Wenn ich das sagen darf – Sie sind doch noch jung, Mrs. Carawood, und Sie haben auch weiter keinen Anhang und keine Familie.«

»Ich will aber nicht. Es hat keinen Zweck. Ich habe Sie ganz gern, Sie sind ein aufrechter, anständiger Mann, aber heiraten – nein.«

Er nahm verlegen ein Buch vom Schreibtisch und blätterte es durch. »Was ist dies hier?«

Sie wandte sich um und nahm ihm den Band schnell ab.

»Lassen Sie Dinge liegen, die Sie nichts angehen«, sagte sie scharf.

Aber Mr. Fenner hatte schon den Titel gelesen.

»Nur ein Ladenmädchen. Eine rührende Geschichte von Liebe und Opfermut. Sie lieben also diese Art Romane, Mrs. Carawood?«

»Die habe ich schon seit meiner frühen Jugend gelesen«, antwortete sie gereizt.

»Ich gebe ja zu, daß sie ganz nett geschrieben sind«, erwiderte er großzügig. »Aber sehen Sie, ich habe verschiedene Werke von Herbert Spencer und John Stuart Mill gelesen – das ist Philosophie! Sie sollten auch einmal diese großen und klaren Gedanken in sich aufnehmen. Aber so etwas lesen Sie ja für gewöhnlich nicht.«

»Nein. Und ich lese auch diese Romane nicht alle selbst. Herman hat sie so gern.«

Mr. Fenner war empört.

»Es ist etwas Entsetzliches, wenn man keine Erziehung hat! – Wie steht's denn mit dieser jungen Dame, die war doch wohl auf einem College?«

»Ja.«

Kühn nahm er wieder ein Buch vom Tisch.

»›Die Versuchung der Herzogin.‹ Mrs. Carawood, Sie sind immer romantisch gewesen.«

Aber damit hatte er eine sehr empfindliche Stelle bei ihr getroffen.

»Ja, ich bin romantisch, und wenn man sich auch mit Geschäften abgeben muß, ist es doch eine Freude, sich in der Phantasie Marmorhallen und Paläste vorzustellen.«

»Ich verstehe«, sagte Fenner. »Deshalb gehen die Leute auch soviel ins Kino.«

Sie nahm ihn an den Schultern und schob ihn in die Mitte des Zimmers.

»Fenner, ich sehe Sie ja von Zeit zu Zeit gern, aber haben Sie denn überhaupt nichts zu arbeiten? Sie verschwenden hier Ihre Zeit, und ich hasse es, wenn jemand das tut.«

Und nun gab er eine gewundene Erklärung ab. Sein Chef war krank. Mrs. Carawood kannte den alten Mann; er hatte eine Tischlerwerkstatt in der Penton Street und war ein etwas griesgrämiger Herr mit einer scharfen Zunge.

»Ich habe die ganzen sechzehn Jahre bei ihm gearbeitet, und es kommt mir so einsam und trostlos vor, wenn ich in die Werkstatt gehen soll und er nicht dort ist . . .«

Sie hörte nicht mehr auf ihn, denn Marie kam gerade zur Tür herein.

17

John Morlay hatte sich hingesetzt und dachte über sich und seine Probleme nach. Seit drei Tagen war die Ausübung seiner Pflicht ziemlich leicht gewesen. Mrs. Carawood hatte ihn nicht angeläutet, seine Anwesenheit war also offensichtlich nicht gewünscht worden. Ein normaler Mann hätte eine solche Ruhepause begrüßt, besonders wenn er wie Mr. Morlay viel zu tun gehabt hätte. Es mußten Besprechungen mit Kunden abgehalten, Bilanzen durchgesehen, unehrliche Kassierer verfolgt werden.

Aber Morlay ärgerte sich darüber. Sooft das Telefon klingelte, schlug sein Herz schneller. Er hatte einen glücklichen Abend mit Marie verbracht, als er mit ihr ins Theater gegangen war. Wie das Stück eigentlich hieß und was auf der Bühne gespielt wurde, wußte er allerdings nicht.

Das Schlimmste aber war, daß er zu den ungewöhnlichsten Stunden die Penton Street entlangwanderte. Einmal war er sogar um fünf Uhr morgens unter ihrem Fenster vorübergegangen. Und immer hatte er eine Entschuldigung für solche Extravaganzen. Vor langer Zeit hatte sein Doktor ihm einmal geraten, morgens vor dem Frühstück einen Spaziergang zu machen. Aber das war kein Grund dafür, sich nachts auf die gegenüberliegende Seite der Straße zu stellen und nach dem Licht in Maries Fenster zu sehen, wie das in der zweiten Nacht nach der Rückkehr von Ascot geschehen war. Was hätten wohl all seine ehrsamen Vorfahren gesagt, wenn sie das gewußt hätten! Das waren Leute gewesen, deren Liebesangelegenheiten sich in gewohnten Bahnen abgespielt hatten.

Er hätte sich auch nicht vorstellen können, daß Onkel Percival oder Onkel Jackson im Mondlicht vor einem Laden spazierengingen, in dem alte Kleider verkauft wurden.

Dreimal hatte er Mrs. Carawood besucht, in der Hoffnung, Marie Fioli zu sehen. Aber er hatte Pech, jedesmal war das junge Mädchen ausgegangen. Einmal war sie im Konzert, einmal mit Julian Lester bei einer befreundeten Familie zum Tee. Morlay begann Julian mit einer Leidenschaft zu hassen, die er selbst nicht begreifen konnte.

Und nun saß er da, stützte den Kopf in die Hände und ließ die Arbeit liegen. Nach einer Weile störte ihn ein Angestellter und meldete einen Besucher an.

»Was, ein Mönch?« fragte John überrascht. »Was will der denn? Lassen Sie ihn herein.«

Als der Fremde eintrat, kam John Morlay der Gedanke, daß er diesem Mönch mit dem langwallenden grauen Bart schon irgendwo begegnet sein mußte. Der Mann trug eine braune Kutte und einen härenen Strick als Gürtel, ging barhäuptig und hatte Sandalen an den Füßen. Plötzlich fiel Morlay ein, wo er ihn schon gesehen hatte.

»Ach, Pater Benito!« sagte er und reichte ihm die Hand.

»Nun, ich scheine ja sehr bekannt zu sein«, entgegnete der Pater trocken. »Nein, danke, Mr. Morlay, ich möchte mich nicht setzen. Vielleicht gestatten Sie, daß ich auf und ab gehe, ich bin nämlich etwas nervös. Aber ich verspreche Ihnen, Sie nicht zu lange aufzuhalten.«

Pater Benito war ein Franziskaner, dessen Predigten großes Aufsehen erregt hatten. Viele Leute waren in der Franziskanerkirche in Mayfair zusammengeströmt, und seine Angriffe auf gewisse Kreise der Gesellschaft hatten ihn sogar berühmt gemacht. John sprach mit ihm darüber. Der Pater verzog das Gesicht und lachte dann schalkhaft.

»In dieser Welt des Scheins und Trugs fällt ein Mann auf, der es offen und ehrlich meint. Aber bevor ich weiter mit Ihnen rede, Mr. Morlay, möchte ich Ihnen erklären, daß ich nicht in einer Angelegenheit meines Ordens zu Ihnen gekommen bin, sondern in einer rein persönlichen Sache. Ich unterhielt mich gestern mit einem Bekannten, und der sagte mir, daß ich mich an Sie wenden sollte, da Sie mir sicher den besten Rat geben könnten.«

»Ich habe niemals erwartet, einen Franziskaner unter meinen Kunden zu finden«, sagte John lächelnd.

Einen Augenblick schwieg der Pater, dann stellte er eine Frage, die John Morlay aufs höchste überraschte.

»Kennen Sie die Gräfin Marie Fioli?«

»Ja, sogar sehr gut.«

»Kennen Sie auch Mrs. Carawood, ihre Erzieherin?«

John nickte und wunderte sich noch mehr.

Pater Benito dachte eine Weile nach.

»Es handelt sich um eine sehr diskrete Angelegenheit. Ich stehe zwar in der Welt, gehöre ihr aber nicht an. Dinge, die für einen gewöhnlichen Menschen von höchster Wichtigkeit sind, haben für mich kein Interesse. Trotzdem entbinden mich meine kirchlichen Gelübde nicht von gewissen Verpflichtungen der Gesellschaft gegenüber. Ich bin besorgt, ja ich möchte sagen bestürzt, und zwar mehr, als ich es für möglich hielt ...«

»Bezieht sich das auf die Gräfin?«

»Ja, in gewisser Weise«, entgegnete Pater Benito nach einer kurzen Pause und erzählte dann John Morlay eine längere Geschichte, die diesen maßlos verblüffte, ja erschreckte.

»Ist das Ihr Ernst?«

Pater Benito nickte.

»Es klingt unmöglich! Und doch muß ich Ihnen die Geschichte glauben.«

Pater Benito setzte sich nun doch und sprach eine halbe Stunde lang auf John Morlay ein. Schließlich war die Unterredung zu Ende, und John begleitete seinen Besucher bis zur Tür.

»Ich lege die Untersuchung der Angelegenheit vollkommen in Ihre Hände«, sagte der Pater, als er sich verabschiedete. »Und ich bin froh, daß ich es Ihnen gesagt habe, um so mehr, als ich fühle, daß die Interessen des jungen Mädchens in jeder Weise von Ihnen gewahrt werden. Das wäre nämlich meine größte Sorge.«

Den ganzen Nachmittag dachte John Morlay über das neue Problem nach. Endlich kam er zu dem Entschluß, Marie unter allen Umständen zu retten, was auch sonst geschehen mochte.

Er war noch tief in Gedanken versunken, als das Telefon klingelte und eine muntere Stimme ihn anrief.

»Nun, mein lieber Schutzengel? Ich möchte Sie bitten, mich zum Tee einzuladen.«

Er eilte die Treppe hinunter, um ihrer Aufforderung zu folgen.

18

Mr. Fenner fühlte sich nicht recht wohl. Eines Nachmittags sprach er in dem Laden in der Penton Street vor und erzählte, daß es seinem Arbeitsherrn nicht gut gehe. In den letzten Tagen waren die Kräfte des Mannes mehr und mehr geschwunden, aber trotzdem besaß er noch einen gewaltigen Lebenswillen und verhältnismäßig viel Ausdauer und Kraft.

»Alles im Leben erreicht seinen Höhepunkt und kommt zu einem Ende«, erklärte Mr. Fenner düster. »Wenn der alte Mann stirbt, muß ich mir eine neue Stelle suchen. Ich könnte es nicht übers Herz bringen, länger in dem Geschäft zu arbeiten, wenn er das Zeitliche segnet. Das Leben ist augenblicklich sehr hart für mich, Herman«, sagte er und nahm auf einem Stuhl Platz.

»Hier haben Sie ein Kissen, dann sitzen Sie weicher«, erwiderte der junge Mann, der Mitleid mit ihm hatte.

Mr. Fenner betrachtete sich in dem großen Spiegel, dem er gegenübersaß.

»Herman, halten Sie mich eigentlich für einen hübschen Mann?« fragte er dann nachdenklich.

»Ich soll Ihr Aussehen beurteilen?« erwiderte Herman skeptisch.

»Ja, Sie sollen mir sagen, ob ich noch gut aussehe.«

Herman sah ihn kritisch von der Seite an.

»Wollen Sie mich etwa auf den Arm nehmen?«

»Nein, ich frage ganz im Ernst«, entgegnete Fenner mit rauher Stimme.

Herman schüttelte den Kopf.

»Ich weiß nicht, aber ich habe niemals gefunden, daß Sie so besonders gut aussehen – ich meine vor allem Ihr Gesicht.«

»Nun, darauf kommt es gerade an«, entgegnete Fenner kurz und ärgerlich. »Würden Sie dann vielleicht sagen«, fuhr er jedoch in sanfterem Ton fort, »daß ich intelligent aussehe?«

»Was ist das?« fragte Herman.

»Sehe ich so aus, als ob ich sehr klug wäre?«

Herman wußte sich nicht recht zu helfen. Er sagte schließlich, daß er keine Ahnung habe, wie kluge Leute aussähen.

Es fiel Mr. Fenner schwer, seinen Mißmut zu unterdrücken.

»Aber Herman, Sie haben doch schon Illustrierte angesehen. Da müssen Sie doch wissen, wie intelligente Leute aussehen.«

»Ich betrachte mir nur die großen Verbrecher und Mörder, die anderen interessieren mich nicht. Mr. Fenner, wissen Sie, ich könnte tatsächlich einen Mord begehen, ob Sie es glauben oder nicht! Wenn jemand Mrs. Carawood etwas zuleide täte, würde ich ihn glatt umbringen. Und dann würde ich dabeistehen und zusehen, wie er stirbt!

Mr. Fenner lief eine Gänsehaut den Rücken hinunter.

»Wenn es darauf ankäme, würden Sie es doch nicht tun. Das dürften Sie ja auch gar nicht«, sagte er, nachdem er eine Weile nachgedacht hatte. »Ich muß sagen, daß ich Mrs. Carawood auch sehr gern habe, aber . . .«

»Oder wenn jemand der jungen Gräfin etwas täte. Die haben Sie doch auch sehr gern?«

Fenner mußte erst überlegen. Bei dem jungen Mädchen war es doch anders: Für Marie Fioli hatte er nicht soviel übrig.

Die beiden wurden gleich darauf in ihrer Unterhaltung gestört. Die Tür öffnete sich langsam: Ein tadellos gekleideter junger Mann trat in den Laden und nickte der Verkäuferin lächelnd zu. Julian Lester war zu einem Entschluß gekommen.

Das Auftauchen Johns gefährdete seinen Plan. Wenn er sich schon vor einer Woche schnell über den Vermögensstand Maries informieren wollte, so war die Sache jetzt noch eiliger für ihn geworden. Die letzten Bemerkungen des jungen Mädchens hatten ihm gezeigt, daß John Eindruck auf sie gemacht hatte.

Kurz drauf erschien auch Mrs. Carawood im Laden; sie hatte vom Wohnzimmer aus gesehen, daß Julian aus einem Taxi stieg. Mr. Fenner beobachtete die beiden eifersüchtig.

»Wer ist denn eigentlich dieser Fatzke?« fragte er Herman aufgeregt. »Er scheint ja mit Mrs. Carawood sehr vertraut zu sein!«

Julian hatte natürlich keine Ahnung, was der Mann von ihm dachte, und nahm auch nicht die geringste Notiz von ihm. Er ging sofort auf sein Ziel los.

»Nein, Marie ist nicht hier, Mr. Lester. Sie ist mit Mr. Morlay ausgegangen.«

»So?« Er strich nachdenklich den Schnurrbart. »In letzter Zeit bekomme ich sie recht wenig zu sehen.«

»Sie scheinen sich ja sehr für sie zu interessieren«, erwiderte Mrs. Carawood und sah ihn kühl an.

»Selbstverständlich interessiere ich mich für sie. Sie ist doch eine romantische Erscheinung.«

»Ich wüßte nicht . . .«, begann Mrs. Carawood.

»Aber selbstverständlich ist sie romantisch«, entgegnete Julian überzeugt und lauter, als notwendig gewesen wäre. »Es ist doch zum Beispiel schon romantisch, daß sie als Mitglied einer großen, altitalienischen Adelsfamilie von einer Engländerin erzogen wurde, die sowohl ihre Amme als auch ihre Pflegerin war. Wenn ich recht verstanden habe, ist sie doch seit ihrer frühesten Kindheit in Ihrer Obhut gewesen?«

»Ja, das stimmt.«

»Und ihre Mutter hat Sie zu ihrer Pflegerin gemacht?«

Sie merkte, daß er aufs Ganze ging, und erschrak. Sie hatte ihn immer freundlich behandelt, in der Voraussetzung, daß er ihr helfen würde, wenn es darauf ankam. Daß er einmal die freundliche Maske fallen lassen könnte, war ihr undenkbar erschienen. Aber Julian war im Augenblick alles gleich.

»Marie hat sich in der letzten Zeit sehr merkwürdig gegen mich verhalten. Ich weiß nicht, ob man mich ins schlechte Licht bei ihr gesetzt hat oder ob etwas geschehen ist, wovon ich nichts weiß. Deshalb bin ich jetzt direkt zu Ihnen gekommen. Sind Sie nun also ihre Pflegerin oder ihr Vormund?«

Sein Ton klang unfreundlich und hart, als ob er ein Staatsanwalt wäre, der einen Angeklagten ausfragt.

»Ihre Mutter hat mich zu Ihrem Vormund gemacht«, erwiderte sie langsam und entschlossen.

»Dann haben Sie doch sicher ein Dokument, ein Schriftstück darüber – und sicher hat die Gräfin auch ein Testament hinterlassen?«

Mrs. Carawood antwortete nicht.

»Sicher haben Sie doch mindestens eine Kopie von dem letzten Willen ihrer Mutter?«

»Ich habe keine Kopie«, sagte sie schließlich, als sie ihre Sprache wiedergefunden hatte. »Dokumente und Papiere besitze ich nicht. Sie gab die Tochter in meine Obhut und bat mich, für sie zu sorgen, weil sie keine anderen Verwandten auf der Welt hatte.«

Er bemerkte, daß sie plötzlich über die Schulter schaute. Im nächsten Augenblick eilte sie an ihm vorbei und öffnete die Tür für Marie. Das junge Mädchen lachte herzlich. John Morlay folgte ihr in den Laden. Er schien die Ursache ihrer Heiterkeit zu sein, denn er trug eine große Puppe im Arm und sagte, daß das eine weitere Zierde der Villa in Ascot sein würde.

Julian beobachtete die beiden und folgte aufmerksam ihrer Unterhaltung. Sie waren bei einem Tanztee gewesen, und Marie beteuerte, daß John ausgezeichnet tanze. Die Puppe war ihr von dem Vorstand des Klubs geschenkt worden. Es war nicht die Gelegenheit, große Enthüllungen zu machen, und ein anderer, der nicht ein so dickes Fell gehabt hätte wie Julian Lester, würde die Auseinandersetzung sicher verschoben haben. Aber er hielt es für seine Pflicht, zu sprechen. Er glaubte, daß man schlecht über ihn geredet hatte, und machte dafür Mrs. Carawood verantwortlich. Marie trat auf ihn zu.

»Julian, ich habe Sie ja tagelang nicht gesehen!«

Sie war offen und freundlich zu ihm.

»Es scheint schon Jahre her zu sein«, entgegnete er und drückte lächelnd ihre Hand. »Wo haben Sie den Ring?«

Sie warf den Kopf zurück.

»In Ascot.«

»Hat er Ihnen gefallen?«

»Ich habe Ihnen doch einen Brief geschrieben und darin alles gesagt.«

Julian sah auf die Puppe.

»Was würden Ihre Vorfahren zu dergleichen sagen!« meinte er ironisch zu John gewandt. »Die werden sich noch in ihren Gräbern umdrehen.«

»Der letzte meiner Vorfahren wurde verbrannt, also kann er sich nicht im Grab umdrehen«, entgegnete John leichthin, nahm Julian beim Arm und ging mit ihm in eine ruhige Ecke. »Vor einer Woche wollten Sie mich beauftragen, Auskünfte für Sie einzuholen. Ich sehe, daß Sie jetzt einen anderen Mann für diesen Zweck gefunden haben.«

»Wie meinen Sie das?« fragte Julian und hob erstaunt die Augenbrauen.

»Gestern habe ich Sie in der Oxford Street gesehen. Sie sprachen mit dem Privatdetektiv Martin.«

Julian Lester lachte.

»Aber John, Sie sind ja wirklich ein guter Detektiv!«

»Ich möchte Ihnen nur eins sagen«, erklärte John und wählte sorgsam die Worte. »Mir scheint Ihr Interesse für Mrs. Carawood und Marie doch die Grenzen des Anstands zu –«

Julian unterbrach ihn. »Zu überschreiten? Sie halten das für unverschämt?«

»Nein, so harte Worte wollte ich nicht gebrauchen. Ich bin immer etwas geradeheraus und sage den Leuten genau, was ich denke. Was wollen Sie denn eigentlich herausbekommen, wenn Sie Detektive zur Beobachtung von Mrs. Carawood engagieren?«

»Ich will ganz offen mit Ihnen sein«, sagte Julian und sah sich um. Aber Marie war mit Mrs. Carawood hinter die hölzerne Trennwand getreten und konnte nicht hören, was sie sprachen. »Ich bin darauf gefaßt, von dem Auskunftsbüro die Mitteilung zu bekommen, daß Mrs. Carawood um große Summen betrogen worden ist – oder daß sie selbst ein Vermögen betrügerischerweise beiseite gebracht oder wenigstens große Teile davon unterschlagen hat. Ich habe die Register in Somerset House nach dem Testament durchsucht, aber ich konnte es nicht finden. Die Fiolis hatten einen exzentrischen Charakter, sie verloren eine große Summe bei einem Bankenzusammenbruch vor etwa fünfzig Jahren, und seit der Zeit war bekannt, daß sie allen Banken mißtrauten und ihr Geld in bar aufbewahrten. Ich nehme deshalb an, daß Maries Mutter vor ihrem Tode Mrs. Carawood eine große Summe aushändigte. Ich will durch meine Erkundigungen nur feststellen, wo dieses Geld aufbewahrt wird und wie groß das Vermögen ist. Und im Anschluß daran habe ich die Absicht, Mrs. Carawood zu zwingen, sich über ihre Funktion als Vormund auszuweisen.«

John nickte nachdenklich.

»Ist das denn im Augenblick notwendig? Glauben Sie denn, daß Marie überhaupt noch einen Heiratsantrag von Ihnen annimmt, wenn Sie sich ihr jetzt erklären?«

Julian wurde durch diese Frage etwas außer Fassung gebracht.

»Ich möchte dagegen fragen: Meinen Sie denn, daß Sie mehr Glück hätten als ich?« erwiderte er grob. »Soll die ganze Sache darauf hinauslaufen, daß Sie glauben, mich bei ihr in den Schatten gestellt zu haben? Vielleicht haben Sie mit dieser Annahme nicht unrecht, aber selbst wenn es so wäre, lasse ich mich doch von meinem Vorhaben nicht abbringen. Unter diesen Umständen könnten Sie mich als einen Mann betrachten, der kein weiteres persönliches Interesse an der Aufklärung der Verhältnisse hat, sondern auch nur für Marie arbeitet – wären Sie mit dieser Wendung einverstanden?«

John schüttelte den Kopf.

»Nein, davon bin ich nicht überzeugt.« Julian lachte.

»Trotzdem werde ich im Interesse Maries handeln und deshalb mit allem Nachdruck darauf dringen, die Wahrheit herauszubekommen.«

»Und wie wollen Sie denn die Wahrheit herausbringen?«

Herman kam in dem Augenblick mit einem großen schwarzen Holzkasten in den Laden und setzte ihn auf den Tisch. Julian war sprachlos, denn er erkannte ihn nach der Beschreibung, vor allem an den beiden Schlössern.

19

Marie winkte den beiden.

»Kommen Sie doch her. Nanny will uns allen zeigen, wie ich aussah, als ich klein war. Das erste Bild ist aufgenommen worden, als ich erst so groß war.« Sie zeigte die Höhe mit der Hand.

Mrs. Carawood sagte etwas, aber es klang so undeutlich, daß niemand es verstehen konnte.

Als sich die beiden über den offenen Kasten beugten, fühlte John Morlay, daß sein Herz schneller schlug.

Er nahm das Foto, das Mrs. Carawood ihm reichte, und sah ein hübsches Baby darauf. Allem Anschein nach war es Marie.

»Sehen Sie, so sah sie mit vier Jahren und so mit dreizehn aus.« Sie reichte ihm die drei Bilder zu gleicher Zeit.

Julian beobachtete die Frau scharf und ließ sie keine Sekunde aus den Augen.

»Einen Moment, Mrs. Carawood«, unterbrach er sie.

John wandte sich um, als er die Stimme des anderen hörte, die merkwürdig hart klang.

»Wollen Sie jetzt mir und John, der wahrscheinlich ein ganz besonderes Interesse daran hat, erklären, was sonst noch in diesem Kasten ist?«

Der Deckel wurde laut zugeschlagen. John Morlay sah Julian an, und ihre Blicke trafen sich.

»Es ist im Augenblick nicht die rechte Zeit zu einer solchen Auseinandersetzung.«

»Verzeihen Sie, meiner Meinung nach ist es gerade der richtige Augenblick«, entgegnete Julian fest. »Vor ein paar Tagen hat einer meiner Agenten, den ich, wie ich gestehen will, besonders zu diesem Zweck engagiert habe, die alten Jahrgänge des ›Bournemouth Herald‹ durchsucht und dabei diese Notiz gefunden, die vor achtzehn Jahren in dem Blatt stand.«

Er zog seine Brieftasche, nahm einen Zeitungsausschnitt heraus und las ihn laut vor:

»›Die kürzlich in ihrem Haus in Westgate Gardens verstorbene Gräfin Fioli soll ungewöhnlich reich gewesen sein. Seltsamerweise hatte sie kein Bankkonto. Man nimmt an, daß sie große Summen in ihrem Haus aufbewahrte. Obwohl man eifrig danach suchte, hat man aber bis jetzt nichts davon entdecken können.‹«

»Nun?« fragte John eisig. »Was soll das beweisen?«

»Das erklärt, daß Mrs. Carawood plötzlich wohlhabend wurde und eine Anzahl von Geschäften eröffnete, deren Einrichtung doch sehr viel Geld gekostet haben muß.«

Mrs. Carawood wurde blaß und hörte zitternd zu.

»Das ist eine infame Lüge«, sagte sie heiser. »Ich habe jeden einzelnen Shilling redlich verdient.«

Zuerst verstand Marie den Zusammenhang nicht, aber als sie den Sinn dieser Anklage erkannte, eilte sie an die Seite von Mrs. Carawood.

»Wie dürfen Sie so etwas behaupten!« rief sie entrüstet.

»Ich verstehe wohl, daß Sie aufgebracht sind«, entgegnete Julian gelassen. »Es spricht für Ihren guten Charakter, Marie, aber es bleibt doch immer noch die Frage zu beantworten – wo ist das Geld geblieben? Und wo ist das Testament? Das heißt, wenn Ihre verstorbene Mutter ein Testament gemacht hat! Dort ist es!« sagte er dann und zeigte auf den Kasten. »Sie haben sicher eine ganze Anzahl von Dokumenten und Papieren versteckt. Zeigen Sie mir die Schriftstücke.«

Mrs. Carawood schüttelte den Kopf.

»Nein, Sie sollen die Papiere nicht sehen«, erklärte sie. »Auf keinen Fall werde ich das dulden!«

Die Aufregung war zu groß gewesen; Mrs. Carawood wurde ohnmächtig und sank über den schwarzen Kasten.

Mr. Julian Lester hatte schon manche kritische und schwierige Situation durchlebt, aber jetzt mußte er doch alle Energie zusammennehmen, um Herr der Lage zu bleiben. John und Marie sprachen beide auf ihn ein; Herman war außer sich vor Wut, und Morlay mußte dazwischentreten, um einen bösen Auftritt zu verhüten.

Die Anwesenden trennten sich darauf, jeder mit seinen Gedanken beschäftigt.

Julian glaubte, daß man ihm bitter unrecht getan hätte und daß alle anderen sich irrten. In seiner egoistischen Weise betrachtete er sich als den Retter Maries vor den Intrigen und Gemeinheiten dieser Mrs. Carawood.

Er hielt sich für vollkommen berechtigt, diese Schlußfolgerungen aus den Tatsachen zu ziehen, und erkundigte sich bei einem Rechtsanwalt. Julian hatte viele Freunde, die ihm nützlich sein konnten. Er kannte Ärzte, die er gelegentlich um Rat fragte, ohne daß er dafür ein Honorar zu zahlen brauchte, und Juristen, von deren Wissen er kostenlos profitierte. Aber die Auskunft, die er jetzt erhielt, war nicht nach seinem Geschmack.

»Mein Lieber, Sie haben nicht das geringste Recht, derartige Forderungen zu stellen. Sie sind nicht einmal mit der jungen Dame verwandt, und wenn Sie die Sache vor Gericht bringen, werden Sie glatt mit Ihrer Klage abgewiesen, ja, der Richter wird Ihnen wahrscheinlich sagen, daß es eine Unverschämtheit ist, derartige Forderungen überhaupt zu stellen.«

»Aber wenn ich nun mit ihr verlobt wäre?«

»Auch das würde Ihnen nicht das mindeste Recht zu solchen Handlungen geben. Nur wenn Sie die Dame geheiratet hätten, wäre es anders. Dann könnten Sie als Gatte Aufklärung verlangen.«

Sein Freund setzte ihm noch auseinander, daß es ein sehr langwieriger und kostspieliger Prozeß werden würde, wenn er unter diesen Voraussetzungen nachprüfen ließ, inwieweit Mrs. Carawood zur Führung der Vormundschaft berechtigt sei. Als er schließlich noch ungefähr die Summen nannte, die ein Anwalt als Vorauszahlung verlangen würde, bekam Julian doch einen heilsamen Schrecken.

»Ich würde an Ihrer Stelle die Finger von der Sache lassen. Wenn ich Ihnen einen Rat geben darf, dann nehmen Sie einen Fernkurs für Einbrecher, kaufen sich ein Stemmeisen und versuchen, inoffiziell hinter das Geheimnis zu kommen!«

20

Diese scherzhafte Bemerkung machte Eindruck auf Julian. Er dachte sofort an den alten Mann, den er in seiner Wohnung ertappt und dessen Adresse er sich notiert hatte.

Als er jedoch die verschiedenen Möglichkeiten erwog, sah er wieder davon ab. Die Sache erschien ihm zu gefährlich. Aber langsam und allmählich kam er doch wieder auf diesen Plan zurück. Er selbst wollte ja dieses waghalsige Abenteuer nicht unternehmen; er hatte gerade genug von Herman gesehen und gehört und wollte nicht riskieren, ihm in die Arme zu fallen. Aber er selbst brauchte sich diesen Unannehmlichkeiten ja auch nicht auszusetzen; er konnte doch einen anderen für sich arbeiten lassen, wie er es früher schon getan hatte. Man konnte dem Mann ja genügend Geld zahlen, so daß er schweigen würde. Er überdachte alle möglichen Folgen und Einzelheiten, und je mehr er über den Plan nachsann, desto besser gefiel er ihm.

Er schrieb eine kurze Nachricht und brachte sie selbst zur Post. Allerdings mußte er mit der Gefahr rechnen, daß der Brief in falsche Hände fiel, aber auch dann konnte man ihm nichts anhaben. Mit diesem tröstlichen Gedanken wartete er auf eine Antwort.

Um neun Uhr klingelte es. Er legte die Zeitung hin, öffnete die Wohnungstür und begrüßte Mr. Smith, der an diesem Abend noch abstoßender aussah als sonst.

»Kommen Sie herein«, sagte er.

Der Mann nahm die Mütze in die Hand und folgte ihm in das kleine Arbeitszimmer.

»Nehmen Sie Platz.«

Julian wies ihm einen Stuhl an, der vom Schreibtisch möglichst weit entfernt stand. Es hatte fast den Anschein, als ob ihm die Atmosphäre, die dieser Mann in die Wohnung brachte, unangenehm sei.

»Nun, wie geht es Ihnen?«

»Ich bin am Verhungern«, erwiderte der andere in schlechter Laune. »Man kann überhaupt keine anständige Arbeit bekommen, wenn diese Polypen immer hinter einem her sind.«

»Polypen? Ach, Sie meinen die Kriminalbeamten von Scotland Yard? Werden Sie denn von denen verfolgt?«

»Ja, die schikanieren mich, wo und wann sie nur können«, log Smith glatt. »Wenn man gerade eine Anstellung erhalten könnte, kommen sie dazu und erzählen dem neuen Chef, daß man ein alter Verbrecher ist, der im Zuchthaus gesessen hat. Und dann liegt man wieder auf der Straße.«

Das war eines dieser Märchen, mit denen er schon klügere Leute als Julian getäuscht hatte. Aber der junge Mann kümmerte sich im Augenblick nicht darum, was Smith sagte. Er dachte nur an seinen Plan. »Ich habe eine kleine Sache für Sie.«

Die Worte waren ihm entschlüpft, bevor er sich richtig darüber klar wurde, daß er damit diesem gefährlichen Mann auf Gnade und Ungnade ausgeliefert war.

Smith verzog das Gesicht.

»Leider bin ich schon zu alt und zu schwach, um schwer arbeiten zu können«, protestierte er. »Ich habe die besten Jahre meines Lebens im Gefängnis verbracht, da können Sie nicht von mir erwarten –«

»Ich glaube, bei der Sache brauchen Sie sich nicht sehr anzustrengen«, entgegnete Julian bedächtig. »Und die hundert Pfund, die Sie dadurch verdienen können, sind auch nicht zu verachten. Dazu kommt, daß Sie meinen Auftrag innerhalb einer Stunde erledigen können.«

Er sah, wie die Augen des anderen interessiert aufleuchteten.

»Vor allem muß ich betonen, daß das, was ich Ihnen sage, nichts mit mir persönlich zu tun hat. Es geschieht im Interesse eines Freundes, der von gewisser Seite erpreßt werden soll.«

Smith nickte.

»Ach, die haben Sie wohl in die Enge getrieben?« fragte er gespannt. »Nun, das kann jedem passieren, daß er in eine solche Patsche kommt. Ich werde Ihnen helfen, so gut ich kann.«

»Ich habe Ihnen doch schon erklärt, daß es sich nicht um mich, sondern um einen guten Freund handelt. Ich weiß nicht einmal, ob alles, was er mir gesagt hat, wahr ist. Es wäre ja auch möglich, daß er sich einen Scherz mit mir macht, vielleicht ist an der ganzen Sache nichts Wahres. Eine gewisse Mrs. Carawood soll Briefe und Dokumente besitzen, die ihm wahrscheinlich schaden können. Besonders in der letzten Zeit ist die Gefahr größer geworden, da er die Absicht hat, sich zu verheiraten.«

»Wo wohnt die Frau denn?«

»Penton Street siebenundvierzig. Notieren Sie sich das.«

Er schob ihm Bleistift und Papier zu, und Smith schrieb mit großer Anstrengung die Adresse auf.

»Das liegt in Pimlico – ist es ein kleines Haus?«

»Es ist ein Laden, in dem man alte Kleider kaufen kann. Soviel ich erfahren habe, verwahrt sie die Schriftstücke in einem schwarzen Holzkasten, der unter ihrem Bett steht.«

»Die Sache ist leicht«, erwidert Smith verächtlich. »Ist ein Wachhund auf dem Grundstück?Aber schließlich kommt es darauf nicht an. Schlafen Männer im Haus?«

»Nur ein junger Mann, sonst niemand. Sie selbst ... nun, ich könnte es ja so einrichten, daß sie an dem betreffenden Abend nicht zu Hause ist. Nehmen wir einmal an, Sie gehen nächsten Donnerstagabend hin. Mit dem jungen Mann werden Sie schon fertigwerden. Außerdem erinnere ich mich, daß Mrs. Carawood einmal sagte, er gehe immer sehr früh zu Bett. Er schläft in einer Kammer unterm Dach. Das Zimmer von Mrs. Carawood selbst liegt im ersten Stock, und soweit ich unterrichtet bin, ist es die Tür linker Hand, wenn Sie die Treppe hinaufkommen. Ich muß noch sagen, daß der Kasten zwei Schlösser hat –«

»Ach, reden Sie doch nicht von Schlössern!« unterbrach ihn Smith. »Damit werde ich leicht fertig. Wenn sie die Papiere in einem Safe aufbewahrt hätte, dann hätte ich vielleicht die ganze Nacht damit zu tun, aber ein Holzkasten! Was für Briefe und Schriftstücke soll ich Ihnen denn bringen?«

»Nehmen Sie alle Dokumente, die Sie finden, an sich, stecken Sie sie in eine Ledertasche, bringen Sie sie vor meine Wohnungstür und gehen Sie dann wieder fort. Ich gebe Ihnen fünfzig Pfund vorher, und fünfzig Pfund erhalten Sie, wenn Sie die Sache erfolgreich durchgeführt haben. Sie finden das Geld unter der äußeren Matte vor meiner Wohnungstür. Und hier haben Sie einen Schlüssel zum Haus. Ich warte persönlich auf Sie, und wenn Sie ohne die Papiere kommen, kriegen Sie auch kein Geld.«

Smith sah ihn scharf an. »Ist die Sache nicht etwas riskant für Sie?« fragte er dann.

Julian wollte nicht daran erinnert werden. Er hatte sich schon überlegt, welches Alibi er vorbringen wollte, wenn die Sache vor die Polizei kommen sollte. Im schlimmsten Fall standen immer noch seine Aussagen gegen die des alten Zuchthäuslers, der wegen Mordes verurteilt worden war, und unter diesen Umständen war es nicht zweifelhaft, wem das Gericht Glauben schenken würde. Die Sache war das Risiko schon wert. Selbst wenn er keinen materiellen Vorteil davon haben sollte, hatte er sich doch in den Augen Maries gerechtfertigt.

»Ja, ich weiß wohl, daß ich für meinen Freund ein Risiko auf mich nehme«, sagte Julian ernst. »Aber ich traue Ihnen, daß Sie mich nicht verraten werden.«

Mr. Smith versicherte ihn natürlich seiner Anständigkeit.

Julian holte eine Whiskyflasche und goß dem Mann ein Glas ein. Smith taute auf, als er die Flasche sah.

»Keinen Whisky – ich trinke nur Kognak.« Julian kam seinem Wunsch nach. »Ja, Sie können mir die Sache ruhig anvertrauen, ich war immer zuverlässig. Ach, wenn ich doch nur noch meine Gesundheit und Kraft von früher und ein paar gute Leute hätte, auf die ich mich verlassen könnte.«

»Was würden Sie dann anfangen?« fragte Julian.

»Dann hätte ich bald ein paar hunderttausend Pfund.«

»Ach was, hunderttausend Pfund! Das ist doch Unsinn!«

»Nein, wirklich nicht, es ist die reine Wahrheit. Ich weiß eine Sache, auf die manche jahrelang warten würden, aber sie haben niemals Glück, daß ihnen so etwas über den Weg läuft. Ich sage Ihnen, da könnte man ein großes Vermögen machen.«

Julian bot dem Mann eine Zigarre an, aber Smith lehnte dankend ab.

»Ich habe mit dem Herzen zu tun. Vor einer Woche wäre ich beinahe erledigt gewesen, da wurde sogar ein bekannter Spezialarzt vom Westend gerufen, Sie scheinen das nicht zu glauben, aber es stimmt doch. Sie können alle Leute fragen, die in meiner Straße wohnen.«

»Wer hat denn dafür bezahlt?«

Smith berichtete eine merkwürdige Geschichte. Er war am Hanover Square gewesen und hatte jemanden beobachtet – eine Frau. Nachher hatte sich dann herausgestellt, daß sie nicht die Person war, die er suchte, sondern eine Herzogin.

»Ein Detektiv hat mir das gesagt, der ein Büro in dem Haus hat – er war eigentlich kein richtiger Spürhund, nur so eine Art Privatdetektiv.«

Julian richtete sich plötzlich in seinem Stuhl auf.

»Heißt er vielleicht Morlay?«

»Ja, ganz recht . . . Ich sah den Namen an der Tür.

»Und was passierte dann?«

Smith erzählte weiter. Nachdem Morlay ihn verlassen hatte, blieb er selbst noch auf der Straße stehen und starrte auf den Eingang des Hauses, als plötzlich ein Auto vorfuhr. Zwei Männer stiegen aus, die einen schweren Ledersack ins Haus trugen. Sie fuhren mit dem Fahrstuhl in die Höhe, aber einen der beiden hatte er erkannt – es war Harry, der Kammerdiener.

Mit dem zusammen hatte er im Gefängnis gesessen, und zwar hatten sie benachbarte Zellen. Sie hatten auch in derselben Abteilung gearbeitet. Damals hatte ihm Harry von einer großen Sache erzählt, einem Ding, das er drehen wollte, sobald er wieder in Freiheit war. – Harry war nämlich Amerikaner und der geschickteste Bankräuber, den es auf der Welt gab.

»Als ich ihn sah, wußte ich, daß sie das Ding gedreht hatten«, sagte Smith. »Das ist ihre Methode: Einige Wochen, bevor sie den Plan ausführen, mieten sie ein feines Büro, und dort leben sie, nachdem sie das Geld aus der Bank geholt haben. Und ich sage Ihnen, ich bin froh, daß Harry mich in dem Augenblick nicht erkannt hat – sonst wäre ich jetzt eine Leiche.«

Julian lauschte atemlos. Smith ahnte nichts von dem Einbruch in der Westkanadischen Bank, da er keine Zeitungen las. Aber Julian wußte, daß die Diebe eine große Summe erbeutet hatten.

»Harry hat mir gesagt, man kann immer ein möbliertes Büro mit einem Safe mieten – das heißt, manchmal kaufen sie auch ein Geschäft für den Zweck, um einen anständigen Firmennamen zu haben. Das haben sie nämlich in diesem Fall getan. Und wenn dann nach einem Monat alles vorüber ist, bringen sie ihre Beute in Sicherheit. Da staunen Sie! Ja, das ist eine Sache. Die Polizei sucht sie überall, und die halten sich direkt vor ihrer Nase auf! Wenn ich noch jung wäre, würde ich das auch so machen.«

Julians Gedanken wirbelten durcheinander. Er vergaß sogar den Auftrag, den er dem Mann gegeben hatte.

21

»Kann ich Sie möglichst bald treffen?«

Marie war am Apparat. John Morlay war vom Frühstückstisch aufgestanden und wunderte sich, wer ihn schon morgens um halb acht anrief.

»Aber um Himmels willen, schlafen Sie denn überhaupt nicht?«

»Ich möchte mit Julian sprechen«, erklärte sie.

»Sie sind aber wohl die einzige, die einen solchen Wunsch hegt. Warum zerbrechen Sie sich Ihr Köpfchen deswegen?«

»Nanny hat eine furchtbare Nacht gehabt«, sagte sie mit zitternder Stimme.

Morlay vermutete richtig, daß dann auch Marie kaum geschlafen hatte.

»Aber Julian wird Ihnen doch auch nicht helfen können. Wenn es Ihnen recht ist, komme ich zu Ihnen.«

»Nein, ich muß Julian sprechen«, erklärte sie hartnäckig. »Ich werde dafür sorgen, daß diese infamen Verdächtigungen Nannys aufhören.«

Er zögerte mit der Antwort, bis sie schließlich ungeduldig fragte, ob er noch am Apparat sei.

»Ja. Ich werde es so einrichten, daß Sie mit Julian sprechen können. Ich darf Sie aber doch begleiten?«

»Sie dürfen nur bis zu seiner Wohnung mitkommen. Ich will ihn allein sprechen«, entgegnete sie zu seiner größten Überraschung.

Sie trafen sich auf der Penton Street. Mrs. Carawood hatte

sich hingelegt, um etwas zu ruhen, wie ihm Marie erzählte, und er bemerkte, daß auch sie ziemlich übernächtigt aussah. Schwere Schatten lagen unter ihren Augen. Er gab ihr den Rat, noch etwas zu schlafen.

»Nein, das werde ich nicht tun. Dazu bin ich zu unruhig. Ich habe mich furchtbar über Julian geärgert«, sagte sie müde. »Ich hätte ihm eigentlich eine Ohrfeige geben sollen, aber dazu war ich im Augenblick nicht imstande.«

»Es war auch besser so«, beruhigte er sie.

John Morlay war erstaunt, daß sie nicht entrüsteter über den Mann war, der Mrs. Carawood derartig beschimpft hatte. Im Gegenteil, sie sprach ruhig und vollkommen leidenschaftslos.

»In gewisser Weise tut er mir sogar leid. Aber ich muß ihm ein für allemal klarmachen, daß er sich nicht mehr für mich und mein Vermögen interessieren soll.«

»Das wird Ihnen bei Julian sehr schwer gelingen.«

Sie schüttelte den Kopf.

»Das glaube ich nicht«, sagte sie so selbstbewußt und zuversichtlich, daß er sie erstaunt ansah.

Während sie neben ihm im Auto saß, stellte er eine Frage. Sie schüttelte den Kopf.

»Nein, er hat mir keinen Antrag gemacht. In gewisser Weise ist er sogar sehr nett und liebenswürdig. Er hat sich sogar nicht einmal die Mühe gegeben, sein Interesse an mir zu verheimlichen, dabei hat er mir aber nicht die Hand gedrückt oder versucht, mich zu küssen oder sonst etwas zu unternehmen, wogegen Sie in Ihrer Eigenschaft als Schutzengel protestieren könnten.«

Sie verabredeten, daß John draußen auf dem Treppenabsatz vor Julians Wohnung warten sollte, während sie hineinging, um mit ihm zu sprechen. Aber Julian brachte diese Pläne zum Scheitern. Als er in seinem bunten Morgenrock an der Wohnungstür erschien, gab er sich nicht damit zufrieden, sondern nötigte sie beide, näher zu treten. John war über diese Taktlosigkeit sehr betreten.

»Ich weiß wohl, ich habe mich schrecklich benommen. Es war entsetzlich von mir, aber das wollen wir jetzt vergessen. Bitte, kommen Sie doch herein. Ich werde versuchen, mein Unrecht wieder gutzumachen, soweit mir das möglich ist –«

Dann schloß er die Tür hinter ihnen.

»Wenn Sie eine Entschuldigung von mir verlangen, dann ist

Ihre Forderung schon im voraus gewährt. Es war nicht richtig von mir, daß ich nach der Höhe des Vermögens fragte, aber offengestanden hat mich diese Frage um Ihretwillen sehr bewegt, und ich weiß auch jetzt noch nicht, ob Sie tatsächlich eine reiche Erbin oder das bedauerliche Opfer der Intrigen einer schlechten Frau sind.«

»Das hört sich ja beinahe so an, als ob Sie hier auf der Bühne stünden und irgendeine Rolle spielten«, sagte John, der trotz alledem die Kaltblütigkeit des Mannes bewunderte.

Julian führte die beiden in das gemütlich eingerichtete Wohnzimmer, wo er am Abend vorher Mr. Smith empfangen hatte. Die Fenster standen auf, und das Sonnenlicht fiel herein.

»Sie sind ja in merkwürdig guter Stimmung«, meinte John.

Auch Marie machte eine derartige Bemerkung. Im stillen dachte sie aber, daß ihm nach der Unterredung mit ihr schon anders zumute sein würde.

»Warum soll ich denn nicht vergnügt sein? Das Leben liegt doch noch vor mir! Können Sie mir übrigens sagen, John, ob in Ihrem Bürohaus irgendwelche Räume leerstehen?«

Diese Frage überraschte Morlay.

»Wollen Sie denn ein Geschäft aufmachen?«

»Ich möchte einen ruhigen Platz mieten, wo ich mein Buch fertigschreiben kann«, erklärte Julian.

»Vor ein paar Monaten hätten Sie noch Büroräume in der zweiten Etage haben können. Das Büro wurde von einer Gesellschaft gemietet, die meines Wissens jetzt bankrott gegangen ist. Die Leute haben sie weitervermietet –«

»Kann ich Sie einmal allein sprechen, Julian?« unterbrach Marie diese lebhafte geschäftliche Unterhaltung.

»Aber gewiß«, erwiderte Julian und öffnete die Tür des kleinen Speisezimmers. »Morlay, Sie werden sicher ein paar Bücher finden, die Sie interessieren. Außerdem ist die Tür ja nicht zugeschlossen. Wenn Sie Hilfeschreie hören, können Sie also schnell ins Zimmer stürzen und Gräfin Marie wie ein Held retten.«

»Es tut mir unendlich leid, Marie«, sagte er, als die beiden allein waren. »Ich habe einen großen Fehler gemacht, und ich verspreche Ihnen, daß es nicht wieder vorkommen soll. Ich werde mich bessern. Aber wenn ich meine Behauptungen beweisen kann, wenn Sie tatsächlich um Ihr Vermögen gebracht worden sind –«

»Sie werden sich um diese Sache nicht mehr kümmern. Und

wenn Sie noch dabei sind, Nachforschungen anzustellen, so wird das sofort aufhören«, erklärte sie ruhig.

Julian lächelte.

»Ich habe doch aber Ihre Interessen wahrzunehmen –«

»Kümmern Sie sich gefälligst um Ihre eigenen Angelegenheiten.«

Sie nahm ein kleines rotes Lederetui aus ihrer Handtasche und reichte es ihm.

Er runzelte die Stirn, betrachtete es und öffnete es dann.

»Das ist ja der Ring, den ich Ihnen geschenkt habe. Wollen Sie ihn mir zurückgeben?«

Sie nickte.

»Das ist aber sehr unfreundlich. Vermutlich hat das alte Weib –«

»Ich dulde nicht, daß Sie Mrs. Carawood ein altes Weib nennen. Sie werden sehr höflich sein, was sie betrifft. Auf keinen Fall bekommen Sie sie wieder zu sehen, und Ihre Detektive werden keine weiteren Nachforschungen anstellen. Mich werden Sie auch nicht wiedersehen, und wenn Sie meinem Rat folgen, verlassen Sie in allernächster Zukunft das Land.«

Er betrachtete sie durch halbgeschlossene Augenlider, denn er hatte den drohenden Unterton ihrer Stimme wohl gehört.

»Warum sagen Sie mir das alles?«

»Als Sie mir den Ring gaben, sagten Sie doch, ich sollte ihn erst am Morgen betrachten. Ich war aber neugierig, öffnete das Kästchen schon am Abend und – fand einen anderen Ring darin. Es war nicht der, den ich Ihnen zurückgegeben habe.«

Das Reden fiel ihr im Augenblick schwer. Sie erwartete, daß er heftig protestieren würde, aber er schwieg.

»Der Ring, den ich an dem Abend sah, hatte einen langen, rechteckigen Saphir, der von vier Brillantklauen gehalten wurde. Nach der Beschreibung habe ich sofort gesehen, daß es sich um den Ring handelte, der ein paar Tage vorher aus dem Juweliergeschäft von Cratcher gestohlen worden war. Sie haben einen bösen Fehler gemacht und mir das falsche Etui überreicht. Die Kästchen haben dieselbe Größe und sind auch beide mit rotem Maroquinleder bezogen. Als Sie dann in die Stadt zurückfuhren, entdeckten Sie Ihren Irrtum und kehrten deshalb nach Ascot zurück. Sie nahmen nachts den Saphirring von meinem Frisiertisch und schickten mir am nächsten Tag per Post den Ring mit dem Rubin zu, den Sie vorher für mich bestimmt hatten.«

Julian sprach nicht, sein Gesicht glich einer Maske. Er errötete nicht einmal, sondern preßte nur die Lippen etwas mehr als sonst zusammen.

»Deshalb sage ich, Sie müssen England verlassen. Es ist vielleicht nicht recht, was ich tue; ich müßte wahrscheinlich zur Polizei gehen und der Behörde mitteilen, was ich herausgefunden habe!«

»Werden Sie das tun?« Seine Worte klangen hart wie Stahl.

Sie schüttelte den Kopf.

»Nein. Ich weiß nicht, wie es kommt, daß Sie ein solches Doppelleben führen, aber es ist nicht meine Sache, Sie zu verurteilen.«

»Weiß Morlay davon?«

»Natürlich weiß er das nicht«, entgegnete sie zornig. »Er würde nicht so ruhig bleiben, wie ich es jetzt bin.«

Julian holte tief Atem.

»Ich danke Ihnen«, sagte er schlicht. »Ich werde alles tun, was Sie gesagt haben, aber es dauert wahrscheinlich noch ein oder zwei Wochen, bis ich alles soweit abgewickelt habe, daß ich abreisen kann. Ich muß eine ganze Menge von Geschäften liquidieren.«

Sie reichte ihm die Hand, und er drückte sie.

»Es wäre möglich, daß ich Sie noch einmal sehen muß. Seien Sie nicht ungehalten, wenn ich noch einmal einen Besuch machen sollte. Aber ich verspreche Ihnen im voraus, daß ich Ihnen keine Ungelegenheiten bereiten werde – ebensowenig Mrs. Carawood.«

Als die beiden gegangen waren, fiel ihm plötzlich ein, daß er Mr. Smith einen Auftrag gegeben hatte, der in offensichtlichem Widerspruch zu seinem Versprechen stand.

Den ganzen Tag versuchte er, mit Smith in Verbindung zu kommen. Dann kam ihm plötzlich der Gedanke, daß er schließlich doch seinen Plan ausführen könnte. Er war zu neugierig, was der Inhalt des schwarzen Kastens sein mochte.

In der Zwischenzeit hatte er sehr viel zu tun. Er stellte die Büroräume fest, die Harry, der Kammerdiener, gemietet hatte, und fuhr nach Balham, um den früheren Inhaber zu sprechen. Es war ein armer Erfinder, der mit großen Hoffnungen eine Firma gegründet hatte, im Laufe der Monate aber einsehen mußte, daß er die Räume nicht halten konnte. Schließlich hatte er sie einem liebenswürdigen Amerikaner zur Verfügung gestellt, der nicht nur die Büros, sondern auch die Einrichtung mietete.

»Ich habe die Möbel nicht verkauft, weil ich immer noch hoffte, von neuem beginnen zu können, aber jetzt sind so traurige Verhältnisse eingetreten, daß ich dazu gezwungen werde.«

»Deswegen bin ich gerade hergekommen. Ich bin bereit, Ihnen die Möbel abzukaufen.«

Nach einigem Hin und Her holte der Erfinder ein Aktenstück und alle Rechnungen und Quittungen über seine Anschaffungen. Darunter befand sich auch der Lieferschein für den Rexor-Safe. Die Nummer des Schrankes war auf dem Schriftstück vermerkt; Julian notierte sie auf seiner Manschette.

Am Nachmittag reiste er nach Sheffield und hatte dort eine Besprechung mit dem Geschäftsführer der Rexor-Company, der ein alter Freund von ihm war. Julian hatte sich schon oft mit ihm über Schlösser und Geldschränke unterhalten, ja, er hatte ihm damals sogar zugesagt, einen Artikel über seinen Besuch in der Fabrik in einer Zeitung erscheinen zu lassen, aber das hatte er natürlich später vergessen.

»Merkwürdigerweise«, erklärte Julian, bevor er das Büro verließ, »habe ich neulich einen Ihrer Schränke gekauft, aber leider nur einen Schlüssel erhalten.«

»Wissen Sie zufällig die Nummer?«

Als Julian Lester nach London zurückfuhr, hatte er einen Duplikatschlüssel in Besitz.

Am nächsten Tag besuchte er das Haus, um sich persönlich zu orientieren. Die beiden Leute, die das Büro gemietet hatten, kamen morgens um neun. Sie sahen sehr respektabel aus und trugen große Hornbrillen. Auch erschienen sie nicht zusammen, sondern tauchten aus verschiedenen Richtungen auf. In dem Haus erzählte man sich, daß sie im Begriff wären, mehrere Konfitürengeschäfte zu gründen. Große Mengen von Süßigkeiten wurden abgeliefert und in ihrem Büro verstaut.

In der Hinterstraße lag ein Nebengebäude, das man leicht von einem Balkon aus erreichen konnte ... Ein weit vorstehendes Geländer erleichterte die Absicht ... Nach allem, was er sah, mußte es nicht schwer sein. Nur schade, daß die Nächte so kurz waren.

Julian mietete sich eine Garage in derselben Hinterstraße.

Der Eigentümer verlangte eine hohe Anzahlung, aber Mr. Lester machte nicht die geringsten Schwierigkeiten, zahlte gern, kam kurz darauf mit einem eleganten Sportwagen zurück und abonnierte bei der nahen Tankstelle, daß der Wagen regelmäßig dort gereinigt werden sollte.

Er sah die beiden Leute, als sie am Abend das Büro verließen, und fragte sich, wer von beiden wohl Harry der Kammerdiener sein mochte. Soweit er sich besinnen konnte, gab es diesen Spitznamen schon seit langem in der Unterwelt, und darüber wunderte er sich. Wahrscheinlich gab es einen wirklichen Harry, der ein verflucht scharfer Junge sein mußte; einer dieser Leute hier bediente sich wahrscheinlich des Namens nur aus reiner Eitelkeit.

Die Zeitungen schrieben sehr viel über den Einbruch in der Westkanadischen Bank. Zwei verdächtige Leute wurden in Southampton verhaftet. Julian wünschte, daß die Polizei weiterhin solche Fehler machte. Die Beute, die den Räubern in die Hände gefallen war, betrug etwa hundertachtzigtausend Pfund. Privat hatte er sich davon überzeugt, daß in den Bekanntmachungen der Polizei die Nummern der Banknoten nicht aufgeführt worden waren. Man hatte sich darauf beschränkt, die Anzahl und Höhe der gestohlenen Werte anzugeben. Aus den Zeitungen ersah er, daß Inspektor Peas die Bearbeitung des Falles in Händen hatte; er gab sich die allergrößte Mühe, das Verbrechen aufzuklären. John traf ihn zufällig und erfuhr, wie die Sache vor sich gegangen war. Ein Nachtwächter war in Verdacht geraten, der seit dem Diebstahl verschwunden war.

»Es müssen amerikanische Verbrecher gewesen sein, und wenn ich mich nicht sehr täusche, ist Harry der Kammerdiener daran beteiligt«, sagte Peas. »Zur Zeit ist er nicht in Frankreich – seine Bekannten erklären hartnäckig, er sei nach Berlin gefahren. Das heißt so viel, daß er sich in London aufhält. Wenn diese Galgenvögel mit dem Geld entkommen, habe ich meinen Beruf verfehlt und reiche meine Kündigung ein. Ich glaube, wenn die gewußt hätten, daß ich den Fall untersuche, wäre es nicht zu dem Einbruch gekommen. Wie geht es eigentlich Mrs. Carawood? War sie vor kurzem in Rotherhithe? Und wie geht es denn dem armen Mr. Hoad?«

»Wer, zum Teufel, ist denn Hoad?«

»Er nennt sich zur Zeit nicht Mr. Hoad, sondern manchmal Smith, manchmal Salter. Er hatte einen Anfall von Herzschwäche an dem Abend, als wir nach Rotherhithe gingen. Und jemand hat so viel Geld gehabt, den teuersten Spezialisten für ihn zu bezahlen.«

»Meinen Sie Mrs. Carawood?«

Peas nickte.

»Ja! Wahrscheinlich ist er mit ihr verwandt, aber sie wollte nicht haben, daß er erfährt, wie gut es ihr geht. Deshalb hat sie sich damals diese Lumpen angezogen. Solche Geheimnisse sind sehr bald enthüllt, wenn sich ein erstklassiger Beamter damit beschäftigt.«

»Wie steht es dann mit dem Einbruch in der Westkanadischen Bank?« fragte John boshaft.

»Das ist auch kein Geheimnis«, entgegnete Peas ruhig. »Das ist einfach ein Einbruch unter Anwendung von Gewalt.«

22

Die Tage, die auf die Unterredung mit Julian folgten, waren für Marie Fioli sehr glücklich. Das Leben erschien ihr schöner als jemals; die Schule in Cheltenham lag jetzt viele tausend Meilen für sie entfernt. Marie lebte in einem ganz neuen Kreis, mit anderen Menschen. Als sie einmal mit John zusammen war, versuchte er, die Unterhaltung auf Mrs. Carawood zu bringen.

»O ja, sie ist tatsächlich romantisch, aber ich kann es nicht übers Herz bringen, darüber zu lachen. Wissen Sie, John, ich glaube oft, daß Nanny ein großes Vergnügen darin findet, wenn sie Mylady zu mir sagen kann. Und sie ist so praktisch und geschäftstüchtig auf ihre Weise.«

Mrs. Carawood war wirklich eine eigenartige Persönlichkeit. Er hatte noch nie eine solche Frau kennengelernt. Eigentlich führte sie ein Doppelleben. Marie und alles, was zu dem jungen Mädchen gehörte, repräsentierte die eine, die schöne und romantische Seite. Die andere war ihr Geschäft.

»Sie hat mir neulich erzählt, daß sie von Kindheit an diese romantischen Geschichten von Herzoginnen und Prinzen schätzte. Sie liebte Erzählungen, die in großen Marmorpalästen und in fürstlichen Residenzen spielten. Niemals las sie ein Buch, in dem nicht mindestens ein Lord oder eine Baronin vorkam.«

Als sie eines Nachmittags Queens Hall besuchten, erzählte

ihm Marie von einem seltsamen Besucher, der am Vormittag in den Laden gekommen war.

»Kennen Sie einen Pater Benito?« fragte sie. »Er sieht wunderbar aus, hat einen langwallenden, grauen Bart und trägt eine richtige Mönchskutte.«

»Ja, ich kenne ihn«, sagte John schnell. »Was wollte er denn?«

»Er wollte Mrs. Carawood sprechen und sagte, daß er ein Kleid für seine Nichte kaufen müsse. Aber ich glaube, das war nur ein Vorwand; sicher kam er aus einem anderen Grund in den Laden.«

»Haben Sie mit ihm gesprochen?« fragte John ängstlich.

Sie nickte.

»Ja, Mrs. Carawood holte mich aus der Wohnung, damit ich ihn begrüßen sollte. Er sagte, er habe von mir gehört. Es ist direkt rührend, wieviel er für die Armen in unserem Stadtteil tut.«

»Was hat er denn sonst noch gesagt?«

»Nichts Wichtiges. Die gute, arme Nanny schien ganz nervös und aufgeregt zu sein, weil uns der Pater besuchte. Als er wegging, atmete sie jedenfalls erleichtert auf.«

John konnte sich wohl denken, aus welchem Grund Pater Benito in den Laden gekommen war. Auch er fühlte sich beruhigt, als er hörte, daß der Besuch so verlaufen war.

Daß John beobachtet wurde, konnte er natürlich nicht ahnen.

In diesen Tagen kam der Privatdetektiv Martin zu Julian, wurde aber ziemlich kühl empfangen.

»Haben Sie auch Morlay engagiert, daß er Ihnen Informationen über Mrs. Carawood beschaffen soll?« war die erste Frage, die er Julian stellte. »Wenn Sie es nicht getan haben, dann möchte ich Ihnen nur sagen, daß er auf eigene Faust Erkundigungen einzieht.«

»Wie meinen Sie das?«

Martin war am Morgen in der großen Registratur von Somerset House gewesen und hatte einen der tüchtigsten Leute von Morlay dort getroffen.

»Es ist der beste Mitarbeiter Morlays; soviel ich feststellen konnte, hat er sich auch nach dem Testament der verstorbenen Gräfin Fioli erkundigt.«

»Aber in ganz Somerset House findet sich keine Abschrift und auch kein Hinweis auf dieses Dokument.«

»Ich weiß es. Das wird der Mann auch festgestellt haben.«

John Morlay interessierte sich also auch für das Vermögen Maries! Vielleicht brauchte auch er Geld. Julian lächelte im stillen.

Mrs. Carawood senkte ihr Buch. Nur das Ticken der Uhr auf dem Kamin war zu hören.

»Ich habe mich schon oft gefragt, wie Ihr Mann wohl gewesen sein mag«, sagte Herman unvermittelt.

»Mein Mann?«

»War er auch so romantisch wie Sie?«

»Nein«, erwiderte sie langsam. »Aber ich glaube, ich bin durch ihn romantisch geworden.«

Sie dachte noch über diese Worte nach, und Herman wagte nicht, sie dabei zu stören.

»Das Leben ist nicht leicht, Herman«, sagte sie nach einiger Zeit.

»Für mich war es auch sehr schwer, bis ich zu Ihnen kam. Aber ich glaube, daß Sie sich sehr einsam gefühlt haben, als Ihr Mann starb.«

Sie lächelte.

»Ja, ich habe ihn vermißt. Es entsteht auf die eine oder andere Weise doch eine Lücke, wenn jemand stirbt, Herman«, fuhr sie fort, aber dann änderte sie das Thema. »Sie sehen heute abend müde aus, Sie müssen früh zu Bett gehen.«

Er schaute sie an wie ein treuer Hund, dann dachte er darüber nach, wie schön es war, daß sich jemand um ihn kümmerte und bemerkte, daß er müde war. Es war seltsam wohltuend, daß Mrs. Carawood auch an ihn dachte.

»Manchmal sind Sie wirklich merkwürdig«, meinte er.

»Wieso bin ich merkwürdig?«

»Sie sind so lieb und gut ... Wissen Sie, ich würde alles für Sie tun.« Es fiel ihm schwer, das zu sagen; es zu denken, war viel leichter.

»Wenn Sie es wollen, springe ich vom Dach herunter; ich würde jemanden ermorden für Sie ...«

»Aber Herman!« Ihre Stimme klang scharf. »Man sollte fast denken, Sie wären betrunken, wenn Sie solchen Unsinn reden! Was fällt Ihnen denn ein, daß Sie jemanden ermorden wollen? Sie haben doch andere, friedlichere Beschäftigungen. Sie sollen meine Regale abstauben und aufpassen, daß Sie kein Geschirr zerbrechen, wenn Sie abspülen. Sie haben es gar nicht nötig, jemanden umzubringen. Aber passen Sie auf, es ist jemand vorn an der Ladentür.«

Es war Mr. Fenner, der feierlich eintrat. Er trug seinen schwarzen Sonntagsanzug und einen Trauerflor um den Ärmel. Die große goldene Uhrkette war sein einziges Schmuckstück. Er setzte sich hin, ohne dazu aufgefordert worden zu sein; alle seine Bewegungen waren würdevoll und gemessen.

»Ich hatte Sie heute abend kaum erwartet, Fenner. Sind Sie schon so bald von der Beerdigung zurückgekommen?«

»Sie wollen wohl ein wenig aufgeheitert werden?« bemerkte Herman.

Mrs. Carawood runzelte die Stirn.

»Herman, seien Sie still.«

Mr. Fenner schaute eine Zeitlang nachdenklich vor sich hin, bevor er den beiden eine erstaunliche Tatsache mitteilte.

»Der alte Mann hat mir sein Geschäft vermacht.«

»Mr. Fenner, ist das wahr?«

Sie konnte sich sehr gut an den etwas rauhen, aber sehr gutherzigen alten Mann erinnern, und sie konnte sich auch das ironische Lächeln vorstellen, mit dem er das Testament unterschrieben haben mochte.

»Ja, er hat es mir hinterlassen. Es ist ein nettes, kleines Geschäft, Mrs. Carawood, und man könnte den Umsatz verdoppeln und verdreifachen, wenn nur jemand etwas Kapital hineinstecken wollte.«

Sie mußte lächeln.

»Was haben Sie denn?« fragte er erstaunt.

»Ich freue mich für Sie! Was werden Sie unternehmen? Der alte Mann hat ja sehr viel gearbeitet . . .«

»Das habe ich mir bis jetzt noch nicht überlegt. Wenn man ein eigenes Geschäft hat, bekommt alles ein anderes Aussehen . . . Herman, ich möchte einmal allein mit Mrs. Carawood sprechen.« Er sagte das mit soviel Wichtigkeit, daß Herman gehorsam hinausging.

Fenner richtete sich auf.

»Ist dieser fein angezogene Kerl schon wieder hier gewesen?« fragte er vertraulich.

»Nein, Marie hat Mr. Lester in seiner Wohnung besucht.«

»Wenn er noch einmal herkommt, erklärte Fenner wütend, »drehe ich ihm das Genick um!«

Sie sah ihn nachdenklich an, nahm einen Strumpf von Herman und begann, ein Loch darin zu stopfen.

»Ich brauche niemanden, der mich verteidigt, Mr. Fenner. Aber wir werden Sie jetzt wohl nicht mehr so oft sehen, nachdem Sie so viel Geld geerbt haben?«

Das erleichterte ihm den Anfang seiner Rede.

»Deshalb bin ich gerade hergekommen. Ich wollte einmal mit Ihnen sprechen, Mrs. Carawood. Gestatten Sie, daß ich eine Zigarette rauche?« Er zog eine Packung aus der Tasche.

»Das sind echte türkische, die werden von den Damen im Harem des Sultans geraucht, steht vorne drauf. Ich kann diese Türken nicht verstehen. Ich brauche nur eine Frau, wenn ich die rechte bekomme.«

»Das können Sie nie vorher wissen«, warnte sie ihn lächelnd. »Für Sie sieht jetzt alles anders aus, wie Sie eben erwähnten. Früher haben Sie auch nie Zigaretten geraucht. Ich habe es immer so nett gefunden, wenn Sie mir mit Ihrer Pfeife gegenübersaßen. Eines Tages werde ich mich nicht weiter wundern, wenn Sie geheiratet haben. Und dann werden Sie wieder eine andere Frau haben wollen und dann noch eine – nicht wahr?«

Er legte die Zigarette sorgfältig auf den Rand des Aschenbechers und sah sie vorwurfsvoll an.

»Für mich gibt es nur eine Frau auf der Welt, Mrs. Carawood, und wenn sie meinen Antrag annehmen würde, wäre ich der glücklichste Mann auf der Welt.«

»Aber Mr. Fenner, Sie wollen auch immer gleich alles haben. Es ist doch genug, daß Sie nun das nette Geschäft besitzen. Warum wollen Sie noch mehr?«

»Sie wissen ganz genau, was ich will, und ich würde alles darum geben ... Sehen Sie einmal her: Was würden Sie dazu sagen, wenn Sie so ein hübsches kleines Auto besäßen, mit dem Sie spazierenfahren könnten? Wäre das nicht ein reizender Gedanke?«

»Ich habe einen Wagen, aber ich fahre lieber im Bus!«

Er wußte, daß sie sich über ihn lustig machte, ließ sich aber nicht einschüchtern.

»Nehmen wir einmal an, Sie hätten ein hübsches Auto und eine Villa. Und wie wäre es, wenn wir die Flitterwochen in Paris verbrächten, Mrs. Carawood?«

Sie betrachtete ihn belustigt. Aber dann machte sie sich selbst Vorwürfe, denn sie erinnerte sich daran, daß sie vor einigen

Tagen noch gehofft hatte, im schlimmsten Fall bei ihm Zuflucht zu finden.

Einer Antwort wurde sie enthoben, denn Marie kam die Treppe herunter, und vor dem Geschäft hielt ein Auto an. Es sah fast aus, als ob Marie oben auf John Morlays Ankunft gewartet hätte.

Sie begrüßte Fenner, der mit allem Anstand eine türkische Zigarette rauchte und sich beinahe vorkam wie ein Sultan.

»John, ich habe Ihnen schon von Mr. Fenner erzählt.«

»Natürlich! Sie sind doch Schreiner, nicht wahr?«

Fenner räusperte sich.

»Nun, ich bin nicht nur das, ich bin Schreinermeister, wenn ich so sagen darf.«

»Hören Sie doch nur, wie er angibt!« rief Mrs. Carawood.

Sie hielt zärtlich Maries Hand.

»Hast du etwas Angenehmes vor?« fragte sie.

»Ja. Zum Wochenende fahren wir aber doch nach Ascot?«

Mrs. Carawood nickte.

John beobachtete die beiden scharf und hatte den Eindruck, daß Pater Benito recht haben mußte.

Marie fing seinen Blick auf; sie war bereit zu gehen.

»Ich muß jetzt wieder in mein Geschäft, Mrs. Carawood«, sagte Fenner und reichte ihr die Hand. Früher hatte er das nicht getan.

John bot ihm einen Platz in seinem Wagen an, aber das lehnte er ab.

»Nein, das ist nicht nötig, ich kann mir ja ein Taxi nehmen.«

Er sah sich halb um, welchen Eindruck das auf Mrs. Carawood machte, aber sie schien es gar nicht gehört zu haben.

Sie trat auf die Straße hinaus und sah dem Wagen mit Marie und Mr. Morlay nach, dann schloß sie die Ladentür.

»Wir wollen Licht machen«, sagte sie. »Es wird dunkel. Ich fürchte, wir bekommen ein Gewitter.«

»Haben Sie gehört, was Fenner sagte, Mrs. Carawood«, fragte Herman, als er das Licht andrehte. »Wie fein der auf einmal geworden ist. Taxi will er fahren! Aber ich bin wirklich müde heute abend«, gähnte er. »Vorige Nacht war es so heiß wie in einem Ofen, und heute ist es ebenso.«

»Es wird schon kühler werden, wenn das Gewitter vorbei ist. Also, gehen Sie jetzt ins Bett, Herman.«

»Gute Nacht, Mrs. Carawood.«

23

Es dauerte einige Zeit, bis sie die Feder aufnahm und Eintragungen in das Geschäftsbuch machte, das vor ihr lag. Sie blätterte um, bis sie an die Stelle kam, wo sie ihre persönlichen Ausgaben einschrieb. Die Aufwendungen für Marie wurden in ein anderes Buch eingetragen.

Sie schaute erst wieder auf, als sie ein schwaches Geräusch hörte, und sah zur Tür, die zum Gang führte. Vermutlich war Herman noch einmal heruntergekommen. Die Tür blieb jedoch geschlossen, und Mrs. Carawood wandte sich wieder ihrem Buch zu.

Es war vollkommen ruhig in dem Zimmer, deshalb schrak sie heftig zusammen, als eine Diele im Gang draußen knarrte.

Einige Sekunden herrschte tiefe Stille, dann wiederholte sich dieses Geräusch. Sie erhob sich zitternd, und ihre Augen wurden größer und größer, als sie sah, daß sich die Tür langsam öffnete.

»Herman!« rief sie scharf. »Machen Sie doch keinen solchen Unsinn und erschrecken Sie mich nicht so!«

Die Tür ging weiter auf, und dann zeigte sich ein Mann mit bleichem, ungesundem Gesicht. Seine Augen flackerten unheimlich, seine Backenknochen traten scharf hervor. Trotz der drükkenden Hitze hatte er die Mütze tief ins Gesicht gezogen und den Rock bis oben zugeknöpft.

Sie öffnete den Mund und rang verzweifelt nach Atem.

»Joe!« stieß sie heiser hervor. »Um Himmels willen, Joe!«

Der Mann starrte sie an. Er hatte nicht erwartet, diese Frau hier zu sehen, und auch er schrak im ersten Augenblick zusammen. Aber dann trat er entschlossen ins Zimmer und machte die Tür zu. Wie eine Geistererscheinung stand er vor ihr, ein häßliches Grinsen verzerrte seine Züge.

»Was, du . . . verdammt noch mal!«

Sie fühlte ein Würgen in der Kehle und konnte nicht sprechen.

»Du dachtest wohl, ich wäre verreckt? Gehofft hast du natürlich, daß ich nicht mehr aufstehen würde! Warum bist du denn in so zerrissenen Kleidern zu mir gekommen? Wolltest mir wohl weismachen, daß du kein Geld hättest! Also du bist Mrs. Carawood!«

Sie nickte. Leise begann sie zu reden.

»Du hast aber doch regelmäßig von mir Geld erhalten. Ich

habe es immer ans Gefängnis nach Broadmoor geschickt und nachher an die andere Adresse. Woher wußtest du, daß ich hier wohne? Ich dachte ...«

Sie zitterte an allen Gliedern und lehnte sich an den Tisch, um nicht umzusinken.

»Ja, ich kenne dich, und ich weiß von früher her, was du denkst! Du glaubst, ich würde dort in dem Haus in Rotherhithe bleiben, bis man mich auf den Kirchhof hinaustrüge! Aber ich sterbe nicht so bald! Jetzt bin ich nach Hause gekommen – jetzt bin ich wieder daheim bei meiner Frau, die mich so liebt!« Seine Stimme klang beißend höhnisch.

Sie starrte ihn an wie vom Schlage gerührt. Vergeblich versuchte sie, sich zu fassen. Plötzlich wurde ihr klar, was das alles zu bedeuten hatte – neunzehn Jahre hatte sie unentwegt gearbeitet, neunzehn Jahre hatte sie träumen dürfen. Sie hatte sich ihr eigenes Glück aufgebaut, die häßliche Vergangenheit begraben, und nun brach alles in einem einzigen kurzen Augenblick zusammen. Ihre Träume vom Glück wurden in den Schmutz gezerrt, und alle ihre Anstrengungen, sich emporzuarbeiten, waren umsonst gewesen!

Sie schluchzte auf, sank auf den Stuhl und bedeckte die Augen mit den Händen, als ob sie ihn nicht sehen wollte.

»Ach, wie schrecklich!« stieß sie mühsam hervor.

»Ach, wie schrecklich!« äffte er ihre Worte nach und drehte sich dann um, als er auf der Straße schwere Schritte hörte. Der Schatten eines Helms fiel von draußen auf den Fenstervorhang. »Einer von der Polente!« zischte er.

Sie sah auf, eine wilde Hoffnung riß sie aus ihrer Gefühllosigkeit. »Joe, du wirst doch nicht von der Polizei gesucht?« rief sie.

In diesem Augenblick hatte sie kein Erbarmen mit ihm, sie dachte nur an all die Schrecken, an all die Erniedrigung, an die Häßlichkeit, die seine Rückkehr wieder in ihr Leben brachte. Wie hatte sie früher, als sie noch mit ihm zusammenlebte, von einer Wohnung zur anderen fliehen müssen! Überall mußte sie sich verbergen, sie war seine Sklavin gewesen, ohne daß er es ihr gedankt hätte. Dann war sie ihm entkommen, weil er zu lebenslänglichem Zuchthaus verurteilt wurde, und hatte glücklich die Jahre der Freiheit verlebt, die doppelt froh und angenehm waren nach all dem Elend, das sie vorher durchgemacht hatte.

Und wenn es das Los der Menschen war, zu leiden, hatte sie nicht genug gelitten? Sie eilte zur Tür.

»Nein, die Polizei ist nicht hinter mir her«, sagte er heiser. »Ich bin aus dem Gefängnis entlassen worden, nachdem ich den letzten Tag und die letzte Stunde meiner Strafe abgesessen habe. Lauf doch hin und schrei hinter dem Schutzmann her, wenn es dir Spaß macht. Meine Papiere sind in Ordnung, ich bin entlassen – ich bin frei wie der Vogel in der Luft!«

Dann lachte er so teuflisch, daß Mrs. Carawood das Blut in den Adern erstarrte, aber sie fühlte, daß er die Wahrheit sprach, und trat von der Tür zurück. In der Ferne verhallten die Schritte des Polizeibeamten.

»Ist er fort?« fragte er spöttisch.

Sie nickte und sank wieder in den Stuhl. In der Ferne grollte der Donner, und sie schauderte zusammen.

»Neunzehn Jahre habe ich Zeit gehabt, darüber nachzudenken«, sagte er, »wie er vor mir am Boden lag und der Mond in sein bleiches, blutiges Gesicht schien.« Seine Finger krampften sich zusammen, obwohl er sich dieser Bluttat rühmte. »Aber ich habe es dem Schwein heimgezahlt! Warum mußte dieser Kerl mich auch stören? Es war doch nicht sein Geld, das ich der Bank klauen wollte. Was ging den blöden Affen das an!«

»Er – er war ein Beamter, und du warst ein Dieb!«

»Ja, deswegen ist er jetzt auch tot, und ich lebe«, entgegnete er brutal.

Sie rang die Hände.

»Man sollte denken, daß es dir Freude macht, dich daran zu erinnern. Sprich doch nicht davon, es wäre möglich, daß jemand es hört, wenn du es sagst, Joe!«

»Na, und wenn sie es hören? Mir kann doch keiner mehr was tun, ich habe die Strafe abgesessen!«

In dem Augenblick wurde der Raum taghell erleuchtet – ein Blitz zerriß das Gewölk. Sie sah sein kreidebleiches Gesicht in dem fahlen Licht; Wahnsinn glühte in seinen Augen.

»Hast du deinen Freunden gesagt, daß du einen so schönen Mann hast?« fragte er.

Sie schüttelte den Kopf. Sie versuchte immer wieder, ihre Gedanken zu sammeln, aber es gelang ihr nicht.

»Nein, Gott sei Dank, ich habe es überwunden. Ich habe mein eigenes Leben gelebt und mich in die Höhe gearbeitet. Andere Frauen wären wahrscheinlich daran zugrunde gegangen.«

Mit unsicheren Schritten trat er auf sie zu, als ihre Stimme leiser wurde und erstarb. Dann stand er vor ihr und hob wie früher brutal die Faust. »Bring mir was zu essen!«

»Ja, ich werde etwas suchen«, erwiderte sie und schwieg dann plötzlich.

Die Tür öffnete sich, und Herman trat in Hemdsärmeln herein. Die Hosenträger hingen herunter; er schien sich hastig angekleidet zu haben.

Er sah verhältnismäßig harmlos aus, aber Joe war doch eingeschüchtert.

»Wer ist das?« fragte er.

»Der Junge –« begann sie.

Er sagte nichts, sondern starrte Herman nur an. Dann verzerrte sich sein Gesicht plötzlich, und er faßte mit einer Hand an die Kehle, während er mit der anderen nach der Westentasche tastete. Schließlich brachte er ein kleines Fläschchen zum Vorschein, das er hastig an die Lippen führte. Dann atmete er tief auf. Die beiden anderen beobachteten, daß er sich langsam wieder erholte.

»So, jetzt ist es besser. Ich stelle die Medizin hierher, wo ich sie immer sehen kann. Das ist das neue Mittel ... Sie gaben es mir heute morgen im Krankenhaus ... Es ist viel besser als die alte Brühe, die ich im Gefängnis zu schlucken bekam ...!«

Er sah wieder zu Herman hinüber.

»Was ist geschehen, Mrs. Carawood?« fragte der junge Mann atemlos. Fast schien es ihm, als ob sich eine der Kriminalgeschichten, die er so gern hatte, hier vor seinen Augen abspielte.

»Mrs. Carawood!« ahmte Joe seine Stimme nach.

»So heiße ich«, sagte sie. »Laß den Jungen fortgehen, bevor wir uns aussprechen. Herman, gehen Sie zu Bett. Dies ist ein Mann, den ich vor Jahren näher kannte.«

Herman nahm mechanisch die kleine Flasche und stellte sie auf den Kamin.

»Aber er sieht – so sonderbar aus. Ich weiß nicht – soll ich nicht Mr. Fenner rufen?« fragte er leise, als sie nach der Tür wies.

»Nein, nein, es ist schon alles in Ordnung. Er geht gleich wieder!«

»So, ich bin also ein Mann, den du vor Jahren näher kanntest«, lachte er höhnisch, als Herman gegangen war. »Und dabei bin ich dein Mann!«

Wütend schaute er sie an, während der Regen gegen die Fenster peitschte.

»Meinst du, ich wüßte es nicht?« sagte sie bitter.

»Ist das dein Junge – er nannte dich Mrs. Carawood?«

»Nein, er gehört nicht mir. Er war ein armer kleiner Knirps, als ich ihn eines Tages im Polizeigericht sah. Ich nahm ihn zu mir und zog ihn auf. Er ist so dankbar, als ob er mein eigenes Kind wäre.«

»So, um den Bengel hast du dich gekümmert, aber es ist dir nicht ein einziges Mal eingefallen, mich im Gefängnis zu besuchen. Gibst du das zu?«

»Ja. Ich bin nicht zu dir gekommen.«

»Ich weiß schon, was du gedacht hast. Du glaubtest, es wäre mit mir zu Ende, und darüber warst du froh. Aber du hast mich nicht zum letztenmal gesehen. Jetzt nennst du dich Mrs. Carawood. Was hat das zu bedeuten? Hast du wieder geheiratet?«

»Nein, eine Ehe war gerade genug für mich. Aber du hast recht, ich wollte nicht wieder mit dir zusammenleben.«

»Was sagst du da?«

Er erhob sich drohend.

»Ich habe vor Gericht gelogen, um dich zu retten. Ich habe alles für dich getan, weil ich mit dir verheiratet war; ich habe schwere Zeiten bei dir durchgemacht und dir immer geholfen. Stets habe ich zu dir gehalten, und immer war die Polizei hinter uns her, und wir mußten von einer Wohnung zur anderen fliehen. Und wenn ich mir etwas Geld gespart und ein paar Möbel gekauft hatte, dann hast du sie wieder versetzt . . . Schließlich war ich froh, als ich nicht mehr mit dir zusammenleben mußte.«

»Du . . .«

»Ich habe gebetet, daß sie dich henken sollten!« fuhr sie trotzig fort. »Aber ich habe ihnen nicht geholfen, daß sie dich zum Tode verurteilen konnten – trotz allem habe ich gelogen, um dein Leben zu retten. Und nun kommst du zu mir zurück!« rief sie verzweifelt.

Draußen blitzte es unaufhörlich, der Donner rollte, und ein wolkenbruchartiger Regen ging nieder.

»Jetzt verstehe ich alles«, erwiderte er heiser. »Du wolltest also, daß sie mich henken sollten!« Er packte sie am Arm, und seine scharfen Fingernägel gruben sich in ihr Fleisch, so daß sie stöhnte. »Dafür sollst du mir noch büßen! Morgen fliegt das

Firmenschild mit den goldenen Buchstaben herunter, und dann kommt dein richtiger Name hin – Hoad! Und jetzt scher dich fort und hol mir etwas zu essen, oder ...«

Sie dachte an die früheren Zeiten und taumelte, als sie hinausging, um etwas zu essen zu holen. Sie mußte sich anstrengen, um nicht umzusinken. Wenn sie auch eine andere Frau geworden war und sich nicht mehr durch ihn einschüchtern lassen wollte, war sie doch immer noch in seiner Gewalt. Er brauchte nur auf die Straße zu gehen und die Wahrheit hinauszuschreien. Könnte sie doch nur ein paar Stunden ruhig nachdenken – sicher würde sie dann einen Ausweg finden.

»Was ist aus deinem Kind geworden?« fragte er heftig, als sie mit einem Tablett zurückkam. »Du hast doch ein Kind bekommen, nachdem ich ins Gefängnis kam?«

Sie zitterte.

»Ja – es war ein kleiner Junge ...«

»Das hat man mir im Zuchthaus erzählt. Du hast wohl niemals daran gedacht, daß ich als Vater das gern wüßte?«

»Er ist doch gestorben, nachdem er kaum eine Woche alt war. Konntest du etwas anderes erwarten nach all den Sorgen und all dem Kummer, die ich durchgemacht hatte?« fragte sie atemlos.

»Ach, du und dein Kummer!«

Für den Augenblick mußte sie ihn beruhigen, bis sich irgendein Ausweg zeigte.

»Es tut mir leid, ich habe nur Brot und Käse im Haus, Joe, aber ich kann dir Schinken und etwas Fleisch besorgen. Sie lassen mich in der Wirtschaft drüben sicher hinten zur Küche hinein. Ich will etwas holen, wenn du es wünschst.«

»Du wirst das Haus nicht verlassen«, sagte er argwöhnisch. »Erlaube dir bloß keine Tricks!«

Plötzlich lachte er laut auf, als er sich daran erinnerte, daß er ein freier Mann war.

»Butter und Käse genügen mir«, erklärte er und begann mit einem wahren Heißhunger zu essen.

»Ich muß dich etwas fragen –«, begann er.

Aber dann fuhr er zusammen, als draußen eine Autohupe ertönte. Mrs. Carawood kannte den Ton nur zu gut. Sie sprang zur Tür und sah durch die Scheiben, gegen die der Regen mit unverminderter Gewalt schlug.

»Schnell, hinter die Holzwand, Joe!« rief sie ihm zu.

»Wer ist das?« fragte er eigensinnig. »Warum soll ich mich denn verstecken? Ich habe dir doch gesagt, daß ich ein freier Mann bin.«

»Du weißt es nicht. Vielleicht sind deine Papiere doch nicht ganz in Ordnung. Nur für eine Minute . . .« Sie sprach unzusammenhängend, und ihre Furcht steckte ihn an. »Joe, um Himmels willen, es ist sicherer.«

Der alte Instinkt, sich immer zu verstecken, überwältigte ihn, und er verschwand.

Mrs. Carawood öffnete die Tür – es war Marie, die vom Theater zurückkehrte.

24

Ihr Herz setzte aus zu schlagen, als Marie in dem Raum hin und her ging, und als das Kleid des jungen Mädchens die Holzwand streifte, hätte die Frau beinahe laut aufgeschrien.

»Was gibt's denn?« fragte Mrs. Carawood, indem sie eine Ohnmacht niederkämpfte. »Ist etwas geschehen?«

Marie hatte ihre Handtasche hier im Zimmer liegengelassen. Das war sehr wichtig, denn die Billetts für die Nachtvorstellung lagen darin. Außerdem enthielt sie ihr Taschentuch, etwa zwanzig Pfund in Banknoten und vor allem einen Brief von John Morlay, den er ihr geschrieben hatte und den außer ihr wohl niemand verstehen konnte.

»Was ist denn das für ein Fläschchen, Nanny?« fragte sie und nahm die Medizinflasche vom Kamin.

»Stell es sofort wieder hin!« rief Mrs. Carawood. Es schien ihr furchtbar zu sein, daß Marie etwas mit den Fingern berührte, was in Joes Taschen gewesen war. »Es ist – es ist Medizin.«

Gehorsam stellte Marie es hin und drehte sich überrascht um.

»Bist du denn krank? Warum hast du mir das nicht gesagt?«

Mrs. Carawood war am Tisch niedergekniet. Sie hatte die kleine seidene Handtasche entdeckt, die dort am Boden lag.

»Hier ist die Tasche!« sagte sie und reichte sie ihr.

Marie sah Mrs. Carawood ein wenig ängstlich an.

»Ich bin durchaus nicht krank, Marie, es ist nur die Hitze. Vielleicht wird es mir wieder besser, wenn wir in Ascot sind.«

John war auch hereingekommen und sah sich ebenfalls erstaunt im Zimmer um. Irgend etwas stimmte hier nicht – was mochte es nur sein?

Mrs. Carawood sah totenbleich aus, und er entdeckte, was Marie entgangen war: die Teller und Schüsseln mit Brot und Käse, die auf dem Tisch standen.

»Ich – ich kann jetzt nicht sprechen. Ihr dürft euch nicht aufhalten, sonst wird es zu spät zur Vorstellung.«

Sie wußte, daß sie eine schlechte Schauspielerin war. Außerdem hatte sie beobachtet, daß John das Geschirr gesehen hatte.

»Können wir nicht jemanden holen, der Ihnen hilft, Mrs. Carawood?« fragte Morlay. »Wir dürfen Sie in dem Zustand doch nicht allein lassen.«

»Ich habe Herman hier im Haus – er ist noch nicht zu Bett gegangen«, log sie.

Schließlich gelang es ihr, die beiden fortzuschicken. Mit einem Seufzer der Erleichterung wandte sie sich um, als der Wagen endlich fortfuhr und das rote Schlußlicht kleiner und kleiner wurde. Joe kam hinter der Trennungswand hervor und sah seine Frau schweigend an.

»Das waren eine Dame und ein Herr, die ab und zu in meinem Laden kaufen, Joe«, erklärte sie verzweifelt.

Er ging auf sie zu und hielt ihr die Faust vors Gesicht. Seine Augen blitzten drohend.

»Belüge mich nicht!« fuhr er sie an. »Mit dem Mädchen bist du ja sehr vertraut.«

Sie gab sich die größte Mühe, ruhig zu sprechen.

»Nein, ich lüge nicht, Joe. Und wenn du die ganze Wahrheit wissen willst – es ist eine Gräfin . . .«

Er trat noch einen Schritt näher und riß sie hoch. Mit wütenden Blicken stierte er sie an, und ein triumphierendes Lächeln zeigte sich in seinen häßlichen Zügen. Er packte sie bei der Schulter und schüttelte sie wild hin und her.

»Soll ich dir sagen, wer diese feine junge Dame ist? Das ist unsere Tochter . . .!«

Wenn er sie nicht gehalten hätte, wäre sie umgefallen.

»Sag doch nicht solchen Unsinn, Joe«, sagte sie heiser.

Er schüttelte sie wieder heftig.

»Meinst du, ich hätte sie mir nicht genau angesehen?« schrie er sie an. »So hast du früher ausgesehen! Genau die Stimme hattest du. Es ist dein Lachen und deine ganze Haltung – jede Bewegung habe ich erkannt. Denkst du vielleicht, du könntest mich belügen? So habe ich während all dieser Jahre an dich gedacht, wie ich sie jetzt hier gesehen habe.«

Sie riß sich von ihm los.

»Du bist wahnsinnig. Wenn du dich nicht in acht nimmst, wirst du wegen übler Nachrede wieder ins Gefängnis gesteckt. Ihre Mutter war eine Gräfin!«

»Was sagst du da? Ich wäre verrückt? Wieviel hast du an dem Schwindel verdient? Warum hast du das überhaupt getan? Das muß ja ein feiner Handel gewesen sein!«

Sie kämpfte noch verzweifelt, aber sie wußte schon, daß es vergeblich war.

»Joe, dein Verstand hat gelitten, als sie dich freigelassen haben«, sagte sie atemlos. »Du mußt dir diese Ideen aus dem Kopf schlagen. Es kommen Hunderte von jungen Mädchen her, die ihre Kleider hier kaufen. Du wirst doch nicht etwa behaupten, daß sie alle deine Töcher sind.«

25

»Das junge Mädchen, das eben hier war, ist meine Tochter.«

Joe Hoad schlug mit der Faust auf den Tisch, daß die Teller tanzten. Er war derselbe wie früher; sie erkannte ihn an diesem unglaublichen Jähzorn.

»Das ist unser Kind, und ich werde mit ihr reden. Du hast sie in Luxus erzogen, während ihr Vater im Zuchthaus saß! Und dann noch dieser junge Kerl, der hier im Laden herumtanzte! Ich könnte dir alle Knochen im Leib erschlagen, wenn ich daran denke, wieviel Geld du für das Mädchen verschwendet hast, während du mich hättest unterstützen sollen. Für mich hast du kaum ein Pfund die Woche übrig gehabt!«

Er stürmte zur Tür, aber sie eilte ihm nach und hielt ihn am Ärmel fest. Trotz allem fühlte sie Mitleid, als sie sah, daß sein Arm fast nur aus Haut und Knochen bestand. Er mußte schwer krank sein. Vielleicht gelang es ihr, ihn zu beruhigen; vielleicht würde er freundlicher werden, wenn sie ihm zeigte, daß sie sich um ihn sorgte, und wenn sie ihn pflegte. Früher hatte er das nie verstanden und hatte es auch nie gewollt. Er war überrascht, als sie plötzlich in freundlichem Ton zu ihm sprach.

»Joe, wenn ich es nun zugebe – was dann?«

»Was dann, was dann?« fragte er brutal. »Ist gar nicht nötig, daß du das zugibst. Ich wußte es gleich, als ich ihr Lachen hörte.

Laß mich los, du alte Hexe! Ich werde mich jetzt meiner Tochter vorstellen!«

»Sie sind doch schon fort!« schrie sie und taumelte zurück. »Ich will dir alles sagen, Joe, du sollst alles wissen, was du willst.«

»Das mußt du wohl auch, du Kanaille«, brummte er.

»Joe, versuche doch einmal, mich zu verstehen. Ja, es ist unser Kind. Ich habe niemals einen Jungen gehabt, nur die kleine Marie! Und als ich wußte, daß ich niederkommen sollte, fürchtete ich mich vor dem Kind – ich wollte es nicht haben. Ich dachte daran, welch schreckliches Leben ihm bevorstand. Ich hatte mich immer verstecken und fliehen müssen, immer hatten wir schwere Sorgen, nirgends waren wir sicher. Sollte das so weitergehen?«

Er brummte, aber sie erkannte, daß sein Interesse geweckt war, obwohl er sie argwöhnisch betrachtete und jedes ihrer Worte prüfte, ob sie ihn auch nicht belog.

»Ich haßte in Gedanken das Kind, bevor ich es sah – und als es dann schrie und mich ansah und so klein war, schämte ich mich, daß ich mich so gefürchtet hatte, und ich liebte es ebenso heiß, wie ich es vorher gehaßt hatte. Aber ich gab mir das Versprechen, es anders zu erziehen. Es sollte nichts mit uns beiden zu tun haben.«

»Und mit welchem Recht hast du das Kind dem Vater vorenthalten?«

Unheimliche Lichter flackerten in seinen Augen, und sie schrak wieder vor ihm zurück.

»Ich dachte an die Zeit, als wir heirateten und du versuchtest, ehrlich zu bleiben. Damals sagtest du mir, daß das unmöglich wäre. Erinnerst du dich noch daran? Es zog dich wieder dazu, zu stehlen und einzubrechen. Du kämpftest vergeblich dagegen, weil es dir im Blut lag. Dein Vater war im Gefängnis gestorben, und es blieb dir keine Hoffnung. Aber Joe, jetzt glaubte ich nicht mehr daran. Hättest du nie etwas von deinem Vater gewußt, dann hättest du ein ehrlicher Mensch bleiben können. Ich komme mir so seltsam vor, wenn ich daran denke, aber wir waren die ersten Wochen in unserer Ehe glücklich, als wir noch auf dem Lande lebten und du arbeitetest. Erinnerst du dich nicht mehr an das kleine Haus in Chean, wo du die schönen Blumen den Weg entlang pflanztest, der zu unserem Haus führte?«

Er schwieg. Ihre Worte hatten ihn herausgerissen aus der furchtbaren Gegenwart, und plötzlich wachte in ihm etwas auf, was verschüttet und vergessen schien.

»Aber dann kam dein Vater aus dem Gefängnis und zog dich wieder mit sich. Und trotzdem habe ich dich geliebt ... lange Zeit ...«

Sie glaubte, daß sie ihn gerührt hatte. Vielleicht tat es ihm leid, daß sie ein so trauriges, hoffnungsloses Leben hatte führen müssen, aber der Eindruck dauerte nicht lange.

»Als du fort warst, hatte ich nur noch das Kind, das ich lieben konnte. Du weißt, welch harte Jugend ich im Findelhaus durchlebte. Ich habe nichts von Schönheit und Liebe kennengelernt, und ich war hungrig nach ein wenig Glück, nach ein wenig Romantik –«

»Ja, Romantik, das war ja immer deine Verrücktheit. Du hast immer nur geträumt, statt etwas Ordentliches zu tun.«

»Glaubst du?« fragte sie und hob stolz den Kopf.

Hier in diesem Laden hatte sie sich bewährt; hier hatte sie gezeigt, daß sie nicht nur träumte und romantischen Ideen nachhing. Und hatte sie nicht Marie erzogen? War das nicht der beste Beweis für ihre Tatkraft und Energie?

Er musterte sie von Kopf bis Fuß. Eine ganz andere Frau stand plötzlich vor ihm. Die Jahre hatten sie verändert.

»Ich entschloß mich, sie anders zu erziehen. Wenn ich sie bei mir behalten hätte, wäre es doch eines Tages herausgekommen. Es wären Fragen aufgetaucht. Entweder mußte ich dann sagen, daß sie ein uneheliches Kind war oder daß du der Vater seist. Und ich hätte ihr alles erzählen müssen. Sie hätte versucht, ein fehlerloses Leben zu führen, aber jedesmal, wenn diese kleinen Versuchungen an sie herangetreten wären, denen wir ja alle mehr oder weniger ausgesetzt sind, hätte sie gesagt: ›Welchen Zweck hat es? Ich bin ja doch dazu geboren – mein Vater sitzt im Zuchthaus.‹ Und so hätte sie nicht einmal versucht, zu kämpfen –«

»Jedenfalls hast du es nicht geschickt genug angestellt. Du konntest mir nicht entgehen«, knurrte er.

Verzweifelt erkannte sie, daß es ihr nicht gelungen war, ihn umzustimmen.

»Vorher hatte ich nie mit gebildeten Leuten verkehrt«, fuhr sie fort, »obwohl ich im Waisenhaus eine gute Erziehung erhalten hatte. Erst als ich bei der Gräfin Fioli eine Stelle annahm, lernte ich das Leben dieser Leute kennen. Die Schönheit zog mich an, die freundliche Art, wie sie sprachen, aßen und sich bewegten –

das alles machte großen Eindruck auf mich. Sie waren ja gut zu uns im Waisenhaus, aber niemals liebevoll. Und wenn ich dann an dich dachte, erinnerte ich mich, daß du niemals zärtlich und freundlich zu mir warst.«

Ihre Worte klangen bitter und resigniert. Sie hatte damals im Waisenhaus vom Leben geträumt, das vor ihr lag, und als sie dann später in Stellung war, hatte sie angefangen, billige Romane zu lesen, die ihr eine schöne Welt eröffneten. Sie hatte davon geträumt, daß auch sie einmal einen Grafen oder einen Prinzen heiraten würde, und dann heiratete sie Joe Hoad, den Sohn eines Verbrechers.

»Verstehst du denn nicht, daß ich für mein Kind sorgte? Ich wollte es nicht nur von uns und unserem Unglück befreien. Ein Kind schlägt seinen Eltern nach. Wenn es sie vor sich sieht, ahmt es sie nach. Ich habe es doch hier in unserer Gegend zur Genüge gesehen. Gute Eltern haben gute Kinder. Schlechte Eltern haben schwache Kinder, die schließlich doch auf die schiefe Ebene kommen, wie zum Beispiel Herman. Aber sie bleiben auf dem rechten Pfad, wenn man sie von allem Bösen und Schlechten fortnimmt. Ach, und ich wünschte, du hättest einmal die Gräfin Fioli kennengelernt! Wenn du gesehen hättest, wie liebevoll sie zu mir war . . .«

Sie hielt inne, aber er starrte sie nur verständnislos an.

»Marie war sieben Monate alt, als ich zu der Gräfin Marie Fioli nach Bournemouth kam. Ich hatte die Kleine in Pflege gegeben, und später erzählte ich der Gräfin von ihr. Ihr eigenes Kind war gestorben, und sie grämte sich deshalb. Nach einiger Zeit erlaubte sie, daß ich Marie für einen Monat zu mir nehmen konnte. Damals lieh sie mir ihren großen, prachtvollen Kinderwagen, mit rotem Glacéleder ausgeschlagen und goldenen Kronen darauf. Ich fuhr das Kind vor dem Haus auf und ab, denn sie war gut zu mir und schickte mich an die frische Luft, obwohl sie doch selbst so krank war. Sie war erst kurze Zeit von Italien fort und kannte in England nur wenig Leute. Man redete viel über sie. Die meisten glaubten, daß die kleine Marie ihr Kind wäre. Die anderen Kindermädchen waren fest davon überzeugt; sie hätten es auch nicht verstehen können, daß eine Frau so gutherzig war, zu gestatten, daß ein Mädchen ihr eigenes Kind bei sich hatte. Dann starb sie. Sie war nicht reich, wie die Leute sagen. Sie hinterließ mir etwa hundert Pfund für die Dienste, die ich ihr geleistet hatte. Dann hatte sie noch ein

Legat für die Schule in Rom ausgesetzt, in der sie erzogen worden war. Das war alles. In Bournemouth redeten die Leute damals unheimlich viel. Sie sagten, daß sie ihrem kleinen Kind ein ungeheuer großes Vermögen hinterlassen hätte. Wir zogen dann fort – Marie und ich. Und von da ab hieß das Kind – ›Mylady‹.«

26

Er lachte hart auf.

»Das sieht dir wieder ähnlich! Du hast dir den Kopf mit dummen Geschichten vollgekeilt, bis du darüber den Verstand verloren hast. Aber bis jetzt hast du mir immer noch nicht erzählt, woher du das Geld hast.«

Sie war müde und erschöpft.

»Ich habe das Geld bekommen wie alle ehrlichen Leute – ich habe schwer dafür arbeiten müssen. Zunächst hatte ich ein kleines Kapital, das war ein großer Vorteil. Ich fing bescheiden an; Marie gab ich zu guten Leuten in Pflege, während sie noch ganz klein war. Und nachher hatte ich Glück. Das Geschäft, das ich begann, schlug gut ein, und ich konnte etwas Geld sparen. Zeit zum Ausruhen blieb mir nie. Ich brachte Marie dann auf die Schule, zuerst nach Bexhill, wo sie mit lauter netten und anständigen Kindern zusammenkam, und später nach Cheltenham. Das war das Beste, was ich für sie tun konnte.«

Er sah sie unter seinen buschigen Augenbrauen düster an.

»Du hast alles Geld, das du mir hättest schicken sollen, für sie verschwendet! Verdammt noch mal, warum hast du mir nicht gesagt, wo du warst? Wenn ich diesen Auftrag nicht angenommen hätte, dann hätte ich dich wahrscheinlich nie wieder gesehen. Deinetwegen hätte ich im Rinnstein verrecken können!«

»Ja, ich wollte dich vergessen«, entgegnete sie entschlossen. »Hauptsächlich des Kindes wegen. Ich mußte zwischen dir und ihr wählen. Du hattest all dieses Elend über uns gebracht. Ich will nicht sagen, daß es allein deine Schuld war. Deine Erziehung ist auch daran schuld – die Umgebung, in der du aufgewachsen bist. Aber Marie tat mir so leid. Und so entschied ich mich für sie und ließ dich fallen. Ihr beide hattet nicht zusammen Platz in meinem Leben. Manche Frauen hätten vielleicht anders darüber gedacht, aber ich bin nicht wie die anderen. Ich bin zur Mutter geboren; die Liebe zu Dir hast du in mir erkalten und erstarren lassen. Und das Kind war so lieb«, fuhr sie fort. »Als sie hierherkam, dachten alle Nachbarn, ich wäre die Pflegerin, und ich sagte nichts dagegen. Ohne großes Zutun von meiner Seite entwickelte sich das eigentlich alles von selbst. An ihr wollte ich all das wiedergutmachen, was an mir versäumt worden war. Sie sollte all das Glück genießen, von dem ich nur träumte, ohne es jemals zu erreichen. Und so hatte ich etwas, wofür ich lebte, kämpfte und arbeitete, ein großes Ziel, zu dem ich aufblicken konnte. Es gab Zeiten, in denen es mir fast zu schwer wurde. Ich fühlte mich manchmal namenlos elend und allein . . .«

»Was soll ich dann erst sagen – vollständig von der Welt abgeschlossen? Meinst du denn, ich hätte mich nicht einsam gefühlt? An mich hast du natürlich nicht gedacht!«

Sie schüttelte den Kopf. Wie hätte sie auch an ihn denken sollen? Höchstens mit Schaudern und mit Abscheu.

»Ich konnte nicht an euch beide denken, das habe ich dir doch schon vorher gesagt«, erwiderte sie leise.

Sie sah ihn fragend an. Hatte sie ihn beruhigen können?

»Sie wird ja wohl den reichen Kerl heiraten?« fragte er.

»Ich weiß es nicht – aber ich hoffe, daß es dazu kommt.«

»Hat er denn Geld?«

Sie nickte. »Ja, ich glaube.«

Er erhob sich und ging mit schlürfenden Schritten im Laden auf und ab.

»Wenn er Geld hat, kann er auch für sie zahlen«, sagte er.

In diesem Augenblick schien das Gewitter seinen Höhepunkt erreicht zu haben. Es war, als ob der Himmel über ihnen einstürzte. Verwirrt sah sie ihn an.

»Joe, das ist doch ganz unmöglich! Das kannst du ihm doch nicht sagen. Du darfst dich ihm doch nicht aufdrängen!« rief sie.

»Natürlich werde ich ihm das sagen!«

Als er sah, daß sie unter der Wucht seiner Worte zusammenschrak, freute er sich. Befriedigt sah er, wie sie litt.

»Laß mich nur, ich werde schon so viel aus ihm herausholen, als irgend möglich ist – er muß blechen, sonst mache ich ihm die Hölle heiß! Ich weiß, wer er ist – er heißt Morlay. Und dabei ist dieser Lump ein Detektiv! Donnerwetter, er soll meine Tochter heiraten? Lieber würde ich sehen, daß sie verreckt!«

»Joe, ich will dir Geld geben«, versprach sie ihm.

»Selbstverständlich wirst du mir Geld geben.«

Sie feuchtete ihre trockenen Lippen mit der Zunge an.

»Du willst ihm alles sagen – daß du Maries Vater bist und daß du einen Polizisten erschossen hast?«

»Halt's Maul!« schrie er wild. Seine Hände zuckten.

»Nun ja, das mußt du ihm doch mitteilen, wenn du ihm überhaupt etwas sagst. Glaubst du, er wird dir dann weiterhelfen? Nein, du kannst nicht wieder alles zugrunde richten! Du darfst ihr Leben nicht ruinieren!« rief sie.

»Wenn die Göre überhaupt etwas wert ist, wird sie sich gern um mich kümmern. Ich bin ihr Vater.«

Sie schaute ihn furchtsam an und erkannte, daß sie ihn nicht weiter reizen durfte.

»Joe«, sagte sie nervös, »vielleicht war es nicht recht von mir, daß ich nicht an dich gedacht habe. Du hast jetzt deine Tochter gesehen – habe ich denn keinen Erfolg gehabt? War es nicht richtig, was ich tat? Bist du nicht stolz auf sie?«

»Immer kannst du nur von ihr quatschen. Wo bleibe ich?« fuhr er sie wütend an.

»Spreche ich denn von mir? Ich habe doch auch auf alles verzichtet!« rief sie leidenschaftlich. »Nein, Joe, du darfst es ihr nicht sagen und alles verderben!«

»Doch, gerade das werde ich tun! Ich werde es ihr sagen, denn du sagst ja selbst, daß sie mein Kind ist. Sie muß vor allem für das Gute zahlen, das sie genossen hat!«

»Darin irrst du – sie ist uns gar nichts schuldig!« rief sie verzweifelt. »Kinder sind ihren Eltern nichts schuldig, sondern Eltern schulden ihnen etwas!«

Aber die beiden redeten aneinander vorbei.

»Ich bin ihr Vater«, erklärte er eigensinnig. »Und wenn sie das nicht begreift, werde ich es ihr schon beibringen. Wenn man natürlich so eine dumme Göre Mylady nennt, setzt man ihr Flausen in den Kopf, aber die werde ich ihr schon austreiben! Und dir bringe ich auch noch Vernunft bei! Wenn ich daran denke, was du alles für sie getan hast, und daß du das ebensogut für mich hättest tun können, dann packt mich die Wut! Sie hast du mit allem Luxus umgeben, und ich konnte derweilen im Gefängnis hocken!«

Seine Stimme überschlug sich und klang schrill und laut. Einen Augenblick duckte er sich, dann sprang er auf sie zu.

»All die vielen Jahre – die vielen Jahre!«

Sie glaubte, das Ende all ihrer Leiden wäre gekommen, denn seine Finger packten sie an der Kehle.

Es wurde ihr rot vor den Augen, und der Regen draußen wurde in ihren Ohren zum betäubenden Orkan.

Sie hatte nur noch den ungewissen Eindruck, daß sich die Tür öffnete. Dann ließ plötzlich der Druck an ihrer Kehle nach.

Es war Herman. Er war in sein Zimmer zurückgekehrt und hatte angestrengt auf die Stimmen unten im Laden gelauscht. Das Gewitter hatte etwas nachgelassen; nach einem furchtbaren Donnerschlag hörte Herman draußen nur noch den Regen. Und als der Wind die Regentropfen gegen die Fenster peitschte, so daß die Stimmen von unten kaum noch zu hören waren, hielt er es oben nicht länger aus.

Mit eisernem Griff packte er den Mann bei den Schultern und riß ihn zurück. Joe schwankte und starrte Herman an.

»Scheren Sie sich zum Teufel!« rief er wild.

»Was hat sie Ihnen getan?« schrie ihn Herman an.

Mrs. Carawood öffnete die Augen ... Es kam ihr selbst in diesem Augenblick zum Bewußtsein, daß Herman nichts von der Wahrheit erfahren durfte.

»Es ist schon gut, Herman«, sagte sie mit großer Mühe und richtete sich auf. »Ich bin nur ohnmächtig geworden.«

»Aber ich habe doch selbst gesehen, wie dieser Schuft Sie erwürgen wollte!«

»Lassen Sie meine Frau in Ruhe!«

Herman schaute verstört von einem zum anderen.

»Was, das ist Ihre Frau?«

Bittend wandte er sich an Mrs. Carawood, aber sie ließ hilflos den Kopf sinken.

»Es stimmt, was er sagt, Herman. Mylady – ist meine Tochter. Sie ist keine Gräfin ... Ich habe nur für sie gearbeitet, und nun wird er alles ruinieren. Jetzt wird sie mir Vorwürfe machen, Herman, und sie wird mich hassen ... Ach, ich wünschte, ich wäre tot!«

Joe hatte sich inzwischen gesetzt und sah sich nach einem Kissen um. Als er keines fand, riß er einen Mantel vom Kleiderhaken, knüllte ihn zusammen und legte ihn hinter seinen Rükken. Dann zeigte er mit dem Daumen zur Tür.

»'raus mit euch!« befahl er. »Ich werde die Nacht hier schlafen, und ich will nicht länger gestört sein. Ich will auch einmal meine Ruhe haben!«

Sie war froh, daß sie entkommen konnte. Wenigstens hatte sie ein paar Stunden Zeit. Mit schweren Schritten ging sie zur

Tür. Ihr Gesicht war eingefallen, und sie sah alt aus. Aber ein Gedanke wenigstens war tröstlich: Marie würde heute abend nicht nach Hause zurückkommen. John wollte sie zu einer Schulfreundin bringen.

Herman sah ihr besorgt nach, als sie die Treppe hinaufging. Dann hörte er sie in ihrem Zimmer, das über dem Laden lag.

Unentschlossen stand er in der Nähe der Tür. Er wollte diesen Eindringling nicht alleinlassen. Mrs. Carawood hatte mit ihm gekämpft und war unterlegen, aber der Kerl hatte auch noch mit ihm zu rechnen!

»Was stehen Sie denn noch hier herum – scheren Sie sich zum Teufel!«

»Ich geh' nicht fort!« sagte Herman ruhig. »Wenn einer hier 'rausfliegt, dann sind Sie es! Was fällt Ihnen ein, Mrs. Carawood so zuzusetzen! Sie brechen ihr das Herz, und niemand ist so gut zu mir gewesen wie sie . . .«

Die Tränen waren ihm nahe, aber dann ballte er die Fäuste, als sich Joe unsicher erhob.

»Also jetzt endlich 'raus!« sagte Joe und zeigte auf die Tür. »Wenn Sie nicht schnell machen, packe ich Sie beim Kragen und zeige Ihnen mal, was es heißt, sich frech gegen mich zu benehmen. Ich bin Joe Hoad, und mir kommt es nicht auf eine Schlägerei an. Ich habe einmal einem Polizisten das Lebenslicht ausgeblasen! Wenn Sie also jetzt nicht bald verschwinden, dann bekommen Sie es mit mir zu tun!«

»Wenn Sie einen Polizisten ermordet hätten, wären Sie ja an den Galgen gekommen. Aber ich weiß, was ich tun werde – ich rufe die Polizei. Sie scheinen ja verrückt zu sein! Wahrscheinlich sind Sie aus irgendeinem Irrenhaus entsprungen!«

Joe hatte sich zu sehr aufgeregt. Seine Züge verzerrten sich, die Mundwinkel zuckten, und er rang vergeblich nach Worten.

Herman konnte nichts verstehen. Er beobachtete erstaunt, wie der Mann nach dem Herzen griff. Hoads Augen traten aus den Höhlen, als er keine Luft mehr bekam. Er tastete nach dem Gesims über dem Kamin, dann gelang es ihm, ein paar Worte hervorzustoßen.

»Schnell . . . das Fläschchen . . .!«

Herman kam näher.

»Schnell . . . schnell . . . sonst kratze ich ab!«

Mit zwei Schritten hatte Herman den Kamin erreicht.

Der Mann starrte auf die Medizin und winkte verzweifelt.

»Sie – Sie haben ja auch kein Mitleid und kein Erbarmen mit ihr gehabt«, sagte er und faßte einen schrecklichen Entschluß.

Ohne Zögern schraubte er den Verschluß des Fläschchens ab, schüttete den Inhalt in den Kamin und warf die leere Flasche hinterher, daß sie zersplitterte. Im selben Augenblick glitt Joe zu Boden. Herman blieb vollkommen ruhig und lauschte angestrengt. Von oben hörte er kein Geräusch, nur der Regen rauschte draußen auf die Straße. Er drehte das Licht aus, öffnete die Ladentür und schlich dann auf Zehenspitzen zu der Stelle zurück, wo der reglose Körper lag. Mühsam zerrte er ihn zur Tür und schleifte ihn auf den Gehsteig hinaus. Es regnete in Strömen – niemand war zu sehen.

27

Draußen auf der Straße hallten Schritte, die plötzlich anhielten. Ein Polizeibeamter blieb vor der Gestalt stehen, die auf dem Gehsteig lag.

»Sie, stehen Sie auf!« sagte er und schüttelte den Mann. »Das ist hier kein Platz zum Schlafen!«

Als er den Arm des Mannes losließ, fiel er steif herunter. Der Beamte erschrak, beugte sich über ihn und faßte sein Gesicht an. Es war eiskalt, und als er den Puls fühlen wollte, konnte er nur noch feststellen, daß er nicht mehr schlug.

Im nächsten Augenblick schrillte seine Polizeipfeife.

Bei der Leichenschau konnte nichts weiter festgestellt werden. Nach den Papieren, die man bei dem Toten gefunden hatte, handelte es sich um einen Joe Hoad, alias Smith, der nach Verbüßung einer langjährigen Strafe aus dem Zuchthaus entlassen worden war. Der Polizeiarzt stellte fest, daß der Mann an einem schweren Herzleiden gelitten hatte, das jeden Augenblick den Tod herbeiführen konnte. Und so stand denn auch auf dem Totenschein, daß der Mann am Herzschlag gestorben war.

Mrs. Carawood wurde allgemein für äußerst sentimental und großzügig gehalten, weil sie den Mann mit der Begründung, daß er vor ihrer Haustür gestorben sei, auf ihre Kosten und nicht nach Armenrecht beerdigen ließ.

Am Abend nach dem Begräbnis saß sie mit Herman in dem Zimmer hinter dem Laden.

»Er ist tot. Das ist das einzige, worauf es ankommt«, sagte Herman.

Sie war ganz außer sich, daß er so kaltblütig darüber sprechen konnte. Ihre Augen waren rot vom Weinen.

»Es tut mir jetzt doch leid um ihn, Herman.«

»Es ist besser, daß er tot ist.«

Mrs. Carawood berührte dankbar die Hand des Jungen.

»Wir wollen jetzt schlafen gehen«, sagte sie. »Während der letzten Tage haben wir beide wenig Ruhe gehabt. Wie gut, daß Marie in Ascot ist. Wenn ich nur mit Mr. Morlay alles besprechen könnte – er würde mich verstehen!«

Mrs. Carawood wollte gerade die Treppe hinaufgehen, als draußen jemand an der Ladentür rüttelte.

»Vielleicht will uns ein Nachbar besuchen? Es ist ja noch nicht allzu spät. Gehen Sie hin und sehen Sie nach, wer es ist.«

Schnell hatte Herman das Licht wieder angedreht. Seine Finger zitterten aber doch ein wenig, als er die Tür aufschloß.

»Kann ich Sie noch sprechen, Mrs. Carawood?« fragte der Herr, der in den Laden trat.

Es war John Morlay. Er kam von Ascot – fast jeden Nachmittag brachte er mit Marie draußen zu.

»Ist irgend etwas passiert?« fragte sie besorgt.

»Nein, nicht das geringste.«

Er war in äußerst froher Stimmung. Sie wollte Herman fortschicken, aber er bat, daß der Junge bleiben sollte. Sie hatte eine Ahnung, daß es jetzt zur Aussprache kommen würde.

»Ich mußte Sie heute abend noch sehen, und ich bin davon überzeugt, daß auch Sie mich sprechen wollten. Vielleicht haben Sie mir etwas zu sagen?«

Es trat eine kleine Pause ein.

»Ich weiß alles über Marie«, fuhr er schließlich fort. »Es gibt nur ein überlebendes Mitglied der Familie Fioli – das ist Emilio Benito Fioli, hier in London als Pater Benito bekannt.«

»Was, Sie wissen alles?« fragte sie atemlos.

John lächelte.

»Pater Benito hat mich wegen Marie aufgesucht. Er war in großer Aufregung, denn er wußte, daß seine Schwester kinderlos gestorben war. Und merkwürdigerweise hatte er auch erfahren, daß Sie ein Töchterchen hatten. Das übrige war leicht zu erraten. Nun sagen auch Sie mir alles.«

Allmählich faßte sie sich und erzählte ihm ihre Geschichte bis zu dem Augenblick, in dem sie sich von Joe getrennt hatte und nach oben gegangen war. Sie erzählte von dem schweren Kampf, den sie mit Joe Hoad ausgefochten hatte, und sie sagte ihm, wie sehr sie ihr Kind liebte.

John Morlay war es gewohnt, von schlechten Leuten zu hören. Er wußte auch, daß die meisten zu schwach waren, sich von ihrer Vergangenheit frei zu machen, und deshalb erschien ihm dieses Erlebnis wie ein Wunder. Als Mrs. Carawood schwieg, wandte er sich an Herman.

»Und was geschah dann?«

»Ich sagte ihm, daß er das Haus verlassen sollte!« entgegnete Herman heiser.

»Und tat er das nicht?«

»Nein, im Gegenteil, er wollte mich hinauswerfen ... aber dann wurde er so sonderbar, und ... und ... dann sagte er, ich sollte ihm seine Medizin geben.«

John sah den jungen Mann fest an. »Und was machten Sie?«

»Ich habe sie ihm nicht gegeben.«

Hermans Worte klangen fast wie eine Herausforderung.

John zog die Augenbrauen hoch; man hätte das eventuell Herman als Mord auslegen können.

»Wenn Sie ihm die Medizin wirklich gegeben hätten, so hätte das vermutlich auch nichts genützt«, sagte er schließlich.

»Es ist merkwürdig, daß Sie gerade heute abend gekommen sind«, meinte Mrs. Carawood. »Als Joe Hoad mich hier überfiel, dachte ich an Sie. Ich wußte keinen anderen, der mir helfen könnte, und nun ... Ich mache mir solche Sorgen ...«

»Um Marie?«

Sie nickte. »Weiß jemand etwas von der Sache?«

»Nur wir beide, Herman und Pater Benito.«

»Der Pater wird nichts sagen, Herman wird auch schweigen; es muß unser gemeinsames Geheimnis bleiben. Es ist aber noch jemand da, der dahintergekommen ist – ich habe heute abend mit ihm gesprochen. Es ist Polizeiinspektor Peas. Aber der wird Ihnen keine Schwierigkeiten machen. Wir sind Ihnen damals abends nach Rotherhithe gefolgt.«

Sie schrak zusammen und wurde rot.

»Ich wurde gerufen, weil er einen schweren Herzanfall hatte, und ich ließ den besten Doktor für ihn kommen. Er wohnte bei einem Mann, dem ich einmal geholfen habe. Ich hatte nur Angst davor, daß Joe Hoad erfahren würde, daß ich Geld hatte. Als ich damals in Ihrem Büro war, habe ich ihn auch gesehen.«

John Morlay nickte.

»Ja, das habe ich erfahren. Aber Marie darf nichts davon wissen.«

»Ihr Mann muß es aber wissen –«, sagte sie.

»Der weiß es bereits«, erwiderte John Morlay, und als sie ihn überrascht ansah, fuhr er fort: »Meiner Meinung nach kann die Sache sehr bald in Ordnung gebracht werden.«

»Würden Sie ... nach allem, was Sie erfahren haben ...? Nein, Mr. Morlay, das können Sie doch nicht!«

»Aber ich möchte es doch so gern. Ich bin der glücklichste Mann, wenn Sie Ihre Einwilligung geben.«

Julian Lester gelang es mit Hilfe seiner Kenntnisse mühelos, sich die Beute Harrys des Kammerdieners und dessen Kameraden anzueignen. Zwischen den beiden Dieben, die die Westkanadische Bank beraubt hatten, kam es daraufhin zu einer Schießerei, weil jeder glaubte, der andere hätte ihn betrogen. Sie wurden verwundet ins Krankenhaus eingeliefert, und ihre wirren Reden verrieten der Polizei bald, daß sie die gesuchten Bankräuber waren.

Julian Lester aber ging ins Ausland. Bevor er London verließ, schrieb er John Morlay noch einen Brief. Darin drückte er mit gewandten Worten aus, daß er das Beste für Johns Zukunft erhoffe und daß er sich immer gern ihrer freundschaftlichen Beziehungen erinnern würde.

Aus seinem Abschiedsbrief an Marie sprach verhaltene Zärtlichkeit. Er machte ihr keine Vorwürfe, sondern erklärte, daß manche Dinge eben einfach nicht zu ändern seien. Er würde in ein fernes Land gehen und sie zu vergessen suchen. Aber er wüßte, daß auch die Zeit niemals die Erinnerung an die eine Frau auslöschen könne, die ihm im Leben wertvoll erschienen sei. All dies schrieb er und noch vieles andere.

Und dem Briefpapier, das er benützt hatte, entströmte ein feiner Duft.

EDGAR WALLACE
DAS GEHEIMNIS DER STECKNADEL

Roman

Aus dem Englischen
von Gregor Müller

Kapitel

1

Das chinesische Restaurant von Yeh Ling lag am düstersten Ende der ›Heulenden Wüste‹, wie die Bennet Street genannt wurde. Diese Bezeichnung war sehr zutreffend, denn die Bennet Street heulte am Tag, und sie heulte noch viel schriller in der Nacht. Sie war der Tummelplatz der zahlreichen Nachkommenschaft dieser Gegend, und nicht selten wurde sie zum Schauplatz der verschiedenartigsten Blutfehden ihrer Bewohner.

Der Besitzer des Restaurants kaufte im Lauf der Zeit die angrenzenden Häuser, eines nach dem andern, hinzu. So rückte seine Häuserzeile den ›Hellen Lichtern‹ immer näher, bis sie schließlich bei der breiten Hauptstraße mit den strahlenden Theaterfassaden anlangte. Im letzten Haus der Reihe richtete der melancholisch aussehende Yeh Ling das neue, vornehme Restaurant mit den italienischen Kellnern ein, dem der bewährte, freundliche Geschäftsführer Signor Maciduino vorstand. Der vergoldeten und weithin sichtbaren Dachziegel wegen wurde es ›Das Goldene Dach‹ genannt. Die Räumlichkeiten waren mit Rosenholz getäfelt, die Lampen mit Seide abgeschirmt. Ein luxuriöser Fahrstuhl brachte die Gäste in den ersten und zweiten Stock, wo sich die Privatspeisezimmer befanden, deren Türen Einsätze aus geschliffenem Glas aufwiesen und mit durchsichtigen Vorhängen versehen waren.

Gewisse Zimmer besaßen keine Glastüren, und man vergab sie nur sehr vorsichtig. In eines von ihnen wurden überhaupt keine Gäste eingelassen. Es war Zimmer Nr. 6, am Ende eines Korridors und neben der Tür zu einer Hintertreppe gelegen, über die man entweder direkt die Straße erreichen oder weiter durch ein Labyrinth verwinkelter Gänge zum alten Restaurant in der Bennet Street gelangen konnte, in dem sich seit Yeh Lings schweren Tagen nichts verändert hatte. Männer und Frauen kamen hierher, um seltsame chinesische Gerichte zu essen, die ihnen lautlose Kellner aus Hankow, Yeh Lings heimatlicher Provinz, vorsetzten.

Die Gäste des alten Restaurants bedauerten den wachsenden Reichtum Yeh Lings und spöttelten über seine gut gekleideten Kunden. Die vornehmen Gäste dagegen hatten größtenteils keine

Ahnung von der Nachbarschaft der gesellschaftlich benachteiligten Besucher; sie verzehrten unbekümmert die teuren Speisen, und zu gewissen Stunden tanzten sie gesetzt zu den Klängen der Old Original South Carolina Band, die Yeh Ling ohne Rücksicht auf die Kosten engagiert hatte.

Yeh Ling besuchte den vornehmen Teil seines Unternehmens nur einmal in zwölf Monaten — am chinesischen Neujahr. Dann ging eine seltsame, kleine Gestalt im Cutaway, in blendendweißer Weste und engem Kragen durch die Räume und begrüßte, sich verbeugend, die Gäste.

In der übrigen Zeit saß er bequem in einem kleinen Salon, der irgendwo in der Mitte zwischen der ›Heulenden Wüste‹ und der Hauptstraße lag. Die Wände des Salons waren mit bunten Titelbildern von Magazinen behängt. Hier saß er, in ein schwarzseidenes Gewand gehüllt, und rauchte eine lange Pfeife.

Jeden Abend um halb acht Uhr, sonntags ausgenommen, begab er sich zu dem Seiteneingang, von dem aus die enge Treppe hinauf zum Korridor führte, an dem Zimmer Nr. 6 lag. Er wartete, die Hand auf der Türklinke. Manchmal kam das Mädchen zuerst, manchmal der alte Herr. Beide jedoch gingen, ohne ein Wort zu sagen, zum Zimmer Nr. 6 hinauf. Sobald sie eingetroffen waren, kehrte Yeh Ling in seinen Salon zurück, um zu rauchen und ebenso lange wie wunderschöne Briefe an seinen Sohn in Han-Know zu schreiben, der ein Mann von großen Kenntnissen und Ansehen, ein Dichter und Gelehrter war.

Manchmal widmete sich Yeh Ling seinem neuen Haus in Storford und träumte davon, bald seinen Sohn als chinesische Exzellenz dort wohnen zu haben. Denn viele Dinge sind in China möglich, einem Land, das von seinen Botschaftern Bildung und Kultur als selbstverständlichste Vorbedingung verlangt.

Wenn die beiden Gäste das Restaurant verließen, war Yeh Ling nie dabei. Sie fanden allein hinunter, und kurz nach acht Uhr war das Zimmer leer. Kein Kellner bediente sie, die Gerichte standen auf einem Anrichtetisch bereit, und da auf dem Gang außerdem ein Vorhang die Tür zu Nr. 6 abschirmte, war Yeh Ling der einzige, der sie kannte.

Einmal im Monat, an jedem ersten Montag, ging er zum Zimmer hinauf und machte Kotau vor dem Besucher, der an diesen Tagen allein erschien. Yeh Ling trug bei diesen Gelegenheiten eine große, lackierte Kassette in der Hand und unter dem Arm ein dickes Buch.

So betrat er Nr. 6 und legte die Gegenstände auf den Anrichtetisch.

»Setzen Sie sich!« sagt Jesse Trasmere in dem zischenden Dialekt der südlichen Provinzen.

Yeh Ling gehorchte, die Hände ehrfurchtsvoll in den weiten Ärmeln seines Gewandes versteckend.

»Nun?«

»Die Einnahmen sind diesen Monat zurückgegangen, Exzellenz«, sagte Yeh Ling, ohne daß Bedauern oder Entschuldigung aus seiner Stimme herausgehört werden konnte. »Das Wetter war schön, viele unserer Kunden sind auf dem Land.«

Er brachte seine Hände zum Vorschein, öffnete die Kassette und nahm vier Bündel Banknoten heraus. Er legte sie auf zwei Haufen, drei Bündel rechts und eines links. Trasmere nahm die drei Bündel, die ihm am nächsten lagen, und schob das Geld in eine schwarze Tasche, die am Boden neben seinen Füßen lag.

»Die Polizei war gestern hier und wollte durch die Gebäude geführt werden«, berichtete Yeh Ling ausdruckslos. »Sie wünschten die Keller zu sehen, denn sie denken immer, daß Chinesen in ihren Kellern Opiumhöhlen haben.«

»Hm! — Das ist gut, Yeh Ling. — Erinnern Sie sich des Mannes in Fi Sang, der für mich arbeitete?«

»Der Trinker?«

»Er kommt hierher —.« Trasmere kaute an einem Zahnstocher. Er war ein Mann zwischen sechzig und siebzig mit hartem Gesichtsausdruck. Der abgetragene Gehrock saß schlecht an seiner mageren Gestalt, die Ecken des altmodischen Kragens waren ausgefranst, der schwarze Schlips hing zu beiden Seiten des Knotens schlaff herab. Seine Augen hatten die Farbe grauen Granits, sein Gesicht war von Runzeln durchzogen wie Eidechsenhaut. »Ja, er kommt hierher. Er wird auch in dieses Haus kommen, sobald er sich in der Stadt zurechtgefunden hat, und das wird sehr rasch der Fall sein, denn Wellington Brown ist ein erfahrener Reisender! — Der Mann ist lästig, Yeh Ling, ich wäre glücklich, wenn er auf den ›Terrassen der Nacht‹ schlafen würde.«

Yeh Ling schüttelte den Kopf.

»Hier kann er nicht getötet werden. Exzellenz wissen, daß meine Hände rein sind.«

»Sind Sie des Teufels?« fuhr Trasmere auf. »Töte ich Leute, oder befehle ich, sie zu töten? Nicht einmal am Amur, wo ein Leben billig ist ... Nein, dieser Trinker muß nur zum Schweigen gebracht werden, er soll die Pfeife der ›angenehmen Träume‹ rauchen. Sie haben kein Rauchzimmer, was ich auch nie zulassen würde, aber Sie kennen Plätze ...«

»Ich kenne Hunderte und aber Hunderte —.«

Yeh Ling begleitete seinen Gebieter zur Tür. Nachdem sie sich geschlossen hatte, rief er einen verwachsenen Mann seines eigenen Volkes heran und befahl ihm:

»Folge dem Herrn, paß auf, daß ihm nichts zustößt.«

Der Tonfall, mit dem er den Auftrag gab, klang ganz so, als wäre diese Vorsorge neu. Und doch erhielt der kleine Chinese seit sechs Jahren diesen Befehl jedesmal mit den gleichen Worten, sobald die Tür hinter Trasmere zuschlug.

Kapitel 2

Mr. Trasmere entfernte sich mit ruhigen, gleichmäßigen Schritten, immer den belebten Straßen folgend. Pünktlich fünfundzwanzig nach acht Uhr bog er in die Peak Avenue ein, wo sein Haus stand. Ein Mann, der seit einer halben Stunde auf und ab ging, überquerte die Straße.

»Verzeihen Sie, Mr. Trasmere ...«

Jesse warf mit gerunzelter Stirn einen Blick auf den Störenfried. Er war jung, gut gekleidet, einen Kopf größer als er selbst und hatte ein sicheres Auftreten.

»Vielleicht erinnern Sie sich —? Ich heiße Holland und sprach einmal mit Ihnen über die Unannehmlichkeiten, die Sie mit der städtischen Behörde hatten.«

»Der Reporter? Ja, ich erinnere mich. Sie brachten in Ihrem Wurstblatt einen Artikel, der ganz falsch war — völlig falsch! Sie legten mir in den Mund, daß ich vor den städtischen Verordnungen Respekt hätte, und das ist eine Lüge. Ich habe weder vor städtischen Verordnungen noch vor Beamten oder Rechtsanwälten Respekt. Allesamt sind sie Diebe und Leute, die Bestechungsgelder annehmen.« Er stieß mit seinem Regenschirm auf den Boden, um seinen Worten Nachdruck zu geben.

»Das würde mich auch gar nicht wundern«, antwortete der Reporter lachend, »doch wenn ich Sie ein paar freundliche Worte sagen ließ — ich hatte es schon ganz vergessen —, geschah es nur zu

Ihrem Vorteil. Es ist unsere Pflicht, die Interviewten nicht in Ungelegenheiten zu bringen.«

»Nun, was wollen Sie?«

»Unser Korrespondent in Peking hat uns den Originaltext der Proklamation des aufständischen Generals Wing Su — oder Sing Wu — gesandt; ich weiß den Namen nicht genau.« Tab Holland zog einen gelben Bogen Papier aus der Tasche, der mit seltsamen Zeichen bedeckt war. »Wir können keinen unserer Übersetzer erreichen, und da wir wissen, daß Sie eine Autorität in dieser Sprache sind, dachte unser Chefredakteur, daß Sie vielleicht die Freundlichkeit hätten, uns zu helfen.«

»›Wing Su Shi steht durch die Gnade des Himmels demütig vor seinen Ahnen und spricht zu allen Männern des Königreiches der Mitte . . .‹«, begann Mr. Trasmere.

Tab, das Notizbuch in der Hand, schrieb rasch mit.

»Danke, Sir«, sagte er, als er den Text notiert hatte.

Auf Mr. Trasmeres Gesicht erschien ein Schmunzeln, das Genugtuung verriet und Stolz darüber, nicht alltägliche Fähigkeiten zu besitzen.

»Sie haben eine ungewöhnliche Kenntnis dieser Sprache, Sir«, bemerkte Tab höflich.

»Dort geboren«, warf Jesse Trasmere selbstgefällig hin. »Geboren am Fluß Amur. Ich konnte drei Dialekte sprechen, bevor ich sechs Jahre alt war. — Ist das alles, Mister?«

»Das ist alles — und besten Dank«, sagte Tab.

Er schaute dem alten Mann nach, als er seinen Weg fortsetzte. Dies also war der geizige Onkel Rex Landers! Er sah nicht wie ein Millionär aus, doch eigentlich zeigten, wenn er es richtig bedachte, Millionäre selten ihren Reichtum.

Kapitel 3

Tab Holland hatte die Angelegenheit der Wing-Su-Proklamation erledigt und war in einen Gefängnisbericht vertieft, als ihn der Nachtredakteur rief.

»Bedaure sehr, Tab. Da wäre diese Schauspielerin — unser Theatermann hat die Grippe, wollen Sie nicht hingehen und mit der Dame sprechen?«

Tab brummte, aber er ging.

Die Garderobiere zögerte. Miss Ardfern sei sehr müde. Ob er nicht morgen kommen könnte?

»Ich bin auch müde«, erklärte Tab Holland. »Sagen Sie Miss Ardfern, daß ich mich in diesem verfluchten Theater um elf Uhr nachts nicht aufhalte, weil ich Autogramme und Fotografien von angebeteten Schauspielerinnen sammle, sondern im heiligen Interesse der Öffentlichkeit.«

Tab sah gähnend auf die Kretonnevorhänge und kratzte sich am Kopf.

»Sie können hereinkommen.« Die Garderobiere nickte ihm zu.

Miss Ardfern war schon umgekleidet, um das Theater zu verlassen. Nur ihr Jackett hing noch über einer Stuhllehne. Sie legte gerade eine Brosche in ein Schmuckkästchen. Tab fiel die Brosche sofort auf — der herzförmige Rubin in der Mitte.

»Es tut mir riesig leid, Miss Ardfern, daß ich Sie so spät in der Nacht behelligen muß, es geschieht nicht ganz freiwillig, und wenn Sie auf mich böse sind, kann ich es verstehen, denn ich habe selbst den ganzen Tag im Gericht bei der Lachmere-Verhandlung gesessen.«

Sie war etwas ungehalten, der Ausdruck ihres hübschen Gesichts verriet es ihm.

»Und jetzt sind Sie zu einer andern Verhandlung gekommen, wie? Was kann ich für Sie tun, Mr. —?«

»Holland — Somers Holland vom ›Megaphone‹. Unser Theaterberichterstatter ist krank, und wir haben heute von zwei Seiten die Nachricht erhalten, daß Sie heiraten wollen.«

»Und Sie sind gekommen, um mir das zu erzählen? Das ist zu nett von Ihnen! Wer ist denn der Glückliche?«

»Diese Frage wollte ich ja gerade Ihnen stellen.«

»Ich bin enttäuscht.« Ihre Lippen zuckten. »Aber ich heirate nicht, und zwar nicht etwa, weil ich mit meiner Kunst verheiratet wäre. Das ist nicht der Fall. Ich kenne eben niemanden, den ich heiraten will. Ist das alles, Mr. Holland?«

»Das ist ungefähr alles, Miss Ardfern. Es tut mir leid, daß ich Sie gestört habe. Ich sage das zwar zu allen Leuten, die ich störe, aber diesmal meine ich es auch wirklich.«

»Woher haben Sie die Nachricht?« fragte sie und stand auf.

»Durch einen — meiner Freunde. Es ist die erste Nachricht, die er mir brachte, und sie ist falsch. Gute Nacht, Miss Ardfern.«

Er ergriff ihre Hand. Sie zuckte zusammen.

»Oh, es tut mir leid!« entschuldigte er sich verlegen.

»Kraft scheinen Sie zu haben!« Sie rieb ihre Hand. »Gehen Sie immer so robust mit zerbrechlichen Frauen um? Übrigens, Ihr Name ist doch Holland, sagten Sie? Sie sind ›Tab‹ Holland?«

Tab wurde rot, was sonst nicht seine Art war.

»Woher kommt der Name ›Tab‹?« fragte sie, und ihre blauen Augen blitzten ihn an.

»Es ist ein Spitzname, der in der Redaktion entstanden ist. Die Kollegen behaupten, daß es meine Stärke sei, mit einem guten Schlußwort ›abzugehen‹ — ich glaube, es ist ein Theaterausdruck und bedeutet dem Sinn nach ›der Vorhang fällt‹. Aber Sie wissen das vermutlich viel besser als ich, Miss Ardfern.«

»Ja, ich habe von Ihnen gehört, jetzt erinnere ich mich. Ein Mann namens Milton Braid, der einmal auf einer Tournee mit mir spielte, hat von Ihnen erzählt.«

»Er war Reporter, bevor er herunter ... — ich meine, bevor er zur Bühne ging.«

Tab war nicht oft im Theater gewesen und kannte wenig Leute, die damit zu tun hatten, schon gar nicht Schauspielerinnen. Ursula Ardfern, die nach dem allgemeinen Urteil der Presse und der überschwenglichen, voreingenommenen Meinung Rex Landers eine große Schauspielerin war, fand er ganz unerwartet menschlich. Daß sie auch sehr hübsch war, empfand er als selbstverständlich, denn Schauspielerinnen mußten hübsch sein. Aber sie besaß außerdem auch noch Humor und Natürlichkeit. Er wäre gern noch geblieben, doch machte sie der Unterredung unmißverständlich ein Ende.

»Gute Nacht, Mr. Holland!« Er ergriff nochmals ihre Hand, diesmal aber viel vorsichtiger, worüber sie laut lachte.

Sein Blick fiel wieder auf den Schmuckkasten auf dem Frisiertisch, was ihm Anlaß gab, noch etwas zu sagen.

»Falls Sie wünschen, daß im ›Megaphone‹ etwas erscheint«, brachte er ungeschickt vor, »zum Beispiel eine Notiz, daß Sie schönere Juwelen haben als jede andere Frau auf der Bühne ...«

Es war unbegreiflich geschmacklos, er sah es sofort ein und machte sich die größten Vorwürfe. Es bedurfte nicht ihres ironischen Lächelns, um ihn aufzuklären, daß sie eine derartige Reklame nicht wünschte.

»Nein, ich glaube kaum, daß meine Schmucksachen so interessant sind. Die Rolle, die ich momentan spiele, verlangt, daß ich eine Unmenge Schmuck trage. Ich wünschte, es wäre nicht der Fall. Gute Nacht. Ich bin froh, dieses dumme Gerücht aufgeklärt zu haben.«

»Mir tut der Bräutigam leid«, bemerkte Tab galant.

Sie schaute ihm einen Augenblick nach, als er ging. Gleich danach kam die Garderobiere herein.

»Sie sollten diese Diamanten nicht mit sich herumschleppen, Miss«, sagte sie bekümmert. »Mr. Stark, der Kassierer, sagte, daß er sie im Tresor des Theaters für Sie aufbewahren könnte. Das wäre vernünftiger, und es ist sogar ein Nachtwächter da.«

»Mr. Stark hat mir dies ebenfalls angeboten, aber ich ziehe es vor, sie mitzunehmen.«

Einige Minuten später trat sie aus dem Bühneneingang, bahnte sich einen Weg durch die kleine Menschenansammlung, die auf sie gewartet hatte, und ging auf ihren kleinen Wagen zu. Sie stellte den Schmuckkasten neben den Sitz und ließ den Motor an.

Auch Tab Holland verfolgte das Schauspiel ihrer Abfahrt. Daß er einmal vor einem Bühneneingang stehen würde, um einen Blick auf eine Schauspielerin werfen zu können, hätte er sich nie träumen lassen. Wie ein schüchterner Anbeter drückte er sich in eine dunkle Straßenecke. Er mußte über sich selbst lächeln.

Seine Wohnung lag in der Doughty Street. Unterwegs telefonierte er das Ergebnis seiner Unterredung an die Redaktion und begab sich dann nach Hause.

Als er das Wohnzimmer betrat, sah ihm ein junger Mann über die Lehne des Sessels hinweg, in dem er sich ausstreckte, erwartungsvoll entgegen.

»Nun?«

Tab ging an eine große Tabaksbüchse und füllte wortlos seine Pfeife.

»Ist es wahr?« fragte Rex Lander ungeduldig. »Du bist ein verdammt geheimnisvolles Scheusal!«

»Rex, du bist mit den Enten von Entenberg verwandt! Du bist ein Verbreiter von falschen Nachrichten und ein Mann, der unter den Habitués der Bühneneingänge Schrecken und Verzagtheit sät — diesem altehrwürdigen Verein, dem ich heute abend beigetreten bin. Und alles verdanke ich dir!«

Rex räkelte sich noch ungezwungener im Sessel und seufzte.

»Dann heiratet sie also nicht?«

»Du magst es ja gut gemeint haben, und das ist so ungefähr das Schlimmste, was man von einem Mann sagen kann — daß er es ›gut meine‹! Aber kein wahres Wort ist daran. Wo hast du diese Geschichte bloß aufgefischt, Baby?«

Rex Lander war etwas jünger als Holland, sah knabenhaft rundlich aus und hatte eine zarte, rosige Gesichtsfarbe, was den Übernamen ›Baby‹ erklärte. Die beiden waren Schulkameraden gewesen, und als Rex auf Veranlassung seines einzigen Verwandten, eben jenes verdrießlichen Onkels Jesse Trasmere, nach London gekommen war, um das qualvolle Studium der Architektur aufzunehmen, hatten sie sich zusammengefunden und teilten sich jetzt in Tabs Wohnung.

»Was hältst du von ihr?«

»Sie ist ganz reizend«, sagte Tab mit mehr Ernst, als es sonst seine Gewohnheit war, denn in jedem andern Fall hätte er es nicht unterlassen, noch irgend etwas Herabsetzendes hinzuzufügen. »Selbstverständlich fühlte ich mich reichlich fehl am Platz. Schauspielerinnen zu interviewen ist nicht mein Geschäft. — Von wem ist der Brief?« Er deutete auf den Briefumschlag, der auf dem Kaminsims stand.

»Von Onkel Jesse.« Rex sah in das Buch, das er aufgenommen hatte. »Ich hatte ihm geschrieben, ob er mir einen Fünfziger vorstrecken würde.«

»Und, was antwortete er? — Übrigens, ich habe ihn heute abend gesehen.«

»Lies!« Rex grinste.

Tab nahm den Umschlag, zog einen dicken Briefbogen heraus, der mit einer unbeholfenen, kindlichen Handschrift beschrieben war, und las:

›Lieber Rex — Dein vierteljährlicher Zuschuß ist erst am einundzwanzigsten fällig. Ich bedaure, Deinem Ersuchen nicht nachkommen zu können. Du mußt sparsamer leben lernen. Wenn Du einmal mein Geld erbst, wirst Du dankbar sein für Erfahrungen, die Dich befähigen, den großen Reichtum verständig und weitsichtig zu verwenden.‹

»Ein erbärmlicher alter Knicker!« Tab warf den Brief auf den Kaminsims zurück. »Jemand sagte mir neulich, daß er eine Million wert ist. Wo hat er sie verdient?«

»Ich glaube in China. Er ist dort geboren und hat ganz klein auf den Amur River Goldfields angefangen. Dann kaufte er Land, auf dem Gold gefunden wurde.« Rex rieb sich das Kinn. »Ich weiß nicht, ob ich Grund habe, mich zu beklagen. Er mag in vielem, was er sagt, recht haben, und manchmal ist er mir ein guter Freund gewesen.«

»Wann hast du ihn zum letztenmal gesehen?«

»Voriges Jahr habe ich eine Woche bei ihm verbracht.« Bei der Erinnerung verzog Rex das Gesicht. »Und doch schulde ich ihm sehr viel. Es stimmt ja schon, wenn ich nicht so faul und verschwendungssüchtig wäre, würde mein Einkommen durchaus langen.«

Tab zog schweigend an seiner Pfeife.

»Über den alten Trasmere hört man allerhand Gerüchte. Er soll sein Geld im Hause aufbewahren, was ich für unwahrscheinlich halte.«

»Er hat kein Bankkonto«, bestätigte Rex Lander überraschenderweise, »und ich weiß zufällig, daß er auf jeden Fall beträchtliche Summen in Mayfield aufbewahrt. Das Haus ist wie ein Gefängnis gebaut und hat ein einzigartiges Kellergewölbe. Ich habe es zwar nie gesehen, aber ich beobachtete oft, wie er hinunterging. Was er da unten treibt, ob er seine Geldsäcke anglotzt, hat mich allerdings nie interessiert. Aber eines stimmt absolut, Tab — er hat kein Bankkonto. Alles wird in Bargeld ausgezahlt. Ich nehme schon an, daß er kompliziertere Transaktionen durch Banken ausführen läßt, doch bemerkt habe ich nichts davon. Natürlich ist er ein Geizhals. Als ich dort war, schloß er sämtliche Räumlichkeiten ab, mit Ausnahme seines Schlafzimmers und des Eßzimmers, das er auch als Arbeitsraum benutzt.«

»Hat er Bediente?«

»Ja, seinen Diener, einen gewissen Walters, und zwei Frauen, die jeden Tag kommen, die eine zum Kochen, die andere zum Reinemachen. Für die Köchin hat er eine Küche bauen lassen, die vom Haus etwas abliegt. Jeden Monat hat er eine neue Köchin. Walters sagte mir vor einigen Tagen, daß die neueste Köchin die beste wäre, die sie je gehabt hätten.«

»Ein fröhlicher Gesellschafter scheint er nicht gerade zu sein!« Tab stand auf und klopfte die Asche aus seiner Pfeife. »Ja, sie ist wirklich hübsch!« schloß er zusammenhanglos.

Rex schaute ihn mißtrauisch an.

Kapitel

4

Jesse Trasmere stand jeden Tag um die Mittagszeit auf. Zum Essen warf er nur seinen Schlafrock über den Pyjama, und erst danach zog er einen abgetragenen grauen Anzug an. Zu Bett ging er nie vor der Morgendämmerung und schlief längstens bis zwei Uhr nachmittags. Punkt halb sieben Uhr half ihm Walters, der Diener, in den Überzieher, einen leichten, wenn es warm, oder einen schweren, pelzgefütterten, wenn es kalt war. Dann machte Mr. Trasmere einen Spaziergang oder erledigte Geschäfte. Bevor er aber das Haus verließ, spielte sich ein gewisses Zeremoniell ab — die Türen wurden verschlossen, der Diener in sein Zimmer verbannt, und Trasmere verschwand durch eine Tür, die von seinem Eß- und Arbeitszimmer direkt in den Keller führte. Etwas später verließ er das Haus. Walters hatte ihn dutzendemal vom Fenster aus beobachtet, wie er langsam die Straße hinunterging, in der einen Hand einen nicht zusammengerollten Schirm, in der andern eine schwarze Tasche. Punkt halb neun war er wieder zu Hause. Seine Abendmahlzeit nahm er immer unterwegs ein. Walters brachte ihm noch eine Tasse Kaffee und zog sich wieder zurück.

Das Dienerzimmer befand sich in einem angebauten Hausteil, den man vom Hauptgebäude aus durch eine Verbindungstür erreichte. Diesen Durchgang verschloß Mr. Trasmere abends immer höchstpersönlich. Einmal, in den ersten Tagen seiner Anstellung, hatte Walters sich darüber beschwert.

»Angenommen, ein Feuer bricht aus, Sir ...«

»Dann können Sie durchs Badezimmerfenster aufs Küchendach hinunterklettern, und wenn Sie von dort aus nicht auf den Boden springen können, verdienen Sie, verbrannt zu werden. Überhaupt, wenn Ihnen die Anstellung nicht paßt, können Sie gehen. An den Hausregeln wird nichts geändert!«

Jede Nacht, wenn Walters in sein Zimmer ging, schlurfte Mr. Trasmere in Pantoffeln hinterher. Die Tür schlug zu — Walters wurde eingeschlossen. Am Morgen, wenn er aufstand, war die Tür wieder offen. Trasmere schloß sie auf, bevor er zu Bett ging.

Walters durfte abends nie ausgehen. Zweimal in der Woche hatte er frei, doch mußte er um zehn Uhr wieder im Haus sein. Obschon er dauernd bemüht war, hinter die Geheimnisse seines Herrn zu kommen, ergab sich kaum je eine Gelegenheit, etwas zu erfahren.

Vor allem hätte er gern herausgebracht, was der Keller des Hauses enthielt. Oft schon hatte er nach dem Schlüssel gesucht, aber anscheinend gab es nur einen, und den trug Trasmere Tag und Nacht um den Hals. Einmal jedoch kam er dazu, als sein Herr einen jener Ohnmachtsanfälle hatte, die ihn ab und zu befielen. Er trug noch den Pyjama, am Hals hing der Schlüssel, in der Nähe lag ein Stück Seife, und Walter war ein geschickter Mann ...

Am Tag nach der abendlichen Unterredung mit dem Reporter Tab Holland saß Jesse Trasmere wie immer allein am Ende eines langen Tisches vor seinem Gedeck und aß. Es war ein Uhr mittags. Das Zimmer deutete weder auf besonderen Reichtum noch auf künstlerischen Geschmack hin, und von Mr. Trasmeres Verbundenheit mit China war nichts zu spüren. Die Möbel waren alt und schäbig, an den Wänden hingen keine Bilder, ebenso fehlten Bücher. Der Hausherr las nicht, nicht einmal Zeitungen.

Trasmere schaute auf. Der Diener war eingetreten.

»Ist jemand hier gewesen heute morgen?«

»Nein, Sir.«

»Sind Briefe gekommen?«

»Nur die paar, die auf Ihrem Schreibtisch liegen, Sir.«

Mr. Trasmere brummte.

»Ich verlasse die Stadt für zwei bis drei Tage. Ein Mann aus China wird kommen — ich wünsche ihn nicht zu sehen. Nein, ich will ihn nicht sehen.« Er kaute an einem Zahnstocher, sein Gesicht nahm einen widerwilligen Ausdruck an. Manchmal war er sehr mitteilsam seinem Diener gegenüber, doch Walters wußte wohl, daß er dann keine Fragen stellen durfte. Trasmere starrte in den feuerlosen Kamin. »Er war vor zwanzig, dreißig Jahren mein Teilhaber, ein Mann, der Karten spielte, trank und sich etwas darauf einbildete, daß ... Nun, es ist egal, was er sich einbildete! So ein Mann war er jedenfalls. Und wenn er kommt, darf er nicht eingelassen werden. Sie wissen nichts — gar nichts. Er ist ein Taugenichts, Säufer und Opiumraucher. Er hatte eine Gelegenheit, die er aber nicht wahrnahm, er ging viel lieber zum Teufel. So ein Kerl ist das! Er hätte reich sein können, aber er verkaufte seine Aktien. Er wollte sich lieber besaufen als ...« Er schaute auf und rief wütend: »Warum, zum Teufel, hören Sie überhaupt zu?«

»Ich bedaure, Sir, ich dachte ...«

»Fort mit Ihnen! — Haben Sie die Zeitung verständigt?«

»Jawohl, Sir.«

Eine halbe Stunde, nachdem der Diener ihn verlassen hatte, saß Trasmere in unveränderter Haltung noch immer am Tisch. Das Ende des Zahnstochers, das aus seinem Mund herausragte, bewegte sich ständig. Endlich stand er auf und öffnete die Glastür eines altmodischen Schrankes. Er stellte eine flache, weiße Porzellanschale, die halb mit Tusche gefüllt war, auf den Tisch und holte aus dem Schrank noch einen großformatigen Zeichenblock. Aus einem kunstvoll gearbeiteten Metallkästchen klaubte er einen langstieligen Pinsel, tauchte die feine Spitze in die Tusche, zögerte eine Weile und begann dann, oben rechts auf dem Blatt ansetzend, zu schreiben. Die grotesken und schwierigen Schriftzeichen entstanden mit ungewöhnlicher Geschwindigkeit. Er füllte Reihe um Reihe, und als er den Pinsel niederlegte, zog er aus der Westentasche ein elfenbeinernes Gerät von der Form und Größe eines dicken Bleistifts. Den Deckel am einen Ende nahm er ab und drückte den Elfenbeinstift aufs Papier. Als er das Petschaft hochhob, kamen zwei chinesische Schriftzeichen in einem roten Ring zum Vorschein. Es war Jesse Trasmeres ›Hong‹, sein Handzeichen. Tausende von Kaufleuten von Schanghai bis Fi-Chen würden Schecks, die dieses Zeichen trugen, annehmen, auch wenn sie auf staunenerregende Beträge lauteten.

Er ließ das beschriebene Blatt trocknen, faltete es ganz klein zusammen und stand auf. Walters, der draußen auf der Treppe stand und sich den Hals ausreckte, um durchs Oberfenster über der Tür ins Zimmer zu spähen, konnte von seinem Standort aus nur ein Drittel des Raums überblicken, und jetzt verschwand Trasmere in Richtung zum Kamin aus seinem Blickfeld.

Gleich darauf klingelte es. Walters gab sich einen Ruck und trat ins Zimmer.

»Merken Sie sich — ich bin nicht zu Hause. Für niemand!«

»Jawohl, Sir.«

Mr. Trasmere war schon ausgegangen, als am Nachmittag der Besucher kam.

Das Postboot von China hatte eine der schnellsten Fahrten gemacht und war 36 Stunden vor der festgesetzten Zeit eingetroffen.

Walters bastelte in seinem Zimmer an einem Schlüsselduplikat, als es klingelte. Auf der breiten Treppe vor der Haustür fand er einen Fremden mit braungebranntem Gesicht vor, der einen alten, schlechtsitzenden Anzug trug; doch sein Auftreten zeigte großes Selbstvertrauen.

Die Hände in den Hosentaschen, den schmutzigen Hut im Nakken, starrte er Walters unverschämt an. Mr. Brown war ziemlich betrunken und lallte gereizt:

»Warum, zum Teufel, lassen Sie mich so lange vor der Haustür meines Freundes Jesse warten?« Er nahm eine Hand aus der Tasche und zog an seinem kurzen, grauen Bart.

»Mr. — eh — Mr. Trasmere ist nicht zu Hause«, sagte Walters. »Ich will ihm sagen, daß Sie hier waren. Wie ist der Name, Sir?«

»Wellington Brown — Wellington Brown aus Chei-feu. Ich will hineinkommen und warten.«

Aber Walters vertrat ihm den Weg.

»Mr. Trasmere hat mir den ausdrücklichen Befehl gegeben, niemand hereinzulassen, wenn er nicht zu Hause ist.«

Der Zorn färbte Browns Gesicht noch dunkler.

»Er hat Befehl gegeben —!« stieß er hervor. »Ich soll nicht zugelassen werden — ich, Wellington Brown, der ihm zu seinem Vermögen verholfen hat! Dieser alte Schwindler — Dieb! Er weiß genau, daß ich komme!«

»Sind Sie aus China, Sir?« fragte Walters.

»Ich habe Ihnen bereits gesagt, daß ich aus Chei-feu bin, Sie ordinärer Stiefelputzer! Wenn Sie nicht wissen, daß Chei-feu in China liegt . . .«

»Es ist mir ganz gleichgültig, ob Chei-feu in China oder auf dem Mond liegt. Jedenfalls können Sie nicht hereinkommen! Mr. Trasmere ist abwesend und wird vor vierzehn Tagen nicht zurückkommen. Ist Ihnen das klar, Mr. Brown?«

»So —? Werde ich nicht hereinkommen?«

Der Kampf dauerte nicht lang. Walters war ein kräftiger Mann, während Wellington Brown den Sechzig näher war als den Fünfzig. Der Mann aus China flog gegen den Steinrahmen des Portals und wäre in seinem Zustand unweigerlich die Treppe hinuntergefallen, wenn ihn Walters nicht schnell hochgerissen hätte.

»Für so was habe ich Leute schon umgelegt —«, stieß Brown schwer atmend hervor. »Habe sie wie Hunde erschossen!«

»Ich wollte Ihnen nichts tun«, sagte Walters, dem der Vorfall peinlich war.

»Ich werde die Rechnung mit Ihrem Herrn begleichen — merken Sie sich das, Sie Lakai! Bei Gott, er soll dafür bezahlen!«

Mit trunkener Würde schwankte er durch den Vorgarten auf die Straße hinaus.

Kapitel 5

Um neun Uhr an diesem Abend läutete es Sturm an Tabs Wohnungstür.

»Wer, zum Kuckuck ...«

Tab saß in Hemdsärmeln am Tisch und schrieb in größter Eile einen Bericht.

Rex Lander kam aus seinem Schlafzimmer.

»Wahrscheinlich dein Bürojunge. Ich habe die Tür unten für ihn offengelassen.«

»Nein, der Artikel wird erst um elf Uhr abgeholt. Schau mal nach, Baby, wer es ist.«

Lander brummte. Er tat das immer, wenn von ihm etwas verlangt wurde, das entfernt an körperliche Anstrengung erinnerte. Er öffnete also die Tür. Als Tab von draußen eine laute, unbekannte Stimme hörte, kam er ebenfalls hinzu. Auf dem Treppenabsatz stand, lamentierend, eine bärtige, schwankende Gestalt.

»Was ist los?« fragte Tab.

»Sehr viel, Sir —«, sagte der Fremde unter Schlucken, »sehr viel — ist los! Ein Mann — ein Herr kann nicht un-ungestraft beraubt und von An-Angestellten an-angegriffen werden ...«

»Laß doch den durchnäßten Hering herein, Baby«, sagte Tab.

Mr. Wellington Brown wankte und schwankte ins Wohnzimmer. Er war absolut betrunken.

»Wel-cher von euch ist Rex Lander?«

»Das bin ich«, antwortete Rex verwundert.

»Ich — bin — Wellington Brown aus Chei-feu. Ein Rentner, der von der Gnade eines verfluchten alten Schuftes abhängt. Ein Rentner! Von dem Geld, das er mir gestohlen hat, zahlte er mir eine Kleinigkeit. Ich kann Ihnen etwas über den alten Trasmere erzählen ...«

»Trasmere? Mein Onkel?«

»Ich kann Ihnen was erzäh-len. Ich war sein Buch-halter und Sek-re-tär. Ich weiß Bescheid. Ich will Ihnen was ...«

»Sie können sich die Mühe sparen«, unterbrach ihn Rex kalt. »Warum sind Sie hierhergekommen?«

»Weil — weil Sie sein Neffe sind! Deshalb. Er hat mich beraubt! Er hat das Brot aus dem Mund eines unschuldigen Kindes genommen — so ist es! Nahm das Brot aus dem Munde der Waise — ja! Er hat mich um meinen Anteil im Manchurian Trading Syndicate beschwindelt — er gab mir einen Tritt und sagte: ›Trink dich zu Tode!‹ — Das waren seine Worte!«

»Und Sie haben es getan?« fragte Tab.

Brown sah ihn ärgerlich von der Seite an.

»Wer ist das?«

»Mein Freund«, sagte Rex, »und Sie befinden sich augenblicklich in seiner Wohnung. Wenn Sie nur hierhergekommen sind, um meinen Onkel zu beschimpfen, dann verschwinden Sie besser schleunigst wieder!«

Wellington Brown tippte mit seinem schmutzigen Zeigefinger auf Landers Brust.

»Ihr Onkel ist ein Schuft! Verstehen Sie das? Ein gemeiner Dieb!«

»Schreiben Sie ihm das lieber!« schlug Tab vor. »Ich bin nämlich augenblicklich damit beschäftigt, zwei Meter Manuskript fertigzustellen, und Sie stören meine Konzentration beträchtlich!«

»Ihm schreiben!« brüllte Brown amüsiert. »Ihm schreiben! Das ist großartig — das Beste, was ich seit Jahren gehört habe! Weil ...«

»'raus!«

Rex Lander war aufgestanden. Geräuschvoll öffnete er die Türen und drängte den entgeistert glotzenden Besucher hinaus.

»Wie der Onkel, so der Neffe!« rief Brown, schon im Korridor. »Wie der Neffe, so der Lakai — ich gehe! Ich will Ihnen nur noch eines sagen ...«

Aber die Tür schlug vor seinem Gesicht zu.

»Ph!« machte Baby, sich die Stirn wischend. »Wir wollen das Fenster aufmachen und frische Luft hereinlassen.«

»Wer ist das eigentlich?«

»Wenn ich das wüßte! Über Onkel Jesses frühere Freunde gebe ich mich keinen Illusionen hin. Wahrscheinlich wird schon etwas Wahres an der Anschuldigung dieses Kerls sein, daß er beraubt wurde. Ich kann mir nicht vorstellen, daß Jesse aus wohltätigen Gefühlen Renten verteilt. Ich werde ihn ohnehin morgen aufsuchen und fragen.«

»Du wirst niemanden aufsuchen!« widersprach Tab. »Liest du eigentlich nie den Gesellschaftsklatsch in der Zeitung? Dein Onkel verreist morgen.«

Rex lachte geringschätzig.

»Ach, das ist ein alter Trick von ihm, wenn er nicht gesehen sein möchte!«

Tab setzte sich energisch an seinen Arbeitstisch.

»Schluß jetzt!« befahl er. »Wenn ein großer Journalist die Berufung in der Milligan-Mordsache behandelt, hat Ruhe zu herrschen!«

»Wie du andauernd in der Tretmühle sitzen kannst, ist mir ein Rätsel — ich könnte nicht ...«

»Halt den Mund!«

Die erwünschte Ruhe trat ein, und punkt elf Uhr hatte Tab die letzte Seite beendet. Da kam auch schon der Bote der Redaktion.

Holland stopfte seine Pfeife und streckte sich behaglich in einem Lehnstuhl aus.

»Nun bin ich ein freier Mann bis Montag nachmittag ...«

In diesem Augenblick läutete im Vorraum das Telefon.

»Bestimmt die Redaktion. Man sollte sich nie zu früh freuen!«

Es war, wie er geahnt hatte, die Redaktion. Ein hastiger Wortwechsel — dann kam Tab aufgeregt ins Zimmer zurück und berichtete.

Ein Pole, in gewisse Betrügereien einer Versicherungsgesellschaft verwickelt, war arretiert worden und wieder geflohen. Nun hatte er sich in seinem Haus verbarrikadiert und hielt sich die Polizei mit heißem Wasser und irgendeiner Schußwaffe vom Leib.

»Und Jacko ist auch noch entzückt darüber! Er meint, es wäre ein wirkliches Drama — so ein Blödsinn! Ich habe ihm vorgeschlagen, den Theaterkritiker hinzuschicken. Schließlich mußte ich ja neulich auch seine Arbeit machen!«

»Gehst du noch fort?« fragte Rex.

»Selbstverständlich gehe ich, du fauler Dickkopf!«

»Ich dachte, solches Zeug würde an den Redaktionstischen erfunden. Ich persönlich glaube nichts, was in den Zeitungen steht.«

Aber Tab war schon draußen im Gang und machte sich fertig.

Um Mitternacht stand er mit einigen Polizisten in sicherer Entfernung von dem belagerten Haus und harrte aus, bis die Haustür gestürmt und der Verteidiger, den ein Schlag mit dem Gummiknüppel betäubt hatte, heruntergetragen worden war.

Um zwei Uhr morgens gingen er und Carver, der Kriminalkommissar, der den Fall bearbeitete, zum Polizeibüro und aßen eine Kleinigkeit.

Als sich Tab schließlich auf den Heimweg machte, war es halb vier, und die Straßen lagen schon im geisterhaften Licht der Morgendämmerung.

In der Park Street knatterte ein Auto an ihm vorbei. Es hatte sich kaum hundert Meter von ihm entfernt, als ihn der Knall eines platzenden Reifens zusammenzucken ließ. Er sah den Wagen schleudern und stehenbleiben. Eine Frau stieg aus und sah sich die Bescherung an. Anscheinend war sie allein, denn sie suchte nach Werkzeug und machte den Wagenheber los. Tab beeilte sich und trat hinter sie. Das einzige menschliche Wesen weit und breit war ein Radfahrer, der in einiger Entfernung an seinem Fahrrad hantierte.

»Kann ich Ihnen behilflich sein?«

Die Frau schrak zusammen und drehte sich um.

»Miss Ardfern!« rief Holland überrascht.

Einen Augenblick schien sie verlegen, dann lächelte sie ihm zu.

»Ist das nicht Mr. — Tab? Bitte,verzeihen Sie die Vertraulichkeit, ich kann mich an den andern Namen nicht erinnern.«

»Versuchen Sie es auch nicht«, erwiderte er und nahm ihr den Wagenheber aus der Hand, »aber wenn Sie es durchaus wissen möchten, mein Name ist Holland.«

Er schwieg, während er den Wagen hochschraubte. Als er das Rad gelockert hatte, sagte sie erklärend:

»Ich bin recht spät unterwegs — ich komme von einer Gesellschaft.«

Es war hell genug, um zu sehen, daß sie sehr einfach gekleidet war und feste, derbe Straßenschuhe trug. Er fand sogar, daß ihre Kleidung ärmlich wirkte. Vorne im Wagen auf dem Nebensitz lag eine viereckige, schwarze Handtasche, etwas kleiner als eine Reisetasche. Vielleicht hatte sie die Kleider gewechselt — aber Schauspielerinnen pflegen, obschon sie Übung in dieser Hinsicht haben, ihre Kleider nicht zu wechseln, bloß um von einer Gesellschaft nach Hause zu fahren.

»Ich bin auch auf einer Gesellschaft gewesen«, berichtete er, als er das Rad herunternahm und nach vorn rollte. »Auf einer Gesellschaft mit Überraschung und Feuerwerk!«

»Und Tanz?«

Tab lächelte vor sich hin.

»Ich habe nur einen einzigen Tanz aufgeführt! Als ich sah, wie der Mann mit der Pistole zielte, sprang ich schnell in Deckung. Oh, ja ...«

Er hörte sie rascher atmen. Dann fragte sie:

»War es der Pole? Bevor ich das Theater verließ, erzählte jemand, daß er in sein Haus geflüchtet sei. Später hörten wir die Schüsse.«

Inzwischen hatte Tab das Rad ausgewechselt, die Werkzeuge zurückgelegt und das alte Rad angeschnallt.

»Alles in Ordnung!« Er trat zurück. »Ich bitte Sie —«, wehrte er ab, als sie ihm danken wollte, »das war doch eine Kleinigkeit.«

Sie bot ihm nicht an, ihn nach Hause zu bringen. Er hatte gehofft, daß sie es tun würde. Ihre Abfahrt ging überhaupt so rasch vonstatten, daß es ihm erst richtig bewußt wurde, als sie schon außer Sicht war.

Was um alles in der Welt hatte sie um diese Morgenstunde unterwegs zu tun? fragte er sich. Sie käme von einer Gesellschaft, hatte sie behauptet, doch er wußte genau, daß Schauspielerinnen entschieden in anspruchsvollerer Toilette in Gesellschaft gingen.

Rex war noch wach, als er nach Hause kam. Obwohl sie noch eine Weile über die Vorkommnisse der Nacht sprachen, erwähnte Tab seine Begegnung mit Ursula Ardfern mit keinem Wort.

Kapitel 6

Tab Holland erwachte um elf Uhr vormittags. Baby Lander war schon fortgewesen und wieder zurückgekehrt.

»L'ami de mon oncle war da — hast du ihn gehört?« fragte Rex.

»Wer — Bonaparte?«

»Ich glaube — Wellington war sein Vorname. Ja, er kam ziemlich bedrückt, voller Entschuldigungen, aber immer noch mit schrecklichen Drohungen gegen Onkel Jesse. Ich habe ihn hinausgeworfen.«

»Warum kam er noch mal?«

»Weiß der Himmel! Vermutlich braucht er einfach jemanden, der Trasmere gut kennt und zuhört, wenn er über ihn herzieht. Ich muß sagen, daß die Drohungen Eindruck auf mich gemacht haben. Er sagt, er werde Jesse töten, wenn er nicht alles wiedergutmacht.«

Tab stieß verächtlich die Luft aus.

»Allerdings, wenn ein Mann säuft, ist er gefährlich«, meinte er. »Trunkenbolde sind ebenso unberechenbar wie Verrückte. Heute morgen habe ich mit Carver darüber gesprochen. Er stimmte mir zu, und Carver ist entschieden intelligenter als der große Haufen der Detektive. Dafür sind freilich nicht in erster Linie diese Leute selbst verantwortlich, sondern vielmehr das 172-Zentimeter-System.«

»Das — was?«

»Ein Kriminalbeamter wird erkoren, nicht etwa, weil er geschickt und schlau ist oder Weltkenntnis hat, sondern weil er 172 Zentimeter groß ist und einen Brustumfang von 80 Zentimetern aufweist. Ist das nicht sonderbar? Und doch werden Detektive auf diese Art und Weise ausgesucht. Sie müssen tüchtig, sogar sehr tüchtig arbeiten, aber nicht denken. Kannst du dir vorstellen, daß Napoleon oder Julius Cäsar, um nur zwei aufgeweckte Burschen zu erwähnen, je bei der Polizei angekommen wären?«

»Von der Seite hab' ich die Sache noch nicht betrachtet«, gestand Rex. »Aber ich denke, daß deine Chancen nicht schlecht wären!«

Tab war genau 180 Zentimeter groß, wenn er auch seiner Breitschultrigkeit wegen nicht so groß erschien. Er ging etwas gebeugt, was vom ständigen Arbeiten an der Schreibmaschine oder vielmehr an einem für seine Größe zu niedrigen Schreibpult kam.

»Eines steht jedenfalls fest, Baby —«, sagte er, »Carver ist richtig. Er denkt, obgleich das gegen die Vorschriften verstößt.«

»Was denkt er über Wellington?«

»Über den hab' ich nicht gesprochen. Aber du solltest deinen Onkel warnen.«

»Ich werde ihn heute aufsuchen.«

Sie verließen zusammen das Haus. Tab mußte in die Redaktion, und später wollte er Carver zum Lunch treffen. Der Kommissar war ein bedächtiger und wortkarger Mann, doch es gab Themen, über die er äußerst interessant sprechen konnte. Tab verstand es, ihn auf das richtige Thema zu bringen, und so vergingen die zwei Stunden sehr schnell. Bevor sie das Restaurant verließen, erzählte Holland auch von dem betrunkenen Fremden und seinen Drohungen gegen Jesse Trasmere.

»Wenn sich ein Mann so sehr verletzt fühlt wie offenbar dieser«, äußerte Carver, »wird er ziemlich sicher Unannehmlichkeiten machen. Kennen Sie Trasmere?«

»Ich habe ihn zweimal gesprochen. Einmal bin ich zu ihm geschickt worden, um ihn wegen eines Konflikts mit der städtischen Behörde zu befragen. Er hatte ohne Genehmigung der Baupolizei zu bauen angefangen. Rex Lander, der Architektur studiert und bei mir wohnt, ist sein Neffe, und durch Rex habe ich viel über ihn gehört. Er schreibt ab und zu Briefe an seinen Neffen, die voll von Ratschlägen und Ermahnungen zum Sparen sind.«

»Lander ist wohl sein Erbe?«

»Rex hofft es wenigstens inbrünstig. Aber er fürchtet, daß es ebensogut anders ... Moment mal! Schauen Sie — da wir gerade von Trasmere sprechen ... Dort fährt sein Diener, und er scheint in großer Eile zu sein!«

Ein Taxi fuhr dicht an ihnen vorbei. Der einzige Fahrgast, mit vorgestrecktem Kopf und verstörtem Blick, war nicht zu übersehen.

»Wer war das?« fragte Carver.

»Walters — der Diener des alten Trasmere. Er sieht ziemlich erschrocken aus.«

»Walters?« Der Kommissar dachte nach. »Das Gesicht kenne ich ... Warten Sie — ich hab's! Walter Felling!«

»Walter wie?«

»Felling — er ist vor zehn Jahren durch meine Hände gegangen und in der Zwischenzeit noch einmal verurteilt worden. Walters, wie Sie ihn nennen, ist ein notorischer Dieb. Diener beim alten Trasmere, was? Das ist seine Spezialität. Er geht bei reichen Leuten in Stellung, und eines schönen Morgens sind ihre herumliegenden Schmucksachen, das Geld und die Silberwaren verschwunden. Haben Sie sich die Nummer des Autos gemerkt? Nein? — Nun, die Frage, die sich jetzt stellt — ist er tatsächlich dabei, eiligst zu verschwinden, oder macht er nur einen dringenden Weg für seinen Herrn? Ich bin dafür, daß wir Trasmere aufsuchen. Wollen wir ein Auto nehmen oder zu Fuß gehen?«

»Wir wollen gehen«, entschied Tab. »Nur die Detektive in Romanen fahren ständig Auto. Sie wissen doch, Carver, wenn Sie Ihre Rechnungen für Autofahrten an der Kasse präsentieren, dann mäkelt ein gefühlloser Beamter an jedem einzelnen Posten herum.«

»Sie wissen mehr über diese internen Angelegenheiten der Kriminalpolizei, als erlaubt ist, Holland!« lachte Carver.

Sie hatten fast eine Meile zu gehen. Mayfield, der Wohnsitz von Jesse Trasmere, war das häßlichste Gebäude in einer Straße, die ihrer eleganten Privathäuser wegen auffiel. Eine Fassade aus schmutziggelbem Ziegelstein — und was normalerweise der Vorgarten hätte sein können, präsentierte sich als einförmige, zementierte Fläche.

»Nicht gerade der Palast eines Märchenprinzen, wie?« bemerkte

Tab, als sie auf das Haus zugingen.

»Ich habe schon Hübscheres gesehen«, stimmte Carver zu. »Ist es nicht erstaunlich ...«

Er kam nicht weiter. Die Haustür wurde heftig aufgerissen, und Rex Lander stürzte heraus. Sein Gesicht war kreideweiß, seine großen, etwas kindlichen Augen starrten verstört auf die beiden Männer auf dem Zementvorplatz. Sein Mund öffnete sich, aber kein Wort kam heraus.

Tab rannte auf ihn zu. Etwas Schreckliches mußte passiert sein.

»Was ist los?«

»Mein Onkel ...«, stammelte Rex. »Geh — schau ...!«

Carver rannte als erster ins Haus und durch die offene Tür ins Eßzimmer. Es war leer.

»Wo ist er?«

Neben dem Kamin befand sich eine schmale Tür, auf die Rex zeigte. Steinstufen führten in einen Kellergang hinab. Der Gang wurde in Abständen durch drei Deckenlampen gut beleuchtet. Ein scharfer Korditgeruch lag in der Luft. Carver bückte sich und hob ein Paar alte Handschuhe vom Boden auf.

»Wem gehören die?« Der Kommissar schaute sich nach Rex Lander um, doch der saß auf der obersten Treppenstufe, das Gesicht in die Hände vergraben. »Es hat keinen Zweck, ihn zu fragen«, sagte er leise zu Holland. »Wohin mag der Gang führen?«

Tab ging schnell voraus, der Gang bog nach links und stieß an eine schwarz gestrichene, tief in die Mauer eingelassene Tür. Eine Klinke war nicht vorhanden, nur ein winziges Schlüsselloch. Der obere Teil bestand aus einer Stahlplatte, die offenbar zu Ventilationszwecken mit vielen kleinen Löchern durchbohrt war.

Tab stieß gegen die Tür, aber sie gab nicht nach. Er kniff ein Auge zu und spähte durch eines der Löcher. Was er erblickte, war ein ziemlich großes Gewölbe, an den rohen Steinwänden Regale, mit Stahlkassetten angefüllt. Von der gewölbten Decke fiel helles Licht, alles war deutlich zu erkennen. In der Mitte des Raumes ein Tisch, daneben — auf dem Boden, an ein Tischbein gelehnt, eine Gestalt, das Gesicht der Tür zugewandt.

Es war das Gesicht Jesse Trasmeres. Er schien tot zu sein.

Tab machte dem Kommissar Platz, der ebenfalls hineinschaute.

»Dem Geruch nach ist geschossen worden. Was liegt dort auf dem Tisch?«

Tab sah durch ein anderes Loch.

»Scheint ein Schlüssel zu sein.«

Sie versuchten, die Tür aufzustoßen, aber sie widerstand ihren vereinten Anstrengungen.

»Die Tür ist viel zu dick und das Schloß zu solid, als daß wir sie eindrücken könnten«, sagte Carver schließlich. »Ich will der Mordkommission telefonieren. Versuchen Sie inzwischen, etwas aus Ihrem Freund herauszubekommen, Holland.«

Tab nahm Rex rücksichtsvoll am Arm.

»Komm, Baby, wir wollen aus diesem scheußlichen Keller 'raus!«

Ohne Widerstand ließ sich Rex Lander ins Eßzimmer zurückführen, wo er in einem Sessel zusammensank.

Carver hatte telefoniert und kam ebenfalls ins Zimmer. Es dauerte eine Weile, bis sich Rex soweit erholt hatte, daß er zusammenhängend sprechen konnte. Sein fleischiges Kindergesicht war noch immer bleich, die Lippen zuckten.

»Ich kam heute nachmittag hierher«, berichtete er. »Es war wegen der fünfzig Pfund, du weißt, Tab, die er mir abgeschlagen hatte. Manchmal überlegte er sich's hinterher doch anders, denn im Grunde war er kein schlechter Mensch. Und dann wollte ich ihn auch vor diesem Wellington Brown warnen — ja, und als ich klingelte, ging sofort die Haustür auf, Walters stand vor mir — Walters ist der Diener ... Er sah sehr aufgeregt aus und hatte eine braune Ledertasche in der Hand. ›Ich gehe gerade weg, Mr. Lander —‹, sagte er.«

»Schien er erstaunt, Sie zu sehen?«

»Eher beunruhigt — als ich ihn sah, kam mir zuerst der Gedanke, daß mein Onkel krank sein könnte. Ich fragte ihn, ob etwas passiert wäre. Er sagte, mein Onkel sei wohlauf, er habe ihn mit einem wichtigen Weg betraut. Die Unterhaltung dauerte nicht länger als eine Minute, dann lief Walters die Stufen hinunter auf die Straße.«

»Hatte er keinen Hut auf?«

»Nein. — Ich blieb einen Augenblick im Flur stehen. Mein Onkel sah es nicht gern, wenn man unangemeldet kam. Ich wollte ja auch nicht meine Aussichten, den Fünfziger doch noch zu bekommen, gleich zu Beginn verderben. Aber dann schaute ich ins Wohnzimmer. Es war leer. Die schmale Tür, die, wie ich wußte, zum Kellergewölbe führt, stand offen. Er mußte also unten sein. Ich setzte mich hin und wartete. Nach etwa zehn Minuten stieg mir dieser brenzlige Geruch in die Nase, der mich sehr beunruhigte. Nach kurzem Zögern stieg ich die Stufen hinab und ging bis zur Tür des Gewölbes. Sie war geschlossen, ich klopfte, erhielt aber keine Antwort. Darauf sah ich durch eines der Löcher. Ich erschrak furchtbar und lief, so schnell ich konnte, die Treppe wieder hinauf und auf die Straße, um einen Polizisten zu holen — da sah ich Sie!«

»Während Sie warteten, hörten Sie kein Geräusch, das darauf schließen ließ, daß sich noch jemand im Haus aufhielt? Wo sind eigentlich die Hausangestellten?«

»Nur die Köchin käme in Frage«, sagte Rex.

Carver sah nach, doch die Küche war verlassen und verriegelt. Die Köchin hatte anscheinend ihren freien Tag.

»Ich will mich ein wenig umsehen«, sagte Carver. »Kommen Sie mit, Holland, Sie stecken nun mal mit drin in der Sache und bleiben am besten dabei.«

Viel gab es nicht zu sehen. Mr. Trasmere hatte nur zwei Zimmer bewohnt, die übrigen waren verschlossen und schienen unbenutzt. Die Korridortür zu Walters Behausung stand offen. Der Schlafraum, ursprünglich als Gastzimmer gedacht, war geräumiger, als Dienstbotenzimmer es gewöhnlich zu sein pflegen. Die Anzeichen ließen darauf schließen, daß Walters eine so eilige Flucht nicht geplant hatte. Kleidungsstücke hingen am Haken hinter der Tür, der Schrank war nicht ausgeräumt, auf dem Tisch stand eine volle Tasse Kaffee. Carver tauchte den kleinen Finger hinein. Der Kaffee war noch warm.

Am einen Ende des Tisches bauschte sich ein Tuch, das irgendwelche Gegenstände bedeckte. Der Kommissar schlug es zurück und stieß einen Pfiff aus. Am Tisch war ein kleiner Schraubstock befestigt, und daneben lagen eine Anzahl Feilen und sonstige Werkzeuge. Carver drehte den Schraubstock auf und nahm den eingeklemmten Gegenstand heraus. Es war ein kleiner, eigenartig geformter Schlüssel. Auf dem Boden unter dem Schraubstock lagen Feilspäne.

»Also hat Walters an einem Schlüssel gearbeitet«, stellte Carver fest. »Sehen Sie sich diese Gipsform an! Das ist sein alter Trick. Ich nehme an, daß er sich einen Abdruck auf Seife oder Wachs gemacht hat, und ich müßte mich sehr täuschen, wenn es nicht der Schlüssel zum Kellergewölbe wäre.«

Wenig später war das Haus voll von Detektiven, Beamten und Fotografen. Die Tür zum Gewölbe widerstand vorerst allen Bemühungen. Tab benützte den Ausbruch allgemeiner Geschäftigkeit, um seinem Freund zuzureden, sich nach Hause bringen zu lassen. Carver kam dazu und fragte: »Wer ist Wellington Brown?«

»Wellington Brown? Das ist der Mann, der Trasmere bedroht hat. Ich erzählte Ihnen beim Lunch schon von ihm.«

Carver hielt ein Paar Handschuhe unter den Arm geklemmt.

»Mr. Brown war unten im Gang, und er war so unvorsichtig, seine Handschuhe zurückzulassen — sein Name steht auf dem Futter.«

»Werden Sie Anzeige wegen Mordes gegen ihn erstatten?« fragte Tab.

»Ich glaube schon. Gegen ihn und auch gegen Walters alias Felling. Ich habe bereits Auftrag gegeben, ihn abzufangen. Bevor wir ins Gewölbe hinein können, läßt sich leider nicht mehr sagen.«

Tab begleitete Rex nach Hause in ihre Wohnung. Er selbst eilte zurück nach ›Mayfield‹. Seltsamerweise hatte Trasmere seinem häßlichen Haus diesen gefühlvollen Namen gegeben.

Der Kommissar saß im Eßzimmer am Tisch. Vor ihm lag ein Plan des Hauses.

»Ich habe mit Mortimer, dem Baumeister, telefoniert«, empfing er Tab. »Er sagt, daß nur ein Schlüssel zum Gewölbe existiert, und er muß es ja wissen. Trasmere soll ganz ungewöhnliche Vorkehrungen getroffen haben damals. Er ließ zwanzig oder dreißig Schlösser, jedes von einem andern Schlosser, anfertigen. Niemand weiß, welches Schloß eingesetzt wurde, und Mortimer erklärt, die Aufträge seinerzeit unter der Bedingung erteilt zu haben, daß nur je ein Schlüssel angefertigt werde. Es ist daher unwahrscheinlich — ich glaube sogar, unmöglich —, daß der Mörder anders als mit Trasmeres eigenem Schlüssel ins Gewölbe eindringen konnte. Nun, wir werden es bald wissen. Der beste Schlosser der Stadt arbeitet an dem unvollendeten Schlüssel, den wir in Fellings Zimmer gefunden haben, und er versichert, daß er die Tür heute abend noch aufkriegen werde.«

»Dann ist also Fellings Schlüssel im jetzigen Zustand unbrauchbar?«

»Absolut unbrauchbar. Wir haben es versucht. Er paßt nicht einmal ins Schlüsselloch.«

»Nehmen Sie Selbstmord an? Trasmere ging ins Gewölbe, schloß sich ein und erschoß sich?«

»Falls sich drinnen ein Revolver findet, hätte diese Theorie etwas für sich, obgleich es mir unverständlich bliebe, warum er sich hätte erschießen sollen.«

Um Viertel vor elf standen sie zu dritt vor der Kellertür. Der Handwerker steckte den Schlüssel ins Schloß, und es schnappte auf. Er wollte die Tür aufstoßen, aber Carver hielt ihn am Arm zurück.

»Lassen Sie es gut sein, Mann!«

Der Schlosser war sichtlich enttäuscht, daß er nur einen flüchtigen Blick auf die Tragödie hatte werfen können. Er nahm seine Werkzeuge auf und ging.

Carver holte tief Atem, zog ein Paar weiße Handschuhe an und trat ein. Tab Holland folgte ihm.

»Nach dem Arzt habe ich bereits telefoniert. Er muß in ein paar Minuten hier sein.«

Der Kommissar zeigte auf den Tisch. Genau in der Mitte lag ein Schlüssel, dessen untere Hälfte blutverschmiert war. Auch die Tischplatte wies eingetrocknete Blutspuren auf. Eine Schußwaffe war nicht zu finden.

»Das erledigt Selbstmord«, sagte Carver und schaute auf die leblose Gestalt, die am Tischbein lehnte. Er schob eine Hand unter den schlaffen Körper und durchsuchte, während der Kopf des Toten widerstandslos auf die Schulter sank, mit wenigen Griffen die Taschen. »Nichts ...« Carver richtete sich auf. »Hier hat er gestanden — dürfte hinterrücks erschossen worden sein.«

Etwa noch bestehende Zweifel zerstreute der erste, flüchtige Befund des Arztes.

»Er ist aus einer Entfernung von ungefähr zwei Metern erschossen worden. Selbstmord ist ausgeschlossen. Die Kugel ist in den Rücken, genau unter der linken Schulter, eingedrungen. Eine solche Wunde kann man sich unmöglich selbst beibringen.«

Die Polizeifotografen wurden gerufen. Danach machten sich der Kommissar und Tab Holland an die Durchsuchung der Regale und Kassetten, die hauptsächlich mit Geld gefüllt waren. Gold fanden sie nur wenig, aber eine Unmenge von Papiergeld aller Länder. In einer Kassette befanden sich fünf Millionen Franken in Tausenderscheinen, eine andere war vollgestopft mit englischen Fünfpfundnoten, eine dritte enthielt Hundertdollarscheine. Nur in einer einzigen Kassette, die sie an diesem Abend untersuchten, fanden sie Dokumente — Kontrakte und Quittungen, in chinesischen Schriftzeichen auf dünnem Papier ausgestellt. Daß es Quittungen waren, ersahen sie aus den Übersetzungen, die jemand auf die Rückseite geschrieben hatte. Auf einem dicken, mit Gummibändern zusammengehaltenen und mit einer Etikette versehenen Bündel stand ›Geschäftskorrespondenz‹.

Tab stieß auf ein zusammengefaltetes, von Hand geschriebenes Dokument.

»Hier ist sein Testament!« rief er und reichte es Carver. Es war in der Tab wohlbekannten ungleichmäßigen Kinderhandschrift geschrieben. Nach der üblichen Einleitung hieß es kurz:

›Ich hinterlasse meinen gesamten Besitz meinem Neffen Rex Percival Lander, dem einzigen Sohn meiner verstorbenen Schwester, Mary Catherine Lander, geb. Trasmere, und ich bestimme ihn zum alleinigen Vollstrecker dieses meines Testamentes ...‹

Als Zeugen hatten unterschrieben Mildred Green, Köchin, und Arthur Green, Diener. Als Adresse war Mayfield angegeben.

»Wahrscheinlich die beiden Hausangestellten, die Trasmere vor sechs Monaten wegen Diebstahls entlassen hat.«

Als erstes empfand Tab ein Gefühl der Freude — sein Freund war jetzt ein reicher Mann! Natürlich, daß es auf so gewaltsame Weise dazu kommen mußte, störte und dämpfte diese Freude ein wenig.

Carver hatte das Dokument in die Kassette zurückgelegt und untersuchte jetzt eingehend die Tür.

»Es ist kein Schnappschloß, also kann die Tür nach dem Mord vom Täter nicht zugeschlagen worden sein. Sie ist entweder von innen oder von außen verschlossen worden. Von innen — ja, wenn man annehmen könnte, daß Trasmere sich selbst erschossen hat, dann wäre die Erklärung einfach. Aber er hat sich nicht erschossen. Er ist erschossen worden — dann wurde die Tür verschlossen, und erst danach der Schlüssel auf den Tisch gelegt. Das ist die Reihenfolge. Wie aber konnte das bewerkstelligt werden? Irgendeinen andern Zugang zum Gewölbe gibt es nicht, Wände und Fußboden sind betoniert und äußerst massiv —.«

Carver nahm den Schlüssel und experimentierte an einem der Ventilationslöcher herum, aber kaum die Spitze des Schlüssels paßte hinein.

Die Sonne war schon aufgegangen, als sie die Arbeit in dem fensterlosen Raum einstellten.

»Bliebe noch die Theorie des Doppelschlüssels ...«, begann Tab.

»Die ich für erledigt halte«, unterbrach ihn Carver. »Ich bin überzeugt, daß ein zweiter Schlüssel nicht existiert. Wenn es einen gäbe, wäre Felling längst in seinem Besitz. Er hat sein Leben lang von Doppelschlüsseln gelebt und ist wohl der geschickteste Schlosser der Verbrecherwelt. Doch selbst er hatte, wie wir gesehen haben, seine Mühe mit dem Duplikat.«

»Dann nehmen Sie an, daß dieser Schlüssel benützt wurde?« Tab zeigte auf den Tisch.

»Ich nehme es nicht nur an, sondern könnte darauf schwören. Schauen Sie!« Carver öffnete die Tür so weit, daß das Licht auf das äußere Schlüsselloch fiel. »Sehen Sie die kleinen Blutflecken? Diese Tür ist, nachdem Trasmere tot war, von außen verschlossen worden.«

»Aber wie gelangte der Schlüssel auf den Tisch zurück?«

»Der Himmel mag es wissen! Kommen Sie, Holland, den Rest der Kassetten durchsuchen wir später.«

Carver ging als erster aus dem Gewölbe, Tab folgte — da entdeckte er die Stecknadel, das heißt, von dort, wo er stand, sah er etwas Helles am Boden aufblinken. Er bückte sich unwillkürlich und hob es auf.

»Was ist das?« fragte der Kommissar.

»Scheint eine Stecknadel zu sein.«

Es war auch eine Stecknadel, eine ganz gewöhnliche, hellglänzend, etwa vier Zentimeter lang. Sie war ein wenig verbogen, sonst aber wies sie keine besonderen Merkmale auf. Tab hielt sie unschlüssig zwischen den Fingern.

»Geben Sie sie mir. Ich glaube kaum, daß sie irgendwelche Bedeutung hat, aber ich will sie behalten.«

Carver legte die Stecknadel in die Streichholzschachtel, in die er schon den Schlüssel getan hatte.

Mit müden, unrasierten Gesichtern traten sie in den hellen Sonnenschein hinaus.

»Jetzt haben Sie Stoff für einen Artikel, Holland —«, bemerkte Carver, als sie sich trennten, »aber seien Sie vorsichtig mit Ihren Versionen, und halten Sie vor allem die verflixte Schlüsselgeschichte zurück!«

Kapitel 7

Als Tab Holland in seine Wohnung kam, brannten sämtliche Lichter. Rex Lander lag vollständig angezogen auf dem Sofa. Er wachte auf und gähnte.

»Ich habe bis drei Uhr gewartet — hat man Walters, oder wer es war, erwischt?«

»Nicht, solange ich mit Carver zusammen war, und das ist bis vor zehn Minuten der Fall gewesen. Man verdächtigt diesen Brown. Seine Handschuhe sind im Gang gefunden worden.«

»Brown, der Mann aus China? — War es nicht ein schrecklicher Anblick?« fragte Rex leise. »Mein Gott, so was! Ich habe die ganze Nacht versucht, nicht daran zu denken, aber es ging mir nicht mehr aus dem Kopf.«

»Ich habe eine gute Nachricht für dich, Baby«, sagte Tab, während er sich auskleidete. »Wir haben das Testament gefunden. Ich sage dir das natürlich ganz inoffiziell.«

»So — habt ihr das Testament gefunden? Augenblicklich interessiert mich sein Testament wenig. Wer bekommt denn das Geld — der Windhund-Club oder die Katzenbewahranstalt?«

»Es fällt an einen dicken jungen Mann, einen angehenden Architekten!« Tab grinste. »Ich sehe schon, wie unser kleines Heim in die Brüche geht. Aber vielleicht werde ich dich einmal besuchen, Baby, wenn du mich dann überhaupt noch empfängst.«

Rex machte eine ungeduldige Handbewegung.

»Ich mag jetzt nichts von Geld hören — ich denke an ganz andere Sachen.«

Tab schlief vier Stunden. Als er aufwachte, stellte er fest, daß Rex ausgegangen war. Auf der Straße wurden bereits die Sonntagsausgaben mit Meldungen über den Mord verkauft. In der Redaktion schrieb Tab einen kurzgefaßten Bericht über die Tragödie und gab darin Hinweise, die die allgemeine Suche nach Walters und Brown fördern sollten.

Danach suchte er Mayfield auf, doch Carver war nicht dort. Der Polizeioberwachtmeister, der das Haus bewachte, wollte ihn nicht einlassen.

Carver bewohnte ein möbliertes Zimmer. Er war unverheiratet. Tab überraschte ihn beim Rasieren.

»Nein, weder über Felling noch über Brown liegen Nachrichten vor. Brown ist der schwierigere Fall. Wir wissen nichts über ihn, und er ist spurlos verschwunden. Walters zu finden ist im Vergleich ein Kinderspiel — und doch haben wir auch ihn noch nicht, was sehr erstaunlich ist, da wir seine früheren Schlupfwinkel und seine Bekanntschaften kennen. Doch niemand will ihn gesehen haben. Der Taxichauffeur hat sich auf unseren dringenden Aufruf hin gemeldet. Er konnte uns lediglich sagen, daß er Felling bis zum Zentralbahnhof gefahren habe. Unterwegs hätte er anhalten lassen, um einen Hut zu kaufen.«

Der Kommissar wischte sich das Gesicht ab. Er war ein großer, schlanker Mann mit vielen Falten und Furchen im Gesicht. Seine Augen hatten einen melancholischen Ausdruck, zu dem seine weiche, freundliche Stimme gut paßte.

»Haben Sie irgendeine neue Theorie?« erkundigte sich Tab.

Carver schaute zum Fenster hinaus und rieb sich die Nase.

»Es gibt ein paar Theorien, doch sie sind alle noch recht unsicher.«

»Haben Sie daran gedacht, daß der Schuß durch eins der Ventilationslöcher hätte abgefeuert werden können?«

»Das ist mir auch eingefallen, und ich habe mich vergewissert — es waren keine Brandflecke da, die sicherlich vorhanden sein müßten, selbst wenn ein Revolver von besonders kleinem Kaliber gegen eins der Löcher gehalten und abgefeuert worden wäre. Abgesehen davon — die Kugel, die in Trasmeres Körper gefunden wurde, war so groß, daß diese Möglichkeit einfach ausscheidet. Nein, der Mord muß im Gewölbe begangen worden sein.«

Um seinen Teil zur Untersuchung beizutragen, fuhr Tab in die Vorstadt hinaus, wo die Köchin wohnte, und plauderte eine Weile mit der angenehm ruhigen und mütterlich wirkenden Frau. Er erfuhr, daß die Polizei sie bereits vernommen hatte. Viel wußte sie allerdings nicht zu sagen.

»Ich habe Mr. Trasmere nie gesehen«, erzählte sie zu Tabs größtem Erstaunen. »Alle Aufträge erhielt ich durch Mr. Walters. Außerdem hatte ich gestern meinen freien Tag. Mr. Trasmere wollte wegfahren, jedenfalls erwähnte dies Mr. Walters, aber er sagte gleichzeitig, daß er es nicht wirklich tun werde. Ich kenne mich da nicht aus. Ins Haus bin ich nie gekommen, mit einer Ausnahme, als einmal die Aufwartefrau nicht kam und ich Walters geholfen habe, das Wohnzimmer zu putzen. Ich fand damals den kleinen, seltsamen Deckel am Boden, und Walters sagte, ich könne ihn ja einstekken, wenn ich ihn so interessant finde. Eigentlich ist es gar kein Deckel, oder höchstens von einer Pillenbüchse, nicht größer als ein Dreipencestück — ich habe ihn übrigens hier, wenn Sie ihn sehen wollen.«

»Deckel — was für ein Deckel?«

»Ich fragte damals Mr. Walters, wozu das Ding wohl gehören könnte. Er wußte es aber auch nicht. Es lag auf dem Fußboden in der Nähe des Tisches, und ich nahm es schließlich mit nach Hause.«

Sie verließ das Zimmer und kam mit dem ›Deckel‹ zurück. Es war eine jener Zelluloidkapseln, wie man sie über Schreibmaschinentasten stülpt.

»Hatte Mr. Trasmere eine Schreibmaschine?«

»Ich habe keine gesehen. Wie ich schon sagte, bin ich nur das eine Mal im Haus gewesen. Die Küche befindet sich im Anbau. Es besteht zwar eine Verbindung zu den Wohnräumen, doch Mr. Trasmere hatte angeordnet, daß ich mich nur in der Küche aufhalten dürfe.«

Tab hielt die kleine Kapsel zwischen den Fingern. Ob Trasmere eine Schreibmaschine besaß? Die Briefe an Rex allerdings hatte er immer eigenhändig geschrieben.

»Wissen Sie nicht, ob während des Tages jemand kam, um die Korrespondenz zu erledigen — vielleicht ein Schreibmaschinenfräulein?«

»Ich weiß nicht, aber Mr. Walters hätte es mir bestimmt erzählt. Er hat sich immer darüber beklagt, wie langweilig es wäre, weil niemand ins Haus käme. — Hat man Mr. Walters jetzt gefunden? Ich bin sicher, daß er es nicht getan hat.«

Tab beruhigte sie in dieser Hinsicht.

»Kennen Sie die Greens?« fragte er, denn die Zeugen des Testaments waren ihm eingefallen.

»Nein, Sir, eigentlich nicht«, antwortete sie. »Mrs. Green war vor mir als Köchin dort, ich sah sie nur einmal, am Tag, als ich kam — ebenso Mr. Green. Sie waren nette Leute, und ich glaube nicht, daß der Herr sie richtig behandelt hat.«

»Wo sind sie jetzt?«

»Ich weiß es nicht genau, Sir. Ich glaube, daß sie nach Australien auswanderten. Mr. Green soll dort geboren sein. Beide waren schon älter, aber noch sehr kräftig und gesund.«

»Hatten Green oder seine Frau etwas gegen Mr. Trasmere?«

Sie zögerte erst.

»Ja, natürlich fühlten sie sich gekränkt, weil sie des Diebstahls beschuldigt wurden. Besonders Mr. Green empfand die Schande sehr, als der Herr zum Schluß noch ihre Koffer nach wertvollem Silber und einer goldenen Uhr durchsuchen ließ, die ihm abhanden gekommen waren.«

»War Walters zu der Zeit schon da?«

»Ja, Sir. Er war Mr. Trasmeres persönlicher Diener. Nachdem Mr. Green fort war, machte Mr. Walters alles.«

Tab kehrte in die Redaktion zurück.

Kapitel 8

Der Redakteur saß an seinem Schreibtisch, als Tab Holland die großen Drehtüren aufstieß und ins Zimmer trat, um die paar Neuigkeiten, die er ermittelt hatte, nachzutragen.

»Na ja, überwältigend ist es ja gerade nicht«, nörgelte der Redakteur. »Aber ich habe da noch eine Geschichte ...«

»Geben Sie sie einem andern Geschichtenschreiber!« wehrte Tab sarkastisch ab. »Was ist denn die neue Sensation?«

»Eine Schauspielerin hat ihre Schmucksachen verloren, was allerdings nicht sehr aufregend klingt. Also schön, Sie brauchen sich nicht darum zu kümmern, ich will es einem andern übergeben.«

»Wer ist die Schauspielerin?«

Der Redakteur suchte den Zettel heraus, auf dem er sich kurze Notizen über den Fall gemacht hatte. Dann lehnte er sich im Stuhl zurück.

»Ursula Ardfern«, antwortete er.

Tabs Mund öffnete sich vor Staunen.

»Ursula Ardfern? — Sie ist nicht die Person, die ihre Schmucksachen verlegt, um für sich Reklame zu machen! Wo hat sie sie verloren?«

»Es ist eine eigenartige Geschichte. Auf dem Weg zu einer Matinee ging sie am Samstagvormittag in ein Postamt, um Briefmarken zu kaufen. Die Tasche mit den Juwelen legte sie neben sich aufs Schalterbrett. Als sie sich wieder umwandte, war die Tasche verschwunden. Es muß sich so überraschend schnell abgespielt haben, daß sie es erst gar nicht fassen konnte. So hat sie den Vorfall nicht einmal dem Postbeamten gemeldet. Sie glaubte, wie sie selbst sagt, unter einer Selbsttäuschung zu stehen, so daß sie ernstlich in Betracht zog, die Tasche mit dem Schmuck gar nicht mitgenommen zu haben. Sie eilte ins Zentralhotel zurück und durchsuchte ihr Zimmer. Inzwischen drängte die Zeit, sie mußte sich beeilen, um rechtzeitig zur Matinee ins Theater zu kommen. Jedenfalls, der langen Rede kurzer Sinn ist, daß sie den Verlust erst heute früh der Polizei gemeldet hat.«

»Ein Reklametrick ist es bestimmt nicht«, wiederholte Tab. »Sie würde den Verlust nicht angezeigt haben, wenn irgendeine harmlose Aufklärung denkbar wäre.«

»Kennen Sie sie?«

»Natürlich, Sie haben mich ja vor ein paar Tagen schon einmal zu ihr geschickt. Wenn Sie wollen, übernehme ich die Sache. Wo wohnt sie? Im Zentralhotel?«

»Ja, aber nehmen Sie Ihren Scharfsinn zusammen, besonders wenn die Dame, wie Sie sagen, die Öffentlichkeit scheut. Ich möchte auch gern eine Fotografie von ihr haben.«

Am Empfangsschalter des Zentralhotels hieß es lakonisch:

»Miss Ardfern empfängt niemanden.«

Der Angestellte wußte nicht einmal, ob sie überhaupt zu Hause war.

»Wollen Sie meine Karte hinaufschicken?«

»Ich kann leider keine Karte hinaufschicken — von niemandem!«

Tab kannte den Geschäftsführer ziemlich gut, aber in dieser Angelegenheit wollte ihm Cripsi nicht entgegenkommen.

»Miss Ardfern ist eine sehr gute Kundin von uns, Holland«, entschuldigte er sich. »Wir möchten sie in keiner Weise verstimmen. Ich will Ihnen aber im Vertrauen mitteilen, daß Miss Ardfern nicht im Hotel ist. Sie ist heute morgen mit dem Wagen zu ihrem Landhaus gefahren. Sie verbringt meist den Sonntag und die Sonntagnacht auf dem Land. Ich kann Ihnen nur sagen, daß sie keine Reporter zu sehen wünscht, denn heute morgen kam sie extra nochmals zurück, um mir einzuschärfen, keinerlei Auskünfte zu erteilen.«

»Wo ist dieses Landhaus — heraus mit der Sprache, Cripsi!« sagte Tab lachend. »Oder ich lasse den nächsten Diebstahl in eurem Hotel auf die Titelseite setzen!«

»Das ist Erpressung«, murmelte Cripsi abwehrend. »Es tut mir leid, daß ich es Ihnen nicht sagen kann, Holland. Vielleicht können Sie irgendwo ein Adreßbuch von Hertford ...«

In der Redaktion konnte er tatsächlich ein Adreßbuch von Hertford auftreiben. Er fand den Namen: ›Ardfern, Ursula‹ und las: ›Stone Cottage bei Blisville Village‹.

Die Entfernung von der Stadt betrug ungefähr sechzig Kilometer. Der Weg führte an einem Baugelände vorbei, das eines Tages bei der Auflösung vieler Geheimnisse eine bedeutende Rolle spielen sollte. Tab legte die Strecke auf einem schnellen Motorrad in einer Stunde zurück. Er lehnte die Maschine gegen eine gestutzte Hecke, öffnete das Gartentor und trat in den wunderbaren Garten, der Stone Cottage umgab. Der Name war nicht schlecht gewählt, obgleich die steinernen Hauswände von Kletterpflanzen mit purpurnen Blüten bedeckt waren.

Im Schatten eines Baumes bemerkte er, auf einem Rohrstuhl bequem ausgestreckt, eine weiße Gestalt, die sich beim Geräusch der Gartentür sofort aufrichtete.

»Das ist wenig schön von Ihnen, Mr. Tab!« rief sie ihm vorwurfsvoll entgegen. »Ich habe Cripsi eindringlich gebeten, niemandem zu sagen, wo ich bin.«

»Cripsi hat es mir auch nicht verraten. Ich fand Sie im Adreßbuch«, antwortete er heiter.

In dem hellen Sonnenlicht erschien sie Tab noch schöner und schlanker, als er sie in Erinnerung hatte.

»Ich nehme an, Sie sind meines Schmuckes wegen gekommen? Gut. Sie dürfen mir so viele Fragen stellen, wie Sie wollen — unter einer Bedingung!«

»Und die Bedingung wäre?«

»Holen Sie sich doch jenen Stuhl heran!« Sie wies über den Rasenplatz. »Nun setzen Sie sich. Also, die Bedingung ist — in Ihrem Bericht erwähnen Sie nur, daß ich nicht weiß, wie die Schmucksachen verschwunden sind, daß ich sie gern zurückhaben möchte und bereit bin, eine angemessene Belohnung zu bezahlen, daß sie aber nicht so wertvoll sind, wie die Leute angenommen hatten, und daß ich gegen Diebstahl nicht versichert bin.«

»Ich will dies alles wortgetreu vermerken«, sagte Tab, »und gewöhnlich halte ich meine Versprechen auch!«

»Jetzt will ich Ihnen etwas, das nur für Ihre Ohren bestimmt ist, gestehen: Wenn ich diesen Schmuck nie wiedersehen sollte, wäre ich sehr glücklich!«

Er sah sie mit offenem Mund an.

»Sie glauben mir nicht? Bestimmt, und ich sage dies nicht des

Eindrucks wegen, es beunruhigt mich nicht im geringsten, meine Rolle mit unechtem Schmuck zu spielen, wie es gestern abend der Fall war.«

»Warum sind Sie nicht früher zur Polizei gegangen?«

»Nun, ich tat es eben nicht. Sie können es als Nachlässigkeit auslegen, Sie können überhaupt davon halten, was Sie wollen.«

»Sie erinnern sich nicht, wer neben Ihnen stand?«

Sie machte eine Handbewegung.

»Ich erinnere mich an nichts anderes, als daß ich zehn Briefmarken kaufte.«

»Welchen Wert hatte der Schmuck?«

Sie zuckte die Schultern.

»Auch das kann ich nicht sagen.«

»War irgendeine Geschichte damit verbunden?«

»Sie sind sehr hartnäckig, Mr. Tab!« rief sie lachend. »Da Sie mich aber schon aufgestöbert haben, will ich Ihnen auch meinen Zufluchtsort ein wenig zeigen — kommen Sie!«

Sie führte ihn, ständig plaudernd, durch den Garten und den kleinen Fichtenwald hinter dem Haus. Dann verließ sie ihn, um, wie sie sagte, nachzusehen, ob das Zimmer in Ordnung sei. Bald darauf winkte sie ihm, und er betrat ein großes, freundliches Wohnzimmer, das geschmackvoll, wenn auch nicht gerade kostspielig möbliert war.

Um zwei Uhr war er gekommen, und es ging schon gegen fünf, als er widerstrebend Abschied nahm. Den ganzen Nachmittag hatten sie von Büchern und bekannten Persönlichkeiten gesprochen. Da sie den Mord an Trasmere mit keinem Wort erwähnte und der Reiz ihrer Gegenwart ihn im Moment mehr beschäftigte als das düstere Mayfield, hätte er es als äußerst geschmacklos empfunden, einen so häßlichen Mißton in die freundliche Lavendelatmosphäre zu bringen.

Als Tab Holland am Abend zwei Folioseiten Manuskript ablieferte, fuhr ihn der Redakteur an:

»Was soll diese komische Erzählung?«

»Vom literarischen Standpunkt aus«, verteidigte sich Tab, »ist es klassisch.«

»Vom Standpunkt des Nachrichtendienstes aus ist es oberfaul«, erwiderte der Redakteur. »Die einzige neue Tatsache, die Sie herausgefunden haben, ist, daß sie Browning liest, und vielleicht weiß das die Polizei auch schon.«

Er brummte, nahm aber das Manuskript an. Nachdem Tab gegangen war, griff er zum Blaustift und beging wilde Verstümmelungen in dem ›klassischen‹ Text.

Der Fall Trasmere gab auch sonst nicht viel neuen Stoff her. Walters und Wellington Brown waren immer noch auf freiem Fuß. Tab schrieb einen zusammenfassenden Bericht über die bisherigen Ereignisse und fügte eine knappe Beschreibung von Trasmeres Leben hinzu, so gut er es sich nach Baby Landers Angaben zusammenreimen konnte.

Den neugebackenen Millionär sah er den ganzen Tag nicht. Als er nachts nach Hause kam, schlief Rex, und er störte ihn nicht, denn er war selbst todmüde.

»Ich bin herumgebummelt«, antwortete Rex, als er ihn am Morgen nach dem gestrigen Tag befragte. »Ich hatte eine schlechte Nacht und war zeitig weggegangen. Deinen Bericht im ›Megaphone‹ habe ich gelesen — übrigens, weißt du, daß Miss Ardferns Schmuck gestohlen wurde?«

»Ich weiß das sogar sehr genau, denn ich habe mit Miss Ardfern gestern gesprochen.«

»Wo?« fragte Rex hastig. »Wie sieht sie aus, Tab — ich meine, im Privatleben? Ist sie ebenso hübsch —?«

Tab schob seinen Stuhl zurück und schaute seinen Freund mit gerunzelter Stirn über den Tisch hinweg an.

»Deine Neugier ist unanständig«, sagte er streng. »Wirklich, ich hätte nie gedacht, daß du so . . .«

Rex schaute ihm nicht in die Augen. »Sie ist sehr schön — ich würde meinen Kopf dafür geben, einen Tag mit ihr zu verbringen!«

»Pah! Du bist ein verliebter Narr!«

Rex' Kindergesicht färbte sich purpurrot.

»Blödsinn! Sie gefällt mir. Ich glaube, ich habe sie hundertmal gesehen, wenn ich auch nie mit ihr gesprochen habe. Sie ist die vollkommenste Frau — ein wundervolles Gesicht, die herrlichste Stimme, die ich je gehört habe. Eines Tages werde ich sie kennenlernen!«

Diese Enthüllung von Babys Leidenschaft wirkte auf Tab irgendwie verwirrend und beunruhigend. Plötzlich fiel ihm etwas ein.

»Du bist doch jetzt Millionär, Baby! Heiliger Joseph!«

Rex wurde wieder rot, aber er war mit seinen Geständnissen noch nicht zu Ende.

»Ich liebe sie —«, flüsterte er. »Weißt du, Tab, als ich neulich hörte, sie wolle heiraten, mußte ich mich hinter dich stecken, um Klarheit zu bekommen.«

»Du gerissener Hund! Und deshalb mußte ich diesen närrischen Weg machen. Um einem zerschundenen Herzen Balsam zu spenden, mußte sich ein hervorragender Kriminalspezialist mit dem Hut in der Hand vor der Garderobe einer berühmten Schauspielerin herumdrücken!« Er schwieg eine Weile und wurde ernst. »Ich hoffe, Rex, daß deine Zuneigung nicht zu tief geht, denn erstens ist mir aufgefallen, daß Ursula Ardfern nicht zur Kategorie der Frauen gehört, die heiraten wollen, so daß vermutlich nicht einmal dein Reichtum sie reizen könnte. Und zweitens ...« Er stockte.

»Nun?« fragte Rex nervös.

»Ach, es geht mich gar nichts an. Wie komme ich überhaupt dazu, dir väterliche Ratschläge zu erteilen!«

»Du meinst wohl, eine Schauspielerin wäre eine Frau, in die man sich nicht verliebt? Ich habe mir diesen ganzen Unsinn schon einmal angehört. Als ich zu Onkel Jesse davon sprach ...«

»Du hast zu ihm über deine — Zuneigung zu Ursula Ardfern gesprochen?« unterbrach Tab ungläubig.

»Natürlich habe ich — vorsichtig zwar, doch Onkel Jesse schäumte vor Wut. Danach drohte er mir ja auch, daß er mir nichts von seinem Geld hinterlassen werde. Er hat gräßliche Dinge über Schauspielerinnen gesagt.«

Tab schwieg. Wirklich, was ging es ihn an, wenn Rex Lander bis über die Ohren verliebt war? Und doch, irgendwie empfand er Babys Leidenschaft als persönliche Beleidigung. Es war lächerlich, er mußte es sich selbst eingestehen.

Kapitel 9

Im Lauf des Vormittags kam Carver bei Tab vorbei.

»Ich hatte eine Unterredung mit einigen meiner Vorgesetzten«, berichtete er. »Erst waren sie entsetzt über die Idee, einen Zeitungsberichterstatter in interne Polizeiangelegenheiten auch nur hineinriechen zu lassen, aber schließlich ist es mir gelungen, sie zu überzeugen, daß Sie mir mancherlei Hilfe leisten können. Ich bin jetzt auf dem Weg nach Mayfield und dachte mir, ich könnte Sie gleich mitnehmen. Ich will die restlichen Kassetten durchsuchen.«

Tab hörte mit gemischten Gefühlen zu. Von der Polizei als Mitarbeiter beigezogen zu werden, bedeutete, daß seine Zeitungsberichte zu kurz kommen würden, denn die so gewonnenen Informationen konnte er nicht oder nur in der farblosesten Art und Weise gebrauchen. Wenn er dagegen unbeteiligt blieb, konnte er alles, was ihm über das Verbrechen zu Ohren kam, ausbeuten, ohne daß er mit dem Vorwurf des Vertrauensbruchs rechnen mußte. Leider hatte er keine Zeit, die Ansicht seiner Redaktion einzuholen, er mußte sich jetzt gleich entscheiden.

»Ich komme mit«, sagte er. »Die Konsequenz daraus ist natürlich, daß ich nur das alberne Zeug bringen darf, das ohnehin in den Abendzeitungen steht. Sie ziehen mich ins Vertrauen und verpflichten mich gerade dadurch zur Diskretion, wie? Nun gut, ich will's versuchen!«

Als er hinter Carver auf die Doughty Street hinaustrat, wunderte er sich sehr, daß der Kommissar einen Privatwagen zur Verfügung hatte. Da er die Sparsamkeit des Präsidiums kannte, äußerte er auch sein Erstaunen.

»Das ist Mr. Trasmeres Wagen, der unbenützt in der Garage stand. Mr. Lander erlaubte uns, ihn herauszunehmen, und bot uns an, die Betriebskosten zu tragen.«

»Nanu —«, sagte Tab und ließ sich auf den Polstersitz fallen, »davon hat er mir gar nichts gesagt!«

Erst als sie sich dem Haus näherten, brach Carver das Schweigen.

»Ich muß Ihnen nachher etwas zeigen — unsere Leute waren die ganze Nacht auf der Post und haben Nachforschungen über Trasmeres Korrespondenz angestellt. Er scheint in den letzten zwei Jahren einen ziemlich lebhaften Briefwechsel geführt zu haben. In den Kassetten, die wir noch nicht durchgesehen haben, werden wir vermutlich darauf stoßen. Aber das ist nicht das Wichtigste, was wir herausgefunden haben. Gestern hatten die meisten Telegrafenbeamten frei, so daß wir erst heute morgen erfuhren, daß gestern, zehn Minuten bevor Walters verschwand, ein Telegramm in Mayfield abgegeben wurde.«

Im Wohnzimmer von Mayfield zog Carver eine Abschrift des Telegramms aus der Tasche. Es war auf dem Hauptpostamt aufgegeben worden, trug keine Unterschrift und lautete:

›Denken Sie an den 17. Juli. Die Newcastle Polizei kommt um drei Uhr, um Sie abzuholen.‹

»Ich habe vorhin im Archiv unsere Sammlung von einschlägigen Zeitungsausschnitten durchstöbert, um herauszufinden, worauf dieses Datum Bezug haben könnte, und ich habe entdeckt, daß Felling an einem 17. Juli in Newcastle zu 7 Jahren verurteilt wurde.«

»Also eine Warnung? Das Telegramm müßte demnach von einem Freund Walters' abgeschickt worden sein?«

»Jedenfalls verschwand er fünf Minuten, nachdem es ausgehändigt wurde, um genau zu sein — fünf Minuten vor drei Uhr. Walters nahm es selbst in Empfang. Ich habe mit dem Burschen, der das Telegramm ablieferte, gesprochen.«

»Und würde es sein Verschwinden hinreichend erklären?«

»In gewisser Hinsicht ja. Trotzdem darf man nicht ohne weiteres daraus folgern, daß er mit dem Mord nichts zu tun hat. Das Telegramm könnte ja auch gekommen sein, nachdem der Mord begangen worden war, und ihn endgültig bestimmt haben, sich augenblicklich aus dem Staub zu machen. Wenn er nämlich für den Mord verantwortlich ist, wäre die Ankunft der Polizei doppelt verhängnisvoll für ihn gewesen.«

»Hat irgend jemand gesehen, ob Wellington Brown das Haus betreten hat?« Diese Frage hatte Tab schon früher stellen wollen.

»Niemand. Höchstens Walters könnte vielleicht darüber Auskunft geben.«

Carver steckte das Telegramm ein und schloß die Tür neben dem Kamin auf. Sie stiegen in den Kellergang hinunter, drehten die Lichter an und begaben sich sofort ins Gewölbe. Eine Kassette nach der andern wurde durchgesehen und der Inhalt sortiert.

Überall Geld, Banknoten — chinesische, griechische, italienische. Dazwischen dicke Bündel von Briefen, meist älteren Datums, die an Trasmere nach den verschiedensten Städten in Nordchina adressiert waren. In der letzten Kassette befand sich die Korrespondenz neueren Datums, größtenteils Kopien von mit der Schreibmaschine geschriebenen Briefen, die an verschiedene Firmen gerichtet waren.

»Wo aber ist die Schreibmaschine?« wunderte sich Carver. »Wo und wann sind die Briefe geschrieben worden? Anscheinend hat er ja keine Sekretärin gehabt.«

Bisher hatte Tab vergessen, die gefundene Tastenkapsel zu erwähnen. Jetzt holte er dies nach und fügte bei:

»Abgesehen davon ging er jeden Abend um halb sieben aus und kam gegen neun Uhr zurück. Vielleicht suchte er ein Schreibmaschinenbüro auf. Es gibt genügend in der Stadt, die sich auf die Zeit nach Geschäftsschluß spezialisiert haben.«

»Möglich«, stimmte Carver zu. »Gut, das wäre alles. Was von Wichtigkeit sein könnte, geht an den Übersetzer. Ich glaube nicht, daß es Zweck hat, die alten Geschäftsabrechnungen auch noch hinzuschicken.«

Tab stand mit dem Rücken zum Regal, und seine rechte Hand spielte mit den unteren Stahlkästen, die wie Schubladen an Schienen hingen und sich beim Berühren bewegten. Als seine Finger unversehens ins Leere griffen, bückte er sich und sah nach. Einer der untersten Kästen war auf den Gleitbahnen so weit nach hinten geschoben, daß sie ihn bis jetzt nicht hatten entdecken können.

»Hallo! Was ist das?« rief der Kommissar, zog den Behälter heraus und entnahm ihm zwei Gegenstände. Das erste war ein chinesisches Kästchen, hellgrün lackiert. Er hob den Deckel. »Leer — irgendeine chinesische Arbeit, die er aufbewahrte.«

Das zweite war eine kleine braune Schmuckkassette, die Tab erkannte, noch bevor er die herzförmige Brosche auf dem Samtpolster erblickte. »Das sind Ursula Ardferns Juwelen!« rief er aus.

Sie sahen sich an.

»Die Schmuckstücke, die am Samstag morgen gestohlen wurden?« fragte Carver ungläubig. Er nahm ein Kreuz mit Smaragden heraus, drehte es um und legte es wieder in das Kästchen zurück. »Am Samstag morgen«, rekapitulierte er langsam, »ging Ursula Ardfern in ein Postamt, um Briefmarken zu kaufen. Sie legte den Schmuckkasten neben sich, und als sie sich ihm wieder zuwenden wollte, war er verschwunden. Im ersten Schreck nahm sie an, sie hätte sich geirrt und den Kasten gar nicht mitgehabt. Sie kehrte in ihr Hotel zurück und suchte in ihrem Zimmer. Den Verlust hat sie erst am Sonntag morgen der Polizei gemeldet. Das sind, glaube ich, die Einzelheiten. Ich habe die Geschichte erst heute morgen in der Zeitung gelesen. Nun gut — und drei oder vier Stunden, nachdem Miss Ardferns Schmuck abhanden kam, wurde Trasmere in seinem Gewölbe ermordet. Der Schmuckkasten war zur Zeit der Tat schon hier, denn es ist klar, daß nach dem Mörder niemand mehr das Gewölbe betreten hat. Mit andern Worten, der Schmuck ist gestohlen und innerhalb der nächsten zwei Stunden Jesse Trasmere gebracht worden, der ihn im Gewölbe einschloß. Warum?« Carver kratzte sich gereizt im Nacken. »Unter anderen Umständen würde man sagen, Trasmere sei ein Hehler gewesen. Ich habe die unglaublichsten Leute gekannt, die damit reich geworden sind, und ich habe Leute gekannt, von denen niemand geglaubt hätte, daß sie nicht nur Schauspielerinnen, sondern auch weitaus bekannteren Persönlichkeiten Geld auf ihre Schmucksachen liehen. Wenn wir von Miss Ardfern nicht die Anzeige über den Verlust erhalten hätten, wäre die nächstliegende Erklärung, daß der Schmuck Trasmere als Sicherheit für ein Darlehen übergeben wurde.«

»Ich bin ziemlich sicher, daß sie Trasmere gar nicht kennt. Zufällig kenne ich sie«, fügte er schnell verlegen hinzu.

Der Kommissar musterte die Gestelle und schüttelte den Kopf.

»Alle Wahrscheinlichkeit spricht dagegen, daß er ein Hehler war. Trasmere war zu reich, um dieses Risiko einzugehen. Außerdem hätten wir noch andere Hinweise finden müssen.« Er setzte sich an den Tisch, steckte die Hände in die Hosentaschen und dachte nach. »Ich muß zugeben, daß ich nach allen Regeln der Kunst geschlagen bin. Sind Sie ganz sicher, daß dies Miss Ardferns Schmuck ist?«

»Ich bin ganz sicher«, antwortete Tab, »und wahrscheinlich kann Ihnen das Präsidium eine Beschreibung der Stücke geben.«

»Dann wollen wir das gleich einmal abklären.«

Er telefonierte eine Viertelstunde lang und machte andauernd Notizen. Als er den Hörer auflegte, sagte er zu Tab:

»Es sieht tatsächlich so aus, als ob Sie recht hätten, Holland! Ich habe vorhin nur einen kurzen Blick in den Kasten geworfen, aber Miss Ardfern scheint der Polizei ein ziemlich ausführliches und genaues Verzeichnis gegeben zu haben. Da — wir wollen es mal mit dem Inhalt vergleichen!«

Sie brauchten nicht lange, um sich vollends zu überzeugen, daß es Ursula Ardferns Schmuck war.

»Am besten, Sie suchen sie auf«, riet Carver. »Den Schmuck wollen wir noch etwas behalten, aber nehmen Sie den leeren Kasten mit, bitten Sie Miss Ardfern, ihn zu identifizieren.«

Kapitel 10

Ursula Ardfern hatte das Zentralhotel wenige Minuten vor Tab Hollands Eintreffen betreten. Die Reportersperre schien aufgehoben zu sein, denn er wurde sofort empfangen.

Sie war noch im Mantel. Langsam nahm sie das Kästchen in die Hand.

»Ja, es gehört mir.« Sie hob den Deckel. »Wo ist der Schmuck?«

»Die Polizei verwahrt ihn vorerst.«

»Die Polizei?«

»Ja, denn das Kästchen wurde bei Jesse Trasmere gefunden, dem Mann, der am Samstag ermordet wurde. Haben Sie eine Ahnung, wie es dorthin kam?«

»Nicht im geringsten. Ich habe Mr. Trasmere nicht gekannt.«

Sie hatte über den Fall in der Zeitung gelesen, schien aber nicht geneigt, die Sache weiter zu erörtern, bis er andeutete, welche Rolle er bei den Ermittlungen spielte.

»Wo haben Sie den Schmuck eigentlich gefunden?«

»In seinem Gewölbe. Eigenartig dabei ist, daß wir alle Kästchen umstülpten, die Papiere durchsahen und nichts von Wichtigkeit fanden. Nur durch Zufall entdeckten wir das Kästchen. Es lag in einer Lade ganz unten im Regal, die so weit zurückgeschoben war, daß wir sie erst gar nicht sehen konnten.«

»Sie haben seine Papiere durchsucht?« wiederholte sie mechanisch. »Was für Papiere hatte er — viele?«

»Eine ganze Menge«, erwiderte Tab, erstaunt über das Interesse, das sie nun doch zeigte. »Alte Rechnungen und Abrechnungen, Briefkopien und allerhand ähnliches. Nichts von besonderer Wichtigkeit. Warum fragen Sie?«

»Ach, ich hatte früher eine Freundin — sie erzählte mir, daß Trasmere Dokumente aufhob, die sich auf ihre Familie bezogen. Nein, ich kann mich an ihren Namen nicht erinnern — eine Schauspielerin, die ich auf einer Tournee traf.«

»Die Papiere, die wir gesehen haben, betreffen wohl größtenteils Geschäfte.«

Tab hatte den Eindruck, daß sie erleichtert war, obschon in ihrem Verhalten nichts Derartiges zum Ausdruck kam.

»Wann wird mir die Polizei meine Juwelen zurückgeben?« fragte sie unbekümmert.

»Ich fürchte, sie wird sie behalten, bis die Gerichtsverhandlungen vorbei sind. Sie wissen doch, daß solche Sachen immer ein gerichtliches Nachspiel haben?«

»Oh! Es ist alles so merkwürdig und verwirrend. Dieser Trasmere ... Wie erklären Sie es sich, Mr. Holland? Eine Zeitung behauptete, daß unmöglich er selbst die Tür habe verschließen können, und doch soll feststehen, daß er nicht Selbstmord begangen hat. Und wer ist dieser Brown, den man sucht?«

»Ein Abenteurer aus China, der irgendwann einmal Sekretär bei Trasmere war.«

»Sekretär? Woher wissen Sie das?«

»Brown hat es mir selbst erzählt. Ich habe ihn am Tag vor dem Mord gesehen. Es scheint, daß Trasmere ihn schlecht behandelt und dann jahrelang mit Zahlungen abgespeist hatte.«

Sie biß sich auf die Lippen.

»Warum kam er zurück? Er hätte bequem von der Rente leben können«, murmelte sie abwesend, erschrak und sagte schnell: »Ich nehme an, daß die Rente nicht so klein war? — Ist das alles, worüber Sie mit mir sprechen wollten, Mr. Holland?«

»Es kann sein, daß man Sie auf die Polizeiwache bestellt, um den Schmuck zu identifizieren, und vermutlich wird man Sie fragen, wie das Kästchen in den Besitz von Mr. Trasmere kam.«

Darauf antwortete sie nicht, und er verließ sie mit einem eigenartigen Gefühl der Unsicherheit.

Er kehrte zu Carver zurück, um ihm über die Unterredung zu berichten, und fand ihn, wie er auf allen vieren im Gewölbe herumkroch. Als er Tabs Schritte hörte, schaute er über die Schulter und fragte:

»War der Samstag ein feuchter oder ein schöner Tag?«

»Es war ein außerordentlich schöner Tag.«

»Dann muß es eine Blutspur sein.« Er zeigte auf den Boden, und Tab kniete neben ihm nieder. Auf dem Zementboden war ein schwacher, halbmondförmiger Abdruck zu sehen. »Das ist der Rand eines Absatzes, und zwar eines Gummiabsatzes, und es beweist, daß der Täter nach dem Mord im Gewölbe war. Wahrscheinlich ging er sehr nahe an den Körper heran, weil er die Wirkung des Schusses feststellen wollte. Dabei ist Blut an seinem Absatz haften geblieben. Gummisohlen — das erklärt auch die geräuschlose Annäherung. Andere Abdrücke kann ich nicht finden.«

»Was uns von neuem auf die Frage des Doppelschlüssels bringt!«

»Es gibt keinen Doppelschlüssel — diese Idee können Sie sich aus dem Kopf schlagen!« Carver stand auf und klopfte den Staub von seinen Knien. »Ich habe diesen Punkt mit den beteiligten Fabrikanten ausführlich besprochen. Darüber sind sich alle einig, daß der Anfertiger unseres Schlüssels verläßlich ist, und er selbst versichert, daß ein zweiter Schlüssel nie gemacht wurde. Nicht nur das, auch keine Zeichnung des Schlüssels wurde zurückbehalten. Außerdem sind, bevor das Schloß eingesetzt wurde, hier an Ort und Stelle durch einen zweiten Fachmann Veränderungen vorgenommen worden.«

»Aber Walters machte ...«

»Walters konnte seine Arbeit nicht beenden, und er hätte auch gar keinen brauchbaren Schlüssel zustande gebracht, so geschickt er auf diesem Gebiet sein mag. Nein, der blutbefleckte Schlüssel ist eindeutig der Schlüssel, mit dem die Tür verschlossen wurde. Trasmere trug ihn an einer dünnen, silbernen Kette um den Hals. Wir haben die zerrissenen Enden der Kette in seiner Kleidung gefunden. Zudem, was die Tür betrifft — sie weist innen und außen Blutflecken auf, muß also nach dem Mord von innen aufgeschlossen und danach von außen wieder verschlossen worden sein. Wenn ich nicht wüßte, daß es einfach unmöglich ist, würde ich sagen, daß der Täter das Gewölbe von innen verschloß, den Schlüssel auf den Tisch legte und dann verschwand — durch irgendeinen geheimen Zugang, der, wie wir genau wissen, nicht existiert. — Eine Tatsache, die eventuell von Wichtigkeit sein könnte, ist, daß der Abstand zwischen der unteren Türkante und dem Fußboden fünf Millimeter beträgt. Wenn der Schlüssel auf dem Boden gefunden worden wäre, gäbe die Sache überhaupt keine Rätsel auf, weil der Täter ihn unter der Tür durch in die Mitte des Raumes hätte schleudern können. Ja – das wär's ... Und merken Sie sich, Trasmere wurde in den Rücken geschossen!«

»Warum ist das wichtig?«

»Weil es beweist, daß Trasmere nichts dergleichen erwartete. Er rechnete nicht damit, erschossen oder auch nur bedroht zu werden. Und — fügen wir schließlich all dem ohnehin Erstaunlichen noch die Entdeckung hinzu, daß im Gewölbe ein Schmuckkasten, der am Mordtag einer berühmten Schauspielerin abhanden kommt, gefunden wird! So liegt der Fall, wie ich ihn vor Gericht darstellen muß.«

Und diese Darstellung schien Carver keineswegs zu befriedigen.

Sie befriedigte auch das Gericht nicht, das eine Woche später Anklage wegen vorsätzlichen Mordes gegen eine oder mehrere unbekannte Personen erhob und eine Bemerkung über die Fähigkeiten der Polizei fallen ließ.

An diesem Tag fiel Ursula Ardfern während der Vorstellung zweimal in Ohnmacht und wurde im Zustand eines völligen Nervenzusammenbruchs in ihr Hotel gebracht.

Kapitel 11

Ein Mord verleiht der Gegend, in der er begangen worden ist, einen gewissen zweifelhaften Ruf, der die Bewohner, mögen sie sich noch so sehr darüber aufregen, mit prickelnder Genugtuung erfüllt.

Gegenüber von Mayfield stand das Haus von John Fergusson Stott, der nicht nur Nachbar des ermordeten Jesse Trasmere, sondern auch Arbeitgeber seines Neffen war. Daher fühlte er sich in dieser Sache als ›Autorität‹, und dies wiederum ließ ihn den Entschluß fassen, ›nichts zu sagen‹.

»Es ist schlimm genug, meine Liebe, in einer Straße zu wohnen, in der ein Verbrechen begangen wurde. Ich kann es mir nicht leisten, auch noch mit hineingezogen zu werden.«

Er war ein kleiner, dicker Mann, fast kahlköpfig, und trug eine Brille, die stark vergrößerte.

»Eline sagt ...«, begann seine Frau.

Mr. Stott hob seine fleischige Hand.

»Dienstbotenklatsch! Wir wollen uns aus dieser Sache heraushalten — ich kann es mir nicht leisten, daß mein Name in den Zeitungen erscheint. Wir würden das Haus voller Polizisten und Berichterstatter haben!«

Er stand am Fenster und starrte auf die Straße, in der es dunkel wurde. Ein Licht bewegte sich an einem der oberen Fenster von Mayfield hin und her. Es kam, verschwand und kam wieder. Die Polizei suchte. Er begann sich dafür zu interessieren. Morgen, wenn er die Männer in Tobys Restaurant traf, konnte er sagen: ›Man durchsucht noch immer das Haus des alten Trasmere — ich habe sie gestern abend gesehen, denn das Haus liegt dem meinen gerade gegenüber!‹

Bald verschwand das Licht ganz, und Stott wandte sich an seine

Frau.

»Was sagte Eline? Klingle nach ihr!«

Eline war das Stubenmädchen.

»Wenn ich als Zeugin vor Gericht geladen werde, sterbe ich vor Aufregung!«

»Sie werden nicht vor Gericht geladen«, sagte Mr. Stott entschieden. »Diese Sache darf nicht weitergetragen werden. Eline! Verstehen Sie das?«

Eline sagte, daß sie es verstehe, schien aber wenig entzückt zu sein.

»Ich habe die letzten vierzehn Tage Zahnschmerzen gehabt ...«

»Sie müssen ihn ziehen lassen! Es ist immer am besten, radikal vorzugehen. 'raus damit, mein Mädchen — was weiter?«

»Es fängt immer um halb zwölf Uhr an und hört um zwei Uhr auf. Ich könnte die Uhr danach stellen.«

»Ja, ja, schon gut — was haben Sie also in Mayfield gesehen?«

»Ich sitze gewöhnlich am Fenster, bis die Schmerzen vorbei sind, und da sehe ich alles, was auf der Straße vorgeht. Die erste Nacht, als ich so dasaß, sah ich ein kleines Auto vorfahren. Eine Dame stieg aus ...«

»Eine Dame?«

»Es kann auch eine Frau gewesen sein — aber jedenfalls stieg sie aus, öffnete die Pforte und fuhr in den Garten, was mir eigenartig vorkam, denn Mr. Trasmere hat keine Garage, und ich wußte ja, daß niemand im Hause war.«

»Wo fuhr der Wagen hin?«

»Eben, in den Garten. Dort ist viel Platz, denn es ist ja nicht gerade ein Garten, sondern mehr ein Hof. Ich glaube, sie blieb nahe an der Hausmauer stehen und schaltete die Lichter aus. Dann ging sie die Stufen hinauf und öffnete die Tür. Aus dem Flur schimmerte Licht, und ich sah, wie sie die Tür von innen wieder verschloß. Sie war noch nicht lange im Haus, da kam ein Mann auf einem Fahrrad die Straße herunter. Er sprang ab und stellte das Rad gegen die Mauer. Was mir auffiel, war sein komischer Gang. Er machte eigenartige kleine Schritte und rauchte eine Zigarre.«

»Wohin ging er?« fragte Mr. Stott.

»Nur bis an die Haustür, er lehnte sich mit dem Rücken daran und rauchte. Zwischendurch zündete er sich die Zigarre neu an, da sah ich sein Gesicht — es war ein Chinese!«

»Um Gottes willen!« rief Mr. Stott aus.

»Kurz bevor die Polizeistreife vorbeikam, ging er zu seinem Fahrrad zurück und fuhr weg. Sobald aber die Polizei vorüber war, kam er wieder und wartete an der Gartenpforte, bis die Haustür von Mayfield sich öffnete. Er schlenderte von neuem zum Fahrrad und fuhr in entgegengesetzter Richtung davon — ich meine entgegengesetzt derjenigen, aus der er gekommen war. Die Dame aber ging zum Wagen, brachte ihn auf die Straße, schloß die Pforte und fuhr fort. Jetzt tauchte der Chinese wieder auf, wie rasend fuhr er hinterher, als wollte er den Wagen einholen.«

»Das ist ganz außerordentlich!« stellte Mr. Stott fest. »Und es geschah einmal?«

»Es geschah jede Nacht. Am Freitag zum letztenmal — die Dame im Wagen, der Chinese und alles andere. Am Sonntag aber kamen zwei Chinesen. Der eine schlüpfte in den Garten und blieb dort ziemlich lange. Ich wußte, daß auch der andere ein Chinese war, denn er ging so eigenartig. Aber sie hatten keine Fahrräder, sondern ein Auto, das weiter vorn auf der Straße stand.«

»Merkwürdig!« sagte Mr. Stott und fuhr sich mit der Hand über das Gesicht.

»Die Polizei hat die ganze Nacht Sachen aus dem Haus fortgeschafft«, berichtete Eline, obschon ihre Geschichte zu Ende war. »Kästen und Koffer. Das Mädchen von Pine Lodge sagte mir ...«

»Äußerst merkwürdig, sehr ungewöhnlich —«, wiederholte Mr. Stott, »aber ich glaube nicht, daß es uns etwas angeht. Nein. Danke schön, Eline. An Ihrer Stelle würde ich mir den Zahn ziehen lassen. Seien Sie kein Kind! Die amerikanischen Zahnärzte sind ausgezeichnet.«

Eline hörte ehrerbietig, aber nervös zu. Sie ging in ihr Zimmer hinauf, um den schmerzenden Backenzahn mit Dr. Billberys Patentheilmittel zu behandeln.

Mr. Stott kam es vor, als ob er eben erst seinen Kopf aufs Kissen gelegt hätte, da klopfte es an seiner Türe. »Ja!« rief er grimmig.

»Es ist Eline — sie sind da!«

Mr. Stott schwankte, ob er nicht die Decke über den Kopf ziehen und behaupten sollte, nur im Schlaf gesprochen zu haben. Aber er überwand sich, stand widerstrebend auf und zog den Schlafrock an. Mrs. Stott dagegen bewegte sich nicht. Sie sei zu Bett gegangen, um zu schlafen, behauptete sie.

»Was ist los, Eline — mich um diese Zeit zu wecken?« erkundigte sich Mr. Stott gereizt.

Elines Zähne schlugen klappernd aufeinander, was der Wirkung von Dr. Billberys Patentheilmittel nicht förderlich sein konnte.

»Sie sind da — die Chinesen! Ich sah, wie der eine durchs Fenster stieg.«

»Warten Sie einen Augenblick, ich hole meinen Stock.«

Mr. Stott hatte neben seinem Bett einen schweren, bleigefüllten Stock hängen. Er hatte zwar keineswegs die Absicht, Mayfield näher zu kommen als bis zum Fenster seines eigenen Eßzimmers. Immerhin — der Stock in der Hand stärkte sein Selbstvertrauen.

Vorsichtig zog das Mädchen die Jalousie im Eßzimmer hinauf, das Schiebefenster glitt langsam hoch und gab einen ungestörten Ausblick auf Mayfield frei.

»Da ist einer!« flüsterte Eline.

Eine Gestalt stand im Schatten, Mr. Stott sah sie deutlich, und er beobachtete sie schweigend eine gute halbe Stunde lang. Wohl dachte er, daß er der Polizei telefonieren sollte, aber er tat es nicht. Ja, wenn es gewöhnliche Einbrecher gewesen wären, hätte er nicht gezögert, doch dies hier waren Chinesen! Zeichneten Chinesen sich nicht besonders durch ihr Zusammenhalten und ihre Rachsucht aus? Er hatte Geschichten gelesen, in denen Chinesen Leuten, die sie verraten hatten, höllische Martern zufügten.

Nach einer halben Stunde ging die Haustür von Mayfield auf, ein Mann kam heraus und winkte dem andern. Beide gingen zusammen die Straße hinab, und das war das letzte, was Mr. Stott von ihnen sah.

»Sehr merkwürdig! Es ist gut, daß Sie mich gerufen haben, Eline, ich hätte dies nicht vermissen mögen. Aber Sie dürfen nicht darüber sprechen, Eline! Die Chinesen sind sehr blutdürstig. Es würde ihnen nicht darauf ankommen, Sie in ein Faß voll spitzer Nägel zu stecken und einen Berg hinunterrollen zu lassen. So etwas tun sie ebenso ruhig, wie ich mir die Schuhe zuschnüre.«

Die Furcht vor den Chinesen bewirkte, daß Stotts Haus ›Maple Manor‹ das Geheimnis vorerst für sich behielt — niemand wußte von Yeh Lings Besuchen im Totenhaus und seinem Suchen nach einer kleinen lackierten Schachtel, in der Jesse Trasmere einen dünnen Bogen Papier aufbewahrt hatte, der von Yeh Ling eigenhändig mit zierlichen chinesischen Schriftzeichen bedeckt worden war.

Kapitel 12

»Ursula Ardfern verläßt die Bühne und will in Zukunft auf dem Lande leben!«

Diese Nachricht brachte Tab eines Abends mit nach Hause.

Rex schien sich kaum dafür zu interessieren.

»Oh?« war alles, was er sagte. Er schien ebensowenig geneigt wie Tab, über die Schauspielerin zu sprechen.

Es war seine letzte Nacht in der Doughty Street. Er hatte sich von all den Aufregungen noch nicht erholt und beschlossen, eine Auslandsreise zu machen. Nach seiner Rückkehr wollte er wieder in der Doughty Street wohnen, doch Tab war anderer Meinung.

»Du hast jetzt viel Geld, Baby, du hast Verpflichtungen, mußt eine gewisse Stellung in der Gesellschaft einnehmen, und dies alles reimt sich nicht mehr mit unserem kleinen Haushalt zusammen. Abgesehen davon habe ich auch gar keine Lust, neben einem Millionär entmutigt zu werden. — Ich nehme an, daß dir nicht viel daran liegt, nach Mayfield zu ziehen?«

»Nicht im geringsten.« Rex schüttelte sich. »Ich will das Haus abschließen und ein paar Jahre leerstehen lassen, bis Gras über die Sache gewachsen ist. Vielleicht kauft es dann jemand. Sonst aber, warum soll sich etwas verändern, Tab? Ich fühle mich hier sehr behaglich.«

»Ich denke auch gar nicht so sehr an deine Bequemlichkeit als an meine eigene«, erwiderte Tab. »Deine Rückkehr würde mir in keiner Hinsicht guttun — ich betrachte dich also als hinausgeworfen!«

Rex grinste.

Er reiste am Nachmittag des nächsten Tages ab — nach Neapel. Tab begleitete ihn zum Dampfer. Ursula Ardfern wurde nicht erwähnt, bis das Glockenzeichen zur Abfahrt ertönte.

»Du hattest mir versprochen, Tab, mich Miss Ardfern vorzustellen —«, sagte Rex stirnrunzelnd. »Ich wünschte, sie wäre in die Sache nicht verwickelt worden. Kannst du dir erklären, wie ihr Schmuckkasten zu Onkel Jesse kam? Übrigens, der Schlüssel zum Gewölbe ist in meinem Koffer, der bei dir steht, falls die Polizei ihn benötigen sollte. Ich glaube zwar kaum, daß dies der Fall sein wird, da sie ja jetzt den andern Schlüssel haben.«

Tab stand auf dem Pier und beobachtete, wie das Schiff den Fluß hinabfuhr. Im großen und ganzen tat es ihm nicht leid, daß das gemeinsame Leben nun zu Ende war. Er mochte Rex ganz gut, und sie hatten zusammen die Sorgen durchgestanden, die junge Männer mit beschränktem Einkommen eben zu ertragen haben, besonders, wenn sie dauernd über ihre Verhältnisse leben. Baby schwamm jetzt in ruhigen Gewässern und war nicht mehr von der Gunst mürrischer Onkel und geschäftstüchtiger Leute abhängig. Er brauchte nicht mehr zusammenzufahren, wenn der Briefträger klopfte, und finster die eingetroffenen Briefe zu betrachten, weil er wußte, daß sie Rechnungen enthielten, die er nicht bezahlen konnte.

Fast ein Monat war seit der gerichtlichen Verhandlung vergangen, und alles, was Tab von Ursula gehört hatte, war, daß sie krank gewesen sei und sich jetzt auf dem Lande erhole. Erst hatte es ihn gedrängt, sie aufzusuchen, aber dann war er wieder davon abgekommen.

Dagegen hatte er die Zwischenzeit dazu benutzt, Erkundigungen einzuziehen. Was er über Ursula Ardferns Karriere erfahren konnte, war eigenartig genug. Sie trat anfänglich in einer Theatertruppe auf, die andauernd auf Tournee war, und spielte kleinere Rollen mit Erfolg. Dann, ohne Übergang, mietete sie das ›Athenäum‹ und spielte große Rollen. Die Kritiker fragten sich untereinander: Wer ist der Mann, der dahintersteckt? Doch es gab keine befriedigende Antwort darauf. Ein Erfolg reihte sich an den andern, und man sagte ihr eine große Laufbahn voraus. Die Nachricht, daß sie sich von der Bühne zurückgezogen hätte, wurde nicht ernst genommen.

Ein kleiner Brief, den Tab am Tage nach Rex' Abreise im Büro vorfand, erlöste ihn aus seiner Ungewißheit, was er tun sollte. Miss Ardfern machte ihm den Vorschlag, sie in ›Stone Cottage‹ aufzusuchen. Sie habe zwar, schrieb sie, keine sensationelle Geschichte zu liefern, vielmehr wolle sie ihn bitten, ihr einen Dienst zu erweisen.

Tab wäre am liebsten sofort hingefahren. Am nächsten Morgen stand er um sechs Uhr auf und ärgerte sich, weil er anstandshalber nicht vor elf Uhr vormittags erscheinen konnte.

Es war ein wunderbarer Junitag, warm, mit leichtem Westwind.

Er fand sie an der gleichen Stelle im Garten wie bei seinem ersten Besuch. Diesmal stand sie nicht auf, um ihn zu begrüßen, sondern streckte ihm nur eine magere, weiße Hand entgegen, die er mit übertriebener Vorsicht erfaßte, worüber sie lachte.

»Sie werden sie nicht zerbrechen!« Ihr Gesicht war bleicher, spitzer und sah älter aus. »Bitte setzen Sie sich, Mr. Tab!«

»Wie wunderbar es hier doch ist«, schwärmte er. »Warum lassen wir uns in den Städten zusammenpferchen?«

»Weil uns die Städte unsere Gehälter zahlen«, antwortete sie trocken. »Mr. Holland, wollen Sie etwas für mich tun?«

Er war versucht, aufzuzählen, was alles er für sie zu tun bereit wäre. Aber er sagte nur:

»Selbstverständlich!«

»Wollen Sie ein paar Schmucksachen für mich verkaufen — von denen, die bei dem bedauernswerten Mr. Trasmere gefunden wurden?«

»Ihren Schmuck verkaufen!« rief er bestürzt. »Warum? Sind Sie ...« Er stockte.

»Ich habe genug zum Leben. Mein letztes Stück war ein großer Erfolg, und glücklicherweise ... Auf alle Fälle bin ich nicht arm!«

»Warum also wollen Sie die Schmucksachen verkaufen?«

»Nein, passen Sie auf, es geht um etwas ganz anderes. Der Schmuck soll so gut als möglich verkauft werden, und ich will das Geld gemeinnützigen Institutionen zukommen lassen. Dazu brauche ich Ihren Rat, ich selbst weiß zu wenig Bescheid über solche Einrichtungen und ihre Ziele, um ein Urteil darüber zu haben. Ich weiß lediglich, daß in manchen Fällen die ganzen Einkünfte durch die Verwaltungskosten aufgezehrt werden.«

»Ist das wirklich Ihr Ernst?« Er hatte sich von seinem Erstaunen noch nicht erholt.

»Vollständig. Ich glaube, der Wert liegt zwischen zwölf- und zwanzigtausend Pfund. Ich bin aber nicht ganz sicher.« Trotzig schloß sie: »Der Schmuck gehört mir, und ich kann mit ihm tun, was ich will. Ich will ihn verkaufen und das Geld verteilen!«

»Aber — meine liebe Miss Ardfern ...«

»Mein lieber Mr. Holland —!« imitierte sie ihn spöttisch. »Wenn Sie mir helfen wollen, müssen Sie sich an das halten, was ich Ihnen sage.«

»Ich will selbstverständlich Ihre Wünsche erfüllen«, beeilte er sich zu versichern, »aber ist es nicht eine zu ungeheure Summe zum Weggeben?«

»Es ist eine viel zu ungeheuerliche Summe, um sie zu behalten. Nun muß ich Sie gleich noch um eine weitere Gefälligkeit bitten — mein Name als Spenderin darf nicht erwähnt werden. Sagen Sie irgend etwas Allgemeines, Dame der Gesellschaft, Geschäftsfrau, nur nicht Schauspielerin, und selbstverständlich darf mein Name auch nicht versteckt angedeutet werden. Ich habe den Schmuck hier, ich hatte ihn im Hotel aufbewahren lassen, doch wurde er mir gestern durch einen besonderen Boten gebracht. So, damit wäre das Geschäftliche erledigt, jetzt wollen wir hineingehen und unsern Lunch nehmen.«

Er war glücklich, als sie sich auf seinen Arm stützte. Am liebsten hätte er sie aufgehoben und durch den duftenden Garten getragen. Bei der Vorstellung, daß sie seinen schwärmerischen Einfall erraten könnte, wurde er ganz verlegen.

Sie führte ihn nicht gleich ins Haus, sondern zu einem tiefer gelegenen Platz, der hinter Büschen versteckt lag. Er blieb bewundernd stehen. Hier hatte eine Meisterhand einen chinesischen Garten angelegt — kleine Brücken, Zwergbäume, Gruppen wunderbarer Felsenblumen, die einen zarten Geruch ausströmten.

»Sie dachten daran, mich zu tragen?« fragte sie überraschend.

Tabs Gesicht wurde dunkelrot.

»Ich hätte ja eigentlich nichts dagegen, aber es wäre doch wohl nicht ganz angebracht, glauben Sie nicht, Mr. Tab?«

Er war noch zu verwirrt, um eine schlagfertige Entgegnung zu finden, aber er bewunderte ihre selbstverständliche Unbekümmertheit. Einmal war er einer Schauspielerin begegnet, der einzigen, die er außer ihr getroffen hatte. Diese Dame zitierte Ovid und sprach mit kolossaler Sicherheit und Geläufigkeit über das byzantinische Kaiserreich. Später hörte er von einem Freund, daß sie ein außerordentliches Gedächtnis besaß und diese Dinge auswendig gelernt hatte, um sich ins gewünschte Licht zu rücken. Nein, Ursula Ardfern war entschieden anders.

»Haben Sie viele Freunde?« fragte sie.

»Nur einen«, antwortete Tab, »und er ist heute so reich, daß ich es nicht mehr wage, ihn noch als Freund zu bezeichnen. Allerdings bin ich sicher, daß Rex diese Bedenken nicht gelten lassen würde.«

»Rex?«

»Rex Lander, ja — der übrigens darauf brennt, Ihre Bekanntschaft zu machen. Er ist wohl einer Ihrer größten Verehrer!«

Tab kam sich wahnsinnig selbstlos vor und fand, daß er einen Heiligenschein verdiente.

»Wer ist er?«

»Der Neffe des alten Trasmere.«

»Aber — natürlich«, sagte sie spontan und wurde rot. »Sie haben schon früher von ihm gesprochen.«

Tab versuchte sich zu erinnern, aber er war fast sicher, daß er nie vorher Rex erwähnt hatte.

»Er ist also sehr reich? Selbstverständlich, er muß es ja sein. Er war wohl Mr. Trasmeres einziger Neffe?«

»Haben Sie darüber in der Zeitung gelesen?«

»Nein, ich habe es mir gedacht — oder jemand hat es mir erzählt. Ich las keine Berichte über den Mord, auch nicht über die Gerichtsverhandlung. Damals war ich zu krank. Nein, wirklich, er muß sehr reich sein. Gleicht er irgendwie seinem Onkel?«

»Man kann sich keine größeren Gegensätze vorstellen. Rex ist — ziemlich dick und ein richtiges Faultier. Mr. Trasmere dagegen war eher mager und für sein Alter noch recht energisch. — Wann habe ich eigentlich Rex erwähnt?«

Sie schüttelte den Kopf.

»An das Wann und Wo kann ich mich wirklich nicht mehr erinnern. Lassen Sie mich nicht zuviel nachdenken, Mr. Holland! Wo ist Rex jetzt?«

»Er ist gestern nach Italien abgefahren —.« Tab wartete einen Augenblick, aber sie stellte keine weiteren Fragen nach Rex Lander. »Ich möchte Trasmeres Lebensgeschichte kennen. Er muß ein interessantes Leben gehabt haben. Sonderbar, daß wir in seinem Haus nichts fanden, das an sein Leben in China erinnerte, außer einem kleinen chinesischen Kästchen, das leer war. China und die Chinesen interessieren mich!«

»Ja? Mich interessieren sie auch — wegen ihrer Freundlichkeit.«

»Sie kennen also die Menschen dort? Waren Sie in China?«

»Nein, ich kenne einen oder zwei. Lange bevor ich auch nur eine Ahnung vom Theater hatte und zum erstenmal in die Stadt kam — ich war damals noch ein halbes Kind und mußte ... Aber das ist eine andere Geschichte, würde Kipling sagen. Zu jener Zeit also traf ich einen Chinesen, der einen kranken Sohn hatte. Er wohnte im gleichen Haus wie ich. Die Wirtin war kein sehr mitfühlendes Wesen, und weil der kleine Junge Chinese war, dachte sie, er müsse irgendeine geheimnisvolle Krankheit haben, die ansteckend sei. Ich habe ihn dann ein wenig gepflegt, so gut ich es verstand. Der Vater war damals sehr arm, Kellner in einem chinesischen Restaurant, aber er zeigte sich so dankbar, daß es in keinem Verhältnis zu dem Wenigen stand, was ich tun konnte. Er ist ein ganz außergewöhnlicher Mann — ich habe ihn seitdem noch öfters getroffen.«

»Und der Knabe?«

»Er wurde gesund. Der Vater gab ihm eigenartige Arzneien. Ich glaube, er hatte eine Darmentzündung. Er ist jetzt in China eine bedeutende Persönlichkeit.«

»Ich möchte gern auch die andere Geschichte hören«, sagte Tab. »Kipling regt mich immer an — aber diese ›andere Geschichte‹ wird nie erzählt! Dabei muß sie, da sie erwähnt wird, doch existieren; nur wird sie regelmäßig wieder vergessen.«

»Meine ›andere Geschichte‹ muß warten«, erwiderte sie lächelnd. »Eines Tages — vielleicht — aber jetzt nicht. Der Vater des Knaben hat übrigens meinen kleinen chinesischen Garten angelegt.«

Tab war mit der Eisenbahn gekommen, und er hatte einen weiten Weg bis zum Bahnhof. Er blieb bis zum letzten Augenblick und mußte sich dann beeilen, um den einzigen Schnellzug, der nachmittags fuhr, noch zu erreichen.

Kaum hundert Meter von der Gartentür entfernt tauchte ein Fußgänger auf, der ihm entgegenkam. Der eigenartige Gang, die weiten Kleider, ein ungeheuer großer, steifer Hut erregten Tabs Aufmerksamkeit, lange bevor er das Gesicht erkennen konnte. Zu seiner größten Überraschung jedoch stand er wenig später einem Chinesen gegenüber, der ein flaches Paket trug. Wortlos schob der Mann das Einschlagpapier zur Seite und brachte einen Brief zum Vorschein. Er war an ›Miss Ursula Ardfern, Stone Cottage‹ adressiert, und auf dem Umschlag entdeckte Tab noch einige chinesische Schriftzeichen, die Anweisungen für den Boten enthalten mochten.

»Sagen!« war alles, was er hervorbrachte. Anscheinend verstand er kaum Englisch.

»Dort, jenes Haus links!« Tab deutete mit dem Finger darauf hin. »Von wo kommst du?«

»All right«, sagte der Chinese, schob den Brief wieder unter das Papier und ging weiter.

Tab schaute ihm verwundert nach. Welch eigenartiges Zusammentreffen! Vor einer halben Stunde erst hatten sie über Chinesen gesprochen.

Er mußte laufen und erreichte den Zug gerade, als der Abfahrtspfiff ertönte.

Kapitel 13

Tobys Restaurant war ganz in der Nähe von Mr. Stotts Büro. Geschäftsleute, Herren mit Privatbüros und blitzenden Limousinen, Direktoren, Bankverwalter und Hauptkassierer trafen und unterhielten sich dort. In der letzten Zeit war Mr. Stott zu einer wichtigen Persönlichkeit in Tobys Restaurant geworden, der man mit Respekt und Interesse zuhörte.

»Was ich nicht verstehe, Stott —«, sagte einer der Zuhörer, »warum, zum Teufel, haben Sie nicht die Polizei geholt?«

»Die Polizei!« Stott lächelte abschätzig. »Die hätte doch das Haus überhaupt nicht aus den Augen lassen dürfen! Übrigens möchte ich Sie alle darauf aufmerksam machen, daß das, was ich sage, streng vertraulich ist. Ich habe so schon die größten Bedenken, daß mein geschwätziges Stubenmädchen etwas ausplaudert. Die Polizei? Ich muß gestehen, daß ich gar nicht daran dachte, die Polizei zu holen — ich wollte mir die Chinesen selbst vornehmen. Was ich auch getan hätte — aber das alberne Mädchen fürchtete sich, allein im Haus zu bleiben.«

»Sind sie seitdem wiedergekommen?« fragte ein anderer.

»Nein. Auch die Frau im Auto nicht — Sie erinnern sich doch? Ich erzählte Ihnen von ihr. Eline hatte sie ein paar Nächte hintereinander beobachtet.«

»Ich glaube aber trotzdem«, bemerkte der, der zuerst gesprochen hatte, »daß die Polizei davon in Kenntnis gesetzt werden sollte. Sie sagen ja selbst, daß Ihr Mädchen plaudern könnte. Wie stehen Sie da, wenn man Sie fragt, warum Sie Ihre Beobachtungen nicht gemeldet haben?«

»Das ist nicht meine Sache«, erklärte Mr. Stott eigensinnig. »Es ist Pflicht der Polizei, sich zu rühren. Ich wundere mich gar nicht, daß das Gericht eine abfällige Bemerkung über die Untersuchungsorgane machte. Ein Mann wird ermordet ...« Er schilderte zum x-tenmal, sehr anschaulich, den ganzen Tatbestand. »Auf alle Fälle will ich mit der Sache nichts zu tun haben — diese chinesischen Halunken sind zu gefährlich, um mit ihnen anzubändeln.«

Er hatte seine Rechnung bezahlt und wollte gerade das Restaurant verlassen, da berührte jemand seinen Arm. Als er sich umdrehte, stand ein Mann vor ihm, groß, mit schmalem Gesicht und melancholischen Augen.

»Entschuldigung — Mr. Stott, wenn ich mich nicht irre?«

»Ja, natürlich — aber ich habe nicht das Vergnügen ...«

»Ich bin Polizeikommissar Carver und möchte gerne von Ihnen wissen, was Sie vor und nach dem Mord in Mayfield beobachtet haben.«

Mr. Stotts Gesicht zog sich in die Länge.

»Mein Mädchen hat geschwatzt«, sagte er ärgerlich. »Ich wußte doch, daß sie ihren Mund nicht halten kann.«

»Ich weiß nichts von Ihrem Mädchen, Sir, aber ich bin in den letzten drei Tagen in Tobys Restaurant gewesen und habe eine ganze Menge gehört. Es kam mir so vor, als wären Sie über dieses interessante Thema aufs beste informiert, doch kann ich mich getäuscht haben.«

»Ich werde nichts sagen!«

»An Ihrer Stelle würde ich nicht so schnelle Entschlüsse fassen. Es dürfte schwierig sein, dem Staatsanwalt begreiflich zu machen, warum Sie so lange geschwiegen haben. Wissen Sie, Mr. Stott, daß das sehr verdächtig aussieht?«

Mr. Stotts Gesicht erstarrte.

»Verdächtig — ich —? Um Himmels willen! Kommen Sie in mein Büro, Mr. Carver ... Verdächtig! Ich wußte, daß ich hineingezogen würde! Morgen fliegt Eline!«

Tab Holland vernahm diese Geschichte am gleichen Abend von Carver.

»Wenn dieser Tropf gleich zu Beginn, als das Mädchen ihm zum erstenmal davon erzählte, so viel Courage aufgebracht hätte, uns zu verständigen ... Jetzt hat es keinen Zweck mehr, das Haus beobachten zu lassen. Es ist mir ein Rätsel. Wer war die Frau mit dem Wagen und der viereckigen schwarzen Tasche, die Nacht für Nacht vorfuhr und einen Hausschlüssel zu Mayfield besitzt?«

Tab schwieg. Für ihn war die Identität der Frau kein Rätsel. Es konnte nur Ursula Ardfern sein. Jede Einzelheit bestärkte ihn in seiner Annahme. Er erinnerte sich an den Morgen, als er sie in der verlassenen Straße mit dem geplatzten Reifen getroffen hatte. Damals war ihm die Dürftigkeit ihrer Kleidung aufgefallen, und im Wagen neben dem Sitz stand eine viereckige schwarze Tasche ... Immerhin — daß Ursula mit den Chinesen Hand in Hand arbeiten, an diesem heimlichen Ein- und Ausgehen, diesen mitternächtlichen Einbrüchen in Mayfield beteiligt sein sollte, war kaum glaublich.

»Warum, nachdem wir das Haus verlassen hatten, eingebrochen

wurde, verstehe ich nicht«, sagte Carver. »Vermutlich hoffte man, wir hätten etwas übersehen.«

»In Mayfield —? Da ist doch jetzt nichts mehr.«

»Na ja, das Mobiliar ist noch dort und die leeren Kassetten, Kästen und Kästchen. Mr. Lander wollte den Hausrat auf eine Auktion geben, ich glaube sogar, er hat vor seiner Abreise jemanden damit beauftragt. Nein, auf die Chinesen kann ich mir noch keinen Reim machen, obschon ich nicht ganz sicher bin, ob sich Stott und sein Mädchen nicht geirrt haben. Beim Schein eines Streichholzes aus dieser Entfernung einen Chinesen von einem Europäer unterscheiden zu wollen — ich weiß nicht ...«

Carver hatte noch in seinem Privatbüro zu tun. Tab begleitete ihn. Es war fast elf Uhr nachts, als schrilles Telefongeklingel sie aus ihrer Unterhaltung riß.

»Sie werden verlangt, Sir«, meldete der Sergeant in der Zentrale, und gleich darauf vernahm Carver eine maßlos aufgeregte Stimme.

»Sie sind hier! Sie sind eben jetzt hineingegangen! Die Frau hat die Tür geöffnet, und sie sind hineingegangen ...«

»Sind Sie es, Stott? — Wer ist ... Wo? In Mayfield?«

»Ja, ja! Ich habe sie mit meinen eigenen Augen gesehen. Der Wagen der Frau steht vor der Tür.«

»Los, notieren Sie sofort die Nummer! Dann suchen Sie einen Polizisten, und wenn Sie keinen finden, versuchen Sie die Frau aufzuhalten!«

Carver griff nach seinem Hut. Sie stiegen in den Wagen und rasten durch die Stadt. Als sie in die ruhige Peak Avenue, in der Mayfield lag, einbogen, sahen sie am andern Ende die Schlußlichter eines Wagens verschwinden.

Mr. Stott wartete ungeduldig vor seinem Haus.

»Sie sind fort!« rief er aufgeregt. »Konnte keinen Polizisten finden — sie sind fort!«

»Das sehe ich«, fuhr ihn Carver an. »Haben Sie die Nummer des Wagens festgestellt?«

Stott schüttelte den Kopf und schluckte.

»Sie war mit etwas Schwarzem verdeckt.«

»Wie viele waren es eigentlich?«

»Ein Chinese und eine Frau.«

»Warum, zum Teufel, haben Sie sie nicht aufgehalten?«

»Ein Chinese und eine Frau —«, wiederholte Stott vielsagend.

»Wie sah sie aus?«

»Ich bin nicht nahe genug herangekommen, um sie erkennen zu können. Die Polizei hätte dasein müssen! Eine ganze Menge Polizei ... Ja, es ist überhaupt eine Schande — ich schreibe heute noch an ...«

Sie ließen ihn stehen, während er immer mehr in Rage kam und unverständliche Drohungen ausstieß.

Carver schloß die Haustür auf und drehte im Vorraum alle Lichter an. Ein erster Rundgang zeigte nichts Ungewöhnliches. Die Tür zum Gewölbe war verschlossen, und niemand hatte versucht, sie gewaltsam zu öffnen. Eine Überraschung brachte dagegen das Eßzimmer. Der Kamin war seit längerem außer Betrieb und durch einen elektrischen Ofen ersetzt worden. Als Carver in die Kaminhöhlung kroch und den weiten Abzug untersuchte, stellte er fest, daß in gerade noch erreichbarer Höhe ein Ziegelstein herausgenommen worden war. Den fehlenden Stein fand er am Boden, unauffällig in eine Kaminecke gerückt, und hob ihn auf. Was er in der Hand hielt, hatte nur die Farbe eines Ziegelsteins, war aber in Wirklichkeit ein geschickt getarntes Kästchen.

»Damit bin ich angeführt worden — tatsächlich habe ich den Kaminabzug schon einmal untersucht!« Das Kästchen hatte einen lose eingelassenen Deckel, den er heraushob, doch enthielt es außer einem Gummiband nichts. »Etwas Wichtiges muß darin gewesen sein, das lange gesucht und jetzt herausgenommen wurde.« Er schaute sich im Zimmer um. »Auch das grünlackierte Kästchen ist verschwunden! Ich weiß, daß es hier war, ich habe es selbst auf den Kaminsims gestellt.«

Sie suchten das Nachbarhaus auf und sprachen nochmals mit Mr. Stott. Es schien, daß Carver dem Architekten Unrecht getan und ihn in puncto Heldentum überfordert hatte, denn trotz seiner großen Furcht war er über die Straße gegangen, als der Chinese und die Frau im Hause waren, und er hatte auch Eline nach einem Polizisten geschickt.

»Ich ging nicht nur über die Straße«, beteuerte Mr. Stott, »sondern auch in den Garten. Sie müssen mich aber gesehen haben, denn plötzlich gingen die Lichter aus, und sie kamen die Stufen heruntergerannt.«

»An Ihnen vorbei?«

»Nicht an mir vorbei«, sagte Stott unwillig, »weil ich, bevor sie zu der Gartentür kamen, schon auf der andern Straßenseite war.«

»Wie sah die Frau aus?«

war. Sie trug, soweit ich sehen konnte, einen Schleier. Der Mann war klein und reichte ihr nur bis an die Schulter.«

Tab war die ganze Zeit schweigsam und nachdenklich gewesen. Im Weggehen fragte ihn Carver:

»Sie sind so ruhig, Holland, worüber denken Sie nach?«

»Ich dachte nur ...«

»Was denn?«

»Ich überlegte, ob der alte Trasmere nicht eine sehr viel unerfreulichere Figur war, als wir bisher angenommen haben.«

Kapitel 14

Am frühen Morgen machte Tab einen erfolglosen Besuch in Stone Cottage. Die Frau, die im Haus nach dem Rechten sah, erzählte ihm, daß die junge Dame in die Stadt zurückgekehrt sei. Im Zentralhotel traf er sie eine Stunde später auch an.

Tab Holland war keine zögernde, schwankende Natur. Er bildete sich rasch ein Urteil und blieb bei seiner Überzeugung. Er konnte bei anderen das Hin- und Herschwanken in ihren Beziehungen zu Menschen und Dingen nie ganz verstehen. Mit seinen Gefühlen Ursula Ardfern gegenüber war aber auf einmal etwas Chaotisches in das Gefüge seiner inneren Ordnung und Sicherheit eingebrochen.

Sie empfing ihn freundlich, mit vertraulicher Wärme sogar, fand er. Er glaubte zu träumen.

»Sie wollen mich wohl dringend sprechen?« begann sie zu seiner Überraschung. »Weswegen?«

»Jemand hat gestern nacht, in Begleitung eines Chinesen, Mayfield aufgesucht«, begann Tab unbeholfen. »Beide sind entkommen, bevor die Polizei eintraf. Das ist noch nicht alles — neulich schon ist dieser selbe Jemand Nacht für Nacht zwischen elf und zwei Uhr in das Haus eingedrungen.«

»Ich sagte Ihnen, Mr. Tab«, antwortete sie leise und gefaßt, »daß ich Mr. Trasmere nicht gekannt hätte. Das war eine Lüge, die einzige, die ich Ihnen erzählt habe. Ich kannte Mr. Trasmere sehr genau, aber es wäre verderblich für mich gewesen, wenn ich es eingestanden hätte. — Nein, nicht die einzige Lüge, es waren zwei ...«

»Die zweite betraf den Schmuck?«

»Ja.«

»Sie haben ihn gar nicht verloren?«

»Nein, ich hatte ihn nicht verloren. Ich wußte die ganze Zeit, wo er war, aber ich lebte in einer solchen Furcht, daß ich mich so schnell wie möglich entscheiden mußte. Ich bedaure es nicht.« Sie machte eine Pause. »Weiß es die Polizei?«

»Daß Sie —? Nein. Doch wird sie es herausfinden — allerdings nicht durch mich!«

»Setzen Sie sich.«

Sie wirkte sehr ruhig. Er glaubte, sie wolle sich rechtfertigen, und hoffte, daß es kurz und glimpflich abliefe, aber er merkte bald, daß es ihr um etwas anderes ging.

»Ich kann Ihnen jetzt den Grund von alledem nicht sagen. Ich bin noch wie vor den Kopf geschlagen und kann mich nicht rechtfertigen. Wenn ich mir ein Wort entschlüpfen lasse, stürzt das Gebäude ein, und meine Bemühungen sind umsonst. Selbstverständlich wußte ich nichts von dem Mord — das haben Sie doch wohl nicht angenommen?«

»Natürlich nicht.«

»Ich erfuhr es erst am Sonntag morgen, als ich zum Stone Cottage hinausfahren wollte. Zufällig kaufte ich eine Zeitung auf der Straße — und da mußte ich meine Entscheidung treffen. Ich fuhr sofort zur Polizeiwache und erzählte meine Geschichte vom gestohlenen Schmuck. Ich wußte, daß er im Gewölbe war, aber gerade deshalb mußte ich jetzt irgendeine Erklärung abgeben.«

»Wie kam er aber ins Gewölbe?«

»Das ist ein Teil der ›anderen Geschichte‹, Mr. Tab!«

Er schaute sie schnell an, und ihre Blicke trafen sich.

»Sie haben mir von Ihrem Freund erzählt, Mr. Tab, erinnern Sie sich?«

»Rex?«

»Er fuhr nach Neapel, nicht? Ich habe einen Brief von ihm erhalten, den er an Bord des Dampfers geschrieben hat.«

»Ach! Was wollte er? Ihre Fotografie?«

»Mehr als das — denken Sie nicht zu schlecht von mir, wenn ich sein Vertrauen mißbrauche. Ich muß es tun. Mr. Lander hat mir die Ehre erwiesen, zu fragen, ob ich ihn heiraten will.«

»Was? Rex?« Tab starrte sie mit offenem Munde an.

»Ich möchte Ihnen nicht den Brief zeigen, das würde nicht richtig sein. Er bat mich, mit einer Kleinanzeige im ›Megaphone‹ zu antworten. Er habe, schreibt er, in London einen Agenten, der ihn durch Funkspruch benachrichtigen werde. Ich dachte ...« Sie zögerte.

»Ob ich der Agent sei? Nein, darüber weiß ich gar nichts.«

Sie atmete auf.

»Gott sei Dank!« entfuhr es ihr. »Ich meine, ich bin froh, daß Sie mit der Sache nichts zu tun haben.«

»Haben Sie die Absicht, eine Anzeige aufzugeben?«

»Ich habe sie schon zur Zeitung geschickt. Man bekommt ja öfters solche Briefe, und gewöhnlich verdienen sie es nicht, beantwortet zu werden. Hätte ich nicht gewußt, daß er ein Freund von Ihnen ist, würde ich mir nicht die Mühe gemacht haben. Doch, ich hätte es trotzdem getan. Mr. Trasmeres Neffe hat ein gewisses Recht auf eine Absage!«

»Über alles andere, Miss Ardfern«, sagte Tab, bevor er ging, »müssen Sie mir nach Ihrem Gutdünken erzählen — wenn Sie überhaupt wünschen, es mir zu erzählen. Sie sollten sich allerdings vergegenwärtigen, daß die Polizei früher oder später darauf kommen wird, und in einem solchen Fall kann ich Ihnen sehr behilflich sein.«

Er streckte ihr die Hand hin, die sie mit beiden Händen ergriff und festhielt.

»Zwölf Jahre lang habe ich unter einem Alpdruck gelebt, einem Alpdruck, den meine eigene Eitelkeit geschaffen hatte. Ich glaube, ich bin jetzt erlöst davon. Wenn die Polizei alles herausfindet, und sie wird es herausfinden, daran zweifelte ich keinen Augenblick, seit ich die Bühne verließ ...«

»War dies der Grund?« rief er erstaunt.

»Nicht allein. Einesteils werde ich froh sein, wenn sie es herausfindet. Dennoch — Enthüllungen persönlicher Natur sind immer schmerzlich.«

Schon an der Tür, stellte er eine letzte Frage:

»Was war in dem Kästchen? Ich meine, in dem, das wie ein Ziegelstein aussah und im Kamin versteckt war.«

»Papiere«, erwiderte sie. »Ich weiß nur, daß sie chinesisch geschrieben sind; was darin steht, weiß ich noch nicht.«

»Enthielten sie — konnten sie möglicherweise einen Anhaltspunkt für die Aufklärung des Mordes geben?«

Sie schüttelte den Kopf.

Er lächelte ihr zu und ging, ohne ein weiteres Wort zu sagen. Alle seine Zweifel, die ihm in letzter Zeit über sie gekommen waren, hatten sich zerstreut.

Kapitel 15

Von Wellington Brown existierte kein zufriedenstellendes Bild. Auf dem Schiff, mit dem er aus China gekommen war, hatte ein Mitreisender eine Gruppenaufnahme gemacht, auf der sein Gesicht verschwommen zu erkennen war. Anhand dieser Aufnahme und mit Tab Hollands Beihilfe konnte ein einigermaßen ähnliches Bild hergestellt werden, das von der Polizei in Umlauf gebracht wurde. Jede Zeitung veröffentlichte es, und jeder Amateurdetektiv im Lande schaute nach dem Mann mit dem Bart aus, dessen Handschuhe in der Nähe von Trasmeres Leiche gefunden worden waren.

Für Walter Felling, alias Walters, lag die Situation weniger günstig. Aufnahmen aus seiner Gefängniszeit waren sofort zur Stelle. Er verfolgte die Jagd nach ihm vom obersten Zimmer eines überfüllten Hauses aus. Täglich wurde er elender, die Todesfurcht fraß an ihm.

Trotz der guten Bilder wäre es zweifelhaft gewesen, ob ihn ein Polizist jetzt hätte erkennen können. Sein Bart war ansehnlich lang, sein rundes Gesicht eingefallen, so daß sich die ganze Gesichtsform verändert hatte. Er kannte das Gesetz und die Bereitwilligkeit seiner Vollstrecker, auch nur die kleinsten Bruchstücke von Beweisen als Tatsachen hinzunehmen, wenn jemand des Mordes angeklagt wurde. Und nicht zuletzt sein jetziges Verhalten würde ihm als Schuldbekenntnis ausgelegt werden.

Manchmal nachts, besonders wenn es regnete, schlich er ins Freie. Immer jedoch schienen Polizisten die Straßen zu bevölkern, und panikartig kehrte er wieder um, verbrachte eine weitere schlaflose Nacht. Bei jedem Knarren der Treppe, jedem gedämpften Sprechen in den unteren Zimmern stürzte er zur Tür.

Er war in die Stadt zurückgekehrt, die ihm die einzige einigermaßen sichere Zuflucht bot. Auf dem Lande wäre er ein gezeichneter Mann und seine Freiheit von kurzer Dauer gewesen. Auch in der Stadt hatte er die Gegenden vermieden, wo man ihn gut kannte, ebenso die Freunde, deren Treue die Probe einer Mordanklage nicht bestehen würde. Er zog nach dem geräuschvollsten Ende der

Reed Street und gab sich als arbeitsloser Mechaniker aus.

Hier beschaffte er sich jede erreichbare Zeitung und las alles, was sich auf den Mord bezog. Was hat Wellington Brown damit zu tun? fragte er sich verwirrt. Er erinnerte sich sehr gut an den Besucher aus China. Also auch der! Der Verdacht verteilte sich demnach — es war nur ein schwacher Trost.

Eines Nachts, als er wieder an die Luft ging, glitt ein Chinese an ihm vorüber. Er erkannte Yeh Ling. Der Besitzer des ›Goldenen Daches‹ trug nur selten europäische Kleidung. Felling kannte ihn, weil er bei verschiedenen Gelegenheiten nach Mayfield gekommen war. Auch Yeh Ling mußte ihn gesehen haben, denn im Augenblick, als sie sich kreuzten, war das Licht einer Laterne auf Fellings Gesicht gefallen. Dennoch klammerte er sich an die Hoffnung, daß der Chinese, in seine Gedanken versunken, ihn übersehen haben könnte. Er eilte ins Haus zurück, saß in seinem dunklen Zimmer und schreckte bei jedem Geräusch zusammen.

Yeh Ling war weitergegangen, durch die verwahrloste Reed Street, zur ›Heulenden Wüste‹. Die Kinder, die sich noch herumtrieben, schrien ihm höhnisch nach, eine schmutzige Frau, die in einem Torweg stand, warf ihm ein derbes Scherzwort zu. Yeh Ling ging unbekümmert weiter, bog dann in einen schmalen Mauerdurchlaß ein und blieb vor einem verdunkelten Laden stehen. Er klopfte an eine Seitentür. Sie wurde sofort geöffnet, völlige Finsternis empfing ihn — eine zischend ausgestoßene Frage, auf die er im selben Dialekt antwortete. Allein stieg er die wacklige Treppe hinauf, trat in ein Hinterzimmer.

Vier Kerzen brannten. Die Wände waren mit buntem Papier beklebt. Auf einem Sofa, dem einzigen Möbel im Zimmer, saß ein alter, verschrumpelter Chinese, der an einem Stück Elfenbein schnitzte, das er zwischen den Knien hielt. Sie begrüßten sich, und der Alte murmelte einige Höflichkeitsworte.

»Geht es dem Manne gut, Yo Len Fo?« fragte Yeh Ling.

»Es geht ihm gut, Exzellenz. Er hat die ganze Nacht geschlafen und dann drei Pfeifen geraucht. Er hat auch den Whisky getrunken, den Sie geschickt haben.«

»Ich möchte ihn sehen.«

Yeh Ling warf etwas Geld aufs Sofa. Der Alte nahm es, legte das Elfenbein behutsam ab, stieg mit dem Gast eine weitere Treppe empor und zeigte auf eine Tür. Auf dem Kaminsims des Zimmers, in das Yeh Ling eintrat, brannte eine kleine Öllampe. Auf einer verblaßten Matratze lag ein Mann, nur mit Hemd und Hose bekleidet, die Füße bloß. Neben der Matratze ein Tablett, auf dem eine Pfeife, ein halbleeres Glas und eine Uhr lagen.

Mr. Wellington Brown schaute den Besucher mit gläsernen Augen an, die nicht das geringste Interesse verrieten.

»Lo Yeh Ling ... Bist zum Rauchen gekommen?«

Er sprach eine eigenartige Mischung aus Kantondialekt und Englisch, und Yeh Ling antwortete im vertrauten chinesischen Idiom:

»Ich rauche nicht, Hsien.«

Brown kicherte.

»Hsien —? ›Der Arbeitslose‹, was —? Komisch, wie Namen hängenbleiben. Wie spät ist es?«

»Es ist spät«, sagte Yeh Ling.

Browns Kopf sank zurück.

»Werde morgen den ollen Jesse aufsuchen —«, murmelte er schläfrig, »habe Geschäfte — eine Unmenge Geschäfte ...«

Yeh Ling beugte sich über ihn, umspannte mit dünnen Fingern sein Handgelenk. Der Puls war schwach, aber regelmäßig.

»Es ist gut.« Er drehte sich nach dem Elfenbeinschnitzer um. »Jeden Morgen muß frische Luft ins Zimmer. Kein anderer Raucher darf zu ihm herein, hörst du, Yo Len Fo? Er muß hier festgehalten werden.«

»Heute morgen wollte er ausgehen«, antwortete Yo Len Fo.

»Er wird lange hierbleiben. Ich kenne ihn. Am Fluß Amur verließ er einmal sein Haus drei Monate nicht. Laß eine Pfeife immer bereitliegen!«

Er stieg langsam die Treppen hinab und trat in die Nacht hinaus.

Nur einmal warf er auf seinem Weg zum Seiteneingang des ›Goldenen Daches‹ einen Blick zurück. Aber dieser Blick genügte. Der Mann, der an der Ecke der Seitenstraße herumlungerte, beobachtete ihn. Langsam kam er auf der anderen Straßenseite näher. Yeh Ling war durch die kleine Seitenpforte geschlüpft, er schloß die Tür, bückte sich und schaute durch den Briefkastenschlitz. Der Mann auf der andern Straßenseite blieb stehen, im Rücken ein Reklamelicht, das Gesicht im Schatten.

»Es ist kein Polizist«, sagte Yeh Ling zu sich selbst, und als der Mann drüben Anstalten machte, zurückzuschlendern, rief er den verkrüppelten Bedienten.

»Folge dem Mann dort auf der andern Straßenseite, der in Richtung zu den ›Häusern der lärmenden Frauen‹ geht und eine

Mütze trägt!«

Eine Viertelstunde später kehrte der Diener unverrichteter Dinge zurück. Er hatte den Mann aus den Augen verloren, was Yeh Ling nicht überraschte.

Kapitel 16

Tab Holland war nur zweimal beruflich mit dem Besitzer des ›Goldenen Daches‹ zusammengekommen, in beiden Fällen aus eher belanglosen journalistischen Anlässen. Er hatte gefunden, daß der Chinese schweigsam, zurückhaltend und eine wenig ansprechende Persönlichkeit war.

Tab wußte über ihn nur, daß er ein sehr erfolgreicher Geschäftsmann im Gastgewerbe war. Er bat Jacques, den Redakteur, um nähere Angaben. Dieser Jacques war tatsächlich ein ›Bergwerk für Informationen‹. Solche Menschen findet man manchmal in Zeitungsredaktionen. Er kannte jedermann und jedermanns Frau. Er wußte, wann, wo und warum sie geheiratet hatten. Er wußte, warum die Sterne funkelten und kannte die chemische Zusammensetzung der Tränen. Man konnte eine Zeile aus irgendeinem Klassiker zitieren, worauf er prompt die nachfolgende Zeile hersagte. Er kannte die Daten aller wichtigen Erdbeben und die Namen der Kaiser aus der Moguldynastie. Er vermochte die Stellung von Fossards zweitem Korps bei Rezonville am 17. August 1870 genauso wie die militärische Stellung an den Thermopylen aufzuzeichnen.

Die Berichterstatter des ›Megaphone‹ benutzten dieses lebende Nachschlagewerk recht häufig und versuchten mit Vorliebe, Jacques in Schwierigkeiten zu bringen, was ihnen jedoch nicht gelang.

»Yeh Ling —?« wiederholte Jacques. »Ein seltsamer Vogel. Gebildeter Chinese — hat einen Sohn, nach chinesischen Maßstäben ein bedeutender Gelehrter, von dem man eines Tages noch hören wird. Der Alte baut jetzt ein Haus in Storford, am Weg nach Hertford. Er sagt, sein Sohn werde eines Tages chinesischer Gesandter sein und müsse ein Haus haben, das seiner Position würdig sei. Das jedenfalls hat er Stott erzählt. Kennen Sie Stott? Ein schofler Architekt, der das Gras wachsen zu hören glaubt. Nun gut, das Fundament ist gelegt — eine Art chinesischer Tempel, die Zufahrt säumen zwei enorme Säulen aus Zement. Die ›Säule der heiteren Erinnerungen‹ und die ›Säule der dankbaren Herzen‹, so will er sie nennen. Stott denkt, daß dies heidnisch wäre, und fragt sich, ob es dem Bischof wohl gefalle. Ja, Tab, Sie sollten sich den Platz ansehen. Nein, es ist noch nicht fertig. Yeh Ling beschäftigt nur chinesische Arbeiter. Dem Sekretär des Maurerverbandes, der deswegen bei ihm vorstellig wurde, antwortete er, daß seine Landsleute einen eigenen Verband hätten, der alle nichttaoistischen Arbeiter ausschlösse. Taoismus ...«

»Woher kennen Sie Stott?« unterbrach Tab.

»Wir sind in der gleichen Loge«, erwiderte Jacques. »Es steht mir nicht zu, über einen Bruder schlecht zu reden, aber ... Ja, warum gehören Sie eigentlich nicht zu uns? Das sollten Sie. Wie ich schon sagte, ich will Stott nicht schlechtmachen, aber er ist ein Mann, den nicht jeder leiden kann. — Gehen Sie, sehen Sie sich den Tempel, oder was es ist, an! Es könnte einen guten Artikel abgeben.«

Am ersten ruhigen Tag nahm Tab sein Motorrad und fuhr nach Storford hinaus, nicht ohne leise Hoffnung, Ursula Ardfern anzutreffen — ihr Haus lag nur sieben Meilen hinter Storford Hill. Sie hatte ihm kurz mitgeteilt, daß sie sich wieder in ihr Landhaus zurückziehe.

Die Baustelle sah er von weitem. Es war unmöglich, sie nicht zu sehen, denn sie befand sich auf einem der wenigen Hügel, deren sich die Gegend rühmen konnte. Die Mauern waren halbfertig, und dicke Holzbalken starrten wie Zaunpfähle in die Luft. Eine der Säulen stand schon. Sie mochte etwa fünfzehn Meter hoch sein und wurde von einem kleinen Drachen gekrönt. Tab überlegte, ob es wohl die ›Säule der dankbaren Herzen‹ oder die ›der heiteren Erinnerungen‹ sei. Ihren Durchmesser schätzte er auf anderthalb Meter.

Tab schlüpfte durch eine Öffnung in der niedrigen Hecke, die Yeh Lings neues Heim gegen die Landstraße hin abgrenzte. Interessiert sah er den Arbeitern in den blauen Jacken zu. Ihr Fleiß war bemerkenswert. Ob sie nun Ziegelsteine und Mörtel schleppten, im Garten, der schon Form annahm, arbeiteten, oder die Terrassen abstützten, immer bewegten sie sich schnell, unermüdlich, völlig von ihrer Arbeit in Anspruch genommen. Keinen Augenblick lehnten sie sich auf ihre Spaten oder Hacken, um die Aussichten der neuen Regierung zu diskutieren oder zu mutmaßen, woher Milligan das blaue Auge hatte.

Niemand schien Tab zu bemerken. Er ging weiter, ohne daß er angehalten wurde. Einige Arbeiter füllten den breiten Zufahrtsweg mit Kies auf. Einer von ihnen sagte etwas und entlockte damit den anderen jenes schüttelnde Lachen, das eine östliche Eigenschaft ist. Tab hätte den Scherz gerne verstanden. Als er durch die Öffnung in der Hecke wieder auf die Landstraße zurückkehrte, hielt ein Wagen dicht bei ihm an. Am Steuer saß Ursula Ardfern.

»Was halten Sie davon?« fragte sie.

»Es scheint großartig zu werden. Was sagen Sie zu Ihrem zukünftigen Nachbarn?«

»Es könnte schlechtere Nachbarn als Yeh Ling geben.«

»Kennen Sie ihn?«

»Sehr gut. Er ist der Besitzer des ›Goldenen Daches‹. Ich esse oft dort. Kennen Sie ihn auch?«

»Nur oberflächlich.« Tab blickte nach dem halbfertigen Haus zurück. »Er muß reich sein.«

»Ich weiß es nicht und habe auch keine Ahnung, wieviel Geld nötig ist, um ein Haus wie dieses zu erbauen.«

Winkend fuhr sie davon.

Sie hätte mich wenigstens zum Lunch einladen können, dachte er unwillig. Die ganze restliche Woche war Tab unzufrieden und ärgerlich, denn jetzt hatte er erst recht keinen plausiblen Anlaß mehr, sie aufzusuchen.

Für den versteckten Walters war es eine eher beruhigende Woche. Über den Mord erschien jetzt nichts mehr in den Zeitungen, und er hatte einen Mann gefunden, der ihm eine Stelle auf einem ausfahrenden Dampfer besorgen wollte.

Für Kommissar Carver dagegen war es eine sehr geschäftige Woche, obgleich die Presse keine Notiz davon nahm, wozu sie auch gar nicht in der Lage gewesen wäre.

Tab verbrachte seine Abende nicht mehr zu Hause. Die Wohnung kam ihm schrecklich leer vor, seit der liebeskranke Rex fort war. Er hatte ein weiteres Telegramm von ihm erhalten, das sehr zuversichtlich klang. Ursulas Absage schien ihn nicht allzu tief berührt zu haben.

Gegen Ende der Woche wurde das Leben eine unausstehliche Öde. Tab wußte, daß er am Samstag nacht allein im Hause sein würde, denn die andern drei Bewohner verbrachten das Wochenende immer auf dem Land. Im obersten Stock wohnte ein älterer Musiker, unter ihm ein junges Ehepaar, das sich mit literarischen Arbeiten beschäftigte, dann kam Tabs Wohnung. Im Erdgeschoß hatte sich ein Mann eingemietet, dessen Beruf nicht bekannt war, von dem man jedoch annahm, daß er im Reklamefach arbeitete. Er war selten zu Hause.

An diesem Samstagabend fand ein Essen in Tabs Klub statt. Nach einem einigermaßen heiter verbrachten Abend kehrte er um halb ein Uhr nachts nach Hause zurück. Sein erster Eindruck, als er die Wohnung betrat, deutete auf nichts Außergewöhnliches hin, das sich in seiner Abwesenheit hätte zugetragen haben können. Einzig die Lichter im Wohnzimmer brannten, doch war er einen Augenblick lang geneigt, diesen großzügigen Stromverbrauch seiner eigenen Nachlässigkeit zuzuschreiben. Dann aber erinnerte er sich bestimmt, beim Weggehen das Licht ausgeschaltet und die Tür geschlossen zu haben. Jetzt stand die Wohnzimmertür offen, ebenso die Tür zu Rex' früherem Zimmer.

Tab fand die Situation nicht ohne Witz. Er, der in seinem beruflichen Alltag so vielen Einbrüchen nachgehen mußte, bekam auf einmal einen sozusagen privaten Einbruch ins Haus geliefert. Sollte er sich nun als Opfer oder Reporter fühlen?

Er ging in Rex Landers Zimmer und drehte das Licht an. Ein Blick genügte. Hier war jemand sehr tätig gewesen. Rex hatte zwei Koffer, die er nicht mitnehmen wollte, unter das Bett geschoben. Einer dieser Koffer war hervorgezogen, auf das Bett gestellt und geöffnet, das heißt, mit einem Meißel aus Tabs Werkzeugkasten erbrochen worden. Der Inhalt des Koffers lag verstreut auf dem Bett. Der andere Koffer war nicht berührt worden. Tab zweifelte, ob dieser kuriose Einbruch zu irgendeinem Erfolg geführt hatte. Zwar kannte er den Inhalt der Koffer nicht, doch was hier so herumlag, sah nicht gerade wertvoll aus — reparaturbedürftige Wäsche, alte Zeitschriften und Bücher, Zeichenutensilien und ein Bündel Briefe in der Tab bekannten Handschrift Trasmeres.

Er suchte sein eigenes Zimmer auf, aber dort war alles in bester Ordnung. Nach einer ergebnislosen Durchsuchung der ganzen Wohnung telefonierte er Carver. Er hatte Glück und erreichte ihn sofort.

»Einbrecher?« fragte seine melancholische Stimme. »Geschieht Ihnen recht. Ich komme gleich.«

In zehn Minuten war er da.

»Wenn es tagsüber passiert wäre«, sagte Tab, »könnte ich mir wenigstens erklären, wie der Kerl in die Wohnung gekommen ist. Am Tag ist die Haustür nämlich offen. Heute nacht, als ich nach Hause kam, war sie aber verschlossen.«

»Ist es denn so einfach, in die Wohnung einzubrechen?« erkundigte sich Carver, und Tab erklärte ihm, daß man vom Treppenfenster aus mit einigem Geschick das Küchenfenster erreichen könne.

»Ich glaube kaum, daß er diesen Weg genommen hat«, meinte Carver, als er sich die kleine Küche angesehen hatte. »Nein, der Einbrecher hat die Tür wie ein Gentleman geöffnet. Wissen Sie, ob Mr. Lander in dem Koffer etwas hatte, das zu stehlen sich lohnte?«

»Wohl kaum.«

Carver sah sich Rex Landers Zimmer an und untersuchte jedes einzelne Stück aus dem Koffer.

»Hier — es lag auf dem Boden, und dies ist der Deckel dazu!« Er reichte Tab einen kleinen hölzernen Kasten; den dazugehörigen Schiebedeckel hatte er vom Bett aufgenommen. »Können Sie sich mit Mr. Lander in Verbindung setzen?«

»Er wird in ein oder zwei Tagen in Neapel sein. Ich will ihm dann telegrafieren. Aber ich glaube wirklich nicht, daß er irgend etwas von Wert hier aufbewahrte.«

Sie gingen ins Wohnzimmer zurück. Carver stand lange am Tisch. Seine Finger trommelten nervös auf die Platte. Sein langes Gesicht war sehr nachdenklich.

»Wissen Sie, was ich glaube?«

»Im allgemeinen?« fragte Tab.

»Nein — ich denke ...«

»Sie denken, daß ich Sie wegen einer Bagatelle um den Schlaf bringe!«

»Ich denke folgendes: der Mann, der in diese Wohnung eingebrochen ist, ist der Mann, der Jesse Trasmere ermordet hat! Ich kann Ihnen absolut nicht sagen, warum, aber ich habe immer gefunden, daß es instinktive Überzeugungen gibt, die mit vernünftigen Argumenten nicht zu klären sind. Das menschliche Wesen war einmal mit einem genauso sicheren Instinkt ausgestattet wie irgendein wildes Tier. Diese Eigenschaft verschwand jedoch, je mehr sich das Denken entwickelte, und sie ist bei der heutigen Menschheit nur noch in Spuren vorhanden. Trotzdem — es ist dem Menschen möglich, diesen Keim so auszubilden, daß er zum Beispiel auf den Rennplatz gehen und jeden Sieger aussuchen kann.«

»Sie scherzen ...«

»Doch, doch, manchmal erleben Sie es ja selbst, aber Sie nennen es ›Vorahnung‹. In Wirklichkeit ist es Ihr abgeschwächter Instinkt, der sich bemerkbar macht, doch Sie bekämpfen ihn mit Logik, ersticken ihn mit Beweisen, wollen nichts davon wissen. — Und hier nun sagt mir mein Instinkt, daß die gleiche Hand, die Mr. Landers Koffer öffnete, auch Trasmere tötete. Schon als Sie mir telefonierten, hatte ich ein seltsames Gefühl — ein Gefühl, als ob Sie oder jemand anders mir eine fertige Lösung zum Mord liefern würden.«

»Und jetzt sind Sie enttäuscht? Sie denken zuviel, Carver!«

»Wir alle denken zuviel —«, antwortete Carver noch melancholischer als gewöhnlich.

Kapitel 17

Am nächsten Morgen — Tab war noch beim Ankleiden — kam der Herr aus dem Erdgeschoß, den er erst ein einziges Mal gesehen hatte, zu ihm herauf.

»Ich hoffe, Sie haben es mir nicht übelgenommen, daß ich gestern abend zu Ihnen hinaufrief«, begann er sich zu entschuldigen. »Ich hatte eine ganze Nacht und einen Tag in der Eisenbahn zugebracht und nicht geschlafen. Daher war ich etwas aufgebracht, als ich über mir den Lärm hörte. Haben Sie einen Kasten oder sonst etwas Schweres fallen lassen?«

»Ich habe nichts fallen lassen«, erwiderte Tab, »den Lärm, den Sie hörten, hat ein Einbrecher veranstaltet!«

»Ein Einbrecher —? Ach! Ja, ich wurde von dem Krach wach, sprang auf und schrie hinauf.«

»Wann war das?«

»So zwischen zehn und halb elf Uhr.«

»Er muß den Koffer fallen gelassen haben, als er ihn aufs Bett stellen wollte. Was war dann? Haben Sie niemand gesehen?«

»Eine Viertelstunde, nachdem ich gerufen hatte, ging jemand fort. Nun, ich fühlte mich etwas beschämt, öffnete meine Tür und wollte mich entschuldigen.«

»Sie haben ihn nicht gesehen?«

»Nein, er schloß schnell die Tür, als ich gerade auf den Treppenabsatz trat. Das einzige, was ich sah, war seine Hand, die die Haustür zuzog. Er hatte schwarze Handschuhe an. Natürlich glaubte ich, daß Sie es wären und mir nun zürnten. Zwar fand ich schwarze Handschuhe für einen jungen Mann, selbst wenn er in Trauer wäre, recht seltsam.«

Tab berichtete dies alles Carver.

Am Sonntag erlebte er eine neue Überraschung, eine angenehmere als Samstag nacht, doch nicht weniger beunruhigend. Es war spät am Abend, Tab las unter der Tischlampe, als die Glocke an der Haustür heftig läutete. Das bedeutete, daß die Haustür geschlossen war. Am Abend von Wellington Browns Besuch war sie offen gewesen. Tab stellte unwillkürlich diese Gedankenverbindung her und fragte sich ironisch, ob es sich dabei vielleicht um eine Instinktäußerung handelte, wie Carver sie neulich gefordert hatte. Er legte das Buch weg, ging hinunter und öffnete. Vor Überraschung prallte er zurück — es war Ursula Ardfern. Auf der Straße stand ihr kleiner Wagen. Zwei Handkoffer waren auf dem Gepäckträger festgeschnallt.

»Ich bin auf dem Weg zum Zentralhotel. Darf ich hineinkommen?«

»Bitte, kommen Sie hinauf! — Leider ist das Zimmer ziemlich verräuchert ...«

Er wollte die Gardine zurückziehen, aber sie wehrte ab.

»Bitte nicht! Ich bin so nervös, daß ich fürchte, beim geringsten Anlaß in Ohnmacht zu fallen. Schade, daß diese nützliche Gewohnheit aus den Tagen unserer Großmütter unmodern wurde. Manchmal wäre es eine Erleichterung, einfach in Ohnmacht fallen zu können. Ich bin in die Stadt gekommen, um wieder im Zentralhotel zu wohnen, obschon ich mir eine solche Verschwendung nicht erlauben dürfte.«

»Was ist geschehen?«

»Es spukt in Stone Cottage.«

»Spukt?«

Sie lächelte leicht.

»Nicht ein Geist — ein sehr menschenähnlicher Mann, ein geheimnisvolles Individuum in Schwarz. Die Frau, die die Hausarbeit macht, sah ihn vor einigen Nächten im Garten. Ich selbst habe ihn von meinem Fenster aus gesehen und angerufen. Anderen Leuten fiel auf, wie er schnell die Landstraße entlangging. — Sagen Sie mir ehrlich, Mr. Holland, beobachtet mich die Polizei?«

Daran hatte Tab auch schon gedacht.

»Ich glaube nicht«, antwortete er. »Carver erzählt mir nicht alles, aber er erwähnte auch Ihren Namen nie. Wenn irgendein Verdacht bestünde ... Sagten Sie: in Schwarz?«

»Ja, von Kopf bis Fuß in Schwarz, einschließlich der Handschuhe — eine ziemlich ungewöhnliche Kostümierung!«

»Schwarze Handschuhe? Das könnte mein Einbrecher sein!« Tab erzählte von dem mysteriösen Besuch in der vergangenen Nacht.

»Das ist seltsam — ausgerechnet gestern wurde er in Stone Cottage nicht gesehen. Ich werde sonst nicht gleich nervös, aber dieses unheimliche Beobachtetwerden ...«

»Wie kam er? Hatte er einen Wagen, ein Motorrad, oder kam er mit dem Zug?«

Darüber konnte sie keine Auskunft geben.

»Armer Tab!« lachte sie. »Ich lege alle meine Bürden auf Sie. Ein Geheimnis nach dem andern, aber dieses, das beschwöre ich, ist nicht von mir ausgeheckt worden!«

»Ich hätte Lust, eine Nacht in Stone Cottage zu verbringen und mir den Herrn anzusehen, der so ungezwungen in meiner Wohnung ein- und ausgeht.«

Erst antwortete sie nicht. Den Finger am Mund dachte sie nach.

»Angenommen, ich kehre morgen früh nach Stone Cottage zurück — und Sie kommen später ebenfalls hinaus? Ich glaube, Sie müßten nach Dunkelwerden kommen, das heißt natürlich, wenn Sie Zeit haben.«

Tab war versucht, ihr zu versichern, daß er für den Rest seines Lebens zu ihrer Verfügung stehe, aber wohlweislich behielt er dies für sich.

Er begleitete sie zum Wagen. Als er in sein Zimmer zurückkehrte, fühlte er sich so hochgestimmt wie die ganze vergangene Woche nicht.

Früh am nächsten Morgen telefonierte er mit Carver.

»Würde Miss Ardfern etwas dagegen haben, wenn ich mitkäme?« fragte der Kommissar. »Nun gut, der Mann in Schwarz — es mag ein Zufall sein und absolut nichts mit dem Mord an Trasmere zu tun haben, aber ich bin anderer Ansicht.«

Tab war in Verlegenheit. Wenn er zögerte, mußte der Kommissar einen völlig falschen Eindruck erhalten. Wenn er zusagte, verlor er die Aussicht auf einen glücklichen Abend. Ein wunderbarer Gedanke — allein mit Ursula Ardfern zu sein, als ihr Beschützer ...

»Ich bin überzeugt, Miss Ardfern würde sich freuen —«, hörte er sich widerstrebend sagen.

»Wenn ich hier weg kann, will ich mitkommen«, antwortete Carver, »denn — um einen Dieb handelt es sich bestimmt nicht.

Diebe machen sich nicht bemerkbar, indem sie die Leute beunruhigen, die sie berauben wollen. Hat sie die Ortspolizei verständigt?«

Tab wußte es nicht, hielt es aber nicht für wahrscheinlich. Im übrigen hoffte er inbrünstig, gewichtige Vorfälle möchten den Kommissar in der Stadt zurückhalten.

Er schickte den Redaktionsboten mit einem kurzen Brief zu Miss Ardfern, worin er ihr Carvers Vorschlag mitteilte, und erhielt sofort die Antwort, daß sie sich über den Besuch freuen würde.

Tab fand nun auf einmal, daß es gar keine so schlechte Idee wäre, Carver dabeizuhaben. Es würde nichts schaden, wenn sie einen Mann kennenlernte, der ihr unter Umständen noch sehr nützlich sein konnte. Als er dann wenige Minuten vor Abgang des Zuges nach Hertford Kommissar Carver den Bahnsteig entlangeilen sah, war er sehr zufrieden und mit dieser Wendung ausgesöhnt.

Es war bereits dunkel, als sie ankamen und den langen Weg vom Bahnhof bis Stone Cottage einschlugen. Kurz vor dem Landhaus gingen sie dann hintereinander und hielten sich im Schatten der Alleebäume. Sie begegneten keiner Seele und erreichten unbemerkt den Garten.

»Ich habe alle Jalousien heruntergelassen«, sagte Ursula Ardfern nach der Begrüßung. »Ihr Kommen, Mr. Carver, ist mir sehr erwünscht, weil mein Mädchen nach Hause fahren mußte — ihre Mutter ist krank geworden. Ich hoffe, es macht Ihnen nichts aus, die Rolle der Anstandsdame zu spielen?«

»Keineswgs. Wo wohnt die Mutter Ihrer Angestellten?«

»In Felborough. Margarete hatte gerade noch Zeit, den letzten Zug zu erreichen. Sie bekam ein Telegramm ...«

»Ah! Und den Mann in Schwarz haben Sie in der letzten Nacht nicht gesehen?«

»Ich bin erst heute morgen zurückgekehrt«, erwiderte Miss Ardfern beunruhigt. »Glauben Sie, daß Margarete durch — irgend jemand weggerufen wurde, daß es eine List war, um sie fortzulokken?«

»Ich weiß es nicht, aber in meinem Beruf rechnen wir immer mit den schlimmsten Möglichkeiten. Um welche Zeit gehen Sie gewöhnlich zu Bett?«

»Hier auf dem Lande — etwa um zehn Uhr.«

»Gut, dann werden Sie auch heute um zehn Uhr auf Ihr Zimmer gehen, das Licht andrehen und nach entsprechender Zeit wieder ausmachen. Danach können Sie, wenn Sie möchten, wieder herunterkommen, nur müssen Sie sich darauf gefaßt machen, im Dunkeln zu sitzen und die Unterhaltung flüsternd zu führen. Durchaus möglich, daß wir uns am Morgen alle ein wenig närrisch vorkommen, aber ich möchte das lieber in Kauf nehmen, als mir eine Gelegenheit entgehen lassen.«

Sie nahmen zu dritt ein kleines Abendessen. Nachher halfen die Männer, den Tisch abzuräumen, und Miss Ardfern forderte sie zum Rauchen auf. Tab zündete sich seine Pfeife an. Carver sagte, er wolle nicht rauchen.

Aus irgendeinem Grund kam die Unterhaltung nicht in Gang. Schweigend saßen sie am Tisch, jeder mit seinen Gedanken beschäftigt.

Es war schließlich Ursula Ardfern, die die Szene zu beleben versuchte.

»Ich hätte Lust, Kommissar«, bemerkte sie gezwungen scherzhaft, »Ihnen ein Geständnis zu machen — zum Teil wenigstens, und es würde mir nicht einmal schwerfallen, seit ich Sie kennengelernt habe.«

»Halbe Geständnisse sind unangenehme Dinge«, antwortete Carver, »an Ihrer Stelle würde ich daher kein Geständnis machen, um so weniger, als ich ohnehin schon weiß, wovon es handelt.«

Sie zog die Augenbrauen hoch.

»Sie wissen?«

»Sie würden mir möglicherweise erzählen, daß Sie, als Trasmere noch lebte, jede Nacht nach Mayfield fuhren, um Ihren Schmuck bei ihm zu deponieren, obschon es nicht der einzige Grund war, weshalb Sie ihn aufsuchten. Sie gingen nämlich auch hin, um Sekretärinnendienste zu leisten. Alle Briefe, die Jesse Trasmere verschickte, wurden auf einer Portable Schreibmaschine Marke ›Cortona‹ geschrieben. Sie trägt die Nummer 29754, eine Tastenkapsel fehlt, und der Buchstabe ›r‹ schlägt nicht richtig an.« Er hatte langsam gesprochen, ohne sie anzusehen, doch entging ihm ihre Bestürzung nicht. »Vielleicht wollten Sie mir auch erzählen, daß Sie und Yeh Ling, der Besitzer des ›Goldenen Daches‹, an dem Abend, als ich Sie beinahe abfing, Mayfield besuchten? Nein, ich sehe, das wollten Sie nicht.«

Tab war sprachlos. Ursula Ardfern, eine der erfolgreichsten Schauspielerinnen Londons, Sekretärin des alten Trasmere! Es war unglaublich. Und doch sagte ihm ein Blick auf ihr Gesicht, daß Carver die Wahrheit gesprochen hatte.

»Woher wissen Sie das?« fragte sie.

»Wir haben bei der Polizei«, antwortete er trocken, »sehr tüchtige Leute — man würde es nicht für möglich halten, wenn man die Zeitungen liest! Alte, tüchtige Köpfe, was, Holland?«

»Aber — aber ...«, stotterte Miss Ardfern. »Wissen Sie — was wissen Sie sonst noch? Warum wir überhaupt hingingen?«

»Sie gingen hin, um Yeh Ling das Versteck mit den Geheimdokumenten zu zeigen, nach dem Sie vorher schon geforscht hatten. Da war das grünlackierte Kästchen, aber auch der Ziegelstein im Kamin. Was Sie selbst betrifft, hofften Sie, einige Papiere zu finden, die auf Sie Bezug hatten, aber Sie wurden enttäuscht. Das einzige, worüber ich im Zweifel bin — Yeh Ling, wurde er ebenfalls enttäuscht?«

Sie schüttelte den Kopf.

»Ich frage mich nur — war das, was er suchte, in dem kleinen lakkierten Kästchen? Ich nahm an, daß es einen Doppelboden hätte. Habe ich recht?«

»Nein. Yeh Ling glaubte nur, daß es darin wäre. Das Dokument, das er suchte, war aber im Kamin.«

»Sie haben einen Schlüssel zu Mayfield —«, sagte Carver, »ich glaube, es ist besser, Sie geben ihn mir. Sonst haben Sie noch Verdruß.«

Sie ging wortlos aus dem Zimmer, kam zurück und überreichte ihm einen kleinen Patentschlüssel. Carver schaute ihn an und steckte ihn in die Tasche.

»Wenn ich Schriftsteller wäre«, meinte er, »was ich Gott sei Dank nicht bin, würde ich die Geschichte von Trasmeres Mord ›Das Geheimnis der drei Schlüssel‹ nennen. Das Geheimnis um den ersten ist gelöst — es war nicht sehr geheimnisvoll. Nun bleiben noch die zwei andern. Der dritte ist am schwierigsten.«

»Sie meinen den, der auf dem Tisch im Gewölbe gefunden wurde?«

»Ja.« Mehr sagte Carver nicht, und Ursula stellte keine weiteren Fragen.

Tab sah seinen Begleiter mit neuer Achtung an.

»Jeden Tag, Carver, kommen Sie dem Ziel eines tüchtigen Detektivs ein wenig näher!«

Der Kommissar überhörte den todernst vorgebrachten Spott und schaute auf die Uhr.

»Zehn Uhr, Miss Ardfern!« sagte er mit gespielter Strenge. »Wir müssen die Lichter ausdrehen, bevor Sie das Zimmer verlassen. Alles muß ordnungsgemäß verlaufen, da wir vielleicht von irgendwoher beobachtet werden.«

Tab löschte das Licht im Wohnzimmer.

Nachdem Miss Ardfern gegangen war, zog Carver die schweren Samtgardinen zurück. Es war eine sternklare Nacht und die Eingangspforte leicht zu erkennen.

»Ausgezeichnet.« Carver setzte sich auf einen Stuhl beim Fenster. »Wenn Sie unbedingt rauchen müssen, Holland, dann halten Sie die Pfeife so, daß man sie von draußen nicht sehen kann.«

Tab brummte und legte die Pfeife auf das Kamingitter.

Zehn Minuten später kehrte Ursula ins Wohnzimmer zurück.

»Darf ich hierbleiben?« flüsterte sie. »Ich habe das Licht in meinem Schlafzimmer ausgemacht.«

Sie unterhielten sich eine ganze Stunde lang im Flüsterton. Tab begann schon schläfrig zu werden, als ein Wink des Kommissars ihn mitten in einem Satz unterbrach. Rasch sah er aus dem Fenster. An der Pforte war eine dunkle Gestalt. Mehr als die Umrisse konnte man nicht unterscheiden. Es schien ein Mann von beträchtlicher Größe zu sein, mit einem auffallend breitkrempigen Hut.

Sie warteten gespannt, bis die Pforte sich öffnete — geräuschlos schlich die Gestalt in den Garten. Auf halbem Weg zwischen Gartenpforte und Haustür tauchte, wie aus der Erde gewachsen, als käme sie von nirgendher, eine zweite Gestalt auf, die den Mann mit dem großen Hut, bevor er sich umdrehen konnte, ansprang. Gebannt hatten die drei Beobachter im Zimmer den Vorgang verfolgt. Dann stürzte Carver aus dem Zimmer, Tab dicht hinter ihm her.

Als sie die Haustür aufrissen, waren beide Gestalten verschwunden. Carver lief auf die Gartenpforte zu und stolperte über etwas. Er drehte sich um und leuchtete mit der Taschenlampe den Boden ab. Mitten auf dem Weg lag ein Mann. Er drehte ihn auf den Rükken.

»Das ist ...«

Der Mann zu seinen Füßen war Yeh Ling — bewußtlos.

Carver schaute sich nach dem zweiten Besucher um. Er eilte auf die Straße. Sie war leer. Abwechselnd nach der einen und der andern Richtung spähend, entdeckte er schließlich in einiger Entfernung einen dunklen Umriß, der sich im Schutz einer Hecke vorsichtig entfernte, und machte sich sofort an die Verfolgung.

Hundert Meter vom Haus bog ein Seitenweg ab, in den der

Flüchtende verschwand. Bevor Carver den Weg erreichte, hörte er einen Motor anspringen und sah gleich darauf, wie sich ein großer, offener Wagen in kreischender Fahrt entfernte. Er kehrte zum Haus zurück.

Kapitel 18

Yeh Ling lag in Ursulas Zimmer, mit beiden Händen seinen Kopf haltend.

»Das ist der zweite Mann — nicht der Herr mit dem großen Hut!« sagte Carver, als er eintrat. »Nun, Yeh Ling, wie fühlen Sie sich?«

»Ziemlich schwindlig.« Yeh Ling schaute vorwurfsvoll Miss Ardfern an. »Warum haben Sie mich, als Sie mir schrieben, nicht wissen lassen, daß diese Herren herkommen würden?«

»Als ich Ihnen schrieb, wußte ich es wirklich noch nicht«, antwortete sie.

»Ich fürchte, Mr. Carver, daß ich Ihnen den Abend verdorben habe?« Yeh Lings ausdruckslose braune Augen fixierten den Kommissar.

»Ich verstehe, Sie standen also auf Wache? Haben Sie eigentlich den Mann gesehen?«

»Gesehen habe ich ihn nicht — nur gespürt.« Er rieb sich den Kopf. »Ich glaube, die Faust —. Waffen habe ich keine bemerkt.«

»Und vom Gesicht — haben Sie gar nichts gesehen?«

»Nein, nur einen Bart habe ich zu fassen bekommen. Schade, ich habe meine Kräfte überschätzt. Das war einmal anders, damals in Harvard, als chinesische Studenten noch Seltenheitswert hatten.«

»Harvard?« rief Tab verblüfft. »Heiliger Josef! Ich dachte, Sie wären ein gewöhnlicher ...«

»Ein gewöhnlicher Chinese, wollten Sie sagen? Vielleicht bin ich das auch. Ich hoffe, daß ich es bin. Miss Ardfern kannte mich schon, als ich noch ein sehr armer Chinese war! Wir wohnten im gleichen Haus, sie wird sich erinnern, sie rettete das Leben meines Sohnes, und ich bin ihr dafür für alle Zeit verpflichtet.«

Tab Holland erinnerte sich sofort an Ursulas Erzählung von dem kleinen chinesischen Knaben und sah jetzt die Zusammenhänge.

»Ich hatte keine Ahnung, daß Sie heute abend kommen würden,

Yeh Ling«, lenkte Ursula ab. »Sie hätten sich keine solche Mühe machen dürfen. Wir sind so verblieben, daß ich Sie benachrichtige, wenn ich in Schwierigkeiten bin.«

»Die Ereignisse beweisen, daß Sie es sind«, sagte Yeh Ling trokken. »Ich bin nur beharrlich, Miss Ardfern. Seit sieben Jahren stehen Sie unter meiner Obhut. Sieben Jahre lang, Tag oder Nacht, habe entweder ich oder jemand von meinen Leuten über Sie gewacht, und Sie gingen nie ...« Er brach plötzlich ab.

»Miss Ardfern ging nie in Mr. Trasmeres Haus, ohne daß Sie draußen warteten — das war es doch, was Sie sagen wollten, Yeh Ling?« fragte Carver freundlich. »Es ist mir alles bekannt, und Miss Ardfern weiß es.«

»Ja, das wollte ich sagen«, gab Yeh Ling zu. »Ich folgte gewöhnlich Miss Ardfern vom Theater bis zum Hotel, vom Hotel bis zu Trasmeres Haus und wieder zurück, nachdem sie ihre Arbeit beendet hatte.«

Tab Holland und der Kommissar wechselten einen Blick. Dies also war der zigarrenrauchende Chinese, den Mr. Stotts Dienstmädchen in den kalten Morgenstunden vor Mayfield gesehen hatte. Und jetzt fand Tab auch eine Erklärung für den Radfahrer an jenem Morgen, als er Ursula Ardfern mit geplatztem Reifen auf der Straße angetroffen hatte.

»Davon hatte ich keine Ahnung«, flüsterte sie, Tränen in den Augen. »Ist es wahr, Yeh Ling? Oh, wie gut Sie sind!«

»Güte ist ein relativer Begriff.« Yeh Ling drehte sich eine Zigarette, mit den Augen bat er um Erlaubnis, und als Miss Ardfern nickte, zündete er so flink, daß niemand hatte verfolgen können, wie er es hervorholte, ein Streichholz an. »Güte? Sie haben das Leben dessen gerettet, der mein Augenlicht und das Innerste meiner Seele ist. Verzeihen Sie, Mr. Holland, meine Ausdrucksweise. Als Schriftsteller werden Sie diese Eigenart des blumenreichen Orients verstehen. Ich meine es aufrichtig ...« Ohne Übergang erzählte er seine Lebensgeschichte, die auch Ursula Ardfern nur zur Hälfte kannte. »Ich war in der eigenartigen Lage, ein armer oder reicher Mann zu sein, je nachdem das Gesetz dieses Landes ein Abkommen auslegte, das ich mit Shi Soh getroffen hatte. Shi Soh ist Ihnen unter dem Namen Trasmere bekannt, und das ist selbstverständlich auch sein richtiger Name. Am Fluß Amur nannten wir ihn aber Shi Soh. Ich kam in dieses Land vor vielen Jahren und arbeitete in dem Restaurant, dessen Besitzer ich jetzt bin. Ich meine nicht das ›Goldene

Dach‹, sondern das alte Lokal in der Reed Street. Der Mann, der es ursprünglich besaß, verlor sein ganzes Geld, und ich kaufte es billig. Sie werden sich wundern, warum ein gebildeter Mann und Sohn eines großen Geschlechts hierherkam und die Rolle eines Kellners spielte. Ich muß Ihnen sagen, daß Bildung, wenn sie sich politisch äußert, in China nicht immer erwünscht ist. Ich verließ daher eines Tages China sehr eilig. Das ist jedoch alles vorbei. Die Mandschus sind fort, die alte Kaiserin, die Tochter des Himmels, ist tot, und Li Hung schläft auf den Terrassen der Nacht. — Ich machte hier im Exil nur langsame Fortschritte. Eines Abends kam Mr. Trasmere. Erst erkannte ich ihn nicht. Früher war er ein kräftiger, gesunder Mann gewesen, skrupellos und grausam. Ich weiß, daß er Männer schlagen ließ, bis sie verrieten, wo sie das Geld, das sie beim Graben gestohlen hatten, versteckt hielten. Er sprach über alte Zeiten, und dann fragte er mich, ob man im Restaurantgeschäft Geld verdienen könnte. So begann eine Verbindung, die bis zu seinem Tod dauerte. Dreiviertel des Reingewinns vom ›Goldenen Dach‹, so lautete unser Abkommen, holte Mr. Trasmere an jedem ersten Montag des Monats ab. Dies war die eine Abmachung, die wir getroffen hatten, die zweite, die ich nach seinem Diktat niederschrieb, bestimmte, daß im Fall seines Todes das Restaurant in meinen Besitz übergehen sollte. Er unterzeichnete das Dokument mit seinem ›Hong‹, das er immer bei sich trug, und ich mit dem meinen.«

»Ein ›Hong‹«, unterbrach hier Carver, »ist ein länglicher, elfenbeinerner Stempel mit einem chinesischen Schriftzeichen, dem Handzeichen oder der Unterschrift, wie wir sagen.«

»Ja. Ich bewahrte das Dokument auf. Wenige Tage vor seinem Tod bat er mich, es mitnehmen zu dürfen, um eine Abschrift davon zu machen. Dann wurde er ermordet. Die einzige Hoffnung, mich vor einem unberechtigten Zugriff zu schützen, war, dieses Dokument zu finden, das er in meinem lackierten Kästchen mitgenommen hatte.«

»Aber könnte man Ihr Restaurant anrühren? Wo ist das andere Dokument, das Mr. Trasmeres Erben das Recht geben würde, sich einzumischen?«

»Dazu braucht es kein Dokument«, sagte Yeh Ling fest. »Wir Chinesen sind anders. Wenn Mr. Lander nach seiner Rückkehr aus Italien kommen und sagen würde: ›Yeh Ling, dieses Restaurant gehört meinem Onkel, Sie haben nur einen sehr kleinen Anteil daran‹, dann würde ich antworten: ›Das ist wahr.‹ Wenn das Dokument, von dem ich gesprochen habe, nicht gefunden worden wäre, hätte ich mir gar keine Mühe gegeben, auf meinem Recht zu bestehen.«

Tab war beeindruckt und etwas beschämt von dieser ausgeprägten Auffassung von Ehre.

»Sie haben das Dokument gefunden?«

»Ja, Sir. Es war aus dem Kästchen herausgenommen und — anderswohin getan worden. Der Grund, warum ich heute hier bin, ist unter anderem, daß ich gern den schwarzen Mann getroffen hätte. Er hat auch mich viele Tage beobachtet. Ich bin sicher, daß es der gleiche ist.« Er verzog das Gesicht und rieb sich von neuem den Kopf. »Getroffen habe ich ihn — doch er mich auch!«

Carver, der einige Notizen gemacht hatte, sah den Chinesen eindringlich an.

»Yeh Ling, wer hat Jesse Trasmere ermordet?«

»Ich weiß es nicht. Es ist erstaunlich ...«

»Wir werden es erfahren, sobald wir Brown und Walters erwischt haben.«

»Brown ist nicht schuldig«, sagte Yeh Ling. »Ich war mit ihm zusammen, als der Mord begangen wurde!«

Alle, selbst Ursula Ardfern, zeigten sich überrascht von dieser Aussage.

»Wissen Sie, was Sie da sagen?«

»Ich weiß, was ich sage, und ich wünschte, ich hätte es nicht gesagt. Trotzdem ist es wahr. Wenn der Mord am Samstag nachmittag begangen wurde, so bin ich sicher, daß ich damals mit einem Mann namens Wellington Brown, den wir den ›Trinker‹ oder den ›Arbeitslosen‹ nannten, zusammen war. Es bringt mich in Verlegenheit, wenn Sie mich fragen würden, wo er sich gegenwärtig aufhält. Ich kann Ihnen aber sagen, Mr. Carver, an jenem Samstag, als Jesse Trasmere getötet wurde, war Wellington Brown von halb zwei Uhr nachmittags bis in die Nacht hinein unter meiner Obhut.«

»Wie«, fragte Carver scharf, »war er angezogen, als er zu Ihnen kam?«

»Sehr ärmlich. Er war immer ärmlich gekleidet.«

»Hatte er Handschuhe an?«

»Nein. Keine Handschuhe. Dies fiel mir zuerst auf, weil er — wie sagt man? — in gewissen Dingen penibel ist. Ich habe ihn an den heißesten Tagen mit Handschuhen gesehen. Ein Geck! Das ist das Wort, das ich suchte. — Es tut mir leid, wenn ich Sie enttäuschen muß.«

»Sie haben mich nicht enttäuscht«, erwiderte Carver, »Sie haben nur zwischen mich und mein Ziel noch eine Mauer gesetzt.«

Yeh Ling verabschiedete sich. Er war mit dem Rad gekommen und wollte lieber gleich die lange Rückfahrt antreten, als im Landhaus den Morgen abzuwarten.

Für Ursula Ardfern war es zu spät, um wieder ins Hotel zu fahren, und so blieben sie zu dritt die ganze Nacht auf. Carver legte eine endlose Patience, während Tab und Ursula über allerhand unzusammenhängende Dinge sprachen.

Sobald es hell wurde, ging Carver zu der Stelle, wo der Wagen gestanden hatte, um die Radspuren zu untersuchen. Er erfuhr wenig Neues, außer daß der Wagen sehr groß und die Reifen neu sein mußten.

»Der Mann am Steuer dürfte kein geübter Fahrer sein. Möglich, daß er auch nur sehr nervös war. Ein kurzes Stück weiter vorn wäre er beinahe in den Graben gerast, dabei hat er einen Telegrafenpfosten gestreift. Ich habe Lackspuren gefunden und vermute, daß es sich um einen ziemlich neuen Wagen handelt.«

Kapitel 19

Mr. Wellington Brown fühlte sich eines Morgens auffallend frisch. Gewöhnlich erwachte er mit umnebeltem Gehirn, ausgetrocknetem Mund und keinem andern Wunsch, als die Gier nach dem Opium zu befriedigen, das ihn zeitlebens arm gehalten und schließlich physisch und moralisch ruiniert hatte. An diesem Morgen aber öffnete er die Augen, warf einen raschen Blick auf seine Umgebung und stieß ein ›Ph!‹ des Ekels aus. Er kannte sich selbst, seine Eigenarten und Anfälle, gut genug, um zu wissen, daß das Ende einer jener Perioden gekommen war. Eines Tages würde er wohl nicht mehr so erfrischt, sondern überhaupt nicht mehr daraus erwachen.

Er setzte sich im Bett auf und sog die Luft ein, die durchs offene Fenster strömte. Als er sich erhob, fand er, daß seine Knie etwas unsicher waren, und lachte albern. Yo Len Fo kam mit einem Tablett herein — ein Glas Wasser, eine halbvolle Whiskyflasche, daneben die unvermeidliche Pfeife.

Wortlos schenkte sich Brown eine tüchtige Portion Whisky ein und goß ihn sich schwungvoll in die Kehle.

»Mit dieser Pfeife können Sie zum Teufel ...« Seine Stimme zitterte, klang aber entschlossen.

»›Eine Pfeife am Morgen läßt die Sonne scheinen‹«, zitierte Yo Len Fo.

»Eine Pfeife am Morgen erlischt nicht mit den Sternen«, antwortete Wellington Brown mit einem andern Sprichwort.

»Wenn der gnädige Herr warten will, bringe ich das Frühstück hinauf.«

»Ich bin schon zu lange hier. Welcher Tag ist heute nach dem fremden Kalender?«

»Ich kenne die fremden Sitten nicht, aber wenn Exzellenz geruhen wollen, einige Stunden in dieser Hütte zu verweilen ...«

»Exzellenz geruhen nicht, weder in einer Hütte noch in einem Palast zu verweilen!« fuhr Wellington auf. »Wo ist Yeh Ling?«

»Ich will gleich nach ihm schicken«, sagte Yo Len Fo schnell.

»Laß ihn in Ruhe!« Mr. Brown machte eine ungeduldige Handbewegung und begann seine Taschen zu durchsuchen. Zu seinem Erstaunen fand er das Geld, wenn es auch nicht eben viel war, unangerührt.

»Wieviel schulde ich Ihnen?« fragte er.

Yo Len Fo schüttelte den Kopf, was soviel wie ›nichts‹ bedeutete.

»Sie haben wohl eine Opiumhöhle zu wohltätigen Zwecken?«

»Es ist alles von Exzellenz Yeh Ling bezahlt worden.«

Brown brummte.

»Ich glaube, der alte Teufel Trasmere steckt dahinter«, sagte er auf englisch. Als er sah, daß der Mann ihn nicht verstand, stieß er ihn beiseite und stieg die Treppe hinunter auf die Straße. Er fühlte sich schrecklich schwach, aber sein Herz war leicht. Am Ende des schmalen Gäßchens, aus dem er auf die Hauptstraße hinaustrat, zögerte er einen Augenblick und bog dann nach links ab, wodurch er, ohne es zu wissen, vermied, Inspektor Carver in die Arme zu laufen, der an diesem Morgen dem Besitzer des ›Goldenen Daches‹ einen Besuch abgestattet hatte.

Mr. Brown verbrachte einen ruhigen, besinnlichen Tag. Er setzte sich im Park auf eine Bank und ließ dösend die Stunden verstreichen, ohne auf die Junihitze zu achten. Am späten Nachmittag verspürte er Hunger und ging in einen Imbißraum im Park. Danach suchte er die nächste Bank auf. Wellington Brown war ein geborener Müßiggänger und verstand sich auf die angenehme Kunst des Nichtstuns. Die Sterne erschienen schon am dunkelnden Himmel, als er sich erschauernd aufraffte und instinktiv der lichtsprühenden Stadt zuwandte. Auf dem Hauptweg, der von einem Parkende zum andern führte, überholte ihn ein Mann, der in der gleichen Richtung ging. Der Mann warf einen kurzen Blick auf ihn und sah gleich wieder weg.

»Hallo!« rief Brown ärgerlich. »Ich kenne Sie — warum, zum Teufel, rennen Sie mir davon?«

Der Mann sah sich unruhig um und blieb stehen.

»Ich kenne Sie nicht.«

»Das ist eine verdammte Lüge — ich kenne Sie!« Die Reaktion auf die Ausschweifung machte sich bemerkbar. Bereit, mit jedermann Streit anzufangen, suchte er gereizt nach irgendeinem Faden durch die Unordnung in seinem Gehirn. »Wer sind Sie? Ich kenne Sie! War es in China? Mein Name ist Brown — Wellington Brown.«

»Ja, vielleicht in China —«, antwortete der andere plötzlich sehr freundlich. Er nahm Brown am Arm und führte ihn, den Weg verlassend, über die grünen Rasenflächen des Parks.

Ein Liebespärchen, das unter einem Baum saß, sah sie vorbeigehen — den Mann in Schwarz und den Mann aus China.

Kapitel 20

Zur gleichen Zeit traf Walters die letzten Vorbereitungen zur Abfahrt. Er hatte sich schon während des Tages hinausgewagt, den Blicken des Zahlmeisters der ›Arak‹ getrotzt und sich als Steward in der zweiten Klasse für die Reise nach Südafrika anheuern lassen. Das Ende der langen Angst war gekommen. Er sollte sich im Laufe der Nacht an Bord des Schiffes begeben. Es war eine wunderbare Lösung und verminderte die Gefahr der Entdeckung gewaltig.

Auf dem Weg zum großen Dock hatte er eine bedeutende Geldsumme bei sich, die den Gewinn aus seinen Diebstählen in Mayfield darstellte. Den Seesack hatte er schon am Nachmittag aufs Schiff gesandt, so daß er nichts zu tragen brauchte und sich an weniger belebte Straßen halten konnte. Er ging zu Fuß und machte einige Umwege, um jede Gefahr zu vermeiden. Vor einem Monat noch hätte ihn der Anblick eines Polizisten völlig gelähmt, aber heute war er zuversichtlich. Er kam zum Kai und stieg über die

Laufbrücke zum schlecht beleuchteten Deck des Dampfers hinauf.

»Melden Sie sich beim Obersteward!« sagte der Wächter am Ende der Laufbrücke und zeigte ihm den Weg.

Im Gang vor dem Büro des Oberstewards stieß er zu einigen Männern, die ebenfalls darauf warteten, vorgelassen zu werden. Walters hätte nichts dagegen gehabt, wenn er die ganze Nacht hätte warten müssen. Aber schon nach kurzer Zeit war er an der Reihe. Er stieß, als er in die Kabine des Oberstewards trat, den Kopf an und sagte:

»Melde mich zum Dienst, Sir. — John Williams, Steward ...« Hier blieb er stecken.

Am anderen Ende des Tisches saß Kommissar Carver.

Blitzschnell drehte sich Walters um, aber vor der Tür stand ein Detektiv.

»All right!« sagte er ergeben, als man ihm die Handschellen anlegte. »Aber ich habe es nicht getan, Mr. Carver. Ich weiß nichts über den Mord. Ich bin so unschuldig wie ein neugeborenes Kind.«

»Was mir an Ihnen gefällt«, antwortete Carver, »ist Ihre Originalität!«

Er verständigte Tab Holland telefonisch von dem Fang.

»Glauben Sie wirklich, Carver, daß Sie ihn haben?« fragte Tab.

»Wen —? Walters, das heißt Felling? Natürlich. Ich kenne ihn doch.«

»Ich meine den Mörder«, sagte Tab.

»Oh, den Mörder! Nein, ich glaube nicht, daß es dieser Herr ist, aber er wird große Schwierigkeiten haben, das Gegenteil zu beweisen. Sie können schreiben, daß er festgenommen wurde, aber nicht, daß ich ihn des Mordes anklage, weil ich das nicht tun will. Dazu müßte ich viel mehr Beweise in den Händen haben. Vielleicht kommen Sie rasch vorbei, wenn Sie im Büro fertig sind. Vermutlich kann ich Ihnen dann mehr sagen, besonders wenn Walters eine Aussage macht.«

Darin täuschte er sich nicht, denn Walters alias Felling verlor keine Zeit, seine Verteidigung schriftlich niederzulegen.

›Aussage von Walter Felling:
Mein Name ist Walter John Felling. Ich habe mich manchmal ›Walters‹ und manchmal ›McCarty‹ genannt. Ich bin dreimal wegen Diebstahls und Tragens falscher Namen vorbestraft. In Newcastle wurde ich zu fünf Jahren Gefängnis verurteilt. Anschließend war

ich als Koch beim Militär. Dort entlassen, erfuhr ich, daß Mr. Trasmere einen Diener suchte. Da ich von seinem Reichtum wußte, bewarb ich mich, obschon ich auch von seiner Gemeinheit gehört hatte.

Ich legte gefälschte Empfehlungsschreiben vor, die von einem Mann namens Coleby stammten, der sich mit dieser Art Arbeit abgibt. Mr. Trasmere fragte mich, welches Gehalt ich haben wollte, und ich nannte absichtlich einen Betrag, der bedeutend unter dem Üblichen lag. Er engagierte mich sofort.

Als ich nach Mayfield kam, waren noch zwei Angestellte da, Mr. und Mrs. Green. Er, ein Australier, war Hausdiener, fühlte sich dabei aber offensichtlich nicht sehr wohl. Sicher ist, daß Mr. Trasmere ihn nicht ausstehen konnte. Mrs. Green arbeitete als Köchin.

Mein Beweggrund, als ich die Stellung annahm, war, tüchtig Beute zu machen. Doch wußte ich von Anfang an, daß sich nur schwer Gelegenheit dazu ergeben würde, denn im Hause herrschten eigenartige Sitten. Es gelang mir aber doch, einige Sachen zu erwischen — eine goldene Uhr und zwei silberne Leuchter —, und ich dachte schon ans Verschwinden, da kam Mr. Trasmere darauf, daß Green dem Schwager seiner Frau Essen gab, und warf beide sofort hinaus. Gleichzeitig entdeckte er auch den Verlust der goldenen Uhr, und die Koffer der Entlassenen wurden durchsucht. Green tat mir sehr leid, aber selbstverständlich konnte ich nichts sagen.

Als die Greens fort waren, mußte ich alle Arbeit allein tun. Ich fand bald heraus, daß der alte Herr seinen Reichtum in einem Raum im Keller aufbewahrte, doch habe ich den Raum nie gesehen. Es gibt nur einen einzigen Zugang, und zwar vom Wohnzimmer aus. Einmal kam ich dazu, als die Tür offenstand; ich bückte mich und sah in einen langen Kellergang hinunter. Ich hoffte, eines Tages eine genauere Untersuchung vornehmen zu können, aber diese Gelegenheit kam nie, obgleich ich ein oder zwei Wochen vor Mr. Trasmeres Tod soweit zu sein glaubte. Einmal nämlich, als er eine Art Ohnmachtsanfall hatte, gelang es mir, den Schlüssel, den er immer um den Hals trug, in ein Stück Seife einzupressen. Der Anfall dauerte nicht lange, und ich hatte den Schlüssel kaum zurückgelegt, als Trasmere sich auch schon wieder erholte. Ich war froh, daß ich mit meinem Ärmel die Seife vom Schlüssel abgerieben hatte, denn das erste, was er tat, war, nach der Kette um seinen Hals und dem Schlüssel zu tasten. Ich begann nun einen Schlüssel anzufertigen, der in den Abdruck passen sollte. Das ist alles, was ich über das Ge-

wölbe, das ich nicht kenne, berichten kann.

Um zehn Uhr jeden Abend ging ich auf mein Zimmer, und Mr. Trasmere verschloß hinter mir eine Korridortür, die mich vom eigentlichen Haus aussperrte. Am Anfang beschwerte ich mich einmal darüber, was natürlich nichts nützte, denn ich sollte nicht sehen, was nachts vor sich ging. Fast jede Nacht, manchmal bis zwei Uhr früh, hörte ich von unten aus dem Wohnzimmer Stimmen. Einmal, als er abends die Tür hinter mir abzuschließen vergessen hatte, schlich ich in Strümpfen hinunter. In der Halle brannte kein Licht, nur im Wohnzimmer, so daß ich nicht Gefahr lief, bei der ersten Gelegenheit überrascht zu werden. Ich hörte Mr. Trasmere fragen: ›Wo ist die Nadel?‹ Eine Frauenstimme antwortete: ›Sie muß dort liegen.‹ Darauf brummte er etwas und sagte: ›Ja, da ist sie.‹ — Von der Treppe aus konnte ich, wenn ich mich reckte, durchs Oberfenster über der Tür ins Wohnzimmer hineinsehen. Mr. Trasmere ging, die Hände auf dem Rücken, auf und ab und diktierte. Am Tisch saß ein junges Fräulein vor einer Schreibmaschine — die hübscheste junge Dame, die man sich denken kann —, und ich wußte sofort, daß ich sie schon irgendwo gesehen haben mußte. Ich erkannte sie aber erst, als ich ihr Bild in einer illustrierten Zeitung sah, und auch dann konnte ich kaum glauben, daß es wirklich Ursula Ardfern, die berühmte Schauspielerin war.

Es gab viel mehr Sachen im Haus, die man sich aneignen konnte, als ich ursprünglich geglaubt hatte — (hier folgte eine genaue Aufzählung aller gestohlenen Gegenstände!).

An dem Tag, als ich das Haus endgültig verließ, hatte ich wieder einmal an meinem halbfertigen Schlüssel gearbeitet. Das konnte ich ohne Gefahr tun, denn Mr. Trasmere kam nie in mein Zimmer. Um die Mittagszeit brachte ich ihm den Lunch. Er sprach über Brown, den ich am Tag zuvor abgewiesen hatte, lobte mich deswegen und sagte, daß Brown hier von der Polizei gesucht werde; um so verwunderlicher fände er es, daß er sich der Gefahr aussetze und zurückgekommen sei. Er erzählte mir, daß Brown Opium rauche, trinke und ein großer Taugenichts sei. Nach dem Lunch schickte er mich aus dem Zimmer, und ich wußte, daß er ins Gewölbe hinuntergehen wollte, wie er es gewöhnlich um diese Zeit tat.

Ich nahm aus der Küche eine Tasse Kaffee mit ins Zimmer hinauf und arbeitete wieder am Schlüssel. Ungefähr zehn Minuten vor drei Uhr klingelte es an der Haustür. Es war ein Telegrafenbote mit einem Telegramm, das zu meinem Erstaunen an mich adressiert war.

Nie vorher hatte ich ein Telegramm ins Haus bekommen. Ich öffnete es und las — jemand erinnerte mich an meine Verurteilung in Newcastle vor acht Jahren und kündigte mir an, daß die Polizei um drei Uhr kommen werde, um mich zu holen.

Ich geriet in eine schreckliche Verfassung. All die gestohlenen Sachen in meinem Zimmer — ich wußte, daß meine nächste Strafe nicht glimpflich ausfallen würde. So stürzte ich auf mein Zimmer, raffte das Zeug zusammen und verließ das Haus kurz vor drei Uhr. Als ich die Haustür öffnete, sah ich Mr. Rex Lander an der Gartenpforte stehen. Ich kannte Mr. Lander von früher her, denn bald nachdem ich meine Stelle angetreten hatte, wohnte er kurze Zeit im Haus, und ich fand ihn damals sehr angenehm.

Mr. Trasmere, sein Onkel, war nicht gut auf ihn zu sprechen. Rex sei verschwenderisch und faul, sagte er einmal zu mir. Als ich nun Mr. Lander an der Gartentür erblickte, erschrak ich sehr, denn ich nahm an, er müßte sofort sehen, daß etwas nicht in Ordnung wäre. Er fragte mich, ob sein Onkel krank sei. Das gab mir Gelegenheit, mich zusammenzureißen, ich sagte, er sei wohlauf, aber ich müßte einen dringenden Gang für ihn erledigen. Ich lief auf die Straße und hatte das Glück, ein Taxi zu erwischen, das mich zum Zentralbahnhof brachte. Die Stadt habe ich nur für ein paar Tage verlassen, dann kehrte ich zurück und mietete mir in der Reed Street ein Zimmer, das ich früher schon einmal bewohnt hatte. Dort habe ich mich die ganze Zeit versteckt gehalten.

An jenem Tag, als ich Mayfield verließ, hatte ich Mr. Trasmere zum letztenmal beim Lunch, den ich ihm servierte, gesehen. Als der Bote mit dem Telegramm klingelte, kam er nicht heraus, um nachzusehen. Dies tat er allerdings auch sonst nicht.

Ich wiederhole, daß ich nie im Keller von Mayfield gewesen bin. Auch habe ich nie einen Revolver besessen. Ich mache diese Aussage aus freien Stücken, ohne dazu gezwungen zu sein.‹

Kapitel 21

»Da ist die schriftliche Aussage — was habe ich gesagt!« Carver wartete, bis Tab Holland, der auf dem Nachhauseweg vorbeigekommen war, zu Ende gelesen hatte. »Kein Wort daraus darf gebracht, nur die Tatsache, daß er eine Aussage gemacht hat, soll erwähnt werden. Was halten Sie davon?«

»Es klingt sehr glaubwürdig«, meinte Tab.

»Ich finde auch. Im Grunde war ich allerdings nie im Zweifel, daß Walters alias Felling unschuldig ist. Etwas merkwürdig mutet seine Mitteilung über Miss Ardferns Besuche an, ich meine die Erwähnung der Nadel.«

»Denken Sie an die Nadel, die wir im Gang fanden?«

»Ja, eben.« Carver lächelte. »Es ist natürlich absurd, denn die Nadel, von der Trasmere sprach, war bestimmt ein Schmuckstück aus dem Kästchen, und ebenso sicher ist, daß er über den Inhalt Inventur aufnahm, mit anderen Worten, er kontrollierte, ob kein Stück fehlte.«

Tab überlegte einen Augenblick.

»Sie glauben also, daß der Schmuck in Wirklichkeit Trasmere gehörte, daß er ihn Miss Ardfern nur borgte, und sie ihm das Schmuckkästchen jeden Abend wieder zurückbringen mußte?«

»Eine andere Erklärung gibt es nicht. Es gibt auch keine andere Erklärung für ihre Arbeit als Sekretärin. Trasmere steckte in Dutzenden von Geschäften, und ich bin sicher, daß er das Geld für Ursula Ardferns Theaterunternehmen vorschoß. Er war ein schlauer alter Fuchs, wahrscheinlich hatte er sie spielen sehen. Meine Meinung ist, daß er ein Vermögen an ihr verdient hat.«

»Gut, möglich. Warum aber sollte sie, wenn sie doch so viel Geld einbrachte, auch noch seine Mitternachtssekretärin spielen? Er war der Financier einer erfolgreichen Schauspielerin — schön. Warum aber sollte sie darüber hinaus so tun, als ob sie seine Sklavin wäre?«

»Weil er etwas über sie wußte — irgend etwas, und sie wollte nicht, daß es bekannt wurde.« Carver bemerkte die Falten auf Tabs Stirn und sagte schnell: »Ich will damit nicht sagen, daß es etwas für sie Unehrenhaftes ist, und glaube, daß sie es uns eines Tages selbst erzählen wird. Jetzt ist es unwichtig.« Er stand auf und streckte sich. »So — Schluß der Vorstellung! Wenn Sie nicht zufrieden sind, können Sie sich Ihr Geld an der Kasse zurückzahlen lassen! Ich bleibe hier, ich will noch ein oder zwei Stunden arbeiten. Vor Störungen bin ich wahrscheinlich sicher, denn irgendwo zwischen hier und dem Amt ist ein Baum auf die Telefonleitung gestürzt. Gut denn, und denken Sie daran — nur eine kurze Notiz über die Verhaftung Fellings, nichts von Anklage, nichts über die Aussage, nur die Feststellung, daß sie gemacht wurde.«

Tab kam um halb zwölf Uhr nach Hause. Der Gedanke, daß Ursula Ardfern ein Geheimnis haben sollte, das sie um jeden Preis hüten mußte, ließ ihm keine Ruhe.

Er schloß die Haustür auf. Im Briefkasten lag ein Telegramm. Es war von Rex, in Neapel aufgegeben, und lautete:

›*Fahre nach Ägypten. Habe mich ganz erholt. Werde in einem Monat zurück sein.*‹

Die Wendung ›ganz erholt‹ bezog Tab sowohl auf den Nervenzustand als auch auf den Liebeskummer. Vor der Wohnungstür blieb er stehen, um den Schlüssel zu suchen. Dabei war ihm plötzlich, als ob er ein Geräusch gehört hätte, aber es konnte auch von einer der oberen Wohnungen gekommen sein. Er schloß auf und entdeckte als erstes einen kurzen Lichtstrahl im Oberfenster über der Wohnzimmertür. Es war so, als ob im gleichen Augenblick, als er die Wohnungstür aufmachte, die Lampen im Zimmer ausgelöscht worden wären.

Er glaubte immer noch an eine Täuschung, aber dann kam ihm der Einbrecher von neulich in den Sinn. Einen Moment zögerte er, stieß dann rasch die Wohnzimmertür auf und wartete. Alle Jalousien waren geschlossen — er ließ sie nie herunter, wenn er tagsüber wegging —. Jetzt hörte er ein tiefes Atmen.

»Wer ist da?« rief er und tastete nach dem Lichtschalter.

Bevor er den Knopf finden konnte, prallte etwas auf seinen Kopf. Er spürte zuerst keinen Schmerz, wurde sich nur eines scheußlichen Schlages bewußt, der ihn in die Knie zwang und unfähig machte, zu denken und sich zu bewegen. In der Dunkelheit stürzte jemand an ihm vorbei, die Wohnungstür krachte zu, er hörte dumpfes Gepolter auf der Treppe und schließlich das Zuschlagen der Haustür.

Tab lag noch immer auf den Knien und Händen, unfähig sich zu erheben. Warmes Blut rieselte langsam über seine Stirn in den einen Augenwinkel.

Der Schmerz brachte ihn endlich zur Besinnung — unsicher stand er auf und drehte das Licht an.

Ein Stuhl hatte ihn getroffen, er lag neben der Tür. Vorsichtig griff Tab an die Stirn und ging vor einen Spiegel. Die Verletzung war nicht schlimm. Er vermutete, daß der Stuhl zuerst an die Türkante geprallt und der Schlag dadurch abgeschwächt worden war. Ein Stuhlbein lag abgebrochen am Boden. Mechanisch wusch er sich das Gesicht und legte ein Pflaster auf die Wunde. Als er ins Wohnzimmer zurückkehrte, bekam er erst einen genauen Begriff von der Unordnung, die dort herrschte. Jede Schublade seines Schreibtisches stand offen, selbst eine, die er immer verschlossen hielt, weil er darin seine Privatpapiere aufbewahrte, war gewaltsam aufgebrochen worden. Der Inhalt lag auf dem Fußboden und Teppich verstreut.

Den gleichen Zustand fand er in seinem Schlafzimmer vor. Jede Lade, jeder Kasten war geöffnet worden. Seine Geldkassette stand aufgesprengt am Boden, aber das Geld war vollständig vorhanden, nichts fehlte, auch seine goldene Uhr nicht. Die merkwürdigste Entdeckung machte er erst zum Schluß. In einer Schublade hatte er ein paar Fotografien von sich aufbewahrt, die jetzt, in viele Teile zerrissen, herumlagen.

Rex Landers Zimmer schien diesmal besser weggekommen zu sein. Einzig jener zweite Koffer, den der Einbrecher bei seinem ersten Besuch nicht angerührt hatte, stand offen und mit durcheinandergeworfenem Inhalt auf dem Bett.

Tab versuchte Carver anzurufen, aber dann kam ihm in den Sinn, daß die Leitung zur Hauptwache ja unterbrochen war.

Punkt zwölf Uhr, als der Kommissar gerade seinen Schreibtisch aufräumte, um zu gehen, erschien Tab bei ihm.

»Hallo!« rief Carver. »Waren Sie bei einer Schlägerei? Oder sollten Sie — Besuch von Ihrem Einbrecher gehabt haben?«

»Eigentlich hat er mich empfangen — und der Kerl hat zugeschlagen!« Tab schilderte den ganzen Vorfall in der Wohnung.

»Ich komme gleich mit und will mir den Schaden ansehen. Er hat also Ihre Fotografien zerrissen? Das ist interessant.«

»Ich muß ihm nicht gefallen haben. Im Verlauf meiner Karriere habe ich natürlich ein paar Gangster arg belästigt, aber ich komme nicht drauf, welcher dieser Herren hier in Betracht kommen könnte. Der junge Harry Bolter kann es nicht sein, der sitzt immer noch im Gefängnis. Es kann auch nicht Lew Sorki sein, denn der ist im Gefängnis fromm geworden und leitet jetzt eine Mission für Tagediebe. Und diese beiden waren die einzigen, die die Absicht äußerten, meinem jungen Leben ein jähes Ende zu bereiten.«

»Da haben Sie recht — es ist keiner von beiden. In diesem Punkt wenigstens besteht kein Zweifel. Ebenso sicher bin ich, daß dieser Einbruch Rex Landers zweitem Koffer galt. Die Durchsuchung Ihrer Zimmer war nur ein Nachspiel. Kommen Sie, wir fahren jetzt gleich zu Ihnen — wann geschah es?«

»Ungefähr vor einer halben Stunde, vielleicht etwas mehr.« Tab schaute auf die Uhr. »Ja, es war eher vor einer Stunde. Ich versuchte, Sie telefonisch zu erreichen ...«

»Die Leitung ist nicht in Ordnung, ich sagte es Ihnen ja. Sie ist immer dann nicht in Ordnung, wenn wirklich etwas los ist!«

Sie standen vor dem Polizeigebäude, und das Auto, das Carver bestellt hatte, fuhr gerade vor, als ein anderer Wagen auf sie zugerast kam, den Randstein entlangschlidderte und abrupt stehenblieb. Ein Mann kletterte aus dem Wagen. Aus seinem Jackett schaute malerisch ein bunter Pyjamakragen hervor. Mr. Stott hatte sich in aller Eile angekleidet und sah zum erstenmal ungepflegt aus.

Er fiel beinahe in Carvers Arme. Sein Mund öffnete und schloß sich wie bei einem Fisch auf dem Trockenen. Als er endlich sprechen konnte, kreischte er:

»Sie sind wieder da! Sie sind wieder da!«

Kapitel 22

Mr. John Stott empfand große Genugtuung darüber, daß seine Verwicklung in den Mordfall Trasmere ihm nicht nur nicht geschadet, sondern im Gegenteil sein Ansehen gestärkt hatte. Der gewisse Nimbus, der auf einmal seinen Namen und seine Person umgab, beschränkte sich allerdings hauptsächlich auf den Kreis seiner Zuhörer in Tobys Restaurant, auf jene paar Geschäftsleute, die ihn in dem Entschluß, seine Kenntnisse in die Hände der Polizei zu legen, bestärkt hatten.

»Soweit es mich angeht, ist die Sache erledigt«, erklärte Stott eines Tages bei Toby. »Die Polizei hat sich sehr schofel benommen. Weder der Kommissar noch sonst wer hat sich bei mir bedankt.«

In Wahrheit hatte Mr. Stott nie mit einer offiziellen Dankesbezeigung gerechnet, im Gegenteil, er wurde die geheime Furcht nicht los, plötzlich verhaftet und ins Gefängnis gesteckt zu werden. Jedesmal, wenn es an der Haustür klingelte, schrak er zusammen. Eline, die ihn in diese Lage gebracht hatte, entließ er täglich zweimal und stellte sie gleich darauf wieder ein.

»Ich habe«, prahlte er bei Toby, »diesem Carver gesagt: ›Erwarten Sie keine weiteren Informationen von mir!‹«

»Und was antwortete er?« fragte ein Zuhörer.

»Was sollte er schon antworten?« Mr. Stott zuckte die Schultern und sah herausfordernd von einem zum andern, aber niemand wußte eine Antwort darauf. »Er hatte eine Gelegenheit und hat sie verpaßt, als der Chinese und die Frau im Haus waren, und ich die beiden festhielt — wenigstens so gut wie festhielt ... Die Polizei hat sich die Leute durch die Finger schlüpfen lassen. Auf alle Fälle wasche ich meine Hände in Unschuld.«

Mr. Stott wusch sich zweimal täglich die Hände in Unschuld, einmal zum Lunch und dann wieder zum Dinner.

Am Abend nach diesem Gespräch bei Toby kam Mr. Stott um elf Uhr nach Hause, nahm ein Bad und zog den Pyjama an. Die Nacht war warm, schlafen wollte er noch nicht. So öffnete er die Balkontür, trat hinaus und setzte sich in einen Rohrstuhl, um die Nachtluft zu genießen. Seine Frau schlief schon. Er stand nochmals auf, schlich ins Zimmer, um sein Zigarrenetui zu holen, rauchte eine halbe Stunde lang, beobachtete die Straße, sah, wie die Manders vom Theater zurückkehrten, wie Mr. Trammin, der drei Häuser weiter wohnte, in angetrunkenem Zustand nach Hause kam und sich mit dem Taxichauffeur wegen des Fahrpreises stritt. Die Zigarre war fast zu Ende geraucht, nichts schien sein Interesse mehr erregen zu können. Da kamen auf dem gegenüberliegenden Trottoir langsam zwei Männer näher. Er kannte sie nicht, und sie interessierten ihn auch nicht, bis er sie in den Garten von Mayfield treten sah.

Mr. Stott wurde sofort wieder munter. Vielleicht Polizeibeamte, dachte er, doch dann drang eine tiefe Stimme zu ihm herauf.

»Mein lieber Mann, ich will Ihnen nur eines sagen — Wellington Brown ist ein guter Freund, aber ein ungemütlicher Feind!«

Stott fiel beinahe in Ohnmacht. Wellington Brown! Der Mann, dessen Bild in allen Zeitungen war, der Mann, den die Polizei suchte!

Der andere antwortete etwas, das er jedoch nicht verstehen konnte.

»Ich drohe nicht —«, hörte er die dumpfe Stimme Browns sagen.

Sie gingen die Stufen von Mayfield hinauf und verschwanden in der Haustür.

Mr. Stotts Knie zitterten. Im nächsten Augenblick war er beim Telefon. Die Nummer hatte er sich bei der letzten Auseinandersetzung mit dem Kommissar gemerkt. Aber Carvers Telefon war nicht in Ordnung!

Stott eilte ins Schlafzimmer, schlüpfte in die Hose, ohne sich des Pyjamas zu entledigen, die Schuhe fand er nicht gleich, dazu war jetzt auch keine Zeit, in Pantoffeln lief er die Straße entlang, um ein Taxi aufzutreiben. Ständig drehte er sich um, weil er befürchtete, die geheimnisvollen Männer von Mayfield könnten ihm folgen. Endlich hielt ein Wagen neben ihm, und er sprang hinein.

»Hauptpolizeiwache!« keuchte er. »Schnell! Ich zahle Ihnen den doppelten Preis, wenn Sie in zehn Minuten dort sind.«

So kam es, daß er wenig später in Carvers Arme taumelte.

»Sie sind wieder da! Sie sind wieder da!«

»Wo — sind sie wieder?« fragte Carver.

»Mayfield —«, preßte Stott atemlos hervor. »Zwei Männer!«

»Zwei Männer in Mayfield? Wann?«

»Ich weiß nicht, wie lange es her ist. Ich sah sie. Einer davon war Wellington Brown.«

»Wellington Brown? Sind Sie sicher?«

»Ich hörte ihn sprechen — ich kann es vor Gericht beschwören. Ich saß auf dem Balkon und rauchte eine Zigarre aus einer Kiste, die mir mein Freund geschenkt hat — vielleicht kennen Sie Morison von der Morison Gold Corporation ...«

Doch Carver war schon in die Polizeiwache gelaufen. Nach einer Weile kehrte er zurück, schob Tab ins Auto und rief dem Chauffeur die Adresse zu.

»Ich mußte zurück, um unseren eigenen Schlüssel zu holen und ...«

Er holte eine Pistole aus der Tasche und entsicherte sie. »Wenn dieser Mann nicht an Halluzinationen leidet, werden wir heute nacht noch etwas erleben!« Er drehte sich zum hinteren Wagenfenster um und stellte fest, daß der Mannschaftswagen folgte. »Ich habe jeden verfügbaren Mann aufgeboten.«

Als sie vor Mayfield hielten, lag das Haus im Dunkeln. Carver eilte über den zementierten Hof und die Stufen hinauf. Er beleuchtete das Schlüsselloch mit der Taschenlampe und öffnete die Haustür weit. In diesem Moment hielt das zweite Auto an der Gartenpforte, und ein halbes Dutzend Polizisten stiegen aus.

Kapitel 23

Der Vorraum war dunkel, Carver schaltete sofort das Licht ein und lief ins Wohnzimmer. Die Tür neben dem Kamin, der Zugang zur Treppe und zum Kellergang, stand offen.

»Oh!« rief Carver, die Situation überblickend.

Er lief nochmals hinaus, um seinen Leuten Instruktionen zu erteilen, und stieg dann, gefolgt von Tab, die Stufen zum Gang hinunter. Die Tür zu Trasmeres Gewölbe war verschlossen. Carver nahm den Duplikatschlüssel, an dem Walters so fleißig gearbeitet hatte, schloß auf, machte Licht und blieb in der offenen Tür stehen.

Mitten im Raum, das Gesicht auf dem Steinboden, lag Wellington Brown. Blut floß unter ihm hervor. Auf dem Tisch lag der Schlüssel zum Gewölbe!

Carver nahm ihn auf. Kein Zweifel, der alte Blutfleck war immer noch daran. Er sah hinüber.

»Was halten Sie davon, Holland?«

Tab antwortete nicht. Er stand auf der Türschwelle und bückte sich langsam. Zwischen seinen Füßen lag etwas Glänzendes — er hob es auf und legte es auf seine ausgestreckte Handfläche.

»Noch eine Stecknadel!« sagte Carver. »Diesmal drinnen im Gewölbe!«

Die Suche nach dem zweiten Mann verlief ergebnislos. Er mußte kurz vor Ankunft der Polizei geflohen sein, denn der Rauch des Schusses hing noch unter der gerundeten Decke.

Der Arzt kam, der Körper wurde fortgetragen. Erst jetzt sprach Tab aus, woran er die ganze Zeit gedacht hatte.

»Wir hätten das verhindern können, Carver! Wenn ich doch früher daran gedacht hätte, ich Narr!«

»Woran?«

»An den Schlüssel — dieser Schlüssel befand sich in Rex' Koffer! Jetzt erinnere ich mich, er erwähnte es beiläufig kurz vor der Abreise.«

»Daran dachte ich auch. Und es erklärt den Einbruch in Ihre Wohnung. Das erstemal, als er nach dem Schlüssel suchte, wurde er von dem Herrn im Erdgeschoß gestört. Heute nacht jedoch brauchte er ihn dringend und fand ihn auch prompt. Wie aber kam der Schlüssel auf den Tisch? Die alte Frage! Und die Stecknadel — die zweite!« Der Kommissar ging auf und ab und sprach mehr zu sich selbst. »Keine Waffe, nur der Körper — und die neue Stecknadel ... Das entlastet allerdings unsern Freund Walters. Wir können ihn nur nach seinem Geständnis wegen Diebstahls festhalten, das ist aber auch alles. — Lassen Sie mich jetzt einen Augenblick allein, Holland, ich komme gleich nach.«

Als Carver heraufkam, befahl er dem Polizisten, der im Vorraum auf Posten stand:

»Niemand darf das Haus betreten, außer in meiner Begleitung!«

Sie fuhren in die Doughty Street, um sich endlich den Schaden anzusehen, den der Einbrecher dort angerichtet hatte. Carver interessierte sich weniger für Rex Landers Koffer als vielmehr für die zerrissenen Fotografien. Er hielt die Stücke ans Licht.

»Keine Fingerabdrücke. Selbstverständlich hatte er Handschuhe an. Ich wundere mich ... An Ihrer Stelle, Holland, würde ich heute nacht die Tür gut verriegeln. Ich möchte Sie nicht beunruhigen, aber ich glaube, es wäre besser. Der Mann in Schwarz wird vor nichts zurückschrecken. Sie haben keine Pistole?« Er holte seine Pistole aus der Tasche und legte sie auf den Tisch. »Ich will Ihnen meine borgen, und hören Sie auf meinen Rat — zögern Sie nicht zu schießen, falls jemand heut nacht in Ihre Wohnung oder in Ihr Zimmer eindringen sollte.«

»Sie haben eine wunderbar aufheiternde Art, Carver!«

Kapitel 24

Das Geräusch der Rotationsmaschinen in den Ohren, arbeitete Tab in seinem Büro. Das ganze Gebäude erzitterte unter dem dumpfen Stampfen. Die letzten Stadtausgaben wurden fertiggestellt.

Endlich zog Tab das letzte Blatt aus der Schreibmaschine und lehnte sich im Stuhl zurück.

Carvers Warnung beunruhigte ihn nicht sehr. Er war überzeugt, daß der Einbruch in seine Wohnung nur dem Schlüssel gegolten hatte. Die Gefahr drohte nicht ihm, sondern Rex Lander. Es könnte ja sein, daß Trasmere noch einen andern Verwandten hatte, der sich nun zurückgesetzt fühlte, weil das Vermögen in Babys Hände gefallen war.

Während er noch überlegte, kam der Chef persönlich, ein dicker Mann mit ergrautem Haar, herein. Er verirrte sich selten in die Büros der Berichterstatter, und noch ungewöhnlicher war, ihn nach elf Uhr nachts im Betrieb anzutreffen. Wie sich bald herausstellte, hatte er von dem neuen Verbrechen in Mayfield gehört.

»Kommen Sie in mein Büro, Holland!«

Tab folgte ihm durch die Korridore.

»Der Trasmere-Mord scheint in jeder Beziehung wiederholt worden zu sein, wie? Haben Sie herausgefunden, wo dieser Brown die ganze Zeit über steckte?«

»Soviel ich erfahren konnte«, erwiderte Tab, »war er in irgendeiner Opiumhöhle. Yeh Ling ...«

»Der Mann, dem das ›Goldene Dach‹ gehört?«

»Ja. Er gab uns zu verstehen, daß Brown sich an einem solchen Ort aufhielte — damals jedenfalls. Er war als Opiumraucher bekannt.«

»Wie ich höre, gingen zwei Männer in das Haus. Weiß man nichts über den zweiten Mann?«

»Niemand außer Stott hat die beiden gesehen, und Stott war so erschrocken, daß er uns keinen beschreiben konnte. Sicher ist, daß der zweite Mann verschwunden war, als wir ankamen.«

»Und der Schlüssel auf dem Tisch? Was bedeutet das?«

Tab machte eine verzweifelte Handbewegung.

»Ich kann Ihnen sagen, was es bedeutet«, versicherte der große Boss. »Es ist die Verteidigung des Mörders, mit teuflischem Scharfsinn vorbereitet. Verstehen Sie denn nicht —? Bevor der Mann, der Trasmere und vermutlich auch Brown tötete, verurteilt werden kann, muß ihm nachgewiesen werden, wie er den Keller betreten, wieder verlassen, die Tür verschließen und den Schlüssel auf den Tisch zurücklegen konnte. Und eben dies wird ihm niemand nachweisen können.«

Daß in dem Rätsel um den Schlüssel eine eigentliche Verteidigungskonzeption enthalten sein könnte, an diese Möglichkeit hatte Tab noch nicht gedacht. Er hatte es bisher einfach als Trick aufgefaßt.

»Carver glaubt ...«

»Ich kenne Carvers Theorie«, unterbrach ihn der Chef. »Er glaubt, der Mörder habe beim erstenmal einen Fehler gemacht, nämlich vergessen, den Revolver zurückzulassen, um den Eindruck eines Selbstmords zu erwecken. Aber dann hätte er Trasmere bestimmt nicht in den Rücken geschossen. Nein, der Täter ist gerissener. Ich habe erst gestern abend mit einem Rechtsanwalt darüber gesprochen, und er stimmte mir zu. Die Sache liegt so — der Mörder kann nicht überführt werden, bis man ihm nachweisen kann, wie der Schlüssel auf den Tisch gelangte, nachdem — wohlverstanden, nachdem die Tür von außen zugeschlossen worden war. Passen Sie auf, Holland, wegen dieser beiden Verbrechen wird es noch Unannehmlichkeiten geben! Einer vor allem wird es zu spüren bekommen, falls der Mörder nicht auf die Anklagebank gebracht werden kann. Wissen Sie, wer das ist? Ihr Freund Carver natürlich, der die beiden Fälle in Händen hat. Ich habe nichts gegen Carver — aber ich werde mit den Hunden heulen müssen, wenn er uns nicht etwas mehr als nur Theorien liefert. Und Sie ...« Er tippte mit seinem dicken Zeigefinger auf Tabs Brust. »Sie hängen mit! Sie sind mit dabei, für unser Blatt, versteht sich, Sie haben eine einzigartige Gelegenheit, und es ist geradezu Ihre Pflicht, dieses Verbrechen aufzuklären. Merken Sie sich das! Und es wird aufgeklärt sein, sobald Sie herausgefunden haben, wie der Schlüssel auf den Tisch gelangte. Vergessen Sie das nicht, Holland! Quälen Sie Ihr Gehirn damit ab, bringen Sie eine Lösung! Ich erwarte von Ihnen, daß Sie diese Mordaffären ganz groß herausbringen.«

Tab wußte, daß Carver noch im Büro arbeitete, und suchte ihn im Vorbeigehen auf. Er erzählte ihm von den Meinungen und Theorien seines Chefs.

»Es ist tatsächlich so«, stimmte Carver zu, »daß wir dem Mann, wer immer er sein mag, die Morde nicht nachweisen können, selbst wenn wir ihn mit einem rauchenden Revolver in der Hand antreffen würden. Übrigens habe ich einen Beamten für ein oder zwei Tage im Haus zurückgelassen, falls der Mörder zurückkehren sollte. Ich glaube allerdings kaum, daß dies der Fall sein wird.«

Am nächsten Morgen, als Tab das Haus verlassen wollte, fand er einen dicken Brief im Kasten, der nicht frankiert, also durch Boten gebracht worden war. Er erkannte die Handschrift sofort und riß den Umschlag auf. Der Brief kam von Rex, trug den Aufdruck ›Hotel Villa, Palermo‹, war mit zwei Postskripta versehen und lautete:

›Lieber Tab! Ich bin des Reisens müde und komme nach Hause zurück. Es lebe die Doughty Street! Ich hörte schreckliche Dinge über die Diebstähle bei der italienischen Post, deshalb habe ich einen Steward der ›Peraka‹, mit der ich nach Neapel kam, und die morgen wieder zurückfährt, gebeten, dieses Schreiben zu überbringen, da

das Beiliegende einen gewissen Wert hat. Ich fand es in einem Laden in Rom. Es ist ein Käferring, der Eigentum von Cesare Borgia gewesen sein soll, worüber ich ein furchtbar langes Echtheitsattest erhalten habe. Gib dem Steward kein Trinkgeld, denn das habe ich bereits selbst und wie ein Krösus besorgt. Ich gab ihm beinah genug, um sich zur Ruhe zu setzen. Was ich tun werde, wenn ich zurückkomme, ist mir noch ziemlich schleierhaft. Fest steht nur, daß ich nicht in Onkel Jesses Totenhaus wohnen mag. Da Du mich aber auch nicht haben willst, werde ich mich wohl im luxuriösesten Hotel der Stadt einquartieren. Verzeih, daß ich nicht früher geschrieben habe, aber auch das Nichtstun ist eine zeitraubende Sache!

Dein Rex

PS: Wenn der Schnelldampfer Mittwoch hier hält, was noch ungewiß ist, werde ich vermutlich direkt nach Hause zurückfahren. Falls Du aber nichts Genaueres mehr von mir hörst, kannst Du annehmen, daß ich meine Absicht nochmals geändert habe. In Palermo gibt es entzückende Mädchen!
PS: Sobald ich ankomme, wollen wir am Abend zusammen essen gehen. Lade Deinen Freund Carver ein.‹

Tab hob den Ring, der aus dem Umschlag gefallen war, auf und betrachtete ihn interessiert. Er war sogar für seinen kleinen Finger zu klein, aber der Käfer war aus einem einzigen Türkis gearbeitet und ein wahres Kunstwerk. Tab lachte, als er den Ring und den Brief in seinem Schreibtisch verschloß. Einen Augenblick überlegte er ernstlich, wie es wäre, wenn Rex doch wieder in die Doughty Street zurückkehrte. Manchmal fehlte er ihm sehr. Die Geschichte mit Ursula schien er wirklich überwunden zu haben, denn die Anspielung auf die entzückenden Mädchen von Palermo klang nicht gerade nach gebrochenem Herzen.

Er hatte Ursula versprochen, am Nachmittag zu ihr zum Tee zu kommen. Sie empfing ihn in ihrem kleinen Salon im Zentralhotel und freute sich sehr über seinen Besuch.

»Sie sehen ja aus, als ob Sie die ganze Woche nicht geschlafen hätten!« rief sie teilnahmsvoll.

»So fühle ich mich auch. Wenn ich in Ihrer Gesellschaft gähne, werfen Sie mir einfach eine Tasse an den Kopf — es braucht keine teure zu sein, ich reagiere auch auf gewöhnliches Geschirr!«

»Schrecklich, dieses neue Verbrechen, nicht?« fragte sie, mit dem

Teetopf beschäftigt. »Brown war doch der arme Kerl, den man suchte?«

»Ja, und er kam auch aus China.«

»Ich erinnere mich, Yeh Ling sprach von ihm. Auch Walters hat man gefunden. Ich habe nie geglaubt, daß er schuldig ist. Obschon ich ihn nur einmal sah und abstoßend fand, hielt ich es für ausgeschlossen, daß er Mr. Trasmere ermordet haben könnte.«

Tab fiel plötzlich der Brief vom Morgen ein.

»Ich erhielt heute Nachricht von Rex. Er kommt wieder zurück. Haben Sie eigentlich nichts mehr von ihm gehört?«

»Nichts, seit jenem Brief, von dem Sie wissen. Er kommt also zurück? Was wird er jetzt mit seinem Leben anfangen? Er ist sehr reich. Ich war eigentlich sehr überrascht, daß Mr. Trasmere ihm alles hinterlassen hat. Er beklagte sich oft über die Faulheit seines Neffen, aber ich nehme an, daß kein Testament vorhanden war, und Mr. Lander als einziger Verwandter zu dem Erbe kam. Das war er doch?«

»Ich glaube schon«, erwiderte Tab, »aber wir haben außerdem ein eigenhändiges Testament gefunden, das ihn als Erben einsetzt.«

Er hörte einen klirrenden Krach und starrte erstaunt auf die zerbrochene Tasse am Boden. Dann sah er Ursula an. Sie stand starr da, ihr Gesicht war totenbleich, und ein völlig fassungsloser Blick traf ihn.

»Wiederholen Sie das noch einmal«, sagte sie tonlos.

»Was?« fragte er verblüfft. »Daß Rex das Vermögen erbte, wußten Sie doch.«

»Oh, mein Gott! Oh, mein Gott! Es ist schrecklich.«

Sofort war er neben ihr und legte den Arm um ihre Schulter.

»Was ist, Ursula? Ist Ihnen nicht wohl?«

»Nein, nein, ich bin nur erschrocken. Mir fiel gerade etwas ein. Verzeihen Sie mir!«

Sie wandte sich schnell ab und lief aus dem Zimmer. Tab wartete eine volle Viertelstunde, bis sie zurückkehrte. Sie war immer noch bleich, aber ruhig.

»Ich bin zu nervös —«, entschuldigte sie sich.

»Was habe ich Aufregendes gesagt?«

»Ich weiß nicht ... Sie sprachen über das Testament — es hat mir alles wieder vor Augen gebracht.«

»Sie sagen mir nicht die Wahrheit, Ursula! Zufällig muß ich etwas gesagt haben, das Sie erschreckte. Was war es?«

»Doch, doch, es ist die Wahrheit. Sie müssen nun gehen. Besuchen Sie mich morgen — Tab!«

Er ergriff ihre Hand, küßte sie und kam sich sehr linkisch vor. Als er sie verließ, fühlte er sich außerordentlich glücklich.

Kapitel 25

Yeh Ling saß vor seinem neuen Haus auf einer der sehr breiten und niedrigen Stufen, die von Terrasse zu Terrasse führten, und beobachtete, wie der Bauführer das Gießen der zweiten Zementsäule vorbereitete. In der Nähe lag eine Anzahl bodenloser Kübel herum, die durch Stahlklammern zu einer langen Röhre zusammengefügt werden konnten. Die erste dieser Formen befand sich schon, in die Erde eingelassen, an ihrem Platz, und aus ihrer Mitte ragte eine rostige Stange hervor — der Kern der werdenden Säule. Hoch darüber, auf einem eigenartigen Gerüst, stand ein riesiger Bottich, der mit der Säulenform unten durch eine hölzerne Rinne verbunden war. Schon den ganzen Tag über hatte ein Aufzug, der mittels eines Rades von Hand bedient werden mußte, eine endlose Kette von Eimern auf das Gerüst hinaufbefördert, deren Inhalt in den Bottich geschüttet wurde.

»Primitiv«, murmelte Yeh Ling. Doch er liebte primitive Dinge und primitive Methoden.

Halbflüssiger Zement und zerstampfte Steine schossen die Holzrinne hinab, zwei Arbeiter schaufelten und klopften die Masse zurecht, bis die unterste Form voll war und die zweite daraufgesetzt werden konnte. Dieser Prozeß würde sich wiederholen und die Säule langsam emporsteigen. Dann, wenn der Zement hart geworden war, würden die Klammern weggeschlagen, die Formen gelöst, die rauhen Stellen poliert und ein Löwe obenauf gesetzt werden.

Yeh Ling schaute auf das stark belastete Gerüst, auf dem der gefüllte Bottich stand, und dachte daran, gegen wie viele westliche Baugesetze er verstieß. Inzwischen war die zweite Form voll geworden, und der dritte und vierte Ring wurden aufgesetzt. All dies verfolgte Yeh Ling von den Stufen aus, und seine kleinen Zähne bissen auf die Zigarre. Ein Chinese in blauer Jacke stieg vom Gerüst herunter und kam auf ihn zugelaufen.

»Yeh Ling, wir müssen vier Tage warten, bis es hart ist. Morgen wollen wir die Wände der Terrassen abstützen.«

»Sie haben gut gearbeitet«, sagte Yeh Ling.

Er verließ das Grundstück. Auf der Landstraße stand ein kleiner schwarzer Wagen, in den er stieg. Lange saß er noch zusammengekauert am Steuer, den Kopf gedankenvoll gesenkt. Einmal warf er einen prüfenden Blick auf die werdende Säule, als wenn er sich mit ihr beschäftigte. Es wurde bereits dunkel, als er auf den Anlasser drückte und davonfuhr.

Er ließ den Wagen an der Seitentür des Restaurants stehen und ging hinein.

»Die Dame ist in Nummer sechs«, sagte sein persönlicher Diener.

Yeh Ling brauchte nicht zu fragen, welche Dame. Nur eine hatte das Recht, Nummer sechs zu betreten. Staubig, wie er war, ging er sofort zu ihr.

Ursula Ardfern saß vor einem unberührten Essen. Sie sah sehr blaß aus, und dunkle Schatten lagen unter ihren Augen.

»Yeh Ling, haben Sie wirklich alle Papiere durchgelesen, die wir im Hause fanden?«

»Nur einige.«

»Vor ein paar Tagen sagten Sie, daß Sie alle gelesen hätten«, antwortete sie vorwurfsvoll. »Sie haben mir also nicht die Wahrheit gesagt.«

»Es sind so viele«, entschuldigte er sich, »und manche sind sehr schwierig.«

»War irgend etwas über mich dabei?« fragte sie.

»Es gab Andeutungen, die Sie betrafen. Vieles davon war in Form eines Tagebuches — es ist schwer, die einzelnen Teile auseinanderzuhalten.«

Er wich, wie sie befürchtet hatte, einer direkten Antwort aus.

»War mein Vater oder meine Mutter irgendwo erwähnt?«

»Nein.«

Sie schaute forschend in sein Gesicht und sagte leise:

»Sie sprechen nicht die Wahrheit, Yeh Ling. Sie denken, wenn Sie es mir sagen — wenn ich es erfahre, werde ich verletzt sein. Ist es nicht so? Und weil Sie mich nicht verletzen wollen, lügen Sie!«

Er zeigte keine Verlegenheit über den Vorwurf.

»Miss Ardfern, wie kann ich sagen, was in den Papieren steht, wenn ich sie nicht gelesen habe, oder das, was ich gelesen habe, nicht verstehe? Oder wenn in seinen Niederschriften eine Sache mit einer anderen so vermischt ist, daß man nicht eine erzählen kann, ohne die andere zu verraten? Ich will Sie nicht täuschen. Shi Soh hat über Sie geschrieben. Er sagte, Sie wären die einzige Person in der Welt, der er traute.«

Sie sah ihn erstaunt an. »Ich? Aber ...«

»Er sagte auch anderes. Mir ist es rätselhaft, und es ist nicht so einfach, darüber eine Entscheidung zu treffen. Eines Tages werde ich Ihnen das Ganze übersetzen. Ich weiß, daß ich es tun muß, und dies bedrückt mich. Wie soll ich es am besten erklären? Wir Chinesen haben ein Wort für Unentschlossenheit. Wörtlich übersetzt heißt es ›Stroh, das in Gegenströmungen schwimmt‹ — bald hierher, bald dorthin. So ist es in meinem Kopf. Ich schulde Shi Soh — Trasmere — viel ... Wie kann ich es ihm zurückzahlen? Er war ein harter Mann, aber unser Wort galt mehr als alle Dokumente, und einmal habe ich ihm versprochen, daß ich seinem Blut dienen werde. Hier bin ich in Schwierigkeiten, ein Versprechen, das ich jetzt ...«

Er wurde so aufgeregt, daß sein Englisch ihn im Stich ließ. Sie sah sein gerötetes Gesicht, die Adern an seinen Schläfen traten hervor, und er tat ihr leid.

»Ich will geduldig sein, Yeh Ling«, beruhigte sie ihn. »Ich weiß, daß Sie mein Freund sind.«

Sie streckte ihre Hand aus, doch dann erinnerte sie sich. Schnell zog sie sie zurück und schüttelte lachend ihre eigene.

Yeh Ling lächelte auch, als er es ihr nachmachte.

»Eine barbarische Sitte«, meinte er, »aber vom hygienischen Standpunkt aus auch eine gute. Sie verzeihen mir, Miss Ardfern?«

»Selbstverständlich. Aber jetzt bin ich wirklich hungrig — wollen Sie mir etwas Warmes geben lassen?«

Er hatte das Zimmer verlassen, bevor die Bitte ganz ausgesprochen war.

Wie immer kam er nicht an die Tür, als sie fortging. Sie hatte gehofft, daß er eine Ausnahme machen würde. Doch er wartete, wie an allen andern Tagen, draußen, und als sie um die Ecke bog, war er ihr näher, als sie ahnte.

Kapitel

26

Rex war angekommen. Sein am Dock aufgegebenes Telegramm traf nur eine halbe Stunde vor ihm selbst ein. Das endlose Läuten und mörderische Klopfen an der Tür verrieten Tab gleich, wer der ungeduldige Besucher war, bevor er die Tür geöffnet und die Hand des Heimkehrenden geschüttelt hatte.

»Nun bin ich wieder zurück!« sagte Rex herzlich und ließ sich in einen bequemen Sessel fallen. Er sah etwas magerer aus, das Gesicht war spitzer geworden, aber er hatte eine gesunde Gesichtsfarbe und klare Augen. »Du mußt mich aufnehmen, alter Junge! Ich weigere mich einfach, in ein Hotel zu gehen, solange du ein freies Bett hast. Außerdem muß ich mit dir über meine Zukunftspläne sprechen.«

»Bevor wir zu träumen anfangen —«, erwiderte Tab, »ein Stück Wirklichkeit! Bei dir hat man eingebrochen!«

»Eingebrochen? Bei mir? Wie meinst du das, Tab? Ich habe nichts zum Stehlen hiergelassen.«

»Du hast zwei Koffer zurückgelassen, die von irgend jemandem gründlich untersucht worden sind.«

»Großer Gott!« rief Rex. »Ist der Schlüssel gefunden worden? Ich habe von dem zweiten Mord erst gelesen, als ich landete.«

»Du hattest also den Schlüssel im Koffer gelassen?«

»Ja, das sagte ich dir auch vor der Abreise. Ich tat ihn in ein kleines, hölzernes Kästchen mit Schiebedeckel. Ich hatte zwei solcher Kästchen, eins für jeden Koffer.«

»Eben, und dem Schlüssel galt der Besuch. Beim erstenmal klappte es nicht. Warum ich aber niedergeschlagen wurde, ist mir unerklärlich.«

Tab erzählte, was am Abend des zweiten Einbruchs vorgefallen war. Rex hörte gespannt zu.

»Das nimmt mir die ganze Freude an der Reise — der alte Brown war also das Opfer? Und wir dachten, er wäre der Mörder. Was sagt denn Carver dazu?«

»Carver ist verwirrt, aber schweigsam.«

Rex wurde sehr nachdenklich.

»Ich will das Gewölbe zumauern lassen. Dazu habe ich mich schon auf der Reise endgültig entschlossen. Ich glaube nämlich kaum, daß jemand dieses schreckliche Haus kaufen will, ich werde es also jahrelang auf dem Hals haben. Aber ich will verhüten, daß aus der Tragödie Nummer zwei eine Tragödie Nummer drei wird. Am liebsten möchte ich das Haus niederreißen lassen und ein neues bauen. Sogar die Fundamente würde ich herausreißen lassen. Doch selbst das könnte mich nicht bewegen, je dort zu wohnen. Das Blut des alten Jesse würde aus dem Boden emporsteigen und immer neue Opfer fordern. Auf dem Haus ruht ein Fluch —«, schloß er feierlich. »Irgendein schlechter Geist schwebt über ihm, der Unschuldige zwingt, diese schrecklichen Verbrechen zu begehen.«

Tab starrte ihn verwundert an.

»Baby, du bist poetisch geworden! Ich glaube, das macht die Luft in Italien.«

Rex wurde rot, was immer der Fall war, wenn er verlegen wurde. Tab merkte, daß er ihn verletzt hatte, aber es dauerte nicht lange, dann sprach er wieder ungezwungen über die Reise und die interessanten Orte, die er gesehen hatte. Plötzlich fragte er:

»Den Ring hast du erhalten?«

»Ja, Rex, ich danke dir, er ist wunderbar! Er muß kolossal viel Geld gekostet haben.«

»Nun ja, aber ich denke heute auch schon in großen Zahlen. Manchmal wird mir freilich selbst ein wenig bange dabei.«

Sie kamen auf Rex' Pläne zu sprechen, und Tab gelang es, ihn zu bewegen, in ein Hotel zu ziehen. Er kannte die Faulheit des Freundes und wußte, daß er die Wohnung nicht mehr verlassen würde, wenn er erst einmal darin festsaß.

»Da du dich entschlossen hast, mich hinauszuschmeißen, wirst du hoffentlich oft zum Essen kommen?«

Am nächsten Tag ließ er seine Koffer holen und besuchte Carver, von dem Tab später hörte, daß alle Kästen und sonstigen beweglichen Gegenstände aus dem Gewölbe in Mayfield entfernt worden und Vorbereitungen im Gange seien, den Raum zuzumauern. Carver erzählte auch, daß Rex große Pläne für ein neues Haus habe und sich sogar in die Geheimnisse des Mörtelbereitens und Steinelegens einweihen lasse.

»Er hat solche Perioden«, meinte Tab. »Vor drei Jahren wollte er ein großer Kriminalreporter werden und verbrachte seine Zeit in der Bibliothek des ›Megaphone‹, bis der Nachrichtenredakteur wütend wurde. Jedesmal, wenn er ein Buch haben wollte, hatte es Rex. Jedesmal, wenn er ein altes Verbrechen nachlesen wollte, hatte Rex den Band mit Beschlag belegt. Der gegenwärtige Anfall hält genau drei Wochen an, dann wird sich Rex eine Hängematte und ein großes Bett kaufen und seine Zeit abwechselnd in beiden verbringen.«

Tab hatte Ursula Ardfern eine ganze Woche nicht gesehen. Endlich schrieb er ihr besorgt und erkundigte sich nach ihrem Befinden. Er erhielt eine beruhigende, sogar heitere Antwort aus Stone Cottage:

›Ich bin hierher zurückgekehrt und habe mich zum Schutz vor allen geheimnisvollen Männern in Schwarz mit einem tüchtigen Diener versehen, der in der Armee gedient hat und mit der Handhabung aller einschlägigen Mordwaffen vertraut ist. Die Spätrosen blühen — wollen Sie nicht kommen und sie sich ansehen? Sie sind wunderbar. Yeh Lings Tempel des Friedens hat ein hellrotes Ziegeldach erhalten, und die Dorfbewohner atmen wieder auf, da Aussicht besteht, daß die seltsamen kleinen Arbeiter bald die Gegend verlassen. — Gestern fuhr ich hinunter und fand Yeh Ling ruhig, fast düster, auf den Terrassenstufen sitzen. Er beobachtete, wie, meiner Meinung nach, ein Faß aufgestellt wurde. Erst später fand ich heraus, daß es eine Form war, in der die zweite große Säule gegossen werden soll. Es ist die Säule der ›dankbaren Erinnerung‹ oder so ähnlich und soll mir gewidmet sein. Ich bin sehr gerührt. Es ist kaum zu glauben, daß Yeh Ling nach all den Jahren noch an den kleinen Dienst denkt, den ich seinem Sohn erwiesen habe. — Ich lerne jetzt schießen. Verzeihen Sie diesen Widerspruch, aber mein Diener (klingt das nicht nobel?) besteht darauf, und ich übe jeden Tag auf der Wiese hinter dem Haus. Ich hatte keine Ahnung, daß ein Revolver so schwer ist und derart zurückschlägt, wenn man abdrückt. Der Krach ist schauderhaft. Am ersten Tag war ich sehr furchtsam, aber ich gewöhne mich jetzt daran. Wenn Sie kommen, wird es nicht an Aufregungen fehlen. Ich hätte es vorgezogen, Stunden im Bogenschießen zu nehmen, das ist viel anmutiger und paßt besser für eine Dame. Jedesmal, wenn die Pistole losgeht (es ist eine automatische), werden meine Hände ganz schwarz!‹

Tab las den Brief ein paarmal durch, bevor er sich auf den Weg nach Hertford machte. Unterwegs hielt er an, um das Denkmal, das Yeh Ling seinem Reichtum setzte, zu bewundern. Er konnte dies um so aufrichtiger tun, als das Haus nicht nur auffallend, sondern auch sehr schön aussah. Die ungewöhnlichen Linien, Farben, die seltsame Umgebung, in der es stand — der Garten war auch schon angelegt —, und die einzelne hohe Säule, die sich neben dem breiten gelben Fußweg erhob, ergaben zusammen ein wunderbares Bild.

Die Arbeiter waren noch da, und bald sah er Yeh Ling selbst die breiten Stufen von der obersten Terrasse herabsteigen. Zuerst erkannte er ihn nicht, denn er trug eine blaue Bluse und weite Hosen wie seine Arbeiter, aber Yeh Ling hatte ihn gesehen und kam auf ihn zu.

»Es ist ja beinah schon fertig«, begrüßte ihn Tab. »Ich gratuliere Ihnen, Yeh Ling!«

»Gefällt es Ihnen? Ich holte den besten Baumeister, den ich haben konnte, aus China und bin nicht knauserig gewesen. Vielleicht kommen Sie eines Tages und sehen sich das Innere an?«

»Gern. Was bleibt jetzt noch zu tun?«

»In ein paar Tagen gießen wir die zweite Säule, und dann ist die Arbeit ziemlich fertig. Sie denken, daß ich im Herzen ein Barbar bin?« Yeh Lings blasse Lippen kräuselten sich für einen Augenblick. »Und diese Säulen nehmen Sie als Beweis dafür.«

»Das möchte ich nicht sagen ...«, begann Tab.

»Weil Sie zu höflich sind, Mr. Holland. Aber wir betrachten alles von verschiedenen Gesichtspunkten aus. Mir sind Ihre Kirchtürme unverständlich!« Er holte ein goldenes Zigarettenetui aus seiner Bluse und hielt es zuerst Tab hin. »Meine Säule der ›dankbaren Erinnerungen‹ wird für mich eine bewußtere Bedeutung haben als alle Kirchtürme für Sie. Sie ist das konkrete Symbol eines unfaßbaren Gefühls.«

»Sind Sie Taoist?« fragte Tab.

Yeh Ling zuckte die Schultern.

»Ich glaube an Gott, an etwas — Unbeschreibliches. Kirchen, Sekten, alle Religionen sind Monopole. Gott ist wie das Wasser, das den Berg hinabfließt und Bäche, Flüsse füllt. — Gibt es irgendwelche Neuigkeiten über den Mord an Brown?«

»Nein. — Wo war er, Yeh Ling?«

»Er war in einer Opiumhöhle«, antwortete Yeh Ling ohne zu zögern. »Ich brachte ihn auf Wunsch meines Schutzherrn, Mr. Trasmere, dorthin. Brown kam nach Europa, um ihm Schwierigkeiten zu bereiten, und Trasmere bat mich, darauf zu achten, daß er nicht lästig würde. Anscheinend hatte dann Brown einen jener Anfälle, wie sie bei Opiumrauchern öfters vorkommen — er erwachte mit einem Widerwillen gegen das Rauschmittel. Er muß sich sehr rasch erholt haben, denn als der Mann, dem das Haus gehört, mich benachrichtigte, war er bereits verschwunden. Wir suchten ihn, aber er blieb verschwunden. Das erste, was ich wieder von ihm hörte, war die Zeitungsnachricht, daß er tot sei.«

»Sie kannten ihn schon in China? War jemand, der etwas gegen ihn oder Mr. Trasmere hatte?«

»Viele. Ich zum Beispiel konnte Brown nicht ausstehen.«

»Aber außer Ihnen? Haben Sie keine Ahnung, wer der Mörder sein könnte?«

Yeh Ling schüttelte den Kopf. Ein unerforschlicher Blick traf Tab.

»Ich habe eine Ahnung, wer der Mörder ist«, sagte er bedächtig. »Ich könnte ohne die geringste Schwierigkeit meine Hand auf ihn legen.«

Tab erstarrte.

»Scherzen Sie?«

»Ich scherze nicht, ich sage, daß ich den Mörder kenne, und daß er einige Male in meiner Reichweite war.«

»Ist er Chinese?«

»Ich wiederhole, daß er ein paarmal in meiner Nähe war. Aber es gibt Gründe, warum ich ihn nicht verraten würde. Es gibt viele Gründe«, fuhr Yeh Ling nachdenklich fort, »warum ich ihn töten würde —. Wollen Sie Miss Ardfern besuchen?« wechselte er unvermittelt das Thema. »Gehen Sie nicht nachmittags hin, oder nähern Sie sich jedenfalls von der Vorderseite aus. Miss Ardfern nimmt Schießunterricht. Ein Bote von mir, der das Haus von der Wiese aus erreichen wollte, hatte gefahrvolle Augenblicke zu bestehen!«

Tab lachte und streckte ihm die Hand entgegen. Er verließ ihn mit dem Gefühl, daß Yeh Ling sich über ihn lustig gemacht habe, und doch, er war sehr ernst gewesen, als er vom Mord an Wellington Brown gesprochen hatte.

Lange bevor er das Haus erreichte, sah er Ursula Ardfern. Sie stand mitten auf der Landstraße und winkte. Sie war in Grau gekleidet, ein großer Gartenhut beschattete ihr gerötetes Gesicht.

»Ich schieße jetzt so gut«, rief sie fröhlich, als er vom Motorrad stieg, »daß ich daran dachte, einige Schüsse in Ihre Richtung abzugeben, um zu sehen, wie Sie ausschauen, wenn Sie erschrecken!«

»Wenn Yeh Lings wenig höfliche Anspielungen auf Ihr Schießen gerechtfertigt sind, so bin ich froh, daß Sie es nicht taten!«

»Haben Sie Yeh Ling gesprochen? Er war wohl von meinem Schießen wenig erbaut?«

»Er sagte, daß Sie eine Gefahr für Leben und Eigentum darstellen!«

Sie lachte.

»Sie müssen sich meine Heliotrope ansehen. Ich muß sie ganz für sich halten, denn sie sind unter den Pflanzen wie Kannibalen, sie töten alle anderen Blumen. Haben Sie sich Zeit nehmen können, herzukommen? Sind Sie nicht sehr beschäftigt?«

»Ach, ich weiß nicht«, erwiderte er grimmig. »Man hat mir zu verstehen gegeben, ich müßte mich tüchtig anstrengen.«

»In dieser letzten Sache?«

»Ich kann auch nicht mehr tun als die Polizei, und Carver scheint alle Hoffnung verloren zu haben, obgleich man bei ihm nie weiß, woran man ist.«

»Ist gar kein Anhaltspunkt gefunden worden?«

Tab überlegte. Er hatte Carver versprochen, die neue Stecknadel nicht zu erwähnen, aber vielleicht galt diese Beschränkung nur für seine Zeitungsartikel.

»Die einzigen Anhaltspunkte«, sagte er, als sie sich unter den großen Ahorn setzten, »die wir haben, sind zwei Stecknadeln. Die eine fanden wir im Gang nach dem ersten Mord, die andere im Gewölbe nach dem zweiten Mord.«

»Zwei Stecknadeln?« wiederholte sie. »Wie seltsam! Haben Sie eine Ahnung, wozu sie verwendet worden sind?«

»Weder Carver noch ich haben die geringste Ahnung.«

»Der Mörder ist der Mann in Schwarz«, erklärte sie bestimmt. »Ich habe den Bericht, besonders Mr. Stotts Aussage, gelesen. Das ist der ängstliche kleine Mann, der davonlief, als Yeh Ling und ich ins Haus gingen, um nach unseren Papieren zu suchen. Ja — ich sage absichtlich ›unseren‹.«

»Offenbar hat Yeh Ling gefunden, was er suchte. Aber Sie?«

Sie biß sich auf die Lippen.

»Ich weiß es nicht. Manchmal glaube ich, daß er die Papiere gefunden hat, sie mir aber vorenthält. Er schwört, daß nichts dabei war, was mich interessieren könnte, aber ich glaube, er ist — zu zurückhaltend. Eines Tages werde ich es von ihm erfahren.«

Tab griff nach ihrer Hand, die mit einem Zweig spielte.

»Ursula, es ist nicht leicht ... Glauben Sie ...« Er fand keine zusammenhängenden Worte.

Sie wich seinem Blick aus und flüsterte:

»Und Sie, glauben Sie, daß eine Schauspielerin, der man jahraus, jahrein den Hof macht, eine solche Szene erleben kann, ohne in Tränen auszubrechen? Wenn Sie mich küssen, wird es Turner bestimmt ...«

Tab konnte sich diesen Augenblick nie mehr richtig vergegenwärtigen. Es gab da nur die etwas lächerliche Erinnerung, daß ihre kalte Nase seine Wange streifte, und daß eine Haarlocke sich heimtückisch zwischen ihre Lippen verirrte.

»Der Lunch ist serviert, Madame«, meldete Turner ehrerbietig.

Er war ein älterer, ernst aussehender Mann, und anscheinend getraute er sich nicht, Tab anzusehen.

»Gut, Turner«, sagte Ursula mit außerordentlichem Mut und bewundernswerter Ruhe, und als der Diener gegangen war, bemerkte sie fatalistisch: »Tab, Sie haben Turners schlimmste Befürchtungen übertroffen. Er versicherte mir, daß ich die erste Schauspielerin wäre, bei der er eine Stellung annähme, und ich glaube, daß er diesen Versuch als sehr gewagt betrachtete.«

Tab war etwas außer Atem, aber er fand rasch eine Antwort.

»Das einzige, was Ihre Ehre retten kann, ist eine sofortige Heirat!« erklärte er verwegen.

Sie lachte leise.

Kapitel 27

Die Verwirrung in Tabs Erinnerungen erstreckte sich auch auf die goldenen Stunden in Stone Cottage, die nach dem Lunch folgten. Schließlich war er in die Stadt zurückgekehrt — in verzweifelter Eile, denn er brannte darauf, ihr zu schreiben!

Er schrieb und schrieb. Ein erwartungsvoller Redakteur streckte den Kopf herein und zog sich leise wieder zurück, um dem Setzer zu melden, daß ein langer Artikel über den Mord kommen würde. Es war fast elf Uhr geworden, als er seinen Irrtum entdeckte.

»Ich dachte, Sie schrieben über den Mayfielder Mord? Wo ist der Artikel?« fragte der Mann gereizt.

»Das kommt noch«, wich Tab aus und verdrückte sich schnell.

Er steckte den Brief in die Brusttasche, biß die Zähne zusammen und versuchte, seine Gedanken auf das Verbrechen zu lenken. Auf dem Heimweg warf er den Brief in den Postkasten und begann zu Hause sofort einen zweiten.

Es war alles ein Traum, dachte er, als der Morgen heranrückte. Es konnte nicht wahr sein. Und doch lag der Brief da, den er über Nacht geschrieben hatte, und der darauf wartete, zur Post gebracht zu werden. Tab öffnete den Brief nochmals und fügte sieben Seiten Postskriptum hinzu.

Später am Morgen fragte er Jacques, den Redakteur, ob er an lange dauernde Verbindungen glaube. Er fragte es beiläufig, als ginge es um eine Geschäftsauskunft, weil er nicht den Mut hatte, die Art der Verbindung, die er meinte, zu erklären.

»Nein«, antwortete Jacques entschieden. »Wenn ein Mann mehrere Jahre bei einer Zeitung ist, wird er abgestumpft und sollte hinausgeschmissen werden!«

An diesem Tag änderte sich das Wetter. Es regnete in Strömen, und die Temperatur sank beträchtlich. Nichtsdestoweniger dachte Tab mit Sehnsucht an den Garten von Stone Cottage. Wie schön wäre es dort unter den Bäumen, und noch schöner im niedrigen, gemütlichen Wohnzimmer. Er seufzte und stand auf. Er hatte Rex versprochen, ihn im Hotel zu besuchen.

Rex Lander führte ihn ins Schlafzimmer, wo jedes verfügbare Plätzchen mit Skizzen und Zeichnungen bedeckt war.

»Ich will einen herrschaftlichen Wohnsitz bauen lassen«, verkündete er. »Das Gelände habe ich schon ausgesucht. Es liegt Ursula Ardferns Landhaus gegenüber und ist die einzige Anhöhe in der Gegend.«

»Ich kenne den einzigen Hügel dort«, sagte Tab. »Unglücklicherweise ist dir jemand zuvorgekommen.«

»Yeh Ling?« fragte Rex sorglos. »Ich werde es ihm abkaufen. Es ist überhaupt eine sonderbare Laune von ihm, dort ein Haus hinzubauen.«

»Ich fürchte, du wirst Schwierigkeiten haben, ihn zum Verkauf zu überreden.«

»Unsinn!« lachte Rex. »Du scheinst zu vergessen, daß Geld für mich keine Rolle spielt.«

»Ich vergaß es nicht, aber ich kenne Yeh Ling.«

Rex kratzte sich gereizt am Kopf.

»Es wäre gelacht, wenn ich es nicht bekommen könnte! Willst du nicht einmal mit ihm darüber reden? Ich habe mich sozusagen auf dieses Stück Land verbissen. Ich sah es schon vor vielen Jahren, lange bevor ich wußte, daß Ursula Ardfern dort wohnt. Wie geht es übrigens meiner Angebeteten?«

Das war die Gelegenheit, auf die Tab gewartet hatte.

»Deine Angebetete ist meine Angebetete«, erwiderte er ruhig. »Ich werde Ursula Ardfern heiraten.«

Rex fiel in den nächsten Stuhl und starrte ihn an.

»Du Glückspilz!« rief er endlich und sprang mit ausgestreckter Hand auf. »Ich gehe auf eine Ferienreise, und du stiehlst mir meine ... Na ja — nein, ich bin gar nicht gekränkt. Du bist ein glücklicher Mensch. Wir müssen darauf eine Flasche trinken!«

Tab fühlte sich sehr erleichtert, denn Rex war sein bester Freund, und auf seine Veranlassung hatte er Miss Ardfern kennengelernt.

»Du mußt mir alles darüber erzählen«, bestürmte ihn Rex. »Selbstverständlich werde ich dein Brautführer sein und die Anordnungen für die feinste Hochzeit, die das kleine Dorf je gesehen hat, treffen.«

Tab war froh, ihn so sprechen zu hören.

Am nächsten Nachmittag fuhr er nach Hertford. Noch nie, so fand er, hatte sich sein Motorrad langsamer bewegt.

»Ich habe es Rex gesagt!« platzte er heraus und bemerkte, wie sich ihr Gesicht verfinsterte. »Er fühlte sich gar nicht verletzt«, fuhr er schnell fort, um sie zu beruhigen. »Er hat sich wie ein echter Freund benommen. Hast du wirklich etwas dagegen? Ich meine, daß ich es ihm gesagt habe?«

»Nein. Und er fühlte sich nicht verletzt?«

»Wenn ich Rex Lander wäre, würde ich Tab Holland hassen!«

»Rex hat einen festen Willen«, antwortete sie. »Wir wollen in den Garten gehen. Ich habe über allerhand nachgedacht und glaube, daß du etwas wissen mußt. Je länger ich es aufschiebe, um so schwerer wird es mir, es zu erzählen.«

Er folgte ihr mit einem Arm voll Kissen, rückte ihr den Liegestuhl zurecht und setzte sich auf die Lehne.

Mit der gleichgültigsten Stimme, die mit den schrecklichen Worten gar nicht in Einklang stand, sagte sie:

»Ich habe Jesse Trasmere getötet.«

Er sprang auf.

»Was?«

»Ich habe Jesse Trasmere getötet«, wiederholte sie. »Nicht unmittelbar, nicht mit meinen eigenen Händen, aber ich bin für seinen Tod genauso verantwortlich, als ob ich ihn erschossen hätte.« Sie faßte seine Hand und hielt sie fest. »Wie bleich du geworden bist! Es war grausam von mir, es so zu sagen. In unserem Beruf lieben wir eben das Dramatische — nein, aber so meinte ich es nicht, Tab!«

»Willst du mir sagen, wie du es meinst?«

»Komm, setz dich, ich will dir etwas erzählen, nichts über den Mord, ich hatte nicht die geringste Absicht, das vorhin zu sagen — ich wollte ... Tab, ich bin in einem Findelhaus aufgewachsen, wo kleine Kinder früh alt werden. Meine Mutter wurde ermordet und mein Vater als ihr Mörder gehenkt! — Ich kann mich daran nicht mehr erinnern. Meine älteste Erinnerung ist ein langer Saal, in dem wir, ungefähr vierzig kleine Mädchen, schliefen, bewacht von einer dicken Oberin und zwei Schwestern mit harten Gesichtern. Weshalb ich dort war, hörte ich erst später. Ein Mädchen hatte gelauscht, als die Oberin es der einen Schwester erzählte, und ich mußte mir die Worte selbst stückweise zusammensetzen. So erfuhr ich, daß ich durch die Tat meines Vaters Waise geworden war. Nach der Gerichtsverhandlung und Hinrichtung meines Vaters war ich in dieses Heim geschickt worden, um für den Beruf, den alle guten kleinen Mädchen ergreifen, vorbereitet zu werden, wobei das erstrebenswerteste Ziel eine Stellung als zweite Köchin bedeutet. Mich schickte man als Küchenmädchen in den Haushalt einer vornehmen Dame, die Tausende von Pfund für Wohlfahrtszwecke stiftete, aber das Brot abwog, das ihre Angestellten aßen. Ich war drei Monate in dieser Stellung, als Mr. Trasmere in Erscheinung trat. Es war an einem kalten, windigen Nachmittag, ich erinnere mich genau, als wenn es gestern gewesen wäre. Ein Stubenmädchen kam und sagte, ich solle in den Salon kommen. Dort fand ich Mr. Trasmere allein, sein Anblick erschreckte mich, er sprach nichts, saß nur mit gerunzelter Stirn da und maß mich von Kopf bis Fuß. Ich war damals zwölf oder dreizehn Jahre alt, ein sehr empfindliches Kind, und litt unter der lieblosen Umgebung. Er fragte mich, wie alt ich sei und ob ich mich glücklich fühle. Ich sagte ihm die Wahrheit. Anscheinend hatte er mit der Anstaltsleitung gesprochen, denn ich durfte sofort mit ihm gehen, und er brachte mich in ein armseliges Wohnhaus, in die Obhut einer Frau, die möblierte Zimmer an die seltsamsten Leute, die ich je gesehen hatte, vermietete. Heute glaube ich, daß das Haus Mr. Trasmere gehörte. Ich sah ihn erst nach zwei Monaten wieder. Ich hatte ein Zimmer für mich, und er schickte mir Schulbücher zum Lesen und Lernen. In dieser Zeit traf ich zum erstenmal Yeh Ling, der, wie ich dir schon einmal erzählte, damals ein armer Kellner in einem chinesischen Restaurant war. Nach zwei Monaten kam dann Mr. Trasmere, um mich abzuholen. Voraus traf eine große Kiste mit Kleidern ein, wie ich sie noch nie gesehen, geschweige denn getragen hatte. Er ließ mir ausrichten, daß ich mich umziehen und ihn im Laufe des Nachmittags erwarten solle. Ich kam nun aufs Land in eine Vorbereitungsschule, die mir nach der Anstalt wie der Himmel auf Erden erschien. Auf dem Weg dorthin erwähnte er, daß er durch Freunde von mir gehört habe, und daß er mir eine Erziehung geben wolle, die mir ein besseres Leben ermöglichen werde. Ich war über seine Güte so gerührt, daß ich auf dem ganzen Weg weinte. — Die drei Jahre, die ich in St. Helens verbrachte, erscheinen mir noch heute wie ein herrlicher Traum. Ich war glücklich, hatte viele Freunde, und meine Ansicht über das Leben änderte sich. In dem Jahr, als ich die Schule verließ, kam Mr. Trasmere zum Stiftungsfest und sah mich in einem Theaterstück, das eine Schülergruppe aufführte. Nachdem er das gesehen hatte, waren seine Pläne gefaßt. Jetzt weiß ich, daß er nicht ganz uneigennützig handelte. Das heißt, es war einfach seine Gewohnheit, Projekte aufzunehmen und aussichtsreiche Leute zu finanzieren. Später einmal erzählte er mir, daß er bei seiner Rückkehr aus China beabsichtigt habe, sich in diesem Lande niederzulassen und einfach als Privatmann zu leben, aber — um seine eigenen Worte zu gebrauchen — er langweilte sich bald so, daß er die unmöglichsten Sachen unternahm, um sich die Zeit zu vertreiben. Weißt du, daß er einmal zwölf Konditoreien finanzierte und täglich seinen Gewinn einkassierte? Weißt du, daß er hinter drei Ärzten steckte und auch von ihnen seinen Anteil bezog? Er war Yeh Lings Hintermann, und mit der Zeit wurde er auch der meine. Ich war sechs Monate lang seine Sekretärin in einem kleinen Büro, das er für diesen Zweck gemietet hatte, und in das er nie vor fünf Uhr nachmittags kam. — Dann schlug er mir vor, zur Bühne zu gehen. Er schickte mich mit einer Truppe auf Tournee, die er selbstverständlich ebenfalls finanzierte, doch mußte ich ihm jeden Tag einen Bericht über die Tageseinnahmen zusenden. Samstags zahlte ich die Gehälter und die sonstigen Auslagen und überwies den Rest an ihn. Als die Tournee beendet war, kehrte ich in die Stadt zurück und fand heraus, daß er in seiner geheimnisvollen Art bereits Vorbereitungen für eine Saison, bei der ich die Anziehungskraft sein sollte, getroffen hatte. Mein Gehalt? Du würdest lachen! Aber offenbar um seine Knauserei gutzumachen, versprach er, mir die Hälfte des Gewinnes zu geben, wenn er einen bestimmten Betrag überschreiten sollte. Zu meinem Erstaunen, und wohl auch zu seinem eigenen, hatte ich nicht nur Glück, sondern das Unternehmen wurde zu einem großen finanziellen Erfolg. Die Einnahmen waren unglaublich gut, und der Erlös überstieg den festgesetzten Betrag bei weitem. Natürlich zahlte er auch. Jesse Trasmeres Wort galt mehr als seine Unterschrift, es war so gut wie ein Eid. Er hatte die Grundsätze eines chinesischen Geschäftsmannes. Wenn du weißt, was das bedeutet, Tab, wirst du auch wissen, wie genau er diese Dinge nahm. Bei Yeh Ling war es, nur in noch größerem Ausmaß, dasselbe, und dies hatten unsere so verschiedenen Fälle gemeinsam — unsere Anteile übertrafen Trasmeres Schätzungen und überhaupt jede Voraussicht um ein bedeutendes. Zwischen Mr. Trasmere und mir bestand nie eine geschriebene Abmachung. Yeh Ling jedoch hatte, wie du weißt, eine solche. Die seltsamste Seite meines Erfolges aber war, daß ich als seine Sekretärin weiterarbeiten mußte. Jeden Abend nach dem Theater fuhr ich zu ihm und erledigte seine Korrespondenz. Manchmal war ich nach einem anstrengenden Abend so müde, daß ich mich die Stufen von Mayfield kaum hinaufschleppen konnte. Aber Jesse Trasmere war unerbittlich. Er ließ sich ebensowenig etwas abhandeln, wie er ein Übereinkommen, das für ihn ungünstig war, zu umgehen versuchte. Als ich schon bekannt war, bestand er darauf, daß ich noch mehr von mir reden machen sollte. Er kaufte eine Unmenge Schmuck, das heißt, vermutlich beschaffte er ihn sich über irgendeine seiner Geschäftsverbindungen, denn neu sahen die Sachen nicht aus. Der Schmuck war sehr schön, und nach seinem Tod sollte er mir gehören. Jeden Abend aß ich mit ihm bei Yeh Ling, er überreichte mir den Schmuckkasten, den er in einer schwarzen Tasche mitbrachte, und jeden Abend brachte ich ihn wieder zu ihm zurück.«

»Ließ er nie durchblicken, warum er gerade dich ausgesucht hatte?« fragte Tab.

»Jesse Trasmere war sehr aufrichtig. Das war einer seiner Reize. Er sagte mir einmal, daß er meine bedauernswerte Geschichte kenne, er brauche jedoch jemand, von dem er etwas Nachteiliges wisse! Er drückte es fast wörtlich so aus: ›Du wirst dich in allem nach meinen Wünschen richten, denn je höher du steigst und je erfolgreicher du bist, desto unangenehmer wird es dir sein, wenn herauskommt, daß dein Vater ein Mörder war!‹ Seltsamerweise hat er aber nie etwas dagegen gehabt, daß ich meinen Namen — denn Ardfern ist mein wirklicher Name — für Berufszwecke verwendete.«

»Was war dein Vater?« erkundigte sich Tab widerstrebend, da er befürchtete, daß die Frage ihr peinlich wäre.

»Er war Schauspieler«, antwortete sie ohne Verlegenheit, »und zwar muß er sehr tüchtig gewesen sein, bis er zu trinken anfing. Er war betrunken, als er meine Mutter ermordete. Das habe ich im Heim erfahren. Später habe ich auch selbst Nachforschungen angestellt. Woran denkst du, Tab?«

Seine Stirn lag in Falten.

»Ich versuche, mich an die Hinrichtung eines Mannes namens Ardfern zu erinnern. Ich kenne so ziemlich alle beim Namen aus den letzten zwanzig Jahren. Kann ich telefonieren?«

Drei Minuten später hatte er die Verbindung und sprach mit dem Nachrichtenredakteur des ›Megaphone‹.

»Hallo, Jacques! Ich brauche eine Auskunft. Erinnern Sie sich an einen Mann namens Ardfern, der in den letzten ...« Er schaute sich nach Ursula um. »Der vor siebzehn oder achtzehn Jahren wegen Mordes hingerichtet wurde?«

Die Antwort kam sofort.

»Nein! Es gab einen Mann namens Ardfern, der wegen Totschlags verurteilt wurde, aber er ist ins Ausland entflohen.«

»Wie war sein Vorname?« fragte Tab.

»Ich bin nicht ganz sicher, ob er Francis oder Robert hieß — nein, Willard, richtig, Willard Ardfern, ich habe mir die zwei ›ards‹ im Namen gemerkt.«

»In welcher Stadt wurde das Verbrechen begangen?«

Jacques, das Nachschlagewerk in persona, nannte ebenso prompt eine kleine Provinzstadt, die auch Tab gut kannte.

Er legte auf und wandte sich Ursula zu.

»Wie war der Vorname deines Vaters?«

»Willard —.«

Tab pfiff vor sich hin und wischte sich die nasse Stirn ab.

»Dein Vater ist nicht gehängt worden.«

Er sah, wie sie erst rot und dann blaß wurde.

»Bist du sicher?« fragte sie.

»Ganz sicher. Jacques irrt sich nie. Außerdem wußte er sofort den genauen Namen — Willard Ardfern. Der Untersuchungsrichter fällte ein Urteil wegen Totschlags gegen ihn. Willard Ardfern floh und wurde nie festgenommen.«

Er stützte sie, denn sie war immer blasser geworden.

»Gott sei Dank!« flüsterte sie. »Das — es war ja viel schlimmer als der Tod meiner Mutter gewesen. Oh, Tab, es hat wie ein Alpdruck auf mir gelastet! Es war so schwer, so furchtbar schwer zu ertragen, du glaubst gar nicht, wie sehr ich darunter gelitten habe.«

»War es das — was dich so aufregte, als ich neulich von Trasmeres Testament sprach?«

Sie sah ihn fest an und sprach, ohne auf die Frage einzugehen, weiter von ihren Beziehungen zu Jesse Trasmere.

»Ich verabscheute das allabendliche Borgen der Schmucksachen! Ich hätte ja Geld genug gehabt, um mir eigene zu kaufen, aber ich mag Schmuck gar nicht besonders, und außerdem bestand Trasmere unbedingt auf dieser Prozedur.« Sie stockte plötzlich und rief überrascht: »Oh! Ich denke, ob er vielleicht — in China davon hörte? Ja, das wird es sein. Er muß meinen Vater getroffen und alles über mich erfahren haben! Ich bin sicher, daß Yeh Ling es weiß, denn Mr. Trasmere hatte die Gewohnheit, ausführliche Notizen zu machen.«

Kapitel 28

Yeh Ling schrieb den wöchentlichen langen Brief an seinen Sohn, als Kommissar Carver gemeldet wurde. Er legte den Pinsel aus der Hand und sah gleichmütig auf den Diener, der ihm die Karte überbrachte.

»Ist er allein?« fragte er.

»Niemand ist bei ihm.«

Yeh Ling klopfte mit den gepflegten Fingernägeln auf seine Zähne.

»Laß ihn hereinkommen!«

Der Ausdruck in Carvers Gesicht verriet ihm gleich, worum es ging. Ein Kampf stand noch bevor, doch es war nicht ausgeschlossen, daß der Mord an Trasmere, überhaupt diese Tragödie, in einer Weise gelöst wurde, die auch Yeh Lings empfindliches Gerechtigkeitsgefühl zufriedenstellte.

Der Kommissar kam nicht sofort auf den Kern der Sache. Er nahm sich eine Zigarre, die ihm der Chinese anbot, sprach übers Briefeschreiben, erkundigte sich nach Ursula Ardfern und erwähnte endlich den Grund seines Besuchs.

»Ich glaube, der Trasmere-Fall nähert sich einer Lösung.«

Yeh Lings Augenlider bewegten sich kaum.

Der Kommissar streifte die Asche seiner Zigarre sorgfältig ab. »Um die Wahrheit zu sagen: ich habe den Mörder gefunden!«

Yeh Ling sagte nichts.

»Ich brauche nur noch einige wenige Beweise«, bemerkte Carver weiter.

»Und Sie kommen zu mir, damit ich Ihnen diese Beweise liefere?«

»Ich wüßte nicht ... Ich glaube nicht, daß Sie es tun würden. Mich interessiert etwas anderes: Wo sind die Dokumente, die Sie zusammen mit Miss Ardfern aus dem Haus holten?«

Yeh Ling stand auf, öffnete den Geldschrank, der in einer Ecke des Zimmers stand, und kam mit einem dicken Bündel zurück.

»Sind das alle?« fragte Carver mißtrauisch.

»Alle, bis auf zwei. Eines hat Bezug auf meinen Anteil am ›Goldenen Dach‹ und liegt bei meinem Rechtsanwalt.«

»Und das andere?«

»Das handelt von Dingen, die gewissermaßen heilig sind«, erwiderte Yeh Ling in einem Englisch, das gekünstelt wirkte.

»Wissen Sie, daß ich gerade dieses Dokument brauche?«

»Das nehme ich an. Trotzdem, Mr. Carver, kann ich es Ihnen nicht geben. Wenn Sie der Lösung so nahe sind, wie Sie sagen, werden Sie auch wissen, warum.«

»Weiß Miss Ardfern davon?«

»Sie ist gerade die Person, die davon nichts wissen soll!« Yeh Ling zuckte die Schultern. »Wenn es nicht ihretwegen wäre, könnten Sie es sehen. Doch was macht es aus, ob Sie das Papier kennen oder nicht? Es spielt überhaupt keine Rolle und hilft Ihnen nicht weiter. Vielleicht kennen Sie den Mörder wirklich, aber auf Grund von Vermutungen können Sie ihn nicht überführen. Es genügt nicht, daß Sie die Beweggründe begreiflich machen, Sie müssen Tatsachen vorweisen können! Solange Sie nicht sagen können, auf welche Weise der Mörder das Gewölbe verließ, die Tür von außen verschloß und den Schlüssel auf den Tisch zurücklegte, können Sie auch keine Verurteilung erzielen. Das ist das Gesetz. Ich habe in Harvard Rechtswissenschaften studiert und kenne die Regeln der Beweisaufnahme auswendig. Sie sehen also, Mr. Carver, daß die Beweise nicht von mir geliefert werden können.«

Die Logik des Chinesen war unwiderlegbar, Carver wußte auch, daß er hier einem Willen, stärker als sein eigener, gegenüberstand.

»Gut. Dann klären Sie mich über einen anderen Punkt auf. Wie ich höre, sind Sie von dem Mann in Schwarz verfolgt worden. Haben Sie eine Ahnung, wer er ist?«

»Ja — aber was hilft Ihnen meine Vermutung? Ich könnte keine Tatsachen beschwören, und Tatsachen wollen die Geschworenen hören, Mr. Carver.«

Der Kommissar stand seufzend auf.

Yeh Ling lächelte ironisch.

»Es tut mir leid«, entschuldigte er sich und machte einen tiefen Kotau.

Diese vorgetäuschte Demut amüsierte Carver noch lange, nachdem er den Schatten des ›Goldenen Daches‹ verlassen hatte.

Yeh Ling, der sich selten persönlich um das Wohlergehen seiner Gäste bemühte, zeigte viel Eifer bei den Vorbereitungen, die an diesem Abend in Zimmer sechs gemacht wurden. Die italienischen Kellner, die den Besitzer kaum kannten, waren sehr aufgeregt und beunruhigt, denn nichts schien Yeh Ling zu gefallen. Er ließ die Blumen wechseln, ein anderes Tischtuch holen und bestand darauf, daß der Tisch neu gedeckt würde. Er brachte äußerst seltenes Glas und wertvolles Porzellan zum Vorschein und ließ das gewöhnliche Restaurantgeschirr abtragen. Danach rief er den Geschäftsführer und den Kellermeister zu sich und stellte mit der größten Sorgfalt ein Diner zusammen.

»Yeh Ling hat sich selbst übertroffen«, sagte Tab, als er bewundernd vor der Tafel stand.

Ursula hatte gehofft, daß Yeh Ling ihnen ein anderes Zimmer geben würde, doch empfand sie kein eigentliches Widerstreben, und außerdem war sie ja seit Trasmeres Tod oft schon wieder hier gewesen. Der Kellner nahm ihr den Mantel ab.

»Werden wir Yeh Ling zu sehen bekommen?« fragte Tab, als das Diner schon in vollem Gange war.

»Er kommt sonst nie. Ich habe ihn nur zweimal in diesem Zimmer gesehen.«

»Ich habe Carver gebeten, vorbeizukommen, aber er ist zu beschäftigt. Er hat einen schönen, poetischen Brief geschrieben. Ist Carver nicht eine seltsame Persönlichkeit? Hinter seinem wenig interessanten Äußeren steckt doch viel Anziehendes.«

Wenn Carver auch nicht kommen konnte, so bekamen sie doch Besuch. Es klopfte, dann wurde die Tür langsam geöffnet.

»Heiliger Bimbam!« rief Tab aufspringend. »Rex, zum Teufel, wie hast du erfahren, daß wir hier sind?«

»Ich habe euch gesehen, als Ihr schuldbewußt in der Seitentür verschwandet! — Miss Ardfern, darf ich Ihnen die besten Glückwünsche aussprechen und vor Ihre Füße die Stücke eines zerbrochenen Herzens legen?«

Sie lachte nervös.

»Ich kann nicht bleiben«, sagte Rex. »Ich habe eine kleine Gesellschaft eingeladen, ein Mann vor allem ist darunter, der gewichtige architektonische Ideen hat. Ist es nicht seltsam? Jetzt, wo ich doch eigentlich aus dem Fach heraus bin, hat mich geradezu eine Leidenschaft für diesen nüchternen Beruf gepackt! Sogar der alte Stott wird in meinen Augen auf einmal eine bewundernswerte Persönlichkeit. — Haben Sie mir verziehen, Miss Ardfern?«

»O ja«, antwortete sie ruhig, »schon lange.«

Rex' kindliche Augen schauten sie freundlich an, ein liebenswürdiges Lächeln lag auf seinem feisten Gesicht.

»Wenn die Phantasie eines jungen Mannes ...« Er stockte und starrte in den Spiegel.

Tab und Ursula konnten von ihren Plätzen aus nichts bemerken. Rex aber sah im Spiegel die halbgeöffnete Tür und eine Gestalt, die unbeweglich draußen stand.

Mit einem Ausruf drehte er sich rasch um.

»Gerechter Gott, Yeh Ling, Sie haben mich erschreckt! Sie sind wirklich ein unheimlicher Mensch!«

»Ich kam, um zu sehen, ob das Diner zur Zufriedenheit ausgefallen ist.« Yeh Lings Hände waren in den weiten Ärmeln versteckt, eine kleine, schwarze Kappe saß auf seinem Hinterkopf. Das schäbige seidene Gewand und die Pantoffeln paßten nicht recht in den prunkvoll festlichen Rahmen.

»Es war ausgezeichnet, Yeh Ling«, versicherte Tab.

Für einen Augenblick trafen sich Ursulas und Yeh Lings Blicke.

»Ich glaube, ich werde gehen«, meinte Rex verlegen und ergriff Miss Ardferns Hand. »Gute Nacht, alter Freund!« Er drückte auch Tab die Hand und war verschwunden.

»War der Wein nach Ihrem Geschmack?« erkundigte sich Yeh Lings sanfte Stimme.

»Alles war ganz wunderbar«, sagte Ursula. Ihre Wangen zeigten eine Röte, die vorher nicht gewesen war. »Danke schön, Yeh Ling, Sie haben uns großartig bewirtet!« Sie stand schnell auf. »Tab, wir werden zu spät ins Theater kommen.«

Auf der Fahrt zum Athenäum schwieg sie. Auch Tab fühlte sich plötzlich bedrückt.

»Hat Yeh Ling nicht eine schleichende Art an sich?« fragte er.

»Ja —.«

Zehn Minuten später saßen sie in einer Loge und starrten aufmerksam auf die Bühne.

Als Tab zwischen dem ersten und zweiten Akt hinausging, um zu rauchen, entdeckte er Carver, der in der Eingangshalle vor einem Radioapparat stand. Der Kommissar winkte ihn herbei und eröffnete ihm überraschend:

»Ich werde heute nacht mit Ihnen nach Hause gehen. Wann etwa, glauben Sie, verabschieden Sie sich von Miss Ardfern?«

»Nach Theaterschluß begleite ich sie ins Hotel.«

»Wollen Sie vorher nicht noch zu Abend speisen?«

»Nein — warum fragen Sie das?«

»Dann will ich Sie beim Zentralhotel erwarten.«

Tab sah den Kommissar nicht mehr, bis er sich vor dem Hoteleingang von Ursula verabschiedet hatte. Als er sich auf der Straße umsah, tauchte Carver aus der Dunkelheit auf und nahm ihn beim Arm.

»Wir wollen zu Fuß gehen. Man macht sich nicht genügend Bewegung. Mangel an Bewegung ist für alte Leute schädlich, für junge gefährlich.«

»Sie sind heute abend sehr gesprächig«, wunderte sich Tab.

»Ich fühle mich nur etwas einsam, der Tag war für mich voll von Enttäuschungen, und ich möchte Ihnen gern mein Leid klagen.«

Als sie aber in der Wohnung angekommen waren und Whisky mit Soda vor ihnen stand, zeigte Carver wenig Neigung zu Geständnissen.

»Die Wahrheit ist die —«, bekannte er auf Tabs Drängen, »ich habe Grund anzunehmen, daß ich beobachtet werde.«

»Von wem?«

»Vom Mörder Trasmeres. Es ist ein erniedrigendes Geständnis für einen Mann von meiner Erfahrung und meinem bewährten

Mut, aber ich fürchte mich, heute abend nach Hause zu gehen. Ich habe eine unangenehme Vorahnung ...«

»Dann wollen Sie also die Nacht hier verbringen?« fragte Tab.

»Ihr Instinkt hat sich ganz erstaunlich entwickelt«, erwiderte Carver anerkennend. »Genau das ist es, was ich möchte, falls ich nicht störe. Ich hatte vorhin tatsächlich nicht moralischen Mut genug, darum zu bitten. Es ist nicht sehr angenehm, einzugestehen ...«

»Unsinn!« unterbrach ihn Tab. »Sie fürchten den Mörder ebensowenig wie ich! Aber bitte, tun Sie sich keinen Zwang an — Sie können ruhig dableiben, nur fürchte ich, daß Rex' früheres Bett nicht in Ordnung ist.«

»Ich ziehe sowieso das Sofa vor. Ja, was ich Ihnen unbedingt noch sagen wollte — Sie sehen im Frack überraschend gut aus! Die Schwierigkeit, aus einem Reporter einen Gentleman zu machen, muß eigentlich unüberwindlich sein, aber Sie haben meine kühnsten Erwartungen übertroffen.«

Tab lachte. Er holte ein Kissen und eine Decke aus seinem Zimmer, warf beides aufs Sofa und zog sich zurück. Carver machte es sich bequem und löschte das Licht.

Tab hatte einen glücklichen, aber verworrenen Traum: Er trug Ursula durch den duftenden Garten, das Herz voll Dankbarkeit für das Glück, das ihm zugefallen war. Dann wurde der Traum unbehaglich. Er schaute über die Schulter zurück und sah die unheimliche Gestalt Yeh Lings, der ihn beobachtete. Er befand sich jetzt nicht mehr im Garten, sondern vor einem Hügel, auf dem sich zwei Säulen erhoben, und Yeh Ling stand, gekleidet in ein Gewand aus Goldbrokat, vor seinem Haus.

Peng — peng!

Zwei Schüsse krachten hintereinander.

Tab schreckte auf. Aus dem Nebenzimmer hörte er Getrampel, dann — einen Krach. Im Augenblick war er aus dem Bett und im Wohnzimmer, spürte am Luftzug, daß die Wohnzimmertür weit offen stand, und griff nach dem Lichtschalter.

»Machen Sie kein Licht!«

Es war Carvers Stimme, die von außerhalb aus der Dunkelheit kam.

Unten schlug die Haustür zu.

Carver kam in die Wohnung gelaufen und schaute zum Fenster hinaus.

»Jetzt können Sie das Licht andrehen«, sagte er.

Ein roter Streifen lief über sein Gesicht. Er sah es sich im Spiegel an.

»Da bin ich noch mal gut weggekommen!« brummte er. »Ja — ich hätte ihm die Treppe hinab nachlaufen können, aber er hatte zuviel Vorsprung, und ich wollte mich nicht ins Freie locken lassen.«

Mittlerweile war das ganze Haus wach geworden. Oben und unten wurden Türen aufgeschlossen, Stimmen hallten durchs Treppenhaus.

»Die Zigarre hat mich verraten«, sagte Carver resigniert. »Ich war ein Esel, daß ich rauchte. Er muß das Glimmen gesehen und, wie mir scheint, nicht schlecht gezielt haben.«

Neben dem Fenster hing ein kleiner Kupferstich. Das Glas war zerschmettert, und das Geschoß hatte die weiße Schulter von Beatrice d'Este durchbohrt.

Carver untersuchte das runde Loch gründlich.

»Sieht mir nach einer Selbstladepistole aus! Er wird immer moderner. Das letztemal benutzte er einen Revolver, wie ihn die chinesische Regierung vor fünfzehn Jahren an ihre Offiziere abgab, jedenfalls konnten wir das aus der Form der Kugel schließen. — Jemand ist an der Tür, bitte, gehen Sie, Holland, erklären Sie den Leuten, was los ist.«

Es dauerte eine ganze Weile, bis Tab die Hausbewohner beruhigt hatte. Als er zurückkam, war Carver dabei, den Einschlag der zweiten Kugel zu untersuchen. Sie hatte im unteren Fensterrahmen ein niedliches kleines Loch hinterlassen.

»Dies hier hat der Mann in der Wohnung unter uns auf der Treppe gefunden!« Tab hielt ein kleines Messer mit grünem Griff in der Hand.

»Chinesische Nachahmung«, erklärte Carver. »Es könnte sogar echt sein.« Er versuchte die Schneide, die scharf wie ein Rasiermesser war.

»Kommt mir fast so vor, als ob er gar nicht die Absicht gehabt hätte, die Pistole zu gebrauchen.«

»Wollen wir«, schlug Tab ungeduldig vor, »nicht mit diesem unnützen Gerede aufhören und uns den nüchternen Tatsachen zuwenden? Sie erwarteten diesen Überfall, Carver! Darum kamen Sie heute abend und gaben all diese durchsichtigen Vorwände zum besten.«

»Nun ja — ich hätte Sie kaum dazu gebracht, bei mir zu übernachten, und Ihnen auch nicht genug Bequemlichkeit für Ihre luxuriösen Gewohnheiten bieten können, also entschloß ich mich, es bei Ihnen zu versuchen.« Er schaute auf seine Uhr. »Zwei Uhr — vor ungefähr einer Viertelstunde muß er gekommen sein, und tatsächlich habe ich nicht gehört, wie er hereinkam. Als der Hut, der am Haken hinter der Tür hing, zu Boden fiel, wußte ich, daß ich entweder taub würde oder es mit einem außerordentlich schleichgewandten Individuum zu tun hätte. Als erstes wird meine Zigarre aufgefallen sein, dann meine Silhouette, nachdem ich mich erhoben hatte, denn das Sofa vom Fenster wegzurücken, hatte ich natürlich versäumt! Bevor ich recht wußte, was los war, hatte er zweimal geschossen, die Tür zugeschlagen und die Treppe erreicht.«

»Mir war, als hörte ich zuerst die Tür schlagen.«

»Das kommt, weil Sie schliefen«, antwortete Carver lächelnd und kniff die Augen zusammen. »Dann hört man das letzte Geräusch zuerst. Nein, ich kann Ihnen versichern, daß er schoß, bevor ... Ich möchte eines wissen —.«

»Was?«

»Ob Ihr Freund mit einem ähnlichen Anschlag zu rechnen hat. Wo wohnt er?«

»Natürlich, wir sollten ihn wenigstens warnen! Er wohnt in Pitts Hotel. Vielleicht hatte es der unheimliche Bursche wirklich auf Rex abgesehen und vermutete ihn hier.«

Carver nahm das Telefonbuch und fand die Nummer. Es dauerte ziemlich lange, bis er Antwort bekam. Endlich meldete sich der Portier.

»Ich weiß nicht, ob er hier wohnt, ich will nachsehen«, sagte die verschlafene Stimme.

Es vergingen zehn Minuten.

»Ja, er ist auf Zimmer 180. Soll ich Sie mit ihm verbinden?«

»Bitte, wenn Sie so freundlich sein wollen.«

Carver hörte die Geräusche, als die Verbindung hergestellt wurde. Nach einer Weile antwortete Rex Landers schläfrige Stimme:

»Hallo! Wer ist dort? Was, zum Teufel, wollen Sie?«

»Ich will mit ihm sprechen«, flüsterte Tab und nahm dem Kommissar den Hörer aus der Hand.

»Bist du es, Rex?«

»Hallo! Bist du es — Tab? Was soll das bedeuten?«

»Ich habe Besuch gehabt — erinnerst du dich, ich habe dir doch von dem Einbrecher erzählt? Nun, er war heute nacht wieder da!«

»Zum Teufel!«

»Er hat die Wohnung mit einer Schießbude verwechselt. Carver möchte nun gerne wissen, ob du ein ähnliches Erlebnis gehabt hast?«

»Ich —? Nein, wieso? Ist das überhaupt so wichtig, daß ihr mich aus dem Schlaf reißt?«

Tab lachte.

»Vielleicht steht es dir noch bevor. Halte deine Tür verschlossen!«

»Und den Telefonhörer lasse ich wohl am besten auf dem Tisch liegen, wie? Ist Carver bei dir?«

»Ja.« Der Kommissar machte Tab ein Zeichen und kam an den Apparat. »Moment, er möchte mit dir sprechen.«

»Es tut mir leid, daß Sie gestört worden sind, Mr. Lander«, sagte Carver. »Aber ich muß Sie offiziell warnen. Vor nur zehn Minuten ist in diese Wohnung eingebrochen worden. Augenblick — wie spät ist es jetzt? Das müßte also gewesen sein um . . .«

»Meiner Meinung nach«, warf Rex gelangweilt ein, »würde es Viertel vor zwei Uhr gewesen sein. Danke schön, Kommissar, daß Sie mich benachrichtigten.«

Als Carver aufgelegt hatte, rieb er sich vergnügt die Hände.

»Was in aller Welt amüsiert Sie so?« fragte Tab gereizt.

»Ich gebe zu, ich amüsiere mich sehr — und zwar über den seltsamen Fehler, den dieser Mörder gemacht hat.«

Früh am nächsten Morgen sprach Carver in Pitts Hotel vor und unterhielt sich mit dem verschlafenen Rex Lander, der in einem grellgestreiften Pyjama im Bett saß und mit bewundernswerter Gelassenheit die nächtliche Ruhestörung erörterte.

»Ich gehöre zu denen, die mindestens zwölf Stunden Schlaf brauchen. Tab sollte das eigentlich wissen und mich wenigstens nachts mit seinen Einbrüchen aus dem Spiel lassen.«

Als Carver im Lauf des Vormittags wieder mit Tab Holland zusammentraf, glossierte er zunächst die Auswüchse der männlichen Pyjamamoden, bevor er auf ein ernsteres Thema zu sprechen kam.

»Heute nacht werden Sie Ruhe haben. Jedenfalls überlasse ich Sie Ihrem Schicksal. Verriegeln Sie die Tür und spannen Sie eine Schnur zwischen zwei Stühle.«

»Unsinn! Heute nacht kommt er nicht wieder.«

Carver rieb sich das Kinn.

»Was für einen Tag haben wir heute?«

»Samstag.«

»Der verhängnisvolle Samstag, was? Nein, vielleicht nicht. Was machen Sie heute?«

»Ich werde abgeholt. Wir fahren nach Hertford hinaus. Es ist mein freies Wochenende, aber ich kehre heute nacht wieder in die Stadt zurück.«

»Rufen Sie mich an, sobald Sie zurück sind. Wollen Sie mir das versprechen?«

Tab mußte lachen.

»Selbstverständlich, wenn es Sie beruhigt.«

»Wenn Sie es nicht tun, werde ich Sie in Abständen die ganze Nacht anrufen. Vor allen Dingen darf Lander nicht hier schlafen.«

»Glauben Sie nicht, daß man in der Zwischenzeit herausgefunden hat, daß er nicht mehr hier wohnt?«

»Möglich. Und — sprechen Sie nicht mit Miss Ardfern darüber. Es ist besser, wenn Sie überhaupt nichts davon erwähnen.«

Tab versprach es. Er hatte auch gar nicht die Absicht, Ursula zu beunruhigen.

Kapitel 30

Ursula holte Tab in der Doughty Street ab. Zur Lunchzeit waren sie bereits in Stone Cottage. Das Wetter zeigte sich immer noch unbeständig, doch Tab kam gar nicht dazu, darauf zu achten. Er erwähnte die gestrige verhängnisvolle Nacht nicht, erzählte aber von seinem Traum.

»Du magst doch Yeh Ling gut?« fragte er zum Schluß. »Im Grunde habe ich auch nichts gegen ihn. Aber traust du ihm vollständig?«

Sie dachte einen Moment nach.

»Ja, Tab«, sagte sie dann überzeugt. »Er war ein sehr treuer Freund. Bedenke, daß er während dieser ganzen Jahre über mich gewacht hat. Ich müßte sehr undankbar sein, wenn seine Treue mich nicht rühren sollte.«

Tab dachte, daß Yeh Lings Ergebenheit auch anders erklärt werden könnte, schwieg jedoch.

»Weißt du«, fragte er, »daß er einen Mann beauftragt hat, dieses

Haus Tag und Nacht zu bewachen?«

»Ich habe es nur durch Zufall erfahren, als ich mich im Schießen übte. Hat dir Yeh Ling nicht erzählt, daß ich einen seiner Posten beinah erschossen hätte?«

»Er ist ein seltsamer Mensch. In meinem Traum ...« Er nahm sie in seine Arme.

Zum Glück war der leicht schockierte Mr. Turner nicht in der Nähe.

Tabs Herz war, genau wie im Traum, von Liebe und Dankbarkeit erfüllt, als er in der Dämmerung aufbrach. Er bestieg sein Motorrad, das er in Ursulas Wagen mitgebracht hatte, und trat die Rückfahrt an.

Unterwegs hatte er eine Panne, die ihn aufhielt. Es war fast zehn Uhr, als er seine Maschine in die Garage brachte. Den letzten Teil der Fahrt hatte er in strömendem Regen gemacht und kam völlig durchnäßt in der Doughty Street an.

Ein warmes Bad und ein Kleiderwechsel erfrischten ihn. Er wollte noch weggehen, um etwas zu essen, und füllte sich gerade das Zigarettenetui, als das Telefon läutete. Er dachte, es wäre Carver, aber er vernahm Rex Landers aufgeregte Stimme.

»Bist du es, Tab? Mein Junge, ich habe eine ganz unerhörte Entdeckung gemacht!«

»Was für eine denn?«

»Du darfst aber nicht ein Wort davon Carver verraten, hörst du? Es ist eine ganz außerordentliche Entdeckung!« Seine Stimme zitterte. »Ich habe herausgefunden, wie der Mord begangen wurde.«

»Der Mord an Trasmere?«

»Ja. Ich weiß jetzt, wie der Mann das Gewölbe verlassen hat. Ich war am Nachmittag dort, um nach den Arbeiten zu sehen, und fand alles durch Zufall heraus. Es ist ganz einfach, Tab, wie der Schlüssel mitten auf den Tisch gelangen konnte! Kannst du mich in Mayfield treffen?«

»In Mayfield?«

»Ich warte vor dem Eingang auf dich. Ich möchte nicht, daß uns irgendwer von Carvers Leuten sieht.«

»Warum nicht?« fragte Tab.

»Weil —« kam es überlegend, »weil zuerst du die Sache ganz allein erfahren sollst. Also beeile dich!«

Tab steckte sich in der Küche eine Handvoll Biskuits in die Tasche, zog seinen Regenmantel an und ging verwirrt in die abscheuliche Nacht hinaus.

Ein stürmischer Wind pfiff durch die verlassene Peak Avenue, als er dem unheimlichen Hause zustrebte. Er sah Rex nirgends, bis er durchs Gartentor gegangen war. Lander lehnte im Schutz des Vorbaus an der Eingangstür. Im zementierten Hof stand ein Auto.

»Wir finden den Weg auch im Dunkeln, ich habe eine Taschenlampe«, flüsterte Rex.

Sie betraten den kalten Vorraum mit dem muffigen, eigenartig bedrückenden Geruch von Verfall und Vernachlässigung.

Rex Landers Stimme zitterte noch immer vor Aufregung.

»Wir können die Lichter einschalten, sobald wir im Gang sind.«

In Trasmeres Wohnzimmer schloß er die Tür neben dem Kamin auf und ging die Treppe hinab voraus.

»Schließ die Tür, Tab!« rief er leise und drehte dann sämtliche Lichter an.

Am Ende des Ganges sah Tab einen Haufen Ziegelsteine und ein Brett mit Mörtel. Das Zumauern des Gewölbes hatte begonnen, und mit etwas Abstand erhoben sich vor der offenen Tür schon die ersten gemauerten Steinreihen.

Rex trat über das Mauerwerk hinweg und machte auch im Gewölbe Licht. Bis auf den Tisch war jetzt alles ausgeräumt.

»Da!« Rex deutete triumphierend darauf.

»Was ist damit?«

»Halte beide Seiten des Tisches fest und ziehe!«

»Aber der Tisch ist doch am Boden befestigt«, widersprach Tab.

»Tu, was ich dir sage!« brauste Rex auf.

Tab lehnte sich über den Tisch, faßte beide Seiten an und zog.

Fünf Minuten später erwachte er aus seiner Betäubung mit einem Schmerz im Hinterkopf und einem Gefühl der Machtlosigkeit. Er saß aufrecht an der Wand, und als er versuchte, seine Hand hochzuheben, um den schmerzenden Hinterkopf zu reiben, konnte er sie nicht bewegen. Er öffnete die Augen. Das erste, was er sah, waren seine zusammengebundenen Füße. Verwirrt schaute er auf die Fesseln. Seine Hände waren in einer sonderbaren Stellung — sie steckten in Handschellen, um deren Verbindungskette ein Strick geschlungen und mit den Fußfesseln verknüpft war.

»Was —«, stammelte er, als er leises Lachen hörte und den Kopf drehte.

Jetzt erst bemerkte er Rex, der auf der Tischkante saß, rauchte und höflich fragte:

»Fühlst du dich besser?«

»Was soll das bedeuten, Rex?«

»Es bedeutet, daß du des Rätsels Lösung gefunden hast, wie ich es dir versprochen habe.« Rex' blaue Kinderaugen strahlten. »Ich tötete den lieben Onkel Jesse und habe auch diesen Trunkenbold Brown umgebracht. Brown wollte ich eigentlich nicht töten — leider ließ er mir keine Wahl. Er erkannte mich im Park, als ich noch in Neapel vermutet wurde.«

»Warst du denn nicht im Ausland?«

»Ich fuhr nicht weiter als bis zur Flußmündung und ging mit dem Lotsen vom Schiff. Die Telegramme schickte der Steward, den ich dafür bezahlte. Ich habe die Stadt gar nicht verlassen.«

Tab brachte kein Wort hervor, und Rex sprach, zuerst eigenartig vorwurfsvoll, dann drohend, weiter:

»Ich hätte dich zum reichen Mann gemacht! Aber du hinterlistiger, gemeiner Schuft nahmst dir die Frau, die für mich bestimmt war. Du hast sie ... Mein Gott!« Seine Stimme wurde schrill, Tab starrte ihn fassungslos an. »Du glaubst, ich sei verrückt? Vielleicht bin ich es — aber ich liebe Ursula. Ich tötete Jesse Trasmere, weil ich sie haben mußte. Ich konnte nicht länger warten, ich brauchte das Geld, um sie zu besitzen.«

Tab erinnerte sich jetzt an Ursulas Worte: ›Ich habe Jesse Trasmere getötet — nicht direkt, nicht mit eigenen Händen, aber ich bin für seinen Tod verantwortlich ...‹ Sie wußte es also! Es war auch die Erklärung für ihr sonderbares Verhalten, als Rex während des Diners das Zimmer betreten hatte. Und Yeh Ling wußte es auch. Deshalb hatte er lautlos vor der Tür gestanden, bereit, sich auf den Besucher zu stürzen. Yeh Ling, der wachsame, geheimnisvolle, ständige Beschützer — Tab dankte Gott, daß es ihn gab.

Rex verließ das Gewölbe. Nach fünf Minuten kam er mit einem Stuhl und einem Schreibblock zurück. Er setzte sich an den Tisch.

»Ich werde ein volles Geständnis niederschreiben, wie ich euch drei getötet habe!«

Tab sagte nichts. Waren das nicht typische Symptome für einen Verrückten? Eine halbe Stunde lang hörte er das Kratzen der Feder, das Geknister des Papiers, wenn ein Blatt nach dem andern zur Seite gelegt wurde. Und das Ende? Rex würde ihn töten, darüber bestand kein Zweifel. Um Hilfe zu rufen, hatte keinen Zweck. Carver und er hatten nach Trasmeres Tod ein Experiment gemacht — Tab hatte im Gewölbe gestanden und eine Platzpatrone abgeschossen, ohne daß Carver, der draußen horchte, das geringste hören konnte.

»So — alles ist aufgeschrieben und bleibt hier auf dem Tisch liegen, damit man weiß, wenn deine Gebeine gefunden werden, warum du gestorben bist!«

Tab beobachtete, wie er mit Schwung seinen Namen daruntersetzte — mit jenem Schwung, der ihn so oft belustigt hatte.

»Was willst du tun, Lander?«

»Keine Angst, ich rühr' dich nicht an, werde deinen athletischen Körper nicht entstellen. Du wirst einfach hierbleiben und sterben.«

»Du glaubst doch nicht etwa ...«, begann Holland, besann sich aber eines Besseren.

»Ich glaube nicht, daß dein Freund Carver kommt. Das war es doch, was du sagen wolltest? Glaube mir, Carver wird dich nicht finden. Niemand weiß, daß du hier bist. Warum sollte er dich hier auch suchen? Er ahnt ja nicht einmal, daß ich gestern nacht in deiner Wohnung war!«

»Hast du eine Uhr in deinem Zimmer?« fragte Tab, als ihm etwas zu dämmern begann.

Rex runzelte die Stirn.

»Wo? Im Hotel? — In meinem Schlafzimmer?«

»Du hast keine!« rief Tab triumphierend. »Carver brachte dich, als er mit dir telefonierte, dazu, die Zeit zu sagen. Er wußte, daß du es warst! Er wußte genau, wenn er dich anriefe, würdest du noch völlig angekleidet sein und eine Uhr in der Tasche haben!«

»Oh, verdammt!« stieß Lander verwirrt aus. »Heute morgen suchte er mich auf — wohl, um herauszufinden, ob in meinem Zimmer eine Uhr ist?« Dann grinste er verächtlich. »Jedenfalls weiß er nicht, daß du hier bist, das ist die Hauptsache. — Kannst du dich erinnern, wie du einst einen Reporter aus mir machen wolltest, wie ich in eurem Büro saß und Verbrechen studierte? Damals merkte ich mir einen Trick, und jahrelang habe ich darauf gewartet, ihn anzuwenden.«

Er sprach nicht weiter, sondern holte etwas aus der Tasche — eine Rolle dicken Faden. Aus dem Rockaufschlag zog er eine Stecknadel und band den Faden mit feierlicher Gründlichkeit unter der Nadelkuppe fest. Tab beobachtete ihn aufmerksam. Während dieser ganzen Arbeit summte Lander eine Melodie vor sich hin. Er schlenderte in den Gang hinaus und praktizierte die Nadel von außen her durch eines der Luftlöcher, die in Augenhöhe an der Tür angebracht waren. Nun zog er die Nadel mit dem Faden ins Gewölbe und steckte sie mit kräftigem Druck mitten auf den Tisch. Wieder ging er in den Gang hinaus, nahm die Spule auf, legte den Faden unter den Türfuß und wickelte reichlich viermal die Distanz Türe-Tisch ab, bis er den Faden doppelt um die Stecknadel spannen und den Schlüssel dazwischenziehen konnte, und zwar so, daß alle Enden, das doppelte mit dem eingezogenen Schlüssel und die losen zum Ziehen, durch den Spalt unter der Tür hindurch in den Gang zu liegen kamen.

Lander stand jetzt draußen und zog langsam die Tür zu. Der Schlüssel wurde umgedreht, das Schloß schnappte. Tab starrte wie hypnotisiert auf die Tür. Die herunterhängenden Fäden begannen sich zu bewegen, die Stecknadel vibrierte leicht. Unter der Tür erschien der Schlüssel, schleifte über den Boden, hob sich baumelnd am Tisch empor, höher und höher, erreichte die Tischplatte und blieb polternd liegen. Der Faden, schlaff hängend, spulte weiter ab und verschwand durch den Türspalt am Boden. Gleich darauf spannte sich der obere Faden im Luftloch, die Nadel spickte vom Tisch ab, fiel auf den Fußboden, schwankte leise klirrend an der Tür hinauf und schnellte ruckartig ins Luftloch hinein.

Das also war das Geheimnis der Stecknadel!

Das letztemal mußte sie hängengeblieben oder der Faden gerissen sein.

»Hast du gesehen?« Landers Stimme kreischte vor Stolz. »Ganz einfach, wie? Und schnell . . .«

Tab antwortete nicht. Er kreuzte die Hände und versuchte, die Kette der Handschellen zu zerreißen, wozu er weder genügend Spielraum noch Kraft hatte. Sein Kopf schmerzte immer noch sehr. Als er den kleinen, prallen Sandsack am Boden entdeckte, wußte er auch warum. Lander hatte ihn benützt, als Tab sich über den Tisch gebeugt und daran gezogen hatte, in der Annahme, daß irgendein geheimer Gang zum Vorschein kommen würde.

Draußen sang Rex vor sich hin, und in sein Trällern mischte sich das Geklirr der Kelle auf dem Ziegelstein, jenes schabende Geräusch, das die Maurer verursachen, wenn sie den Mörtel glattstreichen.

»Ich werde wahrscheinlich die ganze Nacht arbeiten«, rief Lander durch eines der Luftlöcher. »Ich hätte eigentlich das Licht ausmachen sollen, aber jetzt ist es zu spät.«

»Du verfetteter Idiot! Du Wahnsinniger!« schrie Tab in verzweifelter Wut. »Begreifst du nicht — Carver wird mich zuallererst hier suchen! Er wird deine Mauer niederreißen lassen und dein Geständnis finden, das du in deiner trottelhaften Eitelkeit niedergeschrieben hast!«

»Du wirst tot sein!« brüllte Lander zurück und arbeitete wie rasend weiter.

Tab versuchte, seine Lage kaltblütig zu überdenken. Rex Lander war verrückt — bis zu einem gewissen Grade. Maßlose Eitelkeit hatte ihn zu der Tollkühnheit verleitet, ein schriftliches Geständnis zu hinterlassen, das ihn an den Galgen brachte, wenn man es fand. Eitelkeit und verletzter Stolz hatten ihn auch dazu getrieben, in der Wohnung unter Tabs Papieren nach Liebesbriefen, die nicht existierten, zu suchen und die Fotografien des Rivalen zu zerreißen. Und Carver hatte es gewußt!

Das mit den Handschellen und den Fußfesseln verknüpfte Seil war so straff gespannt, daß Tab nur mit angezogenen Knien dasitzen konnte. Unmöglich, die Beine auszustrecken, wenn es nicht gelang, das Seil zu zerreißen — dann allerdings läge der Schlüssel in Reichweite. Er machte einen Versuch, die Knie noch mehr anzuziehen und sogleich mit aller Gewalt von sich zu stoßen. Der Schmerz, den er sich dabei zufügte, brachte ihn einer Ohnmacht nahe, als hätte er sich beide Schultern ausgerenkt.

Viel Zeit blieb ihm nicht mehr. Wenn die Mauer erst einmal errichtet war, wenn Carver ihn bis dahin nicht entdeckte, dann saß er hier ohne jede Luftzufuhr. Aber selbst wenn es ihm gelingen sollte, das Seil zu zerreißen, mußte er warten, bis Lander seine Arbeit beendet hatte. Eine Flucht mit Handschellen in Landers Gegenwart konnte er nicht riskieren. Seine einzige Hoffnung bestand darin, sich des Seils zu entledigen, solange die Arbeit draußen noch anhielt, um im geeigneten Augenblick sofort den Schlüssel erreichen und die Tür aufschließen zu können — und mit der letzten verfügbaren Kraft einen Durchbruch durch die frisch gemauerte Ziegelsteinwand zu versuchen. Aber die Zeit war knapp, und das Seil unzerreißbar ...

Er ließ sich auf die Seite fallen, stemmte die Füße gegen das eine Tischbein und den Kopf gegen die Wand, bis es ihm gelang, sich in eine kniende Stellung emporzuarbeiten. Gebunden und zusammengekrümmt, wie er war, reichten seine Augen nur bis zur Tischplatte. Vielleicht fand er irgendwo eine scharfe Kante. Drüben an der Wand stand ein roher Stein vor. Er rutschte auf den Knien hin, ließ sich auf den Rücken fallen, hob die Füße, bis er unter großer

Anstrengung das Seil in die Höhe des Steins brachte, doch die Stellung war hoffnungslos, er konnte die scharfe Kante nicht richtig erreichen. Er kreuzte die Beine, um mehr Spielraum zu erhalten. Dabei verschob sich die Fessel nach oben und ließ sich mit der Hand bis unters Knie zerren. Vor Freude hätte er beinah aufgeschrien, denn jetzt war das Seil lose, so daß er wenigstens stehen konnte.

Während der ganzen Zeit hatte er das Aufschlagen der Kelle und den summenden Gesang Landers gehört. Plötzlich verstummte beides. Rex stand vor den Luftlöchern.

»Du verlierst Zeit und Kraft bei all diesen eigenartigen Verrenkungen«, rief er ärgerlich. »Ich habe diese Fesselung einen ganzen Abend lang ausprobiert, und du wirst sie nicht loswerden!«

»Hau ab, Dicker, bevor sie dich schnappen! Scher dich an deine Fleischtöpfe! Carver weiß alles — vergiß das nicht! Er wird dich auf die Falltür bringen, diese Genugtuung will er sich bestimmt nicht entgehen lassen, obgleich ich mir nicht vorstellen kann, daß man einen so verrückten, schwachsinnigen Tropf aufhängen ...«

Tab wurde von einem Wutgebrüll unterbrochen.

»Wenn ich dich nur umgelegt hätte! Wenn ich nur hineinkönnte!«

»Du kannst aber nicht!«

»Ich bin nicht verrückt, ich bin nicht verrückt!« schrie Lander. »Ich bin vollständig gesund. Niemand hat das Recht ...«

»Du bist der verrückteste Hund, der mir je über den Weg gelaufen ist. Gott sei Dank, daß ich Ursula vor dir ...«

Der Name war kaum über Tabs Lippen gekommen, als er seinen Leichtsinn auch schon bereute. Ein verhängnisvolles Stichwort!

»Ursula — ist mein! Begreifst du? Jetzt ist sie mein!«

Die Kelle wurde heftig zu Boden geschleudert. Schritte entfernten sich eilig durch den Gang.

Tab arbeitete sich wieder auf die Knie, warf den Oberkörper zurück und kam auf die Füße zu stehen. Es war eine schreckliche Anstrengung, aber wenigstens stand er, wenn auch ganz gebeugt. Die Füße konnte er nur zollweise vorwärtsbewegen. So trippelte er langsam bis zum Tisch. Er lehnte sich darüber, zog den Schlüssel mit dem Kinn näher, brachte ihn vorsichtig bis an die Tischkante und faßte ihn mit den Zähnen. Nun manipulierte er sich umständlich bis zur Türe hin. Das Schlüsselloch war jedoch in einer so unglücklichen Lage, daß er es auf diese behinderte Weise nicht erreichte. Er versuchte es zweimal, und dann geschah, was er befürchtet hatte: Der Schlüssel fiel klirrend auf den Fußboden.

Tab lag gerade wieder auf den Knien und bemühte sich um den Schlüssel, als er vom Erdgeschoß her Türenschlagen und Geräusche hörte, die er nicht identifizieren konnte. Es klang, als ob Holz zerkleinert würde. Nach einer Weile drang ein leichter Petroleumgeruch in seine Nase. Er wußte jetzt, daß das Schlimmste für ihn gekommen war.

Mayfield brannte.

Kapitel 31

»Keine Antwort«, sagte die Auskunftsbeamtin.

Carver rieb sich gereizt die Nase, schaute auf die Uhr und wählte eine andere Nummer.

»Miss Ardfern? Hier Carver. Habe ich Sie aus dem Bett geholt? — Das tut mir leid, sehr leid ... Um welche Zeit hat Sie Tab verlassen? — Halb neun ... Oh, er ist bestimmt wohl und munter — vielleicht ins Büro gegangen ... O ja, er macht das manchmal am Samstag. Sorgen Sie sich nicht — gar nicht. Er wollte mich nur anrufen. Man kann eben verliebten Leuten nicht trauen ... Ja, selbstverständlich will ich Sie anrufen, wenn etwas nicht in Ordnung ist.«

Er legte auf, schaute wieder auf die Uhr und drückte auf die Klingel. Der Sergeant, der hereinkam, war ausgerüstet, als erwarte er jeden Augenblick seinen Einsatz.

»Sind die Leute fertig? — Gut. Pitts Hotel, zwei Mann vor jeden Eingang, einen ins obere Stockwerk, um die Flucht aufs Dach abzuriegeln. Vier gute Leute für sein Zimmer — gewandte Männer, die mit einem Schnellfeuerangriff fertig werden — denn er wird schießen.«

»Wie heißt der Mann, Sir?«

»Rex Lander. Mord, Urkundenfälschung, versuchter Mord und Einbruch! Wenn er nicht zu Hause ist, greifen wir ihn, sobald er ins Hotel zurückkommt. Einer der Nachtportiers wird wahrscheinlich sehr gut von ihm bezahlt. Wir müssen dort sein, bevor der Tagportier weggeht. Vergessen Sie nicht, Ihren Leuten einzuschärfen, daß Lander schießen wird! Wenn der betreffende Nachtportier Dienst hat, verhindern Sie, daß er ans Telefon geht. Gut — in fünf Minuten bin ich unten bei Ihnen!«

Carver machte noch einen Versuch, mit Tab zu telefonieren, aber es war vergeblich. Da fiel ihm der Herr in der unteren Wohnung ein. Tab hatte neulich nach dem Einbruch seinen Namen genannt, allerdings früher einmal auch erwähnt, daß der Mann nur selten zu Hause war. Trotzdem, er konnte es versuchen.

Er wartete, den Hörer am Ohr.

»Mr. Cowling? — Es tut mir leid, Sie zu stören. Hier Kommissar Carver, ein Freund von Mr. Holland, der über Ihnen wohnt. Wissen Sie, ob er zu Hause ist? Ich habe ihn zu erreichen versucht ... Sie haben das Telefon läuten hören? Ja, das war ich.«

Mr. Cowling gab bereitwillig Auskunft.

»Er kam vor ungefähr einer Stunde nach Hause. Bald darauf rief jemand an. Ich kann nämlich von meinem Zimmer aus das Telefon deutlich hören. Wenn ich mich nicht sehr täusche, rief Mr. Holland ›Hallo Rex!‹ in den Apparat. Vermutlich war es der junge Architekt, der früher ebenfalls oben wohnte.«

»Rex?« wiederholte Carver. »Ja, ja, das ist möglich. Und er ist also weggegangen? Ich danke Ihnen.«

Einen Augenblick saß er noch starr vor seinem Schreibtisch. Dann stand er auf und zog seinen Regenmantel an.

Die Beamten stiegen in die Autos, als er aus der Polizeiwache trat. Er setzte sich in den ersten Wagen.

Hatte er zu lange gezögert? Den Haftbefehl besaß er schon seit einigen Tagen.

In Begleitung des Sergeanten betrat er die Hotelhalle. Es brannten nur noch wenige Lichter, und der Nachtportier hatte seinen Dienst bereits angetreten.

»Mr. Lander, Sir? Nein, ich glaube nicht, daß er da ist. Ich will versuchen ...«

»Rühren Sie das Telefon nicht an! Ich bin Polizeibeamter. Geben Sie mir den Schlüssel zu Landers Zimmer und kommen Sie hier heraus!«

Der Portier gehorchte widerwillig. Er nahm den Schlüssel vom Haken und warf ihn auf die Schaltertheke.

Rex Landers Zimmer war leer, wie Carver erwartet hatte.

»Ich wünsche eine genaue Durchsuchung des Zimmers«, befahl er dem Sergeanten, als er in die Halle zurückkam. »Nehmen Sie sich einen Mann mit hinauf. Alle Posten bleiben auf ihren Plätzen. Es kann sehr spät werden.«

Er wartete eine halbe Stunde in der Eingangshalle. Andauernd fuhren Autos vor, die Leute vom Theater zurückbrachten, doch

Lander erschien nicht.
Der Portier wurde mitteilsam.
»Ich möchte keine Unannehmlichkeiten haben. Weshalb brauchen Sie Mr. Lander?«
»Das werde ich Ihnen nicht sagen.«
»Wenn es etwas Ernstes ist, weiß ich nichts darüber. Aber ich kann Ihnen sagen, daß ich ihm neulich einen Gefallen erwiesen habe.«
»Gestern?«
»Ja. Er war gerade in der Eingangshalle, als ihn jemand anrief, und er bat mich, den Anrufer hinzuhalten, bis er auf seinem Zimmer sei. Das ist alles, was ich weiß. Er ist ein angenehmer Gast, und ich hatte keine Veranlassung, ihm nicht ...«
Einer der Beamten, die Landers Zimmer zu durchsuchen hatten, kam eilig in die Halle hinunter und nahm Carver beiseite. Er zog einen langläufigen Revolver alter Konstruktion aus der Tasche.
»Wir fanden das in einer Schublade.«
Carver prüfte die Waffe und wußte, schon bevor er die eingravierten chinesischen Zeichen entdeckte, Bescheid.
»Eine alte chinesische Armeewaffe. Vermutlich wird sich feststellen lassen, daß sie Trasmere gehörte.« Er öffnete die Trommel; sie enthielt vier unbenutzte und zwei abgeschossene Patronen. »Wickeln Sie das Ding in Papier, und lassen Sie es auf Fingerabdrücke hin fotografieren. Weiter haben Sie nichts gefunden?«
»Da ist noch eine quittierte Rechnung von Burbridge für einen Saphirring.«
Carver verzog das Gesicht. Das Geschenk für Tab Holland, angeblich ›in Rom‹ erstanden, um die Reise glaubwürdiger erscheinen zu lassen, stammte aus einem bekannten Londoner Geschäft.
Um Mitternacht rief die Hauptpolizeiwache an.
»Sind Sie es, Mr. Carver? — Mayfield brennt! Die Feuerwehr ist gerade alarmiert worden ...«
Carver ließ den Hörer fallen und stürzte zur Tür. Ein Auto hatte gerade einige Gäste vor das Hotel gebracht. Rücksichtslos bahnte er sich einen Weg.
»Peak Avenue!«
Er war ein Narr, daß er nicht früher an Mayfield gedacht hatte! Noch dazu, wo er wußte, daß Lander Tab angerufen und weggelockt hatte. Und wohin hätte er ihn locken sollen, wenn nicht nach Mayfield? Carver verfluchte sich laut auf der Fahrt. Tab war ja ah-

nungslos, hatte keinen Verdacht auf seinen Freund ...«

Es lief Carver kalt über den Rücken. Er hatte damals schon genau die Bedeutung der zerrissenen Fotografien erkannt. Lander war bis zum Wahnsinn eifersüchtig und würde vor nichts zurückschrekken. Wenn er schon zwei Morde auf dem Gewissen hatte, spielte der dritte keine Rolle mehr.

Lange bevor sie in die Peak Avenue einbogen, sah er den roten Feuerschein am Himmel. Er stöhnte. Als das Auto durch die Polizeisperre fuhr, brach das Dach zusammen. Eine Funkensäule stieg zum dunklen Himmel auf. Die Flammen beleuchteten die Ansammlung halbbekleideter Leute hinter der Absperrung.

Stumm, wie gelähmt, stand Carver vor der Katastrophe. Da berührte ihn jemand am Ellbogen, und als er sich umdrehte, sah er sich einem kleinen Mann in einem durchnäßten und beschmutzten Schlafrock gegenüber. Erst erkannte er ihn nicht, das Gesicht war rußverschmiert, die geröteten Augen rollten wild.

»Mein Vater war Feuerwehrmann!« erklärte der Mann feierlich. »Wir Stotts sind tapfere Leute. Wir sind alle Helden!«

Carver betrachtete ihn verblüfft.

Mr. Stott war vollkommen betrunken.

Kapitel 32

Eline Simpson hatte ein Tuch um die schmerzende Backe gebunden, wälzte sich auf ihrem Bett und stöhnte. Unglücklicherweise befand sich Elines Schlafzimmer gerade über dem von Mr. Stott und seiner Frau. Zwar störte Elines Gejammer die Dame nicht im geringsten, Mr. Stott dagegen war in ein Stadium geraten, in dem er mit gespannter Erwartung auf den nächsten Schmerzensschrei wartete. Kam er nicht, wurde er rasend, drang er aber endlich doch durch die Zimmerdecke, packte ihn eine wahnsinnige Wut.

«Eline geht morgen!« brüllte er, so daß ihn sogar Mrs. Stott hörte.

»Sie hat sich den Zahn ziehen lassen«, sagte sie schläfrig.

»Geh hinauf, sag ihr, daß sie aufstehen und herumgehen ... Nein, nein, nicht herumgehen, sie soll stillsitzen!«

»M-m«, brummte Mrs. Stott und schlief wieder ein.

Mr. Stott starrte sie an. Von oben kam erneutes Stöhnen. Er

stand auf, zog seinen Schlafrock an und verließ das Zimmer.

»Eline!« rief er mit gedämpfter Stimme.

»Ja, Sir —?« klang es kläglich zurück.

»Was, zum Teufel ... Warum machen Sie — so viel Lärm?«

»Oh, mein — Zahn — schmerzt so, Sir«, jammerte sie.

»Unsinn! Wie kann er weh tun, wenn er beim Zahnarzt ist? Seien Sie kein Kind! Stehen Sie auf und nehmen Sie etwas ein — nein, kommen Sie herunter. Aber ziehen Sie sich anständig an!«

Er begab sich ins Eßzimmer, holte aus einem versteckten Winkel des Wandschranks eine Flasche mit vielversprechender Etikette und goß ein reichliches Quantum des Inhalts in ein Wasserglas.

Eline erschien in einem Flanellnachtrock und sah kaum wie ein menschliches Wesen aus.

»Trinken Sie das!« befahl Mr. Stott energisch. »Es ist nichts Schlimmes.«

Um zu beweisen, daß es nichts Besonderes sei, goß er sich eine noch größere Portion ein und trank das Glas in einem Zug leer. Doch diese Überdosis Whisky brachte ihn beinah um. Eline bemerkte davon allerdings nichts, denn sie war halb erstickt und hatte das Gefühl, geschmolzenes Blei getrunken zu haben. Darum sah sie nicht, daß Mr. Stott wie ein Fisch schnappte und sich die Kehle festhielt. Endlich fand sie die Sprache wieder.

»Oh, Sir ... Was war das?«

»Whisky —«, preßte er hervor. »Reiner Whisky! Das tut gut!«

Eline hatte nie zuvor reinen Whisky getrunken. Es schien ihr für Whisky sehr scharf zu sein. Sie sah mit neuer Achtung zu ihrem Herrn auf.

»Das tut gut —«, wiederholte Mr. Stott.

Er fühlte sich jetzt, nachdem alles vorbei war, erleichtert und bedauerte nichts. Er hatte, um die Wahrheit zu sagen, ebenfalls noch nie unverdünnten Whisky getrunken.

»Was macht Ihr Zahn?«

»Gut, Sir«, lispelte Eline dankbar. Sie empfand ein wunderbares Gefühl der Heiterkeit. Das gleiche galt für Mr. Stott.

»Setzen Sie sich, Eline!« Er zeigte großzügig auf einen Stuhl.

Eline lächelte albern und setzte sich.

»Ich bin immer ein starker Trinker gewesen«, sagte Mr. Stott. »Mein Vater war es auch.«

Er wunderte sich über sich selbst, während er sprach, denn sein derart verleumdeter Vater war Geistlicher einer Baptistengemeinde gewesen.

»Mein Gott!« rief Eline. »Da sind zwei Flaschen auf dem Büfett!«

Mr. Stott schaute hin.

»Da steht nur eine, Eline«, erklärte er streng und sah noch einmal hin. »Ja, vielleicht haben Sie recht.« Er schloß erst ein Auge und dann das andere. »Nein, nur eine. Sie haben mich unterbrochen. Wo bin ich ... Nun, wir Stotts sind immer Draufgänger gewesen. Aus einem Streit in den anderen! Schwere Trinker, gute Reiter, Männer, die zu leben verstehen — das ist das Salz der Erde, Eline.«

»Jetzt sind dort drei Flaschen!« schrie Eline auf.

»Mein Vater hat mit Kid McGinty über fünfundzwanzig Runden geboxt. Und hat ihn — ihn — windelweich geschlagen. — Großer Himmel!« rief Mr. Stott wild, als seine kämpferischen Reminiszenzen gewisse Erinnerungen aus jüngster Zeit in ihm weckten. »Wenn ich meine Hände an diesen Schuft gelegt hätte ...«

Seine Stirn lag in Falten. Er stand auf und ging mit langen Schritten in den Vorraum. Eline folgte ihm entschlossen. Ihre Schritte waren nicht so lang, aber länger, als sie erwartet hatte.

Mr. Stott stand auf dem Treppenabsatz vor der Haustür, die Hände in die Seite gestemmt, die Beine gespreizt. Verächtlich schaute er auf Mayfield.

»Wenn ihr noch mal kommt — mit euren Tricks ... Paßt auf! Ihr werdet einen Stott vorfinden ...«

Eline ergriff heftig seinen Arm.

»Oh, Sir — es ist jemand dort!«

Ohne Zweifel war jemand dort, denn im vorderen Zimmer brannte ein Licht — ein rotes, unbeständiges. Dann wurde laut eine Tür zugeschlagen.

»Ist jemand da —!«

Mr. Stott ging wütend die Treppe hinunter. Selbst wenn er auf eine Stufe trat, die gar nicht vorhanden war, verlor er seine Haltung nicht.

»Ist jemand da —?«

Er erinnerte sich, daß der Gärtner gewöhnlich den Spaten unter der dichten Hecke liegenließ, welche die Grenze zu Mayfield hin bildete.

»Sie werden sich den Tod holen, Sir!« jammerte Eline.

Aber Mr. Stott hörte sie nicht. Weder der Regen, der ihn durchnäßte, noch der Wind, der andauernd seinen Schlafrock auseinanderzerrte, störten ihn. Er griff nach dem Spaten und eilte auf die Straße, gerade in dem Augenblick, als ein Auto aus dem Gartentor von Mayfield fuhr.

»He, Sie!« schrie er empört. »Was — was wollen Sie überhaupt hier?«

Er stand mitten auf der Straße und schwang den Spaten. Der Kotflügel des Wagens verfehlte ihn um ein Haar. Er drehte sich um und starrte dem Auto nach.

»Schrecklich — keine Lichter!« murmelte er.

Dafür gab es genug Lichter in Mayfield — weiße, rote, gelbe, die wie gierige Zungen aus den Fenstern leckten.

»Feuer!« brüllte Mr. Stott.

Er wankte hinauf an die Haustür von Mayfield und schlug mit dem Spaten auf die Glasscheibe, die klirrend zerbrach. Die Hand hineinstreckend, fand er die Türklinke und taumelte in den Vorraum.

»Feuer!«

Er spürte, daß er etwas tun — daß jemand gerettet werden mußte. Das Wohnzimmer brannte, aber im Feuerschein sah er eine offene Tür, durch die ein ruhiges Licht schimmerte.

»Ist jemand dort?« rief er die Treppe hinunter.

Eine Gänsehaut überlief ihn, denn eine ferne Stimme antwortete:

»Hallo! Hier!«

»Feuer!« schrie Mr. Stott und stolperte in den Kellergang hinab.

»Hier! — Warten Sie ... Ich stoße den Schlüssel hinaus ...«

Es folgte das Geräusch eines metallischen Gegenstandes, der gegen das halbfertige Mauerwerk stieß. Mr. Stott beugte sich über die Ziegelsteine und staunte — es war ein Schlüssel.

»Öffnen Sie die Tür!« bat die Stimme eindringlich.

Mr. Stott bückte sich, hob den Schlüssel auf und machte drei Versuche, das Schlüsselloch zu finden. Endlich gelang es ihm.

Ein Mann, gebückt, wie von Schmerzen gekrümmt, kam zum Vorschein.

»Lösen Sie mir die Fesseln!«

»Es brennt«, sagte Mr. Stott.

»Das sehe ich — schnell!«

Stott löste die Fesseln, und der Mann konnte sich aufrichten.

»Nehmen Sie die Papiere — dort auf dem Tisch! Ich kann es nicht, meine Hände stecken in Handschellen.«

Inzwischen hatte sich der Gang mit Rauch gefüllt. Plötzlich

löschten alle Lampen aus.

»Los, laufen Sie!« rief Tab Holland.

Stott hatte die Papiere, völlig zerknüllt, in die Schlafrocktasche gestopft. Den Spaten, den er beim Lösen der Fesseln hatte ablegen müssen, nahm er pflichtbewußt wieder auf und tastete sich vorwärts. Auf der Treppe blieb er stehen. Die Hitze war schrecklich, und die Flammen schlugen bereits über die obersten Stufen.

»Los! Schlagen Sie oben auf den Teppich mit Ihrem Spaten — und laufen Sie! Sorgen Sie sich nicht um mich!«

Mr. Stott lief einige Stufen hinauf und schlug immer wilder um sich. Der Rauch stach ihm in die Augen, und er spürte, wie die Hitze seine wenigen Haare versengte.

Da stieß ihn Tab Holland von hinten mit der Schulter an, und Stott glaubte, in einen feurigen Ofen zu taumeln. Er schrie und sprang. Im nächsten Augenblick war er auch schon im Vorraum, schnaufend — und noch am Leben.

Tab stieß ihn nochmals vorwärts, und er torkelte in dem Augenblick in den Regen hinaus, als die Feuerwehr angerast kam.

»Das ist ein Feuer!« sagte Mr. Stott zufrieden. »Kommen Sie herein und trinken Sie einen!«

Doch Tab hatte noch ein dringenderes Verlangen. Er sah einen Polizisten und ging auf ihn zu.

»Wachtmeister — können Sie mir diese Handschellen öffnen? Ich bin Holland vom ›Megaphone‹. Feines Geschäft.«

Der Schlüssel drehte sich, und er war frei. Er streckte die schmerzenden Arme aus. Nur langsam kehrte das Blut in die abgestorbenen Glieder zurück.

»Kommen Sie herein und trinken Sie einen!« wiederholte Stott.

Tab fand die Idee nicht schlecht. Sie traten ins Eßzimmer, wo sie Eline in höchsten Tönen singend vorfanden. Ihre Stimme hatte sogar Mrs. Stott aufgeweckt. Halb angekleidet stand sie da und betrachtete entrüstet die Szene. Weit mehr noch erstaunte sie aber über das Aussehen ihres Mannes.

»Was bedeutet das?« fragte sie, in Tränen ausbrechend.

»Es hat gebrannt«, murmelte der Gatte. Er starrte Eline böse an und deutete auf die Tür. »Schweigen Sie, Mädchen! Gehen Sie zu Bett! Sie sind entlassen — endgültig!«

Er war von seiner Strenge sehr befriedigt. Die Geräusche eines zweiten Feuerwehrwagens lockten ihn wieder ins Freie.

»Ich glaube, Mr. Stott ist nicht ganz wohl«, sagte Mrs. Stott mit zitternder Stimme. »Ich ... Ruhig jetzt, Eline! Zu dieser Morgenstunde einen Choral zu singen!«

Dann kam Mr. Stott zurück — und hinter ihm Carver.

»Gott sei Dank, mein Junge ... Ich habe nicht erwartet ...« Mehr konnte er nicht sagen.

»Ich habe ihn gerettet«, versicherte Mr. Stott mit Würde. Sein Gesicht war schwarz. Er schwang den Spaten. »Ich habe ihn gerettet. Wir Stotts sind tapfere Leute. Mein Vater war Feuerwehrmann — er hat Tausende vor dem Verbrennen gerettet ...«

Damit kam er der Wahrheit ein wenig näher, denn, wie gesagt, Mr. Stotts Vater war Geistlicher in einer Baptistengemeinde gewesen.

Kapitel 33

»Wir müssen sofort Miss Ardfern verständigen«, sagte Carver. »Ich habe heute abend mit ihr telefoniert. Ich fragte nach Ihnen, und es ist möglich, daß ich sie so beunruhigt habe, daß sie noch nicht schläft. Ich will sogar hoffen, daß es der Fall ist.«

Doch Carver bekam keine Verbindung mit Hertford. Mit ernstem Gesicht kehrte er ins Eßzimmer zurück. Sie konnten jetzt ungestört sprechen, denn Mrs. Stott und die arme Eline waren verschwunden. Mr. Stott schlief, die Arme über dem Magen gekreuzt, auf einem Stuhl, und ein leichtes Lächeln umspielte seine Lippen. Wahrscheinlich träumte er von seinen tapferen Vorfahren.

»Tab, Sie kennen doch Stone Cottage? Wissen Sie, wie die Telefonzuleitung angelegt ist, ich meine, liegt der Anschluß unter der Erde oder gibt es eine Oberleitung von der Straße aus?«

»Von der Straße aus«, antwortete Tab. »Ich glaube, der Draht läuft ein Stück weit am Haus entlang und geht dann über den Garten hinweg — ja, natürlich, ich erinnere mich, sieht nicht gerade schön aus.«

»Dann ist er dort.« Carver nickte. »Der Draht ist zerschnitten worden. Ich rufe gleich die nächste Polizeiwache an, wir wollen sehen, was wir ausrichten können. Gehen Sie inzwischen schon zum Wagen.«

Nach einigen Minuten sprang der Kommissar zu Tab ins Auto. Der Chauffeur sauste in halsbrecherischem Tempo los.

Es war eine wilde Fahrt. Sogar Tab, der nicht viel von der Straßenverkehrsordnung hielt, ging es zu weit. Sie rasten durch den strömenden Regen, der so dicht fiel, daß die beiden starken Scheinwerfer in der Dunkelheit phantastische Nebelflecke und Kreise erzeugten. Sie glitten um schlüpfrige Ecken, flogen enge Straßen entlang. Einmal, schon fast am Ziel, glaubte Tab, neben einer dunklen Hecke einen schwarzen Wagen stehen zu sehen. Aber sie waren vorbei, bevor er sich vergewissern konnte.

Die Gartenpforte war offen. Beim Eintreten stießen sie an einen herabhängenden Draht. Weiterer Bestätigungen bedurfte es nicht — die Haustür stand weit offen.

Tabs Herz schlug zum Zerspringen, als er im stillen Vorraum stand und nur das gleichmäßige Ticken der Uhr hörte. Er wußte, daß auf einer Truhe an der Wand Kerzen standen, und zündete eine davon an. In ihrem Schein sahen sie einen umgeworfenen Stuhl auf dem Teppich liegen.

»Ich will allein hinaufgehen«, flüsterte Tab und stieg langsam die Treppe empor.

Auf dem sehr geräumigen Treppenabsatz — ein kleines Sofa und ein Tischchen standen hier — brannte ein schwaches Nachtlicht. Tab stieß an den Teppich, der in Unordnung war, und blieb stehen. Auf dem Sofa — Blut! Er faßte nach dem Geländer. Auf einer Seite des blauen Sofas waren große Blutflecken. Langsam ging er näher, berührte die Stelle mit den Fingerspitzen — es war Blut!

Totenblaß ging er weiter, zu Ursulas Tür, drückte auf die Klinke, trat, die Kerze mit der Hand abschirmend, ins Zimmer. Eine Gestalt lag im Bett, das Haar wie ein Fächer übers Kissen gebreitet, das Gesicht von ihm abgewandt. Dann — sein Herz blieb stehen ...

»Wer ist da?« fragte eine verhaltene Stimme.

»Ursula!«

»Was — bist du es, Tab?«

Er sah das Aufblinken von Stahl, als sie etwas unter das Kissen steckte.

»Tab!« Sie setzte sich im Bett auf. »Tab, was ist geschehen?«

Die Kerze zitterte in seiner Hand. Er stellte sie auf den Tisch.

»Was ist los, Liebster?« fragte sie sanft.

Er konnte nicht antworten. Er fiel vor dem Bett auf die Knie und nahm sie in die Arme.

Kapitel 34

Rex Lander lächelte erleichtert, als er durch den Regen fuhr. Alle seine Schwierigkeiten hatten sich wie durch ein Wunder aufgelöst. Er beeilte sich nicht, das Ziel war jetzt erreicht — die Frau, die seine Gedanken beherrschte, war sein.

Tab Holland haßte er seit dem Augenblick, als er sich über seine Verliebtheit lustig gemacht hatte. Tab ist jetzt tot, dachte er selbstzufrieden, und das Geständnis zu Asche geworden. Er verwünschte jetzt die Laune, die ihn plötzlich überkommen und zum Schreiben gezwungen hatte. Nie vorher war ihm diese absurde Idee gekommen. Es war Wahnsinn, so etwas zu tun. Wahnsinn? Seine Stirn legte sich in Falten. Er war nicht wahnsinnig. Es war vollständig normal, eine Frau von Ursula Ardferns Schönheit besitzen zu wollen. Es war ganz normal, Geld haben zu wollen, um seine Wünsche befriedigen zu können. Zu allen Zeiten hatten Männer getötet, um ihre Stellung zu erhöhen. Das waren keine Wahnsinnigen gewesen. Auch er war nicht wahnsinnig. Er hatte einen bestimmten Plan, und Wahnsinnige hatten keine bestimmten Pläne.

Er ließ den Wagen in der Seitenstraße stehen, wo Carver ihn einmal beinah entdeckt hätte.

Wahnsinnige treffen keine Vorsichtsmaßregeln, überlegte er weiter; sie denken nicht daran, daß Diener der Polizei telefonieren könnten, daß man einen Strick mit einem Gewicht daran über den Telefondraht wirft, wenn man ihn herunterreißen will.

Er öffnete die Gartentür. Das Haus war dunkel. Kein Licht schimmerte aus den oberen Fenstern, wo sie schlief. Er hatte das Haus genau ausgekundschaftet. Das eine Wohnzimmerfenster konnte er leicht öffnen. Leise stieg er ein. Mit seiner großen Taschenlampe leuchtete er den Raum ab. Ihr Wohnzimmer! Auf dem Klavier stand eine Vase mit Rosen. Vorsichtig nahm er eine heraus, brach den Stiel ab und steckte sie sich ins Knopfloch.

Die Wohnzimmertür war nicht verschlossen. Im Vorraum tickte eine altmodische Uhr. Auf dem großen Treppenabsatz blieb er erregt stehen, legte die Taschenlampe aufs Sofa und strich sich mechanisch übers Haar. Auf den Fußspitzen schlich er weiter.

Als er nach der Türklinke greifen wollte, schlang sich ein sehniger Arm um seinen Hals und erstickte jeden Laut in seiner Kehle. Obschon seine Kraft ausgereicht hätte, den Angreifer hochzuheben und auf den Boden zu werfen, kam er nicht mehr dazu, denn Yeh Lings Bein hakte sich an seinem fest. Er griff in die Tasche. Yeh Ling sah die Selbstladepistole aufblitzen.

»Es tut mir leid —«, flüsterte er.

Lander spürte einen heftigen Schmerz in der linken Seite.

»Du ...« Gurgelnd stöhnte er einmal schwer auf.

Yeh Ling zog ihn weg und ließ ihn langsam aufs Sofa gleiten. Mit vorgehaltenem Kopf stand er da und lauschte. Kein Geräusch — nur das Ticken im Erdgeschoß. Mit einem blauseidenen Taschentuch wischte er sich den Schweiß aus dem Gesicht. Dann beugte er sich nieder, legte Landers schlaffen Arm um seinen Hals und hob ihn mit einem Ruck auf die Schulter. Langsam und mühsam stieg er mit seiner Bürde die Treppe hinab. Unten legte er den Körper auf den Boden und holte tief Atem. Geräuschlos öffnete er die Tür. Da er den Toten nicht mehr hochheben konnte, zog er ihn durch den Vorraum. Dabei warf er einen Stuhl um, aber glücklicherweise fiel er auf den Teppich und verursachte keinen Lärm. Er zog, schleifte weiter — durch den Garten, über den gepflasterten Weg, auf die Straße. Die Nacht war dunkel und die Gegenstände nur in Umrissen zu erkennen.

Yeh Lings Atem ging stoßweise. Er mußte ein paarmal stehenbleiben, um sich zu erholen. Seine Knie wollten nachgeben, es ging fast über seine Kräfte. Unter größter Willensanstrengung schleppte er die schwere Last vorwärts, stolperte die Straße entlang. Erst in sicherer Entfernung vom Haus ließ er sein Opfer los und ging auf die Suche nach Landers Wagen. Da er ihn hatte ankommen sehen, fand er ihn ohne viel Mühe. Er fuhr rückwärts bis zu der Stelle, hob die Leiche auf den Rücksitz, steckte sich eine Zigarette an und fuhr langsam Richtung Storford davon.

Einen halben Kilometer vor seinem Haus löschte er die Scheinwerfer und fuhr den Rest des Weges ohne Licht. Er hielt ganz dicht an der Hecke, hob den schlaffen Körper auf die Schulter und schleppte ihn keuchend bis zum Gerüst, auf dem der Zementbottich stand. Am Horizont wetterleuchtete es. Beim Aufblitzen sah Yeh Ling, daß die Arbeit an seiner Säule der ›dankbaren Erinnerungen‹ nicht weiter fortgeschritten war. So wie er sie beim letzten Besuch verlassen hatte, standen die ersten vier kübelartigen Formen übereinandergefügt und einfüllbereit da. In der Mitte ragte die lange Eisenstange in den schwarzen Nachthimmel.

Das Seil, das von einem Querbalken des Gerüsts herabhing,

schlang er um die Leiche und verknüpfte es. Darauf ging er zur Winde. Es donnerte und blitzte. Als er hochschaute, sah er das Bündel in der Luft schweben. Er machte noch einige Umdrehungen, bis es über den Rand der Form gestiegen war. Der Wind blies heftig und schaukelte den leblosen Körper am Seil hin und her. Yeh Ling ließ jetzt den Mechanismus der Winde zurückschnappen, und der Tote sank in die hohle Säulenform hinein.

Yeh Ling legte außen an die hölzerne Form eine Leiter an und ließ eine zweite ins Innere hinunter. Er nahm die Taschenlampe, die er auf dem blauen Sofa gefunden hatte, aus der Tasche und stieg selbst in die Hohlform hinab, acht Fuß tief, bis er auf dem bereits hart gewordenen Zementfuß anlangte. Die Leiche hatte er nicht am Boden aufstoßen lassen, sie hing aufrecht am angespannten Windenseil, und so konnte er sie jetzt von unten nach oben, an der Eisenstange empor, mit einem Strick vollständig umwickeln. Das Windenseil schnitt er ab, wickelte es ebenfalls noch ein paarmal rundum und verknotete es geschickt. Beim Verlassen der Holzform warf er einen prüfenden Blick auf die eingeschnürte Gestalt an der Eisenstange und war mit seiner Arbeit zufrieden. Er zog die Leiter aus der Form heraus und stand wenige Augenblicke später wieder auf dem Baugelände.

Jetzt suchte er nach dem Drahtseil, das die Zufuhr durch die Laufrinne betätigte, und hatte es bald gefunden. Vorsichtig zog er daran und hörte sogleich, wie der zähflüssige Zement die Rinne hinab in die Form zu laufen begann. Nach einer Weile ließ er das Drahtseil los, nahm eine Schaufel und stieg nochmals die an die Holzform gelehnte Leiter hinauf. Der Zement hatte den oberen Rand fast erreicht. Von Rex Lander war nichts mehr zu sehen. Yeh Ling strich mit der Schaufel den Zement glatt, wie er es bei den Arbeitern gesehen hatte, und entfernte zum Schluß die Leiter.

Das Gewitter war nur kurz gewesen und verzog sich schon wieder. Yeh Ling saß auf dem Trittbrett von Landers Wagen, bis auf die Haut durchnäßt. Seine Hände waren blutig, die Gelenke schmerzten. Er rauchte erschöpft eine Zigarette. Als das Geräusch eines Wagens näher kam, lief er zur Hecke, um sich zu verstecken. Ein Auto brauste vorbei.

»Ich darf nicht länger warten!« sagte er zu sich selbst.

Er stieg ein und fuhr fort. Das Dorf Storford ließ er seitlich liegen und bog in die Straße ein, die am Fluß entlangführte. Er hielt an einer geeigneten Böschung, stieg aus, löste die Handbremse, ließ den

Wagen rollen, bis er über den Rand des steilen Abhangs hinausschoß und ins Wasser stürzte. Darauf kehrte Yeh Ling zu seinem eigenen Wagen zurück.

Bei Tagesanbruch lag er in seiner Wohnung in der Bennet Street in einem duftenden Bade. Seine Hände ragten aus dem Wasser und hielten eine Ausgabe Browningscher Gedichte.

Kapitel 35

»Auf der Treppe sind Blutflecken —«, sagte Carver, »und auch auf dem Gartenweg. Weiter vorn auf der Straße gibt's Radspuren. Anscheinend ist der Wagen aus der Seitenstraße, in der Lander ihn gewöhnlich stehenließ, rückwärts gefahren worden.«

»Woran denken Sie?« fragte Tab.

Sie schauten sich an.

»Nicht leicht auszudrücken«, antwortete der Kommissar, »aber ich kann Ihnen ehrlich sagen, Holland, daß ich lieber dieses Geständnis von Lander habe, so wild und unzusammenhängend es auch ist, als Lander selbst.«

Es war schon hell, als Ursula herunterkam, um ihnen Kaffee zu machen. Sie schwieg, hörte aber aufmerksam zu.

»Es ist absolut sicher, daß Lander hier war«, wiederholte Carver. »Er zerstörte den Telefonanschluß, kletterte durchs Wohnzimmerfenster und ging hinauf. Haben Sie nichts gehört, Miss Ardfern?«

»Nichts. Ich habe keinen besonders leichten Schlaf, bin aber sicher, daß ich aufgewacht wäre, wenn ein Kampf vor meiner Tür stattgefunden hätte.«

»Das hängt ganz davon ab, wer in diesem Kampf die Oberhand hatte«, bemerkte Carver trocken. »Meine Meinung ist — doch sie tut hier nichts zur Sache. Tatsache ist, daß Landers Hut auf der Straße gefunden wurde, daß die Radspuren seines Wagens deutlich zu erkennen sind, daß er selbst also hier war. Hat Turner nichts gehört?«

»Nein, es ist aber auch nicht verwunderlich, denn er schläft hinten im Haus neben der Küche. — Besagt das Geständnis viel?«

»Eine ganze Menge — und zusammen mit Tabs Schilderung, wie der Schlüssel auf den Tisch gelangte, ist nun alles völlig klar. Es scheint, daß Lander sich jahrelang mit dem Plan getragen hat, gewaltsam in den Besitz des Geldes zu kommen. Als er einmal eine Zeitlang bei seinem Onkel in Mayfield wohnte, muß er den chinesischen Revolver mitgenommen haben. Ich glaube, daß er damals auch noch etwas anderes mitgenommen hat.«

»Ich kann Ihnen sagen, was es war — etwas Briefpapier.«

Tab sah Ursula erstaunt an.

»Briefpapier? Warum sollte er ...«

Bevor sie ihm antworten konnte, fragte Carver:

»Miss Ardfern, seit wann wissen Sie, daß Lander der Mörder von Jesse Trasmere ist?«

Tab setzte voraus, daß sie erwidern würde, sie hätte es gar nicht gewußt. Darum verwirrte ihn ihre Antwort von neuem.

»Ich wußte es seit dem Tag, an dem mir Tab erzählte, Mr. Trasmere habe ein Testament hinterlassen.«

»Inwiefern?« fragte Tab.

»Weil Mr. Trasmere Englisch weder lesen noch schreiben konnte.«

Carver begriff die Bedeutung dieser einfachen Feststellung schneller als Tab.

»Ich verstehe. Daß das Testament gefälscht ist, habe ich die ganze Zeit gewußt. Ich vermutete allerdings nur eine gewöhnliche Fälschung — mit Hilfe der Briefe, die Lander von Trasmere erhalten hatte, verfertigt.«

»Die Briefe stammten nicht von Mr. Trasmere«, sagte Ursula. »Rex Lander hat sie sich selbst geschrieben. Vermutlich bereits mit der Absicht, damit eines Tages die Echtheit des Testaments beweisen zu können. Rex hatte das Geheimnis seines Onkels herausgefunden, vielleicht durch einen Zufall, denn Trasmere war in diesem Punkt sehr empfindlich, und obwohl er mühelos Chinesisch lesen und schreiben konnte, wußte niemand, daß er keine zwei Worte Englisch zu schreiben vermochte. Das war der Hauptgrund, warum er mich als Sekretärin nicht aufgeben wollte. Er brauchte jemand, dem er unbedingt vertrauen konnte, und den er zugleich in der Hand hatte.«

»Dann hat Rex sich also die Briefe, über die wir uns oft zusammen amüsierten, alle selbst geschrieben?« Tab konnte es noch immer nicht ganz fassen.

»Darüber besteht kein Zweifel«, versicherte Ursula. »Als du mir vom Testament erzähltest, wäre ich beinah in Ohnmacht gefallen. Da wußte ich, was geschehen war, wer den Mord begangen hatte und warum.«

Carver rieb sich das unrasierte Kinn.

»Er wartete nur auf eine Gelegenheit. Sein Plan war bis ins kleinste ausgearbeitet, und den Trick mit dem Schlüssel hatte er fleißig geübt. Er wußte, daß sein Onkel jeweils am Samstagnachmittag längere Zeit im Gewölbe zubrachte und dabei die Tür offenblieb. Nur den Diener mußte er loswerden. Irgendwie hatte er erfahren, daß Walters ein Schwindler war. Ich glaube, Sie, Holland, haben mir erzählt, daß er seinerzeit eifrig Kriminalstudien trieb und sich stundenlang in der Bibliothek des ›Megaphone‹ aufhielt. Dort wird er auch mit den Straftaten Walters alias Felling bekanntgeworden sein, obschon ich das nicht bestimmt behaupten will. Jedenfalls kannte er Walters Vorstrafen. Am Nachmittag des Mordtages sandte er ihm ein Telegramm mit der Mitteilung, daß die Polizei ihn um drei Uhr abholen werde. Die ganze Zeit, während das Telegramm ausgehändigt wurde bis zu dem Augenblick, als Walters das Haus verließ, muß er in der Nähe gewesen sein und aufgepaßt haben. Sobald er Walters aus der Tür treten sah, kam er aus seinem Versteck hervor, ging ins Haus, stieg in den Gang hinunter und fand seinen Onkel, wie erwartet, am Tisch sitzen, damit beschäftigt, das Geld zu zählen, das er während der Woche verdient hatte. Ohne weiteres erschoß er ihn. Dann suchte er den Schlüssel, fand ihn aber nicht im Schlüsselloch, sondern an der Kette, die Trasmere um den Hals trug. Er zerriß die Kette und zog den blutbefleckten Schlüssel heraus. Stecknadel und Zwirn hatte er bei sich, und nun kam die große ›Zaubernummer‹ an die Reihe, genauso, wie er sie Ihnen vordemonstriert hat, Holland!« Nach einer Pause schloß Carver: »Ich möchte wissen, wo er jetzt ist —.«

Der einzige Mann, der darauf eine Antwort gewußt hätte, lag zu dieser Stunde auf seinem harten, schmalen Bett und schlief friedlich.

Kapitel
36

›Liebe Miss Ardfern!
Ich gebe nächsten Montag ein Einweihungsfest in meinem neuen Haus. Werden Sie kommen? Und bitte, wenn irgend möglich, reden Sie Mr. Carver und Mr. Holland zu, bei diesem kleinen Fest meine Gäste zu sein!«

Ursula Ardfern nahm die Einladung Yeh Lings in ihrem und in Tabs Namen sofort an.

»Famos —«, meinte dazu der Nachrichtenredakteur, »in diesem Haus, Holland, steckt eine gute Geschichte für uns. Halten Sie sich dran, mein Junge, vielleicht bringen Sie wenigstens einmal in Ihrem jungen Leben etwas Anständiges zustande! In letzter Zeit war mit Ihren Beiträgen gar nichts mehr los. Im ganzen Haus beklagt man sich bitter, wie nachlässig Sie geworden sind.«

»Stimmt das wirklich, Jacques?« fragte Tab, von Gewissensbissen geplagt.

»Nun ja, also merken Sie sich — eine interessante Geschichte über Yeh Ling, sein Haus und seine Säulen! Sehen Sie zu, daß ein Widerschein des Fernen Ostens in unseren nüchternen Lokalteil hineinschimmert.«

Tab versprach, sein Bestes zu tun.

Er hatte übrigens das unerwartete Vergnügen, Mr. Stott bei der Hauseinweihung zu treffen, und versäumte nicht, diesen Gentleman Ursula vorzustellen. Mr. Stott war sehr an Yeh Lings Bau interessiert, an dessen Planung er, wie er immer wieder versicherte, lebhaft mitgewirkt hatte.

»Ich bin Ihnen sehr viel Dank schuldig, Mr. Stott«, sagte Ursula herzlich. »Tab, das heißt Mr. Holland, hat mir erzählt, welch glänzenden Tapferkeitsbeweis Sie in der schrecklichen Brandnacht erbrachten.«

Mr. Stott hüstelte.

»Es gab da so ein Gerede, daß ich die Rettungsmedaille erhalten sollte«, murmelte er obenhin. »Ich habe alles getan, um das abzuwenden. Ich kann es nicht leiden, wenn solcher Kleinigkeiten wegen viel Lärm gemacht wird. Wir Stotts lieben es nicht, an die Öffentlichkeit gezerrt zu werden. Mein Vater, vielleicht der erfolgreichste Prediger unter den Baptisten überhaupt, hätte mit Leichtigkeit Bischof werden können — man hat es ihm immer wieder angetragen —, aber nein, er wollte einfach nicht.«

Yeh Ling führte die Gäste durchs Haus und zeigte ihnen die Kunstschätze, die er mit viel Geduld und Verständnis gesammelt hatte. Ursula fühlte sich glücklich und freute sich über jede Vase, jedes Bild, jeden schönen Gegenstand, den ihr der Hausherr zeigte.

»Yeh Ling«, fragte sie, als sie für einen Augenblick allein waren, »haben Sie etwas von Mr. Lander gehört?«

Er schüttelte den Kopf.

»Glauben Sie, daß er ins Ausland entflohen ist?« fragte sie.

»Ich denke nicht.«

»Wissen Sie es genau?« fragte sie dringend.

»Miss Ardfern«, antwortete er, indem er sich mit einem wunderschön bemalten Fächer Luft zuwedelte, »ich habe Mr. Landers Gesicht seit dem Abend, als er ins ›Goldene Dach‹ kam, nicht mehr gesehen.«

Sie gab sich damit zufrieden, aber da war noch ein Punkt.

»Wer war Wellington Brown?« fragte sie unsicher.

»Miss Ardfern, er ist tot. Es ist besser, daß er so starb ... Wir Chinesen vergeben unseren Vätern viel«, schloß er sanft und überließ sie ihrem Kummer.

Yeh Ling geleitete seine Gäste durch den Terrassengarten, die breiten Stufen hinunter bis zu den beiden grauen Säulen am Rande seines Besitztums.

»Ich bin sicher, daß Sie viel Plage mit ihnen gehabt haben«, sagte Stott, als er sie fachmännisch betrachtete.

»Nur mit der einen«, erwiderte Yeh Ling, und sein Fächer bewegte sich langsam. »Mit der Säule der ›dankbaren Erinnerungen‹ hatten wir Schwierigkeiten. Irgend jemand ließ in einer regnerischen Nacht Zement in die Form laufen, schnitt das Windenseil ab und richtete noch anderen Schaden an. Mein Baumeister befürchtete, der Zement würde sich nicht setzen, aber es war dann doch der Fall.« Er betrachtete eine Weile die glatte Fläche der Zementsäule. »Ich habe diese Säule all denen geweiht, die mir geholfen haben: Dem alten Shi Soh, Ihnen, Miss Ardfern — allen Göttern, sowohl des Westens als auch des Ostens.«

Nachdem alle Gäste ihn verlassen hatten, kam Yeh Ling in seinem blau-goldenen Atlaskleid, das nur für Feierlichkeiten bestimmt war, nochmals zur Säule zurück. In der Hand trug er ein kleines Buch.

»Ich glaube, ich werde glücklicher sein ...«

Er verbeugte sich vor der Säule und öffnete das Buch. Mit dem Finger suchte er die Stelle. Laut las er die Formeln des chinesischen Begräbniszeremoniells.

EDGAR WALLACE
DER VIERECKIGE SMARAGD

Roman

Aus dem Englischen
von Ravi Ravendro

1

An einem traurigen Februarnachmittag zog Lady Raytham die langen Samtvorhänge zur Seite und schaute auf Berkeley Square hinunter. Die Turmuhr schlug halb fünf. Es regnete und schneite durcheinander, und ein leichter, gelber Nebel verstärkte noch den düsteren Eindruck des sinkenden Tages. Eine ununterbrochene Reihe von Autos bog nach Berkeley Street ein, die glatten, schwarzen Dächer spiegelten den Schein der Straßenbeleuchtung wider, die eben aufflammte.

Lady Raythams geistesabwesende Blicke streiften über die trostlos und verlassen daliegenden Gärten, in denen kahle Bäume ihre Äste traurig gen Himmel reckten und entlaubte Sträucher sich unruhig im Winde hin und her bewegten. Sie starrte hinab, als ob sie fürchtete, der gespenstische Nebel könne bestimmte Gestalt und Form annehmen und gleichsam die Schatten verkörpern, die das Leben bedrohen.

Sie war achtundzwanzig Jahre alt, schlank und hochgewachsen und besaß jene klassische Schönheit, die den Alterserscheinungen lange Zeit trotzt. Ihr Gesicht faszinierte durch seine Ruhe und Herbheit, ihre Augen zeigten das kalte Grau, das man so häufig in England findet. Man hätte sie sich im Mittelalter als die Äbtissin eines mächtigen Klosters vorstellen können oder als die Herrin einer großen Besitzung, die während der Abwesenheit ihres Gatten entschlossen die starke Burg gegen jeden Feind verteidigt. Wenn man ihre Züge einzeln betrachtete, sprachen ihre Augenbrauen und ihr Kinn von unbeugsamer Energie.

Aber im Augenblick schien sie nicht sehr willensstark zu sein, es war im Gegenteil eine gewisse Unsicherheit und Gereiztheit über sie gekommen – Zustände, die sie am meisten scheute und fürchtete.

Sie ließ die Vorhänge wieder zurückfallen, bis sie sich überdeckten, ging zu dem Kamin hinüber und schaute auf die kleine Uhr. Der Salon war nur halb erleuchtet, der Kronleuchter war dunkel, aber die große Tischlampe in der Nähe der Couch glühte hell unter einem roten Schirm. Der luxuriös ausgestattete Raum war mit viel Geschmack eingerichtet.

Als sie vor den Kamin trat und in die Flammen schaute, klopfte es leise an die Tür, gleich darauf trat der Hausmeister ein. Er sah groß und stattlich aus, hatte ein Doppelkinn und ein glattes, faltenloses Gesicht. In der Hand hielt er eine kleine Schale, auf der zusammengefaltet ein längliches, braungelbes Papier lag.

Lady Raytham riß den Umschlag auf und überflog schnell den Inhalt. Das Telegramm, das sie schon den ganzen Nachmittag erwartet hatte, kam aus Konstantinopel und war von ihrem Gatten. Lord Raytham hatte seine Pläne geändert. Er war auf dem Weg nach Basra und wollte von dort nach Bushire, um Ölquellen, an denen das internationale Kapital interessiert war, zu besichtigen. Wenn er sie nicht selbst genauer inspizieren konnte, wollte er sich doch wenigstens über ihre allgemeine Lage informieren. Er entschuldigte sich außergewöhnlich umständlich für die kurze Nachricht und bat sie, nach Cannes zu gehen – wie sie es für den Fall besprochen hatten, daß er nicht vor April zurückkehren könnte. Es tat ihm ›furchtbar leid‹, diesen Ausdruck wiederholte er mindestens viermal.

Sie las die Mitteilung ein zweites Mal durch, faltete sie dann wieder zusammen und legte sie auf den Tisch.

Der Hausmeister wartete leicht vornübergeneigt, um auch das leiseste Wort aufzufangen, aber sie würdigte ihn keines Blickes.

»Es ist gut.«

»Ich danke Ihnen, Mylady.«

Er hatte schon die Tür geöffnet, um sich zurückzuziehen, als sie sich plötzlich an ihn wandte.

»Druze, ich erwarte die Prinzessin Bellini, vielleicht kommt auch Mrs. Gurden. Servieren Sie den Tee, wenn die Damen hier sind.«

»Jawohl, Mylady.«

Die Tür schloß sich leise. Jane Raytham schaute auf die kostbare, polierte Holzfläche und hob merkwürdig lauschend den Kopf, als ob sie erwartete, etwas zu hören. Aber der Hausmeister ging langsam die Treppe hinunter. Ein spöttisches Lächeln lag in seinen Augen, während er seine plumpen weißen Hände rieb. Auf dem Treppenabsatz blieb er stehen, um eine kleine Marmorstatue der Circe zu bewundern, die Lord Raytham von einer Reise nach Sizilien mitgebracht hatte. Gewöhnlich hielt er hier an, um diese Circe mit den verschlagenen Augen zu betrachten, die mit dem Finger winkte. Dabei spitzte er den Mund, als ob er pfeifen wollte.

Ein scharfes Klopfen an der Tür störte ihn auf. Er erreichte die Diele gerade, als der zweite Diener die Haustür öffnete.

Zwei Damen traten ein, und durch die offenstehende Tür konnte er eben noch sehen, wie eine elegante Limousine wegfuhr.

»Lady Raytham ist im Empfangszimmer, Hoheit – darf ich Hoheit helfen, den Mantel abzulegen?«

»Nein, danke«, entgegnete die erste und größere der beiden Frauen abweisend. »Helfen Sie nur Mrs. Gurden. Ich kann nicht verstehen, daß Sie so schreckliche Capes tragen, Greta.«

Mrs. Gurden lächelte.

»Meine Liebe, ich muß doch irgend etwas tragen – danke schön, Druze.«

Der Hausmeister nahm ihr den dünnen seidenen Umhang ab und übergab ihn dem zweiten Diener, während die Prinzessin bereits die Treppe hinaufstieg. Sie stieß die Tür auf und trat unangemeldet ein. Lady Raytham stand am Kamin, hatte ihren Arm auf die Marmorplatte gestützt und den Kopf daraufgelegt. Als die Prinzessin hereinkam, blickte sie erschrocken auf.

»Entschuldige bitte – dreh doch das Licht an, Anita. Der Schalter ist gleich dort an der Tür.«

Prinzessin Bellini zog ohne Hilfe ihren schweren Mantel aus und hängte ihn über eine Stuhllehne. Dann legte sie mit einer raschen Bewegung den Hut ab und warf ihn auf den Mantel.

Leute, die Anita Bellini zum erstenmal sahen, schauten sie erstaunt und scheu an. Es lag eine gewisse rücksichtslose Strenge in ihren Zügen und in ihrer ganzen Haltung. Sie war etwa fünfzig Jahre alt und von einer achtunggebietenden Größe.

Der männliche Ausdruck ihres energischen Gesichts wurde noch mehr durch das graue, kurzgeschnittene Haar betont und durch ein Monokel ohne Einfassung, das sie fast stets ins Auge klemmte. Sie hatte eine lange Bernsteinspitze im Mund, in der eine brennende Zigarette steckte.

Ihre Ausdrucksweise und ihre Sprache waren abgerissen, burschikos und manchmal verletzend.

»Wo ist Greta?«

Die Prinzessin zeigte mit dem Ende ihrer Zigarettenspitze nach der Tür.

»Sie macht sich noch mit Druze zu schaffen. Die Frau würde sogar mit einem Müllkutscher poussieren; sie ist im gefährlichen Alter. Es ist schrecklich, wenn man früher einmal hübsch gewesen ist und Eindruck gemacht hat. Die meisten Menschen können sich nicht daran gewöhnen, daß das auch einmal vorbei ist.«

Jane Raytham lächelte.

»Man sagt, daß du früher einmal ein recht hübsches Mädchen gewesen bist, Nita –«, begann sie.

»Das ist einfach gelogen«, erwiderte die Prinzessin ruhig. »Der Fotograf Russels pflegte meine Bilder so lange zu retuschieren, bis nichts mehr übrigblieb als der Hintergrund.«

In diesem Augenblick rauschte Greta ins Zimmer. Sie streckte die Arme weit aus, und auf ihrem Gesicht lag ein verzückter Ausdruck.

»Mein Liebling«, sagte sie atemlos und nahm Janes Hände.

Anita verzog verächtlich das Gesicht. Und doch hätte sie allmählich Mrs. Gurden kennen müssen, deren natürlicher Zustand nun einmal Begeisterung war. Sie mußte immer andere Leute berühren, sie in die Arme schließen, sich über sie neigen und sie aus nächster Nähe mit ihren dunklen Augen ansehen, wobei sie manchmal ein wenig schielte.

Greta Gurden war früher einmal schön gewesen, aber jetzt war ihr Gesicht lang und ein wenig eingefallen; es war das Gesicht einer Frau, die in ihrem Vergnügungstaumel fürchtete, etwas zu versäumen, und sich deshalb nicht genügend Zeit zum Schlafen gönnte. Sie hatte ihre Lippen hellrot gefärbt und ihre Augen sorgsam bearbeitet, als ob sie noch eine Theaterstatistin wäre. Anita hatte sie als solche kennengelernt und aus dieser untergeordneten Stellung befreit.

»Meine liebe Jane, Sie sehen wieder so vornehm aus ... Und dieses prachtvolle Kleid – sicher stammt es von Chenel?«

Jane Raytham schaute kaum an sich herab.

»Nein, es ist nicht von hier, ich glaube, ich habe es voriges Jahr in New York gekauft.«

Greta schüttelte sprachlos vor Erstaunen und Bewunderung den Kopf.

Anita Bellini blies einen Rauchring in die Luft und klopfte dann die Asche ihrer Zigarette in den Kamin.

»Greta übertreibt immer etwas«, sagte sie und schaute Lady Raytham mit prüfendem Blick an. »Du siehst angegriffen aus, Jane – macht das die Trennung von deinem Mann?«

»Ja, ich gräme mich furchtbar.«

Die Ironie, die in ihrem Ton lag, entging Anita nicht.

»Was macht Raytham? Er hat soviel Geld, und doch läßt er keinen Tag vorbeigehen, ohne neues zu verdienen. Wo ist eigentlich der Hausmeister – ach, da kommt er gerade.«

Druze brachte gerade den Servierwagen herein.

»Geben Sie mir schnell einen Whisky mit Soda, Druze, ich verdurste.«

Anita trank den Inhalt des Glases mit einem Zug aus und reichte ihm das leere Glas zurück. Dann setzte sie das Monokel fester ins Auge und steckte sich eine neue Zigarette an. Der Hausmeister zog sich zurück und verließ den Raum wieder.

»Wo hast du Druze eigentlich her? Er bewährt sich, Jane.«

Lady Raytham schaute schnell auf.

»So? Ich kümmere mich kaum um ihn. Er ist sich gleichgeblieben, solange ich ihn kenne. Früher war er bei Lord Everreed angestellt.«

»Das ist nur ein paar Jahre her. Ich kann mich aber auf ihn besinnen, als er noch jung war.«

Die Prinzessin hatte die unglückliche Angewohnheit, mit geschlossenen Lippen zu lächeln, was nicht sehr schön aussah.

»Es ist merkwürdig, wie alt man wird – die Zeit von dreißig bis fünfzig vergeht wie ein Blitz.«

Plötzlich änderte sie das Thema und sprach darüber, was sie an diesem Nachmittag unternommen hatte.

»Ich habe mich ein wenig mit Bridge beschäftigt, dann ein Streichquartett gehört, das allerhand spielte, nur nichts Melodiöses.«

»Ach, es war doch entzückend«, sagte Greta, wieder ganz hingerissen vor Begeisterung.

»Einfach schauderhaft! Und noch schlimmer, weil Peters Mutter dort war. Der enge Gesichtskreis dieser Frau deprimiert mich.« Lady Raytham blickte wieder ins Feuer.

»Ich fragte sie, was sie wegen Peter zu tun gedenkt«, fuhr Anita fort. »Gott sei Dank hat sie in dem Punkt einigen Verstand. Für sie ist Peter vollkommen erledigt. Margaret wird nicht einmal mehr über ihn reden. Der einzige, der noch an ihn glaubt, ist Lord Everreed – aber der war ja immer ein einfältiger Mensch. Peter wäre auch niemals angeklagt und verfolgt worden, wenn die Bank nicht darauf gedrungen hätte.«

Die letzten Worte sagte sie mit einer gewissen Genugtuung. Anita haßte ihren Neffen, und Peter haßte sie – er haßte ihre spöttischen Bemerkungen über ihn, als er, der Sohn eines reichen Mannes, es vorzog, die Stelle eines Privatsekretärs bei dem großen Parlamentarier, dem Viscount Everreed, anzunehmen, statt in die Bank seines verstorbenen Vaters einzutreten. Und später saß sie mit verächtlichem Lächeln dabei, als der junge Mann vor Gericht verurteilt wurde, weil er den Namen seines Chefs auf einem Scheck über fünftausend Pfund gefälscht hatte.

Lady Raytham rührte zerstreut ihren Tee um.

»Wann wird er –«

»Herauskommen? Ich glaube jetzt. Ich will einmal nachrechnen. Er wurde zu sieben Jahren verurteilt, und ich habe gehört, daß diese Leute für gute Führung einen Straferlaß bekommen – drei Monate jedes Jahr. Weshalb man das macht, mag der liebe Himmel wissen. Wir zahlen zuerst viel Geld, um sie zu fangen, und sobald solche Galgenvögel hinter Schloß und Riegel sind, machen wir uns mit diesem Schloß zu schaffen, um sie wieder herauszulassen.«

»Schmachvoll!« murmelte Greta. »Ich möchte nur wissen, was der anfangen will. Für einen Mann wie Peter wird das Leben sehr schwer werden –«

»Ach, Unsinn«, fiel ihr Anita ins Wort. »Werden Sie doch bloß nicht sentimental über Peter. Er ist fünf Jahre im Gefängnis gewesen, und in Dartmoor, oder wo sonst er seine Strafe abgesessen hat, werden die Leute auch noch in anderen Dingen als gerade im Scheckfälschen unterrichtet. Wahrscheinlich wird er jetzt ein guter Landarbeiter geworden sein.«

Lady Raytham zitterte.

»Ach, wie schrecklich!«

Die Prinzessin lächelte.

»Peter Dawlish ist ein Narr. Er gehört zu den Menschen, die immer der dienenden Klasse angehören werden. Wenn du dich um Peter kümmerst, so mußt du auch um den Tod des Rebhuhns trauern, das auf deinem Tisch serviert wird. Ich möchte nur wissen, wie er jetzt über Druze denkt.«

Lady Raytham schaute auf.

»Glaubst du, daß er ihn noch haßt?«

»Druze war Everreeds Hausmeister und hatte den Scheck kassiert. Am nächsten Tag trat Peter seinen Erholungsurlaub an – das heißt, in Wirklichkeit stürzte er sich in sein großes Abenteuer. Als er dann zurückkam, wurde er festgenommen. Er leistete tausend Eide, daß er nichts von dem Scheck wisse, klagte auch noch den armen Druze der Fälschung an – aber alle diese Ausflüchte haben ihn nicht vor der Verurteilung geschützt.«

Jane erwiderte nichts.

»Es ist ganz erklärlich, daß Peter aufgebracht ist. Wenn er immer noch davon überzeugt ist, daß Druze an allem schuld ist, dann können wir noch allerhand Unannehmlichkeiten erwarten – wir wollen uns darüber nicht täuschen.«

Anitas Zigarette war ausgegangen. Sie öffnete ihre Handtasche mit einer ungeduldigen Bewegung und suchte etwas.

»Keine Streichhölzer dabei? Macht auch nichts.«

Sie fand einen Brief in der Tasche, riß ein Stück davon ab, beugte sich herunter und steckte es am Feuer an.

»Wer mag bloß Leslie Maughan sein?«

Anita schaute auf die Unterschrift des Briefes.

»Leslie Maughan?« fragte Jane Raytham. »Ich kenne ihn nicht. Warum fragst du?«

Anita knitterte den Brief zusammen.

»Leslie Maughan will mich in einer persönlichen Angelegenheit sprechen. Wahrscheinlich ist er irgendein Erfinder oder ein Mensch, der in Geldnot ist. Vielleicht will er auch eine Expedition nach den Kokosinseln machen, die ich finanzieren soll. Zum Teufel mit Leslie Maughan!«

2

Druze war geräuschlos in das Zimmer getreten und stand mit zusammengefalteten Händen wartend an der Tür. Sein Gesicht war auffallend bleich, und während er sprach, zuckte seine rechte Backe krampfhaft.

»Was gibt es, Druze?«

»Mylady, wollen Sie Miss Leslie Maughan empfangen?«

»Miss!« rief Anita erstaunt, als sich Lady Raytham erhob.

»Jawohl, Miss Leslie Maughan vom Kriminaldienst, Scotland Yard.«

Jane griff nach der Stuhllehne. Alles Blut wich aus ihrem Gesicht. Sie öffnete den Mund, um zu sprechen, aber es kam kein Wort über ihre Lippen. Greta starrte die Prinzessin an, die den blassen Hausmeister beobachtete.

»Ich will sie empfangen – führen Sie die Dame in den kleinen Salon, Druze . . . Bitte entschuldigt mich solange.«

Sie verließ das Zimmer schnell, behielt aber den Drücker der Tür in der Hand, bis Druze unten auf dem Treppenpodest verschwunden war. Rechts neben ihr lag die Tür zu ihrem Ankleidezimmer. Rasch und geräuschlos schlüpfte sie hinein und machte Licht. Dann starrte sie in den Spiegel – sie sah geisterhaft bleich aus, ihr weißes, eingefallenes Gesicht war ein Schuldbekenntnis für sich. War sie verraten worden? Hatten sie ihre Drohung wahrgemacht?

Sie zog eine Schublade ihres Toilettentisches auf, kramte eilig darin, fand eine Puderdose und zauberte mit geschickter Hand ein täuschendes Rot auf ihre Wangen.

Nach einem nochmaligen kurzen Blick in den Spiegel eilte sie die Treppe hinunter. Ein Lächeln spielte um ihre Lippen, obwohl sie fast verzweifelte.

Alle Lichter brannten in dem kleinen Salon. Als sie sich ihrer Besucherin gegenübersah, war sie überrascht und erleichtert. Es war ihr vorher nicht bekannt gewesen, daß es weibliche Detektive in Scotland Yard gab, und sie hatte sich eine Frau mit harten Gesichtszügen, mürrischen Mienen und schlechtsitzenden Konfektionskleidern vorgestellt.

Die junge Dame aber, die neben dem Tisch stand und in einer illustrierten Zeitung blätterte, schien höchstens zweiundzwanzig Jahre alt zu sein. Sie trug einen Nutriamantel, an dessen Kragen ein großer Veilchenstrauß befestigt war. Sie war ebenso groß wie Jane Raytham und sehr schlank. In den seidenen Strümpfen und eleganten Schuhen kamen ihre schönen Fußgelenke zur Geltung. Haar und Augen waren dunkel. Das Gesicht, das unter dem nach oben gebogenen Rand eines kleinen Filzhutes hervorschaute, war das Erstaunlichste von allem. Jane Raytham sah ein Paar tiefdunkler Augen auf sich gerichtet. Die schöngeschwungenen Lippen waren ebenso rot wie die Gretas, ohne daß künstlich nachgeholfen war. Ein festes, rundes Kinn und der Schimmer eines weißen Halses schauten aus dem Pelzkragen hervor. Lady Raytham war etwas verwirrt, als sie alle diese sichtbaren Vorzüge wahrnahm, die die äußere Erscheinung ihres unerwarteten Besuches bot.

»Sie sind doch nicht Miss Maughan?«

Leslie Maughan lächelte stets mit Augen und Lippen, und die Grübchen in ihren Wangen ließen sie noch jünger erscheinen als sie wirklich war.

»Gewiß, das ist mein Name, Lady Raytham. Es tut mir außerordentlich leid, daß ich Sie störe, aber ich habe einen sehr strengen Vorgesetzten.«

»Sind Sie wirklich eine Detektivin? Ich wußte nicht –«

»Daß es auch weibliche Beamte in Scotland Yard gibt?« sagte die junge Dame lachend. »Und Sie haben auch ganz recht, denn ich nehme eine außergewöhnliche Stellung ein. Ich bin die Assistentin des Chefinspektors Coldwell. Die anderen höheren Beamten, die eigentlich sehr konservative Herren sind, haben hiergegen keine Einwendungen erhoben. Aber ich glaube, daß ich auch wirklich ein Detektiv bin. Wenigstens stelle ich Nachforschungen an.«

Sie stand am Tisch. Eine Hand hatte sie leicht auf die Hüfte gelegt, die andere spielte mit den Blättern einer illustrierten Zeitung. Ihr fester Blick ruhte auf Jane Raytham.

»Ich stelle auch jetzt Nachforschungen an, Lady Raytham«, erklärte sie ruhig. »Ich möchte Sie fragen, warum Sie am vorigen Montag zwanzigtausend Pfund von Ihrer Bank abhoben?«

Einen Augenblick war Jane bestürzt und verlor die Fassung so weit, daß sie beinahe die Wahrheit verraten hätte. Aber mit äußerster Willensanstrengung zwang sie sich zur Ruhe und schien äußerlich kaum betroffen zu sein. Gleich darauf hatte sie sich wieder in der Gewalt und beherrschte ihre Stimme vollkommen.

»Seit wann hat denn die Polizei die Befugnis, die Bankkonten von Privatpersonen zu überwachen?« fragte sie in kühlem und gemessenem Ton. »Sie haben eben eine ungewöhnliche Frage an mich gerichtet. Ist es denn ein Vergehen, wenn ich eine Summe von zwanzigtausend Pfund von meinem eigenen Bankguthaben abhebe? Sagen Sie mir bitte, woher Sie das überhaupt wissen?«

»In meiner Stellung erfährt man allerhand, Lady Raytham.«

Leslie Maughan war auch kühl, die gespielte oder echte Entrüstung Janes machte keinen Eindruck auf sie.

»Lady Raytham, Ihrer Meinung nach sind wir unverschämt, Sie finden unser Verhalten unentschuldbar. Und wenn Sie diese Sache in Scotland Yard anzeigten, würde ich mir auch sicher hierdurch einen Verweis zuziehen. Aber darauf sind wir gefaßt.«

Lady Raytham sah Leslie Maughan erstaunt an.

»Aber warum kommen Sie dann überhaupt zu mir?«

Das junge Mädchen atmete tief. Ein schwaches Lächeln spielte um ihre Mundwinkel und verschwand plötzlich wieder.

»Zwanzigtausend Pfund sind eine große Summe Geldes«, sagte sie sanft, und ihre Stimme klang fast bittend.

Plötzlich wurde Lady Raytham die Bedeutung dieses Besuches klar. Sie erschrak so sehr, daß sie einen Schrei nicht ganz unterdrücken konnte. Sie wußten es. Die Polizei kannte die Bestimmung des Geldes. Sie atmete schnell und konnte nicht gleich sprechen. Ängstlich schaute sie in Leslies dunkle Augen und versuchte, so gut es ging, ihre Gedanken zu ordnen.

Dieses hübsche, schlanke junge Mädchen war eine Detektivin! Und sie war vorzüglich gekleidet – der weibliche Instinkt in Lady Raytham nahm dies fast unbewußt wahr. Ihre Handschuhe mußten von Renaud sein ...

»Wollen Sie mir nicht alles sagen? Es würde Sie wahrscheinlich vor vielen Unannehmlichkeiten bewahren. Es ist unsere Hauptaufgabe in Scotland Yard, die Leute vor Unglück zu behüten. Das hätten Sie wohl niemals gedacht? Aber die Polizei hat viel mehr vom Charakter eines hilfreichen Bruders als von dem eines Menschenfressers. Wollen Sie es nicht tun?«

Jane schüttelte den Kopf. Es war ein Fehler, daß sie zu sprechen versuchte.

»Nein, ich will nicht!« rief sie atemlos. »Ich habe Ihnen nichts zu sagen. Ihr Auftreten hier ist unverantwortlich. Ich werde schreiben – ich werde schreiben –«

Sie taumelte, und sofort war Leslie Maughan an ihrer Seite, um sie zu stützen. Die Stärke ihres Griffs war eine neue Überraschung für Lady Raytham.

Mit letzter Anstrengung riß sie sich zusammen und machte ihren Arm frei.

»Gehen Sie jetzt bitte, und wenn ich Sie nicht anzeige, dann tue ich das nur, weil ich annehme, daß Sie in Unkenntnis und in Übereifer gehandelt haben.«

Sie blickte zur Tür, und Leslie nahm langsam ihre Handtasche und ihren Schirm auf.

»Wenn Sie mich jemals brauchen sollten – meine Telefonnummer steht auf der Karte.«

Lady Raytham hielt die Visitenkarte in der Hand. Sie schaute darauf, ging dann langsam zum Kaminfeuer und warf sie in die Flammen.

»Sie können sie auch im Telefonbuch finden«, sagte Leslie, als sie sich entfernte.

Druze stand unten in der Diele und rieb sich die Hände, als

ob er sie wüsche. Aber man sah seinen Bewegungen an, daß er sehr nervös war. Er eilte zur Haustür und öffnete sie.

»Gute Nacht, Miss«, sagte er heiser.

Leslie sah ihn an, und es überlief sie ein Schauer. Sie wußte nicht, warum sie zitterte, aber sie hatte plötzlich eine lebhafte, schreckliche Vorstellung – es war ihr, als ob sie in die starren Augen eines Toten schaute.

3

Leslie Maughan ging mit raschen Schritten das Themseufer entlang. Der Abend war bitter kalt, und nicht einmal ihr warmer Nutriamantel konnte sie gegen den eisigen Nordwind schützen, der ihr entgegenwehte. Der Herr, der an ihrer Seite ging, war groß und breitschultrig. Er hatte den Gang eines Offiziers und schwenkte einen Schirm im Takt zu seinen Schritten.

»Das ist ein Selbstmörder – dort links«, sagte er ruhig, als ob er ein Fremdenführer wäre, der seine Begleiterin auf die Sehenswürdigkeiten der Stadt aufmerksam machte.

Die junge Dame blieb stehen und schaute zurück.

»Glauben Sie das wirklich, Mr. Coldwell?«

Sie blickte auf die düstere Gestalt, die an dem Steingeländer der Brücke lehnte. Die Arme des Mannes ruhten auf den Granitsteinen, und er hatte den Kopf in die Hände gestützt. Er war hager und unterschied sich in keiner Weise von den Vagabunden, die sich hier nach Mitternacht herumtrieben und versuchten, ein wenig auf den Bänken zu schlafen, wenn die Polizeistreifen vorübergegangen waren.

»Es ist sehr wahrscheinlich. Wenn einer von diesen Brüdern so in den Fluß hinabstarrt, denkt er über einen neuen Weg nach, alte Rechnungen zu begleichen. Interessiert er Sie? Sie werden doch nicht etwa sentimental werden?«

Sie zögerte.

»Doch – ein wenig. Ich weiß nicht, ob es Mitgefühl oder nur weibliche Neugierde ist.«

Plötzlich verließ sie ihn und ging zu dem Mann zurück, der sie schon bemerkt und beobachtet haben mochte, denn er richtete sich schnell auf, als sie näher kam.

»Ganz herunter und zu Ende?« fragte sie.

Er lachte leise vor sich hin.

»Ganz herunter, aber noch lange nicht zu Ende.«

Sie hörte an seiner Stimme, daß er eine bessere Erziehung genossen hatte. Er sprach in dem leichten, vornehmen Ton, den die Studenten auf der Universität annehmen.

»Habe ich etwa Ihr Mitleid erregt? Das täte mir leid. Wenn Sie mir Geld anbieten, bringen Sie mich direkt in Verlegenheit. Sie können hier in dieser Gegend genügend arme Bettler finden, bei denen Ihre – Mildtätigkeit besser angebracht ist. Ich gebrauche dieses Wort in seiner reinsten Bedeutung.«

Sie sah ihm ins Gesicht. Ein kleiner Schnurrbart und ein unordentlicher Backenbart täuschten sie nicht darüber, daß er noch jung war. Chefinspektor Coldwell, der nun auch näher gekommen war, betrachtete ihn mit beruflichem Interesse.

»Möchten Sie wissen, woran ich im Augenblick wirklich dachte?« Seine Stimme klang fast scherzend. »Ich dachte an Mord. In dieser Stadt lebt ein Mensch, der mir das Leben sehr schwer gemacht hat. Und ich hatte gerade beschlossen, ihn bei der nächsten besten Gelegenheit aufzusuchen und ihm drei Kugeln aus meiner Pistole durchs Herz zu jagen, als Sie meine Mordpläne unterbrachen.«

Coldwell lachte vor sich hin.

»Ich glaube, ich kenne Sie – Sie sind Peter Dawlish.«

Der abgerissene Mann lüftete seinen Hut mit ironischer Höflichkeit.

»Da sieht man, wie berühmt man ist«, sagte er sarkastisch. »Sie sind Mr. Coldwell – das Erkennen ist gegenseitig. Und da ich mich nun hoffnungslos selbst belastet habe, nehme ich an, daß Sie den nächsten Polizisten anrufen, um mich zu verhaften und so vor allen Versuchungen zu bewahren.«

»Wann sind Sie aus dem Gefängnis gekommen?« fragte Coldwell.

Leslie hörte bestürzt zu. Noch vor einer Viertelstunde hatte sie über diesen Mann gesprochen, und sie hatte den ganzen

Nachmittag an seinen Fall denken müssen. Ihn nun hier an diesem windigen Platz zu treffen, gerade ihn unter den Millionen Menschen in London, erschien ihr mehr als ein bloßer Zufall. Es war Schicksal.

»Mr. Dawlish, Sie werden es nicht glauben, wenn ich Ihnen jetzt sage, daß Sie gerade der Mann in London sind, dem ich gerne begegnen wollte. Ich habe erst heute erfahren, daß Sie – entlassen sind. Könnten Sie mich noch heute abend besuchen?«

Peter lächelte.

»Die Einladungen kommen schneller und zahlreicher als ich dachte«, sagte er halb zu sich selbst. »Vor zehn Minuten erhielt ich erst eine Aufforderung, zu einer Herberge der Heilsarmee mitzukommen. Glauben Sie mir –«

»Mr. Dawlish« – Leslie sprach sehr ruhig, aber sehr deutlich –, »Sie bemitleiden sich selbst, nicht wahr?«

Sie sah nicht, daß er rot wurde.

»Ja, Sie haben recht«, erwiderte er rauh. »Aber ein Mann in meiner Lage ist berechtigt –«

»Dazu hat ein Mann unter keinen Umständen ein Recht. Hier ist meine Karte.«

Sie hatte ihre Handtasche geöffnet, und er nahm die Karte aus ihrer Hand. Er mußte sie dicht an die Augen halten, um in dem schlechten Licht einer entfernten Straßenlaterne lesen zu können.

»Wollen Sie mich um halb elf aufsuchen? Ich werde Ihnen kein Geld anbieten, ich will Ihnen auch keine Arbeit verschaffen wie Holz zerkleinern oder Abfallpapier sortieren – ich möchte aus einem viel wichtigeren Grund mit Ihnen sprechen.«

Er las Name und Adresse aufs neue und runzelte die Stirn.

»Ja – nun gut – wenn Sie es wünschen.«

Er wurde plötzlich merkwürdig verlegen und ungemütlich. Sie erkannte sofort den Umschwung in seinem Verhalten und in seinem Ton.

»Es tut mir leid, daß ich wie eine Vogelscheuche aussehe – das macht Ihnen wohl nichts aus?«

»Nein«, entgegnete sie und hielt ihm die Hand hin.

Er zögerte eine Sekunde, dann schlug er ein. Sie fühlte, wie hart seine Hand war, und es überkam sie ein schmerzliches Gefühl, als sie daran dachte, was diese Schwielen bedeuteten. Im nächsten Augenblick war sie wieder an der Seite Mr. Coldwells, der auf sie gewartet hatte. Peter Dawlish sah ihnen nach, bis sie außer Sicht waren, dann wandte er sich nachdenklich um und ging langsam nach Blackfriars zu.

»Ich weiß ja, wie klein die Welt ist«, begann Coldwell, der noch immer seinen zusammengerollten Regenschirm umherwirbelte. »Aber ich wußte noch nicht, daß das auch für London zutrifft. Peter! Es sind Jahre vergangen, seitdem ich ihn das letztemal gesehen habe. Vor fünf Jahren war er ein Nichtsnutz.«

»Glauben Sie wirklich, daß er die Fälschung begangen hat?«

»Ein Schwurgericht seiner Landsleute hat ihn verurteilt«, erwiderte Mr. Coldwell vorsichtig, »und Schwurgerichte haben im allgemeinen recht. Nach allem, was ich weiß, brauchte er das Geld. Sein Vater war ein alter Geizhals, und man kann nicht auf großem Fuß leben und hübsche junge Damen nach New York begleiten, wenn man nur zweihundertfünfzig Pfund im Jahr verdient. Er hat die Sache auch zu dumm angestellt. Wenn er nicht ausgerechnet damals drei Monate Urlaub genommen hätte, wäre der Betrug nie entdeckt worden.«

»Wer war sie denn?« fragte Leslie.

»Ich weiß es nicht. Die Polizei hat vergeblich versucht, die Frau ausfindig zu machen. Peter hat ausgesagt, daß sie eine Statistin von der Pariser Oper gewesen sei. Er war gerade nicht sehr stolz darüber.«

Leslie seufzte.

»Alles Böse kommt von den Frauen«, sagte sie.

»Je nachdem«, meinte Mr. Coldwell und drehte an seinem grauen Schnurrbart.

In der Nähe des düsteren Eingangs von Scotland Yard blieb er stehen und stellte sich breit vor sie hin.

»Vielleicht werden Sie jetzt nicht mehr so geheimnisvoll tun und mir sagen, warum Sie sich so außerordentlich für Peter Dawlish interessieren, daß Sie in den letzten drei Tagen nur von ihm gesprochen haben?«

Sie schaute ihm fest in die Augen.

»Weil ich weiß, warum Peter Dawlish morden und wen er umbringen will.«

»Selbstverständlich Druze, das kann das kleinste Kind vermuten. Und er wird ihn ermorden, weil er davon überzeugt ist, daß Druzes Zeugenaussage ihn ins Gefängnis gebracht hat.«

In Leslies Lächeln lag selbstbewußte Überlegenheit.

»Sie irren – Druze wird sterben, weil er Kinder nicht liebt!«

Mr. Coldwell starrte sie nur verwundert an.

4

»Ich möchte diese Sache richtig verstehen«, sagte er dann langsam. »Wenn Druze getötet wird, so sollte es aus dem Grund sein, weil er keine Kinder liebt?«

Leslie Maughan nickte.

»Ich weiß, daß Sie Geheimnisse nicht leiden mögen – kein Mensch in Scotland Yard liebt Unklarheiten. Eines Tages werde ich Ihnen erklären, was ich damit sagen will. Können Sie sich daran erinnern, daß Sie mir im vorigen Sommer Urlaub gaben?«

Mr. Coldwell besann sich sehr gut darauf.

»Ich bin damals nach Cumberland gegangen, um ein wenig umherzustreifen. Um keinen Preis wollte ich daran erinnert werden, daß es eine Stelle in der Welt gibt, die Scotland Yard heißt, aber ich habe nun einmal diese Veranlagung, alles zu durchstöbern und zu erforschen. Eines Tages kam ich durch ein kleines Dorf und fand dort etwas, woraus ich schloß, daß Druze Kinder nicht leiden mag. Und eines Tages wird Peter Dawlish, wenn er es entdecken sollte, ihn deshalb umbringen!«

»Die Sache wird immer geheimnisvoller und rätselhafter«, brummte Coldwell. »Ich fürchte, Sie jagen einem Phantom nach. Das ist nun einmal das Mißgeschick aller begeisterten jungen Beamten – womit ich nicht behaupten will, daß Sie schon den Charakter eines Beamten haben.«

Leslie Maughan hatte ihre Karriere bei der Polizei als junge Stenotypistin begonnen. Ihr Vater war der bekannte und berühmte Vizepräsident Maughan, durch dessen Tatkraft und

Scharfsinn viele dunkle Verbrechen aufgeklärt werden konnten. Bei seinem Tod hinterließ er seiner Tochter ein großes Vermögen, so daß sie sich nicht um ihren Lebensunterhalt zu kümmern brauchte. Aber sie hatte von ihrem Vater die Begabung und den Hang zum Detektivberuf ererbt und war von Stufe zu Stufe emporgestiegen, bis ihre Vorgesetzten, die einer Frau keine leitende Stellung im Polizeipräsidium Londons einräumen wollten, sie zur Assistentin eines der vier höchsten Beamten machten.

»Sie ist ganz ausgezeichnet, ich finde keine anderen Worte für sie«, sagte ihr Chef zu dem Polizeipräsidenten. »Und obgleich ich nicht der Ansicht bin, daß dies ein Frauenberuf ist, muß ich doch zugeben, daß ich niemals eine Dame kennengelernt habe, die sich besser für einen hervorragenden Posten in Scotland Yard eignete.«

»Welche besondere Fähigkeiten besitzt sie denn?« fragte der Polizeipräsident.

»Sie denkt schnell, und sie hat Glück«, war die Antwort.

Als Leslie am Abend zu ihrer Wohnung in Charing Cross Road zurückkehrte, mußte sie auch darüber nachdenken, daß sie eigentlich viel Glück hatte. Schon die Tatsache, daß sie ein so schönes Heim besaß, sprach dafür. Sie hatte einen langjährigen Mietvertrag für eine Wohnung über einem Kino zu einer Zeit abgeschlossen, als die Mietpreise noch sehr niedrig waren. Bei einer Weitervermietung hätte sie die doppelte Summe ihrer Miete als Abstand dafür bekommen können. Da ihre Wohnung aber wegen der zentralen Lage sehr günstig war, widerstand Leslie allen Versuchungen, umzuziehen, um dadurch einen pekuniären Vorteil zu erlangen.

Eine Seitentür führte zu ihren Wohnräumen. Kaum hatte sie die Haustür geschlossen, als sie von oben angerufen wurde.

»Sind Sie es, Miss Maughan?«

»Ja.«

Leslie hängte ihren Mantel in dem kleinen Flur unten auf und ging dann nach oben zu dem Mädchen, das sie auf dem Treppenabsatz erwartete. Lucretia Brown, ihr einziger Dienstbote, war groß und breitschulterig und hatte ein glattes, rundes, nicht unangenehmes Gesicht. Sie hatte die Hände in die Hüften gestemmt und betrachtete ihre Herrin vorwurfsvoll.

»Ich dachte schon, Sie wären –«, begann sie.

»Sie haben natürlich wieder gedacht, ich wäre ermordet und in den Fluß geworfen worden«, erwiderte Leslie in guter Laune. »Das denken Sie ja immer, wenn ich nicht mit dem Glockenschlag heimkomme.«

»Ich traue dieser großen Stadt London nicht.«

Lucretia war wirklich ihr Name. Ihr Vater, ein Landarbeiter, hatte einmal in der Gemeindehalle einen Vortrag über die Borgias gehört. Er hatte zwar nicht viel davon verstanden, aber doch einen allgemeinen Eindruck bekommen, daß dieser historische Name irgendwie sehr wertvoll und schön sei.

»Ich habe London nie getraut, und ich werde es auch nicht tun. Haben Sie schon zu Abend gespeist, gnädiges Fräulein?«

»Ja, ich habe schon gegessen.« Leslie schaute rasch auf ihre Uhr.

»Ich erwarte einen Besuch – um halb elf wird ein Herr kommen. Wenn Sie ihm die Tür öffnen, sagen Sie also bitte nicht, daß ich fort sei und erst in drei Wochen wiederkäme.«

Lucretia schnitt ein Gesicht.

»Halb elf des Abends ist ein wenig spät für Herrenbesuch, Miss Maughan. Ist er denn ein Freund von Ihnen?«

Leslie hatte ihr die persönliche Teilnahme an ihren Angelegenheiten nicht abgewöhnen können, denn Lucretia nahm immerhin eine Vertrauensstellung bei ihr ein und hatte im Laufe der Zeit gewisse Vorrechte erlangt. Leslie war von ihrer frühesten Kindheit an von ihr betreut worden.

»Ist es jemand, den wir kennen? Vielleicht Mr. Coldwell?«

»Nein, es ist ein Mann, der eben aus dem Gefängnis entlassen wurde.«

Lucretia schloß die Augen und wurde fast ohnmächtig.

»Großer Gott!« stieß sie heiser vor. »Ich hätte niemals gedacht, daß ich das erleben würde, daß ein früherer Sträfling Sie nachts um halb elf besuchen darf. Ich glaube, es wäre gut, wenn ich einen Polizisten holte, damit er draußen vor der Tür aufpaßt und zu Hilfe kommt, wenn Ihnen der Kerl etwas tun will.«

»Ach, Lucretia, Sie sind viel zu ängstlich und brauchen immer gleich die Polizei«, erwiderte Leslie ernst. Lucretia schwieg, obgleich sie innerlich noch tief entrüstet war.

Es schlug halb elf von der Kirche St. Martins-in-the-Fields, als unten die Hausglocke ertönte. Lucretia kam ins Wohnzimmer, ihre Augen leuchteten vor Erregung.

»Das ist er«, rief sie aufgebracht.

»Nun ja, lassen Sie ihn doch herein!«

»Was auch geschehen mag – ich lehne jede Verantwortung dafür ab.«

Leslie zeigte nur zur Tür.

Der Fremde stieg die Treppe so leise in die Höhe, daß sie seine Schritte nicht hörte. Die Tür öffnete sich, und Lucretia erschien wieder.

»Der Herr ist da!« sagte sie laut, sah den Fremden ärgerlich an, ließ ihn hinein und schloß die Tür hinter ihm.

Peter Dawlish blieb am Eingang stehen, wo Lucretia ihn verlassen hatte. Er hatte seinen weichen Filzhut in den Händen, sah die junge Dame an und betrachtete dann den gemütlichen Raum. Ein schwaches Lächeln spielte auf seinem Gesicht. Sie sah nun deutlich, wie schlecht er gekleidet war. Er trug keinen Kragen, und seine Schuhe waren grau vor Schmutz. Sein alter, schlechtsitzender Anzug war befleckt und abgetragen.

»Ich habe Ihnen ja gesagt, daß ich aussehe wie eine Vogelscheuche«, begann er, als ob er ihre Gedanken gelesen hätte. »Als ich entlassen wurde, gab man mir einen schönen Anzug, der im Gefängnis gemacht war, aber er schien mir nicht geeignet, darin einer kritischen Welt wieder gegenüberzutreten, und ich tauschte ihn gegen diesen ein.«

Sie schob einen Stuhl an das Feuer.

»Nehmen Sie bitte Platz, Mr. Dawlish.«

»Mr. Dawlish – das klingt ja fürchterlich achtungsvoll.«

»Sie können rauchen, wenn Sie wollen«, sagte sie, als er sich bedächtig gesetzt hatte.

»Ich möchte schon, aber die Zutaten fehlen mir.«

Hastig öffnete sie eine Schublade, nahm eine Zigarettenschachtel heraus und reichte sie ihm.

»Danke schön.« Er nahm eine Zigarette und runzelte die Stirn. »Es ist doch zu merkwürdig.«

»Was finden Sie denn merkwürdig?«

»Gerade diese Sorte Zigaretten pflegte ich in früheren Tagen zu rauchen. Ich habe sie mir direkt von Kairo kommen lassen. Hier in London konnte man sie nicht kaufen, wenigstens damals nicht, als ich – mich zurückzog. Aber sehen Sie, ich bemitleide mich schon wieder. Und dabei hasse ich das doch so sehr. Es war mir selbst etwas ganz Neues, als ich entdeckte, daß ich in dieser Beziehung jetzt auch zur großen Masse gehöre.«

Er steckte die Zigarette an und rauchte sie mit großem Genuß.

»Ah, das ist wundervoll.«

»Haben Sie schon gegessen?«

Er nickte.

»Wie ein Sybarit. In einem kleinen Restaurant in der Blackfriars Road. Das ganze Abendbrot hat nur einen halben Shilling gekostet. Das war sehr verschwenderisch, aber ich fühlte, daß ich eine Stärkung brauchte, bevor ich mich dieser Prüfung hier unterzog.«

»Haben Sie keine Wohnung?«

»Nein.«

Er spielte mit seinen langen, schmalen Fingern, und sie bemerkte mit Genugtuung, daß seine Hände tadellos sauber waren. Wieder schien er ihre Gedanken zu erraten, denn er sah auf seine Hände herunter.

»Ich wüßte nicht, was ich Ihnen mitteilen könnte, wenn Sie irgendwelche Informationen von mir wünschen. Wenn Sie ein männlicher Beamter von Scotland Yard wären, hätte ich Ihre Einladung einfach abgelehnt. Aber ein weiblicher Polizeibeamter ist etwas Eigenartiges. Ich habe natürlich schon mehrere im Dienst gesehen – kleine, wohlbeleibte Frauen mit niedrigen Helmen. Aber sie sollen ja ganz brauchbar sein.«

Er sah, daß sie selbst nicht rauchte und erwähnte es auch.

»Ich rauche nur selten. Würden Sie es mir übelnehmen, wenn ich ganz offen zu Ihnen spräche?« sagte sie dann ernster.

»Je offener Sie mit mir sprechen, desto lieber ist es mir.«

Er lehnte sich in seinem Sessel zurück und blies eine Rauchwolke zur Decke empor.

»Sie haben natürlich kein Geld?«

Er schüttelte den Kopf.

»Das bedeutet also, daß Sie sich nachts auf der Straße herumtreiben müssen?«

»Ich habe mich schon daran gewöhnt. Es wäre auch ganz interessant, wenn man nur nicht so schrecklich müde wäre. Ich bekam etwas Taschengeld, als ich das Gefängnis verließ. Ich kam damit nicht ganz eine Woche aus, ich fürchte, ich bin etwas unvorsichtig damit umgegangen. Man kann tagsüber in verlassenen, versteckten Parkecken ganz gut schlafen, besonders an warmen, sonnigen Tagen. Und für regnerische Nächte kenne ich ein Gerätehaus in einer Gärtnerei. Es kann sich allerdings nicht mit den Luxuswohnungen für Hochzeitsreisende im Ritz-Carlton messen, aber es ist immerhin ganz annehmbar. Ich habe letzte Nacht mit einem früheren Infanterie-Obersten und einem Rechtsanwalt dort geschlafen, der mit mir zusammen in derselben Abteilung in Dartmoor war.«

Sie sah ihn fest an.

»Diese Nacht werden Sie aber besser schlafen«, sagte sie in ihrem ruhigen, gleichmütigen Ton, »und morgen werden Sie sich einen besseren Anzug kaufen und einen Besuch bei Ihrer Mutter machen.«

Er zog die Augenbrauen hoch und betrachtete sie ein wenig belustigt.

»Ich wußte allerdings nicht, daß Sie auch in meine Familiengeheimnisse eingedrungen sind. Warum sollte ich das denn tun, Miss Maughan? Es wäre Geldverschwendung, einen neuen Anzug zu kaufen. Auf meine Mutter würde ein luxuriöses Äußere nicht den geringsten Eindruck machen. Sie würde höchstens annehmen, daß ich einen anderen gutmütigen Herrn gefunden hätte. Alle derartigen Dinge würden sehr viel Geld kosten, und ich glaube, es ist ganz gut, daß ich Ihnen, bevor wir uns weiter unterhalten, ausdrücklich sage, daß ich unter keinen Umständen die Absicht habe, Geld von Ihnen anzunehmen – unter gar keinem Vorwand.«

Er fühlte sich in ihrer Gegenwart irgendwie bedrückt und verlegen. Später erinnerte er sich stets daran, daß es ihm bei den beiden ersten Begegnungen mit dieser merkwürdigen jungen Dame bald kalt und bald heiß geworden war, wenn sie zu ihm sprach.

»Ihr Stolz, der es ablehnt, von einer Dame Geld anzunehmen, ist sicher bewunderungswürdig.« Ihr kühler, sarkastischer Ton demütigte ihn. »Auf diese Art und Weise will ein Mann, wenn auch unbewußt, seine Überlegenheit einer Frau gegenüber zum Ausdruck bringen – das ist gerade nicht sehr schmeichelhaft für eine Dame, aber die Männer müssen sich dabei unglaublich großartig vorkommen! Darf ich noch eine andere Frage an Sie richten, Mr. Peter Dawlish? Wollen Sie denn ganz in dem Schlamm der Großstadt versinken? Wollen Sie Ihr ganzes Leben in gemeinen Herbergen und Obdachlosenhäusern zubringen und später einmal in einem Armengrab beerdigt werden?«

»Ich weiß nicht recht, warum Sie mir das alles sagen.«

Sie fühlte, daß sie ihn gereizt und aufgebracht hatte, aber heimlich freute sie sich über die Wirkung ihrer Worte.

»Ich würde natürlich alles tun, um Arbeit zu bekommen. Ich hatte eventuell die Absicht, außer Landes zu gehen.«

»Natürlich. Sie wollten in eine unserer Kolonien gehen. Das ist eine der allerverbreitetsten Täuschungen, daß Leute ohne Entschlossenheit und Ehrgeiz glauben, plötzlich durch ein Wunder diese hervorragenden Eigenschaften zu erhalten, wenn sie in Quebec oder Sydney oder sonstwo an Land gehen.«

Er mußte nun trotz alledem lachen.

»Sie haben wirklich die beste Anlage, einen Mann zu ärgern.«

»Meinen Sie?« fragte sie lächelnd. »Ich werde Ihnen jetzt auch genau sagen, was ich beabsichtige, Mr. Dawlish. Wenn Sie ein Darlehen ablehnen, so bedeutet das, daß Sie sich vollkommen wohl fühlen bei dem Gedanken, niemals wieder so viel Geld zu verdienen, um eine solche Summe zurückzuzahlen. Sie gehören damit zu den Leuten, die sich anstellen, um in den Armenhäusern ihr Essen zu erbetteln, zu den Pennbrüdern, die nachts auf Parkbänken schlafen und öffentlichen Wohlfahrtseinrichtungen zur Last fallen.«

Sie sah, daß ihre Worte getroffen hatten, und sprach rasch weiter.

»Aber natürlich tun Sie das nicht. Sie sind aus dem Gefängnis herausgekommen mit Groll und Haß im Herzen gegen die Mitwelt, und man kann Sie schwerlich deswegen tadeln. Ich kann mir sehr gut vorstellen, daß Sie einer der wenigen unschuldigen Menschen sind, die ins Gefängnis nach Dartmoor kamen.«

Er sah sie merkwürdig an.

»Sie glauben also, daß ich unschuldig verurteilt worden bin?«

»Dessen bin ich ganz sicher.« Plötzlich fragte sie: »Haben Sie eine Waffe bei sich?«

Er lachte laut.

»Die Summe, die dazu gehört, eine Browning-Pistole zu kaufen, würde ausreichen, zwei Wochen davon zu leben. Nein, ich trage wirklich nichts Gefährlicheres bei mir als eine Zahnbürste.«

Die Schublade, aus der sie die Zigaretten genommen hatte, stand noch offen, und sie holte einen kleinen schwarzen Geldkasten daraus hervor.

»Wir werden ganz geschäftsmäßig vorgehen. Dort auf dem Schreibtisch liegen Füllfeder und Papier. Schreiben Sie mir einen Schuldschein über zwanzig Pfund. Nehmen Sie aber keinen Cent von mir, wenn Sie im Innersten davon überzeugt sind, daß Sie mir das Geld niemals zurückzahlen können. Das heißt, wenn Sie annehmen, daß ein junger Mann von acht- oder neunundzwanzig Jahren, oder wie alt Sie auch immer sein mögen, nicht mehr in die Lage kommen sollte, außer seinem Lebensunterhalt noch so viel zu erwerben, daß er das Geld in ein oder zwei Jahren zurückgeben könnte. Und diese kleine Wohltat, wie Sie es nennen –«

»Ich habe nichts dergleichen gesagt.«

»Aber Sie haben es gedacht«, entgegnete sie ruhig. »Es ist sehr wenig höflich, einer Dame zu widersprechen. Mr. Dawlish, ich stelle Sie jetzt auf die Probe. Wenn Sie denken, daß es für immer mit Ihnen aus ist, dann ist dieser Vorfall jetzt beendet – und es scheint mir so, daß es tatsächlich mit Ihnen aus ist.«

Sie sah ihn mit halbgeschlossenen Augen an und nickte langsam.

»Sie meinen also, daß ich nicht mehr wert bin, gerettet zu werden?« entgegnete er und stand auf. »Nun gut, ich will Ihre Herausforderung annehmen.«

Er nahm den Füllhalter, schrieb einige Worte auf einen Bogen Papier und überreichte ihn Leslie.

»Hier ist der Schein, geben Sie mir die zwanzig Pfund.«

Er fühlte sich sonderbar belustigt, aber er ärgerte sich auch, am meisten jedoch über sich selbst, daß er überhaupt ärgerlich sein konnte.

Wenn ihm jemand beim Betreten dieses Zimmers gesagt hätte, daß er von dieser jungen Dame ein Darlehen annehmen würde, hätte er über eine solche Vermutung laut gelacht. Und nun stand er doch hier in ihrer Wohnung, zählte feierlich die Banknoten, die sie ihm aushändigte, und steckte sie ohne die leisesten Gewissensbisse in die Tasche. Aber er hatte die ganze Zeit an Leslie Maughan denken müssen, seit er sie getroffen hatte.

»Ich denke, ich werde mich jetzt selbst besser kennenlernen. Ich war früher ein Schwächling, und durch die lange Gefängnishaft bin ich nicht besser geworden. Nein, nein, ich will damit nicht sagen, daß es eine Schwäche von mir ist, dieses Geld anzunehmen, es wäre vielmehr eine Schwäche gewesen, es zurückzuweisen. Ich bin Ihnen wirklich sehr dankbar.«

Sie reichte ihm die Hand.

»Wo werden Sie wohnen?«

»Ich weiß es noch nicht, aber Sie werden von mir hören. Bitte, machen Sie sich meinetwegen keine weiteren Sorgen. Wenn ich wirklich keine Stelle finden sollte, dann bin ich auch nicht mehr wert, daß man mir hilft. Warum tun Sie eigentlich dies alles für mich? Man lernt Polizeibeamte gewöhnlich nicht von dieser Seite kennen.«

»Die Polizei hilft, wo sie nur immer kann – das sollten Sie wissen«, entgegnete sie ruhig. »Aber ich gebe zu, daß dies eine rein persönliche Angelegenheit ist. Sie sind ein Teil eines großen Experimentes, das ich mache. Es ist nicht mein Frauenherz, sondern mein wissenschaftlich geschulter Verstand, der mir diese Handlungsweise vorschreibt.« Plötzlich änderte sie das Thema. »Ich wünschte nur, Mr. Dawlish, Sie würden sich rasieren lassen,

Sie sehen zu sehr nach einem musikalischen Genie aus. Es kleidet Sie wirklich nicht.«

Er mußte immer noch vor sich hinlachen, als Lucretia die Haustür mit unnötiger Heftigkeit hinter ihm schloß.

Er kannte ein kleines Hotel, wo er diese Nacht verbringen konnte. Es lag in Lambeth, ganz in der Nähe des Waterloo-Bahnhofes.

Er ging mit schnellen Schritten die Charing Cross Road hinunter und kam dann auf den ›Strand‹, der zu dieser Stunde noch von Autos belebt war, denn die Theater schlossen gerade. Plötzlich glaubte er, seine Mutter in eine Limousine einsteigen zu sehen. Eine zweite Dame folgte ihr. Ja, das war Margaret Dawlish, und die Dame mit den grauen Haaren war Tante Anita. Er konnte jetzt verächtlich über sie lächeln, und die Gewißheit, daß er das konnte, erfüllte ihn mit Genugtuung. Wären sie ihm früher an diesem Abend begegnet, so hätte er sich verhöhnt gefühlt und hätte sich selbst bemitleidet. Und er war doch fest entschlossen, gegen solche Gemütsstimmungen tapfer anzukämpfen.

Er wandte sich ab, damit sie ihn beim Vorüberfahren nicht erkennen sollten, und ging die Villiers Street hinunter. Dann stieg er die Stufen zu der Hungerford-Brücke hinauf. Es waren nicht die zwanzig Pfund in seiner Tasche, die ihn fröhlicher stimmten und seine Schritte beflügelten, es war etwas von dem energischen Charakter Leslie Maughans auf ihn übergegangen, etwas von ihrem Lebensmut und ihrem gesunden Selbstgefühl war auch in ihm erwacht.

Sie fesselte ihn. Sie war mehr als schön im gewöhnlichen Sinne. Aus ihren Zügen sprach eine natürliche Klugheit, die er noch niemals in dem Gesicht einer anderen Frau entdeckt hatte. Es kam ihm plötzlich zum Bewußtsein, daß ihm kluge Frauen immer mißfallen hatten. Er liebte Frauen, die einen sanften, weiblichen Charakter hatten und nicht zu gescheit waren. Aber dieses begabte und hübsche Mädchen faszinierte ihn.

Leslie Maughan besaß genügend Autorität, um ihn stets in der nötigen Distanz zu halten, und doch war sie so außerordentlich freundlich und liebenswürdig gegen ihn, so gütig wie eine vernünftige ältere Schwester, obwohl sie in Wirklichkeit mehrere Jahre jünger als er sein mußte. Manchmal war er sich schon wie ein alter Mann vorgekommen – aber nach dieser Begegnung mit Leslie Maughan fühlte er sich so fröhlich wie ein Kind.

Er war jetzt auf der Mitte der Brücke angekommen, und die ganze Schönheit des Ufers breitete sich vor ihm aus. Eine Unzahl von Lichtern spiegelte sich in den schwarzdunklen Wassern der Themse. Auf der Südseite war ein Turm mit prachvoller Lichtreklame geschmückt. Peter war heiter und zufrieden, als er all diesen Glanz in sich aufnahm. Aber plötzlich überkam ihn ein sonderbar unheimliches Gefühl, das er sich selbst nicht erklären konnte. Instinktiv drehte er sich um. Es gingen viele Menschen über die Brücke; unmittelbar hinter ihm her, kaum zehn Schritte entfernt, kamen drei kleine Leute, die sich Schulter an Schulter nebeneinander bewegten. Sie machten die merkwürdig hohen Schritte, die Peter schon früher an Orientalen bemerkt hatte – es war fast ein gewisses Stolzieren. Sie sprachen nicht miteinander, wie es Freunde gewöhnlich tun, die zusammen nach Hause gehen, und dieses Schweigen war es, das Peter so beunruhigte. Jahrelanger Gefängnisaufenthalt war gerade keine Nervenkur für einen Mann von Peter Dawlishs Temperament.

Er eilte die Stufen auf der anderen Seite hinunter und befand sich in einer wenig erleuchteten, düsteren Straße. Von hier führte ein kürzerer Weg zur York Road, in deren Nähe das Hotel lag. Er kam durch eine einsame Straße mit kleinen Häusern, die man nicht gerade als Hintergasse, aber auch kaum als anständig bezeichnen konnte.

Als er sich umwandte, sah er, daß die drei Männer ihm noch folgten. Sie bewegten sich geräuschlos wie auf Gummisohlen. Peter ging quer über die Straße, und sie kamen etwas näher an ihn heran.

Er überlegte sich, ob es nicht besser sei, zurückzugehen und die Leute an sich vorbeizulassen. Gerade hatte er diesen Entschluß gefaßt, als etwas über seinen Kopf fiel. Er hob schnell die Hand, um die dünne Leine aufzufangen, aber es war schon zu spät. Die Schlinge zog sich um seine Kehle zusammen, zwei gewandte kleine Gestalten sprangen auf ihn zu – im nächsten Augenblick lag er auf dem Boden und kämpfte um sein Leben. Er bekam keine Luft mehr, sein Kopf schmerzte, das Blut staute sich in seinem Gehirn. Mit den Händen versuchte er noch krampfhaft, die Schlinge zu lockern, dann wurde er bewußtlos. Nach einer Ewigkeit fühlte er, daß ihn jemand aufhob und gegen eine Mauer lehnte. Ein helles Licht traf sein Gesicht.

Unwillkürlich faßte Peter an seinen Hals. Die Leine war entfernt, aber er konnte noch den tiefen Einschnitt fühlen, den sie hinterlassen hatte.

»Was war denn hier los?« fragte eine rauhe Stimme.

Peter schaute auf und sah einen Polizisten vor sich stehen.

»Wie fühlen Sie sich jetzt? Soll ich einen Krankenwagen bestellen? Ich kann Sie gleich in ein Hospital bringen.«

Peter zitterte an allen Gliedern, als er sich aufrichtete.

»Es geht ganz gut«, sagte er etwas unsicher. »Wer waren diese Leute?«

»Ich weiß es nicht. Sie kamen am Ende der Straße an mir vorbei. Es waren sonderbare, kleine Männer mit flachen Nasen und fast affenartigen Gesichtern. Und dann sah ich, wie sie hinter Ihnen her waren, und folgte ihnen. Ich glaube, ich habe Ihr Leben gerettet, junger Mann.«

»Ja, Sie haben mich gerettet.« Peter befühlte seine Kehle.

»Gelaufen sind die Kerle! Ich habe noch niemals einen Menschen so schnell rennen sehen. Hatten Sie denn einen Streit mit ihnen?«

»Nein, ich habe sie in meinem Leben noch nicht gesehen.«

»Hm!« Der Beamte schaute ihn etwas verwundert an. »Ich möchte bloß wissen, wer sie waren. Sie sprachen so ein merkwürdiges Kauderwelsch, das ich nicht verstehen konnte. Ich habe nur ein Wort behalten, vielleicht waren es auch zwei – Orang-Pander oder Bander.«

»Orang Blanga?« fragte Peter schnell und pfiff vor sich hin.

»Dann kennen Sie die Leute also doch?«

»Nein, durchaus nicht, ich vermute nur, welcher Nationalität sie sind – es werden Javaner gewesen sein.«

Der Polizeibeamte wollte ihn nicht gern allein lassen.

»Wo wollen Sie jetzt hingehen?«

»Ich will versuchen, noch eine Unterkunft zu finden.«

Er war noch sehr schwach, denn als er den ersten Schritt tat, drehte sich die Straße und der Polizist um ihn, und wenn der Beamte ihn nicht am Arm gepackt hätte, wäre er hingefallen.

»Wenn ich Sie so allein lasse, werden Sie noch aufgegriffen, weil man annimmt, daß Sie zuviel getrunken haben«, meinte der Mann gutmütig. »Sie wollen eine Unterkunft haben? Warten Sie einmal, ich habe doch irgendwo hier in der Nähe einen Zettel hängen sehen, daß ein Zimmer frei ist.«

Er drehte seine elektrische Taschenlampe an, ging langsam die Straße entlang und leuchtete die Fenster ab. Plötzlich blieb er stehen.

»Hier ist ein Zimmer frei, ich wußte es doch.«

Peter ging langsam und vorsichtig zu ihm hin. Das Licht der Lampe fiel auf ein kleines Plakat an einem Fenster.

›Zimmer an einen anständigen jungen Mann zu vergeben.‹

»Wollen Sie sich hier einquartieren?«

Peter nickte, und der Polizist klopfte leise an die Tür. Es dauerte aber einige Zeit, bis ein schwerer Schritt im Gang hörbar wurde.

»Wer ist dort?« fragte dann eine heisere Stimme.

»Haben Sie keine Angst«, sagte der Beamte. »Ich bin ein Polizist, und hier ist ein Herr, der ein Zimmer sucht.«

Die Tür wurde aufgeschlossen und öffnete sich ein wenig.

»Ich habe zwar ein Zimmer zu vermieten, das stimmt – aber es ist doch ein wenig spät, nicht wahr?«

Der Beamte stieß einen Ruf des Erstaunens aus.

»Sehen Sie einmal an, Sie sind doch Mrs. Inglethorne!«

»Ja, das bin ich«, gab die Frau ärgerlich zu. »Sie von der Polizei kennen mich ja, Sie haben mir schon viel zuleide getan. Mein guter Mann, der so unschuldig wie ein ungeborenes Kind ist, und meinen Mieter, den netten, jungen Mann – beide haben Sie verhaftet!«

Sie betrachtete Peter in dem Schein der elektrischen Taschenlampe. Sie hatte ein aufgedunsenes, rotes Gesicht, einen großen

Mund und kleine, zusammengekniffene Augen, war untersetzt und dick. Gekleidet war sie in einen Schlafrock aus rotem Flanell.

»Ich kann Sie nicht aufnehmen, wenn Sie kein Geld haben – ich bin früher schon ein paarmal hereingefallen.«

Peter griff in die Tasche, zog eine Pfundnote heraus und zeigte sie ihr.

»Nun gut, kommen Sie herein«, sagte sie mürrisch.

Peter dankte dem Polizisten für seine Hilfe und folgte dann der Frau in den engen, übelriechenden Gang.

Das Schicksal spielte Peter Dawlish einen sonderbaren Streich, als es ihn in das unordentliche Heim von Mrs. Inglethorne führte.

Sie knipste das Licht an und führte ihn auf einer kurzen Treppe mit hohen Stufen in das obere Stockwerk.

»Hier ist das Zimmer.«

Er trat hinter ihr in einen Raum, der nach der Straße zu lag und der beste in dem kleinen Hause war.

Zu seinem größten Erstaunen war er gut eingerichtet. Ein neues Bett stand darin, die Wände waren erst kürzlich neu tapeziert worden, und die beiden billigen Drucke, die den Schmuck des Zimmers bildeten, waren noch in gutem Zustand.

»Hier wohnte mein letzter Mieter, er hat das Zimmer selbst möbliert«, erklärte Mrs. Inglethorne schnell. »Er war wirklich ein netter Mann, der beste und liebenswürdigste, den ich kennengelernt habe.«

»Ist er wieder ausgezogen?«

Sie schaute ihn argwöhnisch von der Seite an, als ob sie dächte, er sei bereits genau über das Schicksal dieses Mannes informiert.

»Man hat ihm fünf Jahre aufgebrummt, weil er in ein Haus in Blackheath eingebrochen hatte. Mein Mann sitzt eine siebenjährige Strafe ab, und es gab wirklich keinen ehrlicheren Menschen als ihn.«

Ein merkwürdiges Zusammentreffen, dachte Peter Dawlish, daß er, der erst kürzlich aus dem traurigen Gefängnis in Dartmoor entlassen worden war, das leere Zimmer eines Mannes beziehen sollte, der eben im Gefängnis vielleicht seinen Platz eingenommen hatte. Er saß womöglich in derselben Zelle, im Flügel B, wo er auch untergebracht gewesen war.

»Zahlen Sie mir – acht Shilling an. Ich werde Ihnen die Pfundnote wechseln und den Rest morgen früh herausgeben.«

Mrs. Inglethorne streckte die Hand aus. In dem hellen Licht der Deckenlampe sah sie noch unvorteilhafter und abstoßender aus.

Aus gewissen Anzeichen schloß er, daß sie trank. Sie nahm das Geld, das er ihr reichte, zog eine Kommodenschublade auf und nahm zwei frische Laken heraus, mit denen sie das Bett bezog. Offenbar war der frühere Mieter an verhältnismäßig großen Luxus gewöhnt, denn die Bettücher waren aus feinstem Leinen. Später entdeckte Peter auch, daß die Kissen und das Plumeau mit besten Daunen gefüllt waren. Das Bett selbst war sehr kostbar und gehörte zu den teuersten, die man in der Tottenham Court Road kaufen konnte.

»Er hat sich nur das Beste angeschafft«, sagte Mrs. Inglethorne, als sie eine Pause in ihrer Beschäftigung machte, um von ihrem abwesenden Mieter zu erzählen.

Gleich darauf ging sie aus dem Zimmer und ließ einen schwachen Geruch nach Schnaps zurück. Peter entkleidete sich langsam und freute sich auf die Nachtruhe, denn seit einer Woche hatte er in keinem Bett gelegen.

Das Lager war angenehm und weich – zu weich. Obwohl er verzweifelt müde war, warf er sich von einer Seite auf die andere und versuchte vergeblich, einzuschlafen. Er hatte etwa zwei Stunden so gelegen, bis er ein wenig einschlummerte. Aber plötzlich wachte er wieder auf.

Ein schriller Schrei hatte ihn geweckt. Er setzte sich aufrecht im Bett und lauschte. Wieder drang dieser unheimliche Laut von unten herauf. Er hielt ihn für das Geschrei einer Katze, denn keine menschliche Kehle schien solche Töne hervorbringen zu können.

Er stand auf, ging zur Tür, öffnete sie und lauschte ins Treppenhaus. Plötzlich erschrak er, denn er hörte das Schluchzen und angstvolle Rufen eines Kindes.

»Ich will zu meinem Vater! Ich will zu meinen Vater!«

Dann hörte er die heisere Stimme von Mrs. Inglethorne. Sie schien eben aus dem Schlaf aufgefahren zu sein.

»Willst du wohl den Mund halten, du verdammtes Ding? Wenn ich erst aufstehen muß, drehe ich dir das Genick um!«

Als alles ruhig geworden war, ging Peter wieder zu Bett. Aber erst als draußen die Haustüren von Leuten geöffnet wurden, die früh morgens zur Arbeit gingen, fiel er in einen unruhigen Schlaf. In seinen Träumen hörte er immer noch den Schrei des Kindes: »Ich will zu meinem Vater! Ich will zu meinem Vater!«

5

104 Several Street, Lambeth.

Sehr geehrte Miss Maughan,
ich habe Unterkunft unter der obigen Adresse gefunden. Die Gegend ist nicht gerade die beste, aber das Zimmer ist ganz gut, obwohl meine Wirtin ein abstoßendes Frauenzimmer ist. Außerdem sind noch sechs Kinder hier im Haus, das jüngste ist erst einige Monate alt, das älteste ist ein Mädchen von acht Jahren. Daraus geht schon hervor, daß Mrs. Inglethorne, welche Fehler sie auch sonst haben mag, ihrem Vaterland durch reichlichen Nachwuchs gedient hat (sie trinkt Schnaps und hat ein feuerrotes Gesicht wie spanischer Pfeffer). Ich kaufe mir einen neuen Anzug und hoffe, daß ich in ein paar Tagen melden kann, daß ich vorwärtskomme . . .

Leslie Maughan fand diesen Brief am folgenden Nachmittag, als sie von ihrem Büro nach Hause kam.

›Der Fall Dawlish‹, wie ihn Mr. Coldwell bezeichnete, obwohl sie selbst dieser Angelegenheit einen ganz anderen Namen beilegte, nahm im Schlafen und Wachen alle ihre Gedanken in Anspruch. Es war ihr erster größerer Fall, denn sie hatte sich früher noch niemals selbständig mit der Aufklärung einer Sache befassen können. Sie hatte allerdings schon mehrere aufsehenerregende Ereignisse miterlebt. Sie hatte Coldwell geholfen, den Mord im Kent-Tunnel aufzuklären. Als erste hatte sie damals den Eindruck gehabt, daß der Hauptzeuge, der der Polizei über die Tat berichtete, zuviel von der Tragödie wußte, um nicht selbst an dem Verbrechen beteiligt zu sein. Das führte später zur Klärung des ganzen Falles. Sie war es auch bei einer anderen Gelegenheit gewesen, die beim Durchsuchen der Taschen eines Gefangenen einen Flecken von unauslöschlicher Tinte auf einer Silbermünze fand. Auf diesen kleinen Anhaltspunkt hatte sie eine Theorie aufgebaut, die zu der Verhaftung der Flack-Bande und zur Auffindung der Druckmaschine führte, mit deren Hilfe die Verbrecher ganz Europa mit gefälschten Tausend-Franc-Scheinen überschwemmt hatten.

Leslie Maughan besaß eine außerordentliche Begabung für die Aufgaben eines Polizeidetektivs, und ihr feiner Instinkt für die Hintergründe einer Sache hatte ihre Vorgesetzten schon oft in Erstaunen und Bewunderung versetzt.

Und nun stellte sie wieder eine Theorie auf, allerdings auf schwachen Fundamenten, darüber war sie sich klar – auf einem kleinen Gedichtband, den sie in einem Landhaus in Cumberland gefunden hatte.

Wieder nahm sie ihn aus ihrem Bücherregal. Es war ein dünnes Buch mit Gedichten von Elizabeth Browning. Auf der ersten leeren Seite standen in hübscher Handschrift acht Zeilen in Gedichtform. Es waren ganz freie Verse, die nicht einmal besonders gut waren. Sie las sie wohl schon zum fünfzigsten Male. Dann legte sie das Buch wieder fort und ging zu ihrem Schreibtisch zurück. Dort saß sie eine halbe Stunde lang, stützte ihr Kinn in die Hände und schaute gedankenverloren auf die gegenüberliegende Wand. Sie konnte im Augenblick nichts mehr für Peter Dawlish tun, doch ihre Gedanken kehrten immer wieder zu ihm zurück.

Sie nahm aus einer Schublade die Zigarettenschachtel, die sie ihm am vorigen Abend angeboten hatte, und betrachtete sie zerstreut. Sie hatte ganz London abgesucht, um diese besondere Sorte ägyptischer Zigaretten zu bekommen, und hatte sie schließlich an einer Stelle gefunden, wo sie es am wenigsten erwartet hatte – in Scotland Yard. Der Polizeipräsident selbst, früher Offizier in Ägypten, ließ sie für sich von dort kommen.

Sie schloß die Schachtel wieder, packte sie ein und adressierte sie an ›Peter Dawlish Esq., 104 Several Street, London‹. Es war fast schon dunkel, als Lucretia ihr den Tee hereinbrachte.

»Heute abend gehen Sie doch nicht mehr aus, Miss?« fragte sie. Leslie bejahte. »Aber dann nehmen Sie mich doch wenigstens mit?«

Leslie lachte durchaus nicht.

»Ich kann mir nur nicht vorstellen, wie Sie sich in einem Nachtklub ausnehmen, Lucretia.«

»Ich kann ja draußen warten«, bestand Lucretia energisch. »Ich würde es mir auch nicht im Traum einfallen lassen, in einen Nachtklub zu gehen – nach allem, was ich in den Zeitungen darüber gelesen habe. Ich habe gestern abend eine Gesellschaft aus einem Auto steigen sehen – es waren Damen! Aber, gnädiges Fräulein, ich hätte ihre ganzen Kleider in meiner kleinen Handtasche unterbringen können. Ich kann so etwas nur schamlos nennen!«

Leslie lachte.

»Sie müssen verstehen, Lucretia, daß keine Dame glaubt, sie sei zu einer Abendgesellschaft richtig angezogen, wenn sie sich nicht entsprechend ausgezogen vorkommt – aber werden Sie nur nicht gleich ohnmächtig!«

»Ja, die Frauen sind nicht mehr das, was sie früher waren«, seufzte Lucretia.

Leslie war sich noch nicht ganz klar darüber, welche Taktik sie anwenden sollte. Mr. Coldwell hatte sie schon oft wegen ihres Glückes geneckt, aber ihr ›Glück‹ bestand eigentlich in ihrer außergewöhnlichen Begabung, und sie fühlte jetzt wieder, daß etwas Schicksalschweres in der Luft lag. Sollte sie Lady Raytham noch einmal besuchen und ihr diesmal nicht nur Andeutungen machen, sondern in ganz verständlichem, klarem Englisch zu ihr sprechen? Das würde sie keine besondere Anstrengung kosten, denn sie war vollständig frei von irgendwelchen Hintergedanken. Sie hatte sich heute morgen erkundigt, ob Lady Raytham ihre Drohung ausgeführt und sich schriftlich an den Polizeipräsidenten gewandt hatte. Aber anscheinend hatte sie ihre Absicht nicht ausgeführt. Hätte Peter Dawlish ihr von dem Überfall berichtet, der auf ihn gemacht worden war und der ihn auf so überraschende Weise in das Haus von Mrs. Inglethorne führte, so wäre sie schon früher nach Berkeley Square gegangen. Aber Peter hatte sich darüber ausgeschwiegen, und Leslie erfuhr erst am nächsten Tag von seinem Erlebnis.

Sie ging in ihr Schlafzimmer und zog sich um. Sie wollte an diesem Abend mit Mr. Coldwell bei Ambassadors speisen, das manchmal von Uneingeweihten als Nachtklub bezeichnet wurde, in Wirklichkeit aber ein Mittelpunkt des vornehmen Londoner Lebens war. Sie wählte ein durchbrochenes Spitzenkleid, das Lucretia nur mit moralischem Abscheu betrachtete, dann nahm sie ihren schweren Pelzmantel um und zog ein paar Überschuhe über ihre leichten, eleganten Abendschuhe. Schließlich schickte sie Lucretia fort, um ein Taxi zu holen. Um Viertel nach sieben klingelte sie am Haus Nr. 377, Berkeley Square. Die Tür wurde sofort von einem Diener geöffnet.

»Haben Sie eine Verabredung mit Mylady?« fragte er, als er die Tür hinter ihr schloß.

»Nein, sie hat keine Verabredung mit Mylady!«

Leslie drehte sich erstaunt um, als sie die laute, rauhe Stimme hinter sich hörte. Es war Druze, der durch eine Tür unter der Treppe in die Eingangshalle getreten war. Sein sonst blasses Gesicht war rot und aufgedunsen, sein Haar ungeordnet, und er hatte einen großen Flecken auf seinem weißen Vorhemd. Mit unsicheren Schritten kam er auf sie zu. Er war betrunken und in diesem Zustand ein ganz anderer als sonst.

Der Charakter des Mannes schien völlig verändert zu sein. Früher war er immer achtsam, geräuschlos und rücksichtsvoll gewesen, jetzt aber war er laut, unangenehm und aufdringlich.

»Sie können machen, daß Sie fortkommen – packen Sie sich, wir können Sie hier nicht gebrauchen!«

Er ging drohend auf Leslie zu, aber sie bewegte sich nicht. Der zweite Diener hatte sich zurückgezogen und beobachtete aus dem Hintergrund mit unterdrückter Schadenfreude das merkwürdige Betragen seines Vorgesetzten.

»Können Sie nicht hören, was ich sage? Scheren Sie sich fort, wir dulden hier keine herumspionierenden Polizistinnen!«

Es sah so aus, als ob er Gewalt anwenden wollte, um sie hinauszuwerfen, aber er hatte seine Hand kaum erhoben, als sie mit leiser Stimme etwas zu ihm sagte – es war nur ein Wort. Plötzlich senkte sich die große fleischige Hand wieder, das Rot wich aus seinem Gesicht, und er sah sie bestürzt an. Als Leslie Maughan nach oben schaute, bemerkte sie Lady Raytham an der Treppe.

»Kommen Sie bitte herauf.«

Ihre Stimme klang hart und metallisch, es lag nichts Herzliches und Liebenswürdiges in dieser Begrüßung. Aber Leslie hatte das auch nicht erwartet. Sie stieg hinauf. Bevor sie aber das obere Treppenpodest erreichen konnte, hatte sich Lady Raytham schon umgewandt und ging ihr voraus in den anstoßenden Salon. Leslie trat ein und bemerkte, daß Jane nicht allein war. Vor dem Kaminfeuer stand eine ihr bekannte große, stattliche Dame mit kurzgeschnittenem Haar und Monokel, die sie mit einem durchdringenden, fast feindlichen Blick musterte.

Der Unterschied zwischen den beiden Frauen war verblüffend. Lady Raytham hatte niemals schöner, lieblicher und eleganter ausgesehen als in diesem Augenblick. Auch sie war in Gesellschaftskleidung und wollte ausgehen. Sie trug ein prachtvolles Kleid aus altgoldenen Spitzen, und um ihren Hals hing eine Kette von herrlichen Smaragden, die ihren Abschluß in einem Anhänger fand, einem einzigen, viereckigen Stein, der allein ein Vermögen gekostet haben mochte. Anita Bellini trug ein feuerrotes Kleid. Es war von einer flammenden, grellen Farbe, die kaum einer anderen Frau gut gestanden hätte, sonderbarerweise aber sehr gut zu ihr paßte. Dicke Armbänder aus Jade und ein Halsschmuck aus Rubinen umgaben sie mit einer fast barbarischen Pracht.

»Es tut mir leid, daß Sie sich hierherbemüht haben, Miss Maughan – es ist in doppelter Weise unangenehm. Hätte sich Druze nicht so empörend gegen Sie benommen, so hätte ich Sie nicht empfangen. Aber unter diesen Umständen fühle ich mich verpflichtet, mich wenigstens bei Ihnen wegen seines ungebührlichen Benehmens zu entschuldigen.«

Leslie nickte leicht mit dem Kopf. Was sie zu sagen hatte,

konnte sie nicht vor dieser großen Frau mit dem harten Blick erklären, die mit dem Rücken gegen den Kamin gelehnt stand, die unvermeidliche Zigarette zwischen den Lippen hielt und sie aus dem blitzenden Monokel ansah.

»Wenn es möglich ist, möchte ich Sie allein sprechen, Lady Raytham.«

»Es gibt nichts, das Sie mir nicht auch in Gegenwart der Prinzessin Bellini sagen könnten.«

Anita klopfte die Asche ihrer Zigarette in das Kaminfeuer, ohne ihr Gesicht abzuwenden.

»Vielleicht möchte Miss Maughan nicht in Gegenwart einer Zeugin sprechen«, sagte sie dann mit ihrer harten Stimme. »Wenn ich an Lady Raythams Stelle wäre, würde ich Sie wegen der gestrigen Vorkommnisse bei Ihrer vorgesetzten Behörde angezeigt haben, so daß Sie Ihre Stelle im Polizeipräsidium verloren hätten.«

Leslie lächelte schwach.

»Wenn Sie Lady Raytham wären, würden Sie noch viele andere Dinge tun, Prinzessin, so daß dieser Schritt vollständig überflüssig wäre.«

Anita sah sie unentwegt an. »Wie meinen Sie das?«

Wenn sie erwartet hatte, die junge Dame durch diese Frage zu erschrecken, so wurde sie enttäuscht, denn Leslie lächelte nur.

»Wir sind jetzt so weit gekommen«, sagte sie gutgelaunt, »daß ich nicht vor Zeugen sprechen möchte – obwohl ich vielleicht eines Tages vor mehr Zeugen spreche, als Sie in einem doppelt so großen Raum wie diesem unterbringen können. Ich könnte vor so vielen Zeugen auftreten, Prinzessin, wie in dem großen Gerichtssaal von Old Bailey Platz haben.«

Sie sagte dies, ohne ihre Stimme besonders zu erheben, und jetzt war Anita Bellinis innere Erregung zu erkennen. Das Monokel fiel aus ihrem Auge, sie fing es geschickt auf und klemmte es umständlich wieder ein. Der große, harte Mund öffnete sich ein wenig, aber sie fing sich gleich wieder.

»Das klingt fast so, als ob Sie mir drohen wollten«, erwiderte sie heiser. »Miss Maughan, ich glaube, Sie werden Ihre Stelle doch verlieren.«

»Bevor ich meine Stelle verliere, Prinzessin, werden Sie auf eine große Einnahmequelle verzichten müssen«, antwortete Leslie schlagfertig. Sie wartete nicht auf Antwort, sondern wandte sich an Lady Raytham.

»Kann ich allein mit Ihnen sprechen?«

Janes Stimme zitterte ein wenig, und sie schien sehr verwirrt zu sein, als sie jetzt atemlos erwiderte:

»Ich habe Sie empfangen, um mich bei Ihnen wegen Druzes Betragen zu entschuldigen, und Sie haben die Gelegenheit benutzt, um meine Freundin zu beleidigen, eine Dame, die –«

Ihre Stimme wurde heiser, und sie hielt inne.

Leslie erkannte, daß sie nichts weiter ausrichten konnte, wenn sie ihre Fragen nicht in Gegenwart der Prinzessin Bellini vorbringen wollte. Aber sie hatte ja gerade die Absicht, vor dieser Frau alles geheimzuhalten. Sie hatte ihren Mantel geöffnet, als sie die Treppe hinaufgestiegen war. Lady Raytham sah ihr mauvefarbenes Spitzenkleid. Prinzessin Anita Bellini lächelte, sie hatte eine Schwäche für Pariser Modelle.

»Sie scheinen bei der Polizei sehr gut zu verdienen, meine junge Freundin«, sagte sie boshaft. »Wer ist denn der Glückliche, der Ihre Kleiderrechnungen bezahlen darf?«

»Mein Rechtsanwalt – bis ich fünfundzwanzig Jahre alt geworden bin«, erwiderte Leslie prompt.

»Ein glücklicher Rechtsanwalt – wer ist es denn?«

Leslie lächelte.

»Sie müßten ihn eigentlich sehr gut kennen, er hat Sie damals bei Ihrem Konkurs vertreten.«

Mit diesem letzten Trumpf verließ sie den Raum.

Eine halbe Stunde später entfaltete Mr. Coldwell seine Serviette und schüttelte ernst den Kopf.

»Das war unvorsichtig von Ihnen. Wann haben Sie denn eigentlich entdeckt, daß die Prinzessin Bankrott gemacht hat? Ich muß gestehen, daß mir das neu ist.«

Leslie lachte ein wenig verlegen.

»Ich lese eben Amtszeitungen. Ich kann mir nicht helfen, aber ich finde sie interessanter als die besten Liebesnovellen, die irgendein junges Mädchen geschrieben hat. Dieser Bankrott wurde vor zehn Jahren so lautlos und ruhig wie möglich abgewickelt. Die Prinzessin nahm ihren Wohnsitz in einem kleinen Landstädtchen, bevor sie ihre Zahlungsunfähigkeit bei Gericht anmeldete, und es ist doch so leicht, Vorgänge, die sich in der Provinz abspielen, aus den Londoner Zeitungen fernzuhalten. Damals hatte sie auch ihren hochtönenden Titel abgelegt und bezeichnete sich nur als Mrs. Bellini. Es gibt kein Gesetz in diesem Lande, das dazu zwingt, fremde Titel zu gebrauchen.«

»Außerordentlich tüchtig«, sagte Mr. Coldwell halb zu sich selbst. »Und sie hat Sie nicht gelyncht, als Sie ihr das sagten?«

»Sie war ein wenig betroffen«, erwiderte Leslie. »Aber Druze – der ist aus der Rolle gefallen! Das beunruhigt mich.«

»Ich wüßte nicht, warum Sie sich deshalb Sorgen machen sollten.« Mr. Coldwell winkte einem Kellner.

Als er ihm seinen Auftrag erteilt hatte, sprach er weiter.

»Wissen Sie, daß Sie mich dauernd überzeugen möchten, daß etwas Großes hinter diesem geheimnisvollen Fall Dawlish steckt? Ich meine damit nicht die eventuelle Entdeckung, daß Druze selbst der Fälscher ist. Ich glaube auch nicht, daß wir das jemals beweisen können.«

In diesem Augenblick erschien eine große Dame in dem Speisesaal und schaute sich um. Sie trug eine Hornbrille mit verhältnismäßig starken Gläsern. Ihr Gang war aufrecht, ihre Gestalt schlank, und eine Fülle weißen Haares rahmte ihr Gesicht ein. Etwas Strenges und Herbes lag über ihrer Erscheinung. Sie grüßte Mr. Coldwell durch ein kurzes Nicken und ging dann auf den Geschäftsführer zu.

»Das ist die Mutter«, sagte der Chefinspektor.

»Wessen Mutter?«

»Ihres interessanten Sträflings.«

»Margaret Dawlish?« Leslie war erstaunt. »Hier hätte ich sie kaum erwartet.«

»Sie speist jeden Abend hier, und ich glaube auch den Grund dafür zu kennen.«

Leslie betrachtete Peters Mutter. Das eckige, harte Kinn, die dünnen Lippen, die tiefliegenden Augen – alles stimmte so ganz zu dem Bild, das sie sich von ihr gemacht hatte.

»Wissen Sie, was ich täte, wenn Sie nicht hier wären?« fragte sie schließlich.

»Tun Sie es ja nicht, was es auch sein mag«, sagte Coldwell.

Sein Verhältnis zu Leslie war recht merkwürdig. In vergangenen Tagen war er der erste Assistent Mr. Maughans gewesen. Obwohl er damals nur den Rang eines Sergeanten hatte, wurde er von diesem hochbegabten Polizeibeamten doch ganz ins Vertrauen gezogen und brachte das Wochenende fast immer in dem Landhaus seines Vorgesetzten zu. So kam es, daß er der mutterlosen Tochter Mr. Maughans gegenüber allmählich die Stelle eines Erziehers und Schutzengels einnahm. Solange sie sich darauf besinnen konnte, hatte Josiah Coldwell stets eine große Rolle in Leslies Leben gespielt. Er war einer der fähigsten Gehilfen ihres Vaters, sein bester Freund, und es war nur natürlich, daß er ihr Anwalt und Beschützer wurde, als sie sich entschloß, den Detektivberuf zu ergreifen.

Es dauerte nicht lange, bis er seine Einwilligung gab. Zuerst freilich hatte er ihr Vorhaben abweisend behandelt. Als sie festblieb, war er sehr ernst und dann traurig geworden, aber sie setzte ihren Willen doch durch.

»Wenn Sie mir nicht gestatten, Onkel Josiah, in Scotland Yard Dienst zu tun, so gehe ich zu einem Privatdetektiv.«

Mit dieser Drohung hatte sie natürlich sofort gewonnenes Spiel, denn Privatdetektive waren in den Augen dieses guten Beamten ganz verächtliche Leute. Später war er sehr stolz darauf, daß es ihr gelang, in Scotland Yard vorwärtszukommen. Und, um die Wahrheit zu sagen – er wäre sehr niedergeschlagen gewesen, wenn sie jetzt müde geworden wäre und sich in das Privatleben hätte zurückziehen wollen.

Er sagte ihr dies nicht – sie hatte es schon längst selbst herausgefühlt; aber er brachte die Unterhaltung auf eine andere Sache, die ihn schon seit langer Zeit beunruhigte. Als die Kapelle mit einem schnellen Fox begann, wozu sie sich aufmunternd erhob, seufzte er und stand auch auf.

»Ich wäre sehr froh, Leslie, wenn Sie einen jungen Mann fänden, der nach diesen verteufelt modernen Jazzmelodien mit Ihnen tanzt. Wie können denn die vornehmen Verbrecher Londons noch Respekt vor mir haben, wenn ich öffentlich auf dem Tanzboden mit Ihnen erscheine?«

Mr. Coldwell war trotz seiner sechzig Jahre an diesem Abend der beste Tänzer; aber er liebte es, von seiner ›Gebrechlichkeit‹ zu sprechen.

»Ich scheine nicht ganz normal veranlagt zu sein«, meinte Leslie, als er sie durch die Reihen der Tische auf ihren Platz zurückführte. »Junge Männer machen auf mich wenig oder gar keinen Eindruck.«

Mr. Coldwell schaute auf sie herunter.

»Gehören Sie auch zu diesen modernen jungen Damen, die sich nichts aus der Liebe machen?« fragte er ernst. »Ich kann mir das kaum vorstellen.«

Leslies Blicke schweiften in dem Raum umher und blieben schließlich wieder auf Mrs. Margaret Dawlish haften, dieser Frau mit den harten, unbeugsamen Gesichtszügen. Wie merkwürdig war doch die Vorstellung eines Durchschnittsmannes von einer Durchschnittsfrau. Die übliche, sanfte, milde Mutter, die immer bereit war, alles zu ertragen und ihren Kindern alles zu verzeihen, gab es auch in Wirklichkeit, sie war kein Phantasiegebilde. Aber die Ausnahmen waren zahllos. Leslie hatte, so unglaublich es auch klingen mochte, eine Mutter gesehen, die in ihrer Wohnung tanzte, während ihr Kind in einem Krankenhaus, ein paar Straßen entfernt, im Sterben lag. Sie kannte Mütter, die von ihren Töchtern nicht sprechen konnten, ohne in Zorn und Wut zu geraten. Und dies war nun der vierte Fall, daß eine Mutter ihren einzigen Sohn einfach aus dem Leben und dem Dasein strich, als ob er überhaupt nicht existierte, weil er sich vergangen hatte – nicht einmal gegen sie, sondern gegen das Gesetz, das die menschliche Gesellschaft aufgestellt hatte.

Mrs. Margaret Dawlish saß allein und aufrecht an einem kleinen Tisch. Wenn der Geschäftsführer sich ihr verbindlich lächelnd näherte, fertigte sie ihn mit einigen Worten ab, hob dann ihre Lorgnette und beobachtete die Tänzer.

»Diese Frau hat ein Herz aus Granit«, sagte Leslie, als die Kapelle zu spielen aufhörte.

»Meinen Sie Mrs. Dawlish? Ja, ich glaube, sie ist hart und

unerbittlich. Es bedeutet sehr viel für sie, daß sie sich hier überhaupt sehen läßt. Sie haßt diese Gesellschaft und dieses Lokal, aber seit Jahren, seitdem ihr Sohn ins Gefängnis kam, speist sie hier zu Abend.«

Leslie nickte.

»Das ist doch nur eine trotzige Geste. Sie will sich eben sehen lassen. Ach, diese Leute der vornehmen Gesellschaft! Sie wagen nicht, ein Zimmer zu verlassen, aus Furcht, daß jemand hinter ihrem Rücken über sie sprechen könnte.«

Es war gegen elf Uhr, und Mr. Coldwell hatte eben um die Rechnung gebeten, als er ans Telefon gerufen wurde.

»Ich nehme an, der Anruf kommt vom Amt – entschuldigen Sie mich einen Augenblick, Leslie.«

Er bahnte sich einen Weg durch die tanzenden Paare und blieb etwa zehn Minuten fort. Als er wieder zurückkam, sah sie, daß er die Stirn runzelte.

»Die Kingston-Station glaubt, eine Spur dieser schrecklichen Autobanditen gefunden zu haben.«

Er meinte damit eine Bande, die zu jener Zeit die allgemeine Aufmerksamkeit auf sich gezogen hatte. Es waren drei Leute, die in gemieteten oder gestohlenen Autos den südlichen Teil Londons unsicher machten, einsam gelegene Villen oder Wohnhäuser überfielen, die überraschten Einwohner mit vorgehaltenen Pistolen in Schach hielten und alles irgendwie transportfähige Gut raubten, das ihnen in die Hände fiel.

»Ich werde Sie nach Hause begleiten«, sagte er, als er die Rechnung bezahlt hatte, »und dann will ich selbst nach Kingston fahren. Ich wünschte bei Gott, daß diese eifrigen Beamten ihre Entdeckungen zu einer besseren und angebrachteren Stunde machten.«

»Ich möchte mit Ihnen gehen, ich bin nicht im mindesten müde, und es ist eine so schöne Mondnacht!«

Er sah sie etwas zweifelnd an.

»Ich weiß nicht, ob Ihr Kleid gerade das richtige Kostüm für diesen Anlaß ist. Aber wenn Sie durchaus wollen, können Sie mitkommen. Ich habe einen Wagen von der Polizeidirektion bestellt, er wird in einigen Minuten hier sein.«

Sie ging zur Garderobe, um eine wollene Strickjacke überzuziehen, die sie vorsorglich mitgenommen hatte; darüber zog sie dann ihren Mantel an. Sie hatte die Wahrheit gesprochen – sie war vollständig wach. Irgendwie war sie an einem toten Punkt angekommen und freute sich, noch ein wenig dienstliche Arbeit zu tun, bevor sie sich zur Ruhe legte, obgleich sie von vornherein wußte, daß sie nur die Rolle eines Zuschauers spielen würde.

Die Fahrt versprach um so interessanter zu werden, weil sie gerade heute die Personalien von drei vorbestraften Männern durchstudiert hatte, die im Verdacht standen, mit den Autobanditen identisch zu sein. Es waren keine besonderen oder außergewöhnlichen Menschen. Die erstaunlichste Erfahrung, die Leslie in Scotland Yard gemacht hatte, war, daß die Verbrecher meistens mittelmäßige und bedeutungslose Leute waren – arbeitslose Fabrikarbeiter, Chauffeure, Handlungsgehilfen, manchmal auch ein Handwerker. Eigentlich zeichneten sich nur die Frauen durch größere Individualität aus. Fast alle Verbrecherinnen hatten etwas Romantisches an sich. Ihre Schicksale waren sehr verschieden voneinander – und ihr Unternehmungsgeist und ihre Erfindungsgabe waren manchmal faszinierend.

Leslie trat durch die Drehtür auf die Straße. Die Nacht war bitter kalt, der Himmel klar und mit Sternen übersät. Der helle Mondschein, den sie erwartet hatte, war allerdings nicht vorhanden, aber sonst waren alle Bedingungen für eine schöne Nachtfahrt gegeben.

Ein Sportkabriolett mit vielen Wolldecken auf den Sitzen war vorgefahren. Schnell fuhren sie durch Kensington, über die Hammersmith-Brücke, und in unglaublich kurzer Zeit sausten sie Kingston Vale hinunter. Der Chauffeur hielt vor der Polizeiwache hinter einem großen, leeren Auto, und sie stiegen aus.

Im Dienstzimmer fanden sie den Inspektor im Gespräch mit einem Mann von mittleren Jahren, der offenbar der Besitzer des Wagens vor der Tür war.

»Es tut mir leid, daß ich Sie hierher bemüht habe, Mr. Coldwell«, sagte der Beamte, »aber die Geschichte, die ich hier soeben höre, klingt ganz so, als ob sie auf das Konto dieser Autobanditen käme.«

Der fremde Mann war der Eigentümer eines kleinen Autoverleihs. Am Nachmittag war ein anscheinend anständiger Mann zu ihm gekommen und hatte ihn gebeten, nach London zu fahren, um dort mit ihm wegen einer größeren Fahrt zu verhandeln. Der Besitzer der Garage hatte zufällig in der Stadt zu tun und hatte den anderen später in einem kleinen Restaurant in der Brompton Road getroffen.

»Es schien alles in Ordnung zu sein«, fuhr der Mann in seiner Erzählung fort. »Erst als ich nach Hause zurückkehrte, kam mir ein Verdacht. Er bat mich nämlich, ihn am Ende von Barnes Common in der Nähe der Wimbledon Road heute abend gegen genau um ein Viertel nach zehn abzuholen. Von dort sollte ich ihn dann nach Southampton fahren. Er verlangte einen geschlossenen Wagen, aber ich sagte ihm, daß ich über keinen solchen Wagen verfüge, der eine so lange Fahrt machen könne, und daß ich den Auftrag ablehnen müsse. Als er mir dann aber den doppelten Preis anbot, den ich unter gewöhnlichen Umständen verlangt hätte, und mir die Hälfte der Summe im voraus zahlte, willigte ich ein.«

»Haben Sie ihn denn gefragt, warum er zu einer so ungewöhnlichen Zeit nach Southampton fahren wollte?«

»Das war sogar das erste, was ich in Erfahrung brachte. Er erzählte mir, daß er mit einigen Freunden zu Abend speisen wollte und deshalb den Schnellzug, der in Verbindung mit den Kursdampfern steht, nicht erreichen könnte – die ›Berengaria‹ fährt morgen früh um fünf Uhr ab, und alle Passagiere müssen schon während der Nacht an Bord sein. Es war nicht das erstemal, daß ich eine solche Fahrt gemacht hatte, und deshalb war ich auch nicht erstaunt. Das einzig Merkwürdige an der ganzen Sache war nur, daß ich ihn nicht bei einem bestimmten Haus abholen sollte, sondern ausgerechnet am Barnes Common. Aber er wußte meine Einwände zu beschwichtigen, indem er sagte, seine Freunde sollten nicht erfahren, daß er schon am nächsten Tag abreise. Auf jeden Fall habe ich mich dazu bereit erklärt, aber als ich mir dann die Sache überlegte, wurde ich argwöhnisch und setzte mich mit der Polizei in Verbindung.«

»Wie sah denn der Mann aus?« fragte Leslie.

»Er war von mittlerem Alter«, entgegnete der Mann, der ein wenig erstaunt schien, daß sich die Dame an der Unterhaltung beteiligte. »Es fiel mir auch auf, daß er ein wenig besoffen – betrunken war, wollte ich sagen. Aber das kann ja schließlich einmal vorkommen. Er war gut gekleidet, glattrasiert, hatte ein feistes Gesicht und trug einen weichen Filzhut.«

Coldwell wandte sich zu Leslie.

»Paßt diese Beschreibung auf einen der Leute, die wir verfolgen?« fragte er.

»Nein«, sagte sie, »aber sie paßt eigentlich gut auf Druze.«

»Auf Druze?« meinte er ungläubig. »Sie vermuten doch nicht etwa, daß Druze zu der Bande gehört?«

»Ich vermute gar nichts«, erwiderte sie und biß sich nachdenklich auf die Lippen. »Haben Sie seine Hände gesehen?«

»Jawohl, meine Dame. Ich sah sie, als er die Handschuhe auszog, um mich zu bezahlen. Sie waren auffallend weiß.«

Sie schaute Coldwell bedeutungsvoll an.

»Das stimmt wieder.«

»Sind Sie denn zu dem verabredeten Platz hingefahren?«

»Nein, der Inspektor nahm meinen Wagen und fuhr mit ein paar Polizisten hin.«

»Er muß Verdacht geschöpft haben«, meinte der Beamte. »Ich habe um Viertel nach zehn niemand dort gesehen. Und doch hat er darauf bestanden, daß sich der Wagen genau um diese Zeit dort einfinden sollte. Er hat ausdrücklich gesagt: ›Wenn ich fünfundzwanzig Minuten später noch nicht dasein sollte, warten Sie nicht auf mich.‹ Und das klingt doch sehr merkwürdig. Aus diesem Grund glaubte ich, daß die Autobande hinter dieser Sache steckt, Mr. Coldwell. Es ist ein alter Trick von diesen Leuten, ein Auto zu mieten, das sie an irgendeinem ruhigen Platz aufnehmen soll.«

Im Nebenzimmer läutete das Telefon, und der Inspektor eilte zu dem Apparat. Er blieb etwa fünf Minuten fort.

»Die Autobanditen haben auf der anderen Seite von Guildford um neun Uhr ein Haus geplündert«, berichtete er. »Ihr Wagen wurde in einem Graben zertrümmert und zwei von ihnen wurden von der Surrey-Polizei verhaftet.«

Coldwell kräuselte die Lippen.

»Das erledigt also Ihre Theorie«, sagte er.

Auf der Rückfahrt über Kingston Vale verbreitete sich Coldwell über sein Lieblingsthema, das man etwa überschreiben könnte: ›Keine Mühe ist verschwendet, wenn man sich mit Verbrechern befaßt.‹

»Viele Leute würden recht ungemütlich werden, wenn sie mitten in der Nacht durch eine Falschmeldung aus dem Haus geholt würden. Aber schließlich kann man aus der kleinsten Tatsache etwas lernen, selbst aus einer fortgeworfenen Kondensmilchbüchse, die auf dem Kehrichthaufen gefunden wird. Wenn nun der Mann, der das Auto gemietet hat, tatsächlich unser Freund Druze war –«

»Er war es ganz bestimmt.«

»Nun gut, dann haben wir doch wenigstens etwas erfahren«, fuhr Coldwell fort. »Wir tragen gewissermaßen seinen Namen auf eine neue Liste ein, er gehört also zu den Leuten, die merkwürdige Dinge tun, und das sondert ihn von der Menge der gesetzliebenden Bürger ab.«

Sie fuhren schnell die Roehampton Lane hinunter, die kleine Anhöhe zur Eisenbahnbrücke hinan und erreichten die Mitte des Platzes. Mr. Coldwell war noch eifrig in sein Thema vertieft. Leslie sah in dem Augenblick die Schlußlichter eines großen Wagens, der von der Seite der Straße fortfuhr.

»Man soll selbst die kleinsten Fälle nicht verachten«, begann der Chefinspektor wieder, »weil sie –«

Plötzlich wurden die Bremsen gezogen, und der Wagen hielt.

»Was ist denn los?« fragte Coldwell scharf. Auch er hatte den Wagen gesehen, der vor ihnen fuhr, und sein erster Gedanke war, daß der Chauffeur einen Zusammenstoß hatte vermeiden wollen.

Der Chauffeur wandte sich um.

»Entschuldigen Sie, ich stutzte plötzlich – haben Sie nicht auch einen Mann auf dem Gehsteig liegen sehen?«

»Nein – wo denn?« fragte Coldwell, dessen Interesse sofort erwachte.

Der Chauffeur ließ den Wagen langsam nach rückwärts fahren. Sie sahen eine schwarze Gestalt in der Dunkelheit, und als das Auto noch etwas weiter zurückgefahren war, erkannten sie im Scheinwerferlicht, daß es ein Mann war.

Coldwell stieg langsam aus.

»Er sieht wie ein Betrunkener aus«, sagte er ablehnend. »Sie bleiben besser im Wagen, Leslie.«

Aber er hatte kaum die Straße betreten, als sie ihm folgte.

Mr. Coldwell wußte sehr wohl, daß es sich um keinen Betrunkenen handelte. Die charakteristische Haltung, die ausgestreckten Arme und die leicht übereinanderliegenden Beine sagten ihm, daß er einen Toten vor sich hatte, schon bevor er die kleine Blutlache auf dem Gehsteig bemerkte.

Einen Augenblick lang starrten sie beide auf die bemitleidenswerte Gestalt nieder.

»Es ist Druze«, sagte Leslie ruhig. »Irgendwie hatte ich das ja erwartet.«

Es war wirklich Druze, und er war tot. Der schwere Mantel war vollständig zugeknöpft, nirgends war ein Hut zu sehen. Seine Hände, die keine Handschuhe trugen, waren verkrampft. Als Leslie genauer hinschaute, sah sie ein sonderbares grünes Glitzern im Licht der Scheinwerfer.

»Er hält etwas in seiner linken Hand«, sagte sie leise.

Coldwell kniete nieder und brach die Hand auf. Der Gegenstand fiel mit einem leisen Geräusch auf das Pflaster.

Coldwell nahm ihn auf und betrachtete ihn neugierig. Es war ein großer, viereckiger Smaragd in Platinfassung. An einer Ecke war etwas von der Fassung abgebrochen, als ob er mit Gewalt von einem größeren Schmuckstück entfernt worden wäre.

»Äußerst merkwürdig«, meinte er.

Sie nahm den Stein aus seiner Hand und sah ihn näher an. Sie erkannte jetzt, daß sie sich nicht geirrt hatte – es war der Anhänger der Halskette, die Lady Raytham heute abend getragen hatte.

6

Mit ein paar Worten erklärte sie Mr. Coldwell den Tatbestand. Aber er war zu sehr bedrückt durch ihre Gegenwart, als daß er die volle Tragweite ihrer Mitteilungen verstanden hätte.

»Es wäre besser, wenn Sie in den Wagen stiegen, Leslie. Chauffeur, bringen Sie Miss Maughan –«

»Nein, ich will hierbleiben«, erwiderte sie mit leiser Stimme. »Ich bin wirklich nicht aufgeregt. Bitte rühren Sie diesen Mantel nicht an.«

Er hatte sich gerade gebückt, um den Mantel aufzuknöpfen, als sie sprach.

»Ich möchte den Toten erst noch einmal so in Augenschein nehmen«, erklärte sie.

Mr. Coldwell zögerte einen Augenblick und trat dann zur Seite. Leslie beugte sich über die Gestalt, schaute aber nicht in das bleiche Gesicht des Toten.

»Ich dachte es mir – der zweite Knopf ist im dritten Knopfloch. Der Mörder hat ihm den Mantel angezogen und ihn in der Eile falsch zugeknöpft. So, nun können Sie ihn öffnen.«

Mr. Coldwell schickte den Chauffeur fort, um Hilfe zu holen, und nahm dann seine Untersuchung wieder auf. Der Mann war aus kurzer Entfernung mitten durchs Herz geschossen worden. An der Weste konnte man noch deutlich die Brandspuren sehen, die von der Stichflamme des Schusses herrührten. Andere Verletzungen waren nicht zu entdecken. Die eine Seite des Mantels war graugelb von Staub und Straßenschmutz, als ob der Tote auf dem Boden entlanggezogen worden sei.

»Ich wünschte, Sie würden nicht –«

Mr. Coldwell sah sich hilflos um. Er hatte eine elektrische Handlampe aus dem Wagen genommen, bevor er ihn weggeschickt hatte. Sie stand nun auf dem Gehsteig, so daß ihre Strahlen die Gestalt fächerförmig beleuchteten.

»Würden Sie nicht lieber dort drüben auf mich warten?«

»Bitte, sorgen Sie sich doch nicht um mich, Mr. Coldwell.« Leslies Stimme klang ganz gefaßt, so daß er sich beruhigte. »Fürchten Sie nur ja nicht, daß ich ohnmächtig werde. Sie scheinen zu vergessen, daß fast alle Krankenpfleger Frauen sind. Und der Tod ist für mich nicht so schrecklich wie manche Äußerungen des Lebens. Kann ich Ihnen denn nicht behilflich sein? Ich habe noch eine kleine Taschenlampe in meiner Handtasche.«

Coldwell richtete sich auf und antwortete nicht gleich.

»Ich weiß nicht recht, ob ich Ihre Hilfe annehmen soll. Aber vielleicht können Sie die Straße einmal absuchen, ob irgendwelche Anhaltspunkte dafür zu finden sind, daß der Tote hierhergeschleift wurde. Auch in der Nähe können Sie sich umschauen.«

Leslie zog ihre kleine Lampe heraus, die trotz ihrer geringen Größe sehr helles Licht gab. Dann führte sie seine Instruktionen systematisch durch. Sie brauchte nicht weit zu gehen, bis sie die Spur gefunden hatte, die sie suchte – eine Spur, die von der Mitte des Fahrdamms auf den Gehsteig führte. Sie entdeckte auch kleine, rote Flecken, die noch naß waren, als sie sie mit dem Finger berührte.

Es war günstig für ihre Nachforschungen, daß diese Straße kaum vom Verkehr berührt wurde. Auf der anderen Seite fuhr ein Autobus vorbei, gleich darauf kam eine Limousine aus der Stadt, hinter der eine andere herfuhr. Die Chauffeure schienen interessiert zu sein, als sie einen Mann neben einer dunklen Gestalt knien sahen. Aber die Insassen der Wagen kümmerten sich nicht im mindesten darum.

Leslie folgte der Spur, deren Länge sie von dem Fundort der Leiche ab auf fünf bis sechs Meter schätzte. Auf der anderen Seite des Fußweges wuchsen Gras und Büsche in unregelmäßigen Zwischenräumen. Sie begann die nähere Umgebung abzusuchen, und hier wurden ihre Bemühungen belohnt, denn als sie um einen dichten, niedrigen Busch herumging, sah sie eine Anzahl von Gegenständen im Gras liegen. Zuerst hob sie eine Brieftasche auf, die geöffnet worden war, denn verschiedene Papiere und Schriftstücke lagen umher. Leslie sammelte sie schnell. Glücklicherweise war es windstill, so daß sie nicht fortgeweht worden waren. Dann fand sie eine braune Hülle und untersuchte sie.

Sie entdeckte ein Dampferbillett erster Klasse auf den Namen

Anthony Druze von Southampton nach New York. Außerdem steckte noch ein neuer Paß darin. Der dritte Gegenstand war auch eine Brieftasche. Aus dem Geruch des Leders schloß sie, daß sie ganz neu war. Auch diese war geöffnet worden, und zwar in solcher Eile, daß die Gummischnur, die sie zusammenhielt, zerrissen war. Die hintere Klapptasche war mit Tausenddollarnoten vollgepfropft.

Leslie nahm die drei Dinge und ihren Inhalt auf und sah sich nach anderen Gegenständen um, konnte aber nichts mehr finden. Dann merkte sie sich den Platz ihres Fundes genau. Ein dichter Busch deckte die Stelle, so daß man sie von der Straße aus nicht sehen konnte.

Sie leuchtete den Boden sorgfältig mit ihrer Taschenlampe ab. Es war ein merkwürdiges, geflecktes Stück Rasen. An manchen Stellen waren die Grashalme bereift, an anderen naß und zusammengetreten. Der Boden war zu hart, um Fußspuren finden zu können. Aber auch ohne deren Hilfe konnte sie alles rekonstruieren, was sich hier vor weniger als einer Stunde abgespielt haben mußte. Jemand war hinter den Busch getreten, um den Inhalt der Taschen zu prüfen. Die Papiere waren alle herausgenommen, durchgesehen und fortgeworfen worden. Es lag kein Raubmord vor – die mit Geldscheinen gefüllte Brieftasche bewies das. Keinesfalls hatte ein Dieb, der den Toten liegen sah, diese Durchsuchung angestellt. Und ein normaler Bürger würde die Leiche nicht berührt haben. Es mußte jemand gewesen sein, der nach einem ganz bestimmten Gegenstand suchte.

Leslie ging mit ihren Funden zu Coldwell zurück, als gerade das Polizeiauto über die Eisenbahnbrücke heranfuhr. Ein Krankenwagen folgte. Sie berichtete ihm schnell über ihre Entdekkungen, und er war nicht im geringsten überrascht.

»Ich habe seine Taschen durchsucht, die meisten sind nach außen gekehrt.« Dann fragte er plötzlich ohne Übergang: »Wo ist Peter Dawlish?«

Sie starrte ihn an.

»Peter Dawlish? Was hat er denn mit dieser Sache zu tun?«

Dann erinnerte sie sich plötzlich an Peters Drohung und erkannte sofort, daß ein schwerer Verdacht auf ihn fallen mußte.

»Gestern hatte er noch keine Schußwaffe, und ich bezweifle, daß er inzwischen in den Besitz einer Pistole gelangt ist. Wenn Druze auf der Straße erschossen worden wäre, würde ich ihn vielleicht auch verdächtigen. Aber Peter Dawlish würde schwerlich einen Mann erschießen, ihn in einen Wagen legen und nach Barnes fahren.«

Coldwell nickte.

»Da haben Sie recht, Leslie. Aber unter allen Umständen müssen wir ihn vorladen und verhören. Druze weist drei Schußwunden auf, das ist doch ein merkwürdiger Umstand – außerdem gingen die Schüsse durchs Herz. Wir werden allerdings erst alles genau erfahren, wenn ihn der Gerichtsarzt untersucht hat. Aber ich glaube nicht, daß ich mich täusche. Haben Sie die Fußspuren gesehen?«

Er zeigte auf die glatte Graniteinfassung des Gehsteigs, und Leslie sah zum erstenmal die klaren Abdrücke eines nackten Fußes – deutlich waren die Ballen und die Zehen zu sehen.

Mr. Coldwell steckte die drei Päckchen, die Leslie gefunden hatte, in die Tasche seines Mantels.

»Fahren Sie sofort zu Lady Raytham und erzählen Sie ihr, was sich zugetragen hat. Nehmen Sie dies mit sich, und verlieren Sie es um Gottes willen nicht!«

Er gab ihr den viereckigen Smaragd, und sie ließ ihn in ihre Handtasche gleiten.

»Wenn es der Anhänger zu der Kette ist, wie Sie sagen, so versuchen Sie herauszubringen, was aus dem anderen Halsschmuck geworden ist.«

Er half ihr in den Wagen, und sie war froh, daß sie nun fortkommen konnte, denn jetzt waren viele Polizisten an der Stelle erschienen. Auch die neugierige Menschenmenge hatte sich angesammelt, die sich ja früher oder später an dem Schauplatz jeder solchen Tragödie einfindet.

Die Fenster waren vollkommen dunkel, als sie vor dem Haus in Berkeley Square ankam. Sie benützte nicht die elektrische Klingel, sondern setzte den schweren Türklopfer in Bewegung und nach kurzer Zeit öffnete ihr ein Diener. Er war sehr zuvorkommend, schien aber ein wenig aufgeregt und nervös zu sein.

»Wollen Sie Mylady sprechen? Sie ist oben mit Mrs. Gurden. Sehen Sie, dort kommt die Dame gerade.«

Greta kam die Treppe herunter. Sie trug ein Gesellschaftskleid von jener besonderen Art, die sie so sehr liebte. Sie schneiderte selbst und nahm sich die neuesten Pariser Modelle zum Vorbild, aber sie wählte gewöhnlich nicht den richtigen Stoff. Man konnte allerdings nicht gleich erkennen, daß sie ihre Kleider selbst machte.

Leslie schaute in das geschminkte Gesicht mit den dunklen, starren Augen und konnte auf den ersten Blick erkennen, daß Greta Gurden sehr erregt war.

»Ach, meine Liebe, kommen Sie doch hinauf zu Lady Raytham. Sie sind doch Miss Maughan? Ich freue mich, daß Sie gekommen sind. Druze ist ein fürchterlicher Kerl.« Sie streckte ihre Hand pathetisch aus und Leslie sah, daß sie zitterte. »Sie glauben nicht, wie froh ich bin, daß Sie gekommen sind.«

Ihre Augenlider hoben und senkten sich mit großer Schnelligkeit. Zu anderer Zeit wäre Leslie sicher darüber belustigt gewesen.

»Was hat Druze denn angestellt?« fragte sie.

»Wollen Sie nicht hinaufkommen?« bat Greta. »Lady Raytham kann Ihnen alles viel besser berichten als ich, sie weiß alles so vernünftig und anschaulich zu erzählen. Druze war einfach gemein, er hat eine fürchterliche Szene gemacht und ist dann plötzlich weggegangen. Es ist ganz schrecklich, wie sich solche Dienstboten vergessen können. Ich glaube, das kommt nur vom Krieg –«

Eine kühle, klare Stimme von oben unterbrach ihren Redeschwall.

»Bitten Sie doch Miss Maughan, heraufzukommen. Ich möchte gern – allein mit ihr sprechen.«

Leslie stieg die Treppe hinauf, und als sie den ersten Absatz erreicht hatte, sah sie, daß die Tür zum Wohnzimmer offenstand. Die Treppe war nicht beleuchtet, nur das Licht, das durch die offene Tür fiel, verbreitete mäßige Helligkeit.

Sie trat in den Raum und schloß die Tür hinter sich. Lady Raytham stand hinter einem Tischchen in der Nähe des Kamins.

Sie trug ein einfaches, dunkles Kleid ohne irgendwelche Verzierungen, und Leslies schnelle Augen entdeckten sofort, daß auch die hellen, fleischfarbenen Seidenstrümpfe durch dunkle ersetzt waren, die mehr zu der Farbe ihres Kleides paßten. Leslies Interesse weilte aber nur einen Augenblick bei diesen äußeren Details der Kleidung, denn wie sehr hatte sich Jane Raythams Gesicht in der Zwischenzeit verändert! Sie hatte sich geschminkt, das zarte Rot ihrer Wangen war nicht natürlich. Auch die Lippen hatte sie rot gefärbt. Aber der Blick ihrer Augen strafte all diese künstlichen Hilfsmittel Lügen. Sie schienen eingesunken zu sein und waren von großen, dunklen Ringen umgeben, die selbst die sorgfältigste Behandlung mit Puder nicht ganz verwischen konnte.

»Bringen Sie mir irgendwelche Neuigkeiten?« fragte sie in einem gezwungenen Ton. Es war nicht Lady Raythams Art, so zu sprechen. »Ich habe vor ungefähr einer Stunde an Sie telefoniert, aber unglücklicherweise konnte ich Sie nicht zu Hause erreichen. Alles in allem wäre es mir lieb, wenn sich eine Beamtin mit der Aufklärung dieses Falles befassen würde.«

»Hat Druze etwas gestohlen?« fragte Leslie geradezu. Zu ihrer größten Verwunderung schüttelte Lady Raytham den Kopf.

»Nein, ich vermisse nichts, ich glaube auch nicht, daß er stehlen würde. Er könnte es natürlich getan haben, aber über diesen Punkt werde ich Ihnen morgen mehr erzählen können. Er war sehr beleidigend gegen mich und verließ seinen Dienst plötzlich.«

»Sind Sie heute abend ausgefahren?«

»Ja, ich habe mit Prinzessin Anita Bellini außerhalb gespeist. Wir hatten die Absicht, später noch ins Theater zu gehen, aber ich hatte Kopfschmerzen und entschloß mich, nach Hause zurückzugehen.«

»Um wieviel Uhr kamen Sie heim?«

Jane Raytham schaute zur Decke empor.

»Es kann halb zehn gewesen sein – wahrscheinlich ein wenig früher. Ich speiste in einem kleinen Restaurant, das die Prinzessin sehr gut kennt –«

»Und dann kamen Sie zurück und speisten noch einmal«,

sagte Leslie bestimmt. »Der Tisch steht ja noch draußen – mit zwei Gedecken, soweit ich in dem Halbdunkel sehen konnte.«

Einen Augenblick lang war Lady Raytham verwirrt und hob ihre Hand zum Mund.

»Ach so«, erwiderte sie verlegen. »Meine Freundin, Mrs. Gurden, kam später noch, und – wir haben ihr noch etwas zu essen gegeben.«

»Ich wünschte, Sie würden offen mit mir sprechen, Lady Raytham. In Wirklichkeit haben Sie überhaupt nicht auswärts gespeist – oder wollen Sie das doch behaupten?«

Zum zweitenmal gab Jane nicht sofort eine Antwort.

»Ich weiß nicht mehr recht, was ich getan habe.« Ihre Stimme ließ erkennen, daß Verzweiflung und unterdrückter Zorn in ihr kämpften. »Sein Betragen hat mir jede Erinnerung genommen. Oh, wenn ich das doch schon früher gewußt hätte, wenn ich es nur gewußt hätte!«

Sie bedeckte ihre Augen mit den Händen, und Leslie hörte ihr Schluchzen.

»Was hat er denn zu Ihnen gesagt, bevor er fortging?« fragte sie unerbittlich.

»Das kann ich Ihnen nicht sagen – es war zu schrecklich – zu schrecklich!«

Leslie hatte diese günstige Gelegenheit abgewartet, um zum Angriff überzugehen.

»Er ist in unseren Händen – sollen wir ihn hierherbringen?«

Lady Raytham nahm die Hand von den Augen, trat einen Schritt zurück und stieß einen leisen Schrei aus.

»Sie wollen ihn hierherbringen?« fragte sie heiser. »Mein Gott, doch nicht hierher! Er muß doch in eine Leichen . . .« Sie unterbrach sich selbst, aber es war zu spät.

»Woher wußten Sie, daß er tot ist?« fragte Leslie ernst.

Unter der Schminke verfärbte sich Lady Raytham.

7

»Woher wußten Sie, daß er tot ist?« fragte Leslie noch einmal. »Wer sagte Ihnen das?«

»Ich – ich habe es gehört.« Lady Raytham flüsterte nur noch.

»Wer hat es Ihnen gesagt? Niemand weiß darum außer Chefinspektor Coldwell und mir. Und ich bin direkt von dem Fundort der Leiche hierhergekommen. Ich verließ die Stelle erst vor drei Minuten.«

»Drei Minuten? Das kann ich nicht verstehen!« Als Jane erkannte, daß sie sich zum zweitenmal verraten hatte, zeigte sich Entsetzen in ihren Zügen.

»Ich wundere mich nicht, daß Sie erstaunt sind, Lady Raytham. Sie wissen doch, daß Barnes Common etwas mehr als drei Minuten von hier entfernt liegt?«

Jane sah sich um wie ein gehetztes Wild.

»Ich weiß, daß er tot ist«, sagte sie dann verzweifelt. Plötzlich faßte sie einen Entschluß, und Leslie bewunderte ihren Mut.

»Ich weiß, daß er tot ist, ja, ich weiß es. Gott mag wissen, wer ihn umgebracht hat. Aber ich fand ihn dort. Ich sah ihn, als mein Wagen vorbeifuhr – auf dem Gehsteig liegen. Irgendwie hatte ich eine Ahnung, daß er es sein mußte, und stieg aus. Daher weiß ich auch, daß er tot ist. Ich hätte die Sache gleich der Polizei melden sollen, aber ich erschrak so entsetzlich. Zuerst glaubte ich, daß ich ohnmächtig werden würde.«

»Wohin sind Sie denn gegangen, als Sie die Leiche fanden?« Leslies ernste Blicke waren auf die Frau gerichtet.

»Zur Prinzessin Bellini – sie hat ein Haus in Wimbledon.«

»Aber Sie konnten sich doch noch gar nicht lange von ihr getrennt haben, als Sie sich entschlossen, ihr zu folgen.«

Lady Raytham biß sich auf die trockenen Lippen.

»Sie hatte etwas zurückgelassen – die Nacht war sehr angenehm – ich mußte Luft haben, so fuhr ich denn –«

»Wollen Sie sich nicht setzen?« fragte Leslie freundlich.

Lady Raytham sah aus, als ob sie im nächsten Augenblick umfallen würde. Sie nickte schwach und setzte sich dann in einen Lehnsessel. Es war eigentlich mehr ein Zusammensinken.

Leslie Maughan hatte Mitleid mit ihr, das war der Grund für ihre Aufforderung, aber es sprach auch noch etwas anderes mit. Sie hatte in Scotland Yard gelernt, niemals einen Gefangenen zu verhören, während er in gleicher Höhe mit einem stand. Sie hatte diesen Rat einmal von einem bedeutenden Staatsanwalt erhalten. »Sorgen Sie dafür, daß der Zeuge immer niedriger steht als Sie, und er wird Ihnen die Wahrheit sagen.«

Sie schaute jetzt auf die in sich zusammengesunkene Frau, deren Finger nervös mit der Armlehne spielten, und sie empfand tiefes Mitgefühl für sie.

»Sie sind nicht zur Prinzessin Bellini gegangen, Lady Raytham«, sagte sie dann liebenswürdig. »Sie haben sich nach Druze umgesehen – er hat Ihnen etwas genommen.«

Lady Raytham starrte sie an, ohne zu sprechen.

»Sie dachten, er wäre zur Prinzessin Bellini gegangen. Ist dies der Weg über Barnes Common?«

»Es ist – ein Weg – ja.«

»Dann haben Sie ihn dort liegen sehen und erkannt? Sie haben ihn im Licht Ihrer Scheinwerfer gesehen wie auch wir! Sie waren überhaupt nicht auf dem Weg nach Wimbledon, sondern Sie kamen von dort zurück. Ich habe die Schlußlichter Ihres Wagens gesehen.«

Lady Raytham atmete schnell.

»Woher wissen Sie das?«

»Sie hätten sonst den Toten nicht sehen können. Er lag auf dem linken Fußsteig, wenn Sie nach London zu fuhren, auf dem entgegengesetzten, wenn Sie von London kamen. Was für einen Wagen haben Sie?«

Lady Raytham sagte es ihr.

»Sie waren also bei der Prinzessin Bellini. Und was sagte sie Ihnen?«

»Sie war nicht zu Hause.«

Rein gefühlsmäßig erkannte Leslie Maughan, daß Jane jetzt die Wahrheit sprach.

»Dann kamen Sie zurück und fanden den Toten? Haben Sie ihn durchsucht?«

Jane nickte.

»Wonach haben Sie gesucht?«

Wieder biß sich die Frau auf die Lippen.

»Das kann ich Ihnen nicht sagen.«

Plötzlich schaute sich Leslie um. Geräuschlos ging sie über den Fußboden, drückte die Türklinke nieder und riß die Tür mit einer schnellen Bewegung auf. Mrs. Gurden wäre beinahe in das Zimmer gefallen.

»Sind Sie so stark interessiert?« fragte Leslie liebenswürdig.

Die bestürzte Horcherin schnitt eine Grimasse und konnte kaum ihre Verlegenheit verbergen.

»Ich wollte gerade eintreten ... Wirklich, es ist sehr peinlich für mich. Mein Schnürsenkel löste sich, und ich bückte mich eben ... Ich weiß nicht, was Sie von mir denken, aber Sie müssen mir das wirklich glauben, Miss Maughan. Leute, die überall herumspionieren und horchen, sind doch schrecklich – nicht wahr, mein Liebling?«

»Derselben Meinung bin ich auch«, erwiderte Leslie trocken und zeigte die Treppe hinunter. »Es wäre besser, wenn Sie unten warteten, bis ich komme.«

Greta ging bestürzt die Treppe hinunter.

»Sie hat gelauscht?« fragte Lady Raytham mit plötzlicher Energie.

»Ich glaube nicht, daß sie schon lange dort war. Ich habe ein untrügliches Gefühl dafür, wenn mich jemand belauscht. Und gerade in dem Augenblick wurde es mir klar, daß jemand an der Tür ist ... Lady Raytham, wo haben Sie Ihr Smaragdhalsband?«

Wenn sie die Frau ins Gesicht geschlagen hätte, würde das keinen größeren Eindruck hervorgerufen haben. Lady Raytham sprang mit einem leisen Schrei auf und streckte die Hände aus, als ob sie irgendeine schreckliche Drohnung von sich abwenden wollte, und ihr sonst so schönes Gesicht war eine Sekunde lang von dem Ausdruck heftigster Furcht entstellt.

»O Gott – warum fragen Sie das?«

»Wo haben Sie Ihre Halskette? Kann ich sie sehen?«

Jane überlegte einen Augenblick. Ihr Kinn war auf die Brust herabgesunken. Aber dann richtete sie sich langsam auf und schaute Leslie gerade in die Augen.

»Ich kann Ihnen die Kette zeigen, kommen Sie«, sagte sie leise.

Leslie folgte ihr in das Schlafzimmer, zu dem eine Tür auf der rechten Seite des Korridors führte.

Jane drehte die Lichter an, und dann gingen sie in eine Ecke des Raumes, wo an der Wand ein kleines Gemälde, offensichtlich ein echter Rembrandt, in einem vergoldeten Rahmen hing. Das Bild war eine sehr gute Kopie, weiter nichts. Als Jane Raytham den Rahmen an einer bestimmten Stelle berührte, öffnete er sich wie eine Tür, und dahinter zeigte sich ein kleiner, viereckiger Safe, der in die Wand eingelassen war. Lady Raytham schloß mit zitternder Hand auf, trotz ihrer sonst so großen Selbstbeherrschung konnte sie ihre Erregung nicht bemeistern. Sie nahm einen Schmuckkasten heraus, trug ihn zum Tisch, drückte an eine geheime Feder, und der Deckel sprang auf. Zu Leslies größter Verwunderung lag der ganze Smaragdschmuck vor ihr, es fehlte auch nicht der geringste Stein daran. Auch der viereckige große Anhänger war an seiner Stelle.

Leslie nahm das Kleinod auf und betrachtete es verwirrt. Dann öffnete sie ihre Handtasche, holte den Stein hervor, den sie in der Hand des toten Druze gefunden hatte, und hielt ihn daneben.

Die beiden Smaragde waren vollkommen gleich.

»Gibt es zwei solche Ketten?«

»Nein.«

»Ist dies das Schmuckstück, das Sie heute abend getragen haben?«

Jane nickte.

Ihre Augen blitzten, selbst in dieser schrecklichen Situation konnte sie ihre natürliche Neugierde nicht ganz unterdrücken.

»Woher haben Sie das?« fragte sie und zeigte auf den Stein, den Leslie aus der Tasche gezogen hatte.

»Wir fanden ihn in der Hand des toten Druze.«

Lady Raytham war aufs höchste erstaunt.

»Haben Sie – sonst nichts gefunden? Keinen anderen –« aber sie unterbrach sich schnell wieder.

»Nein, keinen anderen Teil der Halskette. Haben Sie danach gesucht?«

Leslie sah, wie sich der Gesichtsausdruck der Frau wieder änderte. Empfand sie Erleichterung? Janes Stimme klang jedenfalls gefaßter und weniger gequält.

»Nein, danach habe ich nicht gesucht ... Wer hat Druze eigentlich getötet?«

»Wer könnte es Ihrer Meinung nach sein?«

Sie standen sich schweigend einen Augenblick gegenüber und sahen sich an.

»Warum sollte ich jemand verdächtigen?«

Leslie Maughan spielte nun ihren zweiten Trumpf aus.

»Soll ich Ihnen einen Namen nennen?« fragte sie. »Peter Dawlish!«

Lady Raytham warf den Kopf in den Nacken, als ob sie einen großen Schmerz fühlte.

»Peter Dawlish?« rief sie. »Peter Dawlish! Es ist vollkommener Wahnsinn, zu denken, daß Peter Dawlish –«

Plötzlich taumelte sie vornüber, und Leslie hatte gerade noch Zeit, sie in ihren Armen aufzufangen, als sie ohnmächtig wurde. Im nächsten Augenblick hatte Leslie die Klingel gedrückt und die Tür aufgemacht. Der Diener kam eilig nach oben.

»Öffnen Sie eins der Fenster und bringen Sie dann einen Kognak!«

Der Mann schaute auf die blasse Frau, die auf dem weichen Teppich lag.

»Ist Mylady krank?« fragte er.

»Stellen Sie jetzt keine unnützen Fragen, sondern öffnen Sie schnell das Fenster!«

Gleich darauf strömte frische Luft herein.

»Nun rasch den Kognak!«

Schon bevor der Diener zurückkam, schlug Jane Raytham die Augen wieder auf und schaute fragend in das Gesicht, das sich über sie beugte.

»Was ist geschehen – mir ist schwach geworden, ach, ich bin so wenig gefaßt.«

Mit Leslies Hilfe erhob sie sich unsicher.

»Es wäre besser, wenn ich Ihren Schmuckkasten wieder in den Safe zurückstellte. Oder sind Sie selbst dazu in der Lage?«

»Es kommt nicht darauf an«, erwiderte Jane gleichgültig.

In diesem Augenblick wurde es Leslie Maughan klar, warum Anthony Druze ermordet worden war.

Sie legte ihren Arm um Jane Raytham und geleitete sie zurück in das Wohnzimmer. Dann bestand sie darauf, daß sie sich auf dem Diwan niederlegte, schob ihr ein Kissen unter den Kopf und legte eine schwerseidene Decke, die über einer Stuhllehne hing, über ihre Füße.

»Sie sind sehr gut zu mir«, murmelte Lady Raytham, »und ich hasse Sie doch so sehr.«

»Das habe ich längst vermutet«, erwiderte Leslie lächelnd. »Und doch sollten Sie das nicht tun, denn ich bin niemals böse gegen Sie gewesen.«

Jane schüttelte bestätigend den Kopf.

»Ich habe den Verdacht nicht ausgesprochen – diese Tatsache wird Sie sicher beruhigen –, ich habe niemals daran gedacht, daß Sie Druze erschossen haben könnten.«

Sie brauchte kein Gedankenleser zu sein, um zu erkennen, daß auch Lady Raytham niemals an diese Möglichkeit gedacht hatte.

»Ich?!« sagte sie ungläubig. »Aber das ist doch ganz absurd! Warum sollte ich ihn denn erschießen? Das ist doch ganz unmöglich – es ist unmöglich, daß jemand auf einen derartigen Gedanken kommt!« Und obwohl Leslie sie zurückzuhalten suchte, richtete sie sich auf. »Das denken Sie doch nicht in Wirklichkeit?«

Sie erhob sich und schaute Leslie Maughan ins Gesicht. Ihre Hand umspannte krampfhaft das Handgelenk des jungen Mädchens.

»Das denken Sie doch nicht? Ich haßte Druze! Ich haßte ihn, so sehr ich nur konnte!« Bei diesen Worten stampfte sie vor Wut mit dem Fuß auf. »Sie wissen nicht, was es für mich bedeutete, jeden Morgen sein Gesicht sehen zu müssen und immer seine Gegenwart um mich zu dulden! Ich mußte mich zusammennehmen, daß ich nicht in seiner Gegenwart zitterte, wenn er mit ironischer Unterwürfigkeit immer sagte: ›Ja, Mylady‹ und ›Nein, Mylady‹. Es kostete all meine Selbstbeherrschung, daß ich bei

Tisch meinem Mann ruhig gegenübersaß und so tat, als ob ich diese schreckliche Maskerade nicht sähe.«

Sie hielt inne, erschöpft von ihrer eigenen Heftigkeit.

Leslie wartete, bis sie sich wieder beruhigt hatte.

»In welchem Verhältnis stand Anthony Druze zu Ihnen?«

Lady Raytham starrte sie an.

»Zu mir? – Sie meinen ... was wollen Sie damit sagen?«

Plötzlich brach sie, ganz im Widerspruch zu ihrer Lage, in ein Gelächter aus – es war schrecklich, sie so zu sehen.

»Oh, Sie Närrin – Sie kleine Närrin! Können Sie denn das nicht ahnen? Wissen Sie es denn nicht?«

Plötzlich eilte sie aus dem Zimmer. Leslie hörte, wie sie die Tür ihres Schlafzimmers zuschlug und den Schlüssel umdrehte, und sie wußte, daß diese Unterredung beendet war.

8

Es war zwei Uhr nachts, als ein Taxi in der Severall Street, Lambeth, hielt, und Leslie Maughan müde ausstieg. Der Detektiv, den sie telefonisch aufgefordert hatte, sie dort zu treffen, wartete an der Straßenecke und eilte auf sie zu.

»Sie wollen zu Mrs. Inglethornes Haus? Es liegt gegenüber.«

Er ging auf die andere Seite der Straße und klopfte an einer Haustür. Er mußte erst zwei- oder dreimal das Klopfen wiederholen, bevor ein Fenster geöffnet wurde.

»Wer ist da?« fragte Peter Dawlish.

Er hatte kaum die Frage gestellt, als er Leslie Maughan erkannte.

»Ich werde in einem Augenblick unten sein.«

Aber bevor er erschien, kam Mrs. Inglethorne selbst. Sie sprach mit zitternder Stimme und war den Tränen nahe, als sie den Detektiv sah.

»Was wollen Sie denn nun schon wieder? Es ist niemand hier im Haus außer dem jungen Mann, der bei mir zur Miete wohnt, und der hat nichts auf dem Kerbholz – ein Polizist selbst hat ihn hierher empfohlen.«

»Diese Dame ist von Scotland Yard und möchte Ihren Mieter sprechen, Mrs. Inglethorne«, erklärte der Detektiv beruhigend. »Sie brauchen sich keine Sorgen zu machen.«

»Mir keine Sorgen machen. Ich muß mich abschinden und mir die Finger bis auf die Knochen abarbeiten, während mein armer, alter Mann im Gefängnis sitzt – und dabei ist er so unschuldig wie ein ungeborenes Kind –«

In diesem Augenblick trat Peter Dawlish zu ihnen.

»Möchten Sie mich sprechen?«

»Kommen Sie bitte heraus und setzen Sie sich ein paar Minuten in meinen Wagen.«

»Gerne.«

»Ich möchte Sie noch um einen anderen Gefallen bitten. Würden Sie etwas dagegen haben, wenn ich diesen Polizeibeamten aufforderte, in der Zwischenzeit Ihr Zimmer zu durchsuchen?«

Eine Sekunde lang war er bestürzt.

»Aber ganz gewiß nicht. Warum denn? Wird irgend etwas vermißt?«

»Nein.« Sie wandte sich an den Detektiv und gab ihm mit leiser Stimme Verhaltungsmaßregeln. Der Beamte ging an der erschrockenen Hauswirtin vorbei die Treppe hinauf.

»Nun kommen Sie in meinen Wagen, Sie werden sich hoffentlich nicht erkälten?«

Er lachte nervös.

»Ich bin so erhitzt vor gerechter Entrüstung, daß ich einen Eisberg zum Schmelzen bringen könnte.«

Er stieg hinter ihr in den Wagen und schloß die Tür.

»Nun, was wollen Sie von mir, Miss Maughan?«

Sie sah ihn von der Seite an. Das Licht, das den Taxameter beleuchtete, warf seinen Schein in das Innere des Wagens.

»Was haben Sie heute den ganzen Abend gemacht?«

»Von welchem Zeitpunkt ab wollen Sie es wissen?«

»Von acht Uhr ab.«

»Ich war zu Hause. Ich habe heute morgen Arbeit bekommen – Adressenschreiben. Seit sieben Uhr habe ich geschrieben bis wenige Minuten vor Ihrer Ankunft. Zweitausend Adressen sind schon fertig. Daraus können Sie sich wohl ein Bild machen, daß ich für nichts anderes Zeit hatte. Ich habe die Kuverts und die Adressenlisten erst um halb sieben Uhr bekommen. Aber warum fragen Sie denn – was ist geschehen?«

»Druze ist tot.«

»Tot?«

»Ermordet. Seine Leiche wurde am Barnes Common zwischen drei Viertel zwölf und Mitternacht gefunden.«

Er pfiff vor sich hin.

»Das ist eine böse Sache. Wie wurde er denn getötet?«

»Er ist aus kurzer Entfernung erschossen worden.«

Er schwieg einige Zeit.

»Da Sie meine wilden Drohungen gehört haben, ist es ja natürlich, daß Sie mich verdächtigen. Kommen Sie, bitte, mit nach oben und sehen Sie sich die Kuverts an. Mein Schlafzimmer ist der einzige anständige Raum im ganzen Hause.«

Sie zögerte erst, dann öffnete sie den Wagenschlag.

Mrs. Inglethorne war betroffen durch all diese Ereignisse. Sie stand am Fuß der Treppe, hatte einen alten Ulster über ihren Schlafrock geworfen und beobachtete die beiden, als sie ohne weitere Erklärung nach oben gingen.

»Ich habe nichts in dem Zimmer gefunden, Miss Maughan«, sagte der Detektiv, bevor er Peter zu sehen bekam. »Nichts außer diesen Sachen.« Er wies mit der Hand auf den Tisch, der mit kleinen Kuverts bedeckt war, die sorgfältig in einzelne Pakete zusammengebunden waren.

Leslie lächelte.

»Sie hätten mir nicht zu sagen brauchen, daß Sie hier gearbeitet haben, Mr. Dawlish. Man glaubt in einen Rauchsalon zu kommen.«

Der Zigarettenrauch füllte noch das Zimmer, obwohl die Fenster weit geöffnet waren. Die Schachtel, die sie ihm geschickt hatte, stand auf dem Tisch und war schon halb leer.

»Ich bin ein wenig verschwenderisch gewesen«, entschuldigte er sich. »Aber die Versuchung war zu groß.«

Der Detektiv zögerte noch an der Tür. Offensichtlich wußte er nicht, ob er Miss Maughan in dieser Umgebung allein lassen durfte.

»Ich danke Ihnen, ich werde in ein oder zwei Minuten nach unten kommen«, sagte sie und enthob ihn dadurch der Verantwortung für ihre Sicherheit.

Sie setzte sich auf das Fußende des Bettes und legte den Arm über den Bettrand. Dann schaute sie Peter an, der kaum wiederzuerkennen war. Er war nun glattrasiert, was ihm sehr gut stand. In seiner Haltung lag eine gewisse Spannkraft, die Leslie ganz neu war. Und obwohl er beinahe dreißig Jahre alt war und soviel erlebt hatte, sah er noch jung und frisch aus. Die Tatsache, daß sie soviel von seiner Vergangenheit wußte, viel mehr als er jemals ahnen konnte, machte die Nachforschungen für sie so interessant.

Eine heisere Stimme rief sie plötzlich von unten an.

»Würden Sie eine Tasse Tee trinken, Miss?«

Peter Dawlish sah Leslie lächelnd an.

»Sie kann wirklich guten Tee kochen«, sagte er leise.

»Ich würde gern eine Tasse nehmen«, erwiderte Leslie.

Peter ging leise die Treppe hinunter und gab der Wirtin den Auftrag.

»Ich möchte Elisabeth nicht gern aufwecken«, erklärte er. Nach einer Weile fügte er hinzu: »Sie sehen aber sehr müde aus.«

»Sie wollen sagen, daß ich einen schrecklichen Anblick biete«, meinte sie lächelnd. »Ich bin jetzt gerade nicht in der Stimmung, Komplimente mit Ihnen auszutauschen, sonst würde ich Ihnen zu der Veränderung gratulieren, die der Barbier durch seine Behandlung bei Ihnen hervorgezaubert hat – haben Sie eigentlich Druze gekannt?«

»Nicht besonders gut.«

»Sagen Sie mir alles, was Sie von ihm wissen.«

Er runzelte die Stirn und versuchte, sich an vergangene Dinge zu erinnern, die seinem Gedächtnis schon halb entfallen waren.

»Er erhielt die Stellung bei Lord Everreed, kurz nachdem ich meinen Posten dort angetreten hatte. Prinzessin Bellini, meine Tante, hatte ihn empfohlen –«

»Die Prinzessin hat ihn empfohlen?« fragte Leslie schnell. »Wie kam das? War er früher in ihren Diensten?«

»Ja. Er war jahrelang mit Tante Anita in Java. Ihr Mann nahm dort irgendeine untergeordnete Stellung auf einer Plantage ein. Er war, wie ich glaube, verhältnismäßig unbemittelt. Nach seinem Tod ging sie nach England, und Druze begleitete sie. In Java hatte sie sich den Luxus eines Hausmeisters leisten können – das Leben ist dort billig –, aber in England mußte sie ihn entlassen. Ich kann mich sogar dunkel an den Brief erinnern, den Sie an Lord Everreed schrieb und den ich beantworten mußte. Ich nenne sie ›Tante‹, obwohl sie nur eine Halbschwester meines Vaters ist und in Wirklichkeit keine Verwandtschaft zwischen uns besteht. Wie lange Druze in den Diensten von Lord Everreed stand, kann ich natürlich nicht sagen. Seit meiner Verurteilung ist diese Geschichte für mich beendet. Aber ein paar Jahre, nachdem ich ins Gefängnis gekommen war, hörte ich gerüchtweise – ich glaube durch einen Brief, den ein alter Diener von uns schrieb –, daß er in die Dienste Lady Raythams getreten sei.«

Leslie dachte eine Weile schweigend über das nach, was sie eben gehört hatte.

»Wann wurden Sie verhaftet?«

»Vor siebeneinhalb Jahren.«

»So haben Sie also Ihre volle Strafe hinter sich?«

»Ja. Ich bin nicht wegen guter Führung entlassen, ich war ein sehr aufsässiger Gefangener, ich glaube, die meisten Gefangenen sind aufsässig, die unschuldig eingesperrt werden. Aber warum stellen Sie diese Fragen?«

»Ich habe Grund, anzunehmen, daß die Prinzessin glaubt, Sie wären nur fünf Jahre im Gefängnis gewesen – aber darauf kommt es ja schließlich nicht an. Sie ist wohl in einem Alter, in dem sie ... Aber das gehört alles nicht hierher. Erzählen Sie mir lieber noch etwas mehr.«

»Sie sehen aber so müde aus«, sagte er lächelnd. In diesem Augenblick kam eine merkwürdige kleine Gestalt ins Zimmer.

Es war schwer zu sagen, wie alt das Mädchen war. Leslie schätzte sie auf ungefähr sechs Jahre, obwohl sie für dieses Alter schon ziemlich groß war. Sie war sehr hager, und ihre kleinen Hände, mit denen sie vorsichtig eine Tasse Tee trug, waren so mager, daß die Knochen unter der Haut hervortraten. Ihr durchsichtiges Gesicht zeigte aber trotzdem eine eigenartige Schönheit, und Leslie betrachtete sie erstaunt. Das Mädchen sah sie aus großen, dunklen Augen an und senkte dann den Blick.

»Hier ist der Tee«, sagte sie bescheiden.

Leslie nahm behutsam die Tasse aus der Hand des Kindes und stellte sie auf den Tisch.

»Wie heißt du denn?« fragte sie. Aber als sie ihre Hand auf den blonden Kopf legen wollte, zuckte die Kleine zurück.

»Das ist Belinda«, sagte Peter lächelnd.

Das Kind trug einen zerrissenen alten Regenmantel über einem Nachthemd aus rotem Flanell, das aber durch vieles Waschen schon ganz verblaßt aussah. Die kleinen, schmalen Hände waren gefaltet.

»Ich bin Mrs. Inglethornes kleines Mädchen«, sagte sie leise. »Ich heiße Elisabeth – nicht Belinda.«

Sie sah Peter schnell an und ließ dann ihre Blicke wieder sinken. Der Ernst ihrer Worte und der süßte Ton ihrer Stimme setzten Leslie Maughan in Erstaunen, und für einen Augenblick vergaß sie ihre Müdigkeit.

»Würdest du nicht zu mir kommen und mir etwas erzählen?«

Das Kind schaute nach der Tür.

»Die Mutter wartet auf mich –«

»Sprich doch zu der Dame!«

Offenbar hatte Mrs. Inglethorne, die unten am Fuß der Treppe lauschte, gute Ohren. Das Kind zuckte zusammen, schaute sich ängstlich um und ging dann schüchtern zu Leslie.

»Was machst du denn eigentlich?« fragte Leslie. »Gehst du schon zur Schule?«

Elisabeth nickte.

»Ich denke fast immer an meinen Vater.«

Leslie erinnerte sich daran, daß der Vater im Gefängnis saß.

»Ich habe sein Bild in einem Buch – er ist sehr schön – immer sehr schön.«

Das Kind nickte ernst.

»In einem Buch? Was ist denn das für ein Buch?«

Eine Stimme von der Tür her antwortete für Elisabeth. Mrs.

Inglethorne mußte die Treppe heraufgekommen sein, um besser hören zu können.

»Achten Sie bitte nicht darauf, was sie sagt, mein Fräulein. Sie ist nicht ganz richtig im Kopf. Wenn sie irgendein hübsches Bild in einem Buch sieht, so sagt sie, es sei ihr Vater. Einmal hat sie sogar den König von England dafür gehalten, ein andermal einen Lord. Wenn ich dann an ihren armen Vater denke, der sich die Finger bis auf die Knochen abgearbeitet hat und dann eingesperrt wurde, obwohl er so unschuldig wie ein ungeborenes Kind ist, so ist das sehr hart für mich.«

Elisabeth war nun ganz schweigsam geworden. Ihre großen Augen waren ängstlich zusammengekniffen, als sie sich jetzt zur Tür wandte. Leslie sah, daß sie sich sehr vor der Frau fürchtete, und empfand Mitleid mit ihr. Sie streichelte ihr Haar, und diesmal fuhr das Mädchen nicht erschrocken zurück.

»Ich werde dir hübsche Bilder schicken, darin kannst du deine Papas und Onkels und alle möglichen Dinge finden.«

Leslie beugte sich nieder, küßte das Kind, legte ihren Arm um die erbärmlich dünnen Schultern und führte sie dann zur Tür. Auf dem Flur stand die schlampig aussehende Mrs. Inglethorne, lächelte und machte unterwürfige Verbeugungen, weil sich Miss Maughan so leutselig gegen die Kleine gezeigt hatte.

»Ich interessiere mich sehr für Elisabeth«, sagte Leslie und sah die Frau ernst an. »Würden Sie etwas dagegen haben, wenn ich manchmal vorspreche und sehe, wie es ihr geht?«

Mrs. Inglethorne schnitt eine schreckliche Grimasse, die ihre Dankbarkeit ausdrücken sollte.

»Wieviel Kinder haben Sie?«

»Fünf, mein Fräulein.« Die Frau schaute sie neugierig an, denn sie begegnete zum erstenmal in ihrem Leben einem weiblichen Beamten der Polizei, die sie doch so sehr haßte.

»Wie, in diesem kleinen Haus beherbergen Sie fünf Kinder?« Leslie runzelte die Stirn. »Wo haben Sie sie denn alle?«

Mrs. Inglethorne war nicht wohl zumute.

»Die Kleinen schlafen in der Küche. Nur die beiden Mädchen schlafen mit mir im Zimmer.«

»Ich würde mir gern einmal Ihre Küche ansehen.«

»Es ist ein wenig spät – und Sie würden sie aufwecken«, sagte Mrs. Inglethorne zögernd.

Aber Leslie ließ sich nicht abweisen, widerstrebend ging die Frau die Treppe hinunter. Leslie folgte ihr. Die Küche lag auf der Rückseite des Hauses, man kam durch einen engen Gang dorthin. Es war ein ärmlich möblierter Raum, der kaum drei Meter lang und drei Meter breit war. Es war kalt hier, und in dem trüben Licht der Deckenlampe sah Leslie nicht drei, sondern vier kleine, zusammengekauerte Gestalten. Das eine Kind, das noch nicht drei Jahre alt sein konnte, schlief in einer Seifenkiste, die auf dem Boden stand. Ein staubiger, alter Bettvorleger lag darüber, der einfach zurechtgeschnitten war, so daß er die Größe der Kiste hatte. Zwei Kinder lagen unter dem Tisch, in einen alten Soldatenmantel eingehüllt. Das vierte entdeckte Leslie in einer Ecke unter einem Mehlsack. Es schlief so ruhig, daß man hätte annehmen können, es sei tot. Es war ein Mädchen von elf Jahren, blondhaarig, mit hageren, scharfen Gesichtszügen. Als das Licht der Lampe auf sein Gesicht fiel, zitterte es und bewegte sich unruhig.

»Eine Frau, die fünf Kinder ernähren muß, hat es nicht leicht«, klagte Mrs. Inglethorne. »Aber ich würde mich nicht um die Welt von ihnen trennen. Und es ist auch sonst ganz warm in der Küche, wenn wir abends den Herd heizen.«

Leslie trat aus dem kleinen, traurigen Raum heraus. Sie fühlte sich krank und elend. Sie hatte schon viel Armut gesehen. Diese unglücklichen Kleinen waren vielleicht ebenso gut oder schlecht daran wie tausend andere Kinder in der großen Millionenstadt.

Peter wartete draußen auf sie.

»Ich werde jetzt nach Hause gehen, ich bin wirklich sehr müde. Wahrscheinlich werden Sie morgen von Mr. Coldwell oder einem anderen Beamten von Scotland Yard verhört werden. Das beste wäre wohl, wenn Sie selbst zur Polizeidirektion gehen und mit ihm sprechen würden. Haben Sie eigentlich Ihre Mutter gesehen, seitdem Sie wieder auf freiem Fuß sind?« fragte sie dann plötzlich.

»Meine Mutter hat mir in nicht mißzuverstehender Weise ihren Willen kundgetan. Wir standen uns niemals sehr nahe, wenn ich so sagen darf, und vielleicht ist es jetzt etwas zu spät, zu einer gegenseitigen Verständigung zu kommen.«

Leslie schaute auf den Fußboden und zog den Mund zusammen.

»Das wundert mich«, sagte sie und gab ihm die Hand. »Gute Nacht, Peter Dawlish.«

Er ergriff ihre Hand und hielt sie einen Augenblick.

»Sie sind wirklich prachtvoll. Ich sehe das Leben jetzt mit ganz anderen Augen an.«

Leslie mußte noch einen Besuch machen. Chefinspektor Coldwell hatte versprochen, in Scotland Yard auf sie zu warten, bis sie mit ihrem Bericht zurückkehrte. Er trank gerade Kaffee im Vorzimmer, als sie ankam, und sie erzählte ihm kurz das Resultat ihrer Unterredung.

»Ich habe niemals geglaubt, daß Peter in die Sache verwickelt sei. Was weiß er denn von Druze?«

Er hörte aufmerksam zu, bis sie mit ihrem Bericht zu Ende war.

»Es ist doch merkwürdig, daß alle Fäden bei dieser Geschichte wieder auf die Prinzessin Bellini zurückführen. Ja, ich werde mit Peter sprechen. Ich schicke ihm morgen früh ein Telegramm«, sagte er gähnend. »Jetzt ist es aber Zeit, daß wir zur Ruhe kommen. Ich werde Sie noch nach Hause bringen.«

Ihr Wagen wartete. Obwohl sie keine Begleitung nötig hatte, machte er doch geltend, daß er fast denselben Heimweg wie sie hätte.

»Ich weiß nicht, was wir mit Lady Raytham anfangen werden. Sie haben aber sicher noch eine Menge entdeckt, wovon Sie mir nichts erzählten.«

»Keine Menge, nur ein wenig«, gab sie zu.

Mr. Coldwell strich über sein Haar.

»Dieses Wenige ist gewöhnlich kritisch. Aber ich will Sie nicht entmutigen. Behalten Sie Ihr Geheimnis ruhig für sich – ein wenig Romantik bei der Polizeiarbeit hat die wunderbare Eigenschaft, die Spannkraft zu erhöhen.«

Der Wagen fuhr über den verlassenen Trafalgar Square und hielt ein paar Sekunden später vor Leslies Wohnung.

»Vermutlich wissen Sie alles, was man nur wissen kann, über den Fall«, meinte er mit leichter Ironie, als er ihr aus dem Wagen half. »Und ich armer, alter, grauhaariger Beamter tappe wie ein Blinder im Nebel.«

»Ich weiß wahrscheinlich ziemlich viel«, gestand sie mit einem müden Lächeln.

Coldwell war belustigt.

»Dieser Egoismus der Frauen! Hier steht nun die Detektivin, hat alle Anhaltspunkte gesammelt und wartet nur darauf, sie im gegebenen Moment zu veröffentlichen, damit dann das ganze Polizeipräsidium hilflos dasteht! Sie wissen wohl auch alles über Druze?«

»Ich weiß allerhand von ihm.«

»Nun, dann ist es ja gut.«

Sie hatte ihre Haustür aufgeschlossen, und er wartete nur noch, bis sie in den Gang getreten war, bevor er seinen Trumpf ausspielte.

»Wollen Sie mir versprechen, zu Hause zu bleiben, keine weiteren Nachforschungen anzustellen und jetzt sofort zu Bett zu gehen, wenn ich Ihnen etwas erzähle?«

»Ich verspreche es feierlich.«

Er legte seine Hand auf die Türklinke.

»Arthur oder Anthony Druze, wie er genannt wurde, war eine Frau!«

Er warf die Tür zu, und bevor sie sich von ihrem Erstaunen erholen konnte, hörte sie schon, daß sein Wagen davonfuhr.

9

Druze – eine Frau! Es war unglaublich – es war unmöglich! Aber dieser kluge, erfahrene Mann erlaubte sich keinen Scherz mit ihr. Müde stieg sie die Treppe hinauf. Ihr Körper bedurfte der Ruhe, obwohl ihr Geist noch wach und rege war.

Druze war eine Frau! Plötzlich erinnerte sie sich an Lady Raythams hysterisches Lachen, als sie sie fragte, in welcher Beziehung sie zu Druze stand. Lady Raytham hatte es also gewußt.

Leslie war zu vernünftig und zu großzügig, um sich durch diese Mitteilung aus der Fassung bringen zu lassen. Sie blieb oben auf dem Podest stehen und lehnte sich gegen das Geländer. Das bartlose Gesicht und die Gestalt des großen Hausmeisters standen wieder vor ihr. Alle die vielen Theorien, die sie aufgestellt hatte, waren nun wertlos – sie mußte wieder von vorn anfangen.

Als sie in ihr Wohnzimmer trat, entdeckte sie Lucretia, die zusammengekauert in einem Stuhl am Kamin saß. Das Feuer war erloschen, und Lucretia schlief seelenruhig und fest. Leslie hatte es ihrem Mädchen nicht abgewöhnen können, daß sie aufblieb und auf ihre Herrin wartete, denn Lucretia hatte die feste Überzeugung, daß nur ihre Sorge Leslie Maughan vor einem entsetzlichen Geschick bewahrte. Sie wachte plötzlich erschrokken auf und erhob sich schnell.

»Ach, Fräulein – wie spät ist es denn?«

Leslie schaute auf die Uhr am Kamin.

»Es ist drei und ein schöner Morgen. Warum sind Sie denn nicht zu Bett gegangen, Sie armes, schläfriges Huhn?«

»Ich bin kein Huhn«, protestierte Lucretia. »Drei Uhr – so spät ist es heute wieder geworden.« Sie fröstelte. Dann fragte sie neugierig: »Ist denn etwas passiert?«

»Es ist viel passiert.« Leslie ließ sich schwer in einen Stuhl fallen. »Es ist ein Mord geschehen.«

»Großer Gott!« rief Lucretia. »Wer ist denn der Täter?«

»Wenn ich das wüßte, wäre ich selbst sehr zufrieden.«

Leslie unterdrückte ein Gähnen.

»Machen Sie mir ein Bad, Lucretia. Ich möchte auch noch etwas warme Milch haben. Und wecken Sie mich nicht vor zehn.«

»Wenn ich dann selbst wach bin«, meinte Lucretia. »Ich habe noch keinen Platz wie diesen kennengelernt. Sie machen ja die Nacht zum Tage, wie die Bibel sagt. Dieses London ist ein modernes Babylon. Ist dem armen Menschen denn die Kehle durchgeschnitten worden?« Ihre Phantasie beschäftigte sich anscheinend immer noch mit der Tragödie.

»Nein, es tut mir leid, daß ich Sie enttäuschen muß. Aber es war auch so schrecklich genug.«

Sie erhob sich, ging an ihren Schreibtisch und sah die Briefe durch, die mit der Abendpost gekommen waren. Der eine interessierte sie, und sie öffnete ihn. Nachdem sie den Inhalt gelesen hatte, schloß sie das Schreiben in einer Schublade ein.

Kurze Zeit später schlief Leslie Maughan fest und traumlos in ihrem weichen Bett.

Ihr Schlafzimmer grenzte an das Wohnzimmer, und die Tür stand halb offen. Leslie erwachte, als sie zwei Leute miteinander sprechen hörte. Es war Lucretia und noch jemand, dessen Stimme ihr bekannt war.

»Ich will warten. Bitte wecken Sie Miss Maughan nicht meinetwegen auf.«

Leslie setzte sich aufrecht. Durch die Tür, die Lucretia eifersüchtig bewachte, sah sie die große, vornehme Erscheinung Lady Raythams. Im nächsten Augenblick sprang sie aus dem Bett, zog die Pantoffeln an und schlüpfte schnell in ihren Morgenrock. Nur kurz blieb sie vor dem Spiegel stehen und ordnete flüchtig ihre Haare.

Lady Raytham stand in der Mitte des Wohnzimmers. Ein hellflackerndes Kohlenfeuer brannte im Kamin. Dieses Zimmer hatte besonders in der frühen Morgenstunde eine besondere Anziehungskraft für Leslie. Aber Janes Anwesenheit schien dem Raum aus irgendeinem Grund noch einen neuen Vorzug zu verleihen.

»Guten Morgen! Es tut mir leid, daß ich schon so früh komme. Ich hoffe, daß ich Sie nicht zu sehr störe.«

Jane war höflich und dabei doch in gewisser Weise ablehnend und kühl. Leslie sah sie erstaunt an – alle Zeichen von Bestürzung, Furcht und Schrecken, die sie am Abend vorher an ihr bemerkt hatte, waren verschwunden, nur die dunklen Schatten unter den Augen waren geblieben.

»Bitte, nehmen Sie Platz. Haben Sie schon gefrühstückt?«

Lady Raytham schüttelte den Kopf.

»Sorgen Sie sich nicht um mich, ich habe Zeit und kann warten.«

Es lag zurückhaltende Bewunderung in Janes Blick. Sie dachte daran, daß nur wenige Frauen ihrer Bekanntschaft sich zu dieser Zeit und unter solchen Umständen sprechen ließen. Sie hatte Leslie Maughan noch nie am Tage gesehen und stellte jetzt fest, daß sie sich in dieser ungünstigen Morgendämmerung nicht nur sehen lassen konnte, sondern sogar noch hübscher aussah als sonst. Die Selbstverständlichkeit und Natürlichkeit, mit der Leslie ihren Vorschlag annahm und ins Badezimmer ging, gefielen Jane. Die rundliche Lucretia folgte ihrer Herrin mit einem Arm voll Kleider.

Als Leslie nach einiger Zeit wieder erschien, hatte Lucretia den Tisch gedeckt, auf dem jetzt blaue Kaffeetassen und Teller mit frischgerösteten heißen Toastschnitten standen.

»Danke schön, ich könnte nichts essen«, lehnte Lady Raytham liebenswürdig ab. »Aber ich nehme gern einen Kaffee.«

Leslie schaute bedeutungsvoll nach der Tür, und Lucretia verschwand zögernd.

»Denken Sie, ich habe doch geschlafen«, sagte Jane unbekümmert. »Ich weiß nicht, wie es kam, aber es ist eine Tatsache. Ich dachte, ich könnte überhaupt nicht mehr schlafen. In den Zeitungen steht noch nichts von dem Mord.«

Leslie überlegte schnell.

»Das wäre auch nicht gut möglich – aber die Abendzeitungen werden es bringen. Ich weiß alles über Druze.«

»Sie wissen alles über – sie?« fragte Jane und sah sie fest an.

»Wie war denn ihr wirklicher Name?«

»Das kann ich Ihnen leider nicht sagen – für mich war sie nur Druze.«

»Wußte Ihr Gatte darum –?«

»Sie meinen, daß sie eine Frau war? Nein! Der arme Raytham! Er hätte sicher einen Anfall bekommen. Er bemerkt ja eigentlich nie etwas.«

Jane hatte Baron Raytham geheiratet, als er etwas über fünfzig Jahre alt war. Er war ein alter Junggeselle, der an ein freies Leben gewöhnt war. Eines guten Tages hatte er sich verheiratet und wußte selbst nicht, wie es gekommen war. Fast ein ganzes Jahr lang war er ein Mustereheman gewesen und hatte sich vollkommen zurückgezogen. Das häusliche Leben war ihm etwas ganz Neues. Die Gesellschaft und all ihre Bindungen und Verpflichtungen haßte er. Aber bevor noch ein Jahr seiner Ehe vergangen war, interessierte ihn dieses neue Leben nicht mehr, das ihm seine Verheiratung gebracht hatte. Nun widmete er all seine Energie und Tatkraft seinen Konzessionen und den Direktionssitzungen der verschiedenen Gesellschaften, an denen er beteiligt war. Er studierte die Bilanzen und all die Dinge, die für ihn das eigentliche Leben bedeuteten, und Jane Raytham blieb sich selbst überlassen.

»Mein Mann ist sehr selten in London – gewöhnlich nur zwei Monate im Jahr. Er hat andere Interessen«, sagte sie.

Leslie änderte geschickt das Thema der Unterhaltung. Sie hatte auch schon davon gehört, daß Lord Raytham trotz seiner Verheiratung eine oder mehrere Beziehungen aufrechterhielt, die er nicht fallenlassen wollte oder konnte. Leslie war zu sehr mit den wirklichen Zuständen in der Gesellschaft vertraut und besaß zuviel Lebenserfahrung, um sich hierüber zu wundern. Sie war auch viel zu vernünftig, um sich darüber zu ärgern. Sie amüsierte sich höchstens über den Mann, der es so leicht fand, sich von seiner Frau zu befreien, und so schwer, sich von einer Geliebten zu trennen.

»Sie heißen doch Leslie? Würden Sie mir gestatten, daß ich Sie bei Ihrem Vornamen nenne? Sie sind wirklich nicht so furchtbar, wie ich anfänglich glaubte. Ich – ich habe Sie liebgewonnen. Ich heiße Jane – wenn Sie genügend Zuneigung zu mir fühlen, so würde ich Sie bitten, mich Jane zu nennen. Ich bin abscheulich häßlich zu Ihnen gewesen, aber nun bin ich gekommen, um Sie um Verzeihung zu bitten.«

Leslie lachte.

»Ich selbst muß mich bei Ihnen entschuldigen.«

Lady Raytham verstand sehr schnell, was sie damit sagen wollte.

»Ach, Sie meinen wegen Druze? Es wäre schrecklich, so etwas anzunehmen. Aber Frauen sind ja leider zu solchen Verrücktheiten fähig. Man kann kaum noch irgendeine Sonntagszeitung in die Hand nehmen, ohne einen Artikel über derartige Dinge zu finden. Natürlich haben die guten Leute niemals wirkliches Beweismaterial über derartige Beziehungen in der Hand. Nein, ich wußte, daß Druze eine Frau war. Das war ja das Entsetzliche. Es erniedrigte mich, ich fühlte mich krank und elend, wenn ich nur daran dachte. Ich weiß nicht, ob Sie mir glauben, daß das beinahe mein schwerstes Kreuz gewesen ist.«

»Worunter hatten Sie dann noch mehr zu leiden?«

Jane seufzte tief und schaute zum Fenster hinaus.

»Es ist so schwierig, solche Dinge gegeneinander abzuschätzen und zu vergleichen. Natürlich weiß ich jetzt, was mich am schwersten bedrückte. Aber das ist so neu und so schrecklich, daß ich gar nicht daran denken darf. Druze schleuderte mir, bevor sie fortging, ein paar fürchterliche Worte ins Gesicht ...« Sie schloß die Augen und zitterte, erholte sich aber gleich wieder. »Das ist auch der Grund, warum ich sie suchen wollte. Sie sagte mir etwas, aber nicht alles, und ich mußte doch die ganze Wahrheit wissen. Mein erster Gedanke war – Sie werden mich für scheinheilig halten –, daß Peter sie tötete. Wenn ich überhaupt nachgedacht hätte! Aber ich wurde nur von dem einen Gedanken beherrscht, das zu erfahren, womit sie sich in ihrer Unverschämtheit gebrüstet hatte.«

»Es handelt sich doch nicht etwa um den Smaragdschmuck?«

Jane Raytham lächelte verächtlich.

»Um den Halsschmuck? Als ob ich mich darum kümmerte! Ich spreche jetzt offen über alles, bis zu einer gewissen Grenze. Die Smaragdkette, die Sie vorigen Abend in meinem Hause sahen –«

»War eine Nachahmung – das wußte ich. Eine ganz genaue, aber wertlose Nachbildung des wirklichen Schmuckes. Als Sie so wenig darum besorgt waren, sie wieder in den Safe zurückzulegen, vermutete ich das.«

Sie sahen sich in die Augen, und jede versuchte, die Gedanken der anderen zu lesen.

»Was haben Sie denn sonst noch vermutet?« fragte Jane Raytham nach einem langen Schweigen. »Nein, nein, sagen Sie es nicht! Ich möchte mir nicht die Überzeugung nehmen lassen, daß es niemand weiß – niemand! Sie werden mir darauf erwidern, daß ich versuche, mich in meine Einbildungen einzuspinnen, und daß ich zu feige bin, der Wahrheit ins Gesicht zu sehen.« Und dann fragte sie plötzlich sprunghaft: »Haben Sie Peter gesehen?«

»Ja, ich habe ihn in der vorigen Nacht gesprochen. Er wußte nichts von dem Mord – nicht soviel wie Sie.«

Jane überhörte die Herausforderung, die in diesen Worten lag.

»Ich möchte gerne wissen, wieviel Sie selbst wissen, Leslie?« Es fiel ihr schwer, diese Frage zu stellen, denn ebensogut wie sie hatte auch Leslie ihre Vorbehalte. Die volle Wahrheit mußte von Jane Raytham selbst kommen, oder es konnte überhaupt keine Klarheit geschaffen werden.

»Ich weiß, daß Sie von Erpressern verfolgt wurden und daß der Halsschmuck, den Sie hergaben, ein Teil von deren Forderungen war. Die Summe von zwanzigtausend Pfund, die Sie von der Bank abhoben, war meiner Meinung nach alles Bargeld, über das Sie verfügten, und sie war der andere Teil, mit dem Sie sich freikaufen wollten. Ich vermute, daß Druze die Erpresserin war. Habe ich recht?«

Jane nickte. Es war eine merkliche Entspannung in ihrem Gesicht wahrzunehmen. Sie hatte das Schlimmste befürchtet und war nun erleichtert, als sie erkannte, daß Leslie Maughan nicht alles wußte.

»Wie lange haben Sie zahlen müssen?«

Jane antwortete nicht sogleich, und Leslie mußte die Frage wiederholen.

»Ich kann es im Augenblick nicht sagen, jedenfalls eine lange Zeit.«

Wieder folgte ein Schweigen. Die ganze Wahrheit war noch nicht ans Licht gekommen, nur ein Teil.

»Wollen Sie mir nicht noch etwas mehr erzählen?«

Jane Raytham ließ den Kopf sinken. Sie wollte ja erzählen, aber nur so viel, als dieses freundliche und offene junge Mädchen auch wußte. Sie hoffte, daß das Geheimnis ihr nicht entrissen werden könnte, und wünschte doch beinahe, daß Leslie Maughan ihr plötzlich die grausige Wahrheit vor Augen halten würde.

»Ja, ich will! Aber es ist so schrecklich! Ich kann es nicht, ich kann keine Worte dafür finden. Und ich möchte Sie doch so gerne um Ihre Hilfe bitten, deren ich so sehr bedarf. Liebe Leslie, Sie sind doch eine Polizeibeamtin, Sie sind ein Teil der Macht von Scotland Yard. Ich habe Ihnen schon zuviel erzählt – ich werde in Zukunft nur noch in dauernder Furcht leben können –«

»Hier bin ich Leslie Maughan«, sagte das junge Mädchen lächelnd. »Aber ich warne Sie. Ich bin fest entschlossen, soweit es in meinen Kräften steht, den Mörder dieser niederträchtigen Frau zu finden. Abgesehen von dieser Information können Sie mir alles anvertrauen.«

Jane schüttelte traurig den Kopf.

»Ich weiß wirklich nicht, wer Druze getötet hat. Ich will es nicht beschwören, aber ich kann Ihnen mein Wort darauf geben, daß ich es nicht weiß. Ich habe nicht einmal einen Verdacht. Anita wollte es auch wissen. Ich habe sie heute morgen schon besucht. Sie ist vollkommen verstört und bestürzt. Ich hätte nie geahnt, daß sie so tief empfinden kann. Die Polizei war auch bei ihr und stellte Nachforschungen an, ob Druze in ihrem Haus war. Ich vermute, Sie haben den Beamten mitgeteilt, was ich Ihnen gestern abend erzählte. Die arme Anita hatte Druze eigentlich immer sehr gern. Früher stand sie ja einmal in ihren Diensten. Anita behauptete allerdings immer, daß das niemals der Fall gewesen sei, und sprach von Druze, als ob sie ihr ganz unbekannt und fremd sei. Aber das tat sie nur, weil sie so stolz war. Sie wollte den Gedanken nicht aufkommen lassen, daß sie einmal so arm war, jemand aus ihren Diensten entlassen zu müssen.«

»Ich möchte noch eine Frage an Sie stellen, Lady – Jane. Es ist doch besser, daß ich Sie bei Ihrem Vornamen nenne, aber es ist schwer, sich an eine neue Form zu gewöhnen. Hat Druze den Namen Lord Everreeds gefälscht? Peter Dawlish ist fest davon überzeugt.«

»Das ist unmöglich.«

»Aber warum ist es denn unmöglich?«

Leslie Maughan erhielt eine niederschmetternde Antwort.

»Weil sie weder lesen noch schreiben konnte.«

10

»Druze war eine Analphabetin, aber wie es manchmal im Leben geht, hatte sie sich eine gewisse Bildung angeeignet und konnte dieses Manko stets sehr geschickt verbergen. Sie hatte ungefähr die Kenntnisse eines Kindes, das die Volksschule besucht hat, aber es war ihr unmöglich, lesen und schreiben zu lernen. Es ist merkwürdig, daß es in den Volksschulen zuweilen Mädchen und Knaben gibt, die die unmöglichsten Dinge wissen, ohne diese einfachsten Fähigkeiten zu besitzen.«

Leslie überlegte schnell.

»Ich habe aber doch ihre Unterschrift auf dem Paß gesehen.«

»Die habe ich geschrieben«, erklärte Lady Raytham zu dem größten Erstaunen Leslies. »Sie sagte mir, daß sie zum Wochenende nach Frankreich hinüberfahren wolle, und bat mich, ihren Paß zu signieren. Das ereignete sich erst vor ein paar Wochen, daher kann ich mich noch genau darauf besinnen. Nun sagen Sie mir bitte, was ich tun soll. Die Polizei wird zu mir kommen, und ich bin ja auch bereit, ihr die volle Wahrheit zu sagen, obgleich ich nicht einsehe, was meine Aussagen zur Aufklärung des Falles beitragen könnten.«

»Werden Sie auch die volle Wahrheit sagen?« fragte Leslie bedeutungsvoll.

Jane Raytham sah sie lange an, bevor sie antwortete.

»Soviel ich Ihnen gesagt habe – nicht so viel, wie Sie vermuten.«

»Würden Sie nichts dagegen haben, wenn ich den Hauptinhalt dessen, was Sie mir eben sagten, zu Papier bringe, und würden Sie später das Schriftstück mit Ihrer Unterschrift versehen? Das wird Ihnen viel Unruhe und Unannehmlichkeiten ersparen.«

Jane zögerte.

»Ist das notwendig? Wahrscheinlich wird es so sein. Ja, ich will es tun, wenn Sie so freundlich sein wollen.«

Sie beobachtete Leslie, während deren Feder über das Papier eilte, und nahm ihr die Blätter ab, wenn sie vollgeschrieben waren.

»Sie haben meinen ganzen Fall viel klarer und geschickter

aufgezeichnet, als ich es jemals selbst gekonnt hätte«, sagte sie und lächelte ein wenig. »Ich glaube fast, daß Sie Mitgefühl mit mir haben.«

»Sie wissen ja gar nicht, wie sehr ich Ihnen alles nachfühlen kann«, erwiderte Leslie und erhob sich, um Lady Raytham an dem Schreibtisch Platz zu machen.

Jane setzte sich nieder, las das letzte Blatt noch einmal durch und tauchte gerade ihre Feder ein, als plötzlich von draußen Stimmen vernehmbar wurden. Man hörte Lucretias lauten Protest und noch eine tiefere Stimme, die Leslie sofort wiedererkannte. Sie eilte zur Tür und öffnete sie. Prinzessin Anita Bellini stand draußen und schaute die mißtrauische Lucretia durch ihr Monokel an.

»Sie können nicht hineingehen – Miss Maughan ist beschäftigt«, hatte sie eben gesagt. »Es ist mir ganz gleich, ob Sie eine Prinzessin oder die Königin von Saba sind. Wenn Miss Maughan beschäftigt ist, darf sie niemand stören.«

»Es ist gut, Lucretia. Treten Sie näher, Prinzessin.«

Anita kam ohne ein Wort des Dankes herein und würdigte auch Lucretia keines Blickes mehr.

»Wo ist ...«, begann sie. Aber in diesem Augenblick sah sie Lady Raytham am Schreibtisch sitzen. »Was machst du da, Jane?« fragte sie laut. »Du wirst doch nicht etwa so töricht sein, der Polizei eine schriftliche Aussage zu geben?«

»Lady Raytham hat mir nur so viel erzählt, als ich schon selbst wußte«, erklärte Leslie.

»Jane, du darfst das nicht unterzeichnen. Ich verbiete es!«

Ärger und Wut klangen aus der harten Stimme, und als Leslie Anita Bellini ansah, erkannte sie, wie sehr sie diese Tragödie angegriffen hatte. Sie schien um viele Jahre gealtert zu sein. Ihre Mundwinkel waren herabgezogen, ihre Augen rot und entzündet.

Lady Raytham unterzeichnete ruhig das Schriftstück.

»Sei doch nicht unvernünftig, Anita. Die Polizei hat doch ein Recht, gewisse Dinge über Druze zu erfahren.«

»Was hast du denn Miss Maughan gesagt? Kann ich einmal dieses wertvolle Dokument durchlesen?«

Sie streckte die Hand aus, aber Leslie kam ihr zuvor.

»Ich werde es Ihnen vorlesen, Prinzessin.« Sie ging auf die andere Seite, so daß der Schreibtisch zwischen ihr und ihrer aufgebrachten Besucherin stand. Prinzessin Bellini zitterte vor Zorn und Entrüstung.

Leslie las ohne Unterbrechung bis zu Ende.

»Jane, es war sehr dumm und töricht von dir, etwas Derartiges zu unterzeichnen«, sagte Anita schroff. »Sie mögen es doch selbst herausbringen, ohne daß du dich schriftlich kompromittierst. Dieses junge Mädchen hat dir ein Geständnis abgelockt –«

»Geständnis?« fragte Leslie lächelnd. »Das ist doch absolut nicht logisch. Lady Raytham war bekannt, daß Druze eine Frau war. Es wäre doch unmöglich, daß sie das nicht gewußt hat. Wie sie ja selbst zugibt, hat sie uns nur das gesagt, was wir selbst wußten – und was auch Sie wußten.«

»Ich wußte überhaupt nichts«, entgegnete Anita Bellini böse. Ihre scharfen Blicke durchbohrten Leslie. »Ich weiß nur, daß Sie Lady Raytham eine Falle gestellt haben, so daß sie Ihnen eine schriftliche Aussage gab, von der sie noch eine Menge Unannehmlichkeiten haben wird.«

Leslie sah ihr voll ins Gesicht, und zum erstenmal ahnte Anita Bellini dunkel, über welche Kraft und Intelligenz dieses junge Mädchen verfügte. Sie waren einander ja schon begegnet, und die Unterhaltung war damals nicht zugunsten der Prinzessin ausgefallen. Aber sie hatte nur angenommen, daß Leslie mit einer gewissen Schlagfertigkeit und Geistesgegenwart begabt war, sie hatte nicht die Fähigkeiten bei ihr vorausgesetzt, die sie zu einem schlimmen Feinde machten, gegen den sie nur mit ihren schwersten Geschützen ankämpfen konnte. Aber jetzt erkannte sie, daß Leslie, gleichgültig, ob sie nun ›Coldwells hübsche Stenotypistin‹ war, wie sie das Mädchen verächtlich nannte, oder irgendeine Beamtin von Scotland Yard, ein Faktor war, mit dem man rechnen mußte. Und wenn sie noch irgendwelche Zweifel darüber gehabt hätte, so wären sie durch Leslie Maughans nächste Worte zerstreut worden.

»Lady Raytham hat eine schriftliche Aussage gemacht – dasselbe werden Sie auch tun, Prinzessin ... Entweder vor oder nach der Leichenschau.«

Anita betrachtete sie mit einem merkwürdig verschlagenen Blick, den man sonst nicht an ihr beobachten konnte.

»Ich weiß nicht, wie Sie es fertigbringen wollen, mich in diese Sache hineinzuziehen.« Der Ton ihrer Stimme war bedeutend milder als vorher.

»Druze stand früher in Ihren Diensten, und offensichtlich war Ihnen auch bekannt, daß sie eine Frau war. Sie werden über ihren früheren Lebenslauf Bescheid wissen«, sagte Leslie ruhig. »Das genügt vollkommen, Sie in eine Untersuchung zu verwikkeln, die die Polizei anstellen wird.«

Anita Bellini nahm ihr Monokel aus dem Auge, wischte es mit dem Taschentuch ab und klemmte es wieder ein.

»Vielleicht habe ich vorhin zu vorschnell meine Meinung geäußert«, sagte sie dann, »aber ich denke, Sie müssen mir zugute halten, was ich auch immer gesagt habe. Ich bin durch Druzes Tod sehr mitgenommen. Würden Sie so liebenswürdig sein, das Schriftstück noch einmal vorzulesen?«

Es war eine einfache und schlichte Darstellung der Aussagen Lady Raythams.

»Nein, darin kann man nichts finden«, meinte die Prinzessin, als Leslie geendet hatte. »Ich vermute, daß diese Aussage notwendig ist. Bedeutet das nun, daß wir auch zu der Leichenschau vorgeladen werden? Ich kann so etwas nicht ertragen!«

Leslie hörte, daß ihre Stimme zitterte. Anita Bellini, die Unnahbare, über alles erhaben, hatte auch eine schwache Seite. Aber sie beherrschte sich und hatte sich bald wieder in der Gewalt.

»Wenn jedermann behandelt würde, wie es ihm zukäme, wäre Peter Dawlish jetzt verhaftet.« Ohne auf Janes Protest zu achten, fuhr sie fort: »Der Mann haßte Druze, das weißt du doch auch, Jane. Er hat ihr sogar gedroht, das kann ich beweisen.« Dann sprach sie verbindlicher weiter. »Ich hoffe, wir werden deshalb keine schlechten Freunde werden, Miss Maughan. Wenn ich Ihnen helfen kann, werde ich es tun. Können Sie mir noch mehr erzählen, als in den Abendzeitungen stehen wird?«

»Nein«, entgegnete Leslie kurz.

Die beiden Damen verließen gleich darauf die Wohnung, aber Leslie fand noch eine Gelegenheit, ein paar Worte mit Jane Raytham allein zu sprechen.

»Sie dürfen niemand etwas von dem Halsschmuck sagen«, flüsterte sie ihr zu, als sie sie die Treppe hinunterbegleitete, »besonders nicht über den Smaragd, der in Druzes Hand gefunden wurde. Versprechen Sie mir das – oder haben Sie vielleicht schon etwas darüber gesagt?«

»Ich wundere mich schon, daß Sie nichts darüber in das Schriftstück aufgenommen haben«, antwortete sie ebenso leise. »Aber Sie können sich auf mich verlassen. Ich werde nicht darüber sprechen, nicht einmal zu Anita Bellini.«

In dem Augenblick hörten sie die Stimme der Prinzessin, die sie vom Fuß der Treppe aus anrief und eine weitere Unterhaltung unmöglich machte.

Leslie kam kurz vor zwölf nach Scotland Yard und stieg gerade die Treppe in die Höhe, als Peter Dawlish herunterkam.

»Ich habe mich glänzend rechtfertigen können«, sagte er lächelnd, »wenigstens habe ich diesen Eindruck von Coldwell bekommen. Es scheint, daß Ihr Detektiv mein Zimmer sehr eingehend besichtigte. Sie wissen doch, daß er auch mich durchsucht hat? Belinda läßt übrigens schön grüßen.«

»Belinda?« Leslie war etwas verwirrt. »Ach, Sie meinen das kleine Mädchen – Elisabeth? Wie schlecht von mir – ich hatte sie beinahe schon wieder vergessen!«

»Aber sie hat Sie durchaus nicht vergessen«, erwiderte Peter lachend und entfernte sich mit einem fröhlichen Winken.

Leslie fand Mr. Coldwell in seinem großen, schön möblierten Büro. Er hatte einen Zigarrenstummel zwischen den Zähnen, seine buschigen Augenbrauen waren nachdenklich zusammengezogen.

»Ich wollte Sie eben antelefonieren«, sagte er brummig. »Ich habe diesen Mann gesehen, den Sie so schätzen, und ich bin vollkommen davon überzeugt, daß er nicht das mindeste mit dem Verbrechen zu tun hat.«

»Mit diesem ›Mann, den ich so schätze‹, meinen Sie doch Peter

Dawlish?« fragte sie ruhig. »Sie unterschieben mir da gewisse Gedanken und Gefühle.«

Sie zog Janes schriftliche Aussage aus der Tasche, legte sie vor ihn auf den Tisch, und er las sie sorgfältig durch. Dann faltete er sie wieder zusammen und legte sie in eine Schublade.

»Haben Sie Anita Bellini von dem Smaragd erzählt, den wir in Druzes Hand fanden?«

»Nein, das wäre das letzte gewesen, was ich ihr mitgeteilt hätte. Ich habe auch Lady Raytham ausdrücklich gebeten, nicht mit ihr darüber zu sprechen. Warum fragen Sie?«

Er lächelte grimmig.

»Ich dachte mir schon, daß Sie es nicht getan hätten! Vor fünf Minuten rief Ihre Hoheit hier an und sagte, sie hätte in einer Zeitung gelesen, daß ein Stück von großem Wert bei Druze gefunden worden sei. Ich habe natürlich nicht alle Nachrichten der Zeitungen durchlesen können, aber soweit ich gesehen habe, erwähnen sie nichts von dem Smaragd. Ich wüßte auch gar nicht, wie sie dazu kämen, wenn sie nicht Gedanken lesen können. Die Prinzessin sprach mehr die Vermutung als die Behauptung aus, daß Sie diese merkwürdige Zeitungsnachricht bestätigt hätten.«

Leslie schüttelte verwundert den Kopf.

»Die Frau arbeitet tatsächlich schnell. Was haben Sie ihr denn geantwortet?«

Mr. Coldwell steckte umständlich seine Zigarre wieder an, wie es Leute seines Alters zu tun pflegen.

»Ich sagte ihr, daß wir etwas Wertvolles bei Druze gefunden hätten – nämlich ein Paket Banknoten. Sie schien enttäuscht zu sein.«

Das Telefon schrillte – er nahm den Hörer ab und horchte schweigend.

»Es ist gut, ich werde kommen«, sagte er dann.

»Die Lambeth-Polizeistation hat einen, allerdings schwachen, Anhaltspunkt gefunden. Vielleicht ist die Sache vorbereitet worden, aber man muß der Spur nachgehen, da sie mit Ihrem Peter zu tun hat. Würden Sie mich begleiten?«

Sie sah ihm fest ins Gesicht.

»Wenn Sie ihn noch einmal als ›meinen Peter‹ bezeichnen,

dann kann ich recht unangenehm zu Ihnen werden, Mr. Coldwell.«

Der Chefinspektor strich mit der Hand über die Stirn.

»Ich weiß nicht – irgendwie scheint er doch zu Ihnen zu gehören. Ich kann auch nicht sagen, wie ich zu diesem Eindruck komme.«

Ihre Blicke schweiften durch den Raum und blieben in einer Ecke haften, wo sie zwei große, neue Reisekoffer stehen sah, die mit den Etiketten der Cunard Line beklebt waren.

»Sie gehören Druze«, sagte er einsilbig. »Wir werden den Inhalt prüfen, wenn wir zurückkommen.«

Ein Taxi brachte sie bis zur Ecke der Severall Street, wo der Polizeikommissar, dem das Revier unterstand, mit einem Detektiv auf sie wartete.

»Zeigen Sie mir das Schriftstück«, sagte Coldwell zu dem Beamten.

Leslie, die das einseitig geführte Telefongespräch nicht gehört hatte, war gespannt, was jetzt kommen würde.

Der Inspektor zog ein schmutziges Papier aus seinem Notizbuch und reichte es Coldwell, der seinen Klemmer aufsetzte und es las. Dann gab er das Schreiben Leslie Maughan. Die Nachricht war mit Bleistift geschrieben und mußte von jemand stammen, der im Schreiben wenig geübt war.

›Dawlish verwahrt seinen Revolver unter einem losen Brett in seinem Schlafzimmer, gleich wenn man zur Tür hereinkommt.‹

»Woher kam dieser Zettel?« fragte Coldwell.

»Er wurde auf der Polizeistation abgegeben, kurz bevor ich an Sie telefonierte. Ein Straßenjunge brachte ihn herein und sagte, er wäre ihm von einem Mann gegeben worden, der ihm ein paar Kupfermünzen für seinen Botengang zahlte. Ich dachte, es wäre das beste, wenn wir es Ihnen gleich mitteilten.«

Sie gingen zusammen die Straße hinunter, bis sie zu Mrs. Inglethornes Haus kamen. Die Tür wurde sofort von der Wirtin geöffnet, die überraschend sauber und gut angezogen war. Sie schien zwar überrascht, aber ganz und gar nicht aufgebracht zu sein, als sie die Polizeibeamten erblickte.

»Jawohl, mein Herr, Mr. Dawlish ist eben nach Haus gekommen. Soll ich ihn herunterrufen?«

»Nein, danke schön, wir werden nach oben gehen.«

Coldwell stieg die Treppe hinauf und klopfte an das Zimmer. Eine Stimme rief »Herein«. Leslie sah über Coldwells Schulter hinweg, daß Peter an einem einfachen Tisch saß und die Feder in der Hand hielt. Eine Menge adressierter Kuverts lag vor ihm. Er wandte seinen Stuhl um und runzelte erstaunt die Stirn.

»Hallo!« sagte er und war offensichtlich bestürzt, als er sah, welcher Art der Besuch war. »Wollen Sie mich noch einmal verhören?«

Coldwell überschaute das Zimmer mit einem Blick.

»Ich habe eine Anzeige erhalten, daß Sie einen Revolver hier unter dem Fußboden verborgen haben. Wenn Sie nichts dagegen haben, werde ich das Zimmer noch einmal durchsuchen.«

»Ja, tun Sie das nur«, erwiderte Peter, ohne einen Augenblick zu zögern.

Coldwell wandte sich zur Tür, hob die Ecke des Teppichs auf und fand sofort das lose Brett. Im nächsten Augenblick hatte er es hochgehoben, faßte mit der Hand in die Öffnung und zog eine lange, schwarze Browning-Pistole heraus. Peter wurde blaß. In seinen Gesichtszügen verriet sich Bestürzung, die nicht vorgetäuscht sein konnte.

»Ist noch mehr hier?« fragte Coldwell. Er kniete nieder und durchsuchte die ganze Öffnung in dem Fußboden. Plötzlich zog er ein kleines Paket hervor, das in ein Tuch eingewickelt war, und packte es langsam auf.

»Mein Gott!« stöhnte eine heisere Stimme.

Mrs. Inglethorne war die Treppe heraufgekommen und schaute interessiert zu. Und wenn auch ihre Zudringlichkeit unentschuldbar war, gab es doch genügend Grund für ihr Erstaunen, denn als Coldwell alle Lumpen aufgewickelt hatte, fand er drei große Diamantringe, von denen der geringste mindestens einen Wert von hundert Pfund hatte.

»Wissen Sie etwas über diese Ringe, Dawlish?«

»Nein, ich bin kein Dieb und Einbrecher«, sagte Peter in seinem alten, zuversichtlichen Ton. »Dieser Spezialberuf ist nicht mein Fall, außerdem sieht dieser kleine Fund ganz so aus, als ob er von einem sehr alten Einbruch herrührte.«

Coldwell schaute auf die verstaubten Zeugstücke. Als er nur die Ecke eines Lumpens umdrehte, kam eine Staubwolke hervor.

»Können Sie etwas darüber aussagen, Mrs. Inglethorne?«

Sie schüttelte den Kopf.

»Sie wissen auch nichts von der Pistole?«

Die Frau war wie gelähmt vor Schrecken. Ihr Gesicht war aschgrau geworden, als sie die ungeheure Bedeutung des Fundes erkannte. Monat für Monat hatten diese Ringe also hier gelegen, die wenigstens fünfhundert Pfund wert waren. Es war der Ertrag einer kleinen Unternehmung ihres letzten Mieters, und sie hatte nichts davon gewußt.

»Ich habe sie niemals gesehen«, erklärte Mrs. Inglethorne.

»Diese Stelle ist schon früher als Versteck benutzt worden.« Mr. Coldwell legte die Pistole und die Ringe auf den Fichtentisch nieder, dann betrachtete er den Revolver genau und notierte die Fabrikmarke und die Nummer. Nachdem er das Magazin herausgenommen und die Patronen aus der Kammer entfernt hatte, roch er an dem Lauf.

»Die Waffe ist erst kürzlich abgefeuert worden – sie riecht noch nach Kordit. Gehört die Waffe Ihnen, Dawlish?«

»Nein, ich habe sie noch nie gesehen.«

»Hm ...« Der Inspektor setzte sich genau auf dieselbe Stelle des Bettes, wo Leslie am Abend vorher Platz genommen hatte, und schaute sich nach Mrs. Inglethorne um, die aber verschwunden war.

»Es hat Ihnen niemand etwas von dem Versteck erzählt?«

»Nein.«

»Hallo, Elisabeth«, rief Leslie plötzlich.

Das schmächtige Kind stand auf dem Gang und lächelte die hübsche Dame, von der es jetzt immer träumte, scheu an.

Sie flüsterte etwas, das Leslie nicht verstehen konnte. Sie ging deshalb näher zu ihr hin, nahm ihr dünnes Händchen und küßte ihre blassen Wangen.

»Tee?« sagte sie lachend. »Nein, mein Liebling, wir können

jetzt keinen Tee trinken. Es war aber sehr nett und lieb von dir, daß du wieder heraufgekommen bist.«

Elisabeths Augen waren auf die Tischplatte gerichtet, und Leslie sah, daß sie sich fürchtete.

»Was hast du denn?«

»Das ist die große Schießwaffe«, flüsterte das Kind. »Die Mutter hatte sie heute morgen, und ich bekam solche Angst.«

Coldwell, der sehr gute Ohren hatte, hörte es.

»Mein Liebling, deine Mutter hatte diese Waffe heute morgen?« fragte er freundlich. »Wo hatte sie sie denn?«

»In der Küche. Ein Herr kam und ließ sie zurück. Es war ein kleiner Herr mit einem gelben Gesicht. Die Mutter brachte sie in die Küche und sagte, daß wir alle umgebracht werden sollten.«

Aber plötzlich legte sie die Hand auf den Mund und stieß einen Schreckensruf aus. Denn jetzt erst erinnerte sie sich an das, was ihr die Mutter eingeprägt hatte. Coldwell ging aus dem Zimmer hinaus und rief mit seiner lauten Stimme nach Mrs. Inglethorne. Es dauerte aber sehr lange, bis sie ihm antwortete, und als er dann ihre zitternde Stimme hörte, vermutete er, daß sie einen Teil seiner Unterhaltung mit dem Kind belauscht hatte.

»Kommen Sie herauf«, sagte er kurz, und Mrs. Inglethorne gehorchte zögernd.

»Diese Pistole ist heute morgen in Ihr Haus gebracht worden. Wer hat sie Ihnen gegeben?«

Die Frau war entsetzt und blickte ratlos von einem zum andern.

»Ein Herr hat sie hierhergebracht«, erwiderte sie schließlich. »Er sagte, sie gehörte Mr. Dawlish – ich sollte sie unter das Brett in dem Fußboden legen – es ist kein Wort gelogen, mein Herr, selbst wenn ich hier auf der Stelle sterben sollte!«

Coldwell betrachtete eingehend ihr aufgedunsenes Gesicht.

»Sie haben mir doch vorhin gesagt, daß Sie die Pistole nie vorher gesehen hätten. Wer hat sie geschickt?«

»Das weiß ich nicht, mein Herr. Ich habe den Mann noch niemals in meinem Leben gesehen – und wenn ich hier auf der Stelle sterben sollte!«

»Reden Sie doch nicht solchen Unsinn!« fuhr Coldwell grimmig auf. »Und wenn Sie jetzt nicht die Wahrheit sagen, werde ich Sie sehr schnell verhaften!«

Aber sie blieb bei ihrer Erzählung und schwur hoch und heilig, daß sie nichts von der Pistole wüßte und daß ein fremder Herr sie hergebracht habe. Sie dachte, er sei ein Freund von Peter Dawlish.

Zu Leslie Maughans größtem Erstaunen schien Coldwell die Geschichte für wahr zu halten und nichts Unrechtes darin zu finden, daß die Waffe unter dem Fußboden verborgen war.

»Sie haben recht töricht gehandelt, Mrs. Inglethorne. Wenn das nächstemal ein fremder Mensch zu Ihnen kommt und Sie darum bittet, Feuerwaffen in dem Zimmer Ihres Untermieters zu verbergen, dann täten Sie besser daran, die Polizei zu benachrichtigen.«

Er steckte die Pistole in seine Tasche und schaute sich nach Elisabeth um, aber das Kind war verschwunden.

»Durch diese Aussagen sind Sie entlastet, Dawlish«, sagte er, »wenigstens für den Augenblick. An Ihrer Stelle würde ich mir den ganzen Raum genau ansehen und prüfen, ob hier nicht noch mehr Verstecke vorhanden sind, in denen man gestohlenes Gut unterbringen kann.«

Er hatte noch eine kurze Unterredung mit dem Polizeikommissar des Reviers und ging dann mit Leslie zu dem Wagen zurück.

»Sie haben die Frau sehr glimpflich behandelt, Mr. Coldwell.«

Er sah sie schnell von der Seite an.

»Ich habe mich niemals damit abgegeben, kleine Fische zu fangen, besonders nicht dann, wenn große Hechte in der Nähe sind. Und es ist der große Hecht, hinter dem ich her bin. Aber es sollte mich wundern, wenn mich diese kleinen Fische nicht auf seine Spur brächten.«

»Glauben Sie den Aussagen von Peter Dawlish?«

Er nickte, als er ihr behilflich war, in den Wagen zu steigen. Nachdem der Wagenschlag geschlossen war, sagte er ihr seine Meinung.

»Der Detektiv, der die Wohnung von Peter Dawlish vorige Nacht durchsuchte, hat das lose Brett und die Öffnung darunter gefunden. Es wäre leicht möglich gewesen, daß ihm die Diamantringe entgangen wären, aber unter keinen Umständen hätte er die Pistole unbeachtet lassen können. Deshalb wußte ich von vornherein, daß die Waffe absichtlich dorthin gelegt worden war. Es blieb die Möglichkeit offen, daß Peter sie selbst dorthin gebracht hatte, aber die Wahrscheinlichkeit sprach gegen diese Theorie. Das Kind hat die Wahrheit erzählt. Der kleine, gelbgesichtigte Mann war vielleicht einer der drei Kerle, die Peter Dawlish angegriffen haben.«

Leslie hörte nun zum erstenmal von diesem merkwürdigen Vorfall, der sich in der Severall Street ereignet hatte.

Mr. Coldwell gab etwas nervös zu, daß der Fall sich so entwickelt hatte, daß er ihn nicht mehr durchschauen konnte.

»Wir haben eine Frau, die sich als Mann verkleidet hat, und zwar wenigstens während der letzten fünfzehn Jahre. Man hat sie tot aufgefunden – mit einem kostbaren Smaragd in der Hand, der nach einer rohen Schätzung mindestens tausend Pfund wert ist. Sie wurde aus allernächster Nähe mit einer Pistole erschossen, die ich in meiner Tasche habe –«

Leslie war bestürzt. »Das ist doch nicht Ihr Ernst?«

»Doch – ich würde sogar ein ganzes Monatsgehalt darauf wetten, daß ich recht habe. Sie glauben, ein Mörder wäre ganz von Sinnen, die Waffe, mit der er die Tat beging, der Polizei in die Hände zu spielen, da er doch wissen muß, daß jede Pistole eine Nummer hat und man feststellen kann, wo und wann sie gekauft wurde – es sei denn, daß der Kauf in Belgien vorgenommen wurde, was ich für das Wahrscheinlichste halte. Sie haben Druze nicht mehr gesehen, nachdem sie aufgefunden wurde? Ich würde Ihnen auch sehr davon abraten. Alle Details, die sie betreffen, sind ja zu Protokoll genommen, und Sie können sie dort einsehen. An dem unteren Teil ihres rechten Daumens, auf der Rückseite der Hand, zeigte sich eine große, schwarze Wunde, die von verbranntem Pulver herrührt. Diese Verletzung fiel mir sofort in die Augen, als ich die Leiche untersuchte.«

»Wie mag sie dazu gekommen sein?«

»Sie selbst hat eine Pistole abgefeuert – und zwar fünf- oder sechsmal in schneller Aufeinanderfolge. Dabei entstand diese Verbrennung. Ein Schuß hätte die kleine Brandwunde nicht verursachen können, es mußten mindestens fünf gewesen sein. Sehen Sie hierher.« Er zeigte ihr seine eigene Hand, auf der eine entzündete, rote Stelle zu sehen war, die außerdem schwach schwarz gefärbt war. »Ich habe heute morgen eine Pistole abgeschossen, um zu sehen, was die Folgen sein würden, und ich habe genau dieselbe Brandwunde wie Druze bekommen. Es ist eine Vermutung, Leslie, aber ich nehme an, daß Miss oder Mrs. Druze in Selbstverteidigung getötet wurde. Sie hat mit der Schießerei begonnen und ist dabei umgekommen.«

Leslie hörte atemlos zu.

»Wo ist wohl die andere Leiche?« fragte sie schnell.

Er starrte sie an.

»Die andere Leiche?«

»Sie hat doch sicher jemand getötet«, erwiderte Leslie rasch. »Getötet oder schwer verwundet. Eine Frau wie Druze trug keine Waffe bei sich, ohne sie auch gebrauchen zu können. Und wenn sie mit der Pistole umzugehen verstand und zuerst feuerte, dann ist zum mindesten jemand schwer verletzt.«

Mr. Coldwell nahm seinen Hut ab und strich sich über die Stirn.

»Das war die nächstliegende und ganz natürliche Schlußfolgerung – und ich habe sie nicht gezogen. Warum ich das nicht tat, weiß ich wirklich nicht. Lassen Sie mich die Lage einmal überdenken.«

Sie fuhren schweigend zusammen nach Scotland Yard.

»Ich bin mit meiner Überlegung noch nicht zu Ende«, sagte er enttäuscht, als er hinter ihr aus dem Wagen stieg und den Chauffeur bezahlte.

In der Eingangshalle stand ein bärtiger Mann, der das Aussehen eines Arztes hatte. Er sprach mit dem wachhabenden Beamten, der ihm Mr. Coldwell zeigte. Der Herr ging auf den Chefinspektor zu, als er eintrat.

»Sind Sie Mr. Coldwell? Mein Name ist Simmson – Dr. Simmson. Ich wohne in der Marylebone Road.«

»Nun, Herr Doktor?« fragte Coldwell höflich. »Womit kann ich Ihnen dienen?«

»Einer meiner Freunde hat mir geraten, nach Scotland Yard zu gehen und einen merkwürdigen Umstand zu berichten«, sagte der Arzt etwas schüchtern. »Ich habe dergleichen früher nie getan und weiß nicht recht, wie ich beginnen soll. Ich habe nämlich eine Patientin mit einer Schußwunde, und ich bin mit ihrer Erklärung, wie sie diese Verletzung erhalten hat, nicht zufrieden. Die Wunde ist zwar nur leicht . . .« Coldwell hörte gespannt zu. »Es ist nur eine Fleischwunde. Keine Arterie ist verletzt. Ich glaube fast, daß es eine Indiskretion gegen meine Patientin ist –«

»Wie heißt sie denn?«

»Mrs. Greta Gurden.«

11

Greta Gurden hatte eine Wohnung im ersten Stockwerk eines Hauses in Portman Crescent. Sie war reichlich phantastisch ausgeschmückt und wies alle möglichen Stilarten auf, nur von ihrem eigenen Geschmack verriet sie nichts. Mrs. Gurden schlief in einer roten Lackbettstelle, die mit goldenen Teufelchen verziert war. Dieses Prunkstück hatte sie vor Jahren auf dem Trödelmarkt in der Nähe der Caledonian Road erstanden und hatte die schadhaften Stellen mit eigener Hand ausgebessert.

Für eine alleinstehende Frau ist das Leben meistens eine Tragödie. Im Hintergrunde figurierte bei ihr immer ein sagenhafter Ehemann, aber er hatte sie entweder böswillig verlassen, oder er war in einer Irrenanstalt. Auf keinen Fall waren Gretas Erklärungen zufriedenstellend. Sie gehörte auch zu jenen Menschen, die ein für ihre Verhältnisse viel zu großartiges Auftreten haben. Von Beruf war sie Journalistin – sie gab ein Skandalblatt heraus, das den Titel trug ›Was man sich in Mayfair erzählt‹. Dieses Blatt erschien nur in einer verhältnismäßig geringen Auflage und nahm Gretas Zeit eigentlich sehr wenig in Anspruch. Es war sicherlich nicht im Interesse des Blattes, daß sie vortäuschte, ein Leben von ausgelassener Fröhlichkeit zu führen.

Gelegentlich tauchte sie in den exquisitesten Nachtklubs auf, häufiger allerdings in weniger seriösen Lokalen derselben Art. Ihre Besuche richteten sich ganz nach den Mitteln und dem Geschmack des Herrn, der sie ausführte. Sie hatte eine große Anzahl von Bekannten und Freunden, denen sie imponierte, weil sie immer sensationelle Klatschgeschichten wußte.

Junge Leute luden sie zum Mittag- oder Abendessen, manchmal auch zum Tanz ein. Herren in mittlerem Alter, Familienväter, denen sie Hoffnungen und Avancen machte, die niemals erfüllt wurden, nahmen sie in weniger teure Vergnügungslokale mit. Auch Damen, die gern Zutritt in die vornehme Gesellschaft von Mayfair gehabt hätten, suchten ihre Bekanntschaft zu machen, da sie fälschlicherweise voraussetzten, daß Greta in den vornehmsten Kreisen verkehrte. Die Zeitung ›Was man sich in Mayfair erzählt‹ gehörte Anita Bellini. Es war ein Unternehmen, das sich nicht bezahlt machte. Diese Tatsache unterstrich die Prinzessin immer gebührend, wenn Mrs. Greta Gurden jeden Freitag bei ihr erschien, um ihr wöchentliches Gehalt abzuholen, das ihr einziges regelmäßiges Einkommen bildete. Anita Bellini war in anderer Weise sehr nett zu ihr, gelegentlich wurde sie von ihr zum Abendessen eingeladen und erhielt abgelegte Kleider. Anita nahm sie auch zu Nachmittagskonzerten mit und beschäftigte sie als eine Art unbezahlte Sekretärin. Manchmal hatte Greta auch unverhofftes Glück, denn sie verdiente zuweilen hier und dort eine Summe von fünfzig Pfund für irgendeine Gefälligkeit oder einen Dienst, den sie erwiesen hatte. Sie hatte auch immer Verwendung für das Geld, einmal mußte sie neuartige Vorhänge und Gardinen kaufen, ein andermal ein ausgefallenes chinesisches Schränkchen oder ein Möbel, das jedenfalls so aussah, dann eine elfenbeingeschnitzte Madonna, die natürlich die Kopie eines berühmten Stückes war. Greta Gurden hatte eine merkwürdige Leidenschaft, nur wertloses Zeug aufzuhäufen. Ihr Speisezimmer war vollgestopft mit imitierten Schnitzereien, japanischen, indischen und persischen Kettenpanzern, die in Birmingham gemacht worden waren, und Benaresbronzen, die aus derselben industriereichen Stadt stammten. An der Wand stand ein altertümliches Spinett, das zugleich als Büfett und als Abstellplatz für imitierte Bristol-Kristalle diente. Sogar ein paar Geweihe hatte sie über der Tür aufgehängt und erzählte ihren ehrfürchtig lauschenden Besuchern, daß sie den Zwölfender selbst geschossen hatte, als sie in dem kleinen Jagdschloß des Herzogs von Blank in Inverneßshire zu Gast war.

Sie hatte nur eine Aufwartefrau, die am Vormittag putzte und am Nachmittag Dienstmädchen und Kammerzofe spielte. Und nur dieser Frau gegenüber gab sich Greta so, wie sie wirklich war.

Mrs. Gurden lag nun mit einem verbundenen Bein zu Bett und war eine ungeduldige und schwierige Patientin. Die Furcht packte sie immer noch, wenn sie an ihren Unfall dachte, außerdem hatte sie Angst vor Blutvergiftung und anderen Folgeerscheinungen. Sie ärgerte sich über die ihr aufgezwungene Untätigkeit und war mit der ganzen Welt im allgemeinen und im besonderen unzufrieden.

Aber ihre täglichen Pflichten gegen sich selbst vernachlässigte sie keineswegs. Ihr Gesicht war fast vollständig unter einer Schlammpackung verborgen, durch die sie die lästigen Altersrunzeln vertreiben wollte. Nur ihre beiden dunklen Augen leuchteten unter der grauen Maske hervor. Sie trug Handschuhe, um ihre mit Creme eingeriebenen Hände zu schützen. Sprechen konnte sie kaum, weil ihre Wangen von dem Schlamm bedeckt waren. Im Augenblick hatte sie obendrein noch einen weiteren Grund, sich aufzuregen.

»Sagen Sie ihr, daß ich sie nicht empfangen kann und will – sie soll um zwölf Uhr wiederkommen.«

»Sie ist aber von Scotland Yard.«

»Das ist mir ganz gleich, ich will sie nicht empfangen.«

Die Aufwartefrau verschwand folgsam in den Vorraum. Greta hörte Stimmengemurmel, und nach einer Weile kam die Frau zurück.

»Sie sagt, sie will warten, bis Sie fertig sind. Sie möchte erfahren, wie Sie Ihr Bein verletzt haben.«

Greta wurde plötzlich von panischem Schrecken erfaßt.

»Bringen Sie mir heißes Wasser –«

Es dauerte ziemlich lange, bis alle die Packungen und Schönheitsmittel entfernt waren. Dann war wohlriechende Creme notwendig, um die Haut wieder einzureiben, und schließlich mußte sie sich noch pudern. Leslie Maughan hatte gelegentlich durch die Tür blicken können, wenn die Aufwartefrau durchging, und das hatte ihr den Grund der Verspätung enthüllt. Sie wartete geduldig, denn sie hatte Mitleid mit den Frauen, die den vergeblichen Kampf gegen das Altern unentwegt aufnahmen. Als sie schließlich eingelassen wurde, sah Greta wie gewöhnlich blühend und hübsch aus.

»Wie liebenswürdig und freundlich von Ihnen, mich zu besuchen – direkt süß! Ich hoffte schon immer, daß ich noch einmal Gelegenheit haben würde, Sie wiederzusehen. Die Prinzessin ist so schwierig, nicht wahr? Ich hätte so gern ein wenig mit Ihnen geplaudert, als ich Sie das letztemal traf. Ich bewundere Sie aufrichtig. Wollen Sie nicht Platz nehmen? Ja, denken Sie, ich hatte einen schrecklichen Unglücksfall, ich reinigte nämlich die Pistole meines Mannes und dabei ging plötzlich ein Schuß los – aber glücklicherweise ist es nur eine Fleischwunde, es ist kein Knochen verletzt.«

»Wo hat sich denn der Unfall zugetragen?«

Greta wollte schon sagen »Hier«, aber sie besann sich noch eines Besseren.

»In einem kleinen Landhaus, in dem ich mein Wochenende zubrachte. Es gibt doch so unachtsame Leute. Wie kann man bloß eine Pistole geladen aufbewahren. Ich wäre beinahe vor Furcht gestorben!«

»Was für ein Landhaus war das denn?«

Greta runzelte die Stirn.

»Wie war doch gleich der Name des Platzes? Ich kenne die Leute nicht sehr gut . . . Das Haus liegt irgendwo in Berkshire.«

»War Ihr Mann auch dort, Mrs. Gurden?«

»Hm – nein, aber er war früher dort, und sein Gepäck stand noch da. Ich kramte darin herum und fand seine Pistole. Sie sah so schrecklich vernachlässigt und schmutzig aus, daß ich sie reinigen wollte.«

»Wer ist denn außer Ihnen noch verletzt worden?« fragte Leslie ruhig.

Greta sah sie schnell und argwöhnisch von der Seite an.

»Niemand – Gott sei Dank!«

»Ereignete sich dies vor oder nach Druzes Ermordung?«

Greta setzte sich im Bett aufrecht und starrte Leslie an.

»Tot?« fragte sie heiser. »Druze ist doch nicht tot? Das kann nicht wahr sein!«

»Doch, Druze ist tot. Sie wurde in der vorigen Nacht am Barnes Common aufgefunden – sie ist erschossen worden!«

»Sie?« Greta runzelte die Stirn. »Vom wem sprechen Sie denn? Ich sprach doch von Druze.«

»Ich auch. Druze war eine Frau. Das wissen Sie doch!«

Greta sah sie mit weit aufgerissenen Augen verstört an, und Leslie erkannte, daß Greta Gurden nicht in dieses Geheimnis eingeweiht war.

»Eine Frau – großer Gott!«

Greta sank erschöpft in die Kissen zurück und schaute zur Decke empor. Hätte Leslie nicht das unruhige Flattern ihrer Augenlider bemerkt, so hätte sie gedacht, sie sei ohnmächtig geworden. Aber plötzlich begann sie wieder zu reden.

»Ich kann Ihnen weiter nichts erzählen. Ich habe mich selbst durch einen unglücklichen Zufall ins Bein geschossen. Ich weiß nichts von Druze – wirklich nicht. Wie käme ich auch dazu? Ich war auf dem Land, als das geschah. Mehr kann ich nicht sagen, und mehr will ich auch nicht sagen.«

Die letzten Worte stieß sie leidenschaftlich hervor, sie schrie beinahe.

Leslie sah ein, daß es unter diesen Umständen zwecklos war, sie weiter auszufragen. Die Frau war so bestürzt, daß Leslie gezögert hätte, weiter in sie zu dringen, auch wenn sie nicht eine Patientin gewesen wäre, der ein zu scharfes Verhör eventuell hätte schaden können.

»Ich werde später kommen, wenn es Ihnen bessergeht, Mrs. Gurden.«

Greta antwortete nicht.

Als Leslie die Straße entlangfuhr, begegnete ihr ein großer Rolls-Royce, und sie sah einen Augenblick lang Prinzessin Bellini. Nun tat es ihr leid, daß sie so bald gegangen war. Es wäre doch besser gewesen, wenn sie unter dem einen oder anderen Vorwand ihren Besuch verlängert und die Begegnung der beiden Frauen beobachtet hätte.

Anita Bellini stieg die Treppe empor und ging in das Krankenzimmer, ohne anzuklopfen. Sie schickte die Aufwartefrau fort, die an ihr hochfahrendes Benehmen schon gewöhnt war und schweigend hinausging.

»War Miss Maughan hier?«

Anita kniff die Augen zusammen, als sie das eingefallene Gesicht Gretas sah.

»Ich sehe, daß sie hier war«, sagte sie böse. »Weshalb ist sie hergekommen?«

Greta erhob sich auf die Ellbogen und legte ein Kissen unter, um sich zu stützen. Sie zitterte aber so sehr und war so schwach, daß sie mit einem Seufzer wieder zurücksank.

»Sie wollte wissen, wie ich verwundet wurde.«

»Was haben Sie ihr darauf gesagt?« fragte die Prinzessin ungeduldig. »Um Himmels willen, nehmen Sie sich doch zusammen! Woher wußte sie denn überhaupt, daß Sie verwundet waren? Haben Sie etwa den Zeitungen eine Nachricht hierüber zugeschickt?«

»Ich weiß nicht, wie sie es erfahren hat, aber auf jeden Fall wußte sie es. Ich habe ihr erzählt, daß sich plötzlich ein Schuß löste, als ich die Pistole meines Mannes reinigen wollte. – Anita, ist es wahr?«

»Was soll denn wahr sein?«

»Ist Druze wirklich tot?«

»Ja.«

»Und es stimmt, daß sie eine Frau war.«

»Ich dachte, das wüßten Sie. Natürlich war sie eine Frau.«

»Mein Gott – wie entsetzlich!«

Anita sah sie kalt an.

»Haben Sie ihr noch mehr gesagt? Man kann sich tatsächlich nicht auf Sie verlassen. Ich hätte allerdings auch nicht erwartet, daß dieser kleine Teufel herausbringen würde, daß Sie verwundet sind. Wahrscheinlich hat der Doktor geplaudert. Ich werde

Ihnen etwas Geld geben. Sie sehen entsetzlich aus – das wissen Sie doch? Sie haben sich nicht gut gehalten, Greta. Alle Cremes der Welt werden die Ringe unter Ihren Augen nicht wegbringen. Sie werden eben alt.«

Die Röte, die in Greta Gurdens Gesicht kam und ging, war echt. Wut blitzte aus ihren Augen, denn Anita hatte sie an ihrem wundesten Punkt getroffen.

»Sie sind natürlich nicht fähig, sich um die Zeitung zu kümmern. Im Frühling gehe ich nach Capri. Die neue Villa ist gekauft – es ist wohl das beste, ich nehme Sie mit. Die Zeitung werde ich einstellen. Sie ist ja sowieso in letzter Zeit vollständig nutzlos. Wenn Sie nur einen Funken Begabung hätten, Greta, so hätten Sie etwas daraus machen können. – Sind Sie auch sicher, daß Sie dieser Detektivin weiter nichts gesagt haben?«

»Ich habe ihr weiter nichts mitgeteilt«, entgegnete Greta, die ihre Selbstbeherrschung allmählich wiedererlangte.

»Was ist denn das?«

Anita war vor einem großen Schreibtisch stehengeblieben, öffnete ihn und betrachtete eine Anzahl Briefe, die sorgfältig in einzelne Bündel zusammengebunden waren.

»Sind dies meine Schriftstücke, die Sie ordnen sollten?«

»Ja.«

Die Prinzessin nahm einen der Briefe aus einem Paket, las etwas darin und steckte ihn zurück.

»Das meiste kann verbrannt werden. Haben Sie kein wichtiges Dokument darunter gefunden?«

»Nein – nichts.«

Gretas Stimme klang sonderbar.

»Was ist denn mit Ihnen los?«

Nun brach sich plötzlich der lang aufgespeicherte Groll Gretas Bahn. Sie schluchzte vor Wut, und ihre Worte waren kaum zu verstehen.

»Sie behandeln mich, als ob ich ein Dienstbote wäre – so von oben herunter! Ich hasse diese gemeine Art, wie Sie mit mir verkehren! Ich bin nicht Ihr Hund. Ich habe Ihnen nun schon seit zwölf Jahren wie eine Sklavin gedient! Ich lasse mich nicht so behandeln – das ertrage ich nicht mehr! Ich will lieber im Rinnstein verhungern! Ich werde jetzt alt – ich weiß es nur zu gut. Aber Sie brauchen mir das nicht ins Gesicht zu schleudern! Sie sprechen immer über mein Aussehen. Wenn Sie mir nichts Angenehmeres sagen können, dann schweigen Sie lieber! Ich habe das satt!«

»Benehmen Sie sich doch nicht so einfältig!« herrschte die Prinzessin sie an. »Sie sind nervös und hysterisch! Denken Sie doch gefälligst an Ihre Zukunft. Die wird nicht besser dadurch, daß Sie mir Vorwürfe machen. Gehen Sie doch zurück zur Bühne, wo Sie als Statistin tätig waren!«

»Das ist das Gemeinste, was Sie sagen können«, fuhr Greta auf. »Sie sind einfach schrecklich! Ich werde keinen Finger mehr für Sie rühren –«

Sie begann zu weinen, aber Anita Bellini tat nichts, um sie zu beruhigen. Sie wußte von früheren Gelegenheiten her, daß sie in ein oder zwei Stunden einen reuevollen Brief von ihr erhalten würde, in dem sie um Verzeihung bat. Greta revoltierte ja nicht zum erstenmal. Aber sie hatte sich noch jedesmal wieder vor ihr gebeugt.

Mit dieser Überzeugung verließ die Prinzessin schlechtgelaunt Gretas Wohnung. Als ihr Wagen aus der engen Straße herausgefahren war, dachte sie schon nicht mehr an Greta, denn sie hatte andere, weit wichtigere Dinge zu überlegen.

Leslie Maughan konnte ihrem Vorgesetzten nur sehr wenig berichten, aber er schien dadurch nicht enttäuscht zu sein.

»Wir werden sie eine Weile in Ruhe lassen. Wenn man diese Leute zu sehr plagt, verschaffen sie sich ein unwiderlegliches Alibi, und das ist das Schlimmste.«

Er schaute auf die Koffer, die in der Ecke des Zimmers standen.

»Es wäre ganz gut, wenn wir sie einmal durchsuchten. Ich werde meine Sekretärin hereinrufen, damit sie eine Liste von dem Inhalt macht. Sie können ihr ja diktieren.«

Er klingelte, und die junge Dame, die Leslie Maughans Stellung nach deren Beförderung eingenommen hatte, trat ein. Coldwell bückte sich zu dem ersten der Koffer und schloß ihn auf. Leslie nahm eine Menge abgenutzter Kleider heraus. Aber erst als sie auf ein Paket neuer Herrenanzüge stieß, wurde ein kleines Geheimnis enthüllt. Sie waren halb fertig, die einzelnen Teile nur geheftet. Einer mußte jedoch passen, denn er war halb genäht, und eine kleine Nährolle in einer Seitentasche des Koffers erklärte, wie Druze die Peinlichkeit einer Anprobe beim Schneider umgangen hatte. Sie konnte offenbar sehr gut nähen, denn das halbfertige Kleidungsstück war sehr ordentlich im Schnitt. Es fand sich jedoch weiter nichts, das irgendwelches Licht auf das Rätsel ihres Todes geworfen hätte.

Der zweite Koffer barg jedoch eine Überraschung, denn er enthielt Damenkleider.

»Sie wollte in Amerika ihre Verkleidung also aufgeben«, schloß Leslie daraus, und Mr. Coldwell stimmte zu.

Schließlich war auch der dritte Koffer ganz leer, ohne daß sich der geringste Anhaltspunkt ergeben hätte.

»Es ist auch noch ein Handkoffer da, wir entdeckten ihn erst heute morgen. Er war im Waterloo-Bahnhof zur Gepäckaufbewahrung gegeben«, sagte Coldwell.

Er öffnete eine Kommode, nahm einen Reisekoffer aus Krokodilleder heraus und stellte ihn auf den Tisch. Er war verschlossen, aber zu solchen Koffern paßt ja jeder Schlüssel, und bei dem zweiten Versuch konnte er ihn schon öffnen. Hier fand Leslie Gegenstände, die man auf eine Reise mitzunehmen pflegt: ein Reisenecessaire, Seife, einen kleinen Schmuckkasten mit einer goldenen Uhr und Kette, eine brillantenbesetzte Armbanduhr und eine kleine längliche Brillantbrosche. Ein seidener Morgenrock, ein Paar leichte Pantoffeln und einiges andere ergänzte den Inhalt.

»Hier ist auch nichts«, meinte Leslie enttäuscht.

Sie ließ ihre Hand noch an dem seidenen Innenfutter des Morgenrocks entlanggleiten und hielt plötzlich an, als sie ein dünnes, längliches Päckchen fühlte. Sie holte Coldwells Schere vom Schreibtisch, schnitt die Seide auf und zog einen Umschlag heraus. Er war verschlossen und trug keine Aufschrift. Sie riß ihn auf und zog ein längliches Dokument heraus. Es war ein Heiratsschein, ausgestellt von dem Reverend H. Kermitz in Elfield, Connecticut.

»Großer Gott!« rief Coldwell bestürzt, der über Leslies Schulter mitgelesen hatte.

Einen Augenblick lang verschwammen die Buchstaben vor Leslies Augen, aber dann standen sie klar vor ihr. Dieses amtliche Schriftstück bezeugte, daß Peter James Dawlish in heiliger Ehe mit Jane Winifred Hood verbunden wurde – und Hood war Lady Raythams Mädchenname!

Sie las es noch einmal durch und reichte dann das Blatt Mr. Coldwell.

»Dann waren sie also verheiratet«, sagte sie gleichmütig. »Das war der Punkt, über den ich mir noch nicht klar war.«

12

Peter Dawlish fiel es sehr schwer, sich auf seine Arbeit zu konzentrieren, obwohl sie rein mechanisch war. Von Zeit zu Zeit hielt er inne und hing seinen Gedanken nach, die unvermeidlich zu einem grauen Gebäude am Themseufer wanderten, zu einem Büro, das irgendwo in dem dunklen Innern dieses Hauses lag. Ein junges Mädchen saß dort hinter einem Schreibtisch – deutlich konnte er ihr Gesicht vor sich sehen. Dann nahm er wieder seufzend seine Feder auf und machte sich Vorwürfe wegen dieser unnützen, törichten Träumereien.

Weit besser wäre es für ihn, dachte er, seine Gedanken zu den öden Mooren und den schrecklichen Gefängnissen in der Talsenke schweifen zu lassen, wenn er sich nicht auf seine Arbeit konzentrieren konnte. Er sollte an den höhnischen Steinbogen denken, durch den er so oft mit schweren Stiefeln gewandert war, oder an den Gefängniswärter mit dem großen, blonden Vollbart, der an dem eisernen Gittertor stand und die Gefangenen zählte, wenn sie hinaus- und hineingingen; an den langen Flügel, in dem die gewölbeähnlichen Zellen lagen, und an die Bettdecken mit dem karierten Muster. Er sollte sich an das Sumpfland erinnern, von dem die Gefangenen stets bis auf die Haut durchnäßt von der schweren Arbeit zur Mahlzeit zurückkehrten. Das scheunenartige, große Waschhaus, die verlassenen stillen Strafzellen, der von Rissen zerfurchte Asphaltboden, auf dem die Gefangenen am Sonntagmorgen im Kreise umherwanderten, sollten vor seinem Geiste stehen. Es waren häßliche Dinge, aber sie waren doch tatsächliche Vergangenheit. Und es war viel besser, daran zu denken, als Luftschlösser zu bauen und immer die schlanke Gestalt eines hübschen Mädchens, ihre dunklen Augen und ihre roten Lippen vor sich zu sehen.

Er war in der Adressenliste bei dem Buchstaben S angekommen. Er schrieb jetzt die Simpsons, Sims und Sinclairs. Seine Beschäftigung wurde nicht gerade sehr glänzend bezahlt, denn sein Arbeitgeber war ein Buchmacher von zweifelhafter Ehrlichkeit, aber Peter hatte immerhin einen Vorschuß bekommen, und man hatte ihm mehr Arbeit versprochen.

Energisch hatte er alle Gedanken an seine Mutter unterdrückt, selbst im Gefängnis von Dartmoor hatte er nicht an sie gedacht. Wenn er sich überhaupt an etwas erinnerte, so höchstens an den Brief, den er an dem Tag seiner Verurteilung erhalten hatte. Sein Vater war in jener Woche gestorben, er war seit Monaten kränklich gewesen und hatte niemals die Schande seines Sohnes erfahren. Dieser Gedanke hatte Peter aufrechterhalten, bevor er diesen letzten Brief seiner Mutter erhielt, in dem sie ihm mitteilte, daß der alte Donald Dawlish in einer klaren Stunde, in der er das Bewußtsein wiedererlangt hatte, den Namen seines Sohnes aus seinem Testament gestrichen hatte. So verließ Peter die Anklagebank mit Bitterkeit im Herzen, denn dieser letzten Handlung seines Vaters gegenüber bedeutete die Verurteilung zu sieben Jahren Gefängnis nichts.

Um sechs Uhr brachte Elisabeth den Tee. Sie war ungewöhnlich still und schweigsam, und als er eine kleine Unterhaltung mit ihr beginnen wollte, zeigte sie sich so verschüchtert, daß er nicht weiter in sie drang.

Er ging eine Stunde aus und schlenderte in den Straßen umher. Als er zurückkehrte, öffnete er die Haustür mit einem Schlüssel, den ihm seine Wirtin gegeben hatte. Er erinnerte sich jetzt, daß er Mrs. Inglethorne seit dem Besuch der Polizei nicht mehr gesehen hatte.

Er ging die Treppe hinauf, knipste in seinem Zimmer das

Licht an, legte eine Papiertüte mit Keks vor sich auf den Tisch, die er unterwegs gekauft hatte, und setzte sich dann wieder an seine Arbeit. Es schlug acht Uhr, als er hörte, daß ein Auto vor der Tür hielt. Er trat an das Fenster, zog die Vorhänge beiseite und schaute hinunter. Es war zu dunkel, um den Besucher erkennen zu können, aber sein Herz schlug höher bei dem Gedanken, daß es vielleicht Leslie Maughan sein könnte. Er öffnete die Tür seiner Stube und wartete. Nach einigen Sekunden hörte er Mrs. Inglethornes mürrische Stimme.

»Eine Dame will Sie sprechen, Mr. Dawlish.«

»Wollen Sie sie bitten, nach oben zu kommen?«

Er ging in sein Zimmer zurück. Die Schritte auf der Treppe waren langsamer und schwerer als die Leslies. Und dann trat eine Frau ein, die er am wenigsten erwartet hatte – seine Mutter.

Ihre kalten Blicke wanderten von ihm zu dem Tisch, der mit Kuverts bedeckt war.

»Passende Arbeit für den Sohn eines vornehmen Mannes«, sagte sie mit harter Stimme.

»Ich habe schon schlechtere Arbeit gehabt«, erwiderte er kühl.

Sie schloß die Tür hinter sich, als ob sie etwas von Mrs. Inglethornes angeborener Neugierde geahnt hätte.

»Ich hatte nicht gedacht, daß ich dich noch einmal wiedersehen würde.« Sie lehnte mit einer Handbewegung den Stuhl ab, den er ihr hinschob. »Nachdem ich mir aber die ganze Sache eingehend überlegt habe, bin ich zu dem Entschluß gekommen, etwas für dich zu tun. Ich habe die Absicht, im Westen Kanadas eine kleine Farm für dich zu kaufen und mit allen nötigen Gerätschaften und mit Vieh zu versehen, und ich werde dir eine kleine Jahresrente aussetzen, von der du leben kannst, wenn die Farm nicht gehen sollte, wie ja vorauszusehen ist. Du kannst am Sonnabend nächster Woche nach Quebec abfahren, ich habe schon ein Billett zweiter Klasse für dich gebucht.« Als er sprechen wollte, schnitt sie ihm die Worte kurz ab. »Ich wünsche keinen Dank. Ich werde mich nur wohler fühlen, wenn du außer Landes bist. Du hast den Namen deines Vaters mit ewiger Schande bedeckt, und ich möchte nicht dauernd an diese Tatsache erinnert werden.«

Sie machte eine Pause.

»Deine Annahme war falsch, wenn du dachtest, ich wollte dir danken«, erwiderte er ruhig. »Denn erstens habe ich überhaupt nicht die Absicht, deine Wohltat anzunehmen, und zweitens fühle ich mich nicht zum Farmer geeignet, weder in Kanada noch in England.«

»Ich habe aber deine Passage schon bezahlt«, sagte sie entschieden.

»Dann wird also im letzten Augenblick ein leeres Bett in einer Kabine billig abgegeben werden«, meinte Peter halb lächelnd.

Sie schaute sich verächtlich in dem Raum um, und wieder schweiften ihre Blicke über den Tisch.

»Du verschwendest also deine Kräfte lieber auf diese nutzlose Arbeit?«

»Daß es nutzlose Arbeit ist, gebe ich gern zu, aber sie ist trotzdem unendlich viel anregender als Schuhe flicken oder Gefangenenwäsche zu waschen, was doch in der letzten Zeit meine Beschäftigung war. Ich erwarte nichts von dir, Mutter. Aus irgendeinem Grund, den ich niemals ganz verstanden habe, hast du mich von meiner Kindheit an gehaßt. Ich will dir nicht den Vorwurf machen, daß du unnatürlich bist. Du hast ja stets unter dem Druck Anita Bellinis gehandelt, solange ich denken kann.«

»Wie darfst du das behaupten?« fuhr sie wütend und ärgerlich auf. »Was willst du damit sagen, daß ich unter dem Druck von Anita Bellini gestanden habe?«

»Ich weiß nur, daß Anita Bellini jede gute Regung in allen Frauen erstickt hat, die irgendwie mit ihr in Berührung gekommen sind. Sie ist ein Teufel. Woher es kommt, daß sie Macht über dich hat, mag Gott wissen. Es war wirklich gerade genug, daß sie mich der einzigen Wohltat beraubte, auf die jedermann ein Recht hat – der Mutterliebe. Ich gebe zu, daß das reichlich sentimental klingt, aber es hat doch eine ganz eigenartige Bewandtnis damit.«

»Du hast alles so gehabt, wie du es verdient hast«, unterbrach sie ihn hart. »Ich bin nicht hierhergekommen, um mit dir über meine Pflichten zu sprechen. Wenn du lieber nach Australien gehen möchtest statt nach Kanada – «

»Ich ziehe es vor, hier in Lambeth zu bleiben«, sagte er.

Sie zuckte leicht mit den Schultern.

»Du hast dir selbst dein Bett gemacht und mußt damit zufrieden sein. Ich habe alles getan, was menschenmöglich ist, mehr als man erwarten konnte. Wenn man bedenkt, wie du mich erniedrigt und meinen Namen in den Schmutz gezogen hast –«

»Meines Vaters Namen«, verbesserte er sie.

Diese Bemerkung hatte zu seiner größten Verwunderung eine außergewöhnliche Wirkung auf sie. Ihr Gesicht rötete sich, und die Linien um ihren Mund wurden noch härter.

»Deines Vaters Name ist auch der meine.« Ihre Stimme klang rauh.

Peter hatte sie noch nie so aufgeregt gesehen.

»Ich will dir zwanzigtausend Pfund geben, wenn du das Land verläßt, das ist mein letzter Vorschlag.«

»Ich werde niemals Geld von dir annehmen.« Er ging zur Tür, öffnete sie, und sie ging hinaus, ohne ihn eines weiteren Blickes zu würdigen.

Warum war sie wohl gekommen? Peter verschwendete eine kostbare halbe Stunde damit, sich den Kopf über ihre sonderbare Handlungsweise zu zerbrechen. Er hatte nur die Wahrheit gesprochen, als er vorhin sagte, daß sie seit seiner Kindheit eine direkte Feindschaft gegen ihn an den Tag gelegt hatte. Als er älter geworden war, hatte ihm diese Tatsache mehr zu denken gegeben als irgendeine andere Erfahrung seines Lebens. War sie nur seine Gegnerin? Nein, sie haßte ihn! Und sein Vater wußte das. Obwohl er ihre Feindseligkeit niemals offen erwähnt hatte, war er doch stets bemüht gewesen, ihm all die Liebe zuzuwenden, die ihm die Mutter versagte.

Während des Krieges hatte er mit seinem Vater Briefe gewechselt; sein Vater war es, der ihn vom Bahnhof abgeholt hatte, als er auf Urlaub von Frankreich kam. Sein Vater war jeden Tag im Lazarett erschienen und hatte an seinem Bett gesessen, als er verwundet war. Und als Peter dann aus dem Heeresdienst entlassen wurde, war es der alte Donald Dawlish, der den Sekretärposten für ihn gefunden hatte. Donald Dawlish wünschte, daß sein Sohn eine große politische Karriere machen sollte.

Peter nahm seinen Federhalter wieder auf und versuchte, sich auf seine Arbeit zu konzentrieren und die traurige Vergangenheit zu vergessen.

Es war Mitternacht, als er Schluß machte und seine verkrampften Finger rieb. Er öffnete das Fenster, um den Zigarettenrauch hinauszulassen, dann aß er ein Stück Keks und dachte nach. Allmählich wurden seine Blicke wieder fröhlicher, und seine Gedanken waren wieder bei Leslie Maughan.

Plötzlich hörte er unsichere Schritte auf dem Gehsteig. Sie hielten vor der Haustür an, die gleich darauf geöffnet wurde.

Mrs. Inglethorne ging manchmal abends aus und kam dann auch mit ähnlichem Gang nach Hause. Die Tür wurde wieder zugeworfen, und er hörte, wie sie unten mit sich selbst sprach.

Gewöhnlich blieb sie abends allerdings daheim und empfing die merkwürdigsten Besuche, die in unregelmäßigen Zwischenräumen kamen. Immer klopften sie einmal mit dem Türklopfer und einmal mit der flachen Hand an die Tür. Sie trugen meistens ein größeres oder kleineres Paket unter dem Arm. Dann folgte eine leise Unterhaltung unten im Gang, es wurde Geld aufgezählt, seltener raschelten Banknoten, und dann entfernten sich die Fremden wieder ohne ihre Pakete. Dies alles sah Peter wohl, aber er wollte es nicht sehen. Im Gefängnis hatte er gelernt, die Augen zuzudrücken, und er hatte Leslie Maughan noch nichts von den heimlichen Besuchen der Frauen und Männer erzählt, die sich die Severall Street entlangschlichen, wenn die Polizeipatrouillen weit weg waren.

Leslie Maughan! Er lächelte bei dem Gedanken an sie und noch mehr über seine eigene Träumerei. Welche Schranken trennten sie voneinander! Es waren unüberwindliche Schwierigkeiten und Hindernisse, die viel größer waren als der Gegensatz von Scotland Yard und dem Gefängnis von Dartmoor! Es war schlimmer als Wahnsinn, an sie zu denken –

Ein lauter, angstvoller Schrei ließ ihn auffahren. Im nächsten Augenblick war er an der Tür und riß sie auf.

Nun hörte er deutlich das Sausen und Klatschen einer Peitsche und die erschütternden Hilferufe. Er stürzte die Treppe im Dunkeln hinunter und klopfte an die Tür von Mrs. Inglethornes

Zimmer. Von drinnen kam ein jammervolles, herzzerreißendes Schluchzen.

»Wer ist da?« fragte die Frau argwöhnisch. »Machen Sie, daß Sie fortkommen und kümmern Sie sich um Ihre eigenen Angelegenheiten!«

»Öffnen Sie die Tür, oder ich breche sie mit Gewalt auf!« rief Peter zornig.

»Ich rufe die Polizei, wenn Sie mich nicht in Ruhe lassen!« Statt einer Antwort warf sich Peter mit der ganzen Wucht seines Körpers gegen die schwache Tür. Das Schloß brach krachend auf, und er stand in dem dumpfen Schlafzimmer. Elisabeth lag zusammengekauert auf einem ärmlichen Feldbett, nur mit ihrem verwaschenen Nachthemd bekleidet. Sie hatte den Kopf in die Arme vergraben, und ein heftiges Schluchzen schüttelte ihren zarten Körper. Mrs. Inglethorne stand mit rotem, zornigem Gesicht am Fußende der eisernen Bettstelle. Mit der einen Hand hielt sie sich an dem Pfosten fest, in der anderen hatte sie eine alte Hundepeitsche.

»Ich will ihr schon beibringen, mich anzuschwärzen«, sagte sie mit belegter Stimme. »Nach allem, was ich für sie getan habe!«

Es befand sich noch ein anderes Mädchen im Zimmer, das ungefähr in demselben Alter war wie Elisabeth. Sie lag in dem großen Bett, das Mrs. Inglethorne selbst benützte, und schien so an die Wutausbrüche der Frau gewöhnt zu sein, daß sie ruhig blieb.

»Wo ist dein Mantel, Elisabeth?« fragte Peter freundlich.

Das Kind schaute ihn aus verschwollenen Augen an und blickte dann furchtsam auf die Mutter.

»Was wollen Sie tun?« fragte Mrs. Inglethorne unsicher.

»Sie wird diese Nacht in meinem Zimmer schlafen«, erwiderte Peter. »Morgen werde ich weiter für sie sorgen. Und wenn Sie irgendwie Schwierigkeiten machen, hole ich die Polizei.«

Mrs. Inglethorne lachte laut auf.

»Tun Sie das doch!« kreischte sie mit schriller Stimme. »Das gefällt mir! Ein alter Sträfling, der nach der Polizei schickt! Auf Sie wird man ja gerade hören!«

»Ich glaube schon, daß man auf mich hören wird. Die Polizei

wird schon deshalb herkommen, um einmal zu untersuchen, warum der Raum im oberen Stockwerk, der nach hinten liegt, nicht als Schlafzimmer benutzt wird. Warum ist der denn immer verschlossen? Und warum gehen Sie nur hinein, wenn Sie Ihre heimlichen Besuche empfangen?«

Mrs. Inglethorne lachte nicht mehr.

»Meinetwegen können Sie soviel gestohlenes Gut kaufen wie Sie nur wollen, aber ich dulde unter keinen Umständen, daß Sie dieses Kind schlagen, solange ich hier wohne. Und wenn ich von hier fortziehe, werde ich dafür sorgen, daß sie anderswo gut untergebracht wird.«

Das Gesicht der Frau war von Furcht entstellt.

»Ich weiß nicht, was Sie wollen!« rief sie aufgeregt. »Wenn Sie sagen, daß ich Hehlerei treibe, dann lügen Sie!«

»Nun, dann will ich die Polizei rufen, damit sie die Sache hier in Ordnung bringt.«

Diese Drohung brachte sie zur Vernunft.

»Ich brauche keine Polizei im Haus! Das Ding hat mich geärgert, und es ist doch eine Unverschämtheit, wenn man eine Mutter nicht einmal ihr ungezogenes Kind schlagen läßt. Wenn sie oben in dem Zimmer schlafen will, kann sie das tun, aber hier unten ist besser für sie gesorgt, Mr. Dawlish. Sie haben doch oben nicht die mindeste Bequemlichkeit für sie.«

»Nun gut, geh wieder zu Bett, Elisabeth.« Er deckte sie mit der dünnen Decke zu und nahm, ohne ein Wort zu verlieren, den dicken Mantel von Mrs. Inglethorne und legte ihn noch darüber. »Schlafe jetzt schön«, sagte er noch, lächelte ihr zu und strich über ihren Kopf und ihre Wangen.

Für die Nacht war sie jedenfalls sicher. Was am Morgen geschehen würde, hing ganz davon ab, wie Leslie Maughan den Plan beurteilte, den er eben gefaßt hatte und der immer bestimmtere Formen annahm, je länger er darüber nachdachte.

Mrs. Inglethorne war eine Hehlerin, sie kaufte gestohlenes Gut. Er war zu lange mit Verbrechern zusammengewesen, um sich nicht hierüber klar zu sein. Als er eines Tages neugierig durch das Schlüsselloch geschaut hatte, waren auch seine letzten Zweifel in dieser Beziehung zerstreut worden.

Er ging zu Bett und war fest entschlossen, Leslie bei der ersten Gelegenheit aufzusuchen und mit ihr zu sprechen. Aber nicht nur um Elisabeths willen freute ihn dieser Gedanke.

Als er am nächsten Morgen in ihrer Wohnung in der Charing Cross Road ankam, erkannte ihn Lucretia nicht wieder und schimpfte, als er den Wunsch äußerte, Leslie zu sprechen. Sie betrachtete ihn und schüttelte den Kopf.

»Es geht nicht, daß Sie Miss Maughan hier sprechen. Es ist besser, Sie suchen sie in Scotland Yard auf. Sie ist jetzt zu sehr beschäftigt.«

»Wer ist denn da, Lucretia?«

Leslie beugte sich über das Treppengeländer, sie konnte den Besucher nicht sehen, aber sie hörte den abweisenden Ton in der Stimme des Mädchens.

»Ein junger Mann möchte Sie sprechen, Miss. Wie heißen Sie doch wieder? Dawlish.«

»Ach, Sie sind es, Peter Dawlish? Kommen Sie bitte herauf.«

Peter eilte die Stufen hinauf, die unterdrückten Proteste Lucretias folgten ihm.

»Es ist Zeit zum Frühstücken. Wie geht es denn mit Ihren Adressen?«

»Sie sind schon stark zusammengeschmolzen, die Arbeit nähert sich dem Ende.«

Es kam ihm zum Bewußtsein, daß ihr Ton sich fast unmerklich geändert hatte. Sie war nicht ernster, aber es schien eine sonderbare Lustlosigkeit von ihr Besitz ergriffen zu haben, als ob sie aufs äußerste ermüdet wäre. Es kostete sie eine gewisse Mühe, zu sprechen, und sie sah erschöpft aus. Er sah das sofort, als er eintrat, und er machte auch eine Bemerkung darüber.

»Ich bin fast die halbe Nacht aufgeblieben«, gab sie zu. »Ich habe mich in einem kalten Garten aufgehalten und eine ältere Dame beobachtet, die den ganzen Boden mit einer elektrischen Taschenlampe absuchte. Das klingt doch geheimnisvoll?«

»Direkt romantisch – wo war denn das?«

»In Wimbledon.« Sie sprach aber nicht weiter darüber. »Warum kommen Sie denn heute früh zu einer so ungewöhnlichen

Stunde nach West-London?« Ihre ernsten Augen sahen ihn unentwegt an, und es lag etwas wie ein Vorwurf in ihrem Blick als ob er sie irgendwie verletzt hätte. Er war bestürzt und fühlte, daß er in ihrer Achtung gesunken und daß sie in irgendeiner Beziehung über ihn enttäuscht war. Dieser Eindruck war so stark, daß ihr Blick ihm fast unerträglich wurde. Sie schaute plötzlich auf die Tischplatte, als hätte sie das wahrgenommen.

»Es ist eigentlich ein nutzloses Unternehmen – eine phantastische und wahrscheinlich unmögliche Hoffnung hat mich hierhergebracht.«

Und dann erzählte er, was sich in der Nacht zugetragen und wie herzlos Mrs. Inglethorne die kleine Elisabeth geschlagen hatte.

»Die Frau ist eine Hehlerin«, fuhr er fort, »aber nur im Kleinen. Soviel ich beobachtet habe, sind ihre Spezialitäten Pelze und Textilien.«

Leslie wußte schon verschiedenes über Hehler und ihr Gewerbe, aber Peter berichtete ihr nun, was er in Dartmoor über Leute erfahren hatte, die vorher die Läden, die beraubt werden sollten, besuchten und die Beute taxierten, in manchen Fällen sogar die Ware bezahlten, bevor sie gestohlen war. Er sprach von gerissenen Männern und Frauen, die an den Schaufenstern der Juweliere standen und mit einem Blick den Wert der zu stehlenden Gegenstände abschätzten, von sogenannten ›toten‹ Läden, die nachts nur verschlossen wurden und deren Besitzer nicht in demselben Gebäude wohnten, und von ›lebendigen‹ Läden, die nachts entweder von einem Wachmann oder von dem Inhaber und seiner Familie beschützt wurden.

»Ich möchte die Sache nicht zur Anzeige bringen – ich meine die Hehlerei, aber das Kind ist in schlechten Händen. Die anderen Kleinen bekommen ja auch ab und zu ihre Prügel – aber Elisabeth wird dauernd geschlagen.«

»Was wünschen Sie denn, das ich tun soll?« fragte sie und schaute ihn wieder an.

»Ich weiß nicht.« Er war etwas verlegen. »Ich hatte die kühne Hoffnung, daß Sie vielleicht imstande wären, etwas für sie zu finden – oder sie unterzubringen.«

»Meinen Sie, daß ich sie unter meine Fürsorge nehmen sollte?« Sie lächelte ihn an.

»Ja, das meine ich«, sagte er, nachdem er kurze Zeit überlegt hatte. »Es klingt phantastisch und fast unmöglich, aber Elisabeth ist mir ans Herz gewachsen. Vielleicht ist es meine eigene unglückliche Kindheit, die mir ihre traurige Lage besonders drückend erscheinen läßt.«

»Ich werde Ihre Sorgen zerstreuen können. Ich hatte nämlich selbst diese Möglichkeit in Betracht gezogen. Tatsächlich habe ich gestern mit Lucretia darüber gesprochen, bevor ich zum Essen ausging, und sie war ganz begeistert von dem Plan. Ich habe noch ein Zimmer hier, das ich nicht benutze, und Elisabeth könnte ja in die Katholische Schule am Leicester Square gehen. Wir müssen nur noch Mrs. Inglethornes Einwilligung haben.«

»Sie müßte eigentlich uns bitten«, meinte er grimmig.

»Wenn es sich darum handelt, anderen Leuten zu helfen, so können Sie sehr energisch, ja leidenschaftlich werden. Ich wünschte nur, Sie würden ein wenig bestimmter in Ihrem eigenen Falle sein.«

»Bin ich denn das nicht?«

»Nein, das kann man nicht gerade behaupten. Warum suchen Sie denn Ihre Mutter nicht auf?«

»Sie hat mir die Mühe erspart und ist gestern abend selbst zu mir gekommen.«

»Ihre Mutter ist in die Severall Street gekommen?« fragte sie erstaunt. »War es denn ein – angenehmes Wiedersehen?«

»Es war eine gezwungene Unterhaltung – wie gewöhnlich. Sie versuchte, mir eine Vorliebe für Landwirtschaft, obendrein noch in Kanada, einzureden. Kanada gefällt mir – man braucht ja nur ein paar Tage dort zu sein, um dieses Land liebzugewinnen. Aber die Aussicht, Kühe in Saskatchewan zu melken, sagt mir nicht zu.«

»Sie will, daß Sie außer Landes gehen?«

Er zuckte die Schultern.

»Ihrer Meinung nach ist wohl nicht genug Raum für uns beide in London.«

Leslie dachte einen Augenblick nach.

»Hat Ihnen denn Ihr Vater nicht etwas Geld hinterlassen?«

»Er hat mich enterbt – ich habe nicht einmal den sogenannten Pflichtteil erhalten.«

Die Gleichgültigkeit seines Tones schien ihr angenommen zu sein, denn Coldwell hatte ihr erzählt, wie sehr Peter seinen Vater verehrt und geliebt hatte.

»Er hat sein Testament in der letzten Stunde geändert – am Tag vor meiner Verurteilung ... Mein lieber, alter Vater! Ich erhebe nicht den geringsten Vorwurf gegen ihn. Wie könnte ich auch? Er war der beste Vater, der jemals lebte.«

Leslie rauchte selten, aber jetzt nahm sie eine Zigarette aus ihrer Handtasche und steckte sie an, ohne ihn anzusehen. Und während er in den nächsten Minuten darüber sprach, wie er sich das Adressieren der Kuverts einteilte und wie er sich die Zukunft vorstellte, schien sie sich mehr für den blauen Rauch zu interessieren, der von ihrer Zigarette ausging, als für seine Worte.

Sie legte die Zigarette fort.

»Sie haben ein böses Schicksal, Peter Dawlish, sowohl als Sohn, wie auch als – Gatte!«

Er blieb stumm.

»Sie sind wirklich sehr unglücklich!« fuhr sie niedergedrückt fort. »Sie müssen unter einer Unglückskonstellation geboren sein. Ich bitte Sie nicht um Ihr Vertrauen – Sie würden mir gram sein, wenn ich das täte.«

»Woher wußten Sie es?« fragte er plötzlich.

Sie seufzte tief.

»Erst gestern habe ich Gewißheit darüber erhalten. Ich hatte es allerdings schon lange vermutet – seitdem ich meine Ferien einmal in Cumberland verbrachte und dort einen kleinen Band mit Gedichten von Elizabeth Barrett Browning fand, der eine Widmung in freien Versen auf dem Vorsatzblatt trug. Ich entdeckte, daß die Anfangsbuchstaben der Zeilen, von unten nach oben gelesen, die Worte ›Jane Hood‹ ergaben. Aber ich wußte noch nicht sicher, ob Sie tatsächlich mit ihr verheiratet waren. Ich konnte in Somerset House keine Akten darüber finden.«

»Wir heirateten in Amerika.«

»Das weiß ich jetzt. Aber warum?«

»Jane war sehr unglücklich zu Hause, ihre Verwandten waren verkommene Leute. Der Vater unterhielt eine Spielhölle und ihre Mutter –« Er zuckte die Schultern. »Ich verliebte mich in sie. Wenn ich vernünftig gewesen wäre, hätte ich meinen Vater ins Vertrauen gezogen, und aller Wahrscheinlichkeit nach wäre die Sache gut ausgelaufen. Aber ich erfuhr, daß er Janes Verwandte kannte und auch wußte, wie heruntergekommen sie waren. So gingen wir beide nach Amerika und wurden in einer kleinen Stadt im Staate Connecticut getraut. Wahrscheinlich wissen Sie das auch. Ihr Vater war ein geborener Amerikaner. Vom ersten Tag zeigte sich, daß unsere Ehe ein unglückseliger Irrtum war. Jane glaubte, ich sei unendlich reich. Aber ich mußte sogar ihren Schmuck versetzen, um wieder nach Hause zu kommen, und es gab eine schreckliche Szene, als wir in Liverpool landeten. Wir waren beide sehr aufgeregt und kamen überein, uns zu trennen. Ich ging zu Lord Everreeds Haus zurück und wurde dort von den Detektiven in Empfang genommen, die mich schon am Bahnhof erwartet hatten. Seitdem habe ich Jane weder gesehen noch gesprochen.«

»Hat sie sich denn von Ihnen scheiden lassen?«

»Das weiß ich nicht. Möglich wäre es schon, aber ich habe keine Benachrichtigung erhalten.«

Leslie biß sich auf die Lippen.

»Wenn sie es nicht getan hat – dann hat sie Bigamie begangen. Wissen Sie das?«

»Ja, das ist mir klar«, sagte er kurz. »Das bedeutet so viel, daß ich mich nicht scheiden lassen kann, ohne sie zu verraten – und das bringe ich nicht übers Herz. Ich kann sie unmöglich dem Gefängnis überliefern.«

Es folgte eine lange, peinliche Pause.

»Ist das alles, was Sie mir zu sagen haben?« fragte sie.

»Ich glaube, ich brauche Ihnen nicht mehr zu sagen«, erwiderte er ein wenig bitter.

»Nein, das ist allerdings nicht nötig.« Sie steckte sich eine neue Zigarette an. Die Flamme des Streichholzes flackerte unruhig. »Sie sind wirklich sehr unglücklich, Peter Dawlish.«

Sie blies das Streichholz sorgfältig aus.

»Über Druze wissen Sie nichts – sonst hätten Sie es mir wohl erzählt. Wann hat Sie denn eigentlich Ihr Vater enterbt?«

»Einen Tag bevor ich ins Gefängnis kam.«

»Sagen Sie mir, Peter – Sie haben doch nichts dagegen, wenn ich Sie so nenne? Ich fühle mich jetzt gerade wie Ihre Schwester – wie war das Verhältnis zwischen Ihrem Vater und Ihrer Mutter? War es herzlich?«

»Nein, sie waren niemals herzlich zueinander, nur höflich.«

Sie runzelte die Stirn und schaute ihn geistesabwesend an.

»Haben Sie jemals die Prinzessin Bellini im Hause Ihres Vaters gesehen?«

»Nur ein einziges Mal. Mein Vater mochte sie nicht –«

»War sie nicht eine Art Tante von Ihnen?« unterbrach ihn Leslie.

»Ich habe diesen Verwandtschaftsgrad eigentlich nie genau erforscht ... Ich nahm nur immer an, daß Prinzessin Bellinis Bruder die Schwester meiner Mutter heiratete.«

Sie erhob sich plötzlich aus keinem ersichtlichen Grund.

»Peter Dawlish«, sagte sie, und ihre Stimme zitterte ein wenig, obgleich sie sich den Anschein gab, als ob sie ihn necken oder mit ihm scherzen wollte, »wenn Sie ebenso begierig wären wie ich, alle Unklarheiten aufzudecken, dann wären Sie jetzt viel glücklicher.«

»Was soll das heißen?«

»Das werde ich Ihnen – eines Tages noch sagen. Nun wollen wir aber zur Gegenwart zurückkehren. Und das Wichtigste, worüber wir vorhin sprachen, war doch die arme kleine Elisabeth. Die einzige Schwierigkeit dabei ist Mrs. Inglethorne. Als eine liebevolle Mutter mag sie ja Einwendungen dagegen erheben, daß man ihr das Kind fortnimmt. Ich kann aber zunächst nicht das Druckmittel gegen sie anwenden, das Sie gebraucht haben. Wenn sie eine Hehlerin und damit eine Gesetzesübertreterin ist, so ist es meine Pflicht, Mr. Coldwell, Anzeige zu erstatten und sie zu verhaften. Wenn sie das Gesetz nicht verletzt hat, müssen wir sie von einer anderen Seite packen. Das klingt zunächst schrecklich geschäftlich. Ich glaube, am besten fahre ich einmal mit Ihnen nach Severall Street und spreche selbst mit Mrs. Inglethorne. Es ist ja möglich, daß sie vernünftig ist.«

Sie fuhren mit einem Autobus zum Südende der Westminster-Brücke und gingen zusammen die York Road entlang. Gerade bevor sie Severall Street erreichten, sahen sie ein kleines Lastauto in die Hauptstraße einbiegen, und Leslie wandte sich mechanisch um, damit sie sich die Nummer merken konnte. Sie hatte eine Schwäche für Gedächtnisübungen und war stolz, fünfzig bis sechzig Autonummern im Kopf zu behalten und sie am Ende des Tages aufzuschreiben. Es war eine Übung, die Mr. Coldwell ihr beigebracht hatte. Als sie sich umschaute, hörte sie plötzlich einen schrillen Schrei.

»Miss!«

»Was war das?« fragte sie, aber Peter hatte nichts gehört. Sie erreichten das Haus, er öffnete die Tür und rief Mrs. Inglethorne. Aber nur eins der Kinder gab Antwort.

»Die Mutter ist mit Elisabeth ausgegangen.«

»Manchmal nahm die Frau das Kind mit, wenn sie zum Einkaufen ausging«, erklärte Peter. »Ich fürchte, die Sache wird sich etwas in die Länge ziehen, es ist möglich, daß sie stundenlang fortbleibt.«

Er ließ sie einen Augenblick in dem Gang unten allein und eilte nach oben in sein Zimmer, um die Fotografie seines verstorbenen Vaters zu holen. Als er oben angekommen war, blieb er erstaunt stehen. Der geheimnisvolle Raum, der dem seinen gegenüberlag, stand weit offen, und er war leer. Mrs. Inglethorne hatte schnelle Arbeit getan und während seiner Abwesenheit alle Beweisstücke ihrer Schuld fortgeschafft.

Peter ging in sein eigenes Zimmer und zog die Schublade des Tisches auf, in der er seine wenigen Habseligkeiten aufbewahrte. Er hatte gerade eine kleine Ledertasche herausgenommen, als er sah, daß etwas auf das Löschpapier geschrieben war – ein paar Worte waren in einer Kinderhandschrift hingekritzelt.

»Sie bringt mich weg. – Elisabeth.«

Er riß das Stück der Schreibunterlage ab und ging zu Leslie hinunter.

»Ich fürchtete, daß es so kommen würde«, sagte sie leise.

»Erinnern Sie sich an den Ruf ›Miss‹, als wir an dem kleinen Lastauto vorbeikamen? Wo ist die nächste Telefonzelle?«

»An der Straßenecke ist ein kleiner Laden, von dem aus Sie telefonieren können.«

Leslie eilte mit Peter und wählte die Nummer von Mr. Coldwell.

»Die Nummer des Wagens ist XY 63 369. Es unterliegt gar keinem Zweifel, daß der Wagen gestohlenes Gut enthält, aber mir liegt hauptsächlich an dem kleinen Mädchen.«

»Ich werde den Wagen auftreiben lassen«, antwortete Coldwell. »Es ist möglich, daß wir ihn erst heute abend fassen, aber vielleicht haben wir auch schon eher Glück.«

»Wo werden Sie von hier aus hingehen?« fragte Peter, als sie wieder auf der Straße standen.

»Wir wollen in das Haus zurückgehen – ich möchte mir doch den Raum dort oben einmal ansehen.«

»Sie hat alles mitgenommen.«

»Aber Diebe, die es eilig haben, sind ziemlich nachlässig. Und vielleicht ist Mrs. Inglethorne doch nicht so schlau, wie sie sich einbildet.«

Das Zimmer war offensichtlich geräumt worden, es standen nur noch ein langer Tisch und zwei Schränke darin, die zu beiden Seiten des verrosteten Kamins aufgestellt waren. Die Türen des einen Schrankes standen offen – er war leer bis auf einen kleinen Haufen Abfall und Gerümpel auf dem Boden; der zweite aber war verschlossen. Mit einem Tischmesser, das sie aus der Küche holte, öffnete Leslie das Schloß. Und hier entdeckte sie drei Stücke Seidenstoff, von denen eins sogar noch das Schild der Firma trug, von der es gestohlen war.

»Diebe, die es eilig haben, sind nachlässig«, wiederholte sie, und ihre Augen leuchteten vor Eifer. »Es ist schließlich ganz gleich, ob Mrs. Inglethorne gefaßt wird, weil sie ein Schaf oder ein Lamm gestohlen hat, wenn sie nur richtig hinter Schloß und Riegel kommt!«

Sie schickte Peter zur Polizeistation und ging selbst hinunter, um die Kinder auszufragen.

Es war eine etwas verwahrloste kleine Gesellschaft, schlecht gekleidet, blaß und unterernährt aussehend. Nur ein Mädchen, das in Mrs. Inglethornes Abwesenheit die Aufsicht über die anderen führte, machte eine Ausnahme. Es war das Mädchen, das in dem Bett der Frau schlafen durfte, wie Leslie später erfuhr. Sie sah auch, ganz im Gegensatz zu den anderen Kindern, ihrer Mutter sehr ähnlich.

»Sie haben nichts gefunden, nicht wahr?« sagte das Kind in feindlichem Ton. »Sie sind nicht früh genug gekommen, um meine Alte zu fassen!«

Dann wandte es sich plötzlich zu den Kindern, die schweigend im Halbkreis herumstanden, und fuhr sie barsch an.

»Macht, daß ihr auf den hinteren Hof kommt, dort könnt ihr spielen!«

Leslies Herz empfand großes Mitleid, als sie diese armen, verkümmerten Kleinen sah. Sie hoffte, durch vorsichtiges Fragen zu entdecken, wohin Mrs. Inglethorne Elisabeth gebracht hatte, aber die fast außergewöhnliche Schlauheit dieses Mädchens setzte sie in Erstaunen.

Peter kam gleich darauf mit einem Polizeiinspektor in Uniform und einem Detektiv in Zivilkleidern zurück. Sie sahen sich die Seidenrollen an und nahmen sie mit.

»Ich muß Ihnen etwas mitteilen, was Sie persönlich ein wenig angeht«, sagte Leslie, als sie allein waren. »Die Kinder werden heute nachmittag noch zum Arbeitshaus abgeholt werden. Mrs. Inglethorne wird gleich nach ihrer Rückkehr verhaftet, so daß Sie dann allein in dem Haus bleiben.«

»Das macht mir nichts aus«, erwiderte er lachend.

Er begleitete sie noch bis zur Westminster-Brücke, und sie richtete eine merkwürdige Frage an ihn, als sie sich trennten.

»Was würden Sie tun, wenn Sie eine halbe Million Pfund hätten?«

Er sah sie erstaunt an.

»Darüber habe ich noch nie nachgedacht. Aber ich glaube, ich würde mich zuerst nach Amerika wenden, um festzustellen, ob ich tatsächlich und in aller Form geschieden bin.«

»Wirklich?« fragte sie ein wenig kühl. »Ist denn das so notwendig – wenn Sie Jane Raythams Wohnung mit einem Autobus erreichen können?«

Mit einem kurzen Kopfnicken verabschiedete sie sich.

Peter kehrte in seine Wohnung zurück und fand es sehr schwer, seine Arbeit wieder aufzunehmen und seine Gedanken darauf zu richten. Er hatte kaum wieder zu schreiben begonnen, als Polizeibeamte in einem Omnibus kamen, um die Kinder mitzunehmen. Sie gingen auch fort, ohne sich im mindesten zu sträuben. Nur das Mädchen, das von Leslie ausgefragt worden war, machte eine Ausnahme.

Um vier Uhr nachmittags kam Mrs. Inglethorne triumphierend nach Hause, und ohne vorher die Küche zu betreten, stieg sie gleich die Treppe hinauf und stand nun, die Arme in die Hüften gestemmt, vor ihrem Mieter. Ein selbstgefälliges Grinsen ging über ihr rotes Gesicht.

»Nun, haben Sie die Polizei hergebracht? Was wollen Sie nun mit Elisabeth anfangen?« Als er nicht antwortete, drohte sie ihm mit der Faust. »Machen Sie, daß Sie von hier fortkommen, Sie Polizeispitzel! Ich werde Ihnen schon beibringen, mich auszuspionieren und anzuzeigen! Sie verlassen dieses Zimmer sofort, oder ich rufe die Polizei!«

»Ich glaube, es ist besser, wenn ich hierbleibe«, meinte er in guter Laune.

»So, Sie wollen hierbleiben?«

Sie ging zur Tür und rief ihre Tochter Emma. Aber es kam keine Antwort.

»Ich kann Ihnen viel Mühe ersparen, Mrs. Inglethorne.« Peter legte seine Feder nieder. »Die Polizei hat Ihre Kinder zum Arbeitshaus gebracht.«

Sie taumelte gegen die Wand und starrte ihn mit offenem Mund an.

»Warum?« stotterte sie.

»Gewöhnlich bringt die Polizei die Kinder ins Arbeitshaus, wenn die Eltern verhaftet werden und keine anderen Verwandten da sind, die sich um sie kümmern können.«

»Was, verhaftet?« schrie sie.

Er zeigte mit dem Kopf zum Fenster. Sie wankte hin, zog

den Vorhang zurück und schaute hinaus. Auf der anderen Seite der Straße standen zwei Männer, und der eine nickte ihr zu wie einem alten Freund. Sie erkannte den Detektivsergeanten, der ihren Mann verhaftet hatte.

»Sie können mir nichts anhaben!« rief sie. »Sie dürfen mich nicht anfassen! Meine Aussage steht gegen die Ihre!«

»Unglücklicherweise haben Sie ein paar Stücke Seide in dem Schrank zurückgelassen!«

Mrs. Inglethorne war nahe am Zusammenbrechen, als die Polizeibeamten in das Haus kamen, um sie abzuholen.

Das Lastauto hatte man verfolgen können. Der Chauffeur und der Mann, der ihn begleitete, waren zur nächsten Polizeistation gebracht worden, wo alle gestohlenen Waren aufgeschrieben wurden, um die Anklage vorzubereiten. Die beiden konnten oder wollten aber keine Auskunft über das Kind geben, und als Leslie zur Lambeth-Polizeistation kam, um Mrs. Inglethorne in ihrer Zelle zu befragen, hatte sie ebenfalls keinen Erfolg.

»Versuchen Sie nur, sie zu finden«, höhnte die Frau. »Sie ist in guten Händen. Aber von mir werden Sie nichts erfahren. Wenn Sie sie haben wollen, so suchen Sie doch nach ihr! Mehr sage ich Ihnen nicht!«

Leslie hatte Peter nicht mitgeteilt, daß sie noch in Lambeth zu tun hatte. Als sie nun die Severall Street entlangging, sah sie in dem oberen Fenster Licht und vermutete, daß er an der Arbeit saß. Ein Postbote klopfte unten an der Tür, und sie wartete einen Augenblick, bis geöffnet wurde, vermutlich von Peter. Sie wollte sich schon umwenden, um ein paar Worte mit ihm zu wechseln, und es kostete sie eine große Anstrengung, diese Versuchung zu überwinden.

»Leslie Maughan«, sagte sie zu sich selbst, als sie die Stufen der Hungerford-Brücke emporstieg, »weißt du auch, was du tust? Soll ich es dir einmal in ganz nüchternen Worten sagen? Du läufst hinter einem verheirateten Mann her! Leslie, so etwas darf man nicht tun, auch nicht in der besten Gesellschaft!«

Sie war ungewöhnlich müde und abgespannt, als sie schließlich in ihrer eigenen Wohnung ankam, und entschloß sich, ihre

Absicht aufzugeben, Greta Gurden noch einmal zu besuchen. Am Nachmittag hatte eine Beratung in Scotland Yard stattgefunden, aber die Angelegenheit hatte sich noch nicht genügend entwickelt, um jetzt schon eine Hausdurchsuchung vorzunehmen.

Nach einem einfachen Abendessen nahm Leslie den Brief heraus, den sie vor zwei Tagen erhalten hatte. Sie faltete ihn ganz auseinander und prüfte ihn sorgfältig. Die merkwürdige Geschichte, die sie las, war in der geschraubten, hochtrabenden Sprache eines älteren Landgeistlichen verfaßt, der mit Worten wie ›Primogenitur‹ prunkte und es notwendig fand, seinen Bericht mit Zitaten von Horaz und anderen römischen Dichtern zu schmücken. Der Schreiber war der Vikar eines kleinen Dorfes in Devonshire in der Nähe von Budleigh Salterton, und er hatte, wie er in einer phrasenreichen Einleitung schilderte, das Alter erreicht, das der Psalmist David den Menschen gibt. Er benötigte eine ganze Seite zu der Erklärung, wie es kam, daß er so alt geworden war, und verwendete dabei den lateinischen Ausdruck ›mens sana in corpore sano‹ zweimal.

Er kannte die Familie Druze sehr gut – sie war schon seit mehreren hundert Jahren in seinem Dorf ansässig. Er selbst hatte Alice Mary Druze getauft, ebenso Annie Emily Druze und verschiedene andere Mitglieder der Familie, die er alle mit vollem Namen anführte. Er hatte lange in alten Kirchenbüchern nachgeforscht. Seit Generationen besaßen die Druzes ein kleines Bauerngut von ungefähr vierzig Morgen nicht allzuguten Bodens, das nach Dartmoor zu lag. Es war eine ›wilde‹ Familie mit einer schlechten Vergangenheit. An dieser Stelle gestattete sich der Geistliche eine Abschweifung und sprach in einer so ausgiebigen und erschöpfenden Weise über Vererbung, daß diese Abhandlung jedem Wissenschaftler Ehre gemacht hätte.

Der alte Vater Druze war irrsinnig gewesen und war auch in diesem Geisteszustand gestorben. Sein Großvater hatte Selbstmord verübt (in dem Kirchenbuch war ein Bericht hierüber, ebenfalls eine Bemerkung, daß er an einem Kreuzweg in der Weise beerdigt worden sei, die man bei Leuten anwenden muß, die ihr Leben selbst beenden). Druzes Großmutter hatte auch eine schicksalsreiche Geschichte. Der Geistliche erwähnte sie als eine ›ehrenhafte Frau, die aber sehr zu Frohsinn und Fröhlichkeit neigte‹, und er fand es nötig, eine hundert Jahre alte Skandalgeschichte wieder aufzuwärmen, die sich damals in Widdicombe-Fair zugetragen hatte.

Alice Druze war eine Analphabetin. Er hatte diese Tatsache dem Register der Pfarrschule entnommen. Annie dagegen war eine sehr fleißige Schülerin gewesen und zeigte überraschende Veranlagung und Fortschritte beim Studium der sogenannten toten Sprachen, so daß sie schnell eine gute Anstellung bei einem Mr. Watson in Exeter erhielt. Sie war ein frommes junges Mädchen, ging regelmäßig zum Abendmahl und heiratete schließlich einen Landwirt von gutem Charakter, der in der Nähe von Torquay wohnte. Leslie schrieb seinen Namen in ihr Notizbuch.

Die dritte Tochter, Martha, war von besonderem Charakter, obwohl sie es in der Schule nicht sehr weit brachte. Der Geistliche berichtete sehr eingehend über sie, denn er hatte ihr eine Stellung besorgt. Zunächst hatte sie die Vorratskammer im Plymouth-Hospital zu betreuen, später wurde sie auf seine Empfehlung hin probeweise als Krankenschwester eingestellt. Sie sollte nach Südafrika gegangen sein und dort einen wohlhabenden Handwerker geheiratet haben.

Als Leslie Druzes Spur bis zu diesem Dorf in Devonshire verfolgt hatte und ohne viel Hoffnung auf eine Antwort an den Geistlichen schrieb, hatte sie schwerlich einen so umfangreichen und gewissenhaften Bericht der Familiengeschichte erwartet. Er hatte sogar noch Fotografien von den Grabsteinen früherer Mitglieder der Familie Druze aus dem achtzehnten Jahrhundert mitgeschickt!

Wenn sie dies schon früher gelesen hätte, dann wäre sie nicht durch die Entdeckung überrascht gewesen, daß ›Arthur Druze‹ in Wirklichkeit eine Frau war, denn offensichtlich hatte die jüngere Generation dieser Familie keine männlichen Mitglieder mehr mit Ausnahme des halb geisteskranken Vaters und eines entfernten Onkels, der aus irgendeinem Grunde den Namen Druze überhaupt nicht führte. Sie las den Bericht noch einmal sorgsam durch, nahm dann einen Atlas und ein Geographiebuch von dem Bücherregal und schloß schließlich den Brief und ihre

Notizen in eine Schublade ein. Aber ihre Arbeit für heute abend war noch nicht beendet, obgleich sie todmüde war, denn sie hatte noch mehrere Briefe zu schreiben. Mr. Coldwell hatte ihr die Namen und Adressen von etwa einem Dutzend Leuten gegeben, bevor sie das Büro verlassen hatte, die ihr bei ihren Nachforschungen behilflich sein konnten.

Um elf Uhr telefonierte man von Scotland Yard, daß über Elisabeth keine neuen Nachrichten eingetroffen waren. Mrs. Inglethorne, der eine lange Gefängnis- oder vielleicht Zuchthausstrafe sicher war, machte keine weiteren Angaben über das Kind. Sie sagte nur, daß Elisabeth zu ihren Tanten gegangen sei.

Lucretia brachte ihrer Herrin Kaffee. Dieses alte Mädchen hatte sich im Lauf der Jahre angewöhnt, ihr Mißfallen hörbar zum Ausdruck zu bringen, und sie räusperte sich verschiedene Male, als sie eintrat. Schließlich löschte sie alle Lichter in dem Zimmer mit Ausnahme der Tischlampe.

»Sie müssen jetzt zu Bett gehen«, sagte sie energisch. »Ich trage die Verantwortung für Sie, deshalb muß ich für Sie sorgen. Und wie ist das nun mit dem kleinen Mädchen, das zu uns kommen soll?«

Leslie erhob sich steif von ihrem Schreibtisch, legte die Briefe zusammen und klebte Marken darauf.

»Sie kommt heute abend noch nicht. Bringen Sie diese Briefe gleich zum Kasten, Lucretia. Ich warte auf Sie, bis Sie zurückkommen – dann können Sie zu Bett gehen.«

Leslie hörte, wie sich die Tür unten öffnete, und erkannte an dem kalten Zug, der die Treppe heraufkam, daß Lucretia wie gewöhnlich die Tür offengelassen hatte, während sie zum Briefkasten ging, der sich etwas entfernt der Haustür befand.

Es war meistens Lucretias Aufgabe, abends die Briefe noch fortzubringen. Leslie stand dann in der offenen Tür ihres Wohnzimmers, bis sie sich von der Rückkehr ihres Mädchens überzeugt hatte.

Lucretia konnte erst eine halbe Minute fortgegangen sein, als sich die Haustür unten behutsam schloß. Leslie hörte das leise Geräusch.

»Sind Sie das, Lucretia?« rief sie in die dunkle Diele hinunter.

Sie erhielt keine Antwort.

Ein kalter Schauer lief über ihren Rücken. Leslie Maughan war sonst nicht nervös. Ihr Amt und ihre lange Tätigkeit bei Coldwell hatten sie schon in manche unangenehme Lage gebracht. Mit Ausnahme ihrer großen Müdigkeit und Abgespanntheit war kein Grund für Nervosität vorhanden. Aber dieses Gefühl war doch noch etwas anderes als Unbehagen, das selbst Leute mit starken Nerven empfinden, wenn sie allein in einem Haus sind. Es erschien ihr wie eine Vorbedeutung, eine Warnung. Sie wußte, daß jemand unten in der Diele war, der keine Berechtigung dazu hatte.

Sie ging in ihr Zimmer zurück, schloß ruhig die Tür und schob den Riegel vor. Dann schaltete sie wieder alle Lampen an, die Lucretia ausgedreht hatte, trat an das Fenster, zog die Vorhänge zurück und die Jalousie hoch. In der Charing Cross Road herrschte ein reger Verkehr. Es war ein klarer Abend, und in einiger Entfernung sah sie ein paar Polizisten die Straße entlangschlendern. Plötzlich erkannte sie auch Lucretia, die eilig zurückkam. Sie lief gleichzeitig mit den Polizisten unter dem Fenster vorbei. Leslie rief sie an, und sie schaute nach oben.

»Sagen Sie den Polizisten, sie möchten in das Haus kommen. Hier ist der Schlüssel – fangen Sie ihn!«

Einer der Beamten fing ihn geschickt auf.

»Ist irgend etwas nicht in Ordnung, Miss Maughan?« fragte er, als er sie erkannte.

»Ich glaube, es ist jemand in das Haus eingedrungen, während mein Mädchen zum Briefkasten ging. Sie haben doch die Tür aufgelassen, Lucretia?«

»Jawohl, das habe ich getan«, gestand die aufgeregte Lucretia. »Ich vergaß, den Schlüssel mitzunehmen.«

»Nun, dann schnell –«, begann sie. In dem Augenblick gingen alle Lichter im Zimmer aus.

Leslie saß auf der Fensterbank und hatte die Beine nach draußen geschwungen. Sie beobachtete die Tür genau, die sie in dem Licht einer Straßenlaterne sehen konnte. Dann hörte sie einen leisen, knackenden Laut und sah, daß die Tür sich langsam öffnete. Der Riegel gab unter irgendeinem großen Druck nach. Von der Straße her wurde sie angerufen.

»Die Haustür läßt sich nicht öffnen«, hörte sie die Stimme des Polizisten.

»Können Sie mich auffangen?«

Die beiden Beamten liefen zu dem Fenster und standen jetzt unter ihr.

»Springen Sie!«

Sie schaute noch einmal zurück. In diesem Augenblick flog die Tür mit einem Krachen auf, und sie hatte den Eindruck, als ob zwei kleine Gestalten in das Zimmer stürzten. Sie kletterte schnell aus dem Fenster, faßte die Fensterbank und sprang ab.

Leslie Maughan machte gerade keine gute Figur, als sie unten ankam, aber im Augenblick war sie wenig daran interessiert und froh, daß sie davongekommen war. Das ungewöhnliche Ereignis hatte eine neugierige Menschenmenge angelockt, auch ein Polizeiinspektor erschien plötzlich auf der Bildfläche. Der Beamte wußte sich zu helfen. Kaum hatte er die Geschichte gehört, als er einen Autobus anhielt, die Passagiere aussteigen ließ und dem Chauffeur den Befehl gab, den Wagen dicht an das Haus heranzufahren und an dem Fenster anzuhalten. Einer der Polizisten konnte auf diese Weise die Fensterbank erreichen und kletterte hinein, der Inspektor folgte ihm. Man konnte nichts von einem Kampf vernehmen, den die aufgeregte Menge erwartet hatte. Ein paar Minuten später wurde unten die Tür aufgeriegelt. Leslie und die an allen Gliedern zitternde Lucretia traten in das Haus. Die Fenster auf dem ersten Treppenpodest standen weit offen. Eine Polizeipfeife schrillte in der Straße, und in kürzester Zeit war der ganze Häuserblock umzingelt.

»Den Leitungsdraht haben sie nicht durchschnitten, soviel ich sehen kann«, sagte der Inspektor, der die Wand des Korridors mit seiner Taschenlampe ableuchtete. »Wo ist Ihre Schalttafel?«

»In der Nähe der Tür.« Als man nachsuchte, fand man, daß sie vom Boden aus leicht erreicht werden konnte. Das Licht war einfach dadurch gelöscht worden, daß man eine Sicherung herausgenommen hatte. Sie wurde auf dem Boden gefunden und wieder eingesetzt. Mit Ausnahme der aufgesprengten Tür war kein Schaden verursacht worden. Wer auch immer die Eindringlinge gewesen sein mochten, sie hatten nicht Zeit genug gehabt, den Raum zu durchsuchen. Die Schubladen des Schreibtisches waren unberührt.

»Sie hatten zu wenig Zeit«, erklärte der etwas verwirrte Inspektor. »Ich kann diese ganze Sache überhaupt nicht verstehen. Gewöhnliche Einbrecher hätten sich sofort aus dem Staube gemacht, wenn sie erkannt hätten, daß ihre Anwesenheit bemerkt worden war.«

Eine halbe Stunde später, noch bevor die Polizeibeamten gegangen waren, kam Mr. Coldwell. Alle Dächer und Höfe in der Nachbarschaft waren schon abgesucht. Man hatte die Nachtwachleute alarmiert und aus ihrem heimlichen Schlaf aufgeschreckt. Ein kleines Heer von Polizeidetektiven hatte alle Fenster genau untersucht, durch die ein Entkommen möglich gewesen wäre, aber es wurde keine Spur von den Eindringlingen entdeckt.

»Diese Unklarheit ist mir sehr unangenehm«, sagte Leslie.

»Sie müssen jetzt eine Zeitlang anderswo Wohnung nehmen. Es ist besser, wenn Sie morgen alle Ihre Habseligkeiten samt Lucretia zu meinem Haus nach Hampstead senden«, erwiderte Coldwell.

Fünf Minuten lang besprach er mit ihr leise alle Theorien und Vermutungen, die er hatte.

»Ich glaube, es ist nicht nötig, einen Polizisten im Haus zu lassen«, meinte er schließlich.

Ein kleiner Mann von gelber Gesichtsfarbe, der sich oben auf dem hohen Schrank in Leslies Zimmer geduckt hatte und der allgemeinen Durchsuchung dadurch entgangen war, daß er sich hinter der altmodischen Schnitzerei verbarg, die den Schrank krönte, atmete erleichtert auf. Er hörte, wie Mr. Coldwell die Treppe hinunterging.

»Telefonieren Sie mir bitte, wenn Sie nervös werden sollten, Leslie – gute Nacht.«

Coldwells Stimme klang aus der Diele herauf, die Tür wurde unten zugeschlagen – und der fremde Eindringling, der sehr gut Englisch verstand, lächelte verschlagen.

Leslie ging gähnend in ihr Schlafzimmer, nahm all ihre Sachen, die sie für die Nacht brauchte, und verschwand in dem Baderaum. Der Mann oben auf dem Schrank hörte, wie das Wasser eingelassen wurde und wie sie dem furchtsamen Dienstmädchen gute Nacht wünschte. Dann wurde die Tür zu dem Schlafzimmer wieder geöffnet und geschlossen und das Licht ausgedreht. Die Bettstelle knackte, und nach einer Weile vernahm er regelmäßige, tiefe Atemzüge.

Eine Stunde lang lag der kleine gelbe Mann unbeweglich und rührte keinen Muskel. Dann tastete er sich langsam vorwärts und untersuchte das hölzerne Gesimse des Schranks auf seine Stärke – er war zufrieden. Er griff nach einem langen, merkwürdig gekrümmten Messer, das er im Gürtel trug, fuhr mit dem Daumen vorsichtig über die Schneide, bevor er es zwischen die Zähne nahm, und kletterte dann mit der Gelenkigkeit einer Katze von dem Schrank herunter. Er landete geräuschlos auf dem dicken Teppich.

Es herrschte tiefe Stille, nur die leisen Tritte seiner nackten Füße und das tiefe Atmen der Schläferin waren zu hören. Jetzt nahm er das Messer in seine rechte Hand – mit der linken fuhr er behutsam über das Kissen, bereit, sich sofort auf Leslie zu stürzen und ihren Schrei zu ersticken, bevor sie ihn ausstoßen konnte.

Aber er fand keinen Kopf – das Bett war leer. Er richtete sich schnell wieder auf und wandte sich halb um, als er von hinten ein Geräusch hörte. Aber es war zu spät. Ein stahlharter Arm legte sich um seine Kehle, die Hand mit dem Messer wurde am Gelenk gepackt und so scharf umgedreht, daß die Waffe auf den Boden fiel.

»Ich verhafte Sie!« sagte Coldwell.

Er hob die kleine Gestalt ohne Schwierigkeit auf und streckte seine Hand aus, um das Licht anzudrehen. In diesem Augenblick erholte sich der Gefangene wieder. Mit erstaunlicher Kraft wandte er sich um, und Coldwell wurde gewahr, daß er einen Menschen in den Händen hatte, der die Geschmeidigkeit und Wildheit einer Katze besaß. Er fauchte, kratzte, stieß, biß ... Das Unerwartete dieses Angriffs brachte Coldwell einen

Augenblick aus dem Gleichgewicht. Er holte mit seiner rechten Hand aus, um den Menschen niederzuschlagen, aber als ob er im Dunkeln hätte sehen können, wich der Einbrecher aus. Im nächsten Augenblick hatte er sich frei gemacht und floh durch die offene Tür. Coldwell folgte, aber es war schon zu spät. Mit einem kühnen Sprung brach der Mann durch die Fenstersprossen und -scheiben und kam unverletzt auf der Straße an. Ein Polizist wollte nach ihm greifen, aber der Verbrecher bückte sich, floh über die Straße und verschwand in einem Hof in der Nähe eines Theaters nach St. Martins Lane zu.

»Ich habe ihn nicht einmal gesehen«, sagte Coldwell bitter, als er Leslie aus Lucretias Zimmer herbeirief. Sein Gesicht war zerkratzt, sein Kragen zerrissen. »Es war beinahe so, als ob ich einen jungen Tiger hätte einfangen wollen.«

Leslie drehte alle Lichter an und betrachtete den Schaden. Der Mann mußte zuerst gegen das untere Fenster gesprungen sein, denn das obere war ganz unberührt. Aber bei dem unteren war auch kein Stückchen Glas in der Fassung geblieben, und die hölzernen Fensterprossen waren vollständig zersplittert.

»Ich habe schon von solchen kühnen Sprüngen gehört«, sagte Coldwell. »Ich habe sie auch schon auf der Bühne gesehen, aber noch niemals im täglichen Leben und bei so starken Fenstersprossen.«

Leslie war noch vollkommen angekleidet. Sie hatte in Lucretias Zimmer gewartet, eine geladene Pistole auf dem Schoß, bis der Lärm des Kampfes sie zur Stelle gebracht hatte. Aber auch sie kam zu spät.

Mr. Coldwell ging ins Schlafzimmer und kehrte mit dem merkwürdig geformten Messer zurück, das der Mann hatte fallen lassen.

»Das ist irgendeine asiatische Waffe.« Er befühlte vorsichtig die Schneide. »Soviel ich sehen kann, ein malaiisches Messer.«

Coldwell hatte auf einem Stuhl unmittelbar an der rechten Seite des Schrankes gesessen, aber erst nach einer genauen Untersuchung erkannte er, von welcher Seite aus der Einbrecher gekommen war.

»Ich dachte, er würde durch das Fenster zurückkommen«,

meinte er lächelnd. »Das ist doch eines der kuriosesten Dinge, die mir je passiert sind. Notieren Sie diesen Vorfall, Leslie. Wir schauen immer unter allen Möbeln nach, ob sich Verbrecher dort verborgen haben, aber wir schauen niemals nach oben. Und doch war der schlaueste Kerl, der jemals der Polizei entkommen ist, ein Kletterer, der sich vierzehn Tage lang oben auf einem hohen Schornstein verbarg. – Tragen Sie eigentlich Strumpfbänder, Leslie?«

Sie mußte lachen.

»Die Frage klingt etwas indiskret, und ich möchte nicht weiter darauf eingehen. Aber ich trage keine Strumpfbänder.«

Coldwell blieb ganz ernst.

»Ich wünschte, Sie würden es tun – mir zu Gefallen.«

Er zog einen Gegenstand aus der Tasche, über den sie sehr erstaunt war.

»Wünschen Sie wirklich, daß ich dieses Ding tragen soll?«

Er nickte.

»Es ist zwar etwas schwer, aber erfüllen Sie mir bitte diesen Wunsch.«

Er bestand darauf, daß er die Nacht in ihrer Wohnung blieb, und um ganz sicherzugehen, stellte er auch einen Schutzmann in der Diele auf Posten.

Als Leslie sehr früh am nächsten Morgen aus ihrem Badezimmer kam, fand sie ihn im Wohnzimmer. Er las die Morgenzeitung.

»Es ist doch merkwürdig, wieviel man versäumt, wenn man ein paar Stunden von Scotland Yard fort ist«, sagte er gedehnt.

Leslie war gespannt, denn wenn er so sprach, hatte er gewöhnlich etwas Sensationelles zu berichten.

»Was haben wir denn versäumt?« Es war nicht nur Neugierde, die sie zu dieser Frage veranlaßte.

Er schaute wieder in die Zeitung und nahm seine Brille ab.

»Peter Dawlish ist in der letzten Nacht verhaftet worden.«

Sie starrte ihn entsetzt an.

»Verhaftet? Warum denn?«

»Weil er gedroht hat, die Prinzessin Anita Bellini zu ermorden«, war die unerwartete Antwort.

13

Mrs. Greta Gurden gestattete sich selten den Luxus über Beleidigungen nachzudenken. Sie war nicht philosophisch veranlagt, und es war reine Notwendigkeit, daß sie alle kleinen und großen Unannehmlichkeiten übersah und sich nur mit vergnüglichen Dingen beschäftigte. Aber mit einem verwundeten Bein war sie hilflos, und die Erinnerung an Anita Bellinis kränkendes Verhalten erbitterte sie ungeheuer. Sie saß im Bett und hatte einen großen Stoß von Papieren und Schriftstücken vor sich. Diese Arbeit drängte nicht, aber sie hatte sie doch begonnen, um ihre Langeweile zu zerstreuen. Sie lebte sich in die Vorstellung ein, daß sie das Opfer einer Auftraggeberin sei, die sich nicht mit den gewöhnlichen bedrückenden Schikanen begnügte, sondern sie obendrein auch noch auf ihrem Krankenlager grausam quälte.

Es waren Briefe, alte Rechnungen, eine oder zwei Quittungen, ein paar alte Telegramme ohne besonderen Inhalt, Dutzende von Briefen über vergessene Rechnungen und eine endlose Korrespondenz zwischen Anita und einem Hausagenten. Greta nahm alles einzeln vor und sortierte die wichtigen Schriftstücke von den belanglosen.

Plötzlich kam ihr ein altes Papierblatt in die Hände, das mit Maschine beschrieben war. Anita benutzte, wie ihre Angestellte, schon seit Jahren eine kleine Schreibmaschine. Der Brief war unvollendet. Als er halb fertig war, hatte die Prinzessin wohl ihre Absicht geändert oder einen neuen Brief an Stelle des alten begonnen und diesen beiseitegelegt.

Sie las ihn durch. Anita mußte sehr nachlässig gewesen sein, als sie dieses Schriftstück aus der Hand gab. Ihr altes Abhängigkeitsgefühl sagte ihr, daß dieser Brief sofort vernichtet werden müsse, und sie ergriff das Stück Papier, um es zu zerreißen. Aber dann besann sie sich eines andern und überlegte gewisse Möglichkeiten. Wenn man sagte, daß sie in diesem Augenblick gegen Anita aufgebracht war, beurteilte man ihre Erregung noch nachsichtig. Sie dachte darüber nach, daß sie wirklich alt wurde. Ihr gutes Aussehen hatte sie verloren; sie würde keine Anstellung mehr als Theaterstatistin erhalten. Anita hatte es für sicher gehalten, daß sie sich für immer mit der niedrigen Position einer Gesellschafterin zufriedengeben würde. Eine Reise nach Capri sollte eine Art außerordentlicher Belohnung für sie sein.

Die Prinzessin war eine Frau von ungewöhnlichem Temperament, manchmal fieberhaft erregt, manchmal elend und niedergeschlagen, aber in allen ihren verschiedenen Stimmungen hatte sie ihre Untergebene stets schlecht behandelt. Greta wurde es heiß und kalt bei dem Gedanken an die Beleidigungen dieser Frau. Ihre Hand, die den Brief hielt, zitterte. Dann begann langsam ein Plan in ihr zu reifen, und als sie ihre Aufwartefrau hereinrief, hatte sie sich schon halb und halb entschlossen, ihn auszuführen.

»Bringen Sie mir mein Adressenbuch.«

Greta war eine systematische Frau und schrieb unweigerlich alle Adressen ein, selbst von zufälligen Bekanntschaften, die vielleicht niemals von Nutzen für sie sein würden. Ihr Daumen glitt über das Verzeichnis, bis er bei dem Buchstaben D anhielt. Die letzte Eintragung auf der vollgeschriebenen Seite war ›Peter Dawlish‹.

»Geben Sie mir bitte einen Briefumschlag und meinen Füllfederhalter. Dann bringen Sie diesen Brief zur Post. Nein, holen Sie mir meine kleine Schreibmaschine.«

Die gehorsame Aufwartefrau brachte die leichte Maschine und setzte sie vor der Kranken nieder. Greta spannte den Briefumschlag ein, schrieb die Adresse, und während die Frau die Maschine wieder fortbrachte, schob sie den halbzerrissenen Bogen in das Kuvert und schloß es.

»Gehen Sie zur Hauptpost – am besten nehmen Sie hin und zurück den Autobus – und geben Sie den Brief auf. Wenn Sie jemand fragen sollte, ob Sie einen Brief für mich zur Post gebracht haben, dann sagen Sie einfach nein.«

Es war nicht das erstemal, daß die Aufwartefrau derartige Aufträge erhielt.

*

Die Häuser in Severall Street sind meistens nicht mit Briefkästen versehen, und die Postboten haben durch Erfahrung gelernt, daß es eine schwierige und häufig unausführbare Aufgabe ist, Briefe unter Haustüren durchzuschieben, wenn im Flur Teppiche liegen.

Peter hörte ein Klopfen, ging nach unten und öffnete die Tür.

»Dawlish?« fragte der Postbote.

»Ja, so heiße ich«, erwiderte Peter erstaunt, nahm den Brief in Empfang und schloß die Tür wieder. Hätte er es wie alle Bewohner von Severall Street gemacht, die niemals zur Tür gehen, ohne einen Blick die Straße auf und ab zu werfen, dann wäre ihm nicht entgangen, daß Leslie gerade auf der andern Seite vorüberging.

Zuerst dachte er, es sei ein Brief von ihr, aber als er ihn bei Licht näher betrachtete, sah er, daß die Adresse mit der Schreibmaschine geschrieben und der Brief in der City aufgegeben war. Er öffnete den Umschlag und zog ein Stück Papier heraus, das mit Schreibmaschinenschrift bedeckt war. Es war bereits verblaßt, und eine Ecke des Schriftstücks war abgerissen. Das Datum war verwunderlich.

›7. Juli 1916.‹

1916! Und doch überzeugte er sich davon, daß der Brief diesen Nachmittag erst aufgegeben worden war. Auf dem Blatt standen nur drei oder vier Zeilen, die letzte brach mitten im Satz ab. Nur dunkel ahnte er die Bedeutung dieses Fragmentes.

Meine liebe Jane,

Druze hat ein sehr gutes Heim für Deinen Sohn in einer Familie gefunden, die dem Mittelstand angehört. Es sind keine anderen Kinder dort. Man wird gut für ihn sorgen und –

Darunter waren mit Bleistift die kaum leserlichen Worte gekritzelt: ›Marthas Dienstmädchen.‹

Er mußte den Brief mindestens ein dutzendmal lesen, bevor ihm die Zusammenhänge klar wurden.

Janes Sohn – das war ja sein Sohn! Das Bewußtsein und die

Erkenntnis, daß er Vater war, überwältigten ihn. Jane hatte ein Kind gehabt! Das hatte er sich niemals träumen lassen ... Irgendwo in der Welt war ein kleiner Junge ohne Vater – und das war sein kleiner Junge! Es wurde ihm heiß bei dem Gedanken. Ungeduldig nahm er seinen Mantel, zog ihn hastig an, vergaß das Licht auszulöschen und eilte aus dem Haus.

Der Autobus, der ihn nach Piccadilly brachte, schien ihm viel zu langsam vorwärts zu schleichen. Er stieg an einer Haltestelle in der Bond Street aus und wandte sich mit schnellen Schritten nach Berkeley Street. Endlich stand er vor dem dunklen Portal des Hauses, in dem Lady Raytham wohnte. Es war schon nach zehn, und sie war vielleicht ausgegangen – aber er wollte auf sie warten ... Wenn es nötig wäre, die ganze Nacht hindurch. Er haßte sie in dem Augenblick, und es war Eifersucht, die sich hinter diesem Haß verbarg. Er haßte sie, weil sie es ihm nicht mitgeteilt hatte, weil sie ihn ausgeschlossen hatte von der Freude über dieses Ereignis. Vielleicht wurde der Junge als das Kind Raythams aufgezogen und mußte diesen Mann Vater nennen. Peter wurde maßlos zornig bei dem Gedanken.

Dem neuen Hausmeister, der ihm die Tür öffnete, waren alle Besucher gleichmäßig fremd. Peter war ihm nicht unbekannter als alle anderen und wurde deshalb höflich empfangen.

»Welchen Namen soll ich Mylady melden?«

»Mr. Peter«, sagte er, nachdem er einen Augenblick nachgedacht hatte.

Er wurde in einen kleinen Salon geführt und ging darin auf und ab, bis er plötzlich hörte, daß sich die Tür öffnete. Er wandte sich um und sah nun zum erstenmal nach acht Jahren die Frau wieder, mit der er damals das große Abenteuer erleben wollte. Sie war sehr blaß, aber sehr ruhig und selbstsicher, als sie die Tür hinter sich schloß. Eine Weile standen sie sich gegenüber und sahen sich an. Sie war reifer und schöner geworden, ihre graziöse Haltung war noch dieselbe wie früher, die Linien ihrer Gestalt waren jetzt von größerer Vollendung. Er war älter geworden, dachte sie, mehr zum Manne gereift, sein Gesicht war ausdrucksvoller. Entschlossenheit, Kraft und eine Ausgeglichenheit, die sie damals vermißt hatte, drückten sich jetzt in seinen Zügen aus. Aber in seinem Blick las sie etwas, das sie erschauern ließ.

»Du wolltest mich sprechen – Peter?«

Er nickte. Er zitterte und fürchtete sich zu sprechen, damit ihn nicht seine Stimme verraten könnte.

»Weshalb bist du gekommen?«

»Ich will mein Kind haben«, sagte er leise. Die Worte schienen ihn zu ersticken, er rang nach Atem und hustete.

»Du willst – dein Kind?«

Sie schüttelte den Kopf so schwach, daß ihm diese Bewegung entgangen wäre, wenn er Jane nicht so durchdringend beobachtet hätte.

»Willst du mir erklären, was du damit meinst?«

Sie tat so, als ob sie nicht verstünde, sie brauchte Zeit, um all dieses zu überwinden, denn sein Erscheinen hatte sie schwer erschüttert.

»Warum verstellst du dich, Jane? Du weißt doch, was ich will und was ich meine – wo ist unser Kind?«

Sie fuhr mit der Hand müde über die Augen.

»Ich weiß es nicht.« Sie machte keinen Versuch mehr, seiner Frage auszuweichen. Sie nahm an, daß er es wußte, so merkwürdig das auch war. »Ich weiß es nicht. Lohnt es sich denn, nachzuforschen? Er ist sehr glücklich. Ich tat, was damals das beste war, Peter. Ich habe niemand etwas davon erzählt. Als ich nach Reno ging –«

»Hast du dich von mir scheiden lassen?«

Sie antwortete nicht. Eine Lüge schwebte auf ihren Lippen, aber sie wies die Versuchung von sich.

»Nein. Man wollte mir die Scheidung nicht bewilligen, weil du dir einige Papiere nicht hattest ausstellen lassen oder so etwas Ähnliches. Ich verstehe sehr wenig von dem Gesetz. Es war töricht von mir, daß ich die Scheidung nicht durchgesetzt habe.«

Ein langes Schweigen folgte.

»Das gibt mich in deine Hand. Aber ich kann mir nicht denken, daß du –«

Er unterbrach sie mit einer ungeduldigen Handbewegung.

»Ich denke im Augenblick nicht an dich und nicht an mich,

ich denke an den Jungen. Jane, du erschreckst mich! Du solltest nicht wissen, wo dein eigenes Kind ... Großer Gott! Ich dachte schon, daß er nicht hier wäre, aber daß du mir so ruhig sagen würdest, du weißt nicht, wo er ist, als ob er ein –«

»Ich weiß es wirklich nicht. Glaube mir, Peter, ich habe keine Ahnung. Ich war damals so entsetzt, als ich wußte, daß ich ein Kind bekommen würde. Ich kann mich kaum darauf besinnen, daß ich das kleine Wesen gesehen habe. Und dann nahmen sie es von mir fort – das war vorher ausgemacht worden.«

»Mit wem?«

»Anita war damals sehr gut zu mir, ebenso Druze. Damals entdeckte ich, daß Druze eine Frau war. Ich habe später dafür zahlen müssen – ich meine, weil Druze ins Vertrauen gezogen wurde. Ich kann mich wirklich nicht auf das Kind besinnen, ich habe nur einen ganz unbestimmten Eindruck, es ist gleichsam wie die Erinnerung an einen Traum. Peter, sei doch ein wenig barmherzig mit mir. Ich war damals in einer schrecklichen Lage – mein Vater schrieb mir, ich sollte mich wegen Raytham entscheiden, du wußtest doch, daß er mich heiraten wollte? Lord Raytham hatte meinem Vater viel Geld geliehen, und ich fürchtete mich so sehr, was geschehen würde, wenn mein Vater es erfahren würde – meine Verheiratung und all das andere. Natürlich wußte er, daß ich in Amerika war. Man nahm damals an, daß ich ein Engagement angenommen hätte, drüben zu singen. Kannst du dich noch darauf besinnen? Aber er wußte nicht, daß ich zurückgekehrt oder was aus mir geworden war. Ich mußte alle meine Briefe an eine Freundin in New York schicken, die sie dort aufgab.«

Sie hielt inne.

»Wo ist das Kind? Das ist alles, was ich wissen will.«

»Druze wußte es. Sie sprach darüber, als sie fortging. Sie war betrunken, Peter, und sagte mir etwas Furchtbares! Ihre Stimme überschlug sich – es war entsetzlich!« Jane legte wieder die Hand über die Augen, und Peter wartete mit schwerem Herzen.

»Was hat sie dir denn gesagt?« fragte er schließlich.

»Sie sagte« – es bedurfte ihrer ganzen Willensanstrengung und ihres Mutes, um es auszudenken, und es war eine Qual für sie, es auszusprechen – »daß sie selbst nicht wüßte, wo das Kind sei, daß sie den Jungen der ersten besten Person gegeben hätte, die sich anbot, ihn zu adoptieren. Und ich hatte mich immer mit dem Gedanken getröstet, daß – daß wenigstens der Junge glücklich aufwüchse, ein wie schrecklicher Erpresser auch sein Pflegevater war.«

»Was willst du damit sagen?«

»Ich habe viel Geld gezahlt, große Summen. Ich glaubte, das Geld bekäme der Mann, der das Kind adoptierte. Zu spät entdeckte ich, daß dieser Erpresser überhaupt nicht existierte, sondern daß es in Wirklichkeit Druze war, die mich ausplünderte.«

Peter atmete tief und schwer.

»Wie schrecklich, wie furchtbar!« sagte er leise. »Das Kind ist verschwunden, und du hast zugegeben, daß es dir genommen wurde. Das kann ich nicht verstehen. Ich dachte, daß Frauen –«

Sie unterbrach ihn mit einer müden Geste.

»Auch ich verstehe die Frauen nicht mehr. Ich wollte, ich hätte ihn bei mir behalten und wäre allen Schwierigkeiten kühn entgegengetreten, die sich daraus ergeben hätten. Du hast es jetzt erfahren, Peter, und kannst dich auf dein gutes Gewissen berufen. Aber für mich war es ein fürchterlicher Traum – ein acht Jahre langes Elend, und nun ist es ein Schreckgespenst geworden.« Sie preßte die Hände an ihre schmerzenden Schläfen. »Ich kann nicht schlafen, weil ich immer daran denken muß. Dieses kleine, liebe Wesen, mein Junge – und der deinige – vielleicht muß er hungern, oder er ist tot, oder er leidet.«

Sie schloß die Augen, als ob sie dadurch den schrecklichen Vorstellungen entgehen könnte.

»Weiß die Bellini hiervon?« fragte er eisig.

»Anita?« Sie sah ihn erstaunt an. »Nein, warum sollte sie das wissen? Du haßt Anita natürlich und ich – ich mag sie auch nicht besonders leiden ... Sie hat einen merkwürdig schwierigen Charakter. Aber sie hat mir damals so sehr geholfen, Peter.«

Er sah sie fest an.

»Wer war denn Martha?«

Er sah aus ihrem Stirnrunzeln, daß sie ihn nicht verstand.

»Kennst du keine Frau mit Namen Martha?«

»Ich kann mich an niemand erinnern, der so heißt. Aber warum fragst du?«

»Marthas Dienstmädchen hat das Kind. Die Bellini weiß es, und was sie weiß, werde ich erfahren.«

Er wandte sich, um das Zimmer zu verlassen, aber sie trat ihm in den Weg.

»Peter, kannst du mir vergeben? Ich habe falsch gehandelt – es war sehr töricht von mir. Ich würde gern mit meinem Küchenmädchen tauschen, nur um alles ungeschehen zu machen. Du haßt mich!«

»Nein, ich hasse dich nicht«, sagte er ruhig. »Es tut mir nur furchtbar leid um dich; du hast mich sehr enttäuscht, Jane – du warst zu schwach.«

»Ach ja, ich bin ein Schwächling.« Sie sah ihn nur verschwommen vor sich, denn ihre Augen waren mit Tränen gefüllt. »Und man zahlt teurer für Schwäche als für Schlechtigkeit. Wohin willst du gehen?«

»Ich werde das Kind suchen und finden.«

Sie streckte verzweifelt die Arme aus.

»Das Kind finden? Ach, wenn du das doch könntest! Peter, wenn du es zu mir brächtest –«

»Zu dir?« Er lachte rauh auf. »Das Kind gehört zu mir! Zu mir – hörst du? Du hattest es und verlorst es. Wenn ich den Jungen finde, werde ich ihn immer bei mir behalten.«

Er ging an ihr vorbei, öffnete die Tür und ging hinaus in die Nacht.

Er besaß noch den größeren Teil der Summe, die Leslie ihm gegeben hatte, und in diesem kritischen Augenblick mußte er Geld ausgeben, er konnte und durfte nicht sparen. Er hielt ein Auto an, aber der Chauffeur nahm nur widerwillig den Auftrag entgegen, ihn nach Wimbledon Common zu bringen. Es war eine lange Fahrt, und Peter hatte währenddessen Zeit, seine verworrenen Gedanken zu ordnen.

Anita Bellini wußte alles – davon war er fest überzeugt. Sie wohnte in einem großen Haus, das in einem prächtigen, parkartigen Garten in dem vornehmsten Viertel von Wimbledon lag. Es war ein großes, altmodisches Gebäude, an beiden Seiten von schweren, viereckigen Türmen flankiert, im gotischen Stil aufgeführt und mit vielen kleinen Erkerchen und Türmchen versehen, die die Architekten zur Zeit der Königin Viktoria so gern bauten. Es hatte fast das Aussehen einer mittelalterlichen Burg, und doch erschien es ihm als ein düsteres, hoffnungsloses Verließ, als er den Wagen jetzt draußen warten ließ. Der vorsichtige Chauffeur ließ sich aber Vorschuß zahlen.

Peter ging den Zufahrtweg entlang. Kein Fenster war erleuchtet, selbst die kleine Öffnung über der schweren Haustür lag dunkel und leblos da. Er läutete und hörte außen den schwachen Ton der Glocke. Nach einer langen Wartezeit rasselten Ketten, ein schwerer Riegel wurde zurückgezogen, und ein düsteres Licht zeigte sich in der Eingangshalle. Die Haustür öffnete sich ein wenig, und ein alter, grauhaariger Mann, der eine schlechtsitzende Livree trug, schaute heraus. Peter sah, daß die Sicherheitskette noch vorgelegt war und daß man sich durch diese Öffnung nicht hindurchzwängen konnte.

Jetzt erkannte er den Mann.

»Sie sind doch Sims? Ich möchte die Prinzessin sprechen.«

Der Alte grinste, als er sah, daß Peter sich an ihn erinnerte.

»Sie können die Prinzessin nicht sehen, sie ist nicht zu Hause«, sagte er mit einer lauten und krächzenden Stimme.

»Sagen Sie ihr, daß Peter Dawlish sie zu sprechen wünscht. Wenn sie mich nicht ins Haus lassen will, kann sie ja zur Türe kommen.«

Er war nicht darauf gefaßt, daß der Mann ihm die Tür geräuschvoll vor der Nase zuschlagen würde. Er mußte fünf Minuten warten, dann wurde die Tür wieder geöffnet. Diesmal sah er Anita. Sie trug ein grünes Kleid und war wie gewöhnlich mit Perlen geschmückt, die in dem Halbdunkel aufleuchteten.

»Was wollen Sie?«

»Ich möchte Sie privat sprechen.«

»Es muß Ihnen genügen, wenn wir hier an der Tür miteinander reden«, sagte sie kühl.

Das Licht der Halle spiegelte sich in ihrem Monokel und rief einen unheimlichen Eindruck hervor. Es war ihm, als ob sie ihn aus einem schrecklichen, goldenen Auge anschaute.

»Was wollen Sie?« wiederholte sie. »Wenn Sie Geld verlangen, so können Sie gleich wieder gehen. Dies ist keine Wohltätigkeitsanstalt oder eine Herberge für entlassene Sträflinge.«

In der Pause, die jetzt folgte, überlegte er sich, ob die Kette, die die Haustür versperrt hielt, wohl zerreißen würde, wenn er sich gegen die Tür würfe, um sich den Zugang zu erzwingen. Er war so erregt, daß er zu jeder wahnsinnigen Tat fähig war, und er hatte nur den einen Gedanken, sich um jeden Preis Gewißheit zu verschaffen.

»Wo ist mein Kind?«

Kein Muskel in Anitas Gesicht bewegte sich.

»Ich wußte nicht, daß Sie eine Familie gegründet hatten. Außerdem bin ich doch sicher die letzte, die etwas von Ihren Kindern wissen könnte.«

»Wo ist Janes Kind? Vielleicht verstehen Sie das besser?«

Sie war schon bei der ersten Frage erschrocken, dessen war er sicher. Als sie aber jetzt nicht gleich antwortete, wußte er genug. Sie hatte sich verraten.

»Sie wissen es also? Das Kind? Es tut mir leid, daß ich Ihnen nichts darüber sagen kann. Ich habe etwas Besseres zu tun, als mich um die Folgen der Entgleisungen meiner Freundin zu kümmern. Ich befasse mich nicht mit den Bastarden von Fälschern, die im Gefängnis gesessen haben.«

»Sie lügen!« erwiderte Peter ruhig. »Sie wußten ganz genau, daß ich mit Jane verheiratet war.«

Anita Bellini lachte.

»Die Ehe war ungültig! Wußten Sie das nicht? Sie haben gewisse Formalitäten nicht erfüllt –«

»Ich habe Jane heute abend aufgesucht – sie hat nicht den geringsten Zweifel an der Gültigkeit unserer Ehe ... Wo ist mein Sohn?«

»Da, wo Sie ihn niemals finden werden!« All die aufgespeicherte Bosheit dieser Frau kam plötzlich zum Vorschein. Ihr sonst schon wenig anziehendes Gesicht war jetzt vor Wut verzerrt. »Sie werden Ihr Kind nicht finden! Es ist untergegangen in dem Schlamm und dem Schmutz, in den auch sein Vater gehört – es ist tot, wie ich hoffe!«

Ein ungeheurer Zorn übermannte Peter. Er war kaum noch ein Mensch. Er sah nur dieses schreckliche Gesicht der verhaßten Frau durch einen roten Nebel vor sich, dann warf er sich mit aller Gewalt gegen die Tür. Sie gab mit einem Krachen nach und sprang auf, die Kette war zerbrochen.

Für Peter war Anita Bellini nicht länger eine Frau, sie war ein scheußliches Geschöpf ... Er wollte sie töten, es zuckte in seinen Fingern, an ihrer Kehle zu würgen und sie umzubringen.

Als die Kette brach, wich sie zurück, und als er sich ihr näherte, sah er sich plötzlich der schwarzen Mündung einer Pistole gegenüber.

»Rühren Sie sich nicht!« schrie sie. »Bleiben Sie dort stehen, Peter Dawlish! Ich bin berechtigt, Sie in Selbstverteidigung auf der Stelle niederzuschießen!«

Sie sah nicht, daß er einen kurzen, schnellen Schlag gegen sie führte. Die Pistole fiel polternd zu Boden. In wahnsinniger Wut hob er die Faust gegen sie, als plötzlich jemand seinen Namen rief.

»Peter!«

Bei dem Klang dieser Stimme ließ er verwirrt und bestürzt den Arm sinken. Eine Frau war aus einem der Zimmer in die Halle getreten. Sie trug ein schwarzes Seidenkleid, hatte blendendweiße Haare und harte Gesichtszüge – seine Mutter!

»Komm hier herein!«

Sie zeigte auf die offene Tür, und er folgte ihr, ohne Anita Bellini noch eines Blickes zu würdigen, die mit dem Rücken gegen die Wand gelehnt stand und zum erstenmal in ihrem Leben von Furcht gepackt war.

Peter trat in ein kleines Wohnzimmer, das in orientalischem Stil eingerichtet war. Ein großer, mit Seide überzogener Diwan stand an der Wand, und eine durch bunte Seidenvorhänge abgeschirmte Lampe hing von der Decke herab. Er sah auf einem achteckigen Tischchen auch ein Telefon, das wenig zu dieser Einrichtung paßte. Der Hörer lag neben dem Apparat auf dem Tisch, er hatte sie wohl beim Telefonieren gestört.

»Was soll denn das alles bedeuten?«

Mrs. Dawlish hatte wieder die alte, würdevolle Haltung angenommen und stand wie eine Hohepriesterin vor ihm. Diese Pose, die ihm so verhaßt war, kannte er noch gut genug.

Er zitterte, aber allmählich wurde er ruhiger.

»Ich glaube, ich brauche es dir nicht zu sagen – du mußt es ja gehört haben. Ich kam zu deiner Freundin –«

»Zur Prinzessin Bellini«, unterbrach sie ihn. »Weshalb?«

»Um zu erfahren, wo mein Kind ist.«

»So?« Sie zog die Augenbrauen hoch. »Ich wußte noch nicht, daß ich Großmutter geworden bin.«

Die alte Wut stieg in ihm wieder auf.

»Dann verstellst du dich«, sagte er brutal. »Du weißt es – natürlich weißt du es. Die ganze verfluchte Bande, zu der auch du gehörst, hat es immer gewußt. Du weißt von Jane, von meiner Heirat und von dem Kind. Vielleicht kennst du auch seinen Aufenthalt.«

Er sah, daß sie lächelte, und das brachte ihn vollends zur Raserei.

»Du hast stets unklug gehandelt, Peter, und ich glaube, du wirst auch dein Leben lang ein Narr bleiben. Es wäre besser, wenn du zu deinen Adressen und Kuverts zurückgingst und nicht daran dächtest, daß es so etwas wie Kinder auf der Welt gibt. Ich habe mir die größte Mühe gegeben, es während der letzten sieben Jahre auch zu vergessen.«

Aber sie war eine merkwürdige Frau, denn ohne Übergang kam sie plötzlich auf ihr Angebot zurück, das sie ihm gemacht hatte.

»Für dich wäre es wirklich gut, wenn du meinen Rat annähmest und nach Australien oder Kanada gingst oder wohin dich sonst deine Sehnsucht treibt.« Und sie begann nun im Konversationston die Vorteile aufzuzählen, die eine Auswanderung für ihn mit sich bringen würde.

Er war verwirrt, aber plötzlich wurde ihm klar, daß sie nur auf ihn einsprach, um Zeit zu gewinnen. Aber wozu? Er hatte den Rücken der Tür zugekehrt und drehte sich nun um, damit er den Eingang zum Zimmer sehen konnte. Aber wenn Anita Bellini irgendwelchen Verrat beabsichtigte, so war doch weder etwas davon zu sehen noch zu hören.

Jetzt klingelte es an der Haustür, und er hörte Stimmen im Flur. Dann wurde die Tür geöffnet, und zwei Männer traten ein. Peter erkannte sofort, daß es Detektive waren. Der Redefluß seiner Mutter hörte auf, und ihr weißer, knochiger Finger zeigte auf ihn.

»Dieser Mann ist Peter Dawlish – ein früherer Sträfling«, sagte sie. »Ich klage ihn an, daß er gedroht hat, meine Freundin, Prinzessin Anita Bellini, zu ermorden.«

Eine Viertelstunde später brachte das Taxi, mit dem Peter nach Wimbledon gekommen war, ihn zu der nächsten Polizeistation, und kurz darauf saß er verstört und zornig hinter Schloß und Riegel in einer Zelle.

14

»Ich kann es nicht glauben.«

Leslie starrte Mr. Coldwell an.

»Seine eigene Mutter hat ihn angezeigt? Wie entsetzlich!«

Mr. Coldwell war so alt geworden, daß er eigentlich über nichts mehr erstaunt war.

»Ja, es ist merkwürdig, aber manche Mütter tun die verrücktesten Dinge. Ich habe Fälle gekannt – aber das wissen Sie ja alles selbst auch, Leslie. Peter ist nach Wimbledon gefahren und hat dort aus irgendeinem Grund Streit angefangen. Seine Mutter hat wahrscheinlich den Lärm gehört, den er an der Haustür machte, und hat an die Polizei telefoniert, bevor er in das Haus eindrang. Die Sache könnte schlimme Folgen haben, wenn ihm ein Teil der Strafe auf Bewährung hin erlassen worden wäre. Aber glücklicherweise hat er seine ganze Zeit abgesessen, und er braucht ja nur zu sagen, daß es ein Familienstreit war, um loszukommen. Ich glaube nicht, daß man ihn vor Gericht stellen wird.«

»Ich kann es aber tatsächlich nicht glauben, obwohl es natürlich so gewesen sein muß. Was machte denn eigentlich seine Mutter im Haus der Prinzessin Bellini? Und warum hat sich Peter so wahnsinnig benommen?«

Coldwell lächelte.

»Gehen Sie hin und fragen Sie ihn selbst. Ich werde Ihnen ein paar Zeilen an den Inspektor mitgeben, und Sie können sich dann etwas mit ihm unterhalten, bevor sein Fall verhandelt wird. Es ist sehr unwahrscheinlich, daß sie ihn ins Untersuchungsgefängnis nach Brixton überführen. Wenn die Prinzessin bei Vernunft ist, wird sie dafür sorgen, daß die Sache niedergeschlagen wird. Mrs. Dawlish ist sowieso sehr betrübt und bereut jetzt schon, daß sie sich dazu hinreißen ließ, ihn anzuzeigen. Ich weiß das, weil ich auf die Nachricht hin sofort an die Polizeistation telefonierte. Der Sergeant sagte mir, daß Mrs. Dawlish heute morgen schon um sieben Uhr dort erschien und versuchte, ihren Namen in dem Protokoll zu unterdrücken. Sie hat sich durch ihren Haß zu dieser Unklugheit hinreißen lassen, und sie weiß, daß die Geschichte von einer Mutter, die ihren eigenen Sohn anklagt, in den Zeitungen als Sensation ausgeschlachtet wird, wenn es zu einer Verhandlung kommt. Ich glaube, daß sie schon deswegen ihre Anzeige zurückziehen wird.«

Als Leslie auf der Polizeistation ankam, erfuhr sie, daß Peter bereits in einer Zelle des Gerichtshofes untergebracht war. Ihre eigene Karte genügte dort, um eine Unterredung mit ihm zu ermöglichen.

Er trat ihr mit einem reuigen Lächeln entgegen.

»Sie sehen mich wieder in der Umgebung, in die ich gehöre.«

»Aber warum sind Sie denn zu dem Haus der Bellini gegangen?«

»Ich wollte etwas erfahren«, entgegnete er. Aber er wollte ihr keine weitere Erklärung geben.

Sie erzählte ihm, welche Ansicht Mr. Coldwell von der Sache hätte, aber er schien sich wenig darum zu kümmern, ob die Anklage gegen ihn erhoben werden sollte.

»Es war für mich ein Schlag ins Gesicht – ich hatte nicht erwartet, daß meine Mutter das tun würde. Bis dahin hatte ich noch nicht geahnt, wie schrecklich sie mich haßte. Meinetwegen mag man mich vor Gericht stellen. Nachdem ich dies alles erfahren habe, kann ich Ihnen nicht sagen, was mich nach Wimbledon geführt hat.«

Sie drängte ihn auch nicht. Die Unterhaltung fand in dem Gang statt, der zu dem Gerichtssaal führte. Polizisten und Gefangene kamen ständig vorbei, und der Ort eignete sich nicht gerade zu vertraulichen Mitteilungen. Sie berichtete ihm noch von ihrem eigenen gefährlichen Erlebnis, und als sie geendet hatte, pfiff er vor sich hin.

»Das erklärt alles – daß die Sicherheitskette an der Haustür angebracht war und daß der alte Sims auf der Lauer lag. Ich habe den alten Teufel nicht wieder gesehen, nachdem ich dort eindrang.«

Sie verbarg ihr Erstaunen nicht.

»Ich kann aber wirklich nicht verstehen, warum eine Sicherheitskette an Anita Bellinis Tür erklärt, daß ein kleiner gelber Kerl in meine Wohnung kommt.«

»Verlassen Sie sich darauf – es erklärt wirklich alles«, sagte er mit Nachdruck.

In dem Augenblick wurde sein Name durch den Gerichtsdiener aufgerufen, und Leslie folgte ihm in den Gerichtssaal. Peter hatte kaum hinter dem eisernen Gitter Platz genommen, als der Detektivsergeant, der ihn festgenommen hatte, aufstand und den Gerichtshof anredete.

»Diese Anklage hat ihre Ursache in einem Besuch, den der Gefangene gestern abend in dem Haus der Prinzessin Anita Bellini machte. Er ist ein entfernter Verwandter der Prinzessin, geriet mit ihr in Streit, und die Auseinandersetzung zwischen beiden wurde so heftig, daß Ihre Hoheit gezwungen war, der Polizei zu telefonieren. Die Prinzessin wünscht nicht, daß der Gefangene unter diesen Umständen weiter verfolgt wird, auch wünscht sie nicht, daß ein Familienstreit vor Gericht gebracht wird. Ich schlage deshalb vor, die Anklage gegen Peter Dawlish niederzuschlagen.«

»Aber die Anklage lautet auf versuchten Mord«, erwiderte der Richter.

»Diese Anklage wurde nur gestern abend erhoben«, erklärte der Detektiv, »und es war bereits die Absicht der Polizei, Mr. Dawlish ins Untersuchungsgefängnis zu überführen, aber die Prinzessin hat ihre Aussagen abgeändert, und ich bin davon überzeugt, daß Mr. Dawlish auf die jetzigen Aussagen hin nicht verurteilt werden kann. Ich bitte daher den hohen Gerichtshof, Peter Dawlish zu entlassen.«

Der Richter nickte, und das war das Ende der Verhandlung. Peter verließ die Anklagebank und den Gerichtssaal und traf draußen vor dem Polizeigericht Leslie Maughan wieder.

Zuerst schlug er ihre Einladung ab, mit ihr nach der Stadt zurückzufahren.

»Sie werden aber mit mir kommen«, sagte sie bestimmt. »Ich habe Ihnen eine Menge zu erzählen und Ihnen eine lange Reihe von Fragen vorzulegen. Vielleicht werden Sie nicht darauf antworten, aber das gehört im Augenblick nicht hierher.«

Er stieg zu ihr in den Wagen. Als sie Putney Common überquerten, lehnte sie sich nach vorn und sprach mit dem Chauffeur, der die Fahrt verlangsamte und den Wagen am Gehsteig zum Halten brachte.

»Wir wollen ein wenig zu Fuß gehen«, sagte sie. Als sie außer Hörweite waren, begann sie, ihm ihre Fragen zu stellen.

»Warum gingen Sie gestern abend zur Prinzessin Bellini?«

»Ich wollte etwas von ihr erfahren.«

»Was wollten Sie denn wissen?«

Sollte er es ihr sagen? Er konnte sich selbst nicht verstehen. Warum zögerte er, sie in sein Vertrauen zu ziehen, da sie doch schon soviel wußte? Und doch fühlte er eine unüberwindliche Scheu. Es war ihm, als ob sein Geständnis einen Wandel in ihrer eigenartigen Freundschaft hervorrufen könnte. Aber schließlich erzählte er ihr die ganze Wahrheit.

»Jane hatte ein Kind«, sagte er.

Sie blieb stehen und sah ihn ernst an.

»Das ist Ihr Kind – nicht wahr?«

Er war erstaunt über die Ruhe und Gelassenheit, mit der sie diese Nachricht aufnahm.

»Sie haben es vermutet?«

»Ich wußte es. Es wurde auf der kleinen Farm Appledore in der Nähe von Carlisle geboren.«

»Sie – wußten – es schon die ganze Zeit?«

»Ja. Ich wußte, daß Sie ein Kind hatten, bevor mir bekannt

war, daß Sie auch verheiratet waren. Ich habe nämlich in Appledore das Gedichtbuch mit Ihren Versen gefunden. Und deshalb wußte ich nicht genau, ob Sie verheiratet waren.«

Sie kamen zu einer Bank im Park und setzten sich.

»Ich will Ihnen jetzt alles erzählen. Wollen Sie es hören?« Und als er nickte, begann sie.

»Ich brachte meine Ferien in Cumberland zu, und ich glaube, es war eine Schicksalsfügung, daß ich gerade zu diesem Farmhaus kam. Eine alte Dame, Mrs. Still, war die Eigentümerin des Anwesens. Sie war eine Witwe, sehr mitteilsam und gesprächig, aber außerordentlich gütig. Es war nur natürlich, daß sie mir von all den interessanten Leuten erzählte, die früher bei ihr gewohnt hatten. Eine der interessantesten war eine schöne junge Frau, deren Kind in demselben Zimmer geboren wurde, in dem ich wohnte. Sie zog im Februar dorthin, bevor die Saison begann – Sie müssen nämlich wissen, daß es auch in Cumberland eine Saison gibt – und blieb dort bis Anfang April. Sie nannte sich selbst – es kommt ja nicht darauf an, wie sie sich nannte, aber jedenfalls nicht Jane Dawlish. Das Kind wurde am 17. März, am St.-Patricks-Tag, geboren. Die alte Dame, die halb irischer Abstammung war, erinnerte sich an diese Tatsache, weil sie der schönen Dame an dem Morgen, an dem das Kind geboren wurde, einen Blumenstrauß schickte.«

»Wer war denn bei ihr?« fragte Peter heiser.

»Zwei Frauen, eine Krankenschwester und eine andere Frau, die offenbar mit Anita Bellini identisch ist. Es wurde kein Arzt zugezogen, wahrscheinlich war die Krankenschwester auch Hebamme und es war deshalb nicht nötig, ärztliche Hilfe zu holen. Die gute alte Wirtin von Appledore hat das kleine Kind niemals gesehen. Sie wußte nicht einmal genau, wann es fortgebracht wurde. Aber sie glaubte, daß es an dem zweiten Tag nach der Geburt geschah, weil an diesem Tag ein Mann von London kam. Das war sicherlich Druze. Sie erschien gerade, bevor Mrs. Still nach Carlisle ging, um ihre wöchentlichen Einkäufe zu besorgen. Als sie wieder heimkam, war Druze schon gegangen. Die alte Dame wußte gar nicht, daß das Baby nicht mehr da war, sie erfuhr es erst am Ende der Woche, als sie darum bat, das Kind einmal zu sehen. Man sagte ihr, daß es in ein wärmeres Klima gebracht worden sei. Sie wußte nur, daß es ein Junge war, die Krankenschwester hatte ihr das mitgeteilt. Mrs. Still war darüber enttäuscht, denn wie sie sagte, hatte die schöne junge Dame immer gehofft, ein Mädchen zu bekommen. Warum sie das tat, kann ich nicht sagen, aber ich habe keinen Grund, an der Zuverlässigkeit der Mitteilungen dieser alten Frau zu zweifeln. Sie zeigte mir stolz ein kleines Buch, in dem die schöne junge Dame, wie sie Jane immer nannte, viel gelesen hatte. Es war ein Gedichtbuch, und ich fand darin Ihr merkwürdiges Namengedicht. Zu jener Zeit beschäftigte ich mich gerade mit der Aufklärung gewisser Dinge, die Lady Raytham betrafen – es war Scotland Yard bekanntgeworden, daß sie Erpressern große Summen zahlte. Diese Ereignisse verband ich natürlich miteinander: ihr Auftreten in Cumberland unter einem angenommenen Namen, die Geburt des Kindes, und die Tatsache, daß sie von Zeit zu Zeit große Geldbeträge für unbekannte Dienste ausgab. Als ich dann noch kurz vor meiner Abreise von Mrs. Still erfuhr, daß eine der Frauen von ›Peter‹ gesprochen hatte, war ich ganz sicher, daß ich auf der rechten Spur war.«

»Wissen Sie den Namen der Krankenschwester – hieß sie etwa Martha?«

»Martha!« Sie sprang auf und sah ihn bedeutungsvoll an. »Martha – wie kommen Sie auf diesen Namen?«

Er war etwas verblüfft, daß seine Worte sie so beeindruckten.

»Sagen Sie es mir – sagen Sie es mir doch«, drängte sie ungeduldig. Er zog den Brief aus der Tasche, den er vorhin erhalten hatte und der ihn zu Jane Raytham geführt hatte.

Sie las die Bleistiftschrift.

»Marthas Dienstmädchen – Martha war Druzes Schwester«, sagte sie plötzlich. »Die hatte das Kind. Peter, ich werde dieser neuen Spur folgen, und Sie dürfen mich nicht stören, bis ich die Sache aufgeklärt habe.«

»Ich möchte nur wissen, was Sie nun von mir denken?«

Sie sah ihn ruhig an.

»Was sollte ich denn von Ihnen denken ... Sie sind unglücklich, Peter Dawlish, das habe ich Ihnen doch schon gesagt.«

Er lächelte müde.

»Sie wissen nicht, wie unglücklich ich bin.«

»Kommen Sie jetzt zurück zu dem Wagen, sonst klagen wir uns noch gegenseitig unser Leid.«

Peter kam nicht auf den Gedanken, sie zu fragen, was sie damit meinte, aber ihre Worte blieben in seiner Erinnerung haften.

Sie setzte ihn im Zentrum Londons ab und fuhr selbst nach Scotland Yard. Sie ging in das Büro von Mr. Coldwell und erhielt einen Tag Urlaub von ihm. Dann telefonierte sie mit dem Chef der Geheimpolizei von Plymouth, der ihr versprach, sie anzurufen, sobald seine Nachforschungen beendet seien. Obwohl sie nun auf Urlaub war, gab es doch noch manche dienstliche Unterbrechungen. Zuerst kam der Beamte, der Mrs. Inglethorne verhaftet hatte, und berichtete ihr, daß diese verstockte Frau in Untersuchungshaft überführt worden sei, um ihren Fall aufzuklären. Ihr Mädchenname war Zamosser, sie war Holländerin von Geburt, obwohl ihre Eltern viele Jahre in England gelebt hatten. Mit Ausnahme einer kurzen Zeit war sie stets entweder im Gefängnis gewesen oder stand unter Polizeiaufsicht. Sie war eine Hehlerin und noch Schlimmeres; sie war wegen Ladendiebstahls des öfteren verurteilt worden.

»Wie steht es denn mit den Kindern?« fragte Leslie.

Der Sergeant lächelte.

»Nur eins davon ist ihr eigenes, die anderen sind adoptiert, wie sie sagt. Das heißt, daß es unerwünschte Kinder sind, die sie entweder für eine kleine wöchentliche Geldsumme oder gegen eine größere Abfindung in Pflege genommen hat. Der einzige, dessen Herkunft wir verfolgen konnten, war der kleine Junge.«

Einen Augenblick lang tauchte eine Hoffnung in Leslie auf, aber sie wurde sofort durch seine folgende Erklärung zerstört.

»Sie haben die Herkunft des Jungen feststellen können?« fragte sie. Sie erinnerte sich jetzt an den kleinen, zurückgebliebenen Knaben, der sie mit großen, schläfrigen Augen angesehen hatte, als sie damals in die Küche gegangen war.

»Ja, wir haben jedenfalls seine Mutter gefunden. Die anderen

Kinder gehören meistens armen jungen Mädchen der Arbeiterklasse.«

»Gibt es denn viele Frauen in England, die solche kleinen Kinder aufziehen?«

»Hunderte. Sie sollten eigentlich unter polizeilicher Aufsicht stehen, aber in Wirklichkeit ist es schlecht damit bestellt. Es gibt kein Gesetz, das jemand hindern könnte, ein Kind zu adoptieren, obgleich diese Art von Adoptionen vom Gesetz nicht anerkannt wird.«

»Es gibt also Hunderte solcher Kinder in England?« fragte sie schweren Herzens.

»Tausende!«

»Wird denn keine Liste darüber geführt?«

»Es ist möglich, daß ein paar hundert in den Akten vermerkt sind, aber das wissen Sie ja selbst besser als ich, Miss Maughan, Sie sind ja im Polizeipräsidium tätig.« Und nun wurde auch der letzte, schwache Schimmer ihrer Hoffnung ausgelöscht. »Mir wurde einmal die Aufgabe gestellt, die Spur eines kleinen Kindes zu verfolgen, das in eine solche Kinderfarm gebracht wurde. Aber man könnte ebensogut eine Stecknadel in einem Heuhaufen suchen, als ein ›adoptiertes‹ Kind ausfindig machen, nachdem seine Spur einmal verlorengegangen ist. Einige wenige von ihnen kommen in die Schulen der Arbeitshäuser, die meisten sterben elend dahin. Die Frauen, die ihren Lebensunterhalt dadurch erwerben, kommen nicht auf ihre Rechnung und können die Kinder von dem Wenigen gar nicht ordentlich ernähren. Der Staat müßte diese Sache in die Hand nehmen und große Anstalten gründen, in denen solche unerwünschten Kinder aufgenommen und aufgezogen würden, damit sie später einmal ihrem Vaterland nützlich werden.«

Er war kaum eine halbe Stunde fort, als sie von Plymouth angerufen wurde. Aber die Nachricht half ihr eigentlich nicht viel weiter. Martha Druze hatte ihre Prüfung als Hebamme abgelegt und das Hospital dann verlassen, um eine Privatstellung als Krankenschwester anzunehmen. Es wurde angenommen, daß sie nach Übersee gegangen war, aber es gab keinen festen Anhaltspunkt hierfür. Die gegenwärtige Vorsteherin des Hospitals, die sich noch auf sie besinnen konnte, hatte nur eine Postkarte von ihr erhalten, die sie ein oder zwei Monate nach ihrem Weggang in Port Said aufgegeben hatte. Es hieß gerüchtweise auch, daß sie sich gut verheiratet hätte. Die einen wollten wissen, daß sie einen Zimmermeister in Kapstadt geheiratet hätte, andere sagten, es wäre ein Farmer in Australien gewesen. Aus dem ganzen Bericht war nur eine Angabe zu entnehmen, die Leslie vielleicht weiterführen konnte. Martha hatte sich nämlich in die Listen eines Londoner Stellennachweises eintragen lassen. Sie notierte die Adresse dieser Agentur.

Als sie den Hörer eingehängt hatte, durchsuchte sie sofort das Telefonbuch nach Stellenvermittlungen für Krankenschwestern. Sie fand aber die Firma nicht, die der Beamte in Plymouth genannt hatte; vielleicht war sie eingegangen, wie so viele andere Agenturen. Um sich Klarheit darüber zu verschaffen, rief sie eine bekannte Stellenvermittlerin an und erkundigte sich.

»Ashleys Agentur? Das ist jetzt das Zentralvermittlungsbüro für Krankenschwestern – wir selbst sind Ashleys Agentur, obwohl wir schon geraume Zeit nicht mehr diesen Namen tragen.«

Leslie erklärte, wer sie war und was sie wissen wollte.

»Wenn Sie hierherkommen, werde ich Ihnen unsere alten Bücher zeigen, wir haben sie noch aufbewahrt.«

Diese Antwort ermutigte Leslie. Sie setzte ihren Hut auf, zog ihren Mantel an und machte sich sofort auf den Weg. Als sie die Treppe hinunterging, erinnerte sie sich an Mr. Coldwells Geschenk, trat ins Dunkel zurück und legte das ihr sehr unbequeme Strumpfband ab. Die Geschäftsräume der Agentur lagen in der Regent Street. Es war keine große Entfernung, und sie war in fünf Minuten dort.

Die Sekretärin, die ihr Telefongespräch beantwortet hatte, suchte bereits die älteren Bücher heraus, um sie ihr vorzulegen. Durch einen großen Glückszufall fand sie gleich in dem ersten Buch, das sie aufschlug, die Notiz, die sie suchte.

»Sehen Sie, hier steht sie – Martha Druze. Sie wandte sich an uns, bevor sie ihre Stellung im Plymouth-Hospital aufgab. Ich ersehe es daraus, daß sie es als Adresse angab. Wir besorgten ihr eine Stelle.«

Die Sekretärin zeigte mit dem Finger auf die Zeile. Leslie las sie durch – sie mußte sich an der Tischkante festhalten.

Die Sekretärin, die sie erstaunt betrachtete, sah ihre Augen aufleuchten und wunderte sich darüber, daß sie sich über eine so einfache Eintragung aufregen konnte.

»Es ist die einzige Stelle, die wir ihr besorgt haben«, sagte sie.

»Sie brauchte auch keine andere«, erwiderte Leslie.

15

Lady Raytham hatte einen Brief an ihren Mann begonnen, als der Postbote ein Schreiben von Leslie brachte. Lord Raytham war in seiner ruhelosen Art nach Bombay gefahren und hatte dort einen Anfall seines alten Leidens bekommen. Er hatte ihr einen langen Brief geschrieben, in dem er ihr von seiner Krankheit berichtete, und hatte merkwürdigerweise den Wunsch ausgedrückt, daß sie zu ihm nach Indien fahren sollte. Sie las Leslies Brief.

Meine liebe Jane,
würden Sie nicht zu mir kommen und mich aufsuchen? Ich habe einen ganzen Tag dienstfrei und habe Ihnen so viel zu erzählen. Dies ist keine Entschuldigung für eine Detektivin, sondern in diesem Falle handle ich nur rein menschlich, gewissermaßen als Ihre Schwester, die es sich zur Aufgabe gemacht hat, Hindernisse aus dem Weg zu räumen und Ihnen das Leben leichter zu machen. Lucretia hat den Auftrag, außer Ihnen alle meine Besucher abzuweisen und zu sagen, daß ich fort bin. Darf ich Sie zu einem Mittagessen in meiner Wohnung einladen? Wenn es Ihnen aber lieber ist, können wir auch auswärts speisen, entweder im oder in der Nähe des Carlton. Bitte kommen Sie doch.

Jane schrieb schnell eine Antwort und gab sie dem wartenden Boten mit. Dann schloß sie ihren angefangenen Brief in den Schreibtisch ein und ging in ihr Zimmer, um sich umzuziehen.

Lucretia hatte sie kaum in Leslies Wohnzimmer geführt, als sie sofort eine Frage stellte.

»Haben Sie Peter gesehen? Was ist geschehen? Ich bin sehr in Sorge darüber. Ich hätte Sie beinahe deshalb heute morgen angerufen.«

»Ich hätte Ihnen dann auch nichts Genaues mitteilen können. Wenigstens wußte ich nur, daß er verhaftet war.«

»Verhaftet?«

Das war anscheinend eine Neuigkeit für Jane Raytham, denn sie wurde blaß. Leslie erzählte ihr nun, was vorgefallen war.

»Aber wie konnte sie das nur tun? Das ist doch unmenschlich!« rief Jane heftig. »Das war teuflisch! Aber es sieht ihr ganz ähnlich! Der arme Peter – er hat immer mit solch schrecklichen Dingen zu tun.«

Plötzlich wurde sie wieder ängstlich.

»Hat Anita ihm etwas gesagt?«

»Nein, nicht das, was er wissen wollte.«

Lady Raytham verstand sofort, was sie damit sagen wollte.

»Wissen Sie denn, warum er zu ihr ging?«

»Er wollte sein Kind wiederhaben.«

Jane Raythams schönes Gesicht überzog sich mit einer dunklen Röte, die aber gleich wieder verschwand.

»Mein Kind«, sagte sie leise. »Ich glaube, Sie verachten mich.«

»Warum sollte ich das tun? Wenn ich jede Frau verachten würde, die ein Kind bekommt –«

»Das meine ich nicht. Aber ich habe eingewilligt, daß man es fortbrachte. Das hätte ich nicht tun sollen, Leslie. Ich wollte es ja bei mir behalten, ich habe hart darum gekämpft. Es war zu schwächlich von mir, auf diesen Kompromiß einzugehen. Aber schließlich brachten sie mich dazu.«

»Welcher Art war denn der Kompromiß?«

Lady Raytham lächelte müde.

»Wenn Sie mich vorher nicht verachtet haben, so werden Sie es jetzt tun.«

Sie stand in ihrer gewöhnlichen Haltung am Kamin und hatte die Arme auf die Marmorplatte gelegt. Ihre Stirn ruhte auf ihren Händen, und sie schaute in die Flammen.

»Wir kamen überein, daß ich das Kind behalten sollte, wenn es ein Mädchen wäre. Wenn es aber ein Junge wäre, so müßte er fortgebracht werden. Das war eine ganz verrückte, gemeine Abmachung, so entsetzlich herzlos gegen das Kind! Aber ich habe Mädchen so sehr gerne. Ich kann nicht sehen, daß ein kleines Mädchen traurig ist oder leidet, ohne daß es mir ans Herz greift. Wenn Sie wüßten, was ich in meiner Kindheit durchgemacht habe! Wenn mein Kind ein Mädchen gewesen wäre, so hätte ich es bei mir behalten und tapfer gegen alle Widerwärtigkeiten angekämpft – aber es war ein Junge. Ein schönes Kind, sie haben es mir später erzählt. Ich wünschte, ich hätte es wenigstens gesehen und kennengelernt, nur für einen Tag – aber dann hätte ich es wahrscheinlich nicht mehr fortgegeben.«

Sie wandte ihr Gesicht ab und schluchzte heftig.

Leslie saß an ihrem Schreibtisch und zeichnete phantastische Arabesken auf ihr Löschpapier, bis Lady Raytham ruhiger geworden war.

»Ich glaube, es ist nutzlos, wenn ich Sie frage, ob es irgendwelche Anhaltspunkte gibt, um das Kind wieder aufzufinden. Sicher sind Sie schon alle Wege gegangen, die zum Ziele führen könnten. Sie haben nichts entdeckt?«

Jane preßte ihr Taschentuch an die Lippen. Sie hatte Leslie den Rücken zugekehrt. Aber dann riß sie sich zusammen und beherrschte sich.

»Nein, ich habe keine Spur gefunden. Ich habe alles versucht. Anita habe ich es nicht gesagt, aber seit Monaten habe ich Detektive angestellt, die nach dem Kind forschen. Ich dachte, der Junge wäre in einer glücklichen Umgebung. Ich habe mir niemals träumen lassen, daß er verlassen wäre, daß seine Spur verlorengehen könnte –«

Wieder dauerte es lange, bis sie ihrer Erregung Herr wurde.

»Druze erzählte es mir an dem Abend – in jener schrecklichen Nacht, als sie fortging. Sie lachte mir ins Gesicht, als ich sie fragte, wo mein Kind sei. Deswegen bin ich ihr ja gefolgt. Ich vermutete, daß sie zu Anita gegangen wäre, und als ich sie tot auf der Straße fand, war ich verzweifelt. Ich dachte, sie müßte irgendwelche geheimen Papiere bei sich tragen, die mir Aufschluß geben könnten. Aber als ich ihre Taschen durchsuchte, fand ich nichts – nichts!«

Jane Raytham wandte ihr Gesicht von Leslie ab.

»Ich kann mich nicht rechtfertigen – in keiner Weise –, ich war schwach und selbstsüchtig. Selbst wenn es ein uneheliches Kind gewesen wäre, gäbe es keine Entschuldigung für mich.« Sie lächelte bitter. »Gott sei Dank habe ich keine Kinder aus meiner Ehe mit Lord Raytham. Er kann Kinder nicht leiden. Unsere Ehe war eine große Enttäuschung für mich –!«

Sie nahm eine Fotografie vom Kamin und betrachtete sie.

»Ist dies Mr. Coldwell?«

Leslie nickte.

»Es würde ein großer Erfolg für ihn sein, wenn er mich wegen Bigamie verhaften ließe.«

»Mr. Coldwell ist nicht stolz auf Erfolge dieser Art, Jane«, erwiderte Leslie liebenswürdig.

Lady Raytham stellte das Bild wieder an seinen Platz und ließ sich in dem nächsten Lehnsessel nieder.

»Ich bin wirklich abscheulich, ich sehe in allen Dingen nur das Schlechte und halte alle Menschen für böse.«

Sie lächelte traurig, langte nach ihrer Handtasche, die auf dem Tisch lag, und zog langsam ein diamantenbesetztes Zigarettenetui heraus.

»Ich habe früher versucht, Betäubungsmittel zu nehmen, um meinen Kummer zu ersticken. Ein weißes Pulver, das man schnupft ... Ich wurde aber sehr krank danach, so daß ich es sofort wieder aufgab. Aber ich beneide die Leute, die dadurch Erleichterung und Vergessen finden.«

»Es gibt noch einen besseren Weg«, entgegnete Leslie brutal. »Sie brauchen nur Ihren Kopf auf die Eisenbahnschienen zu legen, wenn ein schwerer Güterzug kommt. Das Resultat ist dasselbe, und Sie machen der Mitmenschheit genausoviel Mühe. Und wenn dann Ihr Sohn einmal auftaucht, was sicher einmal geschieht, so erfährt er, daß er eine Mutter hatte, die kaum wert war, nach ihr zu suchen.«

»Sie sind ein unheimliches Mädchen – wie alt sind Sie?«

Leslie sagte es ihr.

»Ich wünschte, Peter würde sich in Sie verlieben. Er muß auf irgendeine Art noch glücklich werden.«

»Wie käme ich dazu?« fragte Leslie trocken. »Sind nicht vielmehr Peter und Sie die beiden Menschen, auf deren Gefühle es ankommt?«

Als Jane ihr widersprechen wollte, unterbrach sie sie.

»Ich muß Ihnen etwas gestehen, Jane. Ich habe mich in Peter verliebt – erschreckt Sie das?«

»Nein, nicht im mindesten.« Aber Jane wollte mehr wissen. »Sie machen doch nur Spaß mit mir?«

»Es wurde mir erst heute morgen klar«, sagte Leslie ruhig. »Ich habe lange darüber nachgedacht, und ich bin zu dem Schluß gekommen, daß es eigentlich nur eine mütterliche Liebe ist. Früher oder später wird Ihr Kind doch gefunden werden, und dann müssen Sie zu Ihrem jetzigen Mann gehen und ihm die Wahrheit sagen.«

Sie beobachtete Janes Gesicht scharf, ob sich nicht ein Widerwille in ihren Zügen ausdrückte. Aber Leslie erkannte mit schwerem Herzen, daß sie ihr recht gab.

»Und dann muß Lord Raytham sich von Ihnen scheiden lassen, und Peter und Sie müssen eine neue Ehe beginnen.«

Aber hier widersprach Jane Raytham und schüttelte energisch den Kopf.

»Nein, Peter würde das nicht tun. Er ist anders, das habe ich erkannt, als ich ihn gestern abend wiedersah. Er ist nicht mehr derselbe wie früher, und das ist nicht verwunderlich. Leslie, ich habe ihn niemals geliebt. Sie glauben, daß es schrecklich ist, so etwas von dem Vater meines Kindes zu sagen. Als ich mit ihm nach Amerika ging und ihn heiratete, geschah es mehr aus Neugierde und Abenteuerlust. Ich betrachtete dieses Ereignis als den großen Wendepunkt meines Lebens, aber es wurde vieles umgestürzt und in mir zerstört. Hoffnungen und Ideale starben. Auch er hat mich niemals geliebt. Sicher packte ihn damals eine Leidenschaft für mich, und er hatte mich gern. Er war sehr ritterlich und liebenswürdig zu mir und suchte mir alles Böse aus dem Weg zu räumen. Er weiß, daß er mich nicht liebt, und deshalb fühlt er sich so unglücklich und ist beschämt. Sie glauben, das Kind würde uns zusammenbringen. Ich habe Ihre Gedanken erraten. Aber das wird nicht geschehen. Kinder bedeuten bei solchen Angelegenheiten wirklich nicht viel. Mehr als die Hälfte der Frauen, die sich scheiden lassen, haben Kinder, die sie lieben und von denen sie geliebt werden, aber das hindert sie nicht, daß sie in der Liebe andere Wege gehen. Peter und ich können ganz gute Freunde sein, und der Junge wird uns beide lieben können, selbst wenn wir voneinander getrennt sind. Kinder geben uns alles das zurück, was wir ihnen geben – und ich könnte ihm so viel sein.«

Mit einer ungeduldigen Bewegung ihres Kopfes setzte sie sich aufrecht, stand dann auf und ging zum Fenster.

»Wollen wir lieber von etwas anderem reden, von Kaninchen oder Schmetterlingen. Wie konnten Sie eigentlich diese Fenstersprossen zerbrechen?« fragte sie unvermittelt.

Es waren frische Holzteile eingesetzt worden, und das Fenster war mit neuen Glasscheiben geschlossen. Aber das rohe Holz war noch nicht angestrichen.

»Ach, das ist nicht der Rede wert. Ein Mensch, der hier in die Wohnung kam, hat es mit dem Kopf eingestoßen. – Jane, Sie verzweifeln am Leben, nicht wahr?«

Lady Raytham zuckte die Schultern.

»Meine liebe Leslie, was kann denn passieren? Wenn dies eine Geschichte in einem Buch wäre und sich nicht im wirklichen Leben ereignet hätte, dann müßte ich irgendwie verschwinden, es müßte mich ein böses Fieber dahinraffen, und ich müßte leise und glücklich in die Zeitlosigkeit hinübergleiten. Und wenn ich sterben sollte, wird Peter den Rest seines Lebens in Trauer und Melancholie verbringen – ich kenne die Männer!«

Leslie mußte lächeln. Sie stand zu sehr mit beiden Füßen in der Wirklichkeit, um sich solchen Stimmungen hinzugeben. Aber sie wurde sofort wieder ernst.

»Ich möchte noch ein paar Fragen an Sie stellen. Haben Sie Druze Ihr Smaragdhalsband gegeben?«

Jane nickte.

»Ja, sie wollte dreißigtausend Pfund haben. Ich konnte aber nur zwanzigtausend in bar aufbringen, ohne daß Lord Raytham etwas davon erfuhr. Die Halskette war zwölftausend Pfund wert, und ich schlug vor, Druze sollte sie verkaufen. Sie ging sofort darauf ein. Ich dachte, sie hätte sie schon eine Woche vorher mitgenommen.«

»Können Sie sich erklären, wie der Anhänger in ihre Hand kam?«

Jane schüttelte den Kopf.

»Und Sie wissen auch nicht, wo der Rest der Kette geblieben ist?«

»Nein, ich weiß gar nichts darüber. Ich kann nicht einmal vermuten, wie sie starb. Ich glaube, daß sie ein Leben mit Freunden führte, von denen ich gar nichts ahnte. Ich nahm an, daß sie zu Anita gehen würde, als sie mein Haus verließ, da sie England nicht verlassen hätte, ohne ihr Lebewohl zu sagen. Sie hielt sehr viel von der Prinzessin.«

»Wieviel Zeit verging nach der Geburt Ihres Kindes, bis sie Lord Raytham heirateten?«

Jane dachte einen Augenblick nach.

»Etwa zehn Monate.«

»Sind Sie persönlich in Reno gewesen?«

»Ja. Das war ein merkwürdiges Zusammentreffen. Mein Vater hatte eine Farm in der Nähe von Reno. Es war ein wenig Weide und ein paar Äcker, und dies wurde mein Wohnsitz. Ich mußte natürlich lügen und sagen, daß ich die ganze Zeit dort gelebt hätte. Und ich glaubte wirklich, daß die Scheidung ausgesprochen werden würde. Ich bin sogar vor Gericht erschienen und habe meine Aussagen gemacht. Ich dachte, die Sache sei damit erledigt. Aber Anita suchte mich bei der Verhandlung auf und erzählte mir, daß meine Rechtsanwälte einen bösen Fehler gemacht hätten, so daß die Scheidung nicht ausgesprochen werden könnte, ohne daß noch mehrere Dokumente über Peter beigebracht würden.«

»Sie kehrten dann zurück?«

»Ja, ich ging von Liverpool aus nach Cumberland. Anita hatte den Platz für mich ausfindig gemacht. Es war kurze Zeit nach Weihnachten – ich erinnere mich, daß ich Weihnachten in New York verlebte.«

»Nun muß ich Sie noch um die Beantwortung einer Frage bitten, Jane. Dann werde ich Sie nicht mehr belästigen. Wir wollen dann zum Essen gehen, das heißt, wenn es Ihnen nichts ausmacht, sich in der Öffentlichkeit mit einer Beamtin von Scotland Yard sehen zu lassen.«

»Mir ist alles recht.«

»War die Ehe mit Lord Raytham schon geplant oder nicht, und hatten Sie mit Anita darüber gesprochen?«

Jane nickte.

»Wußte sie von Ihrer Absicht, Lord Raytham zu heiraten, ganz gleich, ob die Scheidung ausgesprochen würde oder nicht? Bitte, denken Sie genau nach, bevor Sie mir antworten.«

»Das brauche ich nicht, ich weiß es noch ganz genau. Ich sagte Anita, daß ich Lord Raytham heiraten müßte, ganz gleich, ob ich von Peter geschieden werden würde oder nicht. Ich beruhigte damals mein Gewissen dadurch, daß ich an der Rechtsgültigkeit der Eheschließung in Amerika Zweifel äußerte.«

Leslie lehnte sich in ihren Stuhl zurück.

»Sie sind eine schlechte Schauspielerin, eine schreckliche Mutter, und auch in Ihren ehelichen Abenteuern hatten sie kein Glück.« Sie legte ihren Arm um Jane und küßte sie. »Aber ich habe Sie doch sehr gerne. Wir wollen in einem Restaurant in der Pall Mall essen, und am Nachmittag gehen wir in einen guten Film. Ich liebe Filme – besonders romantische.«

Lady Raytham fühlte sich in der Gesellschaft Leslie Maughans sehr wohl und erinnerte sich gegen Ende der Mahlzeit nur mit Schrecken daran, daß sie versprochen hatte, am Nachmittag zu Hause zu bleiben und ein Komitee zu empfangen, dessen Vorsitz sie führte.

»Ein Komitee für Kinderwohlfahrt«, sagte sie lakonisch.

Sie trennten sich am Haymarket, und Leslie ging zu ihrer Wohnung zurück. Unterwegs sandte sie Peter ein Telegramm. Er kam in der Abenddämmerung, als Lucretia gerade die Vorhänge zuzog. Zwei große Koffer waren schon gepackt und standen auf dem Flur. Am Nachmittag hatte Coldwell Leslie antelefoniert und sie gebeten, alles für ihre Übersiedlung in sein Haus vorzubereiten, bis er käme.

»Sie dürfen nicht mehr in Ihrer Wohnung bleiben, bis die ganze Sache erledigt ist.«

Lucretia Brown unterstützte diese Ansicht aufs eifrigste.

»Ich würde an Ihrer Stelle nicht für eine Million Pfund nach Einbruch der Dunkelheit hier bleiben, Miss«, sagte sie. »Es gibt hier Einbrecher und Leute, die zum Fenster herein- und hinausspringen! Ich weiß nicht, ob ich vor Sorgen und Kummer noch ein Haar auf dem Kopf behalte. Als ich mich heute morgen kämmte, gingen sie büschelweise aus.«

»Das beste Heilmittel dagegen ist, sich einen Bubikopf schneiden zu lassen«, schlug Leslie vor.

Aber Lucretia sah sie böse an.

»Wenn ich wie ein Junge aussehen soll, dann ziehe ich schon besser gleich Hosen an.«

In diesem Augenblick läutete es.

»Wenn es Mr. Dawlish ist, lassen Sie ihn sofort herauf.«

»Diesen Verbrecher«, murmelte Lucretia, aber Leslie hörte es glücklicherweise nicht.

Als Peter ihr am Schreibtisch gegenübersaß, sah sie, daß er sehr ernst und entschieden war. Die alte Unentschlossenheit und Planlosigkeit war vollständig von ihm gewichen.

Er erzählte ihr, daß er Nachforschungen angestellt hatte.

»Es ist eigentlich ein hoffnungsloses Unternehmen, wenn man nicht weiß, wo man beginnen soll. Ich dachte, Jane könnte mich auf die Spur bringen, aber die arme Frau tappt genau wie ich im dunkeln. Es tut mir wirklich leid um sie. Ich fürchte, ich war sehr hart gegen sie.«

»Sie hat es nicht so aufgefaßt«, entgegnete Leslie leichthin.

»Waren Sie mit ihr zusammen?« fragte er schnell.

»Ja, diesen Morgen, ich habe auch mit ihr zu Mittag gespeist. Wir haben die ganze böse Angelegenheit von Anfang bis zu Ende durchgesprochen. Lieben Sie Jane noch so wie früher?«

»Nein, ich bin durchaus nicht in sie verliebt. Ich müßte sie eigentlich noch gern haben, aber es ist mir klargeworden, daß sie mir nichts mehr sein kann. Auch sie liebt mich nicht, das wußte ich schon vor sieben Jahren. Sie hat mir die volle Wahrheit gesagt, als wir über unsere Ehe sprachen, bevor wir uns trennten. Hat sie Ihnen überhaupt etwas von dem Kind erzählt?«

»Nichts – sie weiß wirklich nichts von ihm.«

Auch er war der Meinung.

»Sie hat keine Ahnung, aber die Bellini weiß es – ich möchte sie nicht Prinzessin oder Anita nennen oder ihr sonst einen weiblichen oder menschlichen Namen geben. Sie ist ein schrecklicher Mensch! Sie glauben nicht, wie mein Vater sie gehaßt hat. Er hat sich sicher auch vor ihr gefürchtet. Ich erinnere mich, daß er mich einmal fragte, während wir zusammen in unserem Garten in Herfordshire spazierengingen, ob ich sie gern hätte, und als ich ihm sagte, daß ich mich schon bei ihrem Anblick krank fühlte, steckte er die Hand in die Tasche und gab mir ein Geldstück. Und doch muß er sie früher einmal sehr gern gehabt haben.«

»Das kann ich kaum glauben«, sagte Leslie nachdenklich. »Ist das wirklich Ihr Ernst?«

»Ja, man sagt, daß sie früher sehr interessant gewesen ist – nicht schön, aber sehr anziehend –, als sie noch jünger war.«

Leslie schob ihren Stuhl zurück.

»Heute habe ich viel Neues erfahren. Aber bitte beweisen Sie mir, daß Ihr Vater sich jemals von dieser schrecklichen Frau angezogen fühlte.«

Er versuchte, der Unterhaltung eine andere Wendung zu geben, aber sie ließ nicht locker.

»Ich hätte nichts davon erfahren, wenn ich nicht einmal gehört hätte, daß meine Mutter und die Prinzessin miteinander stritten. Ich lag in einem großen Polstersessel in der Bibliothek – ich war damals etwa sieben Jahre alt – und las, als die beiden hereinkamen. Meine Mutter war sehr böse auf die Bellini. Ich verstand damals nicht alles, was sie sagten, aber später wurde es mir klar. Meine Mutter war sehr erzürnt. ›Du hast kein Recht auf ihn, wenn er dich auch früher einmal geliebt hat‹, rief sie. ›Er mag dich nicht mehr, und du darfst nicht im Hause bleiben. Du wirst ihn dir auch nicht zurückerobern!‹ Die beiden sprachen noch viel mehr, aber ich kann mich nicht mehr daran erinnern, ich weiß nur, daß meine Mutter schließlich weinend hinausging. Die Bellini mußte das Haus verlassen, und sie müssen mehrere Jahre miteinander verfeindet gewesen sein.«

Leslie sah ihn nachdenklich an.

»Dann war Ihr Vater also auch nicht gerade der beste –«

»Das möchte ich nicht sagen«, protestierte er. »Er war ein einfacher Mann, der sich leicht durch kluge Frauen angezogen fühlte. Und die Bellini war faszinierend. Ich kann mich noch darauf besinnen. Ihr Mann lebte damals noch, er war ein großer, schlanker, melancholischer Italiener, der nur sehr schlecht Englisch sprach. Mein Vater und er waren nicht die besten Freunde. Ich glaube, Bellini hatte Geld von ihm geliehen und es nicht zurückgezahlt, und mein alter Vater war in solchen Dingen sehr korrekt. Aber ich weiß nicht, warum ich all diese Skandalgeschichten aufwärme, während ich doch alle meine Gedanken auf die Auffindung meines Kindes konzentrieren sollte. Hat Jane Ihnen erzählt, ob sie dem Kind einen Namen gab?«

»Es hat weder einen Namen erhalten noch wurde es in das Kirchenbuch eingetragen. Amtlich existiert es also überhaupt nicht. Deshalb ist es ja auch so schwierig, die Spur aufzufinden.«

»Ich bin neugierig –«, begann sie.

Leslie schaute zum Fenster hinaus.

»Worauf?«

»Ob die beiden anderen Stücke dieses Zusammensetzspiels sich so leicht einfügen werden, und ich bin auch gespannt auf andere Dinge, Peter Dawlish. Wo ist die Handhabe, die ich gegen Anita Bellini brauche? Geben Sie mir wenigstens den Brief.«

Er nahm ihn aus der Tasche und reichte ihn ihr.

»Wer hat Ihnen dieses Schreiben gesandt?«

»Es war keine Absenderadresse angegeben.«

Sie betrachtete das Kuvert und den Poststempel.

»Dies wurde von jemand geschickt, der entweder Jane oder der Prinzessin einen bösen Streich spielen wollte«, sagte Leslie. »Wenn ich doch nur den Absender herausbekommen könnte –« Sie hob den Brief auf und roch daran. »Sherlock Holmes würde sofort sagen können, ob dieses Parfüm Chanel Nr. 6 oder Chypre war. Aber ich als ein gewöhnlicher Mensch weiß nur, daß es in Greta Gurdens Schlafzimmer genauso duftet!«

16

In diesem Augenblick roch es aber in Greta Gurdens Schlafzimmer intensiv nach Bratwürsten. Der Duft kam von dem kleinen Gaskocher im Speisezimmer. Wenn Greta für sich allein zu sorgen hatte, dann war sie sehr sparsam, beinahe geizig. Speiste sie allerdings in einem Restaurant, so wählte sie lange unter den teuersten und schmackhaftesten Gerichten. Sie kannte die feinsten und besten Weine, wenn sie einen Begleiter hatte, der die Rechnung bezahlen mußte. Aber in ihrer eigenen Wohnung war sie mit dem frugalsten Essen zufrieden.

Der Arzt hatte ihr erlaubt, am Nachmittag aufzustehen, und sie bemerkte, daß sie ohne Schmerzen langsam von einem Raum in den anderen gehen konnte. Ihre Aufwartefrau war nach Hause gegangen, und Greta war froh, daß sie allein war, denn die Tugend, das Gesicht zu wahren, findet man nicht nur in China. Wenn sie ihr kleines Mahl bereitete, war sie immer am liebsten allein, denn sie gehörte zu den Menschen, die wünschten, daß selbst die einfachsten Leute sie für vornehm und wohlhabend hielten.

Sie war beinahe vergnügt, als sie ein Würstchen nach dem andern mit der Gabel aus der Pfanne nahm und auf eine heiße Schüssel legte. Dann stellte sie den Teekessel beiseite, deckte den Tisch und freute sich auf ihre Abendmahlzeit.

Von Anita hatte sie seit ihrem letzten Besuch nichts mehr gehört. Greta machte sich schon den ganzen Tag über Vorwürfe, daß sie sich in ihrem Ärger dazu hatte hinreißen lassen, dieses Schriftstück an Peter Dawlish zu senden. Glücklicherweise würde es Anita nicht erfahren. Das war ihr einziger Trost. Was würde Anita sagen, wenn sie das entdeckte? Greta schauderte bei dem Gedanken.

Sie war boshaft, aber feige. Und es war schließlich auch Feigheit, die den Umschwung in ihren Gefühlen gegen die Prinzessin hervorrief. Sie dachte jetzt anders über Anita, in deren Diensten sie gestanden hatte und die sie doch verraten hatte. In der Reaktion fühlte sie sich versöhnlicher gestimmt gegen ihre

Feindin, die sie doch vorher so gehaßt hatte. Aber trotzdem hatte der Fund dieses Briefes Greta auf einen Gedanken gebracht. Vielleicht waren noch andere Schriftstücke in dem Stoß verborgen, die ebenso wertvoll waren. Sie dachte daran, daß ihre einzige Einnahmequelle versiegen würde, wenn die kleine Zeitschrift ihr Erscheinen einstellte.

Anita war ja eigentlich im Recht, wenn sie mit der Zeitung unzufrieden war. Zwei ansehnliche Artikel erschienen Woche für Woche auf den Seiten dieses kleinen Blattes. Die erste Serie lief unter dem Titel: ›Geschichten aus dem wirklichen Leben‹. Unter der Überschrift war die Bemerkung gedruckt, daß der Einsender der besten Geschichte eine Belohnung von fünfundzwanzig Pfund erhalten würde. Es wurde besonders darauf Wert gelegt, daß das Material authentisch war, ferner mußte es pikant und eigenartig sein. Außerdem stand eine Annonce in der Zeitung, daß Leute gut bezahlt würden, die interessante gesellschaftliche Ereignisse berichten konnten.

Diese beiden Aufforderungen führten zu einer umfangreichen Korrespondenz. In der Hauptsache waren die Mitteilungen wertlos, aber manchmal verriet doch ein beleidigter Dienstbote Dinge, die selbst der Kenntnis seiner Herrschaft entgangen waren. Das Dienstmädchen, das ein Paket alter Liebesbriefe in einer Geheimschublade ihrer Herrin fand, erhielt tatsächlich eine gute Belohnung dafür. Solche Briefe wanderten dann zu Anita, die sie sehr gut zu verwenden wußte.

Offiziell wußte Greta nichts von diesen Dingen. Sie schickte diese Briefe nur ein, weil sie ein pikantes Interesse für Anita hatten. Es wurde nichts von ihr verlangt, was nicht jede Dame hätte tun können. Greta machte einen sehr guten Gebrauch von den kleinen und weniger wichtigen Mitteilungen, die ihr auf diesem Weg zugesandt wurden, denn sie war eine perfekte, wenn auch etwas einseitige Journalistin. Wenn sie Briefschaften an Anita sandte, legte sie stets dasselbe Begleitschreiben bei:

Meine liebe Anita,
die beigefügten Briefe sind, wie ich fürchte, für die Zeitung nicht zu gebrauchen. Wir würden wegen Verleumdung ange-

klagt werden, wenn wir nur ein Zehntel des Inhalts drucken würden. Aber sie werden Sie wahrscheinlich interessieren.

Die Briefe hatten stets diesen Wortlaut.

Greta schrieb außerdem besondere Artikel für das kleine Blättchen, und da sie sich einmal vierzehn Tage lang in den Vereinigten Staaten aufgehalten hatte, war sie eine Autorität über die vornehmste Gesellschaft New Yorks. Sie wußte ihre geringen Kenntnisse über die führenden Leute gewandt und geschickt zu verwerten, und gelegentlich brachte sie auch etwas von dem Ton von Long Island in ihre Schilderungen. Ihr Stil war flüssig, sie hatte einen beißenden Witz, und unter günstigeren Umständen hätte sie in ihrem Fach viel leisten können. Aber sie hatte sich zu einer kriecherischen Schmeichlerin entwikkelt und war abhängig von dem Gehalt, das ihr von Anita wie eine Art Almosen gegeben wurde.

Als Greta ihre drei gebratenen Würstchen verzehrt hatte, entschied sie sich dafür, an dem Abend das letzte Paket Briefe in Angriff zu nehmen, die noch zu lesen und zu ordnen waren. Und es war ganz gut, daß Anita, die sie besuchte, sie bei dieser Beschäftigung fand.

»Geht es mit Ihrem Bein besser? Nun, das ist gut. Ich möchte Sie heute abend nach Wimbledon mitnehmen.«

»Aber meine liebe Anita, es ist nicht möglich, daß ich heute abend schon komme«, unterbrach sie Mrs. Gurden, die die Freundlichkeit und Höflichkeit selbst war. »Der Arzt sagt –«

»Das ist mir gleich, was der Doktor sagt«, erwiderte Anita barsch. »Ich werde dafür sorgen, daß Sie alle Ärzte bekommen, die Sie notwendig haben. Sie müssen mich unter allen Umständen begleiten.«

Greta murmelte etwas und versuchte zu widersprechen.

»Aber es könnte schlimm werden«, entgegnete sie heiser. »Der Doktor –«

Prinzessin Bellini sagte etwas sehr Unhöfliches über Ärzte im allgemeinen, dann sah sie verächtlich auf die Überbleibsel der einfachen Mahlzeit.

»Packen Sie alle Ihre Sachen, die Sie für einen langen Aufenthalt brauchen. Ich schicke Ihnen einen meiner Diener, der Ihnen helfen kann, wenn Sie wollen. Aber es wäre besser, wenn Ihre eigene Aufwartefrau, Snobes oder Hobbs oder wie sie sonst heißt, Ihnen behilflich ist.«

»Wie lange soll ich denn bei Ihnen bleiben?« fragte Greta verwirrt. Die unglücklichsten Tage ihres Lebens hatte sie als Gast in Anitas Haus verbracht.

»Einen Monat – sechs Wochen – das weiß ich nicht genau. Ich werde Sie ganz gut dafür bezahlen. Wegen Ihres Beines habe ich mit Ihrem Arzt telefoniert, und er sagte mir, daß Sie wieder ausfahren könnten, da die Wunde geheilt ist.«

»Aber die Zeitung –«

»Die wird eingestellt. Ich habe schon an die Druckerei in diesem Sinnc geschrieben. Mein Rechtsanwalt hat den Auftrag, dieses Geschäft zu liquidieren – deswegen brauchen Sie sich nicht zu sorgen. Sie müssen sowieso etwas unternehmen, Greta – die Einnahmequelle, die Sie aus dem Blatte hatten, ist jetzt versiegt.«

Greta hörte bestürzt zu und bemerkte nur schwach, daß es eigentlich schade um die Zeitung sei. Dann raffte sie sich aber plötzlich zusammen.

»Ich kann nicht mitkommen, ich gehe einfach nicht mit Ihnen, Anita, bevor ich nicht den Doktor gesehen habe. Sie sind sehr unbedachtsam, ich bin doch noch Rekonvaleszentin. Es ist nicht nur die Wunde, es ist vor allem die seelische Erschütterung nach Druzes Tod. Es ist ein zu großes Risiko für mich – ich muß vor allen Dingen auch an mich denken. Dem verdammten Gurden mag es ja ganz gleich sein, ob ich lebe oder sterbe.«

Anita saß vor ihr. Sie hatte ihre großen Hände um die Knie gelegt, und das Monokel blitzte in ihrem Gesicht.

»Sie wollen doch nicht etwa von Mr. Gurden sprechen?« fragte sie höhnisch. »Mir gegenüber brauchen Sie doch nicht derartige blödsinnige Andeutungen zu machen! Dieser gute Mr. Gurden hat doch nie existiert!«

»Das ist nicht wahr!« protestierte Greta unter Tränen. »Ich bin mit ihm verheiratet, aber wir leben getrennt.«

Aber trotzdem gab sie Anita keine weiteren Beweise für ihre Behauptung.

»Es ist ganz gleich, ob Sie mit ihm verheiratet sind oder nicht. Auf alle Fälle kommen Sie mit mir nach Wimbledon. Wenn Sie einen Arzt sehen wollen, lassen Sie ihn doch kommen.«

Greta telefonierte an ihren Arzt, aber er war nicht zu Hause, und sie erhielt den Bescheid, daß er erst spät in der Nacht zurückkommen würde. Sie suchte im Telefonbuch nach einem anderen ihr bekannten Doktor, hatte seine Adresse bald gefunden und rief ihn an. Anita, die sich im Schlafzimmer vor dem Spiegel neu puderte und schminkte, hörte, wie Greta mit ihrer süßesten Stimme in das Telefon flötete, und lächelte verächtlich.

»Wenn es Ihnen recht ist, Doktor – ich weiß nicht, ob Sie sich meiner noch erinnern – das ist sehr liebenswürdig von Ihnen ... Nein, nur eine kleine Wunde, sie ist eigentlich schon geheilt, aber ich möchte Sie doch gerne konsultieren.«

Greta hängte den Hörer wieder an. Anita hatte ihre Lippen frisch geschminkt und kam in das Speisezimmer zurück.

»Nun, haben Sie mit Ihrem Arzt gesprochen?«

»Jawohl, Anita, er ist ein sehr netter Mensch. Er würde mich nicht fortgehen lassen, wenn er dächte, daß es irgendwelchen Schaden für meine Gesundheit haben könnte. Und wirklich, ich muß auch an mich denken. Ich fühle mich gar nicht wohl. Ich habe schon lange darüber nachgedacht, daß ich eigentlich einmal eine richtige Kur machen müßte –«

»Wen haben Sie angerufen?«

»Dr. Elford Wesley. Er war der Hausarzt von Mr. Dawlish –«

Sie hörte einen wilden Ausruf und starrte entsetzt auf Anita, die die Augen weit aufgerissen hatte und ihre starken, weißen Zähne in einem häßlichen Grinsen zeigte.

»Sie dumme Person!« zischte sie wütend.

17

Zornig stand sie vor Greta, die sich duckte und ihre Hände abwehrend hochhielt, als ob sie fürchtete, geschlagen zu werden.

»Schnell, telefonieren Sie und sagen Sie, daß er nicht zu kommen braucht. Gebrauchen Sie irgendeine Entschuldigung!«

Mit zitternder Hand wählte Greta die Telefonnummer, aber es meldete sich niemand mehr.

»Er ist sicher schon fortgegangen.«

»Dann hängen Sie an, Sie Einfaltspinsel!« Anita atmete schnell. Ihr Gesicht war plötzlich von Falten durchzogen und sah alt aus.

»Schicken Sie jemand unten an die Tür, der ihm sagt, daß er nicht heraufkommen soll.«

»Aber Anita«, jammerte Greta, »das kann ich doch nicht – ich muß ihn doch sprechen. Wenn Sie ihn nicht sehen wollen, brauchen Sie sich ja nicht zu zeigen. Schicke ich ihm eine solche Botschaft hinunter, so wird er argwöhnisch werden. Sie entsinnen sich doch, daß die Polizei sofort Nachforschungen anstellte, weil mein dummer Arzt jemandem erzählte, daß ich eine Schußwunde am Bein hätte.«

Dieser Einwand war nicht von der Hand zu weisen. Obwohl Anita von Furcht und Wut erfüllt war, mußte sie sich doch zufriedengeben, und als zehn Minuten später die Schritte des Arztes auf der Treppe hörbar wurden, verschwand sie im Schlafzimmer. Aber sie blieb an der Tür stehen, um alles hören zu können, was drinnen gesprochen wurde.

Dr. Wesley war ein älterer, sehr gesprächiger Mann von untersetzter Gestalt. Sein freundliches, dickes Gesicht wurde von einem weißen Backenbart umrahmt.

»Ach, du liebe Zeit – ich kenne Sie ja noch«, sagte er. Er gehörte zu der alten, aussterbenden Generation von Ärzten, die sich gern unterhalten und ihren Patienten gut zureden. »Ich kann mich jetzt ganz genau auf Sie besinnen – Sie waren doch mit den Dawlish befreundet? Der arme, alte Donald, er war ein lieber Kerl . . . Nun wollen wir uns mal das Bein besehen.«

Er untersuchte die Wunde, die nicht viel mehr als ein kleiner roter Fleck war, und zu Gretas größtem Kummer hatte er nichts gegen die Fahrt nach Wimbledon einzuwenden.

»Sie müssen sich noch ein oder zwei Wochen ein wenig in acht nehmen«, sagte er freundlich, dann kehrte er wieder zu seinem alten Thema zurück. »Ja, ich war noch zwei Tage vor seinem Tode von morgens bis abends bei dem alten Donald. Und ich hoffte, allerdings ohne die geringste Aussicht, daß ich noch etwas für ihn tun könnte. Vierundzwanzig Stunden bin ich nicht von seiner Seite gewichen. Er starb sechs Stunden, nachdem ich ihn verlassen hatte. Mein lieber Freund, Sir Paul Grayley, blieb bei ihm. Er ist einer der besten Ärzte, die jemals gelebt haben.«

Der alte Doktor Wesley war der Ansicht, daß alle Menschen, die er kannte, die besten waren, die jemals gelebt hatten, und alle, die nicht den Vorzug seiner Bekanntschaft hatten, wurden mit der einfachen Bemerkung ›arme Leute‹ abgetan.

»Es ist nur schade um seinen Sohn!« Er schüttelte den Kopf. »Das ist wirklich eine sehr böse Geschichte. Ich habe Peter niemals persönlich kennengelernt, aber als ich von den schrecklichen Dingen hörte, die er angestellt hatte, sagte ich zu mir: ›Wenn diese Nachricht dem alten Donald mitgeteilt werden muß, so bist du der einzige, der das kann.‹«

Er war sehr redselig, liebenswürdig und umgänglich, aber Greta war unzufrieden mit ihm und lud ihn nicht zum Verweilen ein.

Wenn die Wünsche Anitas, die in dem dunklen Schlafzimmer stand, in Erfüllung gegangen wären, hätte sich Dr. Wesley das Genick gebrochen.

Als er gegangen war, kam die Prinzessin aus ihrem Versteck.

»Nun können Sie hoffentlich mit mir kommen, ohne sich den Tod zu holen«, sagte sie ironisch.

»Ich könnte wohl, wenn ich wollte.« Greta fühlte sich in die Enge getrieben, aber sie war halsstarrig. »Ich will nicht von hier fortgehen. Ich weiß auch gar nicht, warum Sie diesen netten, alten Mann nicht leiden können. Ich gebe ja gern zu, daß er furchtbar schwatzhaft ist, aber das ist doch kein Grund, einen Nervenanfall zu bekommen, wenn man nur seinen Namen erwähnt.«

»Wenn ich Ihre Meinung über meine Angelegenheiten hören will, werde ich Sie danach fragen«, fuhr Anita auf. Aber sie hatte sich in Greta verrechnet.

Mrs. Gurden zuckte die Schultern.

»Wenn Sie in diesem Ton mit mir verkehren wollen«, erwiderte sie, indem sie all ihre Kraft und Kühnheit zusammennahm, »dann ist es besser, daß wir uns so bald als möglich trennen, Anita. Sie haben zwar die Zeitung eingestellt, aber ich glaube, Sie schulden mir Gehalt, wenn Sie mich ohne Kündigung entlassen. Und weil wir nun gerade einmal über Geld sprechen – letzten Monat habe ich überhaupt kein Gehalt bekommen. Und außerdem habe ich nicht das geringste Verlangen, in Ihr schreckliches altes Nest zu gehen!«

Die Prinzessin zwang sich zu einem Lächeln.

»Meine liebe Greta, Sie werden theatralisch. Aber ich sehe ja, daß Sie nicht ganz bei Verstand sind. Seien Sie doch nicht verrückt! Sie kommen jetzt mit mir und bleiben ein oder zwei Wochen. Ich habe mehrere neue Pläne, über die ich mit Ihnen sprechen möchte. Und dann wollen wir unsere Sachen packen und nach Capri, nach Monte Carlo oder sonstwohin gehen, wo es hübscher ist als in Wimbledon.«

»Nein, ich will nicht mitkommen!« Es gehörte für Greta ein ungeheurer Mut dazu, sich zu dieser Absage aufzuraffen. »Ich weigere mich, Ihnen zu folgen. Wenn ich mir meinen Lebensunterhalt verdienen muß, dann will ich ihn auch verdienen. Ich kann eine Stellung in Fleet Street annehmen, es wurde mir schon letzte Woche eine angeboten. Ich lasse mich nicht mehr von Ihnen tyrannisieren! Ich gehe nicht nach Wimbledon – das ist mein letztes Wort!«

Anita fand hier einen Widerstand, mit dem sie nicht gerechnet hatte. Sie war wenig diplomatisch, sie hatte sich mit der Stärke ihres Charakters durch die Welt geschlagen. Es war nicht ihre Art, ihre Gegner zu überreden, sie konnte nur kommandieren.

»Sie werden mich blamieren, ich habe versprochen –«

»Das ist mir ganz gleich. Wenn Sie etwas versprochen haben, was Sie nicht halten können, dann ist das nicht mein Fehler.

Wem haben Sie es denn versprochen?« Aber sie wartete gar nicht, bis Anita antworten konnte. »Sie sehen doch, wie sehr ich dieses Haus in Wimbledon und diese schrecklichen, herumschleichenden Javaner hasse, die Sie dort halten.«

»Das sind sehr gute Leute! Wenn Sie einmal in Ihrem Konversationslexikon nachsehen, werden Sie entdecken, daß sie sehr friedliebend und häuslich sind.«

Aber diese Worte verfingen nicht bei Greta.

»Das mag stimmen oder nicht. Ich weiß jedenfalls, daß ich nicht mitkomme.«

»Dann bleiben Sie hier – meinetwegen bis übermorgen«, fuhr Anita fort. »Ich will meine Zeit nicht mehr mit Ihnen verschwenden oder gar vor Ihnen auf die Knie fallen! Sie schulden mir sehr viel, Greta –«

»Und Sie schulden mir einen Monat Gehalt«, erwiderte Greta spitz. »Und außerdem noch drei Monate Gehalt, weil Sie mir nicht gekündigt haben.«

Anitas Hände zitterten vor Wut. Sie riß ihre Handtasche auf und warf ein Paket Einpfundnoten auf den Tisch. Ohne ein weiteres Wort verließ sie dann das Zimmer und warf die Tür so heftig zu, daß das ganze Haus zitterte.

Greta Gurden triumphierte und hatte doch schon Angst vor dem, was ihr der morgige Tag bringen würde. Schnell griff sie nach dem Telefonhörer und wählte die Nummer von Leslie Maughan, die sie aufgeschrieben hatte.

»Ja, ich möchte mit Ihnen sprechen.«

»Gerne, Mrs. Gurden.«

Greta war erstaunt.

»Woher wußten Sie denn, daß ich am Apparat bin?«

Sie hörte, wie Leslie lachte.

»Ich kann mich auf Stimmen sehr gut besinnen, besonders auf sympathische wie die Ihre«, sagte die junge Dame.

»Ich möchte Sie gerne sehen – ich muß Sie sogar sehen – äußerst dringend.«

»Ich werde zu Ihnen kommen.«

Es kostete einige Überredung, Lucretia dazu zu veranlassen, auf Mr. Coldwells Ankunft zu warten.

»Warten Sie auf der Straße«, schlug Leslie vor, als sie sah, wie furchtsam ihr Mädchen war. »Aber Sie werden sich auf den Tod erkälten – das macht Ihnen aber wohl in Ihrer Angst nicht viel aus. Sie können sich ja auch solange mit einem Polizeibeamten unterhalten. Ich verlasse mich auf Sie.«

Sie einigten sich darauf, daß Lucretia sich auf das Gepäck unten in dem Flur setzen sollte. Die Haustür wollte sie ein wenig offenhalten. Leider war es dort noch zugiger als auf der Straße!

Greta bereute ihr Vorgehen schon halb, als Leslie auf dem Weg zu ihr war. Sie war nicht sehr beständig und schwebte zwischen Furcht und Reue, als Mrs. Hobbs, die gegen Abend zurückgekehrt war, Leslie in das Speisezimmer führte.

»Es ist sehr liebenswürdig von Ihnen, daß Sie gekommen sind.«

Greta war wieder die alte, sie ergriff Leslies Hand und schloß sie in ihren beiden Händen ein. Und dann wandte sie wieder ihren alten Trick an und blickte wehmütig und bittend auf ihre Besucherin.

»Ich bin so unruhig – ich habe mich nämlich mit Anita überworfen. Endgültig – es gibt keine Aussöhnung mehr. Sie hat die Zeitung eingestellt, wie Sie vielleicht schon gehört haben – Sie wissen ja alles in Scotland Yard. Das bedeutet, daß ich meine Stellung verloren habe, das heißt, ich könnte morgen schon eine neue haben, wenn ich mich darum bemühte. Anita hat sich schmählich gegen mich benommen, ich hätte mir das nie träumen lassen, nach allem, was ich für sie getan habe! Aber legen Sie doch bitte ab. Darf ich Ihnen eine Tasse Tee anbieten?«

Leslie, die sich heimlich über Greta amüsierte, schüttelte den Kopf. Sie vermutete, daß Greta seit ihrem Anruf ihre Meinung schon wieder geändert hatte. Es war wenig wahrscheinlich, daß sie sich wegen eines Zerwürfnisses mit Anita an sie wandte. Wenn Leslies Informationen richtig waren, so kamen Auseinandersetzungen zwischen Greta Gurden und der Prinzessin ziemlich häufig vor.

»Ich habe Ihnen natürlich nichts zu sagen, das zuungunsten von Anita Bellini spräche. Aber sie ist so eigenartig – und sie hat soviel Temperament! Ich würde mich nicht wundern, wenn sie in den nächsten Tagen einen Schlaganfall bekäme!«

»Welche Sorgen bedrücken Sie denn?«

»Sie wollte haben, daß ich mit ihr nach Wimbledon kommen und dort einen Monat bleiben sollte. Aber ich hasse diesen Platz – ich kann ihn nicht ausstehen! Ich bin etwas hitzig wie alle Künstler – ich meine Künstler und Schriftsteller. Anitas Haus flößt mir geradezu Furcht ein. Und sie war so gemein zu mir, obwohl ich mich nicht wohl fühle und solche Schmerzen in dem Bein habe. Anita ist in dieser Beziehung ganz unvernünftig. Sie können sich das gar nicht vorstellen, Miss Maughan. Wir hatten eine Auseinandersetzung, und ich erklärte ihr einfach, daß ich nichts mehr mit ihr zu tun haben wollte. Darauf machte sie mir eine furchtbare Szene, weil ich den alten Doktor Wesley hierher bat. Er sollte mich untersuchen und feststellen, ob ich schon ausgehen könnte. Sie schimpfte mich aus, weil ich ihn anrief – ich dachte wirklich, sie wäre ganz von Sinnen. Und dabei ist er doch ein so lieber, alter Herr, furchtbar gesprächig, aber charaktervoll und durchaus ein Gentleman. Sie wissen doch, daß er während der letzten vierundzwanzig Lebensstunden des verstorbenen Mr. Dawlish bei diesem war? Er ist nicht von seiner Seite gegangen, er glaubte, der Mann würde sein Bewußtsein noch einmal erlangen – das war doch lieb von ihm.«

Leslie saß an der anderen Seite des Tisches, hatte die Hände geduldig gefaltet und wartete auf die eigentliche Geschichte Gretas. Jetzt lehnte sie sich vor und sah Greta voll ins Gesicht.

»Dr. Wesley war der Hausarzt von Dawlish?«

»Ein entzückender, interessanter, liebenswürdiger alter Herr – er hatte Mr. Dawlish sehr gern. Einen ganzen Tag und eine ganze Nacht saß er an seinem Lager. Und sechs Stunden später ist Mr. Dawlish gestorben.«

Leslie hörte nicht zu, was Greta ihr in den nächsten fünf Minuten vorerzählte, aber auch als sie wieder verstand, was die andere sagte, war Greta immer noch nicht soweit, ihr den eigentlichen Grund für den telefonischen Anruf mitzuteilen.

». . . wenn irgend etwas bei der Gerichtsverhandlung herauskommt, so kann ich das immer behaupten. Anita muß für mich eintreten und aussagen, daß ich niemals wußte, daß dieser schreckliche Kerl eigentlich eine Frau war. Das erste, was ich sah, war, daß Anita mit diesem Mann handgemein war. Ich wollte nach der Polizei schicken, aber da kamen diese verfluchten gelben Kerle herein und versuchten, die Pistole Druzes Hand zu entwinden. Und ich lag auf dem Sofa, halb ohnmächtig, meine Liebe, und hatte keine Ahnung, daß ich verwundet war. Es mag Ihnen seltsam vorkommen, aber es ist so. Als ich aufwachte, benahm sich Anita wie ein Mensch, der den Kopf verloren hatte. Es war einfach entsetzlich!«

»Haben Sie Druze noch einmal gesehen?«

»Nein. Aber die gemeinen Ausdrücke, die sie gebrauchte, bevor die Schießerei begann –« Greta schauderte. »Ich könnte Ihnen nicht die Hälfte der Worte wiedererzählen, die sie sagte. Anita schickte mich aus dem Raum, sie sagte, sie hätte nicht gewußt, daß ich zugegen sei. Aber gerade als ich hinausgehen wollte, fiel ein Schuß – Peng!« Mrs. Gurden wurde dramatisch. »Und dann wurde alles dunkel um mich. Sie wissen, wie das ist.«

»Ich kann den ganzen Zusammenhang noch nicht richtig verstehen. Ein paar Stunden nach dieser Schießerei traf ich Sie doch in der Wohnung Lady Raythams.«

»Anita hatte mich dorthin geschickt. Sie sagte mir, gehen Sie zu Jane, aber erzählen Sie ihr nichts. Suchen Sie alles über Druze herauszubekommen – wie sie sich trennten und ob er ihr noch gedroht hat. Sie kennen doch Anita, sie ist dann einfach so befehlshaberisch. Der Doktor hat später gesagt, daß die Wunde sofort geheilt wäre, wenn ich nicht nachher herumgelaufen wäre. Als ich nach Hause kam, wäre ich beinahe gestorben!« Sie machte eine Pause, um Atem zu holen. »Ich vermute, sie wird morgen wieder erscheinen und mich bitten, zu ihr zurückzukommen. Und ich bin eine so friedfertige Natur, die immer wieder zum Verzeihen geneigt ist –«

»Wenn es irgend etwas im Leben gibt, das Sie schätzen, so bleiben Sie hier, Mrs. Gurden«, sagte Leslie ruhig. »Ich möchte Sie nicht gern erschrecken, aber ich halte es für meine Pflicht, Sie zu warnen. Prinzessin Bellini ist nahe am Ende. Was aber Druze angeht –«

Sie hatte niemals gedacht, daß Druze ermordet worden sei. Immer hatte sie an die Möglichkeit eines Kampfes gedacht, in dem unglücklicherweise einige Schüsse fielen. Anita Bellini hatte guten Grund, die höhnische Druze nicht zu erschießen.

Als Leslie wieder zu ihrer Wohnung kam, war die Haustür verschlossen. Sie öffnete sie, drehte das Licht in dem Flur an und stellte dann mit Genugtuung fest, daß Lucretia mit dem Gepäck bereits verschwunden war. Im Briefkasten lag ein Telegramm, es war eine Antwort auf eine telegrafische Anfrage, die sie nach dem Mittagessen aufgegeben hatte. Sie las die Botschaft und hätte vor Freude laut aufjubeln mögen.

Sie dachte an diese gute Nachricht und an die Unterhaltung, die sie eben mit Greta Gurden geführt hatte, als sie die Treppe hinaufeilte. Greta war aufsässig, das war klar, aber es fragte sich, ob ihre Wut und ihr Haß so weit ausreichen würden, um Anita Bellini vollständig bloßzustellen. Als sie an dem Fenster in der Diele vorbeikam, sah sie, daß der neue Sicherheitsriegel angebracht war. Es war eigentlich lächerlich, die Wohnung überhaupt zu verlassen. Dem einen vergeblichen Versuch würde doch schwerlich ein zweiter Überfall folgen.

Jetzt bedauerte sie, daß sie Mr. Coldwells Drängen nachgegeben hatte. Sie öffnete die Tür ihres Wohnzimmers und streckte die Hand aus, um das Licht anzudrehen, aber der Raum blieb dunkel. Sie wunderte sich und trat in das Zimmer.

Sie hörte keinen Laut, keine Warnung, aber plötzlich griff eine große Hand an ihre Kehle, und eine andere schloß ihr den Mund. Dann fühlte sie den Druck eines Knies im Rücken. Sie versuchte, sich zu befreien, aber es gelang ihr nicht.

»Sie schreien – Sie tot!« zischte ihr eine Stimme ins Ohr.

Sie versuchte zu nicken.

Die Tür wurde leise hinter ihr geschlossen. Es waren zwei Leute im Zimmer. Sie fühlte, wie ihre Fußgelenke ergriffen und hochgehoben wurden. Dann wurde sie in das Schlafzimmer getragen und auf das Bett gelegt.

»Sie schreien – Sie tot!« sagte der eine wieder. Der Griff um ihren Hals lockerte sich, aber die übelriechende Hand blieb noch auf ihrem Mund liegen.

»Ich werde nicht schreien«, murmelte sie. Jetzt wurde auch die andere Hand fortgezogen.

»Sie schreien, ich Kehle durchschneiden. Sie nicht schreien, ich nicht Kehle durchschneiden – nicht stechen.«

»Ich werde nicht schreien«, wiederholte sie leise. »Kann ich aufstehen?«

Die beiden schienen sich flüsternd in einer Sprache zu beraten, die Leslie nicht verstand.

»Sie auf Stuhl sitzen, ganz ruhig sitzen, lange Zeit, lange Zeit«, sagte der Mann zu ihr, der zuerst mit ihr gesprochen hatte.

Er ergriff sie am Arm, führte sie in das Wohnzimmer zurück und ließ sie in einem Stuhl Platz nehmen. Eine Straßenlaterne warf genügend Licht durch die Fenster, so daß sie nicht stolperte. Sie sah jetzt die beiden Männer, sie waren klein und reichten nur etwas über ihre Schultern, aber sie waren breit und kräftig gebaut und, wie sie ja schon erfahren hatte, unheimlich stark. Ihre Gesichter waren nicht zu unterscheiden, zufällig oder absichtlich kehrten sie den Rücken zum Fenster. Der anscheinend im Rang Höhere sagte etwas in der unbekannten Sprache, der andere ging hinaus und drehte das Licht im Flur aus. Gleich darauf kam er wieder zurück, und zu ihrem größten Erstaunen wurde er noch von einem dritten Mann begleitet. Sie hörte, wie sie zusammen flüsterten, dann verschwand der dritte wieder. Die beiden anderen setzten sich gleichmütig schweigend auf den Teppich zu ihren Füßen nieder, um sie zu bewachen. So verging etwa eine Viertelstunde.

»Ich sprechen Englisch klein wenig«, sagte der erste Mann dann. »Ich höre verstehen Englisch gut. Ich sagen ganz Wahrheit. Letzte Nacht Diga Nagara wollen töten Sie. Diese Nacht er nicht wollen töten.« Er fügte noch etwas hinzu, was sie nicht verstehen konnte.

»Was wollen Sie denn mit mir anfangen?« fragte sie.

»Gleich, nach und nach«, erwiderte der kleine Mann, nachdem er ihre Worte langsam wiederholte und verstanden hatte. »Sie und ich gehen in Wagen – während gehen, Sie sehen Leute, Sie sprechen zu Leute, ich schneiden Kehle.«

Das klang sehr entschieden, aber die Wiederholung seiner Drohung belustigte sie fast ein wenig.

»Sie sagen ja immer dasselbe. Was geschieht denn, wenn ich in dem Wagen bin?«

Es entstand eine Pause, da er sich die Antwort überlegen mußte.

»Nach und nach Sie sehen.«

Der dritte Mann kam jetzt zurück und sie sah, daß er in Wirklichkeit der Führer der drei war, denn auf seinen Befehl hin verschwanden die beiden anderen durch die Tür, und er nahm ihren Platz ein.

»Sie brauchen nicht zu fürchten, daß Ihnen etwas geschieht, wenn Sie uns keine Schwierigkeiten machen«, sagte er. Zu ihrem Erstaunen sprach er perfekt Englisch. »Meine Herrin braucht Sie.«

»Wer ist denn Ihre Herrin?«

Es war eine gewisse Beruhigung für sie, daß dieser kleine Mensch alles verstehen konnte, was sie sagte, und daß sie sich mit ihm unterhalten konnte. Er erschien ihr weniger schrecklich und unheimlich als die beiden anderen.

»Ich kann Ihre Fragen nicht beantworten, Miss. Aber Sie können versichert sein, daß Sie nichts zu fürchten haben. Vorige Nacht sollten Sie getötet werden. Ich selbst wollte Sie umbringen. Aber heute haben wir einen ganz anderen Befehl. Wenn Sie vernünftig und ruhig sind, passiert Ihnen nichts.«

Er stand auf und schaute aus dem Fenster. Weder die Vorhänge noch die Jalousien waren heruntergezogen, und er konnte deutlich die gegenüberliegende Seite der Straße sehen.

»Ich muß Ihnen sagen, was nun geschehen wird. Dieses Haus ist von Polizei umstellt und bewacht. Nach einer Weile werden die Leute müde und nachlässig werden, und dann wird mir mein Freund ein Zeichen geben, daß sie fortgegangen sind. In diesem Augenblick werden wir das Haus verlassen.«

Leslie vermutete, daß sein ›Freund‹ einer der beiden Männer war, die verschwunden waren. Vorhin hatte sie gesehen, daß alle drei korrekt europäisch gekleidet waren.

»Wollen Sie sich etwas näher ans Fenster setzen? Am besten

nehmen Sie an Ihrem Schreibtisch Platz. Wenn das Telefon läutet, dann antworten Sie nicht.«

So saßen sie nun, er auf der einen Seite des Tisches, sie auf der anderen. Seine Blicke wanderten von der Straße zu seiner Gefangenen und von ihr wieder zur Straße. Sie sah, wie die Autos draußen zu den Theatern fuhren, und sie war neugierig, ob wohl auf irgendeiner Bühne Londons ein Drama gespielt würde, das ebenso unmöglich und unwahrscheinlich war wie das, in dem sie selbst augenblicklich die Hauptrolle spielte.

»Sie sind sich doch darüber klar«, sagte sie nach einer langen Pause, »daß Mr. Coldwell entweder telefonieren oder selbst hierherkommen wird, wenn ich nicht in seinem Haus erscheine?«

Er nickte.

»Wir haben bereits Vorkehrungen für diesen Fall getroffen. Wir haben ihm in Ihrem Namen ein Telegramm gesandt, daß Sie fortgerufen wurden nach« – er zögerte – »ich kann mich nicht auf die Stadt besinnen. Sie liegt im Westen und an der Küste.«

»Meinen Sie Plymouth?« fragte sie schnell.

»Ja, so heißt der Ort. In dem Telegramm war auch Ihr dortiges Hotel angegeben. Plymouth liegt sehr weit fort – und Sie werden nicht mehr hier sein, wenn er erfährt, daß Sie dort nicht angekommen sind.«

»Wo werde ich denn sein?«

»In dem Harem von Diga Nagara, dem großen Fürsten, der starb und doch lebendig ist.«

Leslie Maughan wurde nicht schwach. Sie starrte nur auf den kleinen Mann, der feierlich nickte.

»Diga Nagara, der große Fürst – der starb und doch lebendig ist!«

18

Peter Dawlish ging in seinem engen Zimmer auf und ab, er hatte die Hände in die Hosentaschen gesteckt und eine Zigarette zwischen den Lippen, die noch nicht angesteckt war. Er dachte an Kinder – an die kleine Elisabeth und an seinen Sohn, den er noch nicht gesehen hatte. Es war alles hoffnungslos. Wie und wo konnte er mit seinen Nachforschungen beginnen? Sein Kind erschien ihm so unwirklich wie eine Traumgestalt, Elisabeth dagegen war tatsächlich vorhanden. Er sah ihre großen, furchtsamen Augen und ihr blasses Gesicht vor sich. Er schloß die Augen – und da war sie wieder, zart und schlank, und sie bat um Hilfe, die er ihr doch nicht geben konnte.

Er war ganz allein im Haus. Durch die dünnen Trennungswände dieser unsolid gebauten Häuser hörte er, wie ein Mann und eine Frau miteinander stritten. Auf der Straße pfiff ein Junge einen Gassenhauer. Wenn Mrs. Inglethorne hier wäre, würde er die Wahrheit schon erfahren, und wenn er sie halb erwürgen müßte. Wer außer ihr kannte Elisabeths Aufenthalt?

Er wohnte erst so kurze Zeit hier, daß er nicht einmal wußte, mit wem sie verkehrte – er kannte keinen dieser heimlich herschleichenden kleinen Diebe, die hier ihre Beute verhandelten. Er wußte nicht mehr von ihr, als daß sie eine gemeine und habgierige Person war. Sie hatte keine Bekannten, die sie abends besuchten. Sie durfte es bei dem Charakter ihres Gewerbes ja auch nicht wagen, andere Leute ins Vertrauen zu ziehen.

Die Polizei hatte das Haus von oben bis unten durchsucht, um vor allen Dingen weiteres Beweismaterial gegen sie zu entdecken. Man hatte aber nur nach wertvollen Gegenständen gesucht, die sie gekauft hatte, nach Stoffen und Seidenballen. Um Elisabeth hatte sich außer Leslie und ihm selbst eigentlich niemand gekümmert.

Dieser Gedanke kam ihm, als er auf und ab ging und tief nachdachte. Wäre es nicht möglich, daß er etwas finden würde, was sie übersehen hatten, wenn er das Haus noch einmal durchsuchte? Vielleicht einen winzigen Anhaltspunkt, der auf die Spur des Kindes wies? Aber was ging ihn eigentlich die ganze

Sache an? Welches gesetzliche und moralische Recht hatte er denn eigentlich, Mrs. Inglethornes Tochter für sich zu beanspruchen? Aber er setzte sich über diese Frage hinweg, nahm seine Taschenlampe und ging nach unten.

Die Tür zu dem Schlafzimmer der Frau stand offen. Das Schloß, das er aufgebrochen hatte, war noch nicht repariert worden. Er ging hinein und schaute sich um.

Wenn die Polizei eine Haussuchung vorgenommen hat, bleibt gewöhnlich ein Chaos zurück. Aber in diesem Falle war das Zimmer dadurch höchstens aufgeräumt worden. Eine Anzahl von Kleidern, die offenbar der Frau gehörten, lagen auf dem Bett. Zwei Öldrucke, die einst die Wand geschmückt hatten, waren heruntergenommen. Die sauberen, unverfärbten Stellen auf der Tapete bezeichneten die Plätze, an denen sie früher hingen. Neben den Kleidern stand ein viereckiger, hölzerner Kasten, wie ihn Soldaten zum Transport ihrer Habseligkeiten benutzen. Der Kasten war geöffnet worden und war unverschlossen. Ein Stück Zeug hatte sich zwischen Deckel und Rand geklemmt, so daß er ein wenig offenstand.

Wo würde eine Frau wie Mrs. Inglethorne wohl ihre Papiere verwahren? Verwahrte sie überhaupt Schriftstücke? Er versuchte, sich in die Gewohnheiten solcher Leute hineinzudenken und sich alles ins Gedächtnis zurückzurufen, was er zufällig aus zweiter Hand in Dartmoor über Menschen ihres Schlages gehört hatte. Unter dem Bett? Aber die Polizei hatte augenscheinlich die Matratzen aufgerollt und dort alles durchsucht. Dort war nichts. Er öffnete den großen, schwarzen Kasten geringschätzig. Aber plötzlich sah er mit erwachendem Interesse, daß die Innenseite des Deckels mit Zeitungspapier beklebt war. Hier hatte Mrs. Inglethorne Ausschnitte gesammelt, die sie interessierten und die einen Rückschluß auf ihre Einstellung und Denkungsart zuließen. Eine Überschrift fiel ihm ins Auge:

›Die Erbin eines großen Vermögens durch einen Kinderstrumpf entdeckt.‹

Eine andere lautete:

›Die Mutter wiedererkannt durch das Monogramm auf dem Kleid des Kindes!‹

Er las die Zeitungsausschnitte sorgfältig durch. Sie handelten alle nur von dem einen Gegenstand: Identifizierung unbekannter Kinder, wodurch die glücklichen Personen, die die Herkunft der Kleinen nachweisen konnten, große Vermögen erwarben. Einige Zeitungsausschnitte waren schon sehr alt, gelb und kaum noch entzifferbar. Anscheinend sammelte Mrs. Inglethorne sie schon seit langen Jahren.

Er vermutete, daß die Polizei den Kasten auch durchsucht hatte. Er war fast ganz mit kleinen, runden Bündelchen gefüllt, die mit einer Kordel zusammengebunden waren. Manche waren aus Leinen, aus rauhem Kalikostoff oder aus Baumwolle, und als er tiefer hineinfaßte, berührte er sogar Seide. Diese Bündel waren früher einmal weiß gewesen, aber vieles Berühren und Staub hatten sie grau und unansehnlich gemacht. Er öffnete eins der Bündel und rollte es auf. Er fand das Nachthemd eines Kindes, ein Paar kleine, wollene Schuhe und einen Schal. An den Schuhen war mit einer Stecknadel ein Stück Papier befestigt, auf dem eine ungeübte Hand die Worte geschrieben hatte: ›Mrs. Larses Junge, zehn Tage alt, Masern, neun Monate.‹ Hier also war die Lebensgeschichte des kleinen Sohnes von Mrs. Larse verzeichnet. ›Masern, neun Monate!‹ war seine Grabschrift.

Mrs. Inglethorne war eine Engelmacherin, er hatte das schon längst vermutet. Er öffnete ein anderes Bündel, vielleicht würde er auch etwas über Elisabeth finden. Das zweite Bündel enthielt nur ein rauhes Kalikokleid und auf einem Zettel die Worte: ›Junges Mädchen namens Leavey, fünf Tage Keuchhusten, sechs Wochen.‹ Er öffnete ein Päckchen nach dem anderen, und jedes war eine Tragödie für sich. Nur bei wenigen war die Todesursache in kurzen Worten erwähnt, in manchen fand er zwei gleichlautende Zettel.

Es lagen bereits zwölf Bündel vor ihm, die er geprüft hatte; er nahm nun das dreizehnte heraus und war gespannt, was der Inhalt dieser glücklichen oder unglücklichen Nummer sein würde. Er entrollte ein kleines Nachtgewand aus feinstem Leinen, das beste und teuerste, das er unter all den anderen gefunden hatte. Ein Schal aus schwerer Seide und ein winziges kleines Hemd aus weichem Flanell lagen dabei. Zuerst konnte er den dazugehörigen Zettel nicht finden, aber später entdeckte er ihn an der Innenseite des Schals. Er enthielt nur drei Worte, die aber sein Herz schneller schlagen ließen:

›Miss Marthas Mädchen.‹

Das Bündel fiel aus seinen zitternden Händen. Miss Marthas Mädchen!

Er dachte an den Brief. ›Druze hat ein sehr gutes Heim für deinen Sohn gefunden.‹ Und mit Bleistift war daruntergekritzelt gewesen: ›Marthas Dienstmädchen.‹ Und Marthas Dienstmädchen war – Mrs. Inglethorne!

Miss Marthas Mädchen! Diese Frau hatte sich nicht geirrt. Er untersuchte die Kleidungsstücke nacheinander und fand, daß an dem Nachthemd in der Nähe des Kragens ein zweiter Papierstreifen angesteckt war, der dieselbe Handschrift aufwies. Als er ihn las, stieß er einen heiseren Schrei aus:

›Miss Marthas Mädchen Elisabeth.‹

Fieberhaft wickelte er all die anderen kleinen Bündel aus, aber er fand keinen weiteren Anhaltspunkt. Seine Knie zitterten, als er die Treppe hinaufstieg. Die ihm so teuren Kleidungsstücke hatte er an sein Herz gedrückt. Dann kam ihm plötzlich der Gedanke, daß er sofort Leslie sprechen mußte. Er wagte es nicht, die Kleider in der Wohnung zu lassen, faltete sie zusammen und steckte sie in die Tasche. Den seidenen Schal benutzte er als Halstuch unter seinem dünnen Mantel, denn der Abend war bitter kalt.

Die Fenster ihrer Wohnung waren dunkel, aber er erinnerte sich daran, daß sie schwere Sammetvorhänge hatte, die vielleicht zugezogen waren. Er klingelte und wartete, aber es kam keine Antwort. Er läutete noch einmal. Aus einem nahegelegenen Hausflur kam ein Mann auf ihn zu.

»Wen wünschen Sie denn zu sprechen?« fragte er in einem amtlichen Ton. Peter wußte sofort, daß er einen Detektiv vor sich hatte.

»Ich möchte Miss Maughan sprechen – mein Name ist Dawlish.«

»Ach so, Sie sind Mr. Dawlish. Miss Maughan ist nicht hier.

Sie wohnt zur Zeit bei Chefinspektor Coldwell. Es ist niemand in diesem Haus.«

Peter verbarg seine Enttäuschung nicht. Er war so erfüllt von seiner Entdeckung, daß er sich einem Menschen gegenüber aussprechen mußte. Er mußte Leslie sehen. Der Detektiv gab ihm die Adresse Coldwells, und Peter ging quer über die Charing Cross Road, um die Untergrundbahnstation zu erreichen. Als er auf der anderen Seite der Straße angelangt war, hatte er ein ungewisses Gefühl, drehte sich um und sah zu den Fenstern ihrer Wohnung hinauf. Er sah ein kurzes Aufflackern von Licht, als ob jemand eine elektrische Taschenlampe für den Bruchteil einer Sekunde angedreht hätte.

Peter blieb stehen. Es mußte also doch jemand in Leslies Wohnung sein. Langsam ging er über die Straße zurück. Der Detektiv war verschwunden, er war zur Rückseite des Häuserblocks gegangen, um seinen Kollegen dort aufzusuchen. Während Peter noch zögerte, öffnete sich plötzlich die Haustür. Er folgte einer momentanen Eingebung, stieß sie weit auf und trat einen Schritt in die Dunkelheit.

»Wer ist dort?« fragte er. An die Vorgänge, die sich dann abspielten, konnte er sich nicht erinnern. Etwas Weiches und zugleich Schweres fiel mit einem Schlag auf seinen Kopf. Sein weicher Hut wurde zusammengepreßt, als ob er aus Papier sei. Er taumelte und fiel in die Knie. Ein zweiter Schlag streckte ihn zu Boden. Das Blut rann an seinem Gesicht herunter und färbte den weichen Seidenschal, der früher einmal sein Kind eingehüllt hatte.

An diesem bitterkalten Abend waren keine Spaziergänger in der Charing Cross Road zu sehen. Ein eisiger Nordostwind blies, und die Leute eilten schneller als sonst nach Hause. Kein Müßiggänger hätte dem Detektiv erzählen können, daß drei kleine Männer schnell über den Gehsteig zu einem Auto geeilt waren, das gerade in dem Augenblick vor der Haustür gehalten hatte, als Peter hineinging.

19

Als der Wagen anfuhr, rannte ein Mann quer über die Straße, sprang behende auf das Trittbrett, zwängte sich durch die Tür und nahm seinen Sitz neben dem Chauffeur ein. Bei dem Hippodrome wurde der Wagen für einige Sekunden angehalten, dann ging es in schneller Fahrt die Coventry Street entlang. Sie fuhren ohne Aufenthalt über Piccadilly Circus, und ein paar Augenblicke später bogen sie in den Hydepark ein.

Leslie konnte nun die Gesicher der Männer sehen, die sie gefangengenommen hatten. Sie waren gelbbraun und hatten Schlitzaugen, ähnlich wie sie es von Chinesen und Japanern kannte. Aber das war auch die einzige Ähnlichkeit mit dieser Rasse. Ihre Gesichter sahen lange nicht so intelligent aus.

Es waren natürlich Javaner. Wie töricht von ihr, daß sie das nicht gleich von Anfang an erkannt hatte! Anita Bellini hatte doch lange Jahre in Java gelebt. Sie erinnerte sich an Peters Worte. Sie wußte jetzt auch, welchen Zusammenhang die Sicherheitskette mit ihrem Erlebnis hatte. Sie war angebracht worden, weil ein Angriff auf ihre Wohnung geplant war. Anitas Leibwache war anderswo beschäftigt, sie mußte also die Kette anbringen, um in Abwesenheit ihrer Leute ihr Haus zu schützen.

Aber wer war Diga Nagara? Der Name kam ihr doch so bekannt vor. Es war eine jener einprägsamen Gestalten der Geschichte, die selbst ein flüchtiger Schüler im Gedächtnis behält. Vielleicht war er irgendein javanischer Gott.

»Wer ist Diga Nagara?« fragte sie plötzlich.

Sie hörte, daß die Männer den Atem anhielten, als ob sie erschrocken wären.

»Der Fürst, der Eine Große«, sagte der Mann an ihrer linken Seite mit leiser, ehrfurchtsvoller Stimme. »Er ist gestorben und lebt doch. Aber die Holländer glauben, daß er wirklich tot ist.«

Java ... Leslie wünschte nun, daß sie sich mehr mit den Malaiischen Staaten und den Gewohnheiten ihrer Völker befaßt hätte. Dann würde sie jetzt wissen, was es bedeutete, in den

Harem dieses Fürsten aufgenommen zu werden, der zwar gestorben war, aber doch lebte.

Der Wagen fuhr über die Hammersmith-Brücke, und wenige Minuten später erkannte sie den Platz wieder, wo sie die Leiche von Druze gefunden hatten. Sie fuhren also nach Wimbledon – zu Anitas schrecklichem Haus.

Der Wagen hielt vor der Haustür, und sie eilten die Stufen hinauf. Sie waren noch nicht ganz oben angekommen, als die Tür schon geöffnet wurde. Es war kein Licht in der Halle, und Leslie hörte, daß die Tür hinter ihr geschlossen und die Sicherheitskette vorgelegt wurde. Ihr Mut sank. Jemand drehte eine elektrische Handlampe an, und sie sah die breite, mit schweren Teppichen belegte Treppe vor sich.

»Gehen Sie hinauf«, sagte der Mann, der sie hergebracht hatte. Er hielt sie noch am Arm fest, und sie gehorchte.

Sie gingen die Biegung der Treppe hinauf und kamen in dem großen Flur des oberen Stockwerks an. Jemand klopfte an einer Tür, und Anitas Stimme rief »Herein«. Der Mann, der angeklopft hatte, öffnete die Türflügel weit. Leslie erkannte undeutlich eine hohe Wand, die hinter einem dunklen, goldgestickten Vorhang verborgen war. Der Raum war von einem merkwürdigen, fast grünen Licht erfüllt. Der Mann, der sie bisher geleitet hatte, gab sie jetzt frei. Sie ging allein in den Raum, und die Tür schloß sich hinter ihr.

Es war ein längliches Zimmer von seltsamen Ausmaßen. Leslie bemerkte außer einem Diwan, der an dem entgegengesetzten Ende stand, und einem niedrigen Tisch davor, keine Möbel. Der Teppich, der den Boden bedeckte, war entweder dunkelrot oder schwarz. In dem merkwürdigen Licht der beiden grünen Lampen, die an jeder Seite des Diwans brannten, war es unmöglich, seine Farbe zu unterscheiden.

Anita Bellini saß mit untergeschlagenen Beinen auf dem Diwan und sah mit ihrem goldenen Schmuck wie ein abstoßendes und groteskes Götzenbild aus. Um ihre dicken Arme lagen vom Handgelenk bis zum Ellbogen blitzende Armbänder. Drei Perlenketten hatte sie um den Hals geschlungen, und wenn sie ihre Hände bewegte, glitzerten unzählige, funkelnde Brillanten. Sie hielt eine lange Zigarettenspitze aus Ebenholz zwischen den Lippen, und das unvermeidliche Monokel leuchtete in grüngoldenem Licht auf.

»Kommen Sie her, Miss Maughan, nehmen Sie Platz!« Anita zeigte auf den Boden, und Leslie entdeckte dort mehrere schwarze Kissen, die sie von der Tür aus nicht hatte sehen können.

Leslie setzte sich gehorsam nieder und schaute in das harte Gesicht. Sie saßen beide einander gegenüber und sahen sich eine Zeitlang schweigend an. Dann begann Anita zu sprechen, nachdem sie die Asche ihrer Zigarette abgestreift hatte.

»Ich nehme an, daß Sie vernünftig sind?«

»Ich auch«, erwiderte Leslie kühl.

»Sicher haben sie genügend Verstand, um beurteilen zu können, daß ich nicht das Risiko auf mich nähme, Sie hierherzubringen – Sie hierher zu entführen, ist das richtigere Wort –, wenn meine Lage nicht vollständig verzweifelt wäre. Ich hätte Sie beinahe in der letzten Nacht umbringen lassen, aber das wäre ein böser Fehler gewesen. Sie sind für mich weit nützlicher, wenn ich Sie lebendig habe.«

Leslie lächelte schwach.

»Das klingt ja ganz dramatisch.«

Anita schien ihre Worte zu überhören.

»Haben Sie schon einmal von Diga Nagara gehört? Er war ein großer Fürst in Java, der vor siebzig Jahren starb. Er ist eine mythische Figur geworden, und die Eingeborenen glauben, daß er unsterblich ist und durch seine Untertanen alles genießt, was die Welt einem lebenden Mann bieten kann. In seinem Namen würden sie jede Tat ausführen.«

Sie machte eine Pause, nahm ihr Monokel ab, rieb es mechanisch an ihrem Kleid und klemmte es wieder ein.

»Sie wären in der vorigen Nacht ermordet worden, weil Diga Nagara Ihren Tod beschlossen hatte. Wenn ich Sie einem dieser Männer zur Frau gäbe, würden Sie Diga Nagaras Frau sein, wer auch immer Ihre Hand hielte. Haben Sie verstanden, was ich damit sagen will?«

Leslie nickte. Sie sah Anita unentwegt an.

»Die Javaner sind höfliche und freundliche Leute«, fuhr Anita langsam fort, »aber in mancher Beziehung sind sie auch – nicht freundlich.«

»Ich begreife, daß das alles eine Drohung ist, was mir geschieht, wenn ich das nicht tue, was Sie wünschen.«

»Sie sind ein verständiges Mädchen.« Anita Bellini beugte sich vor und legte ihre Ellbogen auf die Knie. Ihre Haltung ähnelte sehr der eines gemeinen Fischweibes, sie hatte etwas unaussprechlich Gewöhnliches an sich, trotz ihres Monokels, ihres Pariser Goldkleides und des ganzen Luxus, der sie umgab. »Heute nachmittag hat Mr. Coldwell einen Haftbefehl für mich ausstellen lassen, er will auch mein Haus durchsuchen. Wußten Sie das?«

Leslie war ehrlich erstaunt.

»Ich habe keine Ahnung davon und glaube nicht, daß das, was Sie sagen, der Wahrheit entspricht. Mr. Coldwell hat mir nichts von einer solchen Absicht verraten.«

Anita unterbrach sie.

»Es entspricht den Tatsachen, er hat um den Haftbefehl nachgesucht. Ob er ihn erhalten hat, weiß ich nicht. Das ist die eine Sache. Zweitens haben Sie Greta Gurden heute abend besucht, und sie hat Ihnen das einzige erzählt, das Sie nicht erfahren sollten. Ich weiß es, weil ich sah, daß Sie ihre Wohnung betraten und wieder verließen. Und ich habe Greta nachher gesehen«, fügte sie grimmig hinzu. »Es ist nicht notwendig, daß ich Ihnen erzähle, was Sie dort gehört haben.«

»Nein, das ist nicht nötig. Aber das hätte ich auch von selbst herausgefunden, wenn ich nur so schlau gewesen wäre, gleich zu Dr. Wesley zu gehen und zu fragen, wie lange Mr. Dawlish vor seinem Tode bewußtlos war. Daß die Änderung des Testaments eine Fälschung war, habe ich schon immer vermutet. Ich habe eine fotografische Kopie davon gesehen und habe die Unterschrift darauf mit echten Unterschriften von Donald Dawlish verglichen. Es wäre nicht schwer, zu beweisen, daß das neue Testament, das Mrs. Dawlish das ganze Vermögen zuspricht und Peter enterbt, von Anfang bis zu Ende eine Fälschung ist. Der Arzt könnte das fraglos bezeugen. An dem Tag, an dem Mr. Dawlish dies neue Testament gemacht haben soll, war er vollständig bewußtlos. Sie bilden sich doch nicht ein, Prinzessin, daß

Sie hierin recht behalten werden? Mr. Dawlishs Rechtsanwälte waren immer unzufrieden und zweifelten die Echtheit des Testaments an, das ohne ihre Zuziehung aufgesetzt wurde und nur deshalb Geltung erlangte, weil Peter Dawlish nicht vor Gericht erscheinen konnte, um es anzufechten.«

Anita Bellini antwortete hierauf nichts.

»Ich kümmere mich jetzt hauptsächlich um mich und meine eigenen Angelegenheiten«, sagte sie schließlich nach einer Pause. »Und Sie sollen mich dabei unterstützen. Martha muß für sich selbst sorgen. Sie müssen mir beistehen, daß ich fortkomme. Ich mache Ihnen ein gutes Angebot – hunderttausend Pfund.«

»Selbst wenn Sie mir alles Geld der Welt anböten, Prinzessin, würde das keinen Eindruck auf mich machen. Wie könnte ich Ihnen helfen, das Land zu verlassen? Sie sprechen, als ob ich der Chef der Geheimen Polizei wäre und Macht hätte, die Prozesse bei Gericht niederzuschlagen. Sie müßten Lady Raytham aufsuchen, die Sie seit Jahren erpreßt haben, und selbst wenn diese keine Anklage gegen Sie erhöbe, so erfordert doch das Gesetz, daß Sie vor Gericht eine Erklärung für den Tod von Annie Druze geben.«

»Es war ein unglücklicher Zufall.«

»Ich weiß es – oder vielmehr ich vermutete es. Aber das muß alles ordnungsgemäß aufgeklärt werden, und das ist unmöglich, ohne daß auch die Erpressungen aufgedeckt werden, die Sie begangen haben. Ich bin bereit, etwas für Sie zu tun. Wenn Sie mich, ohne mir ein Leid zugefügt zu haben, aus Ihrem Hause entlassen, so soll das kleine Abenteuer von heute abend vergessen sein. Ich will Ihre Javaner vergessen und will nicht mehr daran denken, was vorige Nacht passiert ist. Sagen Sie mir nur, wo ich« – sie machte eine Pause – »Elisabeth finden kann.«

»Eine derartige Person gibt es nicht«, erwiderte Anita barsch.

»Ich meine Elisabeth Dawlish, Peters Tochter.«

Anita Bellini hatte ihre Zigarette ausgehen lassen, drehte den Halter von einer Seite zur andern und betrachtete ihn kritisch, als ob sie irgendeine schadhafte Stelle an ihm entdeckt hätte.

»Sie müssen dafür sorgen, daß ich aus all diesen Schwierigkeiten herauskomme.«

Leslie erhob sich.

»Ich dachte, Sie wären klüger.« In ihrer Stimme lag eine gewisse Verachtung. »Sie können nicht mehr gerettet werden – nichts kann Ihnen helfen!«

»Ach, glauben Sie?« fragte Anita sanft. »Wissen Sie denn auch, meine Liebe, daß Sie mich in diese Lage gebracht haben, aus der ich nicht mehr entkommen kann? – Nur Sie! Sie haben doch die ganze Geschichte der Druzes aufgerollt – oder haben Sie das nicht getan?« Sie lachte heiser. »Ich weiß sehr viel mehr, als Sie sich einbilden. Und alle die einzelnen Nachrichten und Anhaltspunkte haben Sie zusammengesetzt, um Anita zu fangen, die arme, alte Anita, nicht wahr?« Sie zeigte ihre großen, weißen Zähne in einem mitleidlosen Lächeln. Plötzlich glitt sie von dem Diwan und trat nahe an Leslie heran. »Wir wollen eine Hochzeit feiern!« sagte sie und klatschte zweimal in die Hände.

Der Raum schien vorher vollständig leer zu sein, aber auf dieses Zeichen hin tauchten plötzlich sechs kleine Männer mit nacktem Oberkörper wie durch Zauber hinter dem langen Vorhang auf. Anita rief mit wutverzerrtem Gesicht etwas in javanischer Sprache, und die untersetzten Gestalten kamen in ihrem sonderbaren Gang langsam auf Leslie zu. Sie rührte sich nicht, sie stand aufrecht da und wandte ihr bleiches Gesicht Anita zu. Selbst als die Javaner sie ergriffen, leistete sie keinen Widerstand. Sie ließ sich von ihnen hinter den Vorhang ziehen und durch eine Tür in einen kleinen, dumpfen Raum schieben. Die Tür wurde hinter ihr zugemacht, und ein Schloß schnappte ein. Von der anderen Seite der Tür hörte sie eine höhnische Stimme.

Dann vernahm sie einige Worte in javanischer Sprache und darauf das Lachen der kleinen Männer.

Leslie bückte sich, hob ihren Rock hoch und entnahm dem Strumpfband einen harten Gegenstand. Es war eine kleinkalibrige Browning-Pistole – sie legte den Sicherungsflügel herum. Jetzt fühlte sie sich sicherer, und mit der Pistole in der Hand begann sie, sich in dem Raum umzusehen.

Die Ausstattung war etwas bunt und flitterhaft. Der Diwan, der ein unentbehrliches Möbel in jedem Zimmer des Hauses zu sein schien, war alt und abgenutzt. Eine mit bunten Tüchern verhängte elektrische Lampe hing von der Decke herunter. Zwei Bronzeschalen standen an der Wand. Anscheinend war dies das Zimmer des obersten Dieners. Diese Vermutung bestätigte sich, als sie die Decke des Diwans aufhob und darunter einige Tücher fand, die offenbar javanische Kleidungsstücke waren.

In dem Raum befand sich noch eine zweite Tür, die sie zu öffnen versuchte. Zu ihrer größten Überraschung und Beruhigung steckte der Schlüssel im Schloß. Sie drehte ihn um, die Tür ging auf, und sie befand sich in einem gewöhnlichen Schlafzimmer, wie sie überall in den Häusern von Wimbledon anzutreffen waren. Es brannte kein Licht, und es war auch nicht ratsam, es anzudrehen. Leise schloß sie die Tür des kleinen Raumes, den sie verlassen hatte, und ging auf Zehenspitzen über den Fußboden. Sie tastete sich zurecht, bis sie die Tür des Schlafzimmers fand. Dann drückte sie die Klinke leise herunter und schaute sich um.

Glücklicherweise wandten ihr die beiden Leute, die auf dem Treppenpodest standen, den Rücken zu. Behutsam und vorsichtig schloß sie die Tür wieder und war von Furcht erfüllt, daß sie Lärm machen könnte. Schnell durchquerte sie wieder das Schlafzimmer und versuchte, die Fenster zu öffnen. Aber sie waren mit einem Vierkant verschlossen und geschützt. Leslie suchte nach dem Baderaum und tastete an der Wand entlang. Nach einiger Zeit hatte sie einen Türdrücker in der Hand und öffnete erfreut. Jetzt war sie aber doch gezwungen, einen Augenblick Licht zu machen.

Der Raum wurde offenbar als Ankleideraum benutzt. Gegenüber lag eine andere Tür. Leslie vermutete, daß diese zu einem zweiten Schlafzimmer führte. Schnell drehte sie das Licht wieder aus. Die Tür war verschlossen, aber auch hier steckte der Schlüssel wieder. Ob es eine Falle war? Sie zögerte. Dann drehte sie kurz entschlossen den Schlüssel um, schrak aber sofort wieder zurück, denn hier war jemand. Sie hörte Atemzüge und ein leises Knakken, als ob sich jemand in einem Bett umwandte.

»Wer ist es, bitte?« fragte eine leise Stimme.

Leslies Herz schlug zum Zerspringen, denn es war Elisabeth, die hier im Dunkeln sprach.

»Sei ganz ruhig«, flüsterte Leslie, zog den Schlüssel aus der Tür und schloß sie von innen ab. Erst dann machte sie Licht. Sie stand in einem kleinen Zimmer, das scheinbar nur die eine Tür hatte, durch die sie eben gekommen war. Das kleine Fenster war ebenfalls verriegelt und mit Netzdraht verschlossen. Sie schaute sich wieder nach Elisabeth um, die in ihrem kleinen Bett saß und erstaunt auf diesen unerwarteten Besuch schaute. Plötzlich sprang das Kind auf und lief zu Leslie hin, die es in ihre Arme schloß.

»Holen Sie mich von hier fort? Ich fürchte mich so sehr vor diesen kleinen Leuten. Ich habe Ihnen schon früher von ihnen erzählt. Einer kam und ließ die Pistole bei meiner Mutter. Ach, nehmen Sie mich doch mit, bitte, bitte!«

Leslie küßte sie.

»Du brauchst dich nicht zu fürchten«, sagte sie, obgleich sie selbst nicht von ihren Worten überzeugt war. »Sage mir schnell, ob es noch einen anderen Weg aus diesem Raum gibt als die Tür.«

Zu ihrem Erstaunen zeigte Elisabeth auf einen einfachen Schrank, der an der Wand stand.

»Manchmal kommt sie hier herein, die schreckliche Frau mit dem Glasauge. Sie sagte mir, daß einer der braunen Männer mich umbringen würde, wenn ich Lärm machte.« Sie schüttelte sich und zitterte vor Furcht.

Leslie schob sie sanft beiseite, ging zu dem Schrank und öffnete ihn. Er war leer und reichte vom Fußboden bis zu ihrem Kopf. Die Rückwand war zweifellos eine Tür, aber es war weder ein Schlüsselloch noch eine Türklinke zu sehen. Sie stemmte sich mit aller Wucht dagegen, und die Tür sprang auf – sie war auf der anderen Seite nur durch einen einfachen Riegel gesichert gewesen.

Leslie ging zu Elisabeth zurück und hüllte sie in eine Bettdecke ein. »Du mußt jetzt brav und ruhig sein«, flüsterte sie ihr zu. »Komm mit mir.«

»Sie hat mir gesagt, ich dürfte niemals hier durchgehen –«

Aber Leslie beruhigte sie, und sie gingen durch den anstoßenden Raum, der ebenfalls ein Schlafzimmer war, das aber offenbar nicht benutzt wurde. Das Bett war nicht bezogen, und einige der Polstermöbel waren mit Überzügen versehen.

Leslie öffnete die Haupttür, und diesmal kam sie auf einen anderen Flur. Sie konnte niemand sehen. Eine enge Treppe führte nach unten. Dort brannte ein düsteres Licht.

»Sie haben ja auch eine Pistole«, sagte Elisabeth verwundert.

Leslie lächelte.

»Sprich jetzt nicht«, flüsterte sie dem Kind ins Ohr. Dann führte sie Elisabeth vorsichtig die Treppe hinunter, die auf einen schmalen, fliesenbelegten Gang führte. Als sie unten ankamen, hörte sie Stimmen. Sie sah sich vorsichtig um und entdeckte, daß sich unter der Treppe eine offene Tür befand. An dem anderen Ende des Ganges war eine zweite Tür zu sehen, die anscheinend nach draußen führte, denn sie war mit Ketten und Riegeln versehen.

Während Leslie stand und überlegte, was sie tun sollte, entfernten sich die Stimmen, und der Lichtschein auf der Wand, der aus der offenen Tür gekommen war, verschwand. Dies war der gegebene Augenblick. Sie packte das Kind am Arm, zog ihre Schuhe aus und eilte geräuschlos den Gang entlang.

Sie erreichte die Tür und löste mit zitternden Fingern zuerst die eine Kette, dann die andere. Sie schob den oberen und den unteren Riegel zurück und hatte die Hand schon am Schlüssel, als von oben plötzlich ein Schrei ertönte. Eine Alarmglocke schlug an, die Tür unter der Treppe flog auf, und drei Männer eilten heraus. Die beiden ersten sahen sie nicht, sondern eilten die Treppe hinauf. Der dritte aber entdeckte Leslie und rief die anderen zurück. Im nächsten Augenblick rannten sie auf sie zu. Zweimal krachte die kleine Pistole. Einer der Männer fiel mit einem Stöhnen zu Boden und griff an sein Knie. Aber dann fielen sie über Leslie her, und sie kämpfte verzweifelt um ihr Leben.

Sie hörte den Schrei Elisabeths und rief ihr zu, die Tür zu öffnen und hinauszulaufen. Aber das Kind war zu erschrocken, um sich rühren zu können.

Sie trugen Leslie Maughan gefesselt und gebunden in den roten Salon und legten sie zu Anitas Füßen nieder. Dann hob der Mann, der englisch sprach, seine Hand.

»Herrin, hier ist die Frau. Was soll mit ihr geschehen?«

Anita zeigte mit ihrem dicken, juwelengeschmückten Finger auf ihn.

»Diese Nacht sollst du die Seele und den Körper von Diga Nagara haben«, sagte sie mit schriller Stimme. »Diga Nagara, dies ist deine Braut!«

20

Peter Dawlish glaubte, lange bewußtlos gelegen zu haben, als er sich mit einem Seufzer auf den Rücken drehte und vorsichtig seine Kopfwunde befühlte. Sein Gesicht war feucht und dick mit Blut verklebt. Als er versuchte, sich zu erheben, schien sich das ganze Gebäude um ihn zu drehen. Aber es gelang ihm doch, aufzustehen und sich an der Wand zu stützen. Er faßte den Handgriff der Tür, riß sie auf, wurde aber sofort von starken Händen gepackt.

»Hallo, wer sind Sie denn?« fragte eine strenge Stimme.

»Dawlish – mir muß etwas gesehen sein – ich sah Licht in dem Haus und wollte hineingehen. Die Tür öffnete sich – auf mehr kann ich mich nicht besinnen.«

Der Detektiv erkannte ihn.

»Die Tür öffnete sich?« fragte er besorgt. »War denn jemand in der Wohnung?«

Peter nickte, aber er stöhnte vor Schmerzen.

»Geben Sie mir bitte etwas zu trinken.«

Der Detektiv stützte ihn und führte ihn die Treppe hinauf in Leslies Wohnzimmer.

Ein Glas eiskaltes Wasser brachte ihn wieder zu sich, und er konnte nun zusammenhängend erzählen, was er erlebt hatte.

»Es können nicht mehr als zehn Minuten vergangen sein«, sagte der Detektiv. »Ich bin nur hinter das Haus gegangen, um den anderen Posten auf der hinteren Seite zu sprechen. Ich kann einen Eid darauf leisten, daß ich nicht länger fort war.«

Plötzlich bückte er sich und hob etwas auf. Es war ein Eingeborenen-Pantoffel, den einer der Leute in der Eile verloren hatte. Das Licht seiner Lampe, die er schnell noch angedreht hatte, um ihn zu suchen, hatte Peter gesehen.

»Ich will sofort Mr. Coldwell anrufen.«

Der Chefinspektor war gerade beim Abendbrot.

»Ich werde gleich hinkommen. Ich erhielt zwar ein Telegramm von Miss Maughan, daß sie nach Plymouth gefahren wäre, aber das will nicht viel heißen.«

Zwanzig Minuten später war er schon in der Wohnung. Peter war inzwischen provisorisch verbunden worden und hatte sich das Blut aus dem Gesicht gewaschen. Die Wunde schmerzte ihn, aber er hatte sich schon bedeutend erholt.

»Sie haben Sie mit einem Gummiknüppel geschlagen – das ist eine unfehlbare Methode«, meinte Coldwell abgestumpft.

Er schaute sich stirnrunzelnd in dem Zimmer um.

»Aber weil diese Kerle hier waren, muß Miss Maughan noch nicht hier gewesen sein. Sie kann noch nicht in Plymouth angekommen sein. Ich werde mich aber sofort vergewissern.« Er fuhr zum Telegrafenamt, von dem das Telegramm abgeschickt war, und er hatte Glück, daß er den Postmeister noch gerade traf, als er das Büro verlassen wollte.

»Ich möchte das Originaltelegramm sehen, das ungefähr um fünf Uhr an mich abgesandt wurde.«

»Das werden wir bald haben«, war die prompte Antwort.

Aber es war doch schwierig, und eine halbe Stunde kostbare Zeit verging, bis das mit Bleistift geschriebene Formular gefunden wurde. Coldwell brauchte nur einen Blick darauf zu werfen, um festzustellen, daß es nicht von Leslie geschrieben war, obwohl es zweifellos eine Frauenhandschrift war.

Er kehrte zu Leslies Wohnung zurück und schickte den Detektiv in einem Wagen nach Scotland Yard. Peter benutzte die Zwischenzeit, um ihm alles zu erzählen, was er in Mrs. Inglethornes Kasten gefunden hatte.

»Das habe ich vermutet – genau wie Leslie – wie Miss Maughan. Daß sie immer von dem Sohn sprachen, hat nichts zu bedeuten. Die unglückliche Lady Jane hatte die Absicht, das Kind bei sich zu behalten, wenn es ein Mädchen gewesen wäre. Das war aber nicht der Wunsch der Bande, in deren Hände sie gefallen war, sie sagten ihr einfach, es sei ein Junge. Aber ich werde das feststellen, bevor wir weitere Schritte in dieser Sache unternehmen. Um Leslie Maughan mache ich mir eigentlich keine allzu großen Sorgen – sie hat auf jeden Fall eine Pistole bei sich.«

Eine Viertelstunde später hielt sein Wagen vor den hinteren Toren des Holloway-Gefängnisses. Nachdem seine Legitimation genau überprüft war, wurde er eingelassen und zu dem Teil des Gebäudes geführt, wo die Untersuchungsgefangenen untergebracht waren. Die Oberwärterin öffnete die Tür und ging hinein. Gleich darauf kam sie wieder heraus und winkte ihn in die Zelle.

Mrs. Inglethorne saß mit verzerrtem Gesicht da. Ihre großen, rauhen Hände hatte sie gefaltet. Sie kannte Coldwell und schaute ihn grimmig an.

»Es hat keinen Zweck, daß Sie hier hereinkommen«, rief sie mit schriller Stimme. »Ich werde Ihnen doch nichts sagen! Wenn Sie das Kind haben wollen, suchen Sie es doch! Das wird Sie einige Zeit kosten!«

»Hören Sie einmal zu.« Coldwell hatte seine eigene Methode, mit Verbrechern umzugehen. »Ob Sie neun Monate Gefängnis oder eine lange Zuchthausstrafe bekommen, das hängt jetzt ganz davon ab, welche Antwort Sie mir geben. Und es ist auch Aussicht vorhanden, daß Sie zu noch schärferer Strafe verurteilt werden.«

Sie sah ihn böse an. »Was meinen Sie damit?«

Er erzählte ihr einen Teil ihres Lebens, sagte ihr, wo sie gelebt hatte und wie lange sie an den verschiedenenen Plätzen gewohnt hatte. Sie machte keine Bemerkungen, verbesserte ihn auch nicht, sondern schaute auf ihre Hände. Erst als er eine Pause machte, blickte sie auf.

»Ist das alles?« fragte sie unverschämt.

»Noch nicht ganz. Sie haben in den letzten zwanzig Jahren auch Kinder in Pflege genommen. Sie haben von einer Person, die sich den Namen Arthur Druze beilegte, einen kleinen Jungen erhalten, der erst einige Tage alt war. Wo ist dieses Kind?«

»Das ist doch Ihre Sache, das herauszufinden.«

»Nein, es wäre besser, wenn Sie es herausbrächten.« Seine Stimme hatte jetzt einen harten, metallischen Klang, den sie nur manchmal annahm. »Sie haben mir zu beweisen, daß das Kind noch am Leben ist, oder es wird eine andere Anklage gegen Sie erhoben!«

Sie schaute erschrocken auf, ihr großer Mund zitterte.

»Sie können mich nicht anklagen –«

»Ich werde Sie wegen Mordes anklagen, und ich werde alle Gärten der Häuser aufgraben, in denen sie in den letzten sechs Jahren gewohnt haben – da werden sich die Beweise schon finden.«

Mrs. Inglethorne war verstört. Ihre Augen starrten den Inspektor wild an, und er las in ihrem Blick die Todesangst, die sie erfüllte.

»Ich habe das nicht getan«, schrie sie.

»Sie waren Marthas Dienstmädchen – waren Sie das nicht?«

Sie nickte stumm und warf sich dann wie eine Wahnsinnige auf ihr Lager. Aber in diesem Anfall brach sie ihre lebenslangen Gewohnheiten und gestand die Wahrheit.

Ein Polizeiwagen stand vor der Tür von Leslies Wohnung, als Coldwell zurückkam, und ein Dutzend Beamte warteten auf dem Gehsteig. Er winkte Peter zu sich.

»Es wäre besser, wenn Sie mitgingen!« sagte er.

»Wohin fahren Sie?«

»Nach Wimbledon – fühlen Sie sich wohl genug? Es ist möglich, daß alles ruhig abgeht, aber ich habe das Gefühl, als ob Ihre erhabene Hoheit kämpfend fallen wird.«

»Ist Leslie dort?«

Coldwell nickte.

Hundert Meter von dem Haus Anita Bellinis entfernt hielt das Polizeiauto an, und die Beamten stiegen aus. Coldwell hatte schon während der Fahrt seine Anordnungen getroffen. Vier der Detektive wurden auf der Rückseite des Hauses postiert, die übrigen sollten den vorderen Eingang angreifen. Coldwell selbst klingelte. In seiner rechten Hand hatte er eine kurze, scharfe

Axt, um die Kette zu durchschlagen, wenn sich die Tür öffnete. Hinter ihm stand Peter. Der Chefinspektor neigte sich vor.

»Können Sie etwas hören?« flüsterte er.

»Nein.«

»Ich dachte, ich hörte einen Schrei.«

Er wartete noch einige Sekunden, dann wandte er sich an den nächsten Mann:

»Geben Sie mir das Brecheisen.«

Die lange Stahlstange wurde ihm gereicht. Mit einem geschickten Stoß klemmte er die Spitze zwischen Tür und Pfosten. Ein neuer Ruck stieß das Brecheisen noch tiefer hinein. Dann schwang er mit aller Gewalt die Stange nach rückwärts, und die Tür flog mit einem Krachen auf. Ein Hieb mit der Axt zerbrach die Kette, die Polizisten strömten in die dunkle Halle und eilten die Treppe hinauf.

Der untersetzte, breitschulterige Javaner hob Leslie mühelos auf, und während er das tat, bildeten seine Landsleute einen Kreis um ihn, klatschten im Rhythmus in die Hände und sangen monoton den Heiratsgesang ihres Landes. Leslie hörte es und biß die Zähne aufeinander, als sie sich von den starken Armen dieses Eingeborenen emporgehoben fühlte.

Einen Augenblick konnte sie Anita Bellini sehen – ihr haßerfüllter Blick ließ sie im Innersten erschauern.

»Leben Sie wohl, meine kleine Maughan«, sagte sie höhnisch. »Am Ende dieser Feier wartet der bittere Tod auf Sie.«

Dann stand sie plötzlich still und starrte auf die Tür.

»Keiner hat sich zu rühren! Sagen Sie diesen Kerlen, daß sie sich ruhig verhalten, Bellini!«

Es war Coldwells Stimme. Leslie fühlte, daß der Javaner sie zu Boden gleiten ließ. Aber plötzlich wurde sie wieder von jemand aufgehoben, und sie sah in Peters hageres Gesicht.

»Also – keine Schießerei«, sagte Coldwell höflich, »dann wird es auch keinen Spektakel geben. Ich verhafte Sie, Bellini. Ich vermute, daß Sie darauf vorbereitet sind?«

»Ich bin Prinzessin Bellini«, begann sie.

»Ob Sie Prinzessin Bellini oder Annie Druze oder Alice

Druze sind, macht für mich nicht viel aus«, erwiderte Coldwell, als er sie am Handgelenk packte. »Aber Sie haben den Vorzug, die erste Frau zu sein, der ich in meinem Leben Handschellen anlege.«

Die kalten Stahlringe um ihre Handgelenke schnappten ein.

»Die meisten Frauen, die ich verhaftet habe, waren liebenswürdige sanfte Geschöpfe, verglichen mit Ihnen.«

Anita Bellini antwortete nicht. Sie sah plötzlich sehr alt aus. Aber dann tat sie etwas unerwartet Großzügiges, Ritterliches und Vornehmes. Sie nickte der erstaunten Gruppe von Javanern zu, die von drei bewaffneten Detektiven bewacht wurden.

»Diese Leute dort haben nichts Unrechtes getan, sie haben nur meine Befehle ausgeführt, ohne Kenntnis des Gesetzes.«

Sie sagte etwas in javanischer Sprache zu dem Mann, der Leslie gehalten hatte, und er lächelte und antwortete in derselben Sprache.

»Dies ist mein Erster Boy« – sie zeigte mit dem Kopf auf ihn – »er ist verantwortlich für die anderen.«

Dann warf sie den Kopf zurück und sagte mit einem harten Lächeln:

»Nun wohl, das ist das Ende der Druzes.«

»Nicht ganz«, erwiderte Leslie ruhig. »Auch mit Martha muß noch abgerechnet werden.«

Anita Bellini schaute zornig, aber auch furchtsam auf Leslie Maughan.

»Was wollen Sie damit sagen – wen meinen Sie mit Martha?« fragte sie scharf. »Ich habe sie seit Jahren nicht gesehen.«

Leslie lächelte.

»Ich habe sie noch vor zwei Tagen gesehen, ich war also glücklicher als Sie.«

Sie warteten nur noch so lange, bis Leslie sich umgezogen und die Gefangene einen Mantel angelegt hatte. Dann verschwand Anita Bellini aus Leslies Leben. Nur noch einmal begegnete sie ihr, als sie auf dem Zeugenstuhl saß und gegen die Angeklagte mit dem Monokel aussagte. Aber Anita sah sie nicht an, sondern starrte geradeaus auf den Richter in seiner blutigroten Robe.

Bevor Leslie das Haus verließ, suchte sie noch nach Elisabeth und fand sie weinend in ihrem Bett in dem kleinen Ankleidezimmer. Anita Bellini war schon aus dem Haus und auf dem Weg zur Wimbledon-Polizeistation. Das Kind war in zerschlissene und zerlumpte Kleider gehüllt. Leslie stand in dem Hausflur und schaute sie an. Die Tränen waren ihr nahe.

»Elisabeth, weißt du noch, daß du in den Büchern immer schöne Väter gesehen hast?«

Das Kind nickte und lächelte.

»Nun, ich werde dich jetzt zu einem wirklichen Vater bringen.«

»Zu einem wirklichen Vater?« fragte sie atemlos. »Zu meinem Vater?«

»Ja, aber du kannst nicht erraten, wer es ist.«

Plötzlich hängte sich das Kind an sie und schloß seine Arme um ihren Hals.

Peter fand sie beide weinend.

21

Mrs. Donald Dawlish machte selten am Tage einen Besuch. Wenn ihr großer Rolls-Royce-Wagen am Berkeley Square auftauchte, war es ein besonderes Ereignis. Aber um elf Uhr nachts . . .

»Wie, Mrs. Dawlish?« fragte Jane verwundert, als der Diener ihr die Nachricht brachte.

Sie hatte diese Frau seit zwei Jahren nicht gesehen. Ihr Verhalten war in letzter Zeit sogar direkt feindlich gewesen.

»Führen Sie die Dame bitte herauf.«

Margaret Dawlish schritt in den Raum und strich sich mit der Hand ihre weißen Haare glatt. Sie trug ein schwarzes Kleid, das ihr besser stand als irgendeine andere Farbe, und auf ihrer Brust prangte ein Diamantstern, der ein wenig zu groß war.

»Sie sind sicher erstaunt, daß ich zu dieser Stunde noch komme.« Sie legte ihren Schal auf den Diwan, ging zum Kamin und wärmte ihre Hände am Feuer.

»Ja, ich bin erstaunt«, sagte Jane und wartete, was kommen würde. Nur eine Katastrophe konnte Peters Mutter zu einem solchen Schritt veranlassen.

»Ich bin Ihnen eine gute Freundin gewesen, Jane – in vergangenen Tagen«, begann sie und wartete auf eine Bestätigung. Aber Jane schwieg. »Es hat Unannehmlichkeiten und Schwierigkeiten wegen des Testaments meines verstorbenen Mannes gegeben«, fuhr sie fort. »Ich habe heute abend einen Brief von seinem Rechtsanwalt bekommen, in dem er mich auffordert, ihm alle möglichen Informationen zu geben, auf die ich nicht vorbereitet bin. Das Testament wurde vor sechs Jahren beglaubigt, sie können jetzt nichts mehr anfangen, aber sie nörgeln dauernd, und ich bin dieser Sache müde. Es ist möglich, daß die Rechtsanwälte in Peters Auftrag handeln, aber ich bezweifle es. Peter kann auf alle Fälle dieses Vorgehen gegen mich unterbinden.«

Es war das erstemal, daß Jane Raytham etwas von Schwierigkeiten in Verbindung mit dem Testament des verstorbenen Mr. Dawlish hörte. Aber die Bitte, die an sie gestellt werden sollte, konnte sie nicht ohne Widerspruch hingehen lassen.

»Ich weiß nichts von der Sache. Peter muß natürlich handeln, wie er es für gut hält. Ich habe keinen Einfluß auf ihn.«

»Sie haben großen Einfluß«, sagte Mrs. Dawlish mit Nachdruck. »Peter hat alles über das Kind herausbekommen, vermutlich wissen Sie das.«

Jane nickte.

»Er ist begierig, sein Kind zu bekommen und –«

Sie schaute in die grauen Augen und hielt plötzlich inne.

»Auch ich möchte es finden«, sagte Jane Raytham leise.

Mrs. Dawlish war sehr überrascht.

»Sie auch? Ich dachte nicht, daß Sie die Veranlagung haben, sich über solche Dinge Sorgen zu machen. Nun, das ist von meinem Standpunkt aus um so besser. Ich kann Ihnen das Kind geben. Sagen Sie Peter nur, daß ich Ihnen das Kind ausliefern und ihm eine große Rente aussetzen werde, wenn es ihm gelingt, die Rechtsanwälte daran zu hindern, weiter gegen mich vorzugehen.«

»Wie, Sie können mir das Kind zurückgeben? Sie wissen, wo es ist?« fragte Jane mit zitternder Stimme.

»Ja, ich weiß es. Es war kein Junge, Jane.«

Jane Raytham schrak zurück, als ob sie ins Gesicht geschlagen worden wäre.

»Es war kein Junge – es war ein Mädchen? Und Sie hatten mir doch versprochen –«

»Es hat jetzt keinen Sinn, über Versprechen und Ereignisse zu reden, die Jahre zurückliegen«, sagte Margaret Dawlish kühl. »Ich spreche von der Gegenwart. Ja, es war ein Mädchen. Druze brachte sie zu meinem früheren Dienstmädchen – Marthas Dienstmädchen.«

Jane starrte sie sprachlos vor Erstaunen an.

»Was – Sie sind Martha?«

Mrs. Dawlish nickte.

»Martha Druze?«

»Martha Dawlish. Ich kann auf diesen Namen Anspruch erheben, nicht einmal Peter kann ihn mir nehmen. Ich heiratete den alten Dawlish zwei Wochen, nachdem seine Frau im Kindbett gestorben war. Anita hat ihn dazu gebracht, wenn Sie nun doch einmal die Wahrheit wissen wollen. Sie hätte ihn selbst geheiratet, aber damals war Bellini noch am Leben. Ich war ihre Lieblingsschwester, und es war immer ihre Absicht gewesen, mich gut zu verheiraten. Ich weiß nicht, in welchem Verhältnis sie zu meinem Mann stand, und ich kümmerte mich auch nicht darum. Aber sie war in jenen Tagen eine schöne, faszinierende Frau, bevor sie sich selbst vernachlässigte. Auf jeden Fall hatte sie genug Einfluß, um ihn zu veranlassen, mich zu heiraten.«

Jane bedeckte ihre Augen mit den Händen, als ob sie versuchte, den Dunst und Nebel wegzuwischen, der ihren klaren Blick verdunkelte.

»Sie sind Martha?« sagte sie dann wieder. »Ich wußte wohl, daß Sie eine Krankenschwester waren. Wie ist es denn dann mit Peter?«

»Peter ist nicht mein Sohn – wenn Sie das wissen wollen. Ich bestand darauf, daß es ihm nie gesagt werden sollte. Ich fühlte, daß es meine Stellung und meine Autorität schwächen würde. Mr. Dawlish war leicht zu behandeln und versprach es mir. Hätte Peter nur ein wenig Verstand gehabt, so hätte er das wissen können. Er brauchte ja nur seinen Geburtsschein einzusehen und mit meiner Heiratsurkunde zu vergleichen, um alles zu erfahren. Jane, wollen sie mir helfen, was Peter anbetrifft? Ich will nicht kleinlich sein mit der Summe.«

Jane schüttelte hilflos den Kopf.

»Ich wüßte nicht, was ich tun könnte, ich kann meine Gedanken im Augenblick nicht sammeln ... Nur eins weiß ich – ich möchte mein Kind haben – meine Tochter!«

Über die harten Züge von Mrs. Dawlish flog ein Lächeln.

»Sehnt sich denn sonst niemand nach dem Kind?« fragte sie bedeutungsvoll. »Hat Peter keine Rechte an das Mädchen? Daran haben Sie wohl noch gar nicht gedacht?«

»Doch«, entgegnete Jane mit leiser Stimme. »Aber ich kenne Peter. Und ob das Kind bei mir ist oder bei ihm – es wird uns beiden gehören. Wir schreiten einen Abhang hinunter, der sich immer tiefer senkt. Gott weiß, wann, wie und wo wir enden werden. Ich war so schlecht, wie nur eine Frau sein kann, ich habe Bigamie begangen – unterbrechen Sie mich nicht –, mein Mann muß es wissen. Ich glaube, es wird ihm nicht so nahegehen wie mir – er wird vielleicht froh sein, mich loszuwerden. Aber das alles kann ich ertragen, wenn ich nur mein Kind habe. Ich will alles tun, was in meinen Kräften steht«, fuhr sie schnell fort, als sie ihre Fassung wiedererlangte. »Wenn es Peter nicht verletzt – ich habe ihn schon zu tief gekränkt. Aber er hat einen zu festen Charakter, als daß ihn das noch verletzen könnte. Ich kann ihn heute abend nicht mehr sehen, aber ich werde ihm noch heute schreiben, daß ich ihn morgen sprechen möchte und dann –«

In diesem Augenblick öffnete sich die Tür, und ein Mann mit verbundenem Kopf trat ein. Zuerst erkannte sie ihn nicht.

»Peter!« rief sie dann mit zitternder Stimme.

Er führte ein kleines Mädchen in einem abgetragenen und verschossenen Mantel an der Hand. Das Kind trug keinen Hut, die goldenen Locken fielen lose herab. Jane Raytham schaute in dieses schöne Gesicht, sah in die klaren Augen, die sie verwundert anschauten. Sie öffnete ihre Lippen, aber sie konnte kein Wort hervorbringen.

»Wer ist dies, Peter?« fragte sie endlich mit einer fast fremden Stimme.

»Das ist Elisabeth«, sagte Peter freundlich. »Elisabeth« – er beugte sich nieder und blickte in die Augen des Kindes – »Elisabeth, dies ist deine Mutter!«

22

»Es tut mir leid, daß ich Sie hier in meine unfreundliche Wohnung gebracht habe«, sagte Leslie. »Aber – im Ernst, die meisten Dokumente und Beweise, die ich habe, liegen hier in meinem Schreibtisch.«

Dann lachte sie herzlich.

»Was haben Sie bloß wieder für einen Scherz mit uns vor?« fragte Mr. Coldwell argwöhnisch.

»Sie sehen alle so aus wie Chorsänger. Sie sitzen im Kreise umher und haben die Hände auf die Knie gelegt – und dabei ist es zwei Uhr nachts. Es ist alles so merkwürdig – aber ich will jetzt von vorn beginnen. Soll ich?

Sie wissen alle, daß ich von Anfang an ein großes Interesse an diesem Fall hatte. Zufällig fand ich ein Gedichtbuch in einem kleinen Farmhaus in Cumberland. Allmählich brachte ich immer mehr und schließlich alle Anhaltspunkte zusammen.

In Devonshire lebte eine Familie Druze.«

Kurz erzählte sie alles, was ihr der Geistliche berichtet und was sie durch ihre Nachforschungen entdeckt hatte.

»Annie Druze war in Wirklichkeit Anita Bellini, Alice lebte unter dem Namen Arthur Druze, und Martha, die jüngste der Schwestern, heiratete später Mr. Dawlish. Die drei Mädchen waren sehr gute Freundinnen, sie hatten schon in ihrer Kindheit eine Art Vertrag geschlossen, sich gegenseitig durch dick und dünn zu helfen. Dieser Umstand ist wesentlich für ihre späteren Beziehungen. Annie ging als Kammerzofe außer Landes und machte Bekanntschaft mit dem armen Abkömmling einer altitalienischen Adelsfamilie. Sie heiratete ihn auch. Martha wurde in einem Hospital ausgebildet und legte ihre Prüfung als Hebamme ab. Sie wurde hinzugezogen, um Peters Mutter nach der Geburt zu pflegen.

Alice, die mittlere, ging zu ihrer Schwester Annie nach Java, wo Prinz Bellini eine untergeordnete Stellung einnahm. Ich habe eine lange Aussprache mit Martha Druze gehabt. Sie erzählte mir, daß Alice nach einer Kostümierung zu Arthur Druze wurde. Eines Abends ging sie als Mann verkleidet auf einen Maskenball, und niemand vermutete, wer sie in Wirklichkeit war. Die vorteilhaften Möglichkeiten, die sich hieraus ergaben, hat wohl Anita zum erstenmal überschaut, denn es steht außer Frage, daß sie sich auch schon damals Erpressungen zuschulden kommen ließ. Es ist erwiesen, daß sie in Java von einem Regierungsbeamten große Summen erpreßte. Es gibt ein Aktenstück hierüber, eine Klage, die die englische Polizei schon in dem Jahr erhob, als Anita hierher zurückkehrte und die Frau eines ihrer Opfer Anzeige gegen sie erstattete. Aber Anita konnte es nicht lassen. Martha hat alles ausgesagt und verraten, um sich selbst zu retten. Sie gibt an, daß Anita auch Banknoten gefälscht hat, soweit sie weiß. Es ist jetzt auch klargestellt, daß Anita die Unterschrift Lord Everreeds auf jenem Scheck fälschte, indem sie sich Peters Abwesenheit zunutze machte. Sie schickte dann Druze hin, um den Scheck einzukassieren. Der Ertrag dieses Verbrechens wurde zwischen den beiden Schwestern geteilt. Ob sie dies nur aus reiner Bosheit tat, um Peter zu ruinieren, oder ob sie selbst in Not war, konnte ich bis jetzt noch nicht feststellen. Martha behauptet, daß das letzte der Fall sei, und schwört, daß sie damals nichts von der Fälschung erfahren habe. Ich habe darüber meine eigene Ansicht. Anita war schon mit Jane bekannt, bevor sie sich mit Peter verlobte. Aber sie interessierte sich erst nach ihrer Heirat und ihrer Rückkehr nach England für sie. Die Verhaftung Peters fiel zeitlich mit der Tatsache zusammen, daß Anita erfuhr, Lord Raytham, ein schwerreicher Mann, wolle Jane heiraten, die merkwürdigerweise verschwunden war. Anita vermutete die wahre Ursache, stellte Nachforschungen an und fand sie tatsächlich auf. Sie hörte von Janes Zustand und blieb bei ihr. Sie hatte die Absicht, sie zu einer Heirat mit Raytham zu überreden, um sie später als Lady Raytham erpressen zu können. Sie versuchte Jane einzureden, daß ihre Ehe nicht rechtmäßig sei, und hoffte, daß sie in ihrer Verzweiflung Bigamie begehen würde, so daß sie für den Rest ihres Lebens in Anitas Gewalt wäre. Aber Jane machte einen verzweifelten Versuch, ihre Ehe zu lösen. Sie zog nach Reno und beantragte die Scheidung – und die Scheidung wurde von dem Gericht tatsächlich ausgesprochen.«

»Die Scheidung – wurde wirklich ausgesprochen?« unterbrach Janes erregte Stimme Leslies Erzählung. Ihre Worte klangen fast wie ein Schrei. »Die Scheidung wurde doch nicht ausgesprochen – sie wurde abgelehnt!«

»Sie wurde wirklich ausgesprochen, und das Urteil wurde rechtsgültig. Ich habe ein Telegramm von dem Gerichtssekretär erhalten, in dem die Tatsache bestätigt wird. Es kam gestern abend an.

Anita tat natürlich alles, um die Scheidung zu hintertreiben. Denn wenn Jane wirklich geschieden worden wäre, so hätte sie außer dem Kind ja keine Handhabe gegen sie gehabt. Das Kind wurde infolgedessen von ihrer Schwester fortgebracht und Mrs. Inglethorne übergeben, die vier Jahre lang in Marthas Diensten stand. Als Anita herausfand, daß die Scheidung durchgehen würde, überredete sie Jane, den Gerichtssaal zu verlassen, während der Richter das Urteil verlas. Ihr Wagen stand vor der Tür des Gerichtsgebäudes, und hier wartete Jane auf das Urteil. Als Anita zu ihr zurückkehrte und mit ihr fortfuhr, log sie ihr vor, daß die Scheidung abgelehnt sei. Jane heiratete Lord Raytham also in dem Glauben, daß sie sich der Bigamie schuldig machte, obwohl sie sich selbst damit beruhigte, daß ihre erste Ehe in irgendeiner Art durch einen Formfehler ungültig sei.

Seit sieben Jahren hat Jane Raytham den Erpressern unerhörte Summen gezahlt. Sie nahm an, daß der Mann, der das Kind in Pflege genommen hatte, dahintersteckte. In Wirklichkeit zahlte sie an Anita Bellini und ihre Schwester.

Als Janes Niederkunft in Appledore nahe bevorstand, wurde Martha zugezogen. Erst viel später erfuhr Jane, daß diese Krankenschwester mit Mrs. Dawlish identisch war, die Peter so haßte und fürchtete. Damals begannen die Qualen für Jane, die erst vor einer Woche endeten. Dann wurde Druze, wie ich sie noch nennen will, plötzlich nervös. Ich glaube, daß ich hierfür verantwortlich bin. Meine Nachforschungen über die zwanzigtausend Pfund, die Jane von ihrer Bank abgehoben hatte, und die Anzeigen, die nach Scotland Yard gelangten, setzten sie derartig in Furcht, daß sie sich entschloß, nach Übersee zu gehen. Sie versuchte noch, soviel Geld als möglich zusammenzuraffen, bevor sie das Land verließ.

Jane gab ihr die Smaragdkette, und mit dieser ging Druze zu ihrer Schwester. Es gab eine kleine Auseinandersetzung über die Teilung der Beute. Anita, die stärkere von beiden, riß die Kette aus der Hand ihrer Schwester. Sie hatte aber nicht erwartet, daß Druze, die getrunken hatte und sehr erregt war, eine Pistole bei sich trug. In dem Kampf, der folgte, wurde Druze erschossen, aber sie hielt noch im Tod den viereckigen Smaragd in der Hand, den Anhänger des herrlichen Halsschmuckes der Lady Raytham. Ich kann mir nur vorstellen, daß Anita so außer sich vor Schmerz und Trauer war, daß sie keine Nachforschungen danach anstellte. In ihrem ersten Schrecken brachte sie die Leiche in ihrem Wagen fort und fuhr sie zu jener einsamen Straße, wo sie sie liegenließ. Aber neue Verdachtmomente kamen fast jeden Tag ans Licht. Mrs. Inglethorne berichtete die Anwesenheit Peters in ihrem Hause und sein Interesse an dem Kind. Anita bildete sich ein, daß er vermutete, wer Elisabeth sei, und daß seine Einquartierung in der Severall Street von vornherein beabsichtigt worden war. Sie holte deshalb das kleine Mädchen nach Wimbledon und konzentrierte ihre ganze Energie auf meine Ermordung, denn in mir sah sie ihre Hauptfeindin – und ich glaube, sie hatte damit recht.

Und nun bin ich am Ende«, schloß sie schlicht.

Mr. Coldwell erhob sich steif und streckte sich.

»Ich gehe jetzt heim und lege mich schlafen. Die kleinen gelben Javaner werden Sie jetzt nicht mehr beunruhigen, und ich denke, ich kann Sie wieder mit Lucretia hier lassen, ohne daß Ihnen etwas zustößt. Ich weiß zwar nicht, wie vor Gericht alles noch kommen wird oder wer noch in den Fall hineingezogen wird – aber das sind kleine Unannehmlichkeiten, die Sie auch noch überwinden werden.«

Jane wußte, daß er sie damit meinte, und lächelte.

»Ich werde alles überwinden, und ich fühle mich auch stark genug dazu, wenn ich nur die Gewißheit habe, daß mein Kind ab und zu bei mir sein wird.«

Sie ging auf Peter zu und reichte ihm die Hand.

»Ich weiß nicht, ob ich froh sein soll – über die Scheidung. Aber ich glaube, ich bin es, und ich hoffe, daß auch du es bist.«

Sie sah zu Leslie hinüber, die ihre Papiere auf dem Tisch ordnete, und sprach die nächsten Worte ganz leise.

»Glaubst du, daß auch sonst noch jemand froh darüber ist?«

»Ich hoffe es.«

Zum ersten- und zum letztenmal fühlte Jane Raytham ein kleines Stechen in der Herzgegend, das einige Ähnlichkeit mit Eifersucht hatte – aber es war bald vorüber.

»Besuche mich morgen. Wir wollen alles miteinander besprechen – was unsere Familie angeht.«

Schließlich waren nur noch Peter und Leslie zurückgeblieben. Außer ihnen war allerdings auch noch Lucretia da, die geräuschvoll das Geschirr in der Küche abwusch. Sie hatte die Tür halb offenstehen lassen, um ihre Herrin ganz genau überwachen zu können.

»Nun?« fragte Leslie. »Es ist doch alles noch gut geworden. Habe ich Ihnen erzählt, was Mrs. Dawlish beabsichtigt?«

Er nickte.

»Sie können sie natürlich anklagen, daß sie eine Fälschung begangen hat, aber ich glaube, es war mehr Anitas Werk. Es ist viel besser, wenn Sie ihr gestatten, daß sie Ihnen das Vermögen Ihres Vaters durch eine Schenkung übermacht. Dadurch werden Sie ein sehr reicher Mann. Was werden Sie nun mit dem großen Vermögen beginnen? Werden Sie ein schönes Haus in der Park Lane kaufen?«

»Würden Sie denn gern ein Haus in der Park Lane haben?«

»Mir ist jedes Haus recht, Peter«, erwiderte sie ruhig.

Lucretia, die durch die Tür hereinschaute, sah, wie sich der braune Lockenkopf ihrer Herrin an Peters abgetragenen Rock lehnte, und wie sich Peter niederbeugte, um sie zu küssen.

Lucretia brummte.

»Mein Gott!« sagte sie zu sich selbst. »Diese Frauen!«

John Sandford bei Goldmann

Mehr Informationen unter www.goldmann-verlag.de

GOLDMANN